David Peace

Tokio im Jahr Null

Roman

Aus dem Englischen
von Peter Torberg

Büchergilde Gutenberg

Für meine Kinder

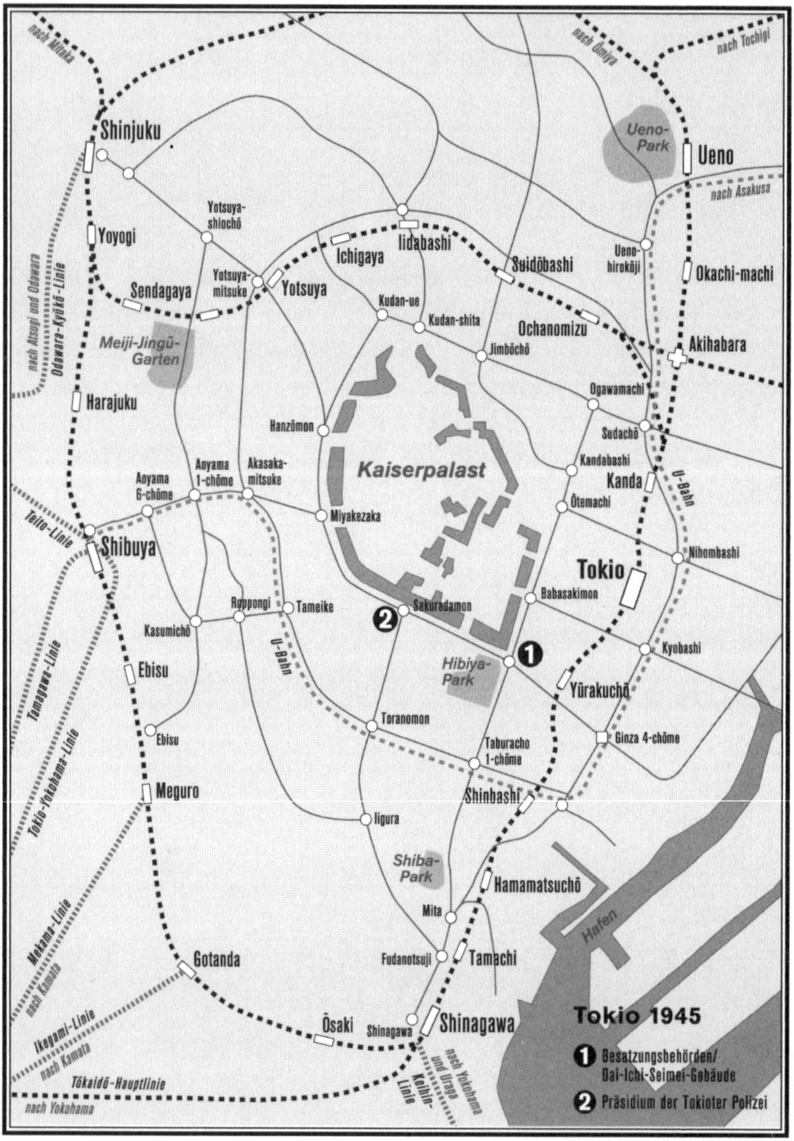
Tokio 1945
1 Besatzungsbehörden/ Dai-Ichi-Seimei-Gebäude
2 Präsidium der Tokioter Polizei
Kaiserpalast
Shinjuku
Yoyogi
Sendagaya
Harajuku
Shibuya
Ebisu
Meguro
Gotanda
Ōsaki
Shinagawa
Tamachi
Hamamatsuchō
Shinbashi
Yūrakuchō
Tokio
Kanda
Akihabara
Okachi-machi
Ueno
Ochanomizu
Suidōbashi
Iidabashi
Ichigaya
Yotsuya
Ueno-Park
Meiji-Jingū-Garten
Hibiya-Park
Shiba-Park
Hafen
U-Bahn
nach Mitaka
nach Ōmiya
nach Tochigi
nach Asakusa
nach Yokohama
nach Kamata
nach Yokohama und Uraga
Keihin-Linie
Tōkaidō-Hauptlinie
Ikegami-Linie
Mekama-Linie
Tokio-Yokohama-Linie
Tamagawa-Linie
Teito-Linie
Odawara-Kyūkō-Linie
nach Atsugi und Odawara
Yotsuya-shiochō
Yotsuya-mitsuke
Kudan-ue
Kudan-shita
Jimbōchō
Ogawamachi
Sudachō
Kandabashi
Ōtemachi
Nihombashi
Babasakimon
Kyobashi
Ginza 4-chōme
Hanzōmon
Miyakezaka
Aoyama 1-chōme
Aoyama 6-chōme
Akasaka-mitsuke
Roppongi
Tameike
Sakuradamon
Kasumichō
Toranomon
Taburacho 1-chōme
Iigura
Mita
Fudanotsuji
Ueno-hirokōji

51. NIEDERLAGE

Seine Hand, die nach dem Federhalter griff, begann zu zittern. Speichel lief ihm aus dem Mund. Sein Kopf war nur noch klar, wenn er aus einem Schlaf erwachte, zu dem ihm eine Dosis von 0,8 Gramm Veronal verholfen hatte. Und auch dann nur für eine halbe oder eine ganze Stunde. Im fahlen Licht der Dämmerung verbrachte er seine Tage. Gestützt auf ein schmales Schwert, dessen Klinge voller Scharten war.

Ryūnosuke Akutagawa, *Das Leben eines Narren*, 1927

PROLOG

Ich liege zwischen Leichen. **Eine Calmotin, zwei.** Hunderte, Tausende. Tote Blätter, die in der Herbstbrise schweben. Ich versuche den Kopf zu heben, aber es geht nicht. Fliegen und Mücken schwirren um mich herum. Ich will sie vertreiben, aber ich kann nicht. Niedrige dunkle Wolken schieben sich über den Himmel. *Es ist an der Zeit, das wahre Gesicht der Nation zu enthüllen.* Letzte Nacht, irgendwann zwischen Mitternacht und Sonnenaufgang, zwischen Rückzug und Niederlage, hat der Regen alles aufgeweicht; der Sturm hat sich zwar gelegt, doch noch immer schüttet es auf die Leichen und auf mein Gesicht. Mein Kopf ist wie taub, meine Gedanken flüchtige Schatten des Deliriums. Bilder von meiner Frau und den Kindern schweben vor meinen Augen, inmitten der Leichen. **Zehn Calmotin, elf.** Unter dem Dachvorsprung des Schwarzen Tors zum Zōjōji-Tempel. *Oh, so mutig auf zum Sieg.* Mein Sohn hält eine kleine Flagge in seiner Hand. Meine Tochter hält eine kleine Flagge in ihrer Hand. *Da wir geschworen und unser Land hinter uns gelassen haben.* Meine Eltern sind hier, Freunde aus der Schule, Kameraden aus meinem Baseballverein an der Oberschule, Kollegen, mit denen ich das Studium beendet habe. *Wer kann denn sterben, ohne bewiesen zu haben, was in ihm steckt?* Alle halten große Banner in die Höhe, auf allen Bannern prangt mein Name, alle stehen vor dem Schwarzen Tor. *Wann immer ich die Fanfaren unserer vorrückenden Truppen vernehme, schließe ich die Augen und sehe ein Meer von Fahnen, die uns jubelnd in die Schlacht begleiten.* Busse voller Mädchen auf Schulausflügen. *Erde und Flora stehen in Flammen, während wir im endlosen Zug die Ebenen durchqueren.* Als sich mein Lastwagen dem Schwarzen Tor nähert, schlägt es 12.00 Uhr Mittag. *Helme, geschmückt mit der aufgehenden Sonne.* Der Nissan hält vor dem Tor, ich springe vom Lastwagen. *Wir streichen unseren Pferden über die Mähnen, wer weiß, was morgen ist – Leben?* Ich schaue in die Menschenmenge hinaus, hinauf zu den Bannern und Fahnen, und salutiere. Das Signal zur Abfahrt ertönt. *Oder Tod in der Schlacht?* **Zwanzig Calmotin, einundzwanzig.** Die Gesichter geliebter Personen treiben auf einem Meer aus Flaggen, die Berge verblassen, die Flüsse weichen, wir schwenken unsere Fahnen, bis unsere Hände taub sind, wir treiben und schwenken. *Auf nach Sibirien.* Den Shimonoseki-Kanal entlang, auf dem sich Truppentransporter und Frachtkähne stauen. *Auf nach Dairen.* Ich bin umgeben von Leichen, klammen Leibern, Gestank. *Auf nach Shanghai.* Die klapprigen Doppelstockpritschen unter Deck. *Auf nach Kanton.* Die Männer rufen, sie applaudieren, als Yamazaki laut *Das blutige Taschentuch von Kioi Hill* rezitiert. Wieder Rufe, wieder Applaus, als Shimizu von *Konya der Hure* erzählt. Ich liebe dich, ich liebe dich, ich liebe dich, sagt Konya zu ihrem Freier. Die Glocke zum Abendessen ertönt. Die ausgemergelten Kampfrösser unten im Laderaum wiehern unruhig. Die Dampfwinde hievt ihre Kadaver in die wartenden Landungsboote. Die Männer auf ihren Kojen klammern sich fester an ihre *sennin-bari*, ihre Gürtel mit den Tausend Stichen, berühren die in die Seide eingenähten Amulette und Talismane. Die *Acht Myriaden Gottheiten* und ein *Buddha aus Dreitausend Welten.* Ich liege zwischen den Kadavern, einen acht Zentimeter großen Buddha in Händen. Keine Kugel, behauptete mein Vater, habe je den Mann berührt, der ihn bei sich trug. Im Shino-Krieg, während des Boxeraufstandes und des Russisch-japanischen Krieges, ohne einen Kratzer. Beutel mit Fünf-Sen- oder Zehn-Sen-Stücken, Westen aus getrocknetem Tintenfisch, jeder der Männer hat sein Amulett. *Wie weit wir von zu Hause sind.* Der Truppentransporter pflügt durch die schwarze See. *Dies ist die Mandschurei, weit, weit von daheim.* Ich liege zwischen den Leichen und höre

DER 15. TAG DES ACHTEN MONATS IM 20. JAHR SHŌWA

Tokio, 32°C, sonnig

»Inspektor Minami! Inspektor Minami! Inspektor Minami!«

Ich schlage die Augen auf. *Aus Träumen, die nicht die meinen sind.* Ich setze mich auf meinem Stuhl an meinem Schreibtisch auf. *Aus Träumen, die ich nicht will.* Mein Kragen ist feucht, mein Anzug klamm. Mein Haar juckt. Meine Haut juckt.

»Inspektor Minami! Inspektor Minami!«

Inspektor Nishi nimmt die Verdunkelungsvorhänge ab, hinter den mit Klebeband gesicherten Fenstern steigt die Sonne am Himmel und erfüllt das Büro mit Balken aus hellem, warmen Morgenlicht und Staub.

»Inspektor Minami!«

»Haben Sie gerade etwas gesagt?« frage ich Nishi.

Nishi schüttelt den Kopf. »Nein.«

Ich starre zur Zimmerdecke hinauf. Nichts rührt sich im hellen Sonnenschein. Die Ventilatoren stehen still. Kein Strom. Die Telefone sind tot. Keine Leitung. Die Toiletten sind verstopft. Kein Wasser. Nichts …

»Gestern Nacht wurde Kumagaya bombardiert«, berichtet Nishi. »Es gibt Meldungen von Schusswechseln im Palast …«

»Also habe ich das nicht geträumt?«

Ich ziehe mein Taschentuch aus der Tasche. Es ist alt und dreckig. Ich wische mir über Nacken und Gesicht. Dann schaue ich in meinen Taschen nach –

Zyankali wird an Frauen, Kinder und Alte ausgegeben, man sagt, die letzten Kabinettsumstellungen seien ein Anzeichen für das Ende des Krieges, das Ende Japans, das Ende der Welt …

Nishi hält eine kleine Schachtel in die Höhe und fragt: »Suchen Sie die hier?«

Ich schnappe mir die Schachtel Muronal und überprüfe den Inhalt. *Genug.* Ich stopfe mir die Schachtel in die Jackentasche.

Sirenen und Warnhinweise die ganze Nacht über; Tokio heiß und dunkel, alles versteckt sich; Tag und Nacht Gerüchte von neuen Waffen, Angst vor neuen Bomben; erst Hiroshima, dann Nagasaki, dann Tokio …

Bomben, die das Ende Japans bedeuten, das Ende der Welt …

Kein Schlaf. Nur Träume. Kein Schlaf. Nur Träume …

Tag und Nacht, deshalb schlucke ich diese Tabletten …

So rede ich mir das ein, Tag und Nacht …

»Die lagen auf dem Fußboden«, sagt Nishi.

Ich nicke. »Haben Sie eine Zigarette?«

Nishi schüttelt den Kopf. *Ich verfluche ihn.* Noch fünf Tage bis zur nächsten Sonderration. *Fünf lange Tage …*

Die Bürotür fliegt auf –

Inspektor Fujita stürmt ins Zimmer. Er hält ein Polizeirundschreiben in der Hand. »Tut mir leid«, sagt er, »schon wieder schlechte Neuigkeiten …«

Er wirft das Rundschreiben auf meinen Schreibtisch. Nishi nimmt es.

Nishi ist jung. Eifrig. Zu jung …

»Es kommt vom Polizeirevier Shinagawa«, verkündet er und liest vor. »Leiche unter rätselhaften Umständen in Dai-Ichi im Frauenwohnheim der Abteilung für Marinebekleidung gefunden.«

»Einen Augenblick«, unterbreche ich ihn. »Alles, was mit der Abteilung Marinebekleidung zu tun hat, fällt doch sicherlich in den Dienstbereich der Kempeitai, oder? Das ist ein Fall für die Militärpolizei, nicht für uns …«

»Ich weiß«, entgegnet Fujita. »Aber Shinagawa fordert Beamte der Mordkommission an. Wie ich schon sagte, es tut mir leid …«

Niemand will einen Fall. Nicht heute. Nicht jetzt …

Ich stehe auf und schnappe mir meinen Hut.

»Kommen Sie«, sage ich zu Fujita und Nishi. »Wir finden jemand anderen. Wir geben den Fall ab. Passen Sie auf …«

Ich verlasse unsere Abteilung und gehe den Hauptflur der Ersten Ermittlungsabteilung der Tokioter Polizei entlang, von einem Zimmer zum nächsten, von Büro zu Büro, von Tür zu Tür.

Von Tür zu Tür. *Keiner da.* Von Büro zu Büro. *Niemand.* Alle evakuiert oder abwesend.

Niemand will einen Fall übernehmen. Nicht heute …

Nur Fujita, Nishi und ich sind hier.

Verdammt. Verdammt. Verdammt …

Ich stehe im Flur. »Wo ist Polizeichef Kita?«

»Alle Vorgesetzten sind zu einer Besprechung um sieben Uhr gebeten worden …«

Ich ziehe meine Taschenuhr hervor. Es ist schon nach acht.

»Sieben Uhr früh?« frage ich. »Also ist es heute so weit?«

»Haben Sie denn gestern Abend nicht die Neun-Uhr-Nachrichten gehört?« entgegnet Nishi. »Gegen Mittag soll es eine Kaiserliche Bekanntmachung im Radio geben …«

Ich esse Eicheln. Ich esse Blätter. Ich esse Unkraut …

»Eine Bekanntmachung, weswegen?« frage ich.

»Keine Ahnung, aber die gesamte Nation ist aufgefordert worden, sich ein Radio zu suchen, damit es alle hören …«

»Also ist es heute so weit«, sage ich. »Leute, kehrt in eure Häuser zurück! Tötet eure Kinder! Tötet eure Frauen! Und dann tötet euch selbst!«

»Nein, nein«, entgegnet Nishi.

Zu jung. Zu eifrig …

»Wenn wir schon gehen«, unterbricht Fujita, »dann sollten wir wenigstens den Weg über Shimbashi nehmen und uns ein paar Zigaretten besorgen …«

»Das ist eine sehr gute Idee«, pflichte ich ihm bei. »Einen Dienstwagen gibt es für uns sowieso nicht …«

»Dann nehmen wir die Yamate-Linie nach Shinagawa«, meint Fujita. »Wir lassen uns Zeit, gehen langsam und hoffen, dass wir zu spät kommen …«

»Falls die Yamate-Linie überhaupt fährt«, füge ich hinzu.

»Wie ich schon sagte«, fährt Fujita fort. »Wir lassen uns Zeit.«

Inspektor Fujita, Nishi und ich gehen die Treppe hinunter, durch die Tür, und verlassen die Zentrale an der Rückseite, an der Seite, die dem Gelände des Kaiserlichen Palastes abgewandt ist.

Auf der Seite hin zu den Ruinen des Justizministeriums.

Der kürzeste Weg von Sakuradamon nach Shimbashi führt durch den Hibiya-Park, durch den Park, der keiner mehr ist.

Schwarze Winterbäume in der weißen Sommerhitze …

»Und wenn wir in der Schlacht untergehen«, zitiert Nishi, »werden die Berge und Flüsse bleiben. Das Volk wird bleiben …«

Sockel ohne Statuen, Pfosten ohne Tore …

»Kusunoki der Held schwor, sieben Mal zu leben und zu sterben, um Japan zu retten«, sagt Nishi mit fester Stimme. »Wir können dem nicht nachstehen …«

Kein Blattwerk. Keine Sträucher. Kein Gras …

»Wir müssen weiterkämpfen«, drängt Nishi. »Und wenn wir Gras und Erde essen und auf den Feldern leben müssen …«

Nur kahle schwarze Winterbäume …

»Mit unseren zerbrochenen Schwertern und kraftlosen Pfeilen«, sage ich. »Unsere Herzen wurden vom Feuer versengt, von Tränen verschlungen …«

In der gleißenden Sommerhitze …

Nishi lächelt: »Genau …«

In der gleißenden Hitze …

Mit Nishi in einem Ohr und der martialischen Musik aus einem Lautsprecherwagen im anderen verlassen wir den Park, der keiner ist, gehen Straßen entlang, die keine mehr sind, an Gebäuden vorbei, die keine mehr sind.

»Ach, so mutig, auf zum Sieg / Da wir geschworen und unser Land hinter uns gelassen haben …«

Gebäude, von denen nur noch die Fassade übrig geblieben ist; bloßer Himmel dort, wo Fenster und Decken sein sollten.

»Wer kann denn sterben, ohne gezeigt zu haben, was in ihm steckt? / Wann immer ich die Fanfaren unserer vorrückenden Truppen vernehme, schließe ich die Augen und sehe ein Meer von Fahnen, die uns jubelnd in die Schlacht begleiten …«

Die zerschlagenen Ziegelsteine, die einsamen Kohlenbecken, die Safes, die durch die Fußböden brachen, als diese Gebäude in Flammen aufgingen, eine Nacht nach der anderen.

»Erde und Flora stehen in Flammen / während wir im endlosen Zug die Ebenen durchqueren …«

Eine Nacht nach der anderen, seit dem elften Monat des letzten Jahres, eine Sirene nach der anderen, eine Bombe nach der anderen.

»Helme, geschmückt mit der aufgehenden Sonne / Wir streichen unseren Pferden über die Mähnen …«

Eine Bombe nach der anderen, ein Brand nach dem anderen, ein Gebäude nach dem anderen, ein Wohnviertel nach dem anderen, bis kein Haus mehr steht, es keine Wohnviertel und keine Stadt mehr gibt, kein Tokio.

»Wer weiß, was morgen ist – Leben?«

Nur die Überlebenden.

»Oder Tod in der Schlacht?«

Sie verstecken sich im Schutt, hausen in den Ruinen, drei, vier Familien in einer Hütte aus rostigem Wellblech und Sammelholz, oder in den Bahnhöfen- und U-Bahnstationen.

Die Glücklichen …

»Wir müssen weiterkämpfen«, wiederholt Inspektor Nishi. »Denn wenn wir nicht kämpfen, wird der Kaiser selbst hingerichtet und die Frauen Japans werden systematisch vergewaltigt, damit die kommenden Japaner keine Japaner mehr sind …«

Ich verfluche ihn …

Wir gehen unter Telegrafenmasten, die aufragen wie Grabstelen, Straßen entlang, die keine mehr sind, und Nishi tönt weiter.

»In den Bergen von Nagano werden wir die letzte Schlacht schlagen; auf dem Maizuruyama, auf dem Minakamiyama, auf dem Zōzan!«

Die Menschen auf diesen Straßen sind keine Menschen mehr; erschöpfte Geister in frühmorgendlichen Warteschlangen, Ewiggestrige, die vor improvisierten Speisesälen in alten Kinos auf Essen warten, Filmplakate ersetzt durch Parolen.

»Wir sind alle Soldaten an der Heimatfront.«

Der Lautsprecherwagen ist verschwunden und mit ihm das Lied, das wir in den vergangenen sieben Jahren jeden Tag gehört haben: »Roei no Uta«.

Nur noch das Tönen von Nishis Stimme.

»Jeder Mann unter fünfundsechzig, jede Frau unter fünfundvierzig wird einen Bambusspeer ergreifen und losmarschieren, um unser geliebtes Japan zu verteidigen …«

Ich bleibe mitten auf der Straße stehen, packe Nishi am Kragen seiner Uniform und drücke ihn gegen eine verkohlte Wand, auf der geschrieben steht:

»Lasst uns gegenseitig mit lächelnden Gesichtern helfen.«

»Sie gehen zurück in die Zentrale, Kollege«, sage ich zu ihm.

Nishi blinzelt, macht den Mund auf und nickt.

Ich ziehe ihn von der schwarzen Wand …

»Ich möchte sicherstellen, dass zumindest einer von uns diese Kaiserliche Bekanntmachung hört«, sage ich zu ihm. »Falls Fujita und ich sie nicht hören können, können Sie uns Bericht erstatten.«

Ich lasse seinen Kragen los …

Wieder nickt Nishi.

»Wegtreten!« brülle ich, Nishi steht stramm, salutiert und verbeugt sich.

Er verschwindet.

»Vielen Dank«, meint Inspektor Fujita lachend.

»Nishi ist noch sehr jung«, sage ich zu ihm.

»Jung und sehr eifrig.«

»Ja«, bestätige ich. »Aber ich glaube nicht, dass er sonderlich versessen darauf wäre, unseren alten Freund Matsuda Giichi kennenzulernen.«

»Wie wahr«, lacht Fujita erneut auf, und wir gehen weiter durch Straßen, die keine mehr sind, vorbei an Gebäuden, die keine mehr sind.

In dieser Stadt, die keine mehr ist.

Weiter nach Shimbashi, Tokio.

Auf einem leeren Grundstück an der Rückseite des Bahnhofs Shim-

bashi bilden Soldaten eine Kette und entladen vor den Notbehelfsbüros
von Matsuda Giichi und Co. Holzkisten von zwei Lastwagen der Kaiserlichen Armee; Matsuda Giichi selbst erteilt die Anweisungen.

»Händler und Kunden sind Waffenbrüder.«

Matsuda Giichi steht in einem neuen Seidenanzug auf einer Kiste, Panamahut in der einen, eine ausländische Zigarre in der anderen Hand.

Der neu ernannte Herrscher von Tokio …

Als Matsuda Fujita und mich sieht, lächelt er –

Der einzige lächelnde Mann in Tokio …

»Ich dachte, ihr seid alle in die Berge geflohen«, meint er lachend. »Die letzte Schlacht der japanischen Rasse und so weiter.«

»Was ist denn in den Kisten?« frage ich ihn.

»Einmal Schnüffler, immer Schnüffler, was?« meint Matsuda. »Sie sollten vielleicht darüber nachdenken, sich einen anderen Beruf zu suchen.«

»Was ist in den Kisten?« frage ich erneut.

»Armeehelme«, antwortet er.

»Sie wollen sich doch wohl nicht den Kriegsanstrengungen anschließen, oder?«

»Dazu ist es ein wenig zu spät«, antwortet Matsuda. »Ich habe meinen Teil schon auf dem Festland beigetragen – nicht, dass ich jemals Dank dafür erhalten hätte; jetzt werde ich dem Land helfen, wieder auf die Beine zu kommen.«

»Wie patriotisch von Ihnen«, sage ich. »Aber noch haben wir nicht verloren.«

Matsuda schaut auf seine Uhr, seine neue ausländische Uhr, und nickt. »Noch nicht, da haben Sie ganz recht, Herr Kommissar. Aber haben Sie die Rauchsäulen über all den Regierungsgebäuden gesehen?«

Fujita und ich schütteln die Köpfe.

»Nun, das heißt, dass sie alle Akten und Unterlagen verbrennen. Die Rauchzeichen der Kapitulation … der Niederlage.«

Zwei weitere Armee-Lastwagen rollen heran. Hupen dröhnen. »Es tut mir sehr leid, dass ich unhöflich sein muss«, sagt Matsuda, »aber wie die Herren sehen, ist heute sehr viel los. Haben Sie einen besonderen Wunsch? Eine neue Arbeit, vielleicht? Einen neuen Namen? Ein neues Leben? Eine neue Vergangenheit?«

»Nur Zigaretten«, antworten Fujita und ich gleichzeitig.

»Gehen Sie zu Senju«, meint Matsuda Giichi.

Fujita und ich bedanken uns bei ihm …

»Senju ist hinten.«

Fujita und ich verbeugen uns …

Und verfluchen ihn.

Fujita und ich gehen zur Rückseite von Matsudas Notbüro, zu seiner rechten Hand.

Senju Akira steht mit entblößtem Oberkörper da, hält ein in der Scheide steckendes Kurzschwert in der rechten Hand und beaufsichtigt das Entladen eines weiteren Lastwagens.

Voller Zigaretten der Marke *Kaiserliche Chrysantheme.*

»Wo haben Sie die denn alle her?« frage ich.

»Fragen Sie niemals einen Polizisten«, antwortet Senju lachend. »Hören Sie, die einen sind im Bilde, die anderen eben nicht …«

»Und was ist mit Ihrem Boss und all den Helmen?« setze ich nach.

»Wie man in den Wald hineinruft, so schallt es heraus«, antwortet Senju und lächelt erneut. »Wir haben der Armee Kochtöpfe verkauft, um daraus Helme zu machen, nun verkaufen die uns Helme, damit wir Kochtöpfe daraus machen.«

»Na gut, dann können Sie uns ja ein paar Zigaretten verkaufen«, meint Fujita.

»Nun sagen Sie mir nur nicht, Sie haben tatsächlich Bargeld«, entgegnet Senju.

Fujita und ich schütteln mit den Köpfen.

»Ihr verdammten Schnüffler«, seufzt Senju Akira und reicht jedem von uns fünf Schachteln *Kaiserliche Chrysantheme.* »Schlimmer als Diebe …«

Wir bedanken und verbeugen uns.

Und wir verfluchen und verfluchen ihn …

Wir teilen uns im Schatten ein Streichholz.

In einem Schatten, der keiner ist …

Wir rauchen und gehen weiter.

Am Bahnhof Shimbashi schieben Streifenbeamte Dienst, durchsuchen Pakete und Bündel nach Schmuggelware …

Rucksäcke und Taschen nach Schwarzmarktzigaretten.

Fujita und ich ziehen die *keisatsu techō* hervor, unsere Notizbücher mit den Dienstmarken, und weisen uns am Eingang aus.

Bahnhof und Gleise wirken verlassen, der Zug der Yamate-Linie ist fast leer.

Die Sonne steigt, die Temperaturen klettern in die Höhe. Ich wische mir über Nacken und Gesicht …

Es juckt.

Ich starre zum Fenster hinaus; die Hochgleise der Yamate-Linie bilden nun die höchsten Punkte in einem Großteil Tokios, ein Meer aus Schutt, wohin man auch blickt, nur im Osten nicht …

Dort liegen die Docks und das andere, das echte Meer.

Im Revier Shinagawa erwarten uns schon die Polizeibeamten; zwei von ihnen führen uns zu den Docks.

Der eine heißt Uchida, der andere Murota.

Der Tatort …

»Die gehen davon aus, dass es sich um eine Frau namens Miyazaki Mitsuko handeln könnte«, berichten sie unterwegs; wir japsen und schwitzen wie Hunde in der Sonne. »Diese Miyazaki stammt ursprünglich aus Nagasaki und ist nach Tokio abkommandiert worden, um in der Abteilung Marinebekleidung zu arbeiten, deshalb wohnte sie im Frauenwohnheim.«

Die Sonne brennt uns auf den Kopf …

»Im Mai bekam sie frei, um ihre Familie in Nagasaki zu besuchen. Sie kam allerdings dort nie an und kehrte auch nicht ins Wohnheim zurück …«

In der Gegend stinkt es …

»Nachdem die Fabrik der Abteilung Marinebekleidung nicht länger in Betrieb ist, sind die meisten Arbeiter aus dem Wohnheim ausgezogen. Allerdings hat es eine Reihe von Diebstählen in dem Gebäude gegeben, deshalb haben der Hausmeister und sein Gehilfe das Gebäude durchsucht und dann gesichert.«

Es stinkt nach Öl und Kot …

»Sie sind in einen der Luftschutzkeller hinuntergegangen, der schon eine Weile nicht mehr benutzt wurde, und haben dort …«

Es stinkt nach Rückzug …

»… die unbekleidete Leiche einer Frau gefunden.«

Kapitulation …

Diese Fabriken mit ihren Wohnheimen, Fabriken, die ganz auf den Krieg ausgerichtet waren, Wohnheime voller freiwilliger Arbeitskräfte; diese Fabriken sind nun ausgebombt, die Wohnheime geräumt, alle noch intakten Gebäude schwarz vor Ruß und leer gefegt.

Das ist der Tatort …

Das Frauenwohnheim der Abteilung Marinebekleidung in Dai-Ichi steht noch, daneben eine Fabrik, von der nur noch zerbrochene Säulen und Torpfosten geblieben sind.

Keine Maschinen, keine Teile …

Die Arbeiterinnen sind geflüchtet …

Dies ist der Ort …

Zwei Männer sitzen zum Schutz vor der Sonne regungslos im Schatten einer Bürobaracke.

»Ich verstehe das nicht«, sagt der Ältere. »Ich verstehe das einfach nicht. Ich verstehe das überhaupt nicht …«

Der Ältere ist der Hausmeister. Der andere, Jüngere, ist der Heizer. Der Heizer hatte die Leiche entdeckt, und nun weist er auf die beiden Wellblechtüren des Luftschutzkellers und sagt: »Da unten ist sie, in einem Schrank am Ende des Kellers.«

Die Sonne brennt uns auf den Kopf …

Ich ziehe die beiden Wellblechtüren auf und mache sofort einen Schritt zurück. Der Gestank menschlicher Exkremente ist überwältigend.

Urin. Kot. Urin. Kot …

Drei Stufen tiefer steht der Boden des Kellers unter Wasser.

Kein Regen- oder Meerwasser; der Keller ist mit dem Schlamm aus zerstörten Abwasserrohren vollgelaufen; ein schwarzer, versunkener See aus Urin und Kot …

»Jetzt könnten wir Nishi gebrauchen«, meint Fujita.

Ich drehe mich zu dem Hausmeister um, der in seinem Schatten steht.

»Wann ist das passiert?« frage ich ihn.

»Bei den Angriffen im Mai«, antwortet er.

»Und wie haben Sie die Leiche gefunden?« frage ich den Heizer.

»Damit«, antwortet er und hält eine Taschenlampe in die Höhe.

»Geben Sie sie mir«, sage ich zu ihm.

Der Heizer steht auf, murmelt etwas von Batterien und bringt Fujita und mir die Lampe.

Ich nehme sie an mich.

Ich ziehe das Taschentuch heraus, lege es mir vor Mund und Nase und schaue die Treppe hinunter …

Ich schalte die Taschenlampe ein …

Ich leuchte über den schwarzen See hinweg, das Abwasser steht etwa einen Meter hoch, hier und da ragen Möbelstücke aus der Flut. Am hintersten Ende des Raumes ist eine Schranktür offen.

Hier unten ist sie. Hier unten ist sie. Hier unten …

Ich schalte die Taschenlampe aus. Ich wende mich ab. Ich ziehe Stiefel und Socken aus und knöpfe mir das Hemd auf …

»Sie wollen doch wohl nicht da rein, oder?« fragt der Hausmeister.

»Das wollte ich auch gerade fragen«, meint Fujita lachend.

Ich knöpfe mir die Hose auf und ziehe sie aus …

»Da unten gibt es Ratten«, sagt der Hausmeister. »Und das Wasser ist giftig. Ein Biss oder ein Schnitt, und Sie sind …«

»Nun, sie wird ja wohl nicht von alleine herausspazieren, oder?«

Fujita knöpft sich fluchend das Hemd auf.

»Ist doch nur noch eine Leiche«, mault er.

»Sie beide auch«, sage ich zu den beiden Streifenbeamten aus Shinagawa. »Einer geht hinein, der andere hält die Türen auf.«

Ich binde mir das Taschentuch fest um den Kopf.

Ich ziehe meine Stiefel wieder an und greife nach der Taschenlampe …

Ich nehme ein, zwei, drei Stufen nach unten …

Fujita hinter mir flucht immer noch …

»Und Nishi hockt im Büro.«

Ich fühle den Boden des Luftschutzkellers im Wasser, das mir bis zu den Knien reicht. Ich kann die Mücken hören und die Ratten spüren.

Das Wasser reicht mir bis zur Brust, und ich wate zu dem Schrank.

Meine Stiefel rutschen aus, ich stolpere …

Meine Knie schlagen gegen eine Tischkante …

Ich hoffe, dass es nur ein blauer Fleck ist, ein Fleck, keine Wunde …

Ich erreiche das hintere Ende des Kellers …

Ich komme an den Schranktüren an …

Hier drin ist sie. Hier drin …

Ich sehe sie, als ich ein Stück weit die Türen aufziehe, die unter Wasser von Möbelstücken blockiert werden.

Fujita hält die Taschenlampe fest, und der Streifenbeamte räumt Stück für Stück die Stühle und Tische beiseite.

Stück für Stück, bis sich die Türen ganz öffnen lassen.

Die Türen öffnen sich, und *hier ist sie …*

Die Leiche ist an manchen Stellen aufgedunsen, an anderen eingefallen.

Fleischfetzen hier, nur noch Knochen dort.

Haare hängen ihr über dem Schädel.

Die Zähne sind gebleckt, so als wolle sie sprechen …

Flüstern: *Hier bin ich.*

Jetzt hält der Polizeibeamte die Lampe; Fujita und ich nehmen die Leiche, *hier kalt*, wir heben sie aus dem Wasser, *hier warm*, und tragen sie die klammen Stufen hinauf, *hier hart*, hinaus …

Hinaus an die Luft, *hier weich*, hinaus an die Sonne.

Wir keuchen und schwitzen wie die Hunde.

Fujita, der Polizeibeamte und ich liegen flach auf dem Rücken im Dreck, zwischen uns die stark zersetzte, unbekleidete Leiche einer jungen Frau –

Aufgedunsen, eingefallen, Fleisch und Knochen, Haare und Zähne …

Ich wische mich mit meiner Jacke ab, trockne mich …

Ich rauche eine *Chrysantheme …*

Dann wende ich mich an die beiden Männer im Schatten und sage: »Sie haben den Beamten gesagt, dies könnte die Leiche einer gewissen Miyazaki Mitsuko sein.«

Fleisch und Knochen, Haare und Zähne ...

Der Hausmeister nickt.

»Wie kommen Sie darauf?« frage ich.

»Na ja, es war schon komisch«, antwortet er. »So wie sie verschwunden und nie zurückgekommen ist. Ist nicht nach Hause gegangen und auch nie wieder gekommen.«

»Aber es werden doch Tausende von Menschen vermisst«, meint Fujita. »Wer weiß schon, wie viele Menschen bei den Bombenangriffen umgekommen sind?«

»Ja«, sagt der Hausmeister. »Aber sie ist nach den ersten Angriffen von hier verschwunden und nie in Nagasaki angekommen ...«

»Wer sagt das?« frage ich ihn. »Ihre Eltern?«

»Die haben vielleicht gelogen«, merkt Fujita an. »Damit ihre Tochter nicht mehr nach Tokio muss.«

Der Hausmeister zuckt mit den Schultern und sagt: »Na, wenn sie nach Nagasaki zurückgegangen ist, ist sie sowieso so gut wie tot.«

Ich rauche zu Ende. Ich nicke zu der Leiche hinüber und frage: »Glauben Sie, Sie können sie identifizieren?«

Der Hausmeister betrachtet die Überreste auf dem Boden. Dann schaut er weg und schüttelt den Kopf.

»So nicht«, antwortet er. »Ich erinnere mich nur, dass sie eine Uhr hatte, auf deren Rückseite ihr Name eingraviert war. Ein Geschenk von ihrem Vater, als sie nach Tokio kam. Sie war sehr stolz darauf.«

Fujita hält sich wieder sein Taschentuch vor den Mund.

Er kauert sich hin. Schüttelt den Kopf ...

Keine Uhr am Handgelenk der Leiche ...

Ich nicke zu dem Luftschutzkeller hinüber und sage zu Fujita: »Vielleicht ist sie noch irgendwo da drin.«

»Ja«, meint er. »Aber vielleicht auch nicht.«

»Und was ist mit Ihnen?« frage ich den Heizer. »Kannten Sie sie?«

Der Heizer schüttelt den Kopf. »Das war vor meiner Zeit.«

»Er hat erst im Juni hier angefangen«, ergänzt der Hausmeister. »Und Miyazaki ist zuletzt Ende Mai gesehen worden.«

»Können Sie sich an das genaue Datum erinnern?«

Er legt den Kopf schräg, schließt die Augen, drückt sie fest zusammen. Dann schlägt er sie wieder auf und schüttelt den Kopf.

»Tut mir leid«, sagt er. »Aber mit dem Kalender hab ich's nicht so.«

Ich höre einen Motor. Ich höre einen Jeep.

Ich drehe mich um, als das Fahrzeug näher kommt …

Militärpolizei …

Die Kempeitai.

Der Jeep hält an, vorn steigen zwei Kempei-Offiziere aus, bewaffnet mit Revolvern und Schwertern. Begleitet werden sie von zwei älteren Männern mit den Armbinden der Heimwehr.

Ich würde am liebsten jubeln. Die Kempeitai. Ich würde am liebsten Hurra schreien …

Niemand will einen Fall. Nicht heute. Nicht jetzt …

Die Leiche wurde auf Militärgelände gefunden; das hier ist deren Reich, deren Leiche, deren Fall.

Inspektor Fujita und ich treten vor. Wir verbeugen uns tief.

Diese beiden Offiziere sehen uns sehr ähnlich; der Ältere ist Ende vierzig, der andere Ende dreißig …

Fujita und ich stellen uns den Männern vor.

Ich schaue in einen Spiegel. Ich sehe mich selbst …

Wir entschuldigen uns dafür, auf Militärgelände zu sein.

Sie sind Soldaten, wir nur Polizisten …

Eine weniger tiefe Verbeugung als Antwort.

Das hier ist ihre Stadt, ihr Jahr …

Der Jüngere stellt den Älteren als Hauptmann Muto und sich selbst als Unteroffizier Katayama vor.

Ich schaue in einen Spiegel …

Ich verbeuge mich erneut und erstatte den beiden Kempei-Offizieren Meldung; die beiden Männer der Heimwehr stehen dabei und hören stumm zu.

Tag und Uhrzeit. Ort und Namen …

Ich beende meinen Bericht und verbeuge mich wieder.

Die beiden schauen auf ihre Uhren.

Hauptmann Muto geht zu der Leiche hinüber, die im Staub liegt. Er steht da und starrt sie eine Weile an, bevor er sich wieder Fujita und mir zuwendet.

»Wir brauchen einen Krankenwagen von der Universitätsklinik Keiō, um die Leiche ins Krankenhaus zu bringen. Wir brauchen Dr. Nakadate von der Keiō, er soll die Autopsie durchführen.«

Fujita und ich nicken.

Das ist deren Leiche, deren Fall …

Doch Hauptmann Muto wendet sich nun an die beiden Streifenbeamten und befiehlt: »Sie beide kehren nach Shinagawa zurück und veranlassen, dass die Universitätsklinik sofort einen Krankenwagen herschickt und dass Dr. Nakadate bereitsteht, um die Autopsie durchzuführen.«

Uchida und Murota nicken, salutieren und verbeugen sich tief vor den Männern der Kempeitai.

Fujita und ich fluchen.

Kein Ausweg mehr …

Dann weist Hauptmann Muto auf den Hausmeister und den Heizer und fragt uns: »Wer von diesen Männern arbeitet hier?«

»Beide«, antworte ich.

Hauptmann Muto zeigt auf den Heizer und brüllt: »Sie holen eine Decke oder etwas Ähnliches und so viele alte Zeitungen, wie Sie auftreiben können. Und zwar sofort!«

Der Heizer eilt ins Gebäude.

Der ältere Kempei-Offizier schaut wieder auf die Uhr und fragt den Hausmeister: »Haben Sie hier ein Radio?«

»Ja«, nickt dieser. »In unserer Baracke.«

»In Kürze wird es eine Kaiserliche Bekanntmachung geben, jeder Bürger Japans ist angewiesen worden, diese Sendung anzuhören. Gehen Sie und kontrollieren Sie, ob das Radio funktionstüchtig und korrekt eingestellt ist.«

Der Hausmeister nickt und verbeugt sich. Er geht zu seiner Baracke und kommt dabei am Heizer vorbei, der mit einer groben grauen Decke und einem Stapel alter Zeitungen zurückkehrt.

Jetzt wendet sich der jüngere Kempei-Offizier an Fujita und mich: »Legen Sie die Leiche auf die Zeitungen und decken Sie sie mit der Decke zu, sodass man sie transportieren kann.«

Fujita und ich binden uns wieder die Tücher vor Mund und Nase und machen uns an die Arbeit, breiten die Zeitungen aus, legen dann die Leiche darauf und bedecken sie halb mit der Decke.

Dies ist nicht mehr unser Fall …

Doch dann nähert sich der Heizer dem jüngeren Kempei-Offizier. Er verneigt den Kopf als Entschuldigung, murmelt etwas und nickt nervös, zeigt als Antwort auf die Fragen des Offiziers hierhin und dorthin.

Die Unterhaltung ist vorüber.

Unteroffizier Katayama schreitet zu seinem älteren Vorgesetzten hinüber und teilt ihm mit: »Dieser Mann dort sagt, es habe eine Reihe von Diebstählen gegeben, und er denkt, dass sie von den koreanischen Arbeitern begangen worden sind, die in dem Gebäude dort drüben wohnen.«

Der jüngere Kempei-Mann weist auf ein rußgeschwärztes dreistöckiges Gebäude gegenüber dem Wohnheim.

»Werden diese Arbeiter auf irgendeine Art überwacht?« fragt der Ältere. »Oder können sie sich frei bewegen?«

»Ich habe gehört, bis Ende Mai standen sie unter Bewachung«, antwortet der Heizer. »Dann sind die Jüngeren zum Arbeiten in den Norden gebracht worden, und die Alten, Schwachen hat man hier zurückgelassen.«

»Und verrichten sie irgendeine Arbeit?«

»Sie sollen uns bei der Instandsetzung der Gebäude helfen, aber entweder sind sie zu krank oder es gibt nicht genügend Baumaterial, also bleiben sie einfach dort drinnen hocken.«

Hauptmann Muto, der immer wieder auf die Uhr schaut, deutet hektisch auf alle uns umgebenden Gebäude und brüllt: »Ich will, dass alles durchsucht wird!«

Fujita und ich haben die Leiche zum Abtransport bereit gemacht.

Ich werfe Fujita einen Blick zu. Ich weiß nicht, ob der Hauptmann damit meint, dass wir die Durchsuchung vornehmen sollen. Fujita rührt sich nicht.

Doch nun bellt der Hauptmann:

»Ihr beide übernehmt dieses Wohnheim!«

Nicht mehr unser Fall …

Fujita und ich salutieren, wir verbeugen uns und marschieren dann in Richtung des Gebäudes.

Ich fluche. Fujita flucht …

»Und Nishi hockt im Büro.«

Fujita übernimmt das oberste Stockwerk. Ich das erste. Die rissigen Holzdielen im Flur knarzen. Klopf-klopf. Eine Tür nach der anderen. Ein Zimmer nach dem anderen. Jedes Zimmer sieht exakt so aus wie das andere.

Ausgefranste und völlig abgewetzte Tatamis. Ein Fenster mit Verdunkelungsvorhang. Dünne grüne Wände mit feuchter, sich ablösender Tapete.

Jedes Zimmer leer, verlassen.

Das Ende des Ganges. Das allerletzte Zimmer. Die allerletzte Tür. *Klopf-klopf.* Ich drehe den Türknauf. Ich öffne die Tür …

Die gleichen alten Tatamis, das Fenster. Der gleiche schwarze Vorhang. Die dünnen Wände. Die gleiche sich ablösende Tapete.

In einem weiteren leeren Zimmer.

Ich gehe über die Tatamis. Ich ziehe den Vorhang zurück. Die Sonne bescheint eine halb abgebrannte Moskitospirale auf einem niedrigen Tisch.

Der Gestank nach Exkrementen …

Urin und Kot …

Ich öffne den Wandschrank, darin kauert in einem Haufen Bettzeug ein alter Mann und vergräbt sein Gesicht in einen Futon.

Ich hocke mich hin. »Keine Angst«, sage ich.

Er hebt sein Gesicht und schaut mich an; das Gesicht des alten Mannes ist platt, seine aufgesprungenen Lippen stehen offen und zeigen zerbrochene, gelbe, fleckige Zähne.

Er stinkt nach Exkrementen …

Der Alte ist Koreaner …

Ich fluche und fluche …

Ein Yobo …

»Herzlichen Glückwunsch!«

Ich drehe mich um; Unteroffizier Katayama steht in der Tür, hinter ihm Fujita, der den Kopf schüttelt.

»Bringt ihn nach unten!« befiehlt der Kempei.

Ich starre Katayama an …

Ich schaue in einen Spiegel …

»Sofort!« bellt er.

Der alte Mann vergräbt den Kopf wieder im Bettzeug, seine Schultern zucken, er murmelt und stöhnt …

»Ich habe nichts getan! Bitte …«

Sein Atem stinkt faulig.

Ich packe ihn an den Schultern und ziehe ihn vom Bettzeug hoch, aus dem Schrank. Der Alte windet und wehrt sich …

»Ich habe nichts getan! Bitte, ich will leben!«

»Mach ihm Beine!« befiehlt Unteroffizier Fujita.

Fujita und ich zerren den Alten an Schultern und Armen aus dem Schrank, aus dem Zimmer, hinaus auf den Flur über die Dielen, jeder hält nun einen Arm fest …

Leib und Beine sind verdreht …

Seine Füße schleifen hinterher …

Der Kempei marschiert mit dem Schwert in der einen Hand hinter uns her, tritt dem Alten auf die Füße, schlägt ihn mit dem Schwert, um ihn anzutreiben.

Die Treppe hinunter …

Ins Licht …

»Das ist er!« schreit der Heizer. »Das ist er!«

»Hol mir zwei Spaten!« brüllt der ältere Offizier, und der Hausmeister eilt in seine Baracke.

»Ihr beiden, bringt den Verdächtigen her.«

Fujita und ich führen den alten Koreaner zu Hauptmann Muto, der im Schatten des anderen Wohnheims steht.

In die Schatten …

Der Hausmeister kehrt mit zwei Spaten zurück. Hauptmann Muto nimmt dem Hausmeister einen der Spaten ab und reicht ihn dem Heizer. Er nickt zu einem Stück Erde hinüber, früher vielleicht mal ein Blumenbeet, dann vielleicht ein Gemüsebeet, nun aber nichts außer harter, festgestampfter schwarzer Erde.

»Grabt ein Loch«, sagt er.

Der Hausmeister und der Heizer graben die Erde auf, der Hausmeister schwitzt bereits und sagt: »Er hat ein Loch in die Wand gebohrt, um den Frauen beim Duschen zuzuschauen.«

Der Heizer wischt sich den Schädel ab, dann den Nacken, und pflichtet dem Hausmeister bei: »Wir haben ihn ertappt und geschlagen, aber …«

»Aber er ist immer wieder aufgetaucht …«

»Konnte sich nicht fernhalten …«

Hauptmann Muto deutet auf eine Stelle direkt vor dem Loch, das die beiden ausheben. Dann befielt er Fujita und mir, den Koreaner vor das tiefer werdende Loch zu stellen.

Der Alte blinzelt nur.

Er sagt kein Wort.

Fujita und ich schieben den Koreaner vorwärts, doch sein Körper wackelt hin und her wie Reisgelee. »Keine Angst«, sage ich zu ihm. »Bleiben Sie dort stehen, bis wir das geklärt haben.«

Doch der alte Koreaner schaut uns an …

Die beiden Kempei-Offiziere, die Offiziellen der Heimwehr, den Hausmeister, den Heizer …

Inspektor Fujita und mich …

Die Leiche auf den Zeitungen, die Leiche, die nur halb bedeckt ist …

»Ich bin hier …«

Dann schaut der Koreaner wieder hinüber zu der frisch ausgehobenen Erde, dem Loch, das der Hausmeister und der Heizer buddeln, und versucht wegzulaufen, doch Fujita und ich packen ihn und halten ihn fest, er zittert, sein Gesicht verzerrt sich, und er schreit: »Ich will nicht getötet werden! Ich habe nichts getan! Bitte, ich will nicht sterben!«

»Halt den Mund, Yobo!« sagt jemand.

»Aber ich habe nichts getan!«

»Und warum wolltest du dann weglaufen, Yobo?« fragt Hauptmann Muto. »In Japan laufen unschuldige Männer nicht davon.«

»Bitte tötet mich nicht! Bitte!«

»Du verlogener Bastard!«

»Ruhe!« brüllt jetzt der jüngere Kempei-Offizier und zeigt hinüber zu der Leiche unter der Decke, der Leiche, die im Staub neben den Wellblechtüren des Luftschutzkellers liegt, und fragt den alten Koreaner: »Hast du diese Frau geschändet?«

Der alte Koreaner schaut wieder hinüber zu der Leiche auf den Zeitungen.

Aufgedunsen und eingefallen ...

»Hast du diese Frau umgebracht?«

Er schüttelt den Kopf.

Fleisch und Knochen ...

Hauptmann Muto tritt vor und schlägt dem alten Koreaner ins Gesicht. »Antworte gefälligst, Yobo!«

Der Koreaner bleibt stumm.

»Dieser Yobo ist offenkundig schuldig«, erklärt Muto. »Mehr gibt es dazu nicht zu sagen.«

Der Alte schaut uns wieder an; die beiden Kempei-Offiziere, die Männer von der Heimwehr, den Hausmeister, den Heizer, Kommissar Fujita und mich; wieder schüttelt er den Kopf ...

Unsere Blicke aber sind auf das Schwert von Hauptmann Muto gerichtet, das strahlend glänzende Schwert des Kempei ...

Das gezückte Schwert ...

Die Klinge hoch in der Luft ...

Unsere Blicke ruhen auf einem einzigen Fleck oberhalb des Rückens des alten Koreaners ...

Ein Fleck ...

»Es ist so weit!« ruft der jüngere Kempei-Offizier plötzlich ...

Der Hausmeister eilt in seine Baracke zurück und ruft: »Die Kaiserliche Ansprache! Die Kaiserliche Ansprache!«

Alle schauen zur Baracke hinüber, dann wieder zum Hauptmann.
Der Kempei senkt das Schwert …

»Bringt den Yobo zum Radio«, brüllt er und marschiert zur Baracke des Hausmeisters.

Alle folgen ihm.

Stehen im Halbkreis um das offene Fenster der Baracke.

Lauschen einem Radio.

Hören eine Stimme.

Seine Stimme …

Hohl, voller Trauer, zittrig …

»Unserem guten und treuen Volk.«

Die Stimme eines Gottes im Radio.

»O so mutig, auf zum Sieg / da wir geschworen und unser Land verlassen haben …«

Ich kann Liedfetzen vom Lautsprecherwagen herüberwehen hören, Zeilen aus dem Lied »Roei no Uta«, dann die Stimme eines Gottes im Radio …

»Angesichts der Weltlage und der gegenwärtigen Situation in Unserem Reiche verkünden wir hiermit, um den schwierigen Umständen durch außergewöhnliche Maßnahmen zu begegnen …«

»Wer kann denn sterben, ohne gezeigt zu haben, was in ihm steckt?/ Wann immer ich die Fanfaren unserer vorrückenden Truppen vernehme…«

Liedfetzen, die Stimme eines Gottes, und die Sonne, die uns allen auf den Kopf brennt.

»Wir haben durch die Kaiserliche Regierung den USA, Großbritannien, China und der UdSSR die Mitteilung machen lassen, dass Wir deren gemeinsame Erklärung annehmen …«

»… schließe ich die Augen und sehe ein Meer von Fahnen, die uns jubelnd in die Schlacht begleiten …«

Die Liedfetzen, die Stimme eines Gottes, die Hitze, und die Männer der Heimwehr auf Knien, Hände vors Gesicht geschlagen, schluchzend.

»Vor allem ist die Sorge um Gesundheit und Sicherheit der Bevölkerung in Unserem Reiche ebenso wie um das gemeinsame Wohlergehen

 aller Nationen eine Verpflichtung gegenüber der Tradition Unserer Kaiserlichen Ahnen. In der Tat erklärten Wir den USA und Großbritannien nur den Krieg, um die Existenz Unseres Reiches und die Stabilität Ostasiens zu sichern, und nicht etwa aus der Absicht heraus, andere Länder unter Unsere Souveränität zu zwingen und ihr Territorium zu besetzen. Der gegenwärtige Krieg dauert nun schon vier Jahre. Der tapfere Kampf Unserer Streitkräfte von Heer und Marine, die Pflichterfüllung Unserer Staatsdiener und der hingebungsvolle Dienst Unseres Hundertmillionenvolkes konnten jedoch nicht verhindern, dass der Krieg sich nicht zu Japans Gunsten entwickelt hat. Vielmehr hat sich die allgemeine Entwicklung der Welt gegen die Interessen des Kaiserreiches gewendet. Außerdem setzt der Feind eine neuartige, grausame Bombe ein, die viele unschuldige Menschenleben vernichtet und Schäden von unkalkulierbarem Ausmaß hervorruft. Wenn Wir unter diesen Bedingungen den Kampf fortsetzen, wird letztendlich nicht nur Unser Volk untergehen, sondern auch die von der menschlichen Rasse aufgebaute Zivilisation in sich zusammenbrechen. Wie können Wir Unsere zahlreichen Untertanen retten und die Seelen Unserer Kaiserlichen Ahnen versöhnen? Das ist der Grund, warum Wir durch die Kaiserliche Regierung die gemeinsame Erklärung der Siegermächte angenommen haben …«

»Erde und Flora stehen in Flammen / während wir im endlosen Zug die Ebenen durchqueren …«

Das Lied, die Stimme und die Hitze; Männer auf Knien, Hände vor dem Gesicht, schluchzend, heulend.

»Wir müssen das tiefste Bedauern gegenüber den verbündeten Nationen ausdrücken, die über all die Jahre an der Seite Unseres Reiches an der Befreiung Asiens mitgewirkt haben. Mit unerträglichem Schmerz denken Wir an all die gefallenen Untertanen, an diejenigen, die bei der Erfüllung ihrer Pflicht umkamen oder einen unzeitigen Tod fanden, und an ihre Hinterbliebenen. Auch bedauern Wir zutiefst das Schicksal derjenigen, die verwundet wurden oder in den Feuersbrünsten ihr Haus verloren haben. Wir sind Uns auch bewusst, dass dem Reich noch große Opfer bevorstehen. Ebenso sind Uns die Gefühle Unserer Untertanen wohlvertraut. Unter den gegebenen Umständen aber haben Wir Uns entschlos-

sen, das Unerträgliche zu ertragen, um den kommenden Generationen den Weg zum Frieden zu ebnen.«

»Helme, geschmückt mit der aufgehenden Sonne / Wir streichen unseren Pferden über die Mähnen …«

Das endlose Lied, die endlose Stimme, die endlose Hitze; Männer auf Knien, heulend und jammernd liegen sie auf dem Boden, Tränen fallen in den Staub.

»Es ist Uns gelungen, den Staatskörper zu bewahren, und in grenzenlosem Vertrauen in die Aufrichtigkeit Unserer Untertanen werden Wir immer mit euch sein. Lasst euch nicht von Emotionen mitreißen, denn das führt nur zu unnötigen Problemen, und wenn ihr einander befehdet, kommt ihr von den moralischen Prinzipien ab und verliert das Vertrauen der Welt …«

»Wer weiß, was morgen ist – Leben?«

Das Lied geht zu Ende, die Rede geht zu Ende, der Himmel verdunkelt sich; der Klang von hundert Millionen weinenden, verletzten Menschen im Wind, der durch eine Nation weht, die an ihr Ende gelangt ist.

»Tragt den Gedanken von Unserer Nation als einer einzigen Familie von Generation zu Generation, den Glauben an die Unvergänglichkeit des Götterlandes, der Schwere der Verantwortung und der Länge des vor Uns liegenden Weges. Vereinigt die Kräfte zum Wiederaufbau, beschreitet den Pfad der Tugend, nutzt die Stärke Unserer Nation und achtet darauf, gegenüber dem Fortschritt der anderen Länder nicht zurückzufallen.«

»Oder Tod in der Schlacht?«

Es ist vorbei, Stille kehrt ein, nur Stille, Stille, bis der Heizer fragt: »Wer war denn das da im Radio?«

»Der Herrscher persönlich«, antwortet Fujita.

»Wirklich? Was hat er gesagt?«

»Er hat ein Kaiserliches Reskript verlesen«, verkündet Fujita.

»Aber wovon hat er gesprochen?« fragt der Heizer, und diesmal antwortet ihm keiner, bis ich endlich sage …

»Der Krieg ist vorbei.«

»Also haben wir gewonnen?«

Nur Stille …

»Wir haben gewonnen.«

»Halt's Maul!« brüllt Hauptmann Muto.

Ich drehe mich zu ihm um, um mich zu verbeugen, um mich zu entschuldigen.

Seine Lippen bewegen sich, aber es kommen keine Worte hervor, Tränen rollen ihm über die Wangen; er hält sich die Klinge seines Schwerts ganz nah vor das Gesicht, und der letzte Schein der Sonne fängt sich darin …

Seine Augen, rote Flecken auf weiß …

Er starrt auf die Klinge …

Gebannt.

Er wendet sich von der Klinge ab, schaut jedem Einzelnen von uns ins Gesicht, dann fällt sein Blick auf den alten Koreaner in unserer Mitte.

»Beweg dich!« brüllt er ihn an. »Zurück mit dir, Yobo!«

Doch der alte Mann steht da und schüttelt den Kopf.

»Beweg dich! Beweg dich!« schreit der Kempei und schubst den alten Koreaner auf das Loch zu.

Er tritt ihn, treibt ihn mit dem Schwert an.

»Gesicht zum Loch, Yobo! Gesicht zum Loch!«

Der Koreaner wendet uns den Rücken zu …

Wieder ist das Schwert erhoben …

Die Augen, rote Flecken auf weiß …

Der Mann fleht uns an …

Der letzte Schein der Sonne …

Er fleht, dann stürzt er nach vorn, ein Schauder wie Eiseskälte durchfährt meine Glieder …

Das Schwert ist nach unten gesaust …

Blut an der Klinge …

Ein verzweifeltes, alles durchdringendes Klagen entfährt dem Mund des alten Koreaners …

Mir gefriert das Blut …

»Was tun Sie?« schreit der Mann. »Warum? Warum?«

Der Kempei-Offizier verflucht den Koreaner. Er tritt ihm von hinten in die Beine, und der Koreaner stolpert nach vorn in die Grube.

Auf der rechten Schulter des Mannes klafft eine dreißig Zentimeter lange Wunde, wo ihn das Schwert des Kempei getroffen hat; Blut sickert durch die braune Arbeitskleidung.

»Helft mir! Bitte helft mir! Helft mir!«

Er krallt sich wie wild in die Erde, schreit immer und immer wieder: »Ich will nicht sterben! Helft mir! Helft mir doch!«

Doch Hauptmann Muto hat sein blutbeflecktes Militärschwert gesenkt. Er starrt hinunter auf den alten Koreaner in der Grube.

Jedes Mal, wenn der Mann aus dem Loch gekrochen kommt, tritt ihn der Offizier wieder zurück in den Dreck.

Das Blut verlässt seinen Körper …

In den Dreck und in die Grube …

»Helft mir!« keucht der Mann …

Der Hauptmann wendet sich an den Hausmeister und den Heizer und befiehlt: »Verscharrt ihn!«

Die beiden nehmen ihre Spaten und fangen an, den Dreck wieder ins Loch zu werfen, über den Mann, schneller und immer schneller, um seine Schreie zu verscharren …

Unten im Loch …

Bis es vorbei ist …

Stille …

Meine rechte Hand zittert, mein rechter Arm, dann beide Beine.

»Inspektor Minami! Inspektor Minami! Inspektor Minami!«

Ich schließe die Augen. *Augen, die nicht die meinen sind.* Brennend heiße Tränen rinnen aus diesen Augen. *Augen, die ich nicht will …*

Ich wische mir die Tränen fort, immer und immer wieder.

»Inspektor Minami! Inspektor Minami!«

Endlich schlage ich die Augen wieder auf.

»Inspektor Minami!«

Fahnen sinken zu Boden, aber das sind keine Fahnen, diese Gebäude keine Gebäude, diese Straßen keine Straßen.

Denn diese Stadt ist keine Stadt, dieses Land kein Land.

Ich esse Eicheln. Ich esse Blätter. Ich esse Unkraut …

Die Stimme eines Gottes im Radio …
Hohl und voller Trauer …
Alles falsch …
Der Himmel ein Abgrund …
Die Zeit ist aus den Fugen …
Die Hölle unser Zuhause …
Hier, jetzt …

Zwanzig Minuten nach zwölf am fünfzehnten Tag des achten Monats im zwanzigsten Jahr der Regentschaft des Kaisers Shōwa …

Doch diese Stunde hat keinen Vater, dieses Jahr keinen Sohn …

Keine Mutter, keine Tochter, keine Frau oder Liebhaberin …

Die Stunde ist null; das Jahr null …

Tokio im Jahr Null.

I.

DAS TOR DES FLEISCHES

sie weinen. **Dreißig Calmotin, einunddreißig**. An meinen Vater: Ich hoffe, es geht Ihnen gut. Wir landen morgen. Ich werde mein Bestes geben, so wie Sie es wünschen würden. An meine Frau: Der große Augenblick ist gekommen. Für mich gibt es kein Morgen. Ich weiß sehr gut, woran Du denkst, meine liebe Frau. Aber sei unbesorgt und gefasst. Gib auf unsere Kinder acht. An meinen Sohn: Masaki, mein Lieber, Dein Vater wird bald gegen die chinesischen Soldaten kämpfen. Erinnerst Du Dich noch an das große Schwert, das mir Dein Großvater gegeben hat? Damit werde ich feindliche Soldaten zu Boden schlagen und erstechen wie Dein Held Iwami Jutaro. Vater wird Dir ein Schwert und einen chinesischen Stahlhelm als Andenken mit nach Hause bringen. Aber Masaki, Liebling, ich möchte, dass Du stets ein braver Junge bist. Sei anständig zu Deiner Mutter und zu Großmutter und zu allen Lehrern. Sei lieb zu Deiner Schwester und lerne fleißig, damit Du ein großer Mann wirst. Ich sehe Deine kleine Gestalt, wie Du ein Fähnchen schwenkst. Vater wird dieses Bild für immer im Gedächtnis behalten. *Masaki, Banzai! Vater, Banzai!* **Vierzig Calmotin, einundvierzig**. Schwerer Nebel umhüllt alles bis auf den Bahnhof. Schwache Umrisse von chinesischen Häusern, Echos chinesischer Stimmen. *Alles ist gelb*. Jetzt riechen wir Akazienblüten, jetzt sehen wir aufgehende Sonnen auf Fahnen. *Alles Kaki.* Beobachtungspatrouillen sind ausgeschwärmt, Wachen postiert. Diese Einheit zur Nudelfabrik, jene Einheit zur Streichholzfabrik. *Die Chinesen rauben die Japaner aus*. Die Soldaten kochen und putzen. *Die Chinesen schänden die Japanerinnen*. Die Soldaten bewachen und patrouillieren. *Die Chinesen bringen die Japaner um.* Die Soldaten richten Verteidigungszonen ein. *Die Chinesen rauben die Japaner aus*. Stacheldraht und Barrikaden in der ganzen Stadt. *Die Chinesen schänden die Japanerinnen*. Jeder Chinese wird an jeder Kreuzung abgefangen. *Die Chinesen bringen die Japaner um.* Sandsäcke und Straßensperren. Weitere Einheiten kommen hinzu. Sand gibt es immer, Wasser gibt es nie. Weitere Einheiten treffen ein. Immer Staub und immer Dreck. Immer mehr Einheiten treffen ein. Es juckt, ich kratze mich. *Gari-gari*. Tagwache gefolgt von Nachtwache. Es juckt, ich kratze mich. *Gari-gari*. Die Matratzen sind zerschlissen, die Wanzen hungrig. Es juckt, ich kratze mich. *Gari-gari*. Ich kann nicht schlafen zwischen all den Leichen. *Bajonette aufgepflanzt.* Ich kann ihre Schreie hören. *Gewehre geladen.* Ich kann ihr Flehen hören. *Die Chinesen rauben die Japaner aus.* Die japanischen Bosse zahlen ihren chinesischen Arbeitern keinen Lohn. *Die Chinesen schänden die Japanerinnen.* Die chinesischen Arbeiter beklagen sich bei ihren japanischen Bossen. *Die Chinesen bringen die Japaner um*. Die Bosse bohren ihren Arbeitern Nadeln unter die Fingernägel. *Ich kann ihre Schreie hören*. Die Bosse bohren Nadeln in Ringfinger, Mittelfinger und Zeigefinger. *Ich kann ihr Flehen hören*. Die japanischen Bosse tun, was immer sie wollen. *Ich war unverschämt, faul und böse.* Arbeiter werden mit nassen Lederstriemen ausgepeitscht. *Dies ist eine Warnung*. Arbeiter werden an Ästen aufgehängt. *Ich war unverschämt.* **Fünfzig Calmotin, einundfünfzig.** Ein Kind verrichtet seine Notdurft hinter einem Hirsestrauch. Einrädrige Karren eilen durch die Straße. *In dieser Stadt der Räuberei*. Eine Frau mit gebundenen Füßen trippelt vorbei. Die Einräder ächzen unter der Last der riesigen Jutesäcke. *In dieser Stadt der Schändungen*. Staubfarbene Kulis durchwühlen Erdnussschalen und Wassermelonenrinden. Die rhombusförmigen Segel der Karren blähen sich und verschwinden. *In dieser Stadt des Mordes*. Langohrige Esel führen einen Leichenzug

1.

15. AUGUST 1946

Tokio, 33°C, bewölkt

Ton-ton. Ton-ton. Ton-ton. Ton-ton. Ton-ton. Ton-ton …

Unablässiges Hämmern.

Ton-ton. Ton-ton. Ton-ton. Ton-ton …

Ich schlage die Augen auf, es fällt mir wieder ein.

Ton-ton. Ton-ton. Ton-ton …

Ich bin einer der Überlebenden.

Einer der Glücklichen …

Ich nehme mein Taschentuch und reibe mir Gesicht und Nacken trocken. Ich wische mir die Haare aus den Augen. Ich schaue auf meine Uhr.

Chiku-taku. Chiku-taku. Chiku-taku …

Es ist zehn Uhr; erst zehn Uhr.

Erst vier Stunden um, noch acht weitere, dann nach Shinagawa, zu Yuki. Drei, vier Stunden dort, dann nach Mitaka zu Frau und Kindern. Ich muss versuchen, Nahrung aufzutreiben, ihnen etwas zu essen zu bringen, irgendwas. Essen, dann schlafen, versuchen zu schlafen. Dann um sechs Uhr morgen früh wieder hierher.

Chiku-taku. Chiku-taku. Chiku-taku …

Weitere zwölf Stunden in diesem Backofen …

Ich wische mir den Schweiß vom Hemdkragen und von den Augenlidern. Ich sehe am Tisch entlang. Drei Männer zu meiner Linken, zwei zu meiner Rechten und die drei leeren Stühle.

Kein Fujita. Kein Ishida. Kein Kimura …

Fünf Männer reiben sich Nacken und Gesichter trocken, kratzen sich wegen der Läusebisse und scheuchen Moskitos fort, lassen die Arbeit liegen und blättern in Zeitungen; Zeitungen voll von Meldungen zum ersten Jahrestag der Kapitulation, zum Fortschritt der Reformen und der Errungenschaft der Demokratie; Zeitungen voll mit Berichten zum Internationalen Militärtribunal, dem Urteil der Sieger und der Bestrafung der Verlierer.

Tagein, tagaus. Tagein, tagaus. Tagein, tagaus …

Sie blättern in den Zeitungen und denken an Essen.

Tagein, tagaus. Tagein, tagaus …

Und warten und warten.

Tagein, tagaus …

Telefone, die nicht klingeln, Ventilatoren, die sich nicht drehen. Hitze und Schweiß; Fliegen und Moskitos; Dreck, Staub und Lärm; das unablässige Hämmern.

Ton-ton. Ton-ton. Ton-ton. Ton-ton. Ton-ton …

Ich stehe auf, gehe ans Fenster und ziehe die Jalousien hoch.

Ton-ton. Ton-ton. Ton-ton. Ton-ton …

Drei Stockwerke über Sakuradamon schaue ich über die Stadt.

Ton-ton. Ton-ton. Ton-ton …

Der Palast links, das Polizeipräsidium rechts.

Ton-ton. Ton-ton …

Unter einem niedrigen, fleckfiebrigen Himmel.

Ton-ton …

Die Hauptstadt der Shōwa-Toten, der Verlierer auf Händen und Knien, der Sieger in Lastwagen und Jeeps.

Kein Widerstand.

Ich höre, wie die Tür aufgeht, und drehe mich um; dort steht Kimura.

Anfang zwanzig. Aus dem Süden repatriiert. Erst drei Monate dabei und schon nicht mehr der Jüngste in dieser Abteilung, Abteilung zwei …

Kimura schaut am Tisch entlang zu mir herüber; halb verächtlich, halb servil, ein Stück Papier in Händen.

Idiot. Idiot. Idiot. Idiot …

Er streckt mir das Blatt mit der Aufschrift *Polizeirundschreiben* entgegen und sagt: »Vielleicht ist das hier ein Mord, Inspektor Minami.«

Für die ganze Abteilung gibt es nur ein fahrtüchtiges Fahrzeug. Es ist nicht da. Also gehen wir wieder zu Fuß, so wie wir alles zu Fuß erledigen. Man verspricht uns Fahrzeuge, so wie man uns Telefone verspricht und Waffen und Stifte und Papier und höheren Lohn und Krankenversicherung und Urlaub, doch tagein, tagaus zerschneiden wir alte Fahrradreifen, um neue Sohlen daraus zu machen, um sie uns unter die Stiefel zu nageln, damit wir gehen können, gehen und gehen und gehen.

Hattori, Takeda, Sanada, Shimoda, Nishi, Kimura und ich.

Ton-ton. Ton-ton. Ton-ton. Ton-ton. Ton-ton ...

Durch Hitze, Fliegen und Moskitos.

Chiku-taku. Chiku-taku. Chiku-taku ...

Ton-ton. Ton-ton. Ton-ton. Ton-ton ...

Vom Polizeipräsidium zum Shiba-Park.

Ton-ton. Ton-ton. Ton-ton ...

Jacken aus, Hüte auf. Taschentücher raus, Fächer raus.

Ton-ton. Ton-ton ...

Die Sakurada-dōri entlang und den Hügel hinauf nach Atago.

Ton-ton ...

Inspektor Nishi hält das Rundschreiben in der Hand und liest unterwegs laut daraus vor: »Unbekleidete Leiche einer nicht identifizierten Frau, gefunden um 9.30 Uhr am heutigen Morgen, 15. August 1946, Nishi-Mukai Kannon Zan, 2 Shiba-Park, Stadtbezirk Shiba. Meldung des Leichenfunds am Polizeistand Shiba-Park um 9.45 Uhr. Meldung des Leichenfunds Polizeirevier Atago 10.15 Uhr. Meldung des Leichenfunds Polizeipräsidium 11.00 Uhr ... Die haben sich ganz schön Zeit gelassen«, fügt er hinzu. »Bis wir die Leiche in Augenschein nehmen, werden zwei Stunden vergangen sein. Was haben die in Atago eigentlich gemacht?«

»Sie wird schon nicht abhauen«, bemerkt Inspektor Hattori lachend.

»Das sagen Sie mal den Maden und Fliegen«, entgegnet Nishi.

»Keine Dienstwagen. Keine Fahrräder. Kein Telefon. Kein Telegraf«, erwidert Hattori. »Was hätten denn die Jungs in Atago machen sollen?«

Nishi schüttelt den Kopf, antwortet aber nicht.

Ich wische mir den Nacken und schaue auf die Uhr.

Chiku-taku. Chiku-taku. Chiku-taku ...

Es ist fast halb zwölf; erst halb zwölf.

Fünfeinhalb Stunden sind um, noch sechseinhalb Stunden. Dann nach Shinagawa, zu Yuki. Drei, vier Stunden dort, dann nach Mitaka zu Frau und Kindern. Essen, dann schlafen, versuchen zu schlafen. Dann um sechs Uhr morgen früh wieder hierher, und wieder zwölf Stunden.

Chiku-taku. Chiku-taku. Chiku-taku …

Wenn es kein Mord ist …

»Hier entlang geht es schneller«, sagt Nishi, also bahnen wir uns einen Weg über die Schuttberge und durch die Krater, bis wir auf die Hibiya-dōri bei Onarimon stoßen.

Ton-ton. Ton-ton.

Zwei blutjunge Männer vom Revier Atago in schlecht sitzenden, verdreckten Uniformen warten auf uns. Sie verbeugen sich und salutieren, begrüßen uns und entschuldigen sich, aber ich verstehe kein Wort.

Ton-ton. Ton-ton. Ton-ton. Ton-ton. Ton-ton …

Die beiden Streifenbeamten führen uns von der Straße weg, fort von dem Hämmern, auf das Gelände des Tempels.

Riesige verkohlte Bäume mit den Wurzeln zum Himmel …

Vom Zōjōji-Tempel ist nicht viel übrig geblieben; er ist während der Luftangriffe im Mai letzten Jahres bis auf die Grundmauern abgebrannt.

Äste verkohlt, Blätter verbrannt …

Die beiden Polizeibeamten führen uns durch die Asche den Hügel hinauf, aus der Sonne in den Schatten; die Gräber sind vergessen, alles überwuchert, die Pfade verschwunden, das Bambusgras übermannshoch und so dicht wie die Insektenschwärme in der Luft; es wimmelt von Füchsen und Dachsen, Ratten und Krähen, von verwilderten Hunden, die in Rudeln umherstreifen und Geschmack an Menschenfleisch gefunden haben.

An diesem Ort des Stelldicheins …

Der Prostituierten, der Selbstmörder …

An diesem Ort der Stille …

Des Todes …

Sie ist hier …

Auf dieser unerwarteten Lichtung, auf der das hohe Gras niedergetrampelt ist und die Sonne sie gefunden hat, *liegt sie hier*, nackt auf dem Rücken, den Kopf leicht zur Seite geneigt, der rechte Arm ausgestreckt, der linke an der Seite, *liegt sie hier*, die Beine gespreizt, angehoben, an den Knien angewinkelt, *liegt sie hier …*

Um die einundzwanzig, seit etwa zehn Tagen tot.

Namu-amida-butsu. Namu-amida-butsu. Namu-amida …

Etwas Rotes ist um ihren Hals geschlungen.

Namu-amida-butsu. Namu-amida-butsu …

Das ist kein Selbstmord. Das ist Mord.

Namu-amida-butsu …

Unser Fall.

Ich verfluche sie …

Ich schaue auf die Uhr. *Chiku-taku.* Fast Mittag. *Chiku-taku.* 15. August 1946.

Niederlage und Kapitulation. Aufgabe und Besatzung. Die Geister sind heute alle hier.

Ich verfluche sie. Ich verfluche mich selbst …

Ein Jahr ist vergangen.

In dem hohen Gras kniet ein alter Mann, verbeugt sich und murmelt seine Gebete; vor ihm liegt eine Axt auf dem Boden.

»*Namu-amida-butsu*«, skandiert der Mann. »*Namu-amida …*«

»Dieser Mann hat die Leiche entdeckt«, sagt einer der Polizeibeamten.

Ich hocke mich neben den Alten und schlage mit dem Hut vergeblich nach einem Moskito. Dann wische ich mir den Nacken. »Heiß heute, nicht wahr?«

Der Alte unterbricht sein Gebet und nickt.

»Der Mann ist Holzfäller«, sagt der Polizeibeamte.

»Und Sie haben die Leiche gefunden?« frage ich den Mann.

Wieder nickt er.

»So wie jetzt?«

Wieder nickt er.

»Und Sie sind sicher, dass Sie keine Kleidungsstücke in ihrer Nähe gefunden haben, eine Tasche, eine Geldbörse oder sonst etwas?«

Er schüttelt den Kopf.

»Sie haben nichts versteckt, um es später zu verhökern, oder? Nichts, um es sich später zu holen?«

Wieder schüttelt er den Kopf.

»Auch nicht ihre Lebensmittelkarte?«

Der Alte schaut zu mir auf. »Nein.«

Ich nicke und klopfe ihm auf den Rücken. Ich entschuldige und bedanke mich bei ihm. Dann setze ich mir den Hut auf und erhebe mich.

Aus dem Augenwinkel sehe ich …

Die Beamten Hattori, Takeda, Sanada und Shimoda haben sich im Schatten der Bäume niedergelassen, halten ihre Panamahüte in den Händen, fächern sich zu, wischen sich über Gesichter und Nacken, schlagen nach Fliegen und Moskitos.

Im Schatten der Shōwa-Toten …

Die beiden Polizeibeamten aus Atago treten unruhig von einem Bein auf das andere; Nishi und Kimura beugen sich immer noch über die Tote, starren sie an, warten auf mich.

In dieser Stadt der Toten …

Ich gehe zu der Leiche hinüber.

Dort ist sie …

»Ich wusste es«, sagt Kimura. »Ich wusste, dass es Mord ist.«

»Und sie dürfte eine Hure gewesen sein«, fügt Nishi hinzu.

»Das bezweifle ich«, entgegne ich beiden.

»Aber dieser Ort ist berüchtigt für seine Prostituierten«, sagt Nishi. »Wir wissen, dass die aus Shimbashi ihre Freier hierher bringen …«

Ich schaue auf die Leiche, auf den blassgrauen, verwesenden Körper mit den gespreizten Beinen und angewinkelten Knien.

»Diese Frau wurde missbraucht«, sage ich den beiden. »Wozu eine Hure missbrauchen und dann umbringen?«

»Wenn man kein Geld hat«, antwortet Kimura. »Es gibt eine Menge armer, verzweifelter Männer …«

»Dann missbraucht man sie einfach und lässt sie liegen, schlägt sie vielleicht, aber sie würde eh niemandem was sagen.«

»Es sei denn, sie kannte den Kunden«, bemerkt Nishi. »Kannte seinen Namen …«

»Erst müssen wir *ihren* Namen herausfinden«, sage ich zu allen, zu meinen Leuten und den beiden aus Atago. »Und wir müssen ihre Kleider finden und alles andere, das sie vielleicht bei sich hatte.«

»Einen Augenblick!« bellt eine Stimme hinter mir; alle springen auf, stehen in Habachtstellung, verbeugen sich, salutieren.

Ich drehe mich um. *Ich kenne diese Stimme.* Ich verbeuge mich und salutiere. *Ich kenne das Gesicht gut.* Ich begrüße Hauptkommissar Adachi.

Adachi oder Anjo oder Ando oder wie immer er sich diese Woche nennt; er hat Namen und Arbeit gewechselt, Uniform und Rang, Leben und Vergangenheit; da ist er nicht der Einzige …

Keiner ist der, der er zu sein vorgibt …

Keiner ist der, der er zu sein scheint …

Hinter ihm stehen Suzuki, der Fotograf der Ersten Ermittlungsabteilung, und zwei Männer der Universitätsklinik Keiō in weißen Mänteln mit einem leichten Holzsarg.

Alle schwitzen.

Adachi zeigt auf Suzuki und erklärt: »Machen Sie Platz und lassen Sie diesen Mann seine Aufgabe erledigen, dann können die anderen beiden die Leiche hier fortschaffen.«

Alle treten zurück ins hohe Gras zwischen die höheren Bäume und schauen zu, wie Suzuki einen Film einlegt und sich an die Arbeit macht.

Klick-klick-klick. Klick-klick-klick …

Ich schaue auf die Uhr.

Chiku-taku …

Halb eins.

Alles verloren; es wird eine Sitzung aller Abteilungsleiter der Ersten Ermittlungsabteilung geben; es wird mündliche und schriftliche Berichte geben; man wird das Kommando über die Untersuchung vergeben und Verantwortlichkeiten delegieren, Arbeit, Fahndung und Auswertung aufteilen; weitere verlorene Stunden in weiteren überhitzten Räumen …

»Pech, dass Ihre Abteilung diesen Fall bekommen hat«, lacht Adachi. »Einundzwanzig Tage. Keine freie Zeit. Sie alle werden hier in Atago festsitzen, den Fall nicht lösen, die Akte nicht schließen, und Sie alle wissen, es kümmert niemanden, aber es wird ein weiterer schwarzer Fleck in Ihren Akten sein.«

»Genau wie der Fall Matsuda Giichi also«, erwidere ich.

Hauptkommissar Adachi beugt sich zu mir hin.

Keiner ist der, der er zu sein vorgibt …

»Der Fall ist abgeschlossen, Unteroffizier«, spuckt er hervor.

Keiner ist der, der er zu sein scheint …

Ich gehe einen Schritt zurück, verbeuge und entschuldige mich.

»Ihnen fehlen zwei Mann«, stellt Adachi fest.

Wieder verbeuge und entschuldige ich mich.

»Wo ist Inspektor Fujita?«

Eine weitere Verbeugung und Entschuldigung.

»Das ist keine Antwort«, bemerkt Adachi. »Nur ein Eingeständnis.«

Der Fotograf hat seine Arbeit beendet. *Der Boden unter der Leiche ist platt gedrückt und dunkel.* Die beiden Männer aus der Klinik Keiō haben die Leiche in den Sarg gehoben. *Sie ist steif und gibt nicht nach.* Die beiden Beamten aus Atago werden zu Hilfe gerufen, die Arme der Leiche werden übereinandergelegt, der Deckel wird aufgesetzt, mit Seilen festgebunden und verknotet. *Sie widersetzt sich der Kiste.* Die beiden Männer aus der Klinik tragen sie den Hügel hinunter. *Sie ist nicht mehr hier …*

Wieder ziehe ich meine Uhr aus der Tasche.

Chiku-taku. Chiku-taku …

Kurz vor drei Uhr.

Ich stehe auf einer Mauer hinter den zerstörten Tokugawa-Gräbern, schaue den Hügel hinauf über ein Meer aus Bambusgras und Zelkoven, darin Inseln aus umgestürzten Steinlaternen und zerfallenen Gräbern; ich suche nach ihrer Kleidung, ihrer Tasche, als ich plötzlich etwas entdecke …

Ich springe von der Mauer ins hohe Gras und wate durch Laub und Unkraut …

Namu-amida-butsu. Namu-amida-butsu. Namu-amida …

Der weiße Stoff winkt durch das hohe Gras …

Namu-amida-butsu. Namu-amida-butsu …

Weißer Stoff an weißen Knochen …

Namu-amida-butsu …

Ich verfluche mich erneut.

Noch eine Leiche …

Eine zweite Leiche in einer weißen, kurzärmligen Bluse, einem gelb und dunkelblau gestreiften Trägerkleid, rosafarbenen Socken und weißen Leinenschuhen mit roten Gummisohlen; eine zweite Leiche zehn Meter von der ersten entfernt; eine zweite Leiche, nun nichts weiter als Knochen.

Verborgen in Unkraut und Laub …

Ich verfluche sie, verfluche diesen Ort.

Diesen Ort der Schatten, der vergessenen Gräber und zugewachsenen Wege, der Füchse und Dachse, der Ratten und Krähen, der verwilderten Hunde und des menschlichen Fleischs, der Huren und Selbstmörder an diesem Ort des Stelldicheins.

Diesen Ort der Stille und des Todes …

Diesen Ort der Niederlage und Kapitulation, der Aufgabe und Besatzung, der Geister …

Die Leiche nur noch Knochen …

An diesem Ort ohne Widerstand.

Es dauert drei Stunden, bis wir den Fund der zweiten Leiche im Polizeipräsidium gemeldet haben. *Ich starre die weiße, kurzärmlige Bluse an.* Drei Stunden, bis sie Suzuki herschicken, um die zweite Leiche zu fotografieren. *Ich starre das gelb und dunkelblau gestreifte Trägerkleid an.* Drei Stunden, bis die Universitätsklinik Keiō einen Krankenwagen schickt, um auch die zweite Leiche abzuholen. *Ich starre die rosafarbenen Socken an.* Drei Stunden, bis meine Leute den Tatort und die unmittelbare Umgebung abgesperrt haben. *Ich starre die weißen Leinenschuhe an.* Drei Stunden, bis wir die Streifenpolizisten von den Revieren Atago, Meguro und Mita herbeigeschafft haben, die gebraucht werden, um die Gegend abzusichern, in der die Leichen gefunden worden sind. *Die roten Gummisohlen.* Drei Stunden Schweiß und Fliegenjagd, Juckreiz und Kratzen, *gari-gari*, und ich stehe da und starre die zweite Leiche an.

Ihr Fleisch weit fort von hier, fortgetragen in den Mäulern anderer …

Ich starre die ausgebleichten Fingerknochen an …

Die ausgebleichten Handknochen …

Die Handgelenke, Unterarme und Ellbogen …

Die ausgebleichten Gesichtsknochen …

Die dauergewellten Haare. Die gelben Zähne …

Das letzte, verzerrte Grinsen …

Die Schatten sind länger geworden, das hohe Gras und die Zelkoven stehen hier dichter.

Ein guter Ermittler sucht den Tatort hundert Mal auf. Ich bin fortgegangen. *Ein guter Ermittler weiß, dass nichts zufällig ist.* Ich bin aus dem Schatten ins Sonnenlicht getreten. *Ein guter Ermittler weiß, dass im Chaos Ordnung verborgen ist.* Ich bin den Hügel hinab auf das Gelände des Tempels gegangen. *Im Chaos liegen Antworten verborgen …*

Vom Zōjōji-Tempel ist nichts übrig geblieben.

Riesige verkohlte Bäume mit den Wurzeln zum Himmel …

Nichts außer der Ruine des alten Schwarzen Tores.

Äste verkohlt, Blätter verbrannt …

An diesem einsamen Ort stehe ich zwischen den dunklen Dachvorsprüngen des Tores und schaue dem Krankenwagen hinterher.

Wir haben die Hölle gesehen, wir haben den Himmel gekannt, wir haben das letzte Urteil gehört und den Sturz der Götter miterlebt …

Unter dem Schwarzen Tor japst ein Hund.

Aber ich bin einer der Überlebenden …

Sein Zuhause verloren, sein Herr fort.

Einer der Glücklichen …

Im Jahr des Hundes.

Ein weiterer langer, heißer Marsch zurück zum Polizeipräsidium, noch erschwert durch den Dreck und Staub von den Lastwagen und Jeeps mit den großen weißen Sternen und den großen weißen Zähnen.

Das ewige, immerwährende Hämmern.

Ton-ton. Ton-ton. Ton-ton. Ton-ton …

Ich klopfe an die Tür zum Büro des Polizeichefs Kita. Ich öffne sie, entschuldige und verbeuge mich, trete ein und setze mich an den Tisch.

Kita sitzt am Kopfende des Tischs mit dem Rücken zum Fenster, dessen Rahmen von den Bombenangriffen noch immer verzogen ist; Kita, der *kachō* der gesamten Ersten Ermittlungsabteilung, ein alter, aber schlanker Mann mit stark gebräuntem Gesicht, einem kurz rasierten Schädel und harten Augen, die nie blinzeln; Kita, der beste Freund, den mein Vater je hatte.

Ich will mich nicht erinnern. Ich will mich nicht erinnern …

Zu seiner Rechten Hauptkommissar Kanehara und Adachi.

Doch im Dämmerlicht kann ich nicht vergessen …

Links von ihm Inspektor Kai, Leiter der ersten Gruppe, und ich, Inspektor Minami, der Leiter der zweiten Gruppe.

Keiner ist der, der er zu sein vorgibt …

Auf dem Tisch liegt der Bericht der Abteilung für Öffentliche Sicherheit. Er ist, wahrscheinlich von Kanehara, ins Englische übersetzt und dann abgetippt worden. Er wandert um den Tisch, um von allen unterschrieben und besiegelt zu werden.

Ich ziehe meinen Stift heraus und starre den Bericht an.

Es könnte Das Kapital *sein …*

Getippte lateinische Buchstaben.

Oder Mein Kampf …

Ich unterschreibe.

Der Bericht geht an Hauptkommissar Kanehara zurück. Dann nickt mir Chef Kita zu, und ich setze zu meinem Report an; ich schildere Entdeckung und Meldung der ersten Leiche, beschreibe ihren Zustand und den Fundort zum Zeitpunkt unseres Eintreffens, gebe mein Gespräch mit dem Holzfäller wieder und verweise dann auf Adachi, der die Arbeit des Fotografen und die Ankunft des Krankenwagens beschreibt.

»Mein erster Gedanke beim Anblick der Leiche war, dass es Mord war. Daher habe ich Inspektor Minami und seine Leute beauftragt, die unmittelbare Umgebung der Leiche gründlich abzusuchen. Im Verlauf dieser Suche entdeckte Inspektor Minami selbst die zweite Leiche, die etwa zehn Meter entfernt vom Fundort der ersten Toten lag.«

»Inspektor Minami, bitte.«

»Wie Hauptkommissar Adachi bereits ausgeführt hat, lag die zweite Leiche ungefähr zehn Meter vom Fundort der ersten entfernt. Die zweite Leiche war stark verwest und größtenteils skelettiert, doch scheint es sich um die Leiche einer jungen Frau zu handeln. Anders als die erste Tote war sie aber nicht nackt, sondern trug eine weiße, kurzärmlige Bluse, ein gelb und dunkelblau gestreiftes Trägerkleid, rosafarbene Socken und weiße Leinenschuhe mit roten Gummisohlen. Dem ersten Augenschein nach und aus Erfahrung würde ich sagen, dass der Tod vor etwa drei bis vier Wochen eintrat, doch das wird natürlich noch genauer durch die Autopsie bestimmt werden. Sicher ist allerdings, dass die beiden Frauen nicht zur selben Zeit umgekommen sind.«

»Glauben Sie, dass die Todesfälle in Zusammenhang stehen?« fragt Kita.

»Bis die Ergebnisse der Autopsie bekannt sind, bleiben Ort und Geschlecht der Leichen die einzige Gemeinsamkeit«, antworte ich. »Trotz der kurzen Distanz sorgte die Vegetation dafür, dass der Fundort der einen Leiche nicht vom Ort der anderen einzusehen war. Wie Sie alle wissen, wurde um den Hals der ersten Leiche etwas gefunden, das wie ein Stück Stoff ausgesehen hat, was uns zu der Annahme führt, dass es sich um Mord handelt. Bei einer ersten Untersuchung des zweiten Opfers wurde keinerlei solches Material gefunden, und es gab auch keine anderen offenkundigen Anzeichen, dass ein Mord stattgefunden hat. Wie wir wissen, wurde im letzten Jahr eine ganze Reihe von Leichen im Shiba-Park entdeckt. Bis zum heutigen Fund entpuppte sich davon nur eine als Mordopfer. Die anderen waren entweder Selbstmörder oder sind an Krankheiten verstorben.«

Chef Kita nickt und fragt: »Hauptkommissar?«

Adachi nickt zögernd. »Ich stimme mit Inspektor Minami überein.«

»Dann werden wir die beiden Fälle separat behandeln«, erklärt Kita. »Bis wir die Autopsieberichte haben, die wir wann bekommen werden?«

»Übermorgen«, antwortet Adachi.

»Aus Keiō oder Tokio?«

»Aus Keiō …«

»Von?«

»Von Dr. Nakadate.«

Kanehara und Kai tun so, als würden sie nicht von ihren Notizen aufblicken. Kanehara und Kai tun so, als schauten sie nicht von Adachi zu Kita. Kanehara und Kai tun so, als würden sie nicht sehen, wie wir uns Blicke zuwerfen.

Ich will mich nicht erinnern. Ich will mich nicht erinnern …

»Hilft nichts«, verkündet der Chef. »Fahren wir fort …«

Jetzt kommt die Organisation der Ermittlungen, die Benennung der Verantwortlichen. Die Aufgabenverteilung …

»Inspektor Kai und Abteilung eins werden die Ermittlungen im ersten Fall aufnehmen. Inspektor Kai und Abteilung eins werden ihre Zentrale auf dem Revier Atago einrichten. Inspektor Kai wird Hauptkommissar Kanehara Bericht erstatten.«

Inspektor Kai verbeugt sich und schreit: »Habe verstanden! Danke! Ich werde Sie nicht enttäuschen!«

Hauptkommissar Kanehara verbeugt sich ebenfalls und schreit: »Danke! Ich werde Sie nicht enttäuschen!«

»Inspektor Minami und Abteilung zwei werden im Fall der zweiten Leiche aus dem Shiba-Park ermitteln …«

Ich verbeuge mich zu hastig; es muss eine Spur von Erleichterung, ein Hauch von Entspannung in meinen Bewegungen zu erkennen sein, denn Kitas Ton verschärft sich ein wenig.

»Inspektor Minami und Abteilung zwei werden ihre Ermittlungen so führen, als würde es sich um Mord handeln. Inspektor Minami und Abteilung zwei werden ihre Zentrale auf dem Revier Atago einrichten, bis weitere Instruktionen folgen. Inspektor Minami und seine Leute werden Hauptkommissar Adachi Bericht erstatten.«

Ich verfluche ihn. Ich verfluche ihn …

Wieder verbeuge ich mich, sage, ich hätte verstanden, bedanke mich und verspreche, ihn nicht zu enttäuschen.

Morgen also wird Abteilung zwei ihre Koffer nach Atago bringen. Morgen wird unser Banner entrollt und an seinen Stangen hochgezogen.

Morgen werden die Ermittlungen beginnen. Von morgen an wird es bis zum Abschluss des Falles keine Ruhe, keine freie Zeit geben …

»Möchte noch jemand was sagen?« fragt Hauptkommissar Kanehara. »Gibt es noch Fragen?«

Es gibt nichts zu sagen, keine Fragen.

Stille, beinahe …

Ton-ton. Ton-ton. Ton-ton …

»Dann klären Sie bitte heute Abend alles ab«, verkündet Kita. »Beenden Sie Ihre bisherigen Aufgaben. Lassen Sie nichts unerledigt liegen, bitte.«

Der Präsident wendet den Blick ab.

Ich schaue auf die Uhr.

Chiku-taku…

20.30 Uhr.

Ich eile den Gang der Polizeiarkade entlang zur Treppe, gehe zur Hintertür hinaus und nehme die Abkürzung durch den Hibiya-Park. Die Temperaturen sinken auch nachts nicht, Fliegen und Moskitos sind hungriger denn je.

Junge Huren rufen aus den Schatten der Bäume.

»Asobu …? Asobu …? Asobu …? Asobu …?«

Ich überquere die Hibiya-dōri, komme zur Hochbahn.

Huren in den Schatten der Torbögen.

»Asobu …? Asobu …? Asobu …?«

Ich folge den Gleisen der Yamate-Linie …

Zum Shimbashi-Markt …

»Asobu …? Asobu …?«

Zu Senju Akira.

Töpfe und Pfannen. Geschirr und Kochutensilien. Bekleidung und Schuhe. Speiseöl und Sojasoße. Reis und Tee. Obst und Gemüse. Die *kakigōri*-Stände und immer und immer wieder das »Apfellied«.

»Roter Apfel an meinen Lippen, der blaue Himmel schaut schweigend zu …«

All das, Stand um Stand, auf dem Boden ausgebreitet.

Die Hälfte der Händler sind Japaner, die andere Hälfte Ausländer. Alles illegal. Aber hier gibt es keine Polizei. Keine Sieger. Keine Besatzer.

»Der Apfel spricht kein Wort, doch sind seine Gefühle klar …«

Hier gibt es nur ein Gesetz; kaufen oder gekauft werden. Verkaufen oder verkauft werden. Essen oder gefressen werden; hierher kommen die Kannibalen.

»Der Apfel ist liebreizend, liebreizend ist der Apfel …«

Zum Shimbashi-Markt.

»Sollen wir alle das Apfellied singen?«

Der alte offene Freimarkt ist verschwunden. Der alte Schwarzmarkt erledigt. Dies ist der neue Markt für den neuen japanischen Yen.

»Wenn zwei mitsingen, ist es ein fröhliches Lied …«

Das hier ist der Shimbashi-Markt, zweigeschossig, mit seinen Passagen für über fünfhundert Verkaufsstände.

»Wenn alle das Apfellied singen …«

Der Traum von Matsuda Giichi.

»Wird es noch viel fröhlicher …«

Doch Matsuda Giichi hat diesen neuen Markt nicht mehr erlebt, denn vor zwei Monaten wurde Giichi in der Nacht des 10. Juni in seinem Büro von Nodera Tomiji angegriffen und erschossen. Tomiji war einer seiner früheren Bandenmitglieder, der während Matsudas Umbau der Kantō-Matsuda-gumi-Bande hinausgeschmissen worden war, als diese sich mit der Matsuzakaya-Bande zusammentat.

Allerdings weiß keiner, ob Nodera Matsuda tatsächlich umgebracht hat …

Keiner hat Nodera abdrücken sehen …

Keiner weiß es wirklich, denn Nodera Tomiji war betrunken, als *unbekannte Personen* ihn in einer Bar in der Ginza aufspürten.

Und als sie ihn verließen, war er tot.

»Nun lasst uns alle das Apfellied singen …«

Nun ist Senju Akira der neue Boss.

»Und das Gefühl weiterreichen …«

Das ist der Mann, den ich sehen will. Das ist der Mann, dessen Leute auf mich warten, mich beobachten.

Sie wissen, dass ich hier bin, dass ich zurückgekommen bin …

In ihren blassen Anzügen und gemusterten Hemden, mit ihren amerikanischen Sonnenbrillen und den Lucky Strikes im Mundwinkel tuscheln sie über mich.

Sie wissen, warum ich hier bin, warum ich zurückgekommen bin …

Zwischen Töpfen und Pfannen kommen sie jetzt von hinten, von beiden Seiten, und packen mich an den Armen.

»Du bist mutiger, als du aussiehst«, flüstert der eine.

»Und dümmer«, sagt der andere, während die beiden mich an den Matten und Ständen vorbeischleifen, dem Geschirr und den Kochutensilien, hinaus in die Gassen und Straßen, durch Schatten und Torbögen, bis wir zu einer Holztreppe kommen, an deren Ende eine Tür offen steht, an der ein Schild hängt:

Verband der Tokioter Markthändler.

Sie lassen mich los. Sie erlauben, dass ich mir über Gesicht und Nacken wische, mir das Hemd glatt streiche und mein Jackett anziehe.

Ungerade, gerade, machen Sie Ihr Spiel …

Ein Ausländer kommt die Treppe herunter, ein Amerikaner mit Sonnenbrille. Am Fuß der Treppe schaut mich der Amerikaner nur kurz an. Er nickt Senjus Männern zu und verschwindet in den Gassen und den Schatten.

Keiner ist der, der er zu sein vorgibt …

Hier wird kein »Apfellied« gespielt; ich gehe die Treppe hinauf zu der offenen Tür und höre nur Würfel und seine Stimme.

»Hast du gute Nachrichten für mich, Polizist?« ruft Senju, noch bevor ich oben angekommen bin.

Ich bleibe auf der Treppe stehen. Ich schaue zu den beiden Schlägern hinunter. Sie lachen. Ich drehe mich zur Tür um.

Würfel fallen. Ungerade, gerade, machen Sie Ihr Spiel, ungerade, gerade, machen Sie Ihr Spiel …

»Sei kein Feigling«, ruft er. »Antworte mir, Polizist.«

Ich gehe weiter. Ich komme oben an. *Ich bin Polizist.* Ich gehe durch die Tür ins Licht.

»Nun?« fragt Senju.

Ich kniee mich auf der Tatamimatte nieder, verbeuge mich und sage: »Es tut mir leid.«

Senju spuckt seinen Zahnstocher auf den niedrigen polierten Tisch. Er dreht den elektrischen Ventilator in meine Richtung und schüttelt den Kopf.

»Jetzt schau dich mal an, Polizist«, sagt er lachend. »Läufst rum wie ein Landstreicher und stinkst nach Leichen. Untersuchst Morde, statt reich zu werden, statt Koreaner und Formosaner zu verhaften und für das Vergnügen zwei Gehälter nach Hause zu tragen. Du solltest dich um deine Familie und deine Geliebte kümmern, mit den Lebenden vögeln, nicht mit den Toten …«

»Es tut mir leid«, wiederhole ich mich. »Es tut mir leid.«

»Wie alt bist du jetzt, Polizist?«

»Einundvierzig.«

»Dann verrate mir mal«, fragt Senju, »was zahlen die denn einem einundvierzigjährigen Inspektor heutzutage, hm?«

»Einhundert Yen im Monat.«

»Wie bedauerlich für dich«, sagt er und lacht. »Und für deine Frau, deine Kinder und deine Geliebte, also wirklich.«

Ich beuge mich vor, bis mein Gesicht die Tatamimatte berührt, und sage: »Dann helfen Sie mir bitte …«

Und ich verfluche ihn; ich verfluche ihn, weil er hat, was ich brauche. Ich verfluche Fujita, dass er uns miteinander bekannt gemacht hat. Doch am meisten verfluche ich mich selbst, weil ich abhängig bin, abhängig von ihm …

»Du jagst Leichen und Geistern hinterher«, sagt Senju. »Wobei könntest du mir schon helfen? Und wenn du mir nicht helfen kannst, kann ich dir auch nicht helfen.«

»Bitte«, sage ich. »Bitte helfen Sie mir.«

Senju Akira wirft fünfhundert Yen auf die Matte vor meinem Gesicht. »Dann lass dich in eine andere Abteilung versetzen; eine Abteilung, in der du Dinge herausfinden kannst, die mir nützlich sind. Zum Beispiel, wer Nodera Tomiji bezahlt hat, um meinen Boss Matsuda umzubringen; wer dann Nodera umgebracht hat und warum der Fall nun abgeschlossen ist.«

»Das werde ich tun«, sage ich und dann, immer und immer wieder: »Danke.«

»Und komm erst wieder, wenn du was weißt.«

»Danke. Danke. Danke.«

»Und jetzt hau ab!« ruft er.

Ich eile über die Tatamis, dann die Treppe hinunter an den Schlägern vorbei, durch die Gassen zurück auf den Markt.

»Sollen wir alle das Apfellied singen?«

Auf den Shimbashi-Markt.

Das ist das neue Japan …

So leben wir.

»Nun lasst uns alle das Apfellied singen und das Gefühl weiterreichen.«

Ich feilsche. *Um zu essen.* Ich tausche. *Um zu arbeiten.* Ich drohe. *Um zu essen.* Ich drohe. *Um zu arbeiten.* Ich kaufe drei Eier und etwas Gemüse. Es gibt keinen Fisch und kein Fleisch. Nun gibt es ein anderes Problem auf der Yamate-Linie, es fährt kein Zug in Richtung Shinagawa, also nehme ich die Straßenbahn. Es ist voll, ich bin eingezwängt, und die Eier erweisen sich als Fehler. Ich steige bei Tamachi aus, dann gehe oder renne ich den Rest des Wegs. Das Gemüse in der Tasche. Die Eier in der Hand.

Um zu essen. Um zu arbeiten. Um zu essen. Um zu arbeiten …

Etwas anderes gibt es jetzt nicht.

Stundenlang habe ich darauf gewartet, wieder auf den alten Tatamis in ihrem düsteren, nur von Lampen erhellten Zimmer zu liegen. *Ich denke unentwegt an sie.* Stundenlang habe ich gewartet, um wieder ihre abblätternden Wandschirme mit dem Efeublattmuster anzustarren. *Ich denke unentwegt an sie.* Stundenlang habe ich gewartet, um ihr dabei zuzuschauen, wie sie Figuren mit Fuchsgesichtern auf diese Wandschirme malt.

Ich denke unentwegt an sie …

Yuki ist der eine Farbklecks in all dem Staub; ihr Haar wird von einem Kamm gebändigt. Yuki legt ihre Stifte beiseite, schaut in den dreitürigen Schminkspiegel und sagt: »Wie sehr ich mir Regen wünsche … Regen, keinen Donner; ich hasse Donner. Donner und Bomben.«

Sie verfolgt mich …

»Regen so wie früher«, flüstert sie. »Schwerer Regen, wie damals, wenn er auf die Ölhaut der Rikschahaube prasselte, immer lauter und lauter trommelte, in dieser völligen Dunkelheit, umgeben von dem schweren Ölgeruch der Haube und dem Duft der Haare meiner Mutter, dem Geruch ihres Make-ups und dem Duft ihrer Kleider, den Gesichtern und Stimmen der Schauspieler, die wir an dem Tag auf der Bühne gesehen hatten, in diesen verbotenen Stücken über Loyalität und Pflichterfüllung, diesen Stücken über Unschuld und Treue, Mord und Selbstmord, diese Gesichter und Stimmen, die in der Dunkelheit der Haube auf mich zutrieben …«

Seit unserer ersten Begegnung in Donner und Regen verfolgt sie mich, damals wie heute, durch Bomben und Feuer, damals wie heute …

Yuki liegt nackt auf dem Futon. *Alarm! Alarm! Es kommt ein Luftangriff!* Ihr Kopf ist ein wenig nach rechts geneigt. *Alarm! Alarm! Brandbomben!* Ihr rechter Arm ausgestreckt. *Lauft! Lauft! Sucht euch eine Matratze und Sand!* Ihr linker Arm an der Seite. *Alarm! Alarm! Es kommt ein Luftangriff!* Die Beine gespreizt, an den Knien angewinkelt. *Alarm! Alarm! Die Bomben fallen!* Mein Samen trocknet auf ihrem Bauch. *Haltet euch die Ohren zu! Schließt die Augen!*

»Lass es wieder regnen«, sagt sie.

Dann bringt sie die linke Hand zum Bauch. *Ich denke unentwegt an sie.* Sie steckt ihre Finger in meinen Samen. *Ich denke unentwegt an sie.* Dann führt sie die Finger an den Mund. *Ich denke unentwegt an sie.* Sie leckt sie ab und sagt erneut: »Bitte, lass es wieder regnen, so wie damals, als wir uns das erste Mal begegneten.«

Sie verfolgt mich hier und jetzt …

Ich lege ein Ei und zweihundert Yen auf ihre Schminkkommode und sage: »Morgen schaffe ich es vielleicht nicht.«

»Ich bin eine Frau«, flüstert sie. »Ich bin aus Tränen gemacht.«

Der Bahnhof Shinagawa ist ein einziges Chaos. *Alle Bahnhöfe.* Schlangen, aber keine Fahrkarten. *Alle Züge.* Ich drängle mich nach vorn und halte am Tor meine Dienstmarke hoch. *Alle Bahnhöfe.* Ich schiebe mich in einen Zug. *Alle Züge.* Ich stehe eingezwängt zwischen Menschen und ihrer Habe.

Der Zug rührt sich nicht. Er steht und schwitzt.

Schließlich fährt er nach einer halben Stunde langsam in Richtung Shinjuku davon.

Ich dränge mich am Bahnhof Shinjuku hinaus, kämpfe mich über den Bahnsteig eine Treppe hinunter und eine andere wieder hinauf. In der einen Hand halte ich zwei Eier, in der anderen meine Dienstmarke.

»Polizei, Polizei«, rufe ich. »Polizei, Polizei.«

Die Menschen wenden ihre Blicke ab und klammern sich an ihre Rucksäcke. Sie machen mir Platz, als ich mich in den Zug nach Mitaka drängle. Ich stehe wieder eingezwängt zwischen Menschen und ihren Habseligkeiten.

So leben wir, ohne Zuhause …

Ich boxe mich in Mitaka aus dem Zug und durchquere die Fahrkartensperre. Ich stecke mir die Eier in die Jackentasche, nehme den Hut ab und wische mir über Gesicht und Nacken. Ich bin völlig ausgedörrt.

Es juckt wieder und ich kratze …

Gari-gari …

Ich folge umgeknickten, nutzlosen Telegrafenmasten die Straße entlang bis zu meinem Stammlokal, das auf halbem Wege zwischen dem Bahnhof und meinem Zuhause liegt.

Eine Laterne in der Dunkelheit, wo es früher zwanzig, dreißig gab, die die Straße erhellten, in der Vergnügungen und Waren angepriesen wurden. Doch nun gibt es keine Beleuchtung.

Hier gibt es keine Waren oder Vergnügungen zu erwerben.

Ich trete ein und setze mich an die Theke.

»Gestern Nacht hat ein Mann nach Ihnen gesucht«, berichtet der Wirt. »Hat Fragen gestellt. Wollte Ihre neue Adresse wissen.«

Keiner ist der, der er zu sein vorgibt. Im Dämmerlicht …

Ich zucke mit den Schultern und bestelle Sake.

»Keiner mehr da«, meint der Wirt. »Whisky?«

Wieder zucke ich mit den Schultern. »Bitte.«

Der Wirt stellt das Glas Whisky vor mich auf die Theke; die Flüssigkeit ist trüb. Ich halte das Glas ans Licht, schwenke den Inhalt.

»Wenn Sie es nicht trinken wollen«, meint der Wirt, »dann gehen Sie bitte.«

Ich schüttle den Kopf. Ich führe das Glas an die Lippen und stürze den Inhalt hinunter.

Er brennt mir in der Kehle. Ich muss husten. »Noch einen!«

Ich leere Glas um Glas, die alten Männer an der Theke und der Wirt reißen Witze, furchtbare Witze, schreckliche Witze, doch alle lächeln, alle lachen. *Ha, ha, ha, ha! Hi, hi, hi, hi!*

Dann fängt einer der Alten zu singen an, erst leise, dann immer lauter und lauter, wieder und wieder.

»Roter Apfel an meinen Lippen, der blaue Himmel schaut schweigend zu …«

Meine Frau sitzt im Dämmerlicht an dem niedrigen Tisch und näht, meine Kinder schlafen unter den Moskitonetzen, und plötzlich bin ich zu betrunken, um noch stehen zu können, dazustehen und sie mit Tränen in den Augen anzuschauen.

Zwei zerbrochene Eier in der Tasche.

»Willkommen daheim«, sagt meine Frau.

Daheim, wo die Tatamis verrotten, wo die Türen zerschlissen sind, wo die Wände einfallen.

Daheim. Daheim. Daheim …

Ich setze mich im *genkan* mit dem Rücken zu ihr hin, mühe mich mit meinen Schuhen ab und frage dann: »Was machen die Kinder?«

»Masakis Augen sind schon viel besser.«

»Und Sonoko?«

»Ihre sind immer noch entzündet und geschwollen.«

»Hast du sie denn nicht zum Arzt gebracht?«

»Sie haben sie ihr gestern in der Schule ausgewaschen, aber die Krankenschwester meinte, sie solle daheim bleiben, bis die Augen besser sind. Sie machen sich Sorgen, Sonoko könnte die ganze Klasse anstecken.«

Ich drehe mich zu ihr um und frage: »Und was hast du heute gemacht?«

»Wir haben fast den ganzen Vormittag am Postamt Schlange gestanden.«

»Und hast du das Geld bekommen? Haben sie es dir gegeben?«

»Sie meinten, wir sollen morgen wiederkommen. Dann sind wir in den Park in Inokashira gegangen, aber den Kindern haben die Augen wehgetan, und sie hatten Hunger, außerdem war es so heiß, da waren wir schon vor Mittag wieder zu Hause …«

»Hast du heute schon was gegessen?«

»Ja.«

»Was?«

»Ein paar Bohnenklößchen.«

»Frische?«

»Ja.«

»Wie viele?«

»Eines für jeden.«

»Eines für jedes Kind und eines für dich?«

»Ich hatte keinen Hunger.«

»Lügnerin!« brülle ich. »Warum lügst du?«

Meine Frau unterbricht ihre Stopfarbeiten. Sie legt Nadel und Faden beiseite und klappt den Nähkasten zu. Sie verbeugt sich leicht und sagt leise: »Tut mir leid. Ich werde mich stärker bemühen.«

Ich stehe auf und gehe über die Tatamis.

Diese verrottenden Tatamis …

»Heute hat es einen Mord gegeben, vielleicht sogar zwei«, sage ich zu meiner Frau. »Meine Abteilung hat den Fall übertragen bekommen, und du weißt, das bedeutet, dass ich die kommenden zwanzig Tage fort bin oder …«

Wieder verbeugt sich meine Frau und sagt: »Ich weiß. Ich verstehe.«

Ich ziehe die dreihundert Yen aus der Tasche. Ich lege sie auf den Tisch und sage: »Hier.«

Meine Frau verbeugt sich ein drittes Mal: »Danke.«

»Es ist nicht viel, bei den steigenden Preisen«, sage ich. »Aber wenn es mir möglich ist, werde ich versuchen, herzukommen und mitzubringen, was ich kann.«

»Mach dir bitte wegen uns keine Gedanken«, erwidert sie. »Wir kommen schon durch. Bitte denk nur daran, den Fall zu lösen.«

Ich würde am liebsten den Tisch umwerfen, die Kinderkleidung zerreißen, meine Frau schlagen, auf ihren Körper eindreschen.

Ich will, dass sie mich hasst, wirklich hasst …

Ich will, dass sie mich verlässt …

Diesmal …

Dass sie die Kinder nimmt und verschwindet …

»Versuche gar nicht erst, mir ein schlechtes Gewissen wegen euch einzureden«, sage ich und schließe die Türen zum Nachbarzimmer. »Gewissen ist nicht mehr in Mode!«

Hinter den zerfetzten Türen schließe ich die Augen, aber ich kann nicht schlafen.

Ich denke unentwegt an Yuki …

Ich kann nie schlafen, weil ich an sie denke.

Weil sie mich schon damals verfolgt hat …

Seit dem Tag, als ich ihr das erste Mal begegnet bin.

Sie liegt nackt auf dem Futon, den Kopf leicht zur Seite geneigt, der rechte Arm ausgestreckt, der linke an der Seite, die Beine gespreizt, angehoben, an den Knien angewinkelt …

Ich erhebe mich von den Tatamis. *Sie bringt ihre linke Hand zum Bauch.* Ich gehe ins Nebenzimmer. *Sie steckt ihre Finger in meinen Samen.* Ich suche in Küchenschränken und Schubläden. *Dann führt sie die Finger an den Mund.* In allen Schränken und Schubläden. *Sie leckt sie ab.* Aber ich finde keine Calmotin, keinen Alkohol, nicht eine Tablette, nicht einen Tropfen.

Sie verfolgt mich sogar hier …

Ich schiebe leise die Türen auf. Ich betrete das Zimmer, in dem wir schlafen. Meine beiden Kinder liegen noch immer unter ihrem Netz. Ich lege mich neben meine Frau. Sie hat die Augen geschlossen. Ich schließe meine, kann aber nicht schlafen. Ich kann nicht schlafen. Nicht schlafen …

Ich kann im Dämmerlicht nicht vergessen …

Ich weiß noch, wie die Bomben auf Mitaka fielen. Ich erinnere mich an die Evakuierung aus dem Haus meiner Schwester in Kōfu. Ich weiß noch, auf welchem Bahnsteig wir uns trennten und in welchem Zug sie davonfuhren. Ich erinnere mich an ihre Tränen; sie würden am Leben bleiben, ich würde sterben. Ich erinnere mich an ihre Rückkehr nach Mitaka, als die Bomben dann auf Kōfu fielen und ihre eigene Schwester sie für verflucht hielt. Ich erinnere mich an den Bahnsteig und an meine Tränen.

Dass sie sterben würden und ich am Leben bliebe.

Im Dämmerlicht fallen die Wände ein …

»Aber wir sind schon tot«, hatten sie gesagt. »Wir sind schon tot.«

2.

16. AUGUST 1946
Tokio, 31,5° C, sonnig

Es juckt mich von den Kopfläusen. Ich kratze. *Gari-gari.* Ich erhebe mich von dem niedrigen Tisch. Es juckt. Ich kratze. *Gari-gari.* Ich gehe zur Küchenspüle. Es juckt. Ich kratze. *Gari-gari.* Ich kämme mir die Haare. Es juckt. Ich kratze. *Gari-gari.* Die Läuse fallen in kleinen Klumpen heraus. Es juckt. Ich kratze. *Gari-gari.* Ich zerdrücke sie im Waschbecken. Es juckt. Ich kratze. *Gari-gari.* Die Hautläuse sind härter. Es juckt. Ich kratze. *Gari-gari.* Sie sind weiß und deshalb schwerer zu finden. Es juckt. Ich kratze. *Gari-gari.* Ich drehe den Wasserhahn auf. Es juckt. Ich kratze. *Gari-gari.* Das Wasser läuft. Das Rinnsal bricht ab. Dann läuft es wieder.

Es juckt. Ich kratze. *Gari-gari.*

Das Wasser ist braun, dann klar, dann wieder braun.

Ich wasche mir das Gesicht. Ich suche nach Seife, um mich zu rasieren.

Wieder mal keine da.

Ich spüle mir den Mund und spucke aus.

Ich bin einer der Überlebenden …

Ich ziehe Hemd und Hose an, dasselbe Hemd, dieselbe Hose, die ich in den letzten vier oder fünf Jahren tagein, tagaus getragen habe, die meine Frau gereinigt und gepflegt hat, geflickt und wieder geflickt, genau wie die Socken und Schuhe an meinen Füßen, die Winterjacke und den Sommerhut.

Es juckt. Ich kratze. *Gari-gari.*

Ich bin einer der Glücklichen …

Auf dem Tischchen steht ein kleiner Teller mit *zōsui*, einem Reisbrei mit Gemüse. Ich lasse ihn für meine Frau und die Kinder stehen.

Ich ziehe meine Uhr aus der Tasche. *Chiku-taku.* Ich ziehe sie auf.

Es ist vier Uhr früh. Frau und Kinder schlafen noch.

Es juckt noch immer. Ich kratze erneut. *Gari-gari …*

Im *genkan* ziehe ich meine alten Armeestiefel an und schnüre sie zu. Leise gehe ich zur Vordertür hinaus, mache sie zu und schließe sie ab. Ich gehe den Gartenpfad vor unserem Haus entlang. Ich ziehe das Gartentor hinter mir zu.

Ton-ton. Ton-ton. Ton-ton. Ton-ton. Ton-ton …

Ich lasse Haus und Familie zurück.

Ton-ton. Ton-ton. Ton-ton. Ton-ton …

Ich gehe unsere Straße entlang zum Bahnhof.

Ton-ton. Ton-ton. Ton-ton …

Überall dieses Hämmern.

Ton-ton. Ton-ton …

Der Morgen eines Neuen Japan.

Ton-ton …

Die Wiederaufbauarbeiten beginnen schon früh; übrig gebliebene Gebäude werden instand gesetzt oder abgerissen, an ihrer Stelle neue errichtet; Straßen werden von Schutt und Asche befreit, Schutt und Asche in die Kanäle geschüttet, die Kanäle aufgefüllt und planiert. Doch die Flüsse und Straßen von Tokio stinken noch immer nach Urin und Kot, nach Cholera und Typhus, nach Krankheit und Tod.

Ton-ton.

Das ist das Neue Japan; Hunderte, Tausende bevölkern den Bahnhof Mitaka, warten auf Züge in beide Richtungen; hinaus aufs Land, um ihre letzten Habseligkeiten billig zu verkaufen und dafür Lebensmittel zu bekommen; nach Tokio, um Lebensmittel zu verkaufen und billig anderer Leute Habseligkeiten zu erstehen: endlos hin und her, hin und her, endlos kaufen und verkaufen, verkaufen und kaufen; das Neue Japan.

Auf jedem Bahnhof. In jedem Zug. Auf jedem Bahnhof …

Auf beiden Bahnsteigen zwei dichte Menschenschlangen, die schwanken, als Neuankömmlinge versuchen, sich nach vorn zu drängeln, und alle treten und trampeln auf den Leibern jener herum, die die Nacht auf dem Bahnsteig verbracht haben, und dann eine letzte riesige Welle, als sich der erste Zug nach Tokio nähert.

In jedem Zug. Auf jedem Bahnhof. In jedem Zug …

Zwei reservierte leere Wagen für die Sieger, ein Wagen zweiter Klasse für die privilegierten Verlierer und eine lange Reihe von heruntergekommenen Wagen dritter Klasse für alle anderen.

Für die, die alles verloren haben …

Die Fenster in der dritten Klasse sind schon lange kaputt, die Wagen überfüllt, und das um fünf Uhr früh, die Menschen auf dem Bahnsteig drücken immer noch mehr Bündel, die nach Tokio sollen, durch die Fenster, andere kämpfen stumm um einen Platz auf den Stufen oder den Kupplungen.

Auf jedem Bahnhof. In jedem Zug …

Ich ziehe mein Notizbuch mit der Dienstmarke hervor.

Es juckt …

»Polizei!« rufe ich.

Es gelingt mir, in den Zug zu kommen. *Es juckt, aber ich kann mich nicht kratzen.* Ich kämpfe mich in einen der Wagen vor. *Es juckt, aber ich kann mich nicht kratzen.* Von hinten drängen andere nach. *Es juckt, aber ich kann mich nicht kratzen.* Langsam fährt der Zug an. In dem Gedränge werden mir die Arme an den Körper gedrückt. *Es juckt, aber ich kann mich nicht kratzen.* An jedem nur erdenklichen Fleck sind Menschen und Gepäck. Auf den Rückenlehnen und Gepäckablagen. *Es juckt, aber ich kann mich nicht kratzen.* Ich kann nur die Augen bewegen. Der Kopf des Jungen vor mir ist voller Krätze. Auf dem Kopf der jungen Frau zu meiner Linken krabbeln Läuse hin und her. Der Kopf des Mannes rechts von mir riecht nach saurer Milch. *Es juckt, aber ich kann mich nicht kratzen.* Der Zug ruckelt über die Schienenstöße. *Es juckt, aber ich kann mich nicht kratzen.* Ich schließe die Augen …

Ich denke unentwegt an sie …

Es dauert über eine Stunde, bis wir den Bahnhof Yūraku-chō erreichen, und ich muss kämpfen, um hinaus auf den Bahnsteig zu gelangen.

Ich kratze mich. *Gari-gari …*

Von der Station aus gehe ich zum Polizeipräsidium. Ich schwitze, dabei ist es noch nicht mal sechs Uhr; Tokio stinkt nach Kot; nach

 Kot, Dreck und Staub, der von jedem vorbeifahrenden Jeep und Lastwagen aufgewirbelt wird, auf Kleidung und Haut rieselt, mir die Nase verstopft und in der Kehle brennt.

Ich bleibe stehen, ziehe mein Taschentuch heraus, nehme den Hut ab und wische mir über Gesicht und Nacken. Ich schaue hinauf an den bleichen Himmel, suche nach der unsichtbaren Sonne, die sich irgendwo über den Wolken aus Fleckfieber, Staub und Dreck verbirgt.

Aus menschlichen Exkrementen ...

Der Straßenrand ist übersät mit Menschen auf Tatamis, Männer und Frauen, jung und alt, Soldaten und Zivilisten, mit hohlem Blick oder geschlossenen Augen, völlig erschöpft.

Meine Fäuste ballen sich, es schnürt mir die Brust zusammen, meine Lungen schreien: *Worauf wartet ihr?*

Es ist ein Jahr her, dass die Menschen auf dem Boden knieten und weinten. Ein ganzes Jahr, und noch immer sind die Menschen auf den Knien, auf den Knien ...

Steht auf! Steht auf!

Ishida ist wieder da. Er säubert das Zimmer der Abteilung zwei, putzt Stühle und Tische ab, wischt den Boden und die Türschwelle, richtet Telefone aus, die nicht klingeln, und staubt Ventilatoren ab, die sich nicht drehen.

Ishida ist zu jung für diese Abteilung, für diese Arbeit, diesen Ort, aber seine Familie hat Verbindungen, Verbindungen, die ihn am Leben erhielten und ihm diese Arbeit verschafften, und er ist dankbar und gewillt, sich zu beweisen; stets schaut er zu Boden, den Rücken leicht gebeugt; er ist hier, um sauber zu machen, Tee zu kochen und sich von uns niedermachen zu lassen.

»Das ist ja widerlich! Der schlimmste Tee, den ich je probiert habe!« brüllt Fujita Ishida an; dabei spuckt Fujita den Tee quer über den Tisch.

Fujita ist ebenfalls wieder da. Fujita kehrt immer wieder zurück.

Ende vierzig. Übergangen und verbittert ...

Inspektor Fujita weiß, dass er eigentlich der Leiter dieser Abteilung sein müsste, weiß, dass ich zu jung bin für diese Position, diese

Arbeit, diesen Ort. Aber Inspektor Fujita weiß auch, dass meine Familie Verbindungen hatte, Verbindungen, die mich am Leben erhielten und mir diese Arbeit an diesem Ort verschafften.

An seinem Ort. Aber Inspektor Fujita weiß ...

Keiner ist der, der er zu sein vorgibt ...

Ishida entschuldigt sich und wischt den Tee auf, den Fujita über den Tisch gespuckt hat. Dann entschuldigt er sich erneut.

»Lass diese Entschuldigungen«, brüllt Fujita. »Deine Entschuldigungen sind nie ehrlich. Deine Entschuldigungen finde ich noch schlimmer als dein Schweigen. Entschuldige dich wenigstens ehrlich!«

Ishida drückt sein Gesicht auf den Boden und beugt den Rücken. Fujita verpasst ihm eine Kopfnuss, schiebt ihn zur Tür hinaus auf den Gang.

»Du bleibst hier, bis du gelernt hast, wie man anständigen Tee kocht!«

Ishida kniet im Flur und entschuldigt sich.

Fujita kehrt ihm den Rücken zu. »Und lerne endlich, dich ehrlich zu entschuldigen!«

Ich folge Fujita zurück ins Zimmer. »Guten Morgen«, sage ich.

»Guten Morgen«, murmelt er. »Hast du eine Zigarette?«

Ich schüttle den Kopf und frage: »Wie war es gestern?«

»Ich hasse es auf dem Land«, antwortet er. »Und ich hasse die Landbevölkerung.«

Ich nicke und frage: »Haben sie dich übers Ohr gehauen?«

»Sie haben es zumindest versucht«, antwortet er lachend. »Bis sie spitzbekamen, dass ich Polizist bin; dann konnte ich günstige Preise aushandeln.«

Ich weise zur Tür. »Ist Ishida auch aufgetaucht?«

»Unglücklicherweise«, antwortet Fujita. »Zu nichts nütze, wie üblich.«

»Aber du hast Reis? Ein paar Vorräte?«

»Ja«, antwortet er, »danke.«

Ich zucke mit den Schultern: »Wofür?«

»Dass du uns gedeckt hast.«

»Schon in Ordnung.«

»Ich habe vom Shiba-Park gehört, von den zwei Leichen. Dumme Sache. Und ich habe gehört, dass sie nach meinem Verbleib gefragt haben …«

Ich zucke mit den Schultern und sage: »Vergiss es. Du würdest dasselbe auch für mich tun.«

Fujita verbeugt sich ein wenig und meint: »Natürlich.«

Ich schaue auf meine Uhr. Ich bin wieder zu spät.

Ich klopfe an die Tür zum Büro des Chefs. Ich öffne sie und entschuldige mich. Ich verbeuge mich und setze mich an den Tisch; Chef Kita am Kopfende, Adachi und Kanehara zu seiner Rechten, Kai und ich links; dieselben Personen, derselbe Ort, dieselbe Zeit und dieselben zwei Gesprächsthemen tagein, tagaus.

Gerüchte von Säuberungen und den sogenannten Reformen des Oberkommandierenden der alliierten Streitkräfte.

Im Oktober des Vorjahres wurden infolge der Verlautbarung SCAPIN 93 47 der insgesamt 51 Polizeichefs der Präfekturen ihres Amtes enthoben, zudem 54 Hauptkommissare, 168 Inspektoren, 1000 Inspektorenanwärter, 1587 Polizeichefs und 2127 Streifenbeamte, wobei all diese Beamten Angehörige der aufgelösten Tokkō waren.

Im Januar dieses Jahres verloren infolge des neuen Säuberungsbefehls SCAPIN 550 zwei weitere Polizeichefs ihre Posten, dazu 60 Hauptkommissare und 28 Inspektoren.

Dieser Säuberungsbefehl besiegelt nicht nur die Suspendierung dieser Männer aus dem öffentlichen Dienst, sie gelten damit auch für alle anderen Positionen als ungeeignet.

Und die Sieger sind noch nicht fertig …

»Ich habe gestern Abend mit einem alten Freund vom Revier Nerima gesprochen«, berichtet Hauptkommissar Kanehara. »Der hat mir erzählt, dass der SCAP die Abteilung Öffentliche Sicherheit auf das Revier Nerima geschickt hat, um dort die berufliche Vergangenheit eines jeden einzelnen Polizeibeamten zu überprüfen, alle Informationen hinsichtlich ihrer Versetzungen und Beförderungen …«

»Warum Nerima?« fragt Adachi.

Oder Anjo oder Ando oder …

»Weil sich letzten August, direkt nach der Niederlage, irgendein uniformierter Streifenbeamter direkt bei dem SCAP darüber beschwert hat, ein paar ehemalige hochrangige Offiziere der Tokkō und Kempei in Nerima hätten sich die Namen toter oder im Ruhestand befindlicher Männer zugelegt und seien dann unter diesen neuen Namen auf andere, bessere Posten versetzt worden und hätten höhere Ränge eingenommen.«

Keiner ist, der er zu sein vorgibt ...

»Wohingegen Männer, die nur ein paar Monate bei den Abteilungen Tokkō und Kempei gearbeitet hätten, nun aus ihren Positionen entfernt würden ...«

Keiner, der er zu sein scheint ...

»Verräter!« spuckt Adachi.

Alle nicken.

Außer mir ...

Nun wendet sich das Gespräch den nächtlichen Überfällen in der Gegend von Setagaya zu, verübt von einer dreiköpfigen Bande mit Handfeuerwaffen, mit einer möglichen Verbindung zu den bewaffneten Überfällen in derselben Gegend im letzten Monat. Dann geht es um den kontinuierlichen Anstieg der Gewaltverbrechen, den Einsatz von Waffen, wo die Polizei selbst keine hat, dann wieder um die sogenannten Reformen des SCAP.

»Wir haben sie um Waffen gebeten«, erklärt Kanehara. »Mehr Waffen. Bessere Waffen. Waffen, die auch funktionieren. Waffen mit der dazu passenden Munition.«

»Und sie haben uns Waffen versprochen«, fügt Adachi an.

»Aber das war es auch schon«, sagt Kanehara.

Dieselben Personen, derselbe Ort, dieselbe Zeit und dieselben Gesprächsthemen jeden Tag, ein Treffen nach dem anderen, bis es an der Tür klopft, bis es eine Unterbrechung gibt.

»Entschuldigung«, murmelt der Polizeibeamte.

»Was ist denn?« bellt Kita.

»Die Mütter sind hier, Chef.«

Es ist halb neun am Morgen nach dem Fund der Leichen, und schon haben sich zwanzig Mütter eingefunden. Zwanzig Mütter, die die Morgenzeitung gelesen oder die Neuigkeit von Nachbarn gehört haben. Zwanzig Mütter, die ihre letzten guten Kimonos hervorgekramt haben. Zwanzig Mütter, die bei ihren anderen Töchtern vorbeigegangen sind. Zwanzig Mütter, die sich das Fahrgeld für den Zug nach Sakuradamon zusammengebettelt haben.

Zwanzig Mütter, die nach ihren verlorenen Töchtern suchen.

»Schnell genug sind sie ja, um die Zeitung zu lesen«, meint Kai zu mir. »Schnell genug, um herzukommen, aber wo waren sie, als ihre Töchter verschwanden? Nun kommen sie zu spät ...«

Inspektor Kai und ich gehen die Treppe des Polizeipräsidiums hinunter zu einem der Empfangszimmer.

»Früher, vor dem Krieg, da gab es zwanzig vermisste Personen im Monat. Jetzt sind es zwei- bis dreihundert ...«

Zu den Empfangszimmern, um uns den zwanzig Müttern zu stellen.

»Vierzig Prozent davon sind junge Frauen im Alter zwischen fünfzehn und fünfundzwanzig, und das sind nur diejenigen, die gemeldet werden ...«

Zwanzig Mütter, die nach ihren Töchtern suchen.

»Sie werden sehen«, meint Kai. »Keine von ihnen wird ihre Tochter bisher als vermisst gemeldet haben.«

Ein Polizeibeamter öffnet uns die Tür zum Empfangszimmer. Kai und ich treten ein und stellen uns den zwanzig Müttern vor, den Müttern in ihren letzten guten Kimonos, begleitet von ihren anderen Töchtern.

Zwanzig Mütter, die nach ihren verlorenen Töchtern suchen, beten, ihre verlorenen Töchter nicht hier an diesem Ort zu finden.

Da die Leichen aber in Keiō sind, da die Autopsien noch durchgeführt werden müssen, da die Suche am Fundort noch nicht abgeschlossen ist und die Ermittlungen noch nicht mal offiziell aufgenommen worden sind, können Kai und ich diesen zwanzig Müttern nichts sagen. Also werden wir unsere Leute anweisen, diese Frauen zu befragen, die Beschreibungen ihrer Töchter aufzunehmen, Größe,

Gewicht, Alter, die Orte, an denen sie sich aufhielten, Bekannte, mit denen sie sich trafen, die Kleidung, die sie trugen, alle Sachen, die sie bei sich hatten …

An dem Tag, als sie zum letzten Mal gesehen wurden …

Die Mahlzeiten, die sie zu sich genommen haben.

»Aber wozu?« werden sie fragen.

Die Narben, die sie tragen, die Zähne, die ihnen fehlen, andere unverwechselbare Merkmale, die dabei helfen könnten, ihre Töchter als das verrottende Fleisch und die bleichen Knochen aus dem Shiba-Park zu identifizieren, aber nicht heute.

»Aber wenn nicht heute«, werden diese Mütter fragen, »wann dann?«

Am Tag nach den Autopsien werden diese zwanzig Mütter wiederkommen müssen, die zwanzig Mütter und der eine Vater.

Der eine Vater in seinem letzten guten Anzug mit dem Hut in der Hand, der aus der Gruppe der Mütter hervortritt und fragt: »Kann ich mit Ihnen sprechen, bitte?«

»Mein Name ist Nakamura Yoshizo; ich bin Gemüsehändler in Kamata. Meine Tochter heißt Nakamura Mitsuko. Sie ist meine einzige Tochter. Sie hat einen Abschluss vom Aoyama College für Hauswirtschaft, bei Yasuda und Taito Yokosan hat sie eine Reihe von kriegsrelevanten Arbeiten erledigt. Zusätzlich war sie mit zahlreichen ehrenamtlichen Aufgaben betreut. Aber sie ist meine einzige Tochter, und als die Lage in Tokio letztes Jahr immer schlimmer wurde, haben meine Frau und ich beschlossen, Mitsuko zu ihrem älteren Bruder und seiner Frau in die Präfektur Ibaraki zu schicken. Am 12. Juni letzten Jahres hat sie unser Haus in Kamata verlassen, um nach Ibaraki zu fahren. Itsuko traf dort nie ein. Sie war zweiundzwanzig Jahre alt. Sie ist meine einzige Tochter, Herr Inspektor.«

»Haben Sie Ihre Tochter als vermisst gemeldet?« frage ich.

Der Vater nickt: »Natürlich.«

»Und was hat die örtliche Polizei dazu gesagt?«

»Dass sie keinen Hinweis finden konnten …«

Ich schlage mein Notizbuch auf. Ich lecke die Spitze meines Bleistifts an und frage ihn: »Können Sie sich noch erinnern, welche Kleidung Ihre Tochter am Tag ihres Verschwindens letztes Jahr trug?«

»Eine braune Hose und eine blassgelbe Bluse.«

»Können Sie sich an ihre Schuhe erinnern?«

»Es waren traditionelle *geta*-Sandalen …«

»Und können Sie mir Mitsuko beschreiben?«

Mitsukos Vater holt tief Luft und beginnt: »Sie ist einen Meter fünfundfünfzig groß und wiegt etwa fünfzig Kilogramm. Sie hat lange Haare, die sie meist in zwei Zöpfen trägt. Mitsuko trägt auch eine runde silberne Brille.«

Im Dämmerlicht vergisst niemand …

»Noch etwas?« frage ich nach.

»Am Tag, als sie verschwand«, fährt er fort und nickt, »hatte sie einen beigefarbenen Baumwollrucksack bei sich.«

»Und was war darin?«

»Eine *bentō*-Box.«

»Noch etwas?«

Wieder nickt Nakamura Mitsukos Vater, wischt sich den Schweiß aus dem Gesicht und antwortet: »Zu ihrem zwanzigsten Geburtstag habe ich ihr eine ovale Ammonitbrosche geschenkt.«

Niemand vergisst …

Ich höre auf mitzuschreiben und klappe mein Notizbuch zu. Ich stecke den Stift ein. »Wie Sie wissen«, sage ich, »müssen erst noch die Autopsien vorgenommen werden. Allerdings ist eines der Opfer erst kürzlich verstorben, und die Kleidung der anderen entspricht nicht dem, was Ihre Tochter trug, zumindest nicht an jenem Tag, als sie verschwand. Es ist also zweifelhaft, dass Ihre Tochter eine der beiden Leichen ist.«

Der Vater hält sich ein Taschentuch vor das Gesicht. Seine Schultern beginnen zu zucken.

»Es stand in der Zeitung«, flüstert er. »Das mit den beiden unbekannten Leichen im Shiba-Park, da dachten meine Frau und ich, wir sollten …«

»Ich verstehe«, entgegne ich. »Ich werde mich mit Ihnen in Kontakt setzen, falls ich etwas herausfinde …«

Er senkt den Kopf.
»Danke.«

Der erste Koffer ist gepackt und transportbereit. Nishi und Shimoda werden je einen Griff des Koffers nehmen. Der zweite Koffer ist gepackt und transportbereit. Kimura und Ishida werden je einen Griff des Koffers nehmen. Die anderen haben ihre Sachen gepackt. Sie haben ihre Fälle abgeschlossen und ihre Schreibtische geräumt. Sie sind bereit, nach Atago zu gehen. Alle wissen, dass es keine freien Tage geben wird, keine Pause. Sie wollen los, reichen die Zeitung herum, die vom neuesten Selbstmord berichtet.

Konteradmiral Satō Shiro (54), ehemaliger Kommandierender der Japanischen Marinestreitkräfte im Gebiet Neuguinea, beging gestern Morgen gegen 5.00 Uhr Selbstmord in seinem Haus in Yokosuka, nachdem er zuvor seine zweiundvierzigjährige Frau, seinen elfjährigen Sohn und die neunjährige Tochter im Schlaf ermordet hatte. Der ehemalige Offizier, der im Januar diesen Jahres aus Neuguinea heimgekehrt war, litt an einem Nervenleiden und soll schon zuvor mehrmals angedeutet haben, sich und die gesamte Familie töten zu wollen …

»Zu viele gute Männer«, sagen meine Leute. »Wie viele gute Männer müssen noch sinnlos ihr Leben opfern als Wiedergutmachung?«

»Während die Schlechten sich die Taschen vollstopfen …«

»Zu viele Totenfeiern …«

Sie blättern die Seiten um und reden über den jüngsten Flüchtling.

Schon wieder ein Kempei-Mann auf der Flucht.

»Die werden ihn schon kriegen, wartet's ab …«

»Man kann nicht für immer weglaufen …«

»Zu viele Verräter …«

Auf den folgenden zwei Seiten Berichte von den jüngsten Verurteilungen …

Fünf Männer verurteilt wegen Misshandlung von Kriegsgefangenen der Alliierten. Es liegen Beweise vor, dass Wachleute im Kriegsgefangenenlager eins in Hakodate Gefangene misshandelt und ihnen Essen und Kleidung gestohlen haben. Die Kommission befand alle fünf Angeklagten des Verbrechens gegen Kriegsgefangene für schuldig und verurteilte sie zu Haftstrafen von fünf bis dreißig Jahren. In der abschließenden Stunde des Prozesses erklärte Takeshita Toshio, einer der Angeklagten, dass der ehemalige Premierminister Tōjō für all das verantwortlich sei und dass er und seine Mitangeklagten nur einfache Soldaten gewesen seien, denen Befehle erteilt wurden, denen sie bei Todesandrohung Folge zu leisten gehabt hätten …

»Das hört nie auf, es geht immer so weiter …«

»Das sind doch keine Kriminellen, nur Soldaten …«

»Zu viele Prozesse …«

Unten auf der letzten Seite steht unsere Geschichte: *Zwei Frauenleichen in Shiba gefunden …*

Ich schaue auf die Uhr. *Chiku-taku …*

Ich stehe auf. Alle tun es mir nach.

Ich verbeuge mich. Alle verbeugen sich.

»Also los«, sage ich.

Nishi und Shimoda tragen den ersten Koffer durch die Türen ins Polizeirevier Atago, Kimura und Ishida den zweiten, dann geht es die Treppe hinauf; Sanada, Hattori, Takeda, Fujita und ich marschieren hinterdrein.

Nishi und Shimoda stellen den ersten Koffer ab, Kimura und Ishida den zweiten, den sie in eine Ecke schieben, wo er bis zum Abend verschlossen stehen bleibt. Dann öffnen Nishi und Shimoda den ersten Koffer, nehmen das weiße Banner und die Bambusstangen heraus und stellen das Banner an den Stangen neben der Tür auf.

Zwei Meter hoch, einen halben Meter breit.

In schönen deutlichen, in hellem Rot gestickten Zeichen:

Hauptquartier Sonderermittlungen.

Die Männer der zweiten Gruppe versammeln sich vor dem Banner. Sie stehen stramm, während ich verkünde:

»Dieses Banner bleibt hier stehen, bis dieser Fall ehrenvoll abgeschlossen ist oder wir gezwungen sind, in Schande zurück ins Polizeipräsidium abziehen zu müssen. Was wollen wir, Ehre oder Schande?«

»Ehre!« rufen alle. »Ehre!«

»Dann muss jeder Einzelne alles in seiner Macht Stehende unternehmen«, erkläre ich. »Nur dann kann dieser Fall gelöst werden, nur dann kann unsere Gruppe ehrenvoll ins Präsidium zurückkehren. Also gebt Euer Bestes!«

»Wir geben unser Möglichstes«, erwidern sie. »Unser Allerbestes!«

Auf der anderen Seite des Ganges haben Inspektor Kai und seine erste Gruppe bereits ihr Banner aufgestellt, haben ihren Schwur geleistet, haben mahnend an alle appelliert; jetzt warten sie auf uns …

»Zeit für die Besprechung!«

Die erste Gruppe, die zweite Gruppe und alle Polizeibeamten der Reviere Atago, Meguro und Mita versammeln sich in dem überhitzten, dunklen Raum im zweiten Stock, den die erste Gruppe in Atago bezogen hat.

Ich stehe vorn im Raum neben den Hauptkommissaren Adachi und Kanehara und Inspektor Kai; wir vier stehen der ersten und zweiten Gruppe und den Polizeibeamten gegenüber.

»Achtung!« brüllt einer der Polizeibeamten, und alle im Raum stehen stramm.

»Verbeugen!« brüllt der Polizeichef.

Alle verbeugen sich.

»Rührt euch!«

Alle stehen oder setzen sich wieder hin, nur Hauptkommissar Adachi nicht; er hält ein Stück Papier in der Hand und liest eine Reihe von Namen vor; Adachi verteilt Namen auf Einsatzgruppen und Einsatzgruppen auf die Verantwortlichen; er weist auf eine Karte hinter sich und liest eine Reihe von Koordinaten vor; dann verteilt er die Koordinaten auf die Einsatzgruppen.

Schließlich ermahnt uns Adachi noch einmal, unser Bestes zu geben.

Alle schwören, dass wir unser Bestes geben werden.

»Achtung!« brüllt der Polizeibeamte erneut, und alle stehen stramm.

»Verbeugen!«

Wir verbeugen uns.

»Wegtreten!«

Unten warten wieder Reporter auf uns. In diesen Zeiten warten ständig irgendwelche Reporter. Es gibt jetzt Hunderte von Zeitungen und Magazinen und Tausende von Reportern.

Pressefreiheit. Pressefreiheit …

Seit der Niederschlagung des Streiks bei *Yomiuri* letzten Monat hat sich einiges getan, aber noch immer gibt es zu viele Zeitungen und Magazine, eine Flut von Reportern.

Zu viele Fragen …

Viel zu viele Schmierfinken.

Schmierfinken wie Hayashi Jo.

Mein ganz persönlicher Schmierfink …

Hayashi schreibt unter einem Namen für *Minpo* und unter einem anderen Namen für *Minshū Shimbun.* Hayashi würde alles für jeden schreiben, solange er dafür bezahlt wird.

Hayashi wartet unten auf mich.

Ich nehme seinen Arm und führe ihn nach draußen.

Unter vier Augen und außer Hörweite, auf der anderen Straßenseite unter den Bäumen, wo ein verkrüppelter Soldat Unkraut in einem alten Ölfass verbrennt …

Feuer zu Feuer, Hitze zu Hitze, Backofen in einem Backofen …

Hayashi holt Luft und meint: »Ich hasse Brandgeruch …«

»Sie sollten mir diesmal besser was Handfestes liefern.«

»Nicht, dass mich das an die Luftangriffe erinnert …«

»Haben Sie etwas? Etwas Neues?«

»Das roch eher nach Schweinefett«, sagt er. »Dieser Rauch erinnert mich an den Tag der Kapitulation …«

»Los«, unterbreche ich ihn. »Was haben Sie?«

»Da war der Himmel schwarz von all dem Papier, das sie verbrannt haben …«

»Genug davon!« brülle ich. »Sie reden jetzt oder verschwinden!«

»Alles in Rauch aufgelöst«, fährt er fort. »Die ganzen Beweise …«

Ich verfluche ihn. Ich verfluche ihn …

»All die Namen …«

»Genug«, sage ich und drehe mich um.

Er packt mich am Arm und hält mir ein zusammengefaltetes Papier hin. »Lesen Sie das hier«, sagt er, »bevor es sich auch in Rauch auflöst.«

Ich nehme den Zettel, falte ihn auf, lese.

»Fujita Tsuneo«, sagt Hayashi, so als könne ich nicht lesen, »wurde in der Nacht des Angriffs auf Matsuda Giichi gesehen, wie er gemeinsam mit Nodera Tomiji im *New Oasis* in der Ginza trank …«

»Inspektor Fujita aus meiner Abteilung?«

»Ebender«, nickt Hayashi.

Ich fluche und fluche …

Ich schüttle den Kopf: »Das muss ein Irrtum sein.«

»Kein Irrtum.«

»Wer hat Ihnen das gesagt? Wer?«

Hayashi schüttelt den Kopf.

»Wer weiß noch davon?« frage ich ihn. »Ihr Spitzel weiß es, Sie wissen es, wer noch?«

»Niemand sonst«, antwortet Hayashi. »Niemand, der noch atmet.«

»Außer Ihnen«, bemerke ich.

»Und Ihnen«, entgegnet er lächelnd.

Ich starre ihm in die Augen. »Und wer sagt mir, dass Sie die Wahrheit sagen? Wer sagt mir, dass Sie das nicht einfach erfunden haben?«

»Sie Mistkerl«, faucht Hayashi. »Sie sind doch zu mir gekommen. Sie wollten doch wissen, wer den Überfall auf Matsuda befohlen hat. Sie wollten doch wissen, wer Nodera angeheuert hat. Und wer dann Nodera umgebracht hat …«

Ich drehe mich um, will weggehen …

Raus aus den Schatten …

Wieder packt er meinen Arm. »Und was jetzt?« fragt er.

Ich reiße mich von ihm los. »Nichts.«

»Was meinen Sie damit, *nichts*? Ich habe getan, worum Sie mich gebeten haben. Ich habe Ihnen Informationen besorgt. Jetzt will ich mein Geld!«

»Ich kann mit dieser Information nichts anfangen«, erkläre ich.

»Das ist doch nicht mein Problem«, erwidert er lachend.

»Deswegen kann ich Sie nicht bezahlen.«

Hayashi verstummt. »Na, dann muss ich sie wohl jemandem geben, der mich bezahlen kann.«

»Wer denn?«

»Boss Senju vielleicht.«

Jetzt muss ich lachen: »Senju?«

»Er wird zahlen.«

Ich trete auf Hayashi zu und baue mich vor ihm auf. »Sie glauben, Senju wird Ihnen dafür etwas zahlen? Einem erbärmlichen Schmutzfinken, der einem nicht mal die richtige Uhrzeit sagen könnte, weil er vor lauter Lügen gar nicht mehr weiß, was die richtige Uhrzeit ist? Sie glauben, Senju wird einem Stück Scheiße wie Ihnen etwas bezahlen, nur weil Sie behaupten, gehört zu haben, dass einer meiner Beamten in einer Ginza-Bar gesehen wurde mit einem Verräter, der in derselben Nacht seinen Boss erschießt, seinen Mentor, seinen Vaterersatz ... Das ist die Information, für die Sie Senju bezahlen wird? Wirklich? Bevor Senju Fujita und mich umbringen wird, wird er Sie foltern, um herauszubekommen, wie und wann Sie an diese Information gekommen sind und warum Sie bisher niemandem etwas davon gesagt haben, und glauben Sie mir, Hayashi, was immer Sie Senju sagen, es wird die falsche Antwort sein, Ihre letzte Antwort, bevor er Sie umbringt! Ich an Ihrer Stelle würde vergessen, Fujitas Namen jemals im Zusammenhang mit Matsuda Giichi gehört zu haben.«

Hayashi zuckt mit den Schultern und erwidert: »Sie sind auch nicht besser als ich, Inspektor. Das glauben Sie, aber es stimmt nicht ...«

Ich lächle, wende mich ab und gehe davon.

Feuer zu Feuer, Hitze zu Hitze, Backofen in einem Backofen ...

»Ich kenne Sie«, brüllt er mir nach. »Ich kenne Ihre Geheimnisse ...«

Ich drehe mich um und sage: »Wir haben einen Krieg verloren – wir alle haben Geheimnisse.«

Hayashi grinst und schüttelt den Kopf.

»Aber nicht solche wie Sie, Inspektor.«

Dreißig Mann durchkämmen die Hänge des Shiba-Parks. Dreißig Mann mit Tüchern und Stöcken. *Sie suchen im hohen Gras.* Dreißig

Mann in drei Gruppen zu je zehn. Drei Gruppen, die in Zivil und Uniform schwitzen und nach Moskitos und Fliegen schlagen. *Nach den Geheimnissen der Toten.* Sie schauen hinauf zur Sonne, dann wieder auf den Boden. *Ins hohe Gras.* Sie holen ihre Taschentücher hervor und setzen die Hüte ab. *Ihre Schädel in der prallen Sonne.* Sie wischen sich über Köpfe und Nacken. *Im hohen Gras.* Sie setzen die Hüte wieder auf und stecken die Taschentücher ein. *Das alles überwuchert.* Sie greifen nach ihren Stöcken und fahren mit der Suche fort. *Im hohen Gras.* Suchen weiter, wollen etwas finden. *Das hohe Gras …*

Chiku-taku. Chiku-taku. Chiku-taku. Chiku-taku …

Von elf Uhr morgens bis sechs Uhr abends.

Doch im Land der Toten gibt es keine Uhren …

In diesen vergessenen Gräbern. Bei diesen umgestürzten Bäumen.

Nur den Lärm der Krähen, vieler Krähen …

Nur Resignation, kein Enthusiasmus.

An diesem Ort des Stelldicheins …

Ich suche ebenfalls.

Nach Fujita …

»Suchen Sie nach jemandem?« fragt Hauptkommissar Adachi.

»Tun wir das nicht alle?« erwidere ich und wende mich ab.

Ich finde Ishida allein in unserem provisorischen Raum in Atago vor. Nach der Suche ist er ganz dreckig vom Staub und schweißgebadet. Er wischt die Stühle und Tische sauber, den Fußboden und die Türschwelle, dann streicht er unser Banner glatt. Er spürt meinen Schatten und schaut auf.

Er steht stramm, verbeugt und entschuldigt sich.

Ich lächle und sage: »Rühren Sie sich.«

Wieder verbeugt und entschuldigt sich Ishida.

Deine Entschuldigungen sind immer unehrlich.

»Sie haben heute hart gearbeitet«, sage ich. »Ich danke Ihnen.«

Und wieder verbeugt und entschuldigt er sich.

»Wie ging es gestern?« frage ich ihn. »Mit Kommissar Fujita?«

Ishida dreht den Kopf ein wenig nach links, den Rücken noch immer gebeugt.

»Sie sind doch mit ihm aufs Land gefahren, oder?«

Ishida nickt.

»Und wo waren Sie?«

Ishida bewegt wieder den Kopf und sagt: »Ich bin auf Kommissar Fujitas Wunsch hin mitgefahren, Herr Inspektor.«

»Das weiß ich«, erwidere ich. »Jetzt frage ich, wohin Sie mit Inspektor Fujita gefahren sind.«

Ishida saugt Luft durch die Zähne ein, antwortet aber nicht.

Ich schlage ihm auf den Kopf. »Antworten Sie mir!« brülle ich.

Wieder verbeugt und entschuldigt sich Ishida.

Wieder ein Schlag auf den Kopf. »Los jetzt! Antworten Sie mir!«

Doch Ishida antwortet nicht und entschuldigt sich nur.

Deine Entschuldigungen sind immer unehrlich.

»Idiot!« brülle ich und drehe mich um.

Nishi und Kimura stehen da.

»Chef Kita ist da, Inspektor«, sagt Nishi. »Im Empfangsraum, zusammen mit Hauptkommissar Adachi.«

Kita, Leiter der gesamten ersten Abteilung, ist auf das Revier Atago gekommen, um sich über die Ergebnisse der Ermittlungen informieren zu lassen. Ich stehe vor dem Empfangsraum, warte, bis Kita und Adachi ihr Gespräch beendet haben, bis Adachi aus dem Zimmer kommt, wortlos an mir vorbeigeht, ohne mich eines Blicks zu würdigen, dann klopfe ich an und trete ein.

Ich verbeuge mich. Ich entschuldige mich bei Kita. Ich setze mich auf den Stuhl, den der Chef mir anbietet. Ich berichte ihm, was wir heute unternommen haben, was wir herausgefunden und was wir für den kommenden Tag geplant haben.

Kita hört zu und sagt dann: »Ich habe gehört, Sie wollen Abteilung zwei verlassen und sich versetzen lassen?«

Ich habe niemandem davon erzählt. Aber ich frage nicht nach und sage auch nichts. Ich verbeuge mich tief, entschuldige mich für die Bitte einer Versetzung.

»Es ist interessant, dass Sie das nicht bestreiten«, lächelt Kita. »Offenbar wollen Sie in Abteilung sechs versetzt werden?«

Ich frage nicht, sage nichts.

Ich verbeuge und entschuldige mich erneut.

»Warum?« will der Chef wissen.

»Ich bin nun seit fast einem Jahr in Abteilung zwei«, sage ich. »Vielleicht brauchen sie dort einen neuen Vorgesetzten.«

»Aber warum Abteilung sechs?« will Kita wissen. »Banden und Schwarzmarkt. Darüber wissen Sie doch gar nichts …«

»Ich wusste auch nichts, als ich in Abteilung zwei kam.«

Kita lächelt und fragt: »Und heute?«

»Man kann nie genug wissen.«

Kita holt tief Luft, schließt die Augen und sagt dann: »Sie identifizieren die Leiche dieses Mädchens. Sie finden heraus, wie es umgekommen ist, wann es ermordet wurde, wer es umgebracht hat und warum. Dann bekommen Sie Ihre Versetzung.«

Ich verbeuge und entschuldige mich und wiederhole: »Danke. Danke.«

Treppauf in das gleiche überhitzte dunkle Zimmer im zweiten Stock, wo die letzte Besprechung des ersten Tages stattfindet.

»Achtung!« brüllt der Polizeichef.

»Verbeugen!«

»Rührt euch!«

Hauptkommissar Adachi und ich stehen gemeinsam an dem Tisch, auf dem all die Gegenstände ausgelegt sind, die heute im Shiba-Park gefunden wurden: ein Weidenkorb mit Werkzeug, gefunden fünfzehn Meter von der ersten Leiche entfernt; ein Kinderspielzeug, gefunden in der Nähe des Korbes; die schmutzige Unterwäsche einer Frau; die Schultertasche eines Soldaten, gefunden im Gebüsch in der Nähe des Nordpfades; eine lange chinesische Pfeife und eine leere Essensbox; der *Asahi Shimbun* vom 11. August diesen Jahres; die zerbrochene Brille eines alten Mannes; ein verrostetes Rasiermesser und ein roter Bauchwickel mit fünf geflickten Löchern, gefunden auf dem Ostpfad, fünf geflickte Löcher, die zur Identifizierung reichen müssen.

»Es sieht so aus«, berichtet Adachi, »als ob das Material, das um den Hals des ersten Opfers geschlungen war, dem Material des Bauchwickels entspricht. Wir werden allerdings noch auf die Ergebnisse der Autopsie morgen warten müssen, um sicher zu sein. Inspektor Minami …«

»Die Schultertasche«, sage ich, »enthielt eine Arbeitsbescheinigung für einen gewissen Takahashi aus Zōshigaya, Bezirk Toshima. Es sind bereits Beamte nach Toshima unterwegs, um dieser Spur nachzugehen.«

»Es werden zudem die verschiedenen Kleidungsstücke untersucht, die bei der Suche gefunden wurden«, ergänzt Adachi. »Die Unterwäsche könnte bei der Identifizierung von Bedeutung sein.«

Hauptkommissar Adachi und ich setzen uns. Hauptkommissar Kanehara erhebt sich.

»Wir werden«, sagt er, »die Suche morgen fortsetzen.«

Der Chef hat ein Zimmer in einem kürzlich wiedereröffneten Restaurant nahe Daimon reserviert, in der Nähe von einer der Küchen der Siegermächte. Er lädt alle Mann der Ersten Abteilung ein. Wir alle sitzen Ärmel an Ärmel, Knie an Knie auf den neuen Tatamis. Es gibt keine Speisekarte, keine Auswahl. Aber es gibt Bier und Essen; wir bekommen die Reste aus den Abfallkübeln der Sieger, sind froh, nicht schon wieder *zōsui* essen zu müssen.

Hungernde Hunde zu Füßen ihrer Herren, unter ihren Tischen liegend …

Alle reden noch immer über den ehemaligen Marinekommandanten, der Frau und Kinder umgebracht und sich dann selbst erschossen hat, und über die Nachricht, die er hinterließ:

»Beseitigt unsere Leichen wie die von Hunden …«

Dann unterhalten sich alle über die eine Million nicht eingeforderten Urnen der Kriegstoten, die vier Millionen repatriierten Soldaten und Zivilisten, von denen viele Knochen und Asche von Kameraden und Verwandten in kleinen weißen Schachteln um den Hals tragen, über die Millionen, die noch kommen werden.

»Ein Leben führen als geborstener Juwel, nicht als einfache Erde …«

Die nächsten Gesprächsthemen sind die Exkremente in den Flüssen, die Cholera und das Fleckfieber, die Eisenbahnunglücke und die

Gewerkschaftsdemonstrationen, die Streikparolen an den Eisenbahnzügen.

»Ich fühle mich nicht frei. Ich habe nicht das Gefühl, Rechte zu haben …«

Wir unterhalten uns über den GI, der eine Dreizehnjährige vergewaltigt hat, die beiden anderen Soldaten, die ein Mädchen entführt und missbraucht haben, das gerade von einer Ikebana-Stunde nach Hause ging, reden über den Japaner, der in Kamata zwei GIs angegriffen und verprügelt hat …

»Der Krieg war beseelt, er hat einem Mut gemacht …«

Alle reden über die Minuten, die einem wie Stunden vorkommen. Die Stunden, die einem wie Tage vorkommen. Die Tage wie Wochen. Die Wochen wie Monate. Die Monate wie Jahre.

Dieses Jahr, das einem wie ein Jahrzehnt vorkommt.

»Jetzt herrscht nur noch Monotonie …«

Wir sprechen über Säuberungen. Über Prozesse. Über all unsere Mühen zu arbeiten, zu essen.

Wir flüstern. Schreien. Flüstern. Schreien.

Wenn du noch nie besiegt wurdest, nie verloren hast.

Wenn du noch nie geschlagen wurdest.

Dann kennst du nicht den Schmerz.

Den Schmerz der Kapitulation.

Der Besatzung …

Flüsternd, schreiend, so reden die Verlierer.

Mit eingeschnürter Brust und geballten Fäusten.

Mit blutigen Knien und gebrochenem Rückgrat.

Von dem Sturz …

So reden die Verlierer.

Flüsternd, schreiend.

»Wir sind die Überlebenden. Wir sind die Glücklichen.«

Wieder zurück auf dem Revier Atago; im zweiten Stock ist der zweite Koffer geöffnet worden, Decken wurden verteilt, doch unser provisorisches Quartier ist ein Backofen, und der Gestank von Schweiß und das Summen der Moskitos sind unerträglich. Aus dem anderen Zimmer wehen leise Stimmen der ersten Gruppe über den Flur herüber, die betrunken Schlaflieder singen …

»Roter Apfel an meinen Lippen, der blaue Himmel schaut schweigend zu …«

Doch schon bald schlafen alle, auf ihren Stühlen oder unter den Tischen, schnarchen und furzen, alle außer Inspektor Fujita …

Ein leerer Stuhl. Ein leerer Schreibtisch …

Ich stehe auf und steige so leise wie möglich über die Schlafenden. Ich öffne die Tür und gehe hinaus, den Flur entlang, die Hintertreppe hinunter, hinaus …

Sie verfolgt mich …

Ich renne los, renne durch die Nacht, die schwarze, sternenlose Nacht, durch das heiße und feuchte, dunkle Tuch, das vom Himmel hängt …

Zu Yuki.

Im Dämmerlicht ihrer trüben Lampen, in den drei Scheiben ihres Schminkspiegels, streicht sie sich mit der Hand übers Haar und sagt: »Du hast gerade eine Schachtel Zigaretten im Eckladen gekauft, als ein Mann vorbeirannte und rief: *Es wird regnen! Es wird regnen!* Alte, mit Schürzen bekleidete Frauen und kleine Kinder mit ihrem Spielzeug sind in die Häuser geeilt, als eine Windbö einen Bambusvorhang zu Boden riss und Zeitungen wie Geister durch die Straße huschten. Dann der Blitz. Der Donner. Die dicken Regentropfen. Aber du bist nicht gerannt. Du hast deine Zigarette zu Ende geraucht und deinen Regenschirm aufgespannt. Und da habe ich dich das erste Mal gesehen, wie du dort unter deinem Regenschirm standest und ich dir zurief, als ich gerade vom Friseur kam, weißt du noch?«

Ich möchte mich nicht erinnern. Ich möchte mich nicht erinnern …

»Kann ich mit Ihnen gehen?« hatte sie gefragt. »Nur bis dort drüben?«

Ich erinnere mich noch: ihr weißer Hals unter meinem dunklen Regenschirm, ihre frisch hochgesteckte Frisur, mit eingearbeiteten langen Silberfäden.

Aus China heimgeschickt, aus dem Krankenhaus entlassen …

»Machen Sie sich um mich keine Gedanken«, antwortete ich. »Nehmen Sie den Schirm.«

»Wirklich?« erwiderte sie lächelnd. »Es ist nur bis da drüben …«

Mit meinem Regenschirm in ihrer rechten Hand, greift sie mit der Linken den Saum ihres Kimonos, dreht sich dann zu mir um und fragt: »Steht mir der Regenschirm?«

Im Dämmerlicht kann ich nicht vergessen …

Es juckt und ich kratze. *Gari-gari …*

Im fahlen Licht denke ich an meine Frau. Im Dämmerlicht …

Es tut mir leid. Es tut mir leid. Es tut mir leid. Es tut mir leid …

Denke ich an meine Kinder. Im fahlen Licht. Sie sitzt mit dem Rücken zu mir …

Es tut mir leid. Es tut mir leid. Es tut mir leid …

Im Dämmerlicht. Ihr Gesicht zur Wand. Im Dämmerlicht.

Es tut mir leid. Es tut mir leid. Es tut mir leid …

Zur Papierwand. Im Dämmerlicht. Den Flecken zugewandt.

Es tut mir leid. Es tut mir leid …

Im Dämmerlicht, die Dinge im Halbschatten.

Es tut mir leid …

Das Leben im Zwielicht, alles vergangen.

3.

17. AUGUST 1946

Tokio, 32°C, sonnig

Es juckt und ich kratze. *Gari-gari.* Ich habe wieder nicht geschlafen. Ich habe die Augen nicht zubekommen. Nun sind sie müde und brennen. Die frühe Morgensonne fällt durch das Fenster, erhellt den Staub und die Flecken in ihrem Zimmer, und mit dem Licht kommt der hämmernde Klang herein.

Ton-ton. Ton-ton. Ton-ton. Ton-ton. Ton-ton …

Ich setze mich auf und schaue auf die Uhr.

Chiku-taku. Ich komme zu spät.

Idiot! Idiot! Idiot! Idiot! Idiot!

Ich stehe auf. Es juckt mich und ich kratze. *Gari-gari.* Ich ziehe Hemd und Hose an. *Gari-gari.* Ich gehe zum *genkan* und binde mir die Schuhe zu. *Gari-gari …*

Ich fluche. Ich fluche. Ich fluche …

Ich drehe mich um und will mich verabschieden.

Doch sie rührt sich nicht, liegt mit dem Rücken zur Tür und dem Gesicht zur Wand, dem Papier, den Flecken da …

Ich verfluche mich selbst …

Ich schließe die Tür hinter mir und eile den Flur entlang, die Treppe hinunter und hinaus. Aus den Schatten ins Licht. Das Licht ist heute Morgen so hell, die Schatten so schwarz, dass die Stadt in Schwarz und Weiß getränkt und gebleicht wirkt. Weiße Bürgersteige und Straßen, schwarze Telegrafenmasten und Bäume. Weiße Blechplatten, schwarze Schuttberge. Weiße Blätter, schwarzes Unkraut. Weiße Augen und schwarze Haut bei den Verlierern, weiße Sterne und schwarze Uniform bei den Siegern …

Ton-ton. Ton-ton. Ton-ton. Ton-ton. Ton-ton …

Keine Farben heute. Keine Farben auf diesem Mond.

Inspektor Fujita sitzt in unserem provisorischen Zimmer an seinem provisorischen Schreibtisch. *Er schaut nicht auf.* Ishida gießt Tee ein. *Fujita durchwühlt seine Jackentaschen.* Nishi und Kimura reparieren ihre Notizbücher, rollen dünne Streifen Abfallpapier zu festen Fäden, um das holzige Papier damit zusammenzubinden, auf dem sie dann ihre Notizen schreiben. *Fujita zieht einen Umschlag aus der Innentasche.* Die anderen wachen allmählich auf, sie gähnen, hüsteln, räkeln und kratzen sich. *Fujita hat nicht geschlafen.* Die Fenster sind geöffnet, aber in dem Zimmer ist es immer noch heiß, die Luft ist abgestanden und stinkt nach Schweiß. *Fujita schaut auf die Uhr.* Sie trinken Tee und murren. *Fujita schreibt einen Namen auf die Vorderseite des Umschlags.* Sie wollen Zigaretten, aber die nächste Zuteilung ist erst Montag, und heute ist Samstag. *Fujita steckt den Umschlag wieder in die Innentasche.* Sie wollen Frühstück, doch die nächste Mahlzeit wird wieder nur kaltes *zōsui* sein. *Jetzt blickt er auf.* Kommissar Fujita schaut mich an.

Ich warte darauf, dass er etwas sagt, doch er schweigt. Ich erhebe mich an meinem Schreibtisch. Ich verbeuge mich vor allen und sage: »Guten Morgen, Abteilung zwei.«

Alle erheben und verbeugen sich. Alle sagen: »Guten Morgen.«

»Heute Vormittag werde ich mit Inspektor Kai in die Universitätsklinik Keiō gehen«, erkläre ich, »wo die Autopsien vorgenommen werden. In meiner Abwesenheit wird Inspektor Fujita die fortdauernde Suche am Tatort leiten. Die Identifizierung der zweiten Leiche wird nicht einfach werden, deshalb könnte der kleinste Hauch eines Hinweises entscheidend sein. Ich bitte daher Sie alle, bei der Suche so aufmerksam wie nur möglich zu sein.«

»Wir werden so aufmerksam wie möglich sein«, erwidern die Männer.

Wieder verbeuge ich mich. Sie erwidern die Geste.

Alle außer Inspektor Fujita.

Hinaus in Licht und Schatten. In Weiß und Schwarz. In Dreck und Staub. Der heiße Marsch zum Präsidium der Tokioter Polizei. Die morgendliche Besprechung.

Ich klopfe an die Tür des Chefs, öffne sie und entschuldige mich.

Ich verbeuge mich, nehme meinen Platz am Tisch ein; Kita am Kopfende, Adachi und Kanehara zu seiner Rechten, Kai und ich links; dieselben Personen, derselbe Ort, dieselbe Zeit und dieselben zwei Gesprächsthemen.

Säuberungen und Reformen. Reformen und Säuberungen …

Im letzten Jahr haben 7891 Polizisten freiwillig den Dienst quittiert, 3796 gingen wegen Krankheit oder Verletzung, 1649 sind verstorben, und 2856 Beamte fielen den Säuberungen zum Opfer.

»Und nun wollen sie schon wieder eine Säuberung durchführen«, verkündet Kanehara. »Wir haben sowieso schon nicht genug Leute, und nach dieser Säuberung wird bald keiner mehr dabei sein …«

»Deshalb versprechen sie uns ja bessere Arbeitsbedingungen«, meint Adachi. »Damit sich neue Rekruten bewerben …«

Reformen und Säuberungen. Säuberungen und Reformen …

Ab kommendem Montag sind neue Bestimmungen umzusetzen; die Streifenbeamten arbeiten im Augenblick im Schnitt dreizehn Stunden am Tag in drei Schichten. Die Sieger haben bestimmt, dass sie von nun an im Schnitt acht bis neun Stunden in drei Schichten arbeiten sollen …

»Nur dass es für solche Schichteinteilungen nicht genügend Leute gibt«, meint Kanehara. »Es gibt nicht genügend Männer, um diese Arbeitszeiten abzudecken …«

»Und wir alle kennen ihre Antwort darauf«, fügt Adachi hinzu. »Versetzung von siebenhundert unserer Hauptstadtbeamten zurück auf örtlichen Streifendienst, um die Lücke zu schließen …«

»Wir sind doch selbst schuld«, meint Kanehara. »Wir haben um bessere Arbeitsbedingungen gebeten; weniger Stunden, bessere Urlaubsregelung, höhere Bezüge und Pensionen, mehr Lohn. Wir haben sie darum gebeten, damit wir bessere Männer anheuern können und die guten behalten, die wir hatten. Wir haben sie darum gebeten, und das ist ihre Antwort, auf so etwas kommen sie …«

»Sie säubern weiter die oberen Etagen«, meint Adachi. »Und versetzen die Männer, die wir haben …«

»Wir bitten und bitten«, sagt Kanehara. »Und sie versprechen uns dies und jenes …«

»Mehr tun sie nicht …«

Dieselben Personen, derselbe Ort, dieselbe Zeit und dieselben zwei Gesprächsthemen, tagein, tagaus, Besprechung für Besprechung, bis es an der Tür klopft, bis es eine Unterbrechung gibt.

»Entschuldigung«, murmelt ein Polizeibeamter.

»Was ist denn?« bellt Kita.

»Die Uniklinik wäre so weit, Chef.«

Es hat einen weiteren Unfall mit einer Straßenbahn gegeben, eine Mutter und ihr Kind sind ums Leben gekommen. Das Schienennetz ist blockiert, also steigen Inspektor Kai und ich aus und gehen den Rest des Weges zu Fuß. Der Weg führt uns durch die alten Parkanlagen und Gärten von Moto-Akasaka.

Der Lärm der Krähen …

Auch hier ist das Licht so grell, dass die grünen Blätter vor den schwarzen Baumstämmen weiß leuchten; allerdings ist ein Großteil dieser Gegend von den Bomben verschont geblieben, genau wie der Kaiserpalast und die umgrenzenden Anlagen, und nun sind die großen Häuser und ehemaligen Paläste von Moto-Akasaka Heim und Arbeitsstätte der Sieger und ihrer Familien.

»Hier wird immer noch gejagt«, meint Kai zu mir.

»Gejagt?« frage ich. »Wer jagt denn hier?«

»Der Adel und die Amerikaner.«

»Sie gehen gemeinsam auf die Jagd?«

»Ja«, antwortet Kai. »Ich habe gehört, dass Angehörige unseres Adels die obersten Dienstgrade der Amerikaner mit Falken unterhalten. Sogar MacArthur …«

»Die Amerikaner geben dem Adel also keine Waffen in die Hand?«

»Sie gehen mit den Amerikanern sogar Kormoranfischen.«

»Ich möchte jetzt gern *ayu* essen«, sage ich. »Selbst wenn die Amerikaner ihn gefangen haben. Ich kann ihn schon schmecken, und dazu Sake.«

Kai lacht. »Ich würde sogar den Kormoran essen.«

Zwei Hügel weiter nördlich in Ichigaya steht das ehemalige Kriegsministerium, eine dreistöckige große Pillendose, die einst das

 Hauptquartier der Kaiserlichen Armee beherbergte; seit Mai ist dort allerdings das Internationale Militärtribunal für den Fernen Osten untergebracht.

Eine andere Art von Jagd. Eine andere Art von Sport.

Die Universitätsklinik Keiō liegt in Shinanomachi im Distrikt Yotsuya, Tokio. Das Hauptgebäude ist beschädigt, aber es steht, die Zugänge und das Gelände sind verbrannt oder überwuchert. Die Kranken und Verlorenen wandern hinein und hinaus, hin und her. Vor den Toren haben sich Schlangen gebildet. An den Türen stehen Polizisten. Drinnen fällt der Putz von den Wänden, und das Linoleum löst sich von den Holzdielen. Die Flure sind überfüllt mit Sterbenden und Toten, mit Wartenden und Trauernden.

Ich will mich nicht erinnern. Ich will mich nicht erinnern …

Ich steige über sie hinweg, gehe um sie herum, versuche, nicht zu atmen.

Ich hasse Krankenhäuser …

Die Luft ist angefüllt mit Schreien, sie riecht nach Tod und Krankheit, nach DDT und Desinfektionsmitteln. Als einzige Arzneimittel gibt es Aspirin und Mercurochrom, die Verbände sind grau und blutbefleckt. Die Rollbetten stehen an den Wänden aufgereiht, die Gliedmaßen der Patienten baumeln herunter. Pappschachteln und verbeulte Blechgeschirre mit Essensresten vergammeln unter den Betten mit den groben Decken und fleckigen Laken.

Doch im Dämmerlicht kann ich nicht vergessen …

Ich versuche nicht hinzuschauen, nur weiterzugehen.

Ich habe hier zu viel Zeit verbracht …

Durch die Wartezimmer und die langen Flure, vorbei an Behandlungszimmern und Operationssälen, an Stationen, hin zum Oberamtsarzt.

Der Oberamtsarzt ist achtzig oder neunzig Jahre alt, sein Gesicht eingesunken, die Augen sind dunkel und ausdruckslos. Er trägt einen ungebügelten Morgenmantel und eine gestreifte Hose, beides zwei Nummern zu groß, und er riecht nach Mottenkugeln.

»Sie sind spät dran«, moniert er.

Inspektor Kai und ich verbeugen uns tief vor ihm, wir entschuldigen uns mehrmals.

Der Oberamtsarzt schüttelt verärgert den Kopf: »Ich muss noch der Abteilung für Öffentliche Gesundheit und Wohlfahrt einen Bericht abgeben. Ich möchte nicht zu spät kommen.«

»Es tut uns wirklich sehr leid«, sage ich erneut. »Aber es gab einen Unfall mit der Straßenbahn …«

»Noch mehr Arbeit«, stöhnt er.

»Sie sind tot«, sage ich.

»Wer?«

»Die Unfallopfer, eine Mutter, die mit ihrem Kind vom Trittbrett gefallen ist …«

Er reicht uns zwei Akten von dem Stapel auf seinem Schreibtisch. »Sie kennen ja den Weg«, sagt er.

Wir gehen jeder mit seiner Akte in der Hand einen weiteren langen Flur entlang zum Fahrstuhl und werfen dabei einen Blick in die Unterlagen. Am Flurende sitzen fünf der Mütter, die nach ihren Töchtern suchen.

Fünf Mütter, deren Beschreibungen von ihren Töchtern auf die beiden Leichen aus dem Shiba-Park am ehesten zutreffen. Fünf Mütter, die darum beten, sie nicht hier zu finden …

»Was wollen die schon wieder?« empört sich Kai. »Wir haben ihnen doch gesagt, sie sollen bis morgen warten. Sie dürften gar nicht hier sein …«

Ich habe die Beweise und Aussagen in der Akte überflogen. Ich habe die Hoffnungen und Ängste in den Augen der Mütter gesehen. »Sie können sich die Leichen mal ansehen.«

»Die sollen warten«, entgegnet Kai. »Bis nach der Autopsie …«

»Warum sollen wir sie nicht kurz die Toten betrachten lassen? Vielleicht ist uns das eine Hilfe …«

»Wie denn?« fragt er. »Entweder haben sie Glück oder sie kommen zu spät.«

»Geben wir ihnen vor der Autopsie die Möglichkeit«, wiederhole ich.

»Nein.«

»Und was, wenn das Ihre Tochter wäre, die vermisst wird?« frage ich ihn. »Möchten Sie sie erst nach der Autopsie sehen?«

Kai bleibt stehen und sagt: »Meine Tochter ist tot. Sie ist in einem Luftschutzkeller verbrannt. An ihr wurde keine Autopsie vorgenommen …«

Ich halte den Mund. Jetzt fällt es mir wieder ein. Zu spät. »Es tut mir leid. Es tut mir sehr leid …«

Doch Kai ist schon weitergegangen, fort von den fünf Müttern. Er hat bereits den schmalen Flur halb durchquert und steht vor dem Dienstfahrstuhl, drückt den Knopf und wartet. Beobachtet, wie die Fahrstuhltüren sich öffnen, geht hinein. Ich folge ihm. Er drückt einen weiteren Knopf, beobachtet, wie die Türen sich schließen.

Im Fahrstuhl brennt kein Licht, um Strom zu sparen, meint einer der Pfleger, also fahren wir in einem Fahrstuhl, in dem es so dunkel ist, dass ich die Hand nicht vor den Augen sehe.

Ich denke unentwegt an sie …

Ich kann die Leiche auf der Bahre neben mir nicht sehen. Die Leiche, die mir ans Bein stößt. Die Leiche, die …

Die nach Obst riecht, nach verfaulten Aprikosen …

Der Fahrstuhl bleibt stehen. Die Türen öffnen sich.

Das Licht kehrt zurück. *Dämmerlicht.* Im Keller ist es kaum heller. *Zwielichtige Dinge bewegen sich in der Dämmerung.* Menschen und Insekten werden magisch von den wenigen nackten Glühbirnen angezogen, die es gibt. *Zwielichtige Dinge.* Die Menschen arbeiten mit hochgeschobenen Hemdsärmeln oder nur im Unterhemd; die Insekten laben sich an ihrem Schweiß und ihrer Haut, an ihrem Fleisch oder ihren Knochen. *Im Dämmerlicht.* Dieses Labyrinth aus Fluren und Zimmern. *In das die Toten kommen.* Die gekachelten Wände mit Spülbecken. *Wo die Toten leben.* Die Warnschilder vor Schnitten und Kratzern. *Hier im Dämmerlicht.* Die Pfleger, die sich Hände und Unterarme immer und immer wieder waschen. *Hier unten …*

Der Autopsieraum befindet sich am Ende des Flurs, rechts, hinter dem Leichenschauhaus. Er liegt hinter einer Reihe von Glastüren, die noch immer mit Klebeband vor Bomben gesichert sind. Auf unsere Füße warten Slipper.

Jetzt kommt sie …

Dr. Nakadate wartet außerhalb des Autopsieraums auf uns, vor den Glastüren mit dem Klebeband. Er raucht seine Zigarette bis auf einen Stummel herunter.

Ein vertrautes Gesicht, ein vertrauter Ort …

Dr. Nakadate schaut uns an und begrüßt uns mit einem Lächeln. »Guten Morgen, die Herren.«

»Guten Morgen«, erwidern wir. »Tut uns sehr leid, dass wir so spät kommen.«

»Hier unten gibt es keine Uhren«, sagt Dr. Nakadate.

Er drückt die Zigarette aus und öffnet die Glastüren zum Autopsieraum, wo fünf Assistenten in schmutzigen grauen Labormänteln bereits um die Autopsietische und zwei kleineren Seziertische stehen; die drei Autopsietische stehen auf dem Betonboden in der Mitte des Raumes, drei längliche, achteckige Tische aus weißem Marmor, leicht geneigt, damit die Flüssigkeiten ablaufen können, mit erhöhten Rändern, um zu vermeiden, dass etwas heruntertropft.

Es juckt und ich kratze. *Gari-gari …*

Sie kommt …

Die Glastüren öffnen sich erneut. Die erste Leiche wird unter einem grauen Laken auf einer Bahre mit alten Rädern hereingebracht. Das Laken wird beiseitegeschlagen, die Leiche von der Bahre gehoben.

Hier ist sie, im Dämmerlicht …

Die nackte Leiche der ersten Frau liegt auf dem Tisch.

Hier, wo zwielichtige Dinge in der Dämmerung geschehen …

Die Tote wirkt schmaler, blasser. Mund und Augen geöffnet.

»Ich bin nur deinetwegen hier«, sagt sie …

Ihr Geschlecht wird notiert. Ihre Größe vermessen.

Hier im Dämmerlicht …

Dr. Nakadate zieht einen fleckigen Chirurgenkittel an und streift sich Gummihandschuhe über. Die Pfleger heben die Leiche an und legen einen körpergroßen Gummiblock darunter. Brüste und Brustkorb stehen vor, Arme und Nacken fallen nach unten.

Ich wende mich ab.

»Haben Sie noch immer nicht den Namen der Toten?« fragt der Doktor. »Haben Sie sie noch nicht identifiziert?«

Ich werfe Inspektor Kai einen kurzen Blick zu und antworte: »Nein, wir haben den Namen noch nicht.«

»Dann ist dies hier Nummer eins. Die andere ist Nummer zwei.«

Ich nicke, ziehe meinen Bleistift hervor und lecke ihn an.

Nakadate beginnt mit der Untersuchung des äußeren Zustands der ersten Leiche, einer seiner Assistenten notiert alles, was er sagt, auf eine Tafel an der Wand, ein Zweiter vermerkt in einem großen Notizbuch Begriffe auf Lateinisch.

Gemurmelte Anrufungen. Geflüsterte Beschwörungen …

»Iris schwarz, Cornea trüb«, beginnt der Doktor. »Oberflächliche Blutungen …«

Ich blicke wieder auf.

Sie schaut dem Arzt bei der Arbeit zu …

»Entfernung eines Stücks Stoff am Hals enthüllt eine Ligatur – benannt: Ligatur A – unterhalb des Unterkiefers.«

Sie starrt zu dem Gewebe hinauf, das er in der Hand hält …

»Leichte Abschürfungen am Hals in der Region um Ligatur A, doch das Fehlen einer Blutung deutet darauf hin, dass Ligatur A *post mortem* ist …«

Sie öffnet die Augen und schließt sie wieder …

»Die ausgedehnten Blutergüsse am Hals weisen ein Muster auf, welches darauf hindeutet, dass versucht wurde, das Opfer zu erwürgen.«

Jetzt schluckt sie, als …

»In derselben Region wie die Kratzspuren am Hals befindet sich eine zweite Ligatur – benannt: Ligatur B –, die den Hals umfasst und die vordere Mittellinie knapp unterhalb des Kehlkopfs kreuzt.«

Als sie sich erinnert …

»Die Haut am vorderen Halsbereich oberhalb und unterhalb von Ligatur B weist petechiale Blutungen auf.«

An ihren eigenen Tod …

»Der fehlende Abrieb in diesem Bereich deutet auf die Verwendung eines weicheren Materials hin.«

»Wie zum Beispiel ein *haramaki*?« fragt Kai.

Dr. Nakadate schaut auf. Er nickt. »Ja, wie ein *haramaki*, Inspektor Kai.«

Kai schaut mich an. Ich öffne den Mund und will etwas sagen, ihn noch einmal fragen. Kai schüttelt den Kopf. Ich halte mich zurück.

Dr. Nakadate ist zum Genitalbereich der Toten übergegangen. »Es finden sich Anzeichen von Sexualverkehr mit Gewalteinfluss.«

Hier liegt der Schmerz …

»*Prä* oder *post mortem*?« frage ich.

Ich bin deinetwegen hier …

Dr. Nakadate schaut mich über die Leiche hinweg an. Er hebt einen Finger. »Einen Augenblick, Inspektor.«

Sie wird rot und schließt die Augen …

»Möglicherweise beides«, sagt der Doktor.

Hier ist der Schmerz …

Dr. Nakadate und seine Assistenten untersuchen nun akribisch jeden Zentimeter ihrer Haut, jeden Nagel und jedes Haar, jeden Zahn und jede Öffnung, jeden Fleck und jede Blessur.

»Gibt es irgendwelche Merkmale für die Identifizierung, Doktor?« frage ich. »Irgendetwas …«

»Ja«, antwortet er. »Es findet sich eine kleine Narbe am linken Daumen.«

Wieder schaue ich zu Kai hinüber. Der macht sich seine eigenen Notizen. Ich hüstle und räuspere mich. »Vielleicht sollten wir den Müttern doch einen Blick auf die Leiche gestatten, Inspektor Kai?«

Dr. Nakadate unterbricht seine Untersuchungen und blickt auf.

»Nein«, wiederholt Kai.

»Aber mit dieser Narbe«, sage ich, »und dem *haramaki*, den fünf gestopften Löchern …«

»Nein«, sagt Kai.

»Ich denke, jetzt wäre eine eindeutige Identifizierung möglich.«

»Nein.«

»Aber wir vergeuden nur Zeit …«

»Diese Leiche ist Abteilung eins übertragen worden …«

»Ja«, sage ich, »aber …«

»Und die andere Leiche Abteilung zwei.«

»Aber solange diese Leiche nicht identifiziert worden ist, kann ich doch nicht einfach …«

»Außerdem trage ich die Verantwortung für diesen Fall, Inspektor.«

»Ja, aber …«

»Aber was, Inspektor?« fragt Kai.

»Nichts.«

»Dr. Nakadate«, meint Kai. »Es tut mir leid, wenn wir Sie bei der Arbeit gestört haben. Bitte fahren Sie fort.«

Dr. Nakadate nimmt ein Skalpell vom Tablett. *Metall auf Metall.* Er bohrt das Skalpell in ihren Brustraum. *Metall durch Haut.* Er setzt einen Y-Schnitt über ihrer Körpermitte an, von der Vorderseite jeder Schulter bis zu jeder Brust, um den Bauchnabel herum bis zum Schambein. *Metall durch Fleisch bis auf die Knochen …*

Sie verschränkt die Arme und greift sich an die Schultern …

Haut, Muskeln und das weiche Gewebe der Brustwand werden zur Seite gezogen, die Brustlappen nach oben zu ihrem Gesicht geschoben, Brustkorb und unterer Hals liegen nun offen …

Sie dreht sich um und schaut mich an …

Ihr Körper ist offen. Blut fließt …

»Deinetwegen bin ich hier …«

Schwarz-weißes Licht. Das Rein und Raus des Messers …

»Deinetwegen …«

Abtrennen. Wegschneiden. Stück für Stück …

Wiegen. Maß für Maß …

Hier, wo der Schmerz ist …

Dr. Nakadate entnimmt den Magen; ein Assistent öffnet ihn an einem der kleineren Seziertische und inspiziert den Mageninhalt, während ein zweiter Assistent die Leber aufschneidet und der Gestank von Magensäure den Raum erfüllt.

Nun wird der Brustkorb geöffnet …

Hier, wo der Schmerz liegt …

Das Herz herausgenommen …

Hier.

Schließlich wird der Gummiblock unter ihren Kopf gelegt. Nun öffnet Dr. Nakadate den Schädel …

Ich schließe die Augen …

Schwarz-weißes Licht. *Der Schädel meiner Frau.* Das Rein und Raus des Messers. *Der Schädel meiner Tochter.* Abtrennen, Wegschneiden. *Meines Sohnes …*

Ich schlage die Augen auf …

Hier …

Der Kopf fällt nach hinten, die Augen starren nach oben, ein letzter kalter Blick an die Risse in der Decke des Autopsieraums, das Rückenmark wird durchtrennt, ihr Gehirn entnommen …

Maß für Maß …

Stück für Stück …

Zur Analyse …

Inspektor Kai hat sein Notizbuch zugeklappt, den Stift eingesteckt und eine Zigarette aus der Packung gezogen. Der Beamte hat seine Arbeit getan.

Ihr Leiden ist in die Akten aufgenommen. Ihr Elend vermerkt …

Dr. Nakadate wäscht seine Handschuhe in einer Metallschüssel. Das Wasser ist rot, seine Schürze schwarz. Der Doktor hat seine Aufgabe erledigt.

Die Assistenten nähen sie wieder zu …

Ihr Leiden. Ihr Elend …

Ich schaue ihnen zu. Ich schaue ihr zu …

Ihr Zusammenbruch …

»Erste Rückschlüsse, Doktor?« fragt Kai.

»Ich würde schätzen, dass der Tod vor etwa zehn bis elf Tagen eingetreten ist«, antwortet der Arzt. »Todesursache ist Ersticken durch Strangulation.«

»Vielen Dank, Doktor«, sagt Kai. »Ich bin schon auf Ihren vollständigen Bericht gespannt.«

»Ich werde mein Bestes tun.«

Kai wendet sich an mich. »Ich werde jetzt nach Atago zurückkehren.«

»Und was ist mit der zweiten Leiche«, frage ich. »Bleiben Sie nicht zur Autopsie? Es könnte …«

»Das ist Ihr Fall«, entgegnet Kai. »Sind doch nur noch Knochen. Da wird man wohl nichts finden.«

Ich drehe mich zum Autopsietisch um. *Zu ihr.* Die Naht ist fertig, die Leiche wird auf die Bahre gelegt. Wieder wird das graue Laken über sie gelegt. Die Glastüren werden geöffnet, und man rollt sie hinaus, zurück ins Leichenschauhaus.

Der Marmortisch wird mit einem Eimer Wasser abgespült.

Ich schlucke Galle. Ich schlucke Galle. Ich schlucke …

Ihr Blut fließt in Strömen davon.

Ich sitze im Gang zwischen Autopsie und Leichenschauhaus. Es juckt und ich kratze. *Gari-gari.* Ich warte darauf, dass Dr. Nakadate seinen Tee ausgetrunken und seine Zigarette zu Ende geraucht hat. Ich warte darauf, dass die Pfleger den Autopsieraum gesäubert haben und die zweite Leiche hereinbringen. Ich warte darauf, dass die zweite Autopsie beginnt.

Es juckt und ich kratze. *Gari-gari.*

Meine Autopsie, meine Leiche …

Das Glas ist noch immer mit Klebeband gesichert.

Die Überreste der zweiten Leiche sind auf einem Laken ausgebreitet und liegen auf einer Trage. Zwei Pfleger packen je zwei Ecken des Lakens, um die Knochen samt der Kleidung von der Trage zu heben und sie auf den Autopsietisch zu legen. Dann wird das Laken entfernt.

Dr. Nakadate hat sich seine fleckige Chirurgenschürze umgebunden und trägt dieselben Gummihandschuhe; wieder beginnt er mit der äußeren Untersuchung, ein Assistent steht an der Wandtafel, ein Zweiter schreibt in das Notizbuch; Fakten, Zahlen und erste Rückschlüsse; erst auf Lateinisch, dann in unserer Sprache.

Gemurmelte Anrufungen. Geflüsterte Beschwörungen …

»Es handelt sich um die Leiche einer jungen Frau, einer jungen Frau von ungefähr achtzehn Jahren …«

Dasselbe Alter, dasselbe Geschlecht …

Nun wird die Kleidung vorsichtig von den Knochen entfernt.

Messer und Schere trennen Knöpfe ab und Nähte auf …

Erst das gelb und dunkelblau gestreifte Trägerkleid, dann die weiße, kurzärmlige Bluse, dann die weißen Leinenschuhe mit den roten Gummisohlen, schließlich die rosafarbenen Socken.

Sie trägt keine Unterwäsche …

Dasselbe Geschlecht, derselbe Ort …

»In der Nähe des Fundorts wurde auch etwas Unterwäsche entdeckt.«

»Lassen Sie sie herbringen«, sagt einer der Assistenten. »Vielleicht besteht noch die Möglichkeit, sie mit der Kleidung hier zu vergleichen und auf übereinstimmende Fasern zu untersuchen.«

Ich lecke meinen Bleistift an, mache mir eine Notiz und frage: »Was ist mit dem Todeszeitpunkt?«

Dr. Nakadate schüttelt den Kopf. »Bei der Hitze und Feuchtigkeit diesen Sommer, bei all den Insekten und dem Ungeziefer ist es schwer, genaue Angaben zu machen, aber ich würde schätzen, etwa drei bis vier Wochen …«

Wieder lecke ich den Bleistift an und notiere …

Drei, vier Wochen; 20. bis 27. Juli …

Dr. Nakadate legt seine behandschuhten Finger um Halswirbel und Kieferknochen. Dann schaut er mich an. Er schiebt die Unterlippe vor, nickt und sagt: »Das Zungenbein ist gebrochen, ebenso Schildknorpel und Ringknorpel, genau wie bei Leiche Nummer eins …«

Derselbe Ort, dasselbe Verbrechen …

»Das Mädchen wurde erdrosselt?«

»Höchstwahrscheinlich erwürgt.«

»Derselbe Täter?«

Dr. Nakadate nickt. »Und wir beide haben das schon mal gesehen, Inspektor. Erinnern Sie sich?«

Hinaus ans Licht. Ich fluche. *Ich will mich nicht erinnern. Ich will mich nicht erinnern.* Die Hitze auf der Straße. Ich schwitze. *Ganz einfach; zwei Leichen, ein Mörder, ein Fall, Kais Fall.* Entweder kommt keine Straßenbahn oder sie ist gesteckt voll. Es juckt und juckt mich. *Ich will mich nicht erinnern.* Die Züge kommen immer zu spät und sind immer überfüllt. Ich kratze mich. *Scheiß auf Nakadate, ich verdränge die Andeutung und ignoriere die Verbindung.* Durch Moto-Akasaka und am Fluss entlang. Ich renne. *Ich will mich nicht erinnern.* Durch die Türen des Präsidiums. Ich keuche. *Nichts hören, nichts sehen, nichts sagen.* Die Treppe hinauf zur Ersten Ermittlungsabteilung und zum Büro des Chefs. Ich klopfe. *Erinnere dich an nichts. An nichts …*

Ich trete ein, entschuldige und verbeuge mich.

Kein Adachi. Kein Kanehara. Kein Kai. Nur ich …

»Setzen Sie sich«, sagt er. »Ihnen ist heiß …«

Ich verbeuge und entschuldige mich erneut und setze mich.

Er reicht mir eine Tasse Tee. »Trinken Sie …«

Ich nehme die Tasse und bedanke mich.

»Es ist immer zu heiß in dieser Stadt«, sagt Kita. »Ich hasse das. Ich habe mir ein kleines Stück Land gekauft, wissen Sie? In der Nähe von Atami. Ich habe angefangen, es zu bebauen. Schauen Sie …«

Er reckt seine Hände über den Tisch. Er hat Schwielen an den Händen.

»Richtige Schwielen«, meint er. »Von der Landarbeit. Denn das Land ist wichtig, es hält uns am Leben. Das Land bringt uns den Menschen wieder nahe …«

Kita hat beide Söhne verloren; einer ist in China gefallen, der andere wird in Sibirien vermisst …

Ich nicke und stelle die Tasse ab.

»Wie war es bei Nakadate?« fragt der Chef.

»Dr. Nakadate glaubt, dass die beiden Frauen aus dem Shiba-Park von ein und derselben Person ermordet wurden.«

»Ach, wirklich?« fragt Kita. »Nun, was glauben Sie? Macht das die Sache einfacher oder schwerer?«

»Ich hoffe, dass es uns die Arbeit erleichtert«, antworte ich. »Jetzt braucht es doch sicherlich nur eine Ermittlung zu geben …«

Ich unterbreche mich. Zu spät.

Ich fluche! Ich fluche! Ich fluche!

Der Chef schaut mich an und lächelt.

Ich verfluche mich! Ich verfluche mich!

»Ich glaube nicht, dass es einen Grund für zwei …«

Der Chef hebt einen Finger.

Ich verfluche mich!

»Es tut mir leid«, sage ich. »Ich wollte nicht …«

Der Chef seufzt und schüttelt den Kopf. Dann fragt er: »Warum wollen Sie diesen Fall nicht übernehmen, Inspektor?«

»Es ist nicht so, dass ich ihn nicht übernehmen will«, antworte ich. »Es ist nur so, ich …«

»Sie wollen versetzt werden? In Abteilung sechs?«

»Ja«, antworte ich rundheraus. »Aber das ist nicht der einzige Grund …«

»Sie wissen, dass Kanehara und Adachi finden, ich sei zu nachsichtig mit Ihnen? Sie finden, dass ich zu nachgiebig bin, wenn ich Sie eigentlich tadeln sollte?«

Ich senke das Haupt und entschuldige mich.

»Und ich weiß, sie haben recht«, fährt er fort. »Aber ich kannte Ihren Vater, er war mir ein guter Freund, ich fühle mich seinem Andenken gegenüber verpflichtet und also auch seinem Sohn gegenüber …«

Wieder entschuldige ich mich.

»In Zeiten wie diesen«, sagt er, »ist es wichtig, sich seiner Verpflichtungen bewusst zu sein, finde ich, denn dadurch, dass wir ihnen nachkommen, werden wir diese Zeiten überleben und unser Land wieder aufbauen …«

Ich schaue zu der Schriftrolle an der Wand hinter seinem Schreibtisch auf, zu jener blutbefleckten Rolle, auf der steht: »*Es ist an der Zeit, das wahre Gesicht der Nation zu enthüllen.*«

»Es ist nicht der Zeitpunkt, unsere Verpflichtungen zu vernachlässigen«, fährt er fort. »Sie sind das wahre Gesicht dessen, was wir sind.«

»Es tut mir sehr leid«, entschuldige ich mich. »Ich habe unzumutbare Forderungen an Sie gestellt …«

»Ihre Augen sind rot«, sagt der Chef. »Passen Sie auf, wohin Sie gehen.«

Es ist immer noch unerträglich heiß, und ich brauche was zu trinken, zu essen und eine Zigarette. Ich nehme einen anderen Weg zum Shiba-Park, durch eine Reihe von Märkten, auf denen Straßenverkäufer ihre Stände aus Strohmatten und Binsenstellwänden errichtet haben. Sie hocken in dem wenigen Schatten und bieten ihre Waren an, haben rote Köpfe und dünne Nerven, halten Fächer in der Hand und tragen Handtücher um den Kopf geschlungen, die Männer könnten Frauen sein und die Frauen Männer.

Aber hier gibt es etwas zu trinken, Essen und Zigaretten.

Hier inmitten des Geschreis der Verkäufer und des Geklappers ihrer Teller, während die Kunden von einem Stand zum nächsten stolpern und mit blutunterlaufenen Augen die Waren und Lebensmittel anstarren und dabei ihre zerknüllten alten Geldscheine und ihre geschwollenen Bäuche festhalten.

Trinken und Essen und Zigaretten.

Ich sehe, wie ein Verkäufer alte Sardinen auf einen Wellblechgrill wirft. Ich rieche das Öl auf dem Metall und höre, wie die Hungrigen mit ihren Geldscheinen und aufgedunsenen Bäuchen angelaufen kommen.

Das kann ich nicht essen.

Ich wende mich ab und gehe weiter. Ich komme zu einer Frau, die Reisbällchen verkauft, jedes Einzelne davon in Seetang gewickelt.

»Drei Yen«, sagt sie. »Polierter Reis …«

Doch auf den Reisbällchen hocken zehn oder zwanzig Fliegen, der Seetang ist eingerissen, der Reis alt. Ich wende mich ab und schaue mich links und rechts auf dem Markt um, suche nach etwas zu trinken oder Zigaretten.

Ich beobachte den Mann am übernächsten Stand, sehe, wie er Bonbons und Süßigkeiten aus einem Kerosinfass verkauft, sehe, wie er in das Fass greift und auch Schachteln amerikanischer Zigaretten herauszieht.

Ich gehe zu dem Stand hinüber. »Wie viel für eine Schachtel?«

»Ich weiß nicht, wovon Sie reden«, murrt der Mann.

Er trägt Unterhemd, Shorts und Armeestiefel.

»Bitte?« sage ich. »Wie viel für eine Schachtel?«

Der Mann schaut mich an und antwortet: »Hundert Yen.«

»Wie wär's mit zwei Schachteln für hundert Yen?«

Der Mann lacht auf. »Verschwinde, du Penner …«

Ich sehe mich um, zücke meine Dienstmarke und halte sie so vor mich, dass sie außer ihm niemand sehen kann. »Vier Schachteln.«

»Wie bitte?« fragt der Mann. »Sie machen Witze …«

Ich schüttle den Kopf. »Vier Schachteln«, wiederhole ich.

Der Mann seufzt, greift in das Fass und zieht vier Schachteln Lucky Strike heraus.

»Bitte schön, Herr Polizist«, sagt er.

Ich nehme die Zigaretten und drehe mich um.

»Halt! Leg das sofort zurück, du dreckiger kleiner Dieb …«

Ich mache kehrt. Die Frau vom Stand mit den Reisbällchen hat einen Jungen an den Ellbogen gepackt. Der Junge hat ein Reisbällchen in der Hand.

Ich habe diesen Jungen schon mal irgendwo gesehen …

Der Junge steht vor Dreck und ist in alte Lumpen gehüllt, Hitze und Schweiß haben noch ihren Teil dazu beigetragen. Dreck an Lumpen, Lumpen an Haut, Gesicht und Hände sind mit Blasen und Pickeln übersät.

Ich habe diesen Jungen schon mal gesehen …

»Lass los«, kreischt die Frau.

Doch der Junge will nicht loslassen, er beugt sich vor und beißt ihr in die Hand, und sie weicht vor Schmerz zurück und schubst den Jungen weg.

Direkt in mich hinein …

Banzai!

Er beißt schnell noch in das Reisbällchen, schlingt es hinunter und schubst mich rücklings in einen Verkaufsstand, doch bevor ich ihn festhalten und aufstehen kann, ist der Junge auf und davon, verschwunden in der Menge, die nun dasteht und mich anstarrt.

Darunter der Mann in seinem Unterhemd, den Shorts und Armeestiefeln. Er schüttelt den Kopf: »Dieses Gesindel.«

Meine Hose ist staubbedeckt. Der Rücken schmerzt von dem Sturz. Es ist 16.00 Uhr. Ich entdecke einige meiner Leute an den Hängen des Shiba-Parks; Hattori, Takeda, Sanada und Shimoda hocken im Schatten, halten ihre Hüte in den Händen, schlagen nach Fliegen und Moskitos. Sie springen auf, als sie mich kommen sehen, verbeugen und entschuldigen sich, suchen eine Ausrede, berichten dann. Ich gebe ihnen Zigaretten. Es ist mir egal. Ich höre nicht zu. Ich halte nach den anderen Ausschau. Nach Inspektor Fujita.

Hattori, Takeda, Sanada und Shimoda kratzen sich nachdenklich an ihren Köpfen, dann schütteln sie sie und sagen: »Inspektor Fujita war hier. Er war bestimmt hier. Aber nun ist er fort …«

»Was ist mit Nishi? Mit Kimura? Und Ishida?« frage ich sie.

Die vier blinzeln in die Sonne, beschirmen schnell die Augen, weisen den Hügel hinauf und sagen: »Nishi und Kimura sind mit dem Holzfäller nach oben …«

»Und wo ist Ishida?«

Die vier überlegen und antworten dann: »Bei Inspektor Fujita.«

Ich drehe mich um, gerade im Begriff fortzugehen, und stehe plötzlich direkt vor Adachi.

»Schwer beschäftigt, wie üblich«, sagt Oberkommissar Adachi.

Ich verbeuge und entschuldige mich. Suche nach einer Ausrede, berichte dann.

Aber Adachi ist das egal. Er hört nicht zu. Er hält auch nicht nach den anderen Ausschau. Er sucht Inspektor Fujita.

Keiner ist der, der er zu sein vorgibt …

Ich kratze mich nachdenklich am Kopf, schüttle ihn und sage: »Inspektor Fujita ist zurück zum Polizeirevier Atago, Herr Oberkommissar.«

Eine Stunde später, zurück auf dem Revier, starrt mich Oberkommissar Adachi streng an. *Kein Fujita.* Die erste Gruppe, die zweite Gruppe und alle Polizeibeamten vom Revier haben sich im Raum der ersten Gruppe in Atago versammelt. Adachi starrt mich an. *Kein Fujita.* Ich stehe direkt neben Adachi, Kanehara und Kai positionieren sich gegenüber den anderen. Doch Adachi schaut zur Seite und sieht mich unverwandt an.

Kein Fujita …

»Achtung«, brüllt der Polizeichef.

»Verbeugen!« schreit er. »Rührt euch!«

Alle stehen herum oder setzen sich hin, abgesehen von Inspektor Kai und mir. Kai hat ein Stück Papier in der Hand und liest Dr. Nakadates vorläufigen Autopsiebericht der ersten Leiche vor; Beschreibung des Opfers, geschätztes Alter, Zeitpunkt des Todes und Todesursache. Ich höre nicht zu. Ich suche den Raum nach dem Gesicht von Inspektor Fujita ab.

»Inspektor Minami!« wiederholt sich Adachi. »Falls es Ihnen keine Mühe macht, uns Ihren Bericht hören zu lassen …«

Ich verbeuge und entschuldige mich. Dann verlese ich den vorläufigen Autopsiebericht der zweiten Leiche; Beschreibung des Opfers, geschätztes Alter, Zeitpunkt des Todes und Todesursache. Ich nehme meine Worte nicht wahr. Noch immer suche ich den Raum nach dem Gesicht von Fujita ab, suche, bis ich auf einmal Ishida sehe.

»Achtung!« brüllt der Polizeichef wieder.

Ishida ist hier, mit gesenktem Gesicht …

»Verbeugen!« schreit er.

Den Rücken gebeugt …

»Wegtreten!«

Ishida rennt …

Ich renne.

Die Treppe im Revier hinunter, zwischen den Polizeibeamten hindurch zu den Türen, doch ich komme zu spät. *Zu spät. Zu spät. Zu spät.* Eine Hand auf meinem Arm. *Ich erschrecke.* Ich drehe mich schnell um. Aber es ist nicht Ishida. Auch nicht Fujita.

Der Diensthabende fragt: »Haben Sie mit Inspektor Fujita gesprochen?«

»Nein«, antworte ich. »Wo ist er?«

»Hayashi von der *Minpo* …«

»Was ist mit ihm?« frage ich.

»Er war hier …«

»Wann?«

»Am Nachmittag«, antwortet der Polizeichef. »Hayashi hat nach Ihnen gefragt, aber Sie waren in Keiō, also wollte er Fujita sprechen …«

»Und war Fujita hier?«

»Ja«, antwortet der Diensthabende. »Er hat auch auf Sie gewartet, hat andauernd gefragt, wann Sie aus Keiō zurück sein sollten.«

»Und wann haben Sie Fujita das letzte Mal gesehen?«

»Ich habe ihn nicht mehr gesehen, seit er sich mit Hayashi getroffen hat …«

»Wann?« frage ich ihn. »Wann war das genau?«

»Das muss so gegen 15.00 Uhr gewesen sein …«

»Wo haben sie sich getroffen?«

»Erst waren sie hier«, sagt der Diensthabende. »Am Tresen, aber dann sind sie hinausgegangen, und …«

»Und was?« frage ich.

»Und seit er mit Herrn Hayashi hinausgegangen ist, habe ich Inspektor Fujita nicht mehr gesehen.«

Vorbei an Töpfen und Pfannen, Kesseln und Dosen. Die Gassen und Straßen entlang, durch Schatten und Torbögen. Die Treppe hinauf und durch die Türen. Ich knie mich auf die Tatamis, verbeuge mich und sage: »Es tut mir leid.«

Senju Akira nimmt sich einen frischen Zahnstocher. Er schiebt ihn sich zwischen die Zähne und kaut, dreht den elektrischen Ventilator in meine Richtung und sagt: »Du stinkst immer nach Leichen und Tod, Polizist.«

»Es tut mir leid. Es tut mir wirklich leid«, entschuldige ich mich erneut.

»Ich habe gehört, dass du noch eine Leiche hast«, sagt Senju. »Ich habe gehört, ihr haust gemeinsam auf dem Revier in Atago.«

»Ja«, sage ich. »Im Shiba-Park sind zwei junge Frauen gefunden worden.«

»Waren diese zwei jungen Frauen Prostituierte?« fragt er.

»Vielleicht, vielleicht auch nicht«, antworte ich. »Wir haben sie bisher noch nicht identifiziert.«

»Kein Wunder, dass du so stinkst, hm?« lacht er. »Die nehmen dich hart ran, oder? Wie viele Stunden am Tag arbeitest du?«

»Bei einem Mordfall 24 Stunden.«

»24 Stunden?« Er lacht wieder. »Das ist ja fast so lange, wie ich arbeite, Polizist! Aber wenigstens tue ich das für mich, und ich werde gut bezahlt dafür, meine Kinder haben zu essen, meine Geliebten tragen Seidenstrümpfe, und ich stinke nicht nach Leichen …«

Senju Akira hört auf zu lachen. Er spuckt seinen Zahnstocher aus. »Dann verrate mir doch mal, du Polizist, wie viele Beamte sind denn auf diese beiden toten Mädchen angesetzt?«

»Etwa zwanzig Mann«, antworte ich.

»Zwanzig? Für zwei tote Huren?«

»Ich weiß nicht …«, hebe ich an.

»Dann erzähl mir mal, Polizist, wie viele Männer laufen da draußen herum und suchen nach dem Mörder meines Bosses? Nach dem wahren Mörder? Nach dem Mann, der Nodera dafür bezahlt hat, abzudrücken? Wie viele Männer?«

Ich verbeuge und entschuldige mich. »Das entzieht sich meiner Kenntnis«, sage ich.

»Welchen Nutzen habe ich dann von dir? Welchen?«

Wieder verbeuge ich mich: »Es tut mir …«

»Schnauze!« brüllt Senju, steht auf und sagt: »Machen wir einen Spaziergang, nur wir beide, Polizist.«

Ich stehe auf und folge ihm die Treppe hinab, unten warten seine beiden Schlägertypen.

In ihren blassen Anzügen, ihren gemusterten Hemden und Sonnenbrillen …

Die beiden Männer und wir treten hinaus auf den Markt.

Auf seinen Markt; den Shimbashi-Markt …

Alle Standleute verbeugen sich und danken Senju, während er an ihnen vorbeischlendert, vorbei an den frischen Sardinen und gebrauchten Anzügen, an Kaffee und Seide. An jedem Stand wird ihm dies und jenes kostenlos angeboten, alle verbeugen und bedanken sich, und er grüßt sie alle mit einem kaiserlichen Nicken oder militärischem Gruß, all diese Menschen, die sich verbeugen und ihm danken, auf abgewetzten Knien zu seinen in Lederschuhen steckenden Füßen.

Kaiser Senju, Banzai! Kaiser Senju, Banzai!

Er dreht sich zu mir um: »Hast du einen Namen für mich?«

»Es tut mir leid. Es tut mir wirklich leid«, antworte ich und senke mein Haupt.

»Und warum bist du dann hier, Polizist?«

»Es tut mir leid«, wiederhole ich.

»Hör endlich auf, dich zu entschuldigen«, sagt Senju. »Schau dich um, schau doch, wo du bist. Das ist ein Marktplatz, Polizist, hierher kommen die Leute, um zu kaufen und zu verkaufen. Das ist die Zukunft. Das Neue Japan!«

»Ja«, pflichte ich ihm bei. »Ja.«

»*Ja?*« lacht Senju. »Aber du hast doch nichts zu verkaufen und kein Geld, um etwas zu kaufen, Polizist.«

»Es tut mir leid«, sage ich.

»Du bist die Vergangenheit, Minami«, lacht er wieder. »Mit deinem Gestank nach Tod und deinen hundert Yen im Monat, deinen plärrenden Kindern und deiner hungernden Geliebten …«

Ich beuge das Haupt.

Senju bleibt an einem *kakigōri*-Stand und bittet um zwei Tassen voll zerkleinertem Eis mit Erdbeergeschmack. Der Händler verbeugt sich und reicht sie ihm hinüber. Dann bedankt er sich immer und immer wieder bei ihm.

Senju reicht mir eine der Tassen.

Ich verbeuge und entschuldige mich. Ich danke ihm.

Ich verfluche ihn. Ich verfluche ihn …

»Was willst du wirklich von mir?« fragt er. »Willst du noch mehr Geld, Polizist?«

Ich schüttle den Kopf. Ich entschuldige mich erneut. Dann endlich sage ich: »Bitte, ich brauche dringend ein paar Tabletten Calmotin.«

»Calmotin?« lacht Senju. »Wozu willst du schlafen? Deine Träume will ich nicht haben …«

»Bitte«, flehe ich ihn an. »Ich brauche dringend ein paar Calmotin.«

Senju hört auf zu lachen. »Und ich brauche dringend ein paar Namen.«

Fujita. Hayashi. Fujita. Hayashi. Fujita. Hayashi …

»Du gibst mir einen Namen, und ich gebe dir etwas Calmotin.«

»Wie viele Tabletten können Sie mir besorgen?« frage ich ihn. »Ich brauche so viele, wie Sie mir geben können. Bitte …«

»Keine Sorge«, lacht Senju wieder. »Du gibst mir einen Namen, dann brauchst du nie wieder aufzuwachen.«

»Danke«, sage ich immer und immer wieder.

»Roter Apfel an meinen Lippen, der blaue Himmel schaut schweigend zu …«

»Aber komm ja nicht ohne Namen zurück.«

Hayashi. Fujita. Hayashi. Fujita. Hayashi …

»Danke«, wiederhole ich. »Danke.«

»Sonst, und das verspreche ich dir, sonst wirst du nie wieder aufwachen.«

Von Shimbashi nach Atago. Die Treppe hinauf ins Büro.

Kein Fujita. Kein Fujita …

Doch Ishida ist da. Sein Kopf liegt auf dem Schreibtisch.

Ich schüttle ihn und reiße an seinen Haaren. Ich flüstere in sein Ohr: »Wo ist Fujita! Sofort! Na los! Wo ist er? Sag schon! Schnell!«

Ishida schüttelt nur den Kopf und entschuldigt sich.

Wieder schüttle ich ihn, schlage ihn, zische: »Spuck's aus!«

Wieder und wieder entschuldigt er sich.

Die Männer bewegen sich. Sie wachen auf …

Ich stoße ihn weg.

Ich renne los.

Von Atago zurück durch Shimbashi. Von Shimbashi in die Ginza, dann nach Hatchōbori und über die Kamishima-Brücke nach Shinakawa hinein. *Die Stadt wird immer flacher, nur noch wenige, vereinzelt stehende Gebäude.* Über die Eitaibashi-Brücke weiter nach Monzen-nakachō. Dann nach Fukagawa, genauer, dem dunklen verbrannten Acker, wo Fukagawa einst stand.

Alarm! Alarm! Ein Luftangriff!

Der endlose, verbrannte Acker, auf dem nur noch hier und da ein Schornstein steht; Badehäuser und Fabriken liegen in Schutt und Asche. *Rot! Rot! Brandbombe!* Das Skelett eines Krankenhauses, die

 Grundmauern einer Schule, der Rest nur Schutthaufen und Unkraut. *Lauft! Lauft! Holt eine Matratze und Sand!* Ein endloser Acker aus Schutthaufen und Unkraut.

Alarm! Alarm! Ein Luftangriff!

Hier stand früher einmal Fujitas Haus.

Alarm! Alarm! Die Bomben kommen!

Das Haus weg. Die Familie fort.

Haltet euch die Ohren zu! Schließt die Augen!

Fujita hat nichts mehr zu verlieren.

Ich stehe vor den Trümmern seines Hauses, den verrußten Steinstufen und dem verkohlten Baumstumpf daneben, ich keuche, schwitze, es juckt überall, ich kratze mich. Und ich weine, als eine Böe den braunen Staub aufwirbelt, der das Grundstück bedeckt, dort wo einst das Haus stand, und der Wind an den losen Wellblechplatten der Nachbarhütten rüttelt und mein Schluchzen, mein Schreien übertönt.

Steht auf!

4.

18. AUGUST 1946

Tokio, 31,5°C, bewölkt

Ich bin die ganze Nacht durch Schuttfelder gestreift, nur um ihn hier zu finden; Fujita, wie er in der ersten Morgendämmerung auf den Treppen des Polizeireviers Atago hockt und sein Gesicht mit geschlossenen Augen in die Sonne hält, einen neuen Panamahut in der einen Hand und eine frische Zigarette in der anderen.

Ich beuge mich über ihn, nehme ihm das Licht. »Guten Morgen.«

»Guten Morgen«, erwidert er, ohne die Augen zu öffnen.

»Lassen Sie uns einen Spaziergang machen. Wir müssen uns unterhalten.«

»Worüber?« fragt er mich mit noch immer geschlossenen Augen.

»Hayashi Jo«, antworte ich. »Matsuda Giichi. Senju Akira.«

Jetzt schlägt er die Augen auf und erhebt sich. Er wischt sich den Staub von der Hose. »Gehen Sie voran.«

Mir schmerzen die Augen, mein Kopf, mein Bauch …

Wir stehen in dem alten Hain auf der anderen Straßenseite, zwischen Zedern und Bambus unter dem gesprenkelten Licht von Schatten und Sonne, schwarz-weiße Muster auf Kleidung und Gesichtern.

»Man hat Sie gestern vermisst«, sage ich. »Adachi und Kanehara. Beide haben nach Ihnen gefragt …«

Fujita verbeugt sich kaum merklich und sagt. »Es tut mir leid. Ich konnte nicht anders. Ich hatte eine Verabredung.«

»Man hat mir gesagt, Sie hätten sich mit Hayashi von der *Minpo* getroffen.«

Fujita lacht. »*Minpo, Minshū, Akahata* …«

»Was wollte er«, frage ich ihn.

»Er stellte Forderungen, wollte Geld.«

»Er hat versucht, Sie zu erpressen?«

»Nicht nur mich. Sie auch.«

»Mich?« frage ich. »Warum?«

»Er weiß einiges.«

»Über Sie und Nodera Tomiji?« frage ich ihn. »Über Sie und den Mord an Matsuda Giichi?«

»Lügen«, zischt Fujita. »Alles Lügen.«

»Haben Sie das auch Hayashi gesagt?«

»Ich habe Hayashi gar nichts gesagt«, antwortet Fujita. »Ich wollte nur, dass er verschwindet, und jetzt ist er fort und kehrt nie wieder zurück.«

Ich habe Magenschmerzen. Ich habe Kopfschmerzen. »Tatsächlich?«

»Ich habe ihm Geld gegeben, damit er verschwindet.«

»Wie viel?«

»Vergessen Sie es«, meint Fujita lächelnd.

»Nein! Wie viel?«

»Vergessen Sie es!«

Ich nicke und verbeuge mich. Ich danke ihm und frage dann: »Wissen Sie, wo Hayashi jetzt ist?«

»Auf der Flucht«, antwortet er. »Fort aus Tokio. Er läuft vor seinem Leben davon. Wird Zeit, dass er seinen Namen ändert. Seinen Job. Er kommt nicht zurück, versprochen.«

»Senju Akira verlangt einen Namen von mir.«

»Wessen Namen denn?« will Fujita wissen.

»Den Namen des Mannes, der auf Nodera Tomiji angesetzt wurde.«

»Und was, wenn Sie ihm keinen nennen?«

»Dann wird er mir die Hölle heißmachen.«

»Dann geben Sie ihm doch Hayashis Namen«, lacht Fujita. »Den braucht Hayashi jetzt nicht mehr.«

»Und woher wissen Sie, dass er nicht mehr zurückkommt?«

»Ich weiß es einfach«, lacht er wieder auf. »Vertrauen Sie mir.«

»Aber woher wissen Sie das …?«

Fujita wendet sich zu mir um und flüstert: »Ich habe ihm gesagt, wenn ich ihn noch einmal sehe, bringe ich ihn um.«

Ich habe mich auf der Toilette des Reviers Atago übergeben. *Schwarze Galle.* Ich stehe am Waschbecken, spucke aus und wische mir den Mund ab. Dann drehe ich den Wasserhahn auf, wasche mir das Gesicht und starre in den Spiegel. Ich schaue hinein …

Keiner ist der, der er zu sein vorgibt …

Ich stehe vor der ersten Gruppe, der zweiten Gruppe und den Polizeibeamten der Reviere Atago, Maguro und Mita, und Hauptkommissar Kanehara berichtet über den Stand der Ermittlungen; die Spurensuche am Tatort im Shiba-Park ist abgeschlossen; verschiedene Zeugenaussagen wurden aufgenommen, die Autopsien durchgeführt; die ersten Ermittlungen sind erfolgreich abgeschlossen, abgesehen von der Identifizierung der Opfer, die für den späten Vormittag vorgesehen ist; dann wird der zweite Teil der Ermittlungen beginnen.

Ich schlucke …

»Alle Berichte müssen noch heute Morgen verfasst und sofort im Präsidium abgeliefert werden«, erklärt Adachi der ersten und zweiten Gruppe und den Polizeibeamten der Reviere Atago, Maguro und Mita. »Wenn die Toten identifiziert sind, wird es heute gegen 16.00 Uhr ein zweites Treffen geben.«

»Achtung!« brüllt einer der Polizeichefs.

»Verbeugen!« schreit er.

»Wegtreten!«

Ich eile wieder auf die Toilette und übergebe mich erneut. *Braune Galle.* Ich gehe zum Waschbecken, spucke aus und wische mir den Mund ab. Ich drehe den Wasserhahn auf, wasche mir das Gesicht und starre in den Spiegel. Ich schaue hinein …

Keiner ist der, der er zu sein vorgibt …

Auf dem oberen Gang warte ich auf Nishi und Kimura. Ich nehme sie beiseite. »Haben Sie Ihre Berichte fertig?« frage ich sie.

Beide nicken. »Ja, haben wir.«

»Dann möchte ich, dass Sie nach Toshima gehen«, sage ich zu ihnen. »Ich möchte, dass Sie zum Bezirksamt gehen und noch einmal nach diesem Takahashi aus Zōshigaya, Toshima, fragen …«

Kimura nickt, doch Nishi meint: »Die erste Gruppe ist bereits dort gewesen.«

»Das weiß ich«, erwidere ich. »Und ich weiß auch, dass sie ihn nicht gefunden haben, nicht einmal einen Hinweis auf ihn. Aber sein Name war auf der Arbeitsbescheinigung, die wir in dem Beutel im Park gefunden haben, das ist alles, was wir bisher haben. Denken Sie daran, unsere Leiche besteht nur aus Knochen, und diese Knochen brauchen einen Namen, sonst bleiben sie für immer bloß Knochen …«

Nishi nickt, Kimura ebenfalls. Beide verbeugen sich. Dann gehen sie los. Ich warte, bis sie verschwunden sind, und eile dann zurück auf die Toilette, um mich ein drittes Mal zu übergeben. *Gelbe Galle.* Ich drehe den Wasserhahn auf, wasche mir das Gesicht und starre in den Spiegel. Ich schaue hinein …

Keiner ist der, der er zu sein vorgibt …

Ishida säubert Stühle und Tische, wischt den Fußboden und die Türschwelle, streicht unser Banner glatt. Er schaut auf, sieht mich und zuckt zusammen. Dann steht er stramm.

»Rühren Sie sich«, sage ich, während er sich verbeugt und entschuldigt.

»Haben Sie Ihren Bericht fertig?« frage ich.

Er nickt. »Ja, habe ich, Herr Inspektor.«

»Dann möchte ich, dass Sie etwas für mich tun. Ich möchte, dass Sie in die Redaktion der *Minpo* gehen …«

Ishida nickt und verbeugt sich erneut.

»Ich möchte, dass Sie nach einem Hayashi Jo fragen.«

Ishida zieht sein Notizbuch hervor.

»Sagen Sie Hayashi, ich möchte ihn sprechen.«

Ishida leckt die Bleistiftspitze an.

»Wenn er nicht dort ist, möchte ich, dass Sie herausfinden, wen er in letzter Zeit getroffen hat, wo er sich im Augenblick aufhält und wann er zurück ist.«

Ishida nickt und sagt: »Ich verstehe, Herr Inspektor.«

»Ich verlasse mich auf Sie, Ishida.«

Er nickt und verbeugt sich. Dann macht er sich auf den Weg. Ich renne los. Zurück auf die Toilette des Polizeireviers Atago. Ich übergebe mich erneut. *Graue Galle.* Vier Mal musste ich mich übergeben.

Schwarz, braun, gelb und grau. Vier Mal habe ich in den Spiegel hineingeschaut …

Ich will mich nicht erinnern. Aber im Dämmerlicht …

Vier Mal habe ich in den Spiegel geschrien …

Im Dämmerlicht kann ich nicht vergessen. Ich kann nicht vergessen …

Ich habe mir selbst ins Gesicht geschrien …

Keiner ist der, der er zu sein vorgibt!

Kanehara, Adachi und Kai sind bereits auf dem Weg ins Präsidium, sind ohne mich losgefahren. *Ton-ton.* Ich bin froh darüber. Es ist mir egal. *Ton-ton.* Ich will zu Fuß gehen. Durch den Kot. Durch Staub und Dreck. *Ton-ton.* Ein Taifun nähert sich Japan. Aber er wird Tokio nicht treffen. Diesmal nicht. Nicht dieser Taifun. *Ton-ton.* Doch die Luftmassen in seiner Bahn drücken schwer. Die Menschen verdorren auf der Straße. An den Verkaufsständen am Rand der Straße ist es still. Männer hocken da und schälen langsam Nüsse, die sie verkaufen wollen, zerlegen behäbig alte Funkgeräte in ihre Einzelteile. Nuss für Nuss, Teil für Teil, so langsam sie nur können. *Ton-ton.* Aus Angst, damit fertig zu werden, aus Angst, keine Nüsse mehr knacken zu können, keine Funkgeräte mehr zerlegen zu können, nichts mehr zu tun zu haben …

Ton-ton. Ton-ton. Ton-ton. Ton-ton. Ton-ton. Ton-ton …

Nichts mehr zu tun zu haben außer denken, ans Essen zu denken …

Ton-ton. Ton-ton. Ton-ton. Ton-ton. Ton-ton …

Mir tut der Magen weh. Ich habe Kopfschmerzen …

Ton-ton. Ton-ton. Ton-ton. Ton-ton …

Die Füße tun mir weh. Die Augen …

Ton-ton. Ton-ton. Ton-ton …

Ich fluche und fluche!

Ton-ton. Ton-ton …

Ich verfluche mich selbst …

Ton-ton.

 Ich klopfe an die Tür zu Kitas Büro, öffne sie, verbeuge mich tief und entschuldige mich. Ich setze mich an den Tisch; dieselben Personen, derselbe Ort, dieselbe Zeit und dieselben Gesprächsthemen, doch heute bin ich zu spät gekommen, deshalb habe ich alles über die Prozesse in Tokio und die Gerüchte von neuen Säuberungen versäumt. Jetzt dreht sich das Gespräch wieder um das SCAP, die Reformen, und um die SCAP-Marionette Tanikawa, den Chef des Amtes für polizeiliche Angelegenheiten im Innenministerium.

»Er hilft ihnen dabei, gute, hart arbeitende Beamte zu suspendieren«, sagt Kanehara, »und sie durch Polizistinnen zu ersetzen, indem er die weiblichen Angestellten verbeamtet und ihnen sogar das Recht erteilt, eigenmächtig Verhaftungen und Ermittlungen durchzuführen.«

»Tanikawa ist ein Dummkopf«, pflichtet ihm Adachi bei.

»Schon möglich«, meint Kanehara. »Aber er ist noch nicht fertig; haben Sie gesehen, welche Reformen sie im neuen Polizeigesetz einbringen wollen? Nicht nur Polizistinnen, die Verhaftungen vornehmen dürfen, sondern auch noch die bevorzugte Rekrutierung von College-Absolventen …«

»Alles Kommunisten«, schimpft Kai.

»Ganz genau«, fährt Kanehara fort. »Und vergessen wir nicht den Kernpunkt des Gesetzes, den Schutz vor unbegründeten Inhaftierungen in Polizeizellen oder Gefängnissen. Wissen Sie, was das bedeutet? Für jeden einzelnen Verdächtigen, den wir schnappen, muss entweder ein Schuldbeweis vorliegen oder eine Anklage. Nichts mehr mit der Verhaftung und Inhaftierung von Leuten, bis wir Beweise gefunden haben oder ein Geständnis bekommen. Wir müssen entweder Beweise haben oder eine Anklage erwirken, bevor wir sie überhaupt nur anrühren dürfen. Wenn nicht, droht uns selbst eine Anklage – wegen Verletzung der Menschenrechte des Verdächtigen!«

»Menschenrechte!« lachen alle auf.

»Und dann das Gerede über neue Uniformen«, meint Kai. »All diese Rufe nach weniger militärisch wirkenden Uniformen, blau statt kaki, Ärmelstreifen statt Schulterklappen. Wo wir nicht mal mehr genügend Männer haben …«

»Wir haben um neue Uniformen gebeten und gebettelt«, sagt Kanehara. »Neue Uniformen und Stiefel, und wenn schon nicht das eine oder das andere, dann wenigstens neues Material, um die alten Uniformen zu flicken, oder neue Sohlen für unsere alten Stiefel, alles, damit unsere Männer nicht länger wie Landstreicher aussehen und in der Öffentlichkeit verachtet werden.«

»Das ist uns immer und immer wieder versprochen worden«, meint Adachi.

»Ja«, fügt Kanehara an. »Aber das war auch schon alles …

Dieselben Personen, derselbe Ort, dieselbe Uhrzeit und dieselben Gesprächsthemen tagein, tagaus, Treffen für Treffen, bis es wieder an der Tür klopft und es eine Unterbrechung gibt.

»Entschuldigung«, sagt ein Polizeibeamter.

»Was gibt es denn?« bellt Kita.

»Die Mütter wären so weit, Chef.«

Die Autopsien wurden durchgeführt, die Suchaktionen in der Gegend beendet, und fünf der Mütter wurden gebeten, noch einmal aufs Präsidium zu kommen. Fünf Mütter, die die Morgenzeitung gelesen oder die Neuigkeit von den Nachbarn gehört haben. Fünf Mütter, die wieder ihre letzten guten Kimonos hervorgeholt haben. Fünf Mütter, die ihre anderen Töchter ein drittes Mal gebeten haben mitzukommen, die erneut um das Fahrgeld für die Straßenbahn nach Sakuradamon gebettelt haben. Fünf Mütter, die noch immer nach ihren Töchtern suchen. Fünf Mütter, die darum beten, dass wir sie nicht gefunden haben.

Ein uniformierter Beamter öffnet Kai und mir die Tür zum Empfangszimmer. Kai und ich entschuldigen uns bei den Müttern, dass wir sie haben warten lassen.

Sie beten und beten und beten …

Wir entschuldigen uns bei den Müttern, die uns Beschreibungen ihrer Töchter gegeben haben; Alter, Größe und Gewicht, ihre Narben, die Zähne, die sie verloren haben, die Kleidung, die sie trugen, die Schuhe an ihren Füßen, die Taschen, die sie bei sich hatten …

Am Tag, als sie zuletzt gesehen wurden …

Die uns dabei geholfen haben, die Vermissten von den Toten auszuschließen oder sie zu identifizieren, deren Aussagen sie nun wieder hierher geführt haben.

Die Hände im Schoß …

Wir entschuldigen uns bei ihnen, sie starren uns an, als Kai fragt: »Wer von Ihnen ist Frau Midorikawa aus dem Bezirk Meguro?«

Nickend erhebt sich Frau Midorikawa mithilfe ihrer beiden anderen Töchter. Kai und ich führen sie in das kleinere Zimmer neben dem Empfangszimmer. Sie nimmt zwischen ihren beiden älteren Töchtern Platz und dreht nervös ein Stück Stoff in der Hand. Nickend starrt sie das andere Stück Stoff auf dem Tisch an. Die Tränen rinnen ihr bereits über die Wangen.

Der rote haramaki *mit den fünf gestopften Löchern …*

»Der gehörte ihrem Vater. Ryuko hat ihn selbst gestopft«, sagt sie. »Fünf Mal. Und sie hat die Knöpfe ersetzt.«

Sie nickt, während Kai den *haramaki* nimmt, ihn zusammenfaltet und wieder in das braune Papier einschlägt, das braune, verknüllte Papier.

»Ryuko hat ihn selbst gestopft«, wiederholt sie nickend. »Sie hat ihn selbst gestopft.«

Ich entschuldige mich und gehe hinaus, kehre in das Empfangszimmer nebenan zurück. Die vier anderen Mütter blicken auf und starren mich an.

Mit offenen Mündern …

Ich teile den vier Müttern mit, dass ein Wagen sie zur Universitätsklinik Keiō fahren wird.

Frau Midorikawa und ihre beiden älteren Töchter schweigen. Sie sprechen auch nicht in den Gängen, die vollgestopft sind mit Sterbenden und Toten, mit den Wartenden und Trauernden.

Sie ist hier. Sie ist hier. Sie ist hier …

Sie sagen kein Wort, während wir auf den Fahrstuhl warten, während wir zuschauen, wie sich die Fahrstuhltüren öffnen, wie wir hineingehen und zuschauen, wie sich die Türen schließen.

Sie ist hier. Sie ist hier …

Sie sagen kein Wort, als wir im dunklen Fahrstuhl nach unten fahren, als sich die Türen erneut öffnen und es wieder hell wird.

Sie ist hier ...

Sie verbeugen sich, schweigen aber weiterhin, als sie Dr. Nakadate vorgestellt werden und die Pfleger eine Bahre aus der Kühlkammer holen.

Hier ist Ryuko ...

Sie sagen kein Wort, als sie das sich wölbende graue Laken auf der Bahre sehen, als Dr. Nakadate unter das graue Laken greift, eine linke Hand unter dem Laken hervorzieht, sie hochhält und auf eine Narbe am Daumen weist, sie schweigen und weinen ...

Sie weinen und weinen ...

»Ich bin hier wegen dir ...«

Sie weinen stumm vor sich hin, als Dr. Nakadate langsam das graue Laken zurückschlägt und ihnen das ausgebleichte Gesicht einer jungen Frau von siebzehn Jahren zeigt.

»Ich bin Midorikawa Ryuko aus Meguro ...«

Sie weinen und weinen, aber sie sagen noch immer kein Wort, bis Frau Midorikawa schließlich vom bleichen Gesicht ihrer Tochter, von dem zerstörten Leib ihres Kindes aufblickt und aufschreit: »Kodaira!«

Kai und ich stehen im Gang zwischen Autopsie und Leichenschauhaus und warten darauf, dass Frau Midorikawa und ihre beiden älteren Töchter mit dem Personal über die Beerdigung ihrer jüngsten Tochter gesprochen haben. Kai raucht eine Zigarette, lächelt, schaut in sein Notizbuch auf einen Namen, der dort drei Mal geschrieben steht: *Kodaira. Kodaira. Kodaira ...*

»Morgen um diese Uhrzeit«, lacht Kai, »ist dieser Fall abgeschlossen und ich werde mich ordentlich betrinken ...«

Dr. Nakadates Assistent kommt den schmalen Gang entlang. Er verbeugt und entschuldigt sich dafür, unsere Unterhaltung unterbrechen zu müssen. Dann reicht er mir einen herausgerissenen Zeitungsausschnitt: »Das haben wir in der Rocktasche des Trägerkleids an Ihrer Leiche gefunden.«

Ich falte das Stück Papier auseinander. Es ist eine Anzeige: *Salon Matsu in Kanda sucht neue Mitarbeiterinnen …*

Endlich ein Hinweis.

»Man kann nie wissen«, lacht Kai. »Vielleicht sind wir morgen um diese Zeit beide betrunken …«

Ich verbeuge und bedanke mich bei Dr. Nakadates Assistenten; Frau Midorikawa und ihre beiden Töchter treten aus dem Zimmer des Leichenschauhauses.

Das weitere Vorgehen ist geklärt.

Kai drückt seine Zigarette aus, hört auf zu lächeln und bringt Frau Midorikawa und ihre Töchter zurück ins Präsidium.

Nun bin ich an der Reihe …

Ich öffne die Glastüren, betrete den Autopsieraum, gehe hinüber zu einem der Spülbecken, ziehe meine Jacke aus und rolle die Hemdsärmel hoch. Dann wasche ich mir die Hände, knöpfe die Hemdenmanschetten zu und ziehe die Jacke wieder an. Ich gehe zu einem der achteckigen Autopsietische aus Marmor. Ich ziehe mein Taschenmesser hervor, ein rostiges japanisches Modell, und durchtrenne damit die Schnüre der drei braunen Päckchen, die auf dem Tisch auf mich warten. Als ich das erste Päckchen öffne, kommt das gelb und dunkelblau gestreifte Trägerkleid zum Vorschein, dann die weiße kurzärmlige Bluse und die rosafarbenen Socken. Ich lege die Kleidung auf einem der anderen Autopsietische aus. Danach packe ich das zweite Päckchen aus, nehme die beiden Leinenschuhe mit den roten Gummisohlen heraus und stelle sie auf denselben Autopsietisch. Dann packe ich das dritte Päckchen aus. Ich breite die darin enthaltene Damenunterwäsche, die wir in der Nähe der Leichen im Shiba-Park gefunden haben, die Unterwäsche, die nicht Midorikawa Ryuko gehörte, auf einem der kleineren, abseits stehenden Seziertische aus.

Dann gehe ich wieder hinaus auf den Gang.

Dort warten die vier anderen Mütter mit ihren anderen Töchtern oder Verwandten. Vier weitere Mütter, die eine Tochter im Alter von fünfzehn bis zwanzig verloren haben. Vier Frauen, deren Töchter vor über drei Wochen verschwunden sind. Mütter, die ihre Hände ringen und beten, ihre Mädchen nicht hier am Ende dieses Ganges hinter diesen Glastüren zu finden.

Sie beten und beten …

Ich bitte Frau Tamba aus dem Bezirk Ōmori, in den Autopsieraum zu kommen. Frau Tamba und ihre beiden Schwestern folgen mir.

Frau Tamba und ihre Schwestern starren das gelb und dunkelblau gestreifte Trägerkleid an, die kurzärmlige Bluse, die rosafarbenen Socken und die weißen Leinenschuhe mit den roten Gummisohlen, die auf dem Autopsietisch liegen, und schütteln die Köpfe. Ich bitte sie, sich auch die Unterwäsche auf dem anderen Tisch anzusehen. Wieder schauen sie hin, wieder schütteln sie die Köpfe. Ich danke ihnen, und sie gehen hinaus.

Ich lecke die Bleistiftspitze an und mache mir eine Notiz.

Frau Nakahara aus dem Bezirk Yodobashi und ihre andere Tochter starren das gelb und dunkelblau gestreifte Trägerkleid an, die kurzärmlige Bluse, die rosafarbenen Socken und die weißen Leinenschuhe mit den roten Gummisohlen, die auf dem Autopsietisch liegen. Sie tupfen sich die Augen trocken, schütteln aber die Köpfe. Ich bitte sie, sich auch die Unterwäsche auf dem anderen Tisch anzusehen. Wieder schauen sie hin, wieder schütteln sie die Köpfe. Ich danke ihnen, und auch sie gehen hinaus.

Ich blättere um und mache mir eine weitere Notiz.

Nun starren Frau Hidari aus dem Bezirk Ebara und ihre Schwester das gelb und dunkelblau gestreifte Trägerkleid an, die kurzärmlige Bluse, die rosafarbenen Socken und die weißen Leinenschuhe mit den roten Gummisohlen, die auf dem Autopsietisch ausgebreitet liegen. Nach fünf Minuten schütteln sie schließlich die Köpfe. Ich bitte sie ebenfalls, sich auch die Unterwäsche auf dem anderen Tisch anzusehen. Sie schauen einander an und schütteln dann die Köpfe. Ich danke ihnen, und sie gehen hinaus.

Ich lecke die Bleistiftspitze an.

Frau Mitani aus dem Bezirk Jōtō hat heute keine Tochter, keine Schwester oder Nachbarin dabei. Frau Mitani steht allein vor dem Autopsietisch und starrt das gelb und dunkelblau gestreifte Trägerkleid an, die kurzärmlige Bluse, die rosafarbenen Socken und die weißen

 Leinenschuhe mit den roten Gummisohlen, die auf dem Autopsietisch liegen. Frau Mitani schüttelt den Kopf. Auch sie bitte ich, sich die Unterwäsche auf dem anderen Tisch anzusehen. Auch sie schüttelt wieder den Kopf. Ich danke ihr, aber sie rührt sich nicht. Sie blickt weiter auf die Unterwäsche auf dem Seziertisch. Wieder danke ich ihr. Noch immer rührt sie sich nicht, fragt aber: »Und was geschieht jetzt?«

»Wir werden weiter versuchen, diese Kleidung zu identifizieren, um …«

»Nein, das meine ich nicht«, unterbricht sie mich. »Mit meiner Tochter.«

»Ich bin sicher, die Polizei in Jōtō versucht, sie zu finden …«

»Wie denn?« fragt sie mich. »Waren Sie schon mal im Bezirk Jōtō? Dort gibt es nichts. Die Polizei hat nichts. Kein Gebäude. Kein Telefon. Kein Fahrrad. Wie kann sie sie da finden?«

»Es tut mir leid«, sage ich. »Es tut mir wirklich leid …«

»Sie war alles, was ich hatte«, fährt sie fort. »Nun habe ich nichts mehr. Keine Familie. Kein Haus. Keine Arbeit. Kein Geld. Nichts …«

»Es tut mir leid«, wiederhole ich. »Aber ich verspreche, ich werde dafür sorgen, dass die Beschreibung Ihrer Tochter an alle Polizeistationen in Tokio geht, und ich hoffe, wir werden sie finden …«

Frau Mitani löst ihren Blick von der Unterwäsche auf dem Seziertisch, wischt sich die Augen trocken, verbeugt sich und dankt mir.

Dann geht sie.

Ich mache mir eine letzte Notiz.

Ich brauche eine Zigarette …

Ich gehe den Gang entlang, vorbei an den Wänden mit Spülbecken, den Warnschildern vor Schnittwunden und Kratzern, den Pflegern, die sich Hände und Unterarme einseifen und abspülen; ich drücke auf den Fahrstuhlknopf, schaue zu, wie sich die Türen öffnen, und will gerade in den Fahrstuhl steigen, als mich Dr. Nakadate am Arm packt und fragt: »Haben Sie die Akte gefunden, Inspektor? Die Akte Miyazaki …«

Ich will mich nicht erinnern. Im Dämmerlicht kann ich nicht vergessen …

Die Autos sind zurück zum Präsidium gefahren. Die Straßenbahn ist wieder überfüllt …

Kai hat einen Namen, einen Verdächtigen. Kai wird eine Adresse finden …

Ich gehe durch Moto-Akasaka zurück nach Sakuradamon …

Kai wird eine Verhaftung vornehmen. Er wird ein Geständnis bekommen …

Am Fluss vorbei hinter dem Parlament entlang …

Kai kann den Fall zu den Akten legen. Beide Fälle …

Vorbei am kaiserlichen Wassergraben zum Präsidium …

Beide Fälle zu den Akten …

Miyazaki Mitsuko wird wieder dem Vergessen anheimfallen.

Ich klopfe an die Tür zum Befragungszimmer. Ich öffne sie, verbeuge mich und setze mich seitlich neben den Stenografen. Kai schaut nicht auf. Frau Midorikawa sitzt neben einer ihrer Töchter und dreht und wringt noch immer dasselbe Stück Stoff in der Hand, während Kai immer und immer und immer wieder die Punkte durchgeht, die sie ihm schon bei den ersten beiden Befragungen genannt hat.

»Und Sie haben Ihre Tochter am 6. August zum letzten Mal gesehen?«

»Ja«, flüstert Frau Midorikawa. »Ryuko hat am 6. August gegen 9.00 Uhr früh das Haus verlassen.«

»Und das ist das Haus im Bezirk Meguro?«

»Ja«, antwortet sie. »Aber es ist nicht unser Haus, sondern das Haus der Yamamotos. Wir wohnen bei ihnen, seit unser Haus bei der Brandbekämpfung Ende März abgerissen wurde.«

»Und Ryuko hat auch dort gewohnt?«

»Ja.«

Kai fragt: »Sie können mir also sagen, was sie anhatte, als sie das Haus am 6. August verließ?«

»Ein weißes Sommerkleid und weiße Leinenschuhe.«

»Und hatte sie Geld bei sich?«

»Zehn Yen vielleicht«, antwortet Frau Midorikawa. »Für die Straßenbahn oder den Zug.«

Kai blättert die Seite in seinem Notizbuch um. »Und sie hat Ihnen gesagt, sie würde zu einem Bewerbungsgespräch gehen?«

»Ja«, bestätigt Frau Midorikawa. »Ryuko mochte die Arbeit als Kellnerin in der Ginza nicht besonders.«

»Und sie arbeitete als Kellnerin in einem Café in der 4-Chōme?«

»Ja. Aber dort gab es nicht viel Trinkgeld.«

»Und das Bewerbungsgespräch fand in Shibaura statt?«

»Ja. Bei der Besatzungsarmee.«

»Und dieses Bewerbungsgespräch war nur wegen dieses Herrn Kodaira zustande gekommen?« fragt Kai. »Kodaira Yoshio?«

Frau Midorikawa hält inne. Sie schluckt und sagt dann: »Ja.«

»Bitte erzählen Sie mir noch einmal so ausführlich wie möglich, wie Ihre Tochter Ryuko diesen Mann namens Kodaira kennengelernt hat.«

Frau Midorikawa seufzt, schüttelt den Kopf und sagt dann: »Durch Zufall, am Bahnhof Shinagawa.«

»Wie kam es dazu, dass Ryuko zufällig diesen Kodaira kennenlernte«, fragt Kai. »Und wann war das?«

Frau Midorikawa schaut ihre andere Tochter an und fragt sie: »Am 10. Juli, hast du gesagt?«

»Ja«, antwortet die Tochter. »Es hatte einen Unfall bei Shinagawa gegeben, und alle Züge hatten Verspätung.«

Kai blickt auf seine Notizen und fragt: »Und da ist Kodaira auf Ryuko zugegangen und hat sie angesprochen?«

»Ja«, antwortet die andere Tochter. »Ryuko hat mir erzählt, er sei einfach auf dem Bahnsteig auf sie zugekommen und habe ein Gespräch begonnen.«

»Wissen Sie, worüber sie gesprochen haben?«

»Ja. Sie redeten über Arbeit und über Essen.«

»Ryuko hat ihm erzählt, dass sie Arbeit sucht«, ergänzt Frau Midorikawa. »Und Kodaira hat gesagt, er habe Verbindungen zur Besatzungsarmee und könne ihr helfen, dort Arbeit zu finden.«

»Hat er gesagt, wie genau er Ryuko helfen könne?«

Frau Midorikawa schüttelt den Kopf. »Das weiß ich nicht.«

»Durch seine Verbindungen«, sagt die andere Tochter. »So hat es mir Ryuko erzählt, durch seine *Verbindungen* …«

»Hat sie auch gesagt, welche Art von Verbindungen?« fragt Kai.

»Er trug die Armbinde der Shinchū Gun, der Besatzungsarmee.«

Kai nickt. »Und wann trafen sie sich das nächste Mal?«

»Erst wieder Anfang dieses Monats«, antwortet Frau Midorikawa. »Ryuko wurde krank, Darmprobleme; Kodaira hat sie erst wiedergesehen, als er plötzlich vor dem Haus auftauchte und nach ihr fragte …«

»Also wusste Kodaira, wo Ryuko wohnte?«

»Ja. Sie muss ihm wohl ihre Adresse gegeben haben …«

»Und wann genau stattete Kodaira ihr diesen Besuch ab?« fragt Kai.

»Am Tag, bevor sie verschwand«, antwortet Frau Midorikawa.

»Am 5. August«, bestätigt die andere Tochter.

»Und Sie haben beide diesen Kodaira auch kennengelernt?« fragt Kai.

»Ja«, antworten sie unisono.

»Dann sagen Sie mir bitte, wie er auftrat.«

Die beiden Frauen schweigen einen Augenblick, bis Frau Midorikawa seufzt: »Er machte einen gepflegten Eindruck. Er überbrachte uns ein kleines Geschenk. Er sagte, er mache sich Sorgen um Ryukos Gesundheit. Dann erzählte er uns, dass er als Koch bei der Besatzungsarmee arbeite. Er glaube, er könne Ryuko behilflich sein, in derselben Kaserne Arbeit zu finden.«

»Wissen Sie noch, in welcher Kaserne?« fragt Kai.

»Kaserne 589«, antwortet die andere Tochter. »In Shinagawa.«

Kai schaut von seinen Notizen auf. »Und Sie haben ihm geglaubt?«

»Natürlich«, faucht Frau Midorikawa ihn plötzlich an. »Glauben Sie vielleicht, ich hätte meine Tochter zu einem Treffen mit ihm gehen lassen, wenn ich ihm nicht geglaubt hätte? Wenn ich ihm nicht vertraut hätte?«

Kai schaut auf seine Notizen, schüttelt den Kopf und sagt: »Es tut mir sehr leid. Ich …«

»Wir sind zu sechst«, sagt sie. »Und kein Mann.«

Kai senkt wieder sein Haupt und entschuldigt sich erneut.

»Er hat ihr eine gute Arbeit versprochen«, sagt sie. »Mit freier Verpflegung.«

Kai nickt und blickt in sein Notizbuch.

»Er trug das Armband der Shinchū Gun.«

Ich hüstele und beuge mich vor. Ich verbeuge mich und frage: »Also ist Ryuko am 6. August losgegangen, um sich mit ihm zu treffen?«

»Ja«, antwortet Frau Midorikawa. »Sie hatten sich um 10.00 Uhr am Osteingang des Bahnhofs Shinagawa verabredet.«

»Zehn Uhr früh?« frage ich.

»Natürlich«, antwortet sie. »Natürlich.«

»Und was haben Sie getan, als Ryuko nicht nach Hause kam?«

»Ich habe bis zum nächsten Morgen gewartet«, antwortet Frau Midorikawa. »Und dann bin ich als Erstes zu Kodaira gegangen.«

»Sie haben ihn zu Hause aufgesucht? Wo ist das?«

»In Hanezawamachi«, antwortet sie. »Im Bezirk Shibuya.«

»Und was hat er gesagt, als Sie bei ihm waren?«

»Er hat mich angelogen«, schreit Frau Midorikawa. »Er hat gesagt, Ryuko sei gar nicht erst bei ihm am Bahnhof aufgetaucht.«

»Nur um sicherzugehen«, sage ich. »Sie sind am 7. August nach Shibuya zu Kodaira gegangen.«

»Ja.«

»Und Sie sind zu ihm gegangen, weil Ryuko am Abend zuvor nicht nach Hause gekommen ist?«

»Ja.«

»Aber Kodaira sagte Ihnen, Ryuko sei nicht um 10.00 Uhr am Morgen davor am Bahnhof erschienen?«

»Ja«, antwortet Frau Midorikawa. »Er hat mich belogen.«

»Die lügen doch alle«, sagt die andere Tochter.

Ich ziehe einen Umschlag aus der Jackentasche und öffne ihn. Ich ziehe das Stück Zeitungspapier hervor, das in der Rocktasche des Trägerkleides an der Leiche gefunden wurde. Ich lege die Zeitungsannonce auf den Tisch vor Frau Midorikawa.

»Sagt Ihnen das etwas?«

Frau Midorikawa schaut auf die Annonce, schiebt sie von sich, schaut mich an und sagt: »Meine Tochter war keine Hure.«

Kai und Abteilung eins waren fleißig. Abteilung eins hat inzwischen eine Anschrift von Kodaira Yoshio. Sie haben bereits zwei Mann zu der Adresse in Hanezawamachi, Bezirk Shibuya, geschickt und zwei Polizeistreifen in der Nähe der Adresse postiert …

Kein Entrinnen. Kein Entrinnen. Kein Entrinnen …

»Das ist das Haus von Kodairas jüngerer Schwester«, teilt uns Kai mit. »Er lebt dort mit Frau und Sohn …«

Chef Kita weiß, dass Kai sich jetzt Kodaira schnappen will.

Kein Entrinnen. Kein Entrinnen …

»Und was ist mit seinem Arbeitsplatz?« fragt Kita.

»Die Wäscherei in der Kaserne 589«, antwortet Inspektor Kai. »Genau wie er der Mutter gesagt hat, nur dass er kein Koch ist. Er arbeitet seit März dieses Jahres in der Wäscherei. In Shinagawa, am Meer …«

Adachi blickt von seinen Notizen auf und schaut mich an.

»Und wir beide haben das schon mal gesehen, Inspektor. Erinnern Sie sich noch?«

»In welcher Schicht arbeitet er?«

»Diesen Monat hat er Nachtschicht«, antwortet Kai.

Adachi sieht mich immer noch an, beobachtet mein Gesicht.

»Haben Sie die Akte gefunden, Inspektor? Die Akte Miyazaki …«

»Haben wir die Adresse seiner Familie?« erkundigt sich der Chef.

»Nikkō, Präfektur Tochigi«, antwortet Kai.

Kein Entrinnen …

»Verhaften Sie ihn morgen Mittag«, sagt der Chef.

Kein Entrinnen. Im Dämmerlicht gibt es kein Entrinnen.

Ich nehme einen anderen Weg zurück nach Atago, durch den Hibiya-Park hinaus auf die Hibiya-dōri. Die Äste der Bäume hängen tief an diesem heißen, bewölkten Tag, die Blätter sind mit Staub bedeckt. In diesem Park standen Statuen, bevor der Krieg sich gegen uns wendete, als es noch Helden zu feiern und Metall zu vergeuden gab. Es gab auch Brunnen, als es noch Zeit zum Spielen und Wasser zu verschwenden gab. Restaurants und Teehäuser, Blumenbeete und Symphoniekonzerte, Tennisplätze und einen Baseballplatz, bevor sie den Park in Gemüsegärten und Luftabwehrbatterien verwandelten.

Ton-ton. Ton-ton …

Ich stelle mich bei Uchisaiwai-chō, unweit des Imperial Hotels, nach einer Straßenbahn an; im Imperial Hotel gibt es noch immer Helden zu feiern und Metall zu vergeuden, Zeit zum Spielen und Wasser zu verschwenden. Eine alte Frau bricht fast zusammen unter der Last der Kiste, die auf ihren Rücken geschnallt ist. Sie erzählt den Wartenden die Geschichte eines kleinen Jungen in Hongō, der sehnsüchtig darauf wartete, dass seine Schokoladenration endlich kam, und der so aufgeregt war, als die Schokolade endlich da war, dass er seinen Blick nicht mehr von ihr wenden konnte und die Straßenbahn nicht kommen sah. Die Wartenden erwidern nichts darauf. Sie stehen da und warten, halten Ausschau nach einer Straßenbahn, die nicht kommt, lauschen dem Hämmern, das niemals aufhört.

Ton-ton …

Ich bin wieder auf der Toilette des Polizeireviers Atago. Ich habe mich wieder übergeben. *Wieder schwarze Galle.* Ich stehe am Waschbecken, spucke aus und wische mir den Mund ab. Ich drehe den Wasserhahn auf, wasche mir das Gesicht und starre in den Spiegel.

Ich will mich nicht erinnern …

Ishida wartet neben unserem Banner auf mich.

»Haben Sie Hayashi Jo gefunden?« frage ich ihn.

»Nein«, antwortet Ishida. »Er hat gekündigt.«

»Wann?«

»Gestern am späten Nachmittag.«

»Wo ist er jetzt?«

»Das weiß keiner.«

»Gute Arbeit«, sage ich. »Wegtreten.«

Ich warte, bis Ishida in unseren Einsatzraum gegangen ist, dann renne ich zurück auf die Toilette. Wieder übergebe ich mich. *Braune*

Galle. Ich stehe am Waschbecken, spucke erneut aus und wische mir den Mund ab. Nachdem ich mir das Gesicht gewaschen habe, starre ich erneut in den Spiegel …

Ich will mich nicht erinnern …

Kein Hayashi. Kein Fujita …

Man kann die Männer aus Abteilung eins von den Männern aus Abteilung zwei an ihrem Gesichtsausdruck unterscheiden. *Kein Fujita.* Die Erwartung in den Gesichtern aus Abteilung eins, die Enttäuschung in den Gesichtern aus Abteilung zwei. Abteilung eins hat schon einen Namen für den Verdächtigen. Abteilung zwei hat noch nicht einmal einen Namen für das Opfer. *Kein Fujita.* Die Inspektoren Hattori, Takeda, Sanada und Shimoda sitzen ganz hinten. Die Inspektoren Nishi, Kimura und Ishida sitzen vorn. *Kein Fujita.* Die Männer aus Abteilung zwei hören Inspektor Kai zu, doch keiner von ihnen lächelt in Erwartung einer Verhaftung.

»Die Mutter und ihre Schwestern hatten schon ihren *haramaki* anhand der fünf gestopften Löcher erkannt und von der Narbe am linken Daumen berichtet, sodass sie von ihrer Mutter mit Bestimmtheit identifiziert werden konnte als Midorikawa Ryuko, siebzehn, aus dem Bezirk Maguro …«

Kai informiert die Abteilungen eins und zwei über den aktuellen Stand hinsichtlich der Identifizierung der Leiche, der Lebensumstände des Opfers, er nennt den Namen des Verdächtigen und erläutert die geplante Verhaftung. Die Polizeibeamten von Atago, Meguro und Mita sind an diesem Nachmittag nicht hinzugebeten worden. Dieses Treffen ist nur für Kriminalbeamte.

»Außerdem haben unsere Kollegen in Shibuya gerade berichtet, dass der Verdächtige wie üblich gegen 17.30 Uhr zur Arbeit gegangen ist und kurz vor 18.00 Uhr in der Wäscherei eintraf …«

Ich stehe eingezwängt neben Kai und zwischen Kanehara und Adachi.

Ich verfluche Kai …

»Natürlich werden auch die Kollegen aus Abteilung zwei Gelegenheit erhalten, den verdächtigen Kodaira in Bezug auf die zweite Leiche aus dem Shiba-Park zu befragen, wobei wir hoffen, dass er auch diese identifiziert und die Tat gesteht, um so Abteilung zwei die Schande zu ersparen …«

Eine Hälfte des Raumes lacht laut.

Verachtende Blicke aus der anderen Hälfte.

»Sollte nur ein Scherz sein«, lacht Kai. »Wir sind alle Kameraden.«

Noch mehr Gelächter und Spott, Fäuste knallen auf Tische, Stiefel auf den Boden, Rücken werden geklopft …

In Erwartung, vor Erregung.

»Achtung!« brüllt Kai.

Fäuste an den Seiten, Stiefel zusammen …

»Verbeugen!« schreit er.

Rücken gerade, Haare glatt gestrichen …

»Wegtreten!«

Alle gehen …

Ich eile hinaus, die Treppe hinunter, um mich auf der Toilette zu übergeben. Ein drittes Mal übergebe ich mich auf der Toilette des Reviers Atago. *Gelbe Galle.* Ich spucke aus … Ich schaue in den Spiegel hinein …

Ich kann nicht vergessen. Im Dämmerlicht kann ich nicht vergessen …

Adachi wartet vor der Toilette auf mich.

»Wir beide haben das doch schon mal gesehen, Inspektor …«

Er packt mich am Arm. »Wo ist Fujita?«

»Haben Sie die Akte gefunden, Inspektor?«

»Ich habe ihn zum Salon Matsu in Kanda geschickt«, lüge ich, aber ich frage ihn nicht, warum er Fujita haben will. Ich frage ihn nicht danach, weil ich wieder auf die Toilette muss. Ich muss mich übergeben. *Graue Galle.* Zurück zum Waschbecken. Zurück zum Wasserhahn. Zurück zum Spiegel …

Im Dämmerlicht …

Adachi ist fort, doch nun warten Nishi und Kimura im Gang auf mich. Sie sind verschwitzt und schmutzig. Sie wissen, dass ich sie vergessen habe. Sie sind müde und verärgert.

»Es gibt keinerlei Unterlagen zu Takahashi in Zōshigaya«, erklärt Nishi. »Es gibt keine Unterlagen zu irgendjemandem, denn die sind alle verloren gegangen, als das Bezirksrevier abgebrannt ist …«

»Haben Sie die Adresse in Zōshigaya aufgesucht?«

Kimura nickt, Nishi sagt: »Ja.«

»Und?«

»Nur Schutt und Asche«, sagt Nishi.

»Hat einer von Ihnen heute schon Inspektor Fujita gesehen?«

Kimura schüttelt den Kopf, Nishi sagt: »Nein.«

»In Ordnung«, sage ich, ziehe den Umschlag aus der Tasche und reiche ihnen den kleinen Zeitungsausschnitt. »Finden Sie heraus, aus welcher Zeitung diese Annonce stammt und von welchem Tag sie ist. Dann, noch bevor die anderen diesen Mann herholen, werden Sie beide mich nach Kanda begleiten, um die Damen im Salon Matsu aufzuwecken.«

Kimura nickt. Nishi ebenfalls. Sie verbeugen sich und machen kehrt. Ich warte, bis sie verschwunden sind, dann eile ich zurück auf die Toilette des Reviers, um mich zu übergeben …

Doch diesmal übergebe ich mich nicht …

Es kommt nichts mehr hoch.

Es wird sich alles klären. Zurück nach Shimbashi, um Senju einen Namen zu nennen. *Alles wird gut.* Um ein paar Calmotin zu bekommen. *Alles klären.* Wieder durch Töpfe und Pfannen, Messer und Löffel. *Wird gut.* Durch die Anzüge und Sardinen, die Dosenfrüchte und alten Armeestiefel …

»Roter Apfel an meinen Lippen, der blaue Himmel schaut schweigend zu …«

Doch heute Abend sind erheblich mehr Bandenmitglieder in cremefarbenen Anzügen unterwegs, erheblich mehr gemusterte Hemden und amerikanische Sonnenbrillen in den Gassen und auf den Straßen, in den Schatten und unter den Torbögen.

Züge kreischen über unseren Köpfen …

Heute stehen acht Schlägertypen am Fuß der Treppe, die zu Senjus Büro führt, breitbeinig, Hände in den Jackentaschen, zuckende Wangenmuskulatur und die Augen zu schmalen Schlitzen zusammengekniffen …

Im Dämmerlicht …

Die Bürotür ist geschlossen, Senjus Büro bleibt für heute dunkel.

Ich streiche mir das Jackett glatt. »Ist der Boss da?« frage ich Senjus Männer.

»Und wer will das wissen?« fragt einer von ihnen zurück.

»Inspektor Minami, von der Polizei.«

Einer der Schläger sagt zum anderen, er solle nach oben gehen, also geht er nach oben und klopft an die Bürotür, dann kommt er wieder herunter und flüstert dem Ersten etwas ins Ohr, und nun sagt der erste Schläger: »Du sollst warten, Minami von der Polizei.«

Keine Würfel heute Nacht. Keine Rufe, gerade, ungerade, bitte das Spiel zu machen …

Die Tür zum Büro öffnet sich. Ein Ausländer, ein Amerikaner, ein Sieger kommt die Treppe herunter. Am Fuß der Treppe dreht sich der Mann zu mir um: »Guten Abend, Inspektor …«

»Guten Abend«, entgegne ich.

Der Ausländer, der Amerikaner, der Sieger zwinkert mir zu, und Senjus Schlägertruppe lacht …

»Hinauf mit dir, Minami von der Polizei«, sagt einer der Bandenmitglieder, als der Sieger verschwindet.

Also hinauf mit mir.

Senju Akira sitzt im Schneidersitz in der Dunkelheit, nur die Straßenbeleuchtung erhellt die Schweißperlen auf seiner Stirn und den feuchten Schimmer auf seiner Haut; er ist nackt bis auf einen traditionellen Lendenschurz.

»Du solltest besser einen Namen für mich haben«, flüstert Senju. »Sonst kommst du hier nicht wieder heraus …«

Ich verfluche ihn und mich selbst …

Ich knie mich vor ihm nieder. »Hayashi Jo von der *Minpo.*«

Senju sagt kein Wort. *Er schaut mich unverwandt an.* Er sagt nichts.

Mit dem Gesicht auf den Boden gerichtet, sage ich: »Er ist mit Nodera gesehen worden.«

Er schaut mich an. Nichts.

»Sie haben zusammen etwas im New Oasis getrunken.«

Er schaut mich an. Nichts.

»Am Abend vor dem Anschlag«, sage ich.

Senju rührt sich nun im Dunkeln. Er zischt: »Hinaus mit dir, Polizist! Geh! Schnell, bevor ich es mir anders überlege …«

Ich rutsche auf Knien rückwärts zur Tür und zur Treppe.

»Roter Apfel an meinen Lippen, der blaue Himmel schaut schweigend zu …«

Senju steht im Dunkeln auf und sagt: »Wenn du deine Pillen willst, komm morgen Nacht wieder.«

Ich öffne die Tür zum provisorischen Einsatzraum in Atago. *Fujita ist immer noch nicht da.* Alle schlafen. *Fujita ist wieder verschwunden.* Ich lege erschöpft meinen Kopf auf den Schreibtisch. *Aber Fujita wird zurückkehren.* Ich kann immer noch nicht schlafen. *Fujita ist in Sicherheit.* Morgen werde ich schlafen. *Morgen wird Fujita zurückkehren.* Morgen …

Alles wird sich klären. Alles wird gut.

Morgen werden Kai und die erste Gruppe ihre Verhaftung vornehmen.

Morgen wird der Mörder beide Verbrechen gestehen.

Morgen wird sich alles klären.

Alles wird gut.

Dann endlich wird alles vorbei sein.

»Chef … Chef …«

Ich schlage die Augen auf.

»Die Annonce stammt aus der *Asahi*«, sagt Nishi. »Sie ist am 19. Juli erschienen …«

»Danke«, sage ich.

Nishi lächelt und fragt: »Und ist es schon Zeit, die Damen im Salon Matsu zu wecken?«

In den Straßen ist es jetzt dunkel und still, noch immer herrscht brütende Hitze, wir gehen die Hibiya-dōri entlang und zeigen immer wieder unsere Dienstmarken vor, als wir am hell erleuchteten Gebäude der Dai-Ichi Assurance vorbeikommen, Kaiser MacArthurs Hauptquartier direkt gegenüber vom dunklen Palast des alten Herrschers, als wir anschließend das kaiserliche Theater und das Meiji-Seimei-

 Gebäude passieren, dann das Yūsen- und das Kaijō-Gebäude, weiter nach Marunouchi und Ōtemachi …

Die alte Mitsubishi Town …

Die meisten der modernen Gebäude aus Stahl und Beton stehen noch; nur ab und zu ist eines weggebombt worden; hier herrschen die Sieger von ihren Büros und Kasernen aus; hier im neuen Herzen des besetzten Tokio …

Dasselbe wie im alten Herzen der Stadt …

Kimura, Nishi und ich nehmen die Abkürzung unter den Gleisen des Bahnhofs Tokio Richtung Kanda hindurch.

Hier, kaum eine Meile von den alten und neuen Kaisern entfernt, stehen nur noch wenige der Holzhäuser. Hier befanden sich früher Rangierbahnhöfe. Familienunternehmen. Fahrradgeschäfte. Wohnhäuser. Nun gibt es nur noch ausgebrannte Ruinen und zusammengenagelte Bretterverschläge, vereinzelte Grüppchen alter Holzhäuser, die verschont geblieben sind, und, ganz überraschend, Gassen mit einstöckigen Bürohäusern, die zwischen Brachland und Schuttbergen aus dem Boden geschossen sind, zwischen Kohlenbecken und Laternen, Gitarren und Mädchen, Liedern und Rufen …

Asobu …? Asobu …? Asobu …?

Sie stehen in Gassen und Türeingängen, mit ihren angemalten Gesichtern und gelockten Haaren, sie gurren und locken und führen ihre Beute zu den schäbigen kleinen Häusern, an denen Wandzettel kleben mit ihren ausländischen Namen und den japanischen Preisen.

Off-limits. Off-limits. Off-limits …

Der Salon Matsu ist eines dieser schäbigen kleinen, dreckverschmierten Häuser zwischen all den anderen schäbigen kleinen, dreckverschmierten Häusern, das einzig Auffallende hier ist ein pinkfarbenes Neonschild. Ich schiebe die geborstene Glastür auf. Im *genkan* sitzt ein junger Koreaner vor einem geteilten *noren*-Vorhang. Der Koreaner hat einen Pagenschnitt und trägt eine Brille, eine knallbunte Hose und ein graues Unterhemd.

Er sieht uns, steht auf und will etwas sagen.

»Mund halten!« sage ich. »Das ist eine Razzia!«

Ich weise Kimura an, bei dem Koreaner im *genkan* zu bleiben, und führe dann Nishi durch den geteilten Vorhang in den Wohnraum, in dem drei Japanerinnen mit weit geöffneten Blusen sitzen, die Röcke bis zu den Oberschenkeln hochgezogen, und sich Luft zufächern.

Sie schauen zu uns auf. Dann seufzen sie und verdrehen die Augen.

»Was wollen Sie denn diesmal?« fragt die Älteste.

»Wir sind von der Tokioter Polizei.«

»Na und?« fragt sie. »Wir haben bezahlt.«

Ich biete ihr eine Zigarette an. Sie nimmt sie. Ich gebe ihr Feuer und frage Sie: »Und Sie sind also hier die Chefin?«

»Und wenn es so wäre?« fragt sie zurück, dann zwinkert sie: »Sie wollen wohl eine Freifahrt?«

Ich ziehe den Umschlag aus der Tasche und nehme den Ausschnitt aus der *Asahi* heraus. Ich zeige ihr die Annonce. »Suchen Sie immer noch jemanden?«

»Warum?« lacht sie. »Selbst für diesen Schuppen sind Sie zu hässlich.«

Die anderen Mädchen kichern. Ich verteile noch weitere Zigaretten.

Ich frage sie: »Führen Sie die Bewerbungsgespräche selbst?«

»Warum?« möchte sie erneut wissen. »Und wenn schon?«

»Na, kommen Sie schon, seien Sie kooperativ. Beantworten Sie meine Fragen, dann können wir alle nach Hause gehen.«

Sie schnaubt. »Nach Hause?« fragt sie. »Wo ist mein Zuhause? Das hier ist mein Zuhause, Herr Polizist. Gefällt es Ihnen nicht?«

»Hören Sie«, sage ich. »Im Shiba-Park, oben hinter Zōjōji, ist die Leiche einer jungen Frau gefunden worden. Sie hat eine Weile dort gelegen, und es ist nicht mehr möglich, sie zu identifizieren …«

Jetzt hören sie aufmerksam zu, rauchen meine Zigaretten und fächern sich Luft an die Oberschenkel; Bilder in ihren Köpfen, Bilder hinter ihren Augen.

Die Toten …

»Diese Annonce steckte in einer ihrer Taschen, deshalb sind wir hier, um festzustellen, ob Sie der Toten einen Namen geben können.«

»Und wie ist sie gestorben?« fragt eines der Mädchen.

Das Bild in ihrem Kopf, hinter ihren Augen …

»Sie wurde missbraucht und dann erwürgt«, antworte ich.

Bilder der Toten …

Stille, hinter dem geteilten Vorhang im Wohnraum Stille, nur das Kichern und Stöhnen in den oberen Zimmern, das Keuchen und Hämmern.

Ton-ton-ton-ton-ton …

»Und wer sagt, dass sie überhaupt hier war?« fragt die Chefin. »Das arme Ding kann ja auch auf dem Weg hierher gewesen sein, als …«

»Ich bin hier, um das herauszufinden, um mit Ihnen zu reden über …«

»Aber Sie haben uns noch gar keine Beschreibung gegeben«, sagt sie. »Woher soll ich dann wissen, ob sie hier war oder nicht?«

»Sie führen die Gespräche also selbst?« frage ich erneut.

»Nicht allein«, antwortet sie. »Ich und Herr Kim.«

»Ist er das dort draußen? Herr Kim?«

»Das ist auch ein Kim«, lacht sie. »Aber nicht der Richtige.«

»Und wo ist der richtige Herr Kim?«

»Er wird morgen hier sein.«

»Und wo ist er jetzt?«

»Sucht neue Mädchen.«

»Wo?«

»Wo? Wo? Wo?« lacht sie und verdreht die Augen. Dann drückt sie ihre Kippe aus, nimmt einen Spiegel und ordnet ihre gelockten Haare.

Ich denke unentwegt an sie. Ich denke unentwegt an sie …

»Neunzig Prozent aller Mädchen, die durch die Tür da kommen, sind aus dem International Palace«, sagt sie. »Das soll nicht heißen, dass das auch für Ihre Tote zutrifft, aber vielleicht …«

Ich drehe mich zu Nishi um. »Bitte beschreiben Sie dieser Dame Körperbau und Bekleidung des Opfers.«

Doch der Inspektor ist in Gedanken meilenweit entfernt, verloren zwischen den Brüsten und Schenkeln dieser Mädchen. Er wird rot, greift nach seinem Notizbuch und stottert. »Das Opfer war etwa siebzehn oder achtzehn, schulterlanges, dauergewelltes Haar, ein gelb und dunkelblau gestreiftes Trägerkleid, eine kurzärmlige Bluse, rosafarbene Socken, weiße Leinenschuhe mit roten Gummisohlen …«

»Dann sind wir alle Leichen«, lacht die Chefin. »Alle Geister …«

»Das könnte doch auf jede Beliebige zutreffen«, bemerkt eines der Mädchen.

Aus Tränen gemacht. Aus Tränen gemacht. Aus Tränen gemacht …

»Sie ist wir alle«, sagt die Chefin. »Sie ist jede Frau in Japan.«

5.

19. AUGUST 1946

Tokio, 30° C, mondlos und verhangen

Wir drei verlassen den Salon Matsu, lassen Kanda hinter uns und kehren zum Präsidium zurück. Es juckt und ich kratze. *Gari-gari.* Diesmal gehen wir auf der anderen Seite der Gleise zurück, auf der Nihonbashi-Seite, gegenüber von dem alten und dem neuen kaiserlichen Palast. Auf dieser Seite müssen wir unsere Dienstmarken nicht vorzeigen.

Hier gibt es keine Sieger. Keine weißen Sterne. Keine Lichter.

Von Sotobori zum Yaesu-Eingang des Bahnhofs von Tokio.

Fünf Lastwagen hintereinander. Fünf Lastwagen mit Formosanern.

Nicht nur, auch ein paar Japaner darunter …

Kimura schaut Nishi an. Nishi schaut mich an.

Kein Radio. Kein Telefon. Kein Auto …

»Chef?« ruft Nishi. »Was machen Sie da, Chef?«

Ich gehe auf die fünf Lastwagen zu und zücke dabei meine Dienstmarke. Ich halte sie hoch und gehe zur Fahrerseite des ersten Lastwagens. Ich strecke die Hand aus, öffne die Tür und brülle: »Alle Mann aussteigen, sofort!«

Doch plötzlich schaue ich in ein Maschinengewehr …

Haut auf Metall, Metall auf Haut …

Finger am Abzug …

Kugel durch die Haut …

Ich warte auf den Tod.

Bete …

Doch die Kugel kommt nicht; nicht gestern, nicht heute und nicht morgen; nicht dort drüben, nicht hier …

Ich kann nicht sterben. Ich kann nicht sterben …

Es ist nicht eine Kugel in den Bauch, die mich zurückschleudert, sondern der Tritt eines Stiefels; dann schießt der Lastwagen davon, die Sotobori-dōri entlang nach Shimbashi …

Zu Senju Akira …

Ich bin schon tot.

Bis ich wieder auf den Beinen bin, bis Kimura, Nishi und ich loslaufen und beim Präsidium eintreffen, bis wir unsere Geschichte berichtet und vier oder fünf Mal wiederholt haben, bis wir endlich ein Telefon bekommen, das funktioniert, und Verstärkung angefordert haben, bis diese Verstärkung ausgehoben und losgeschickt worden ist, bis wir schließlich alle am Markt in Shimbashi eintreffen …

Ist es zu spät …

Die Lastwagen mit den Formosanern waren schon hier und sind wieder verschwunden …

Schüsse sind abgefeuert worden …

Blut wurde vergossen …

Die Schlacht ist geschlagen …

Für den Augenblick …

»*Kuso*, verdammte Formosaner«, fluchen Senjus Männer. »*Kuso*, verdammte Amerikaner. *Kuso*, verdammte Polizei.«

»*Kuso … Kuso … Kuso …*«

Zwei Tote. Acht Verletzte.

Senju Akira ist nicht darunter.

Niemals trifft es Senju.

Senju steht in seinem ärmellosen weißen Unterhemd und blutbefleckten *haramaki* da, mit einem Kurzschwert in der einen und einer Pistole in der anderen Hand.

»Zum Glück war ich gerade geschäftlich unterwegs«, sagt er. »Ein Querschläger hier, einer da, wo wäre ich dann jetzt?«

Senju setzt seine amerikanische Sonnenbrille ab.

Er baut sich vor seinen Männern, seiner Truppe auf; der Shōgun von Shimbashi vor nächtlichem Himmel, außerhalb seines Hauptquartiers; Herrscher über alles, was er sieht.

»Und wo wärst du jetzt, Polizist?«

Ich zucke mit den Schultern, gebe ihm aber keine Antwort.

Nishi, Kimura und das halbe Revier Atago stehen um mich herum.

Ich bin heute Abend im Dienst. Ich bin nicht hier, um zu betteln …

»Besser gesagt«, fährt Senju fort, »wo *war* eigentlich die Polizei? Nirgendwo. Die Koreaner, Formosaner und Chinesen wollen uns weghaben, und wo seid ihr? Nirgendwo. Und was tut ihr? Nichts.« Er seufzt.

Ich verfluche ihn. Ich verfluche ihn. Ich verfluche ihn …

»Nichts außer betteln …«

Die Standbesitzer auf dem Shimbashi-Markt sind aufgewacht, wurden aus ihren Träumen gerissen und bauen sich nun auf, um Senju ihrer Unterstützung zu versichern und ihn mit dem Nötigsten für den kommenden Krieg auszurüsten; sie verbeugen sich, bieten ihm ihren besten Sake, ihr bestes Fleisch und polierten weißen Reis an.

Ich bin im Dienst …

»Denn wenn ich Geld, Zigaretten, Alkohol oder irgendetwas Gutes zu essen habe, dann finde ich immer einen Polizisten in meiner Nähe, dann kann ich immer damit rechnen, einem Polizisten zu begegnen oder über ihn zu stolpern, wie er auf Händen und Knien herumrutscht und um Schlaftabletten winselt …«

Und ich verfluche mich selbst …

»Die Formosaner wollen Sie nicht weghaben«, erwidere ich. »Sie wollen eigentlich nur Standplätze auf Ihrem Markt, aber Sie geben Ihnen ja keine …«

Doch Senju hört nicht zu, sondern redet weiter.

»Sie benehmen sich wie die Sieger, dabei haben sie gar nichts gewonnen! Haben niemanden besiegt! Sie haben nicht gekämpft und nicht gewonnen. Die hatten einfach nur Glück! Glück, hierherkommen zu dürfen, Glück, hierbleiben zu dürfen …«

»Auf den Lastwagen waren nicht nur Formosaner«, sage ich zu ihm. »Da waren auch Japaner; ich weiß es, ich habe sie selbst gesehen.«

»Als Sie deren Geld genommen haben, um sich dann fernzuhalten?«

»Keiner will einen weiteren Krieg«, sage ich. »Nicht jetzt.«

»Ein *weiterer* Krieg?« faucht Senju. »Das ist doch *derselbe* …«

Ich schüttle den Kopf. »Das Oberkommando wird Ihren Laden dichtmachen.«

»Siehst du?« lacht Senju. »Es ist immer derselbe Krieg!«

»Dann haben die Formosaner gewonnen.«

»Die Formosaner?« lacht Senju erneut auf. »Niemals, und ich sage dir auch, warum, Polizist. Tausende von Menschen sind von diesem Markt abhängig. Wenn ich den Formosanern oder den Yankees erlaube, meinen Laden dichtzumachen oder mich hinauszudrängen, dann wird dieser Markt eingehen, genauso wie die Menschen, die davon abhängen und für die ich verantwortlich bin …«

»Wenn Sie Ihr Geschäft einbüßen«, sage ich, »dann sind Sie verloren.«

»Niemals! Niemals! Niemals!« brüllt Senju. »Ich habe noch nie verloren. Ich bin noch nie besiegt worden, und das werde ich auch nie. Nicht von den *kuso* Formosanern! Nicht von den *kuso* Koreanern! Nicht von den *kuso* Chinesen! Nicht von den *kuso* Yankees und auch nicht von der *kuso* Polizei! Ich habe noch nie verloren! Bin noch nie geschlagen worden! Und das wird auch nicht passieren!«

»Was haben Sie also vor?« frage ich ihn.

»Bringst du einen von meinen Leuten um«, antwortet Senju, »dann töte ich zehn von deinen, ich schwöre!«

Ich blicke zum Himmel über uns allen auf. Heute Nacht sind keine Sterne zu sehen. Wieder schüttle ich den Kopf und verbeuge mich vor Senju. Ich gehe davon.

»Bis bald, Polizist!« ruft er. »Nicht vergessen …«

Nishi und Kimura folgen mir.

»Denn ich vergesse nie«, sagt Senju leise.

»Ich vergesse nie eine Schuld; nicht den Lebenden gegenüber und nicht den Toten.«

Männer reden im Schlaf von den Toten, erinnern sich an sie. An ihre Väter, Mütter, Frauen und Liebhaberinnen. An ihre Familie, Freunde, Kollegen und Kameraden. Über eine Million Urnen mit der Asche von Kriegstoten sind noch immer nicht von ihren Familien zurückgefordert worden. Diese Urnen enthalten die Asche der toten Soldaten.

Das Erste und das Zweite Amt für Demobilisierung, beide verantwortlich für die Ausgabe der Todesmeldungen und die Verwaltungsmodalitäten der Urnen teilen mit, dass viele der Urnen auf nicht nachvollziehbaren Wegen zu ihnen gelangt sind und dass es zunehmend unmöglich wird, zu verifizieren, ob all die Überreste der Kriegstoten in ihrer Verwahrung auch tatsächlich von Militärpersonal stammen. Die zuständigen Stellen haben auch immer größere Probleme, die Asche der Toten an ihre Angehörigen weiterzuleiten, die häufig nicht mehr unter den angegebenen Adressen aufzufinden sind, weil ihre Häuser ausgebombt wurden. Außerdem ist das Fehlen möglicher Empfangsberechtigter häufig genug darauf zurückzuführen, dass diese inzwischen selbst umgekommen sind …

Leere Mägen, verlorene Träume …

Bis zu diesem Juni erhielten die Ämter für Demobilisierung für die Verwaltung der Urnen jeweils fünfzehn Yen. Seit Juni sind diese Mittel allerdings gestrichen. Das Fehlen dieser Gelder macht es den Behörden unmöglich, die Anfertigung neuer Schachteln in Auftrag zu geben, in denen die Asche aufbewahrt wird. Im Augenblick werden die neuen Schachteln noch aus eingelagertem Holz angefertigt, doch wird bald der Tag kommen, an dem die Asche der Kriegstoten ihren Angehörigen in einfachem braunen Packpapier zugestellt werden muss …

Sie sind hungrig, sie hungern …

Männer reden im Schlaf von den Toten, erinnern sich an sie. An ihre Väter, Mütter, Frauen und Liebhaberinnen. An ihre Familie, Freunde, Kollegen und Kameraden. Die Männer träumen von Geistern und Dämonen …

Ihre Herren sind fort …

Den Rest der Nacht habe ich auf diesem geliehenen Stuhl verbracht, meinen Kopf auf den geliehenen Tisch gelehnt. Ich habe die Augen geschlossen, aber nicht geschlafen. Nun schlage ich die Augen auf, wache aber nicht auf. Ich lese die Berichte. Ich lese alte Zeitungen. Der neue Morgen bricht an, aber er kommt mir immer noch alt vor. Tot. Wie das letzte Licht am Beginn einer langen Nacht. Verloren und tot. Hier kann es keinen neuen Morgen geben. Ich setze mich aufrecht hin und sehe mich um. Kein Fujita. Ich schließe wieder die Augen.

Heute Nacht werde ich schlafen. Heute Nacht …
Ich schlage sie wieder auf. Ich sehe zu dem Polizeibeamten auf.
Er hält ein Telegramm in der Hand.

Vier Beamte aus Takanawa knöpfen sich ihre Uniformen auf. *Moskitos umschwirren sie.* Sie entkleiden sich bis auf die Unterwäsche. *Die Moskitos greifen an.* Die vier Beamten springen in den Shiba-Kanal. *Das Wasser stinkt.* Sie schwimmen zu der Holztür, die im Kanal treibt. *Das Wasser ist schwarz.* Sie schieben die Tür an das Ufer, wo wir alle stehen. *In der Sonne.* Der Chef nickt. *In der Hitze.* Sie drehen die Tür um. *Ich fluche.* Die Leiche eines Ertrunkenen, nackt, an die Tür gefesselt.
Hayashi Jo, nackt und an die Rückseite einer Tür gefesselt …
Gefesselt, und seine Hände und Füße an die Tür genagelt …
An die Tür genagelt …
Dann wurde die Tür in den Kanal geworfen …
Hayashi mit dem Gesicht nach unten im Wasser …
Mund und Lungen voll …
Er treibt dahin und ertrinkt …
Gefesselt und angenagelt …
Ich kniee vor ihm hin. »Hayashi Jo von der Minpo*«, sage ich.*

War es Senju oder Fujita? Keiner kennt seinen Namen. Alle kennen seinen Namen. *Fujita oder Senju?* Keiner interessiert sich dafür. Alle interessieren sich dafür. *Senju oder Fujita?* Tag ist Nacht. Nacht ist Tag. *Fujita oder Senju?* Schwarz ist weiß. Weiß ist schwarz. *Senju oder Fujita?* Männer sind Frauen. Frauen sind Männer. *Fujita oder Senju?* Die Mutigen sind verängstigt. Die Ängstlichen mutig. *Senju oder Fujita?* Die Starken sind schwach. Die Schwachen sind stark. *Fujita oder Senju?* Die Guten sind die Bösen. Die Bösen sind die Guten. *Senju oder Fujita?* Kommunisten gehören freigelassen. Kommunisten gehören eingesperrt. *Fujita oder Senju?* Streiks sind legal. Streiks sind illegal. *Senju oder Fujita?* Demokratie ist gut. Demokratie ist schlecht. *Fujita oder Senju?* Der Angreifer ist Opfer. Das Opfer ist Angreifer. *Senju oder Fujita?* Die Gewinner sind die Verlierer. Die Verlierer sind die Gewinner. *Fujita oder Senju?* Japan hat den Krieg verloren. Japan hat den Krieg gewonnen. *Senju oder Fujita?* Die Lebenden sind die Toten. Die Toten sind die Lebenden. *Fujita oder Senju?* Ich lebe. Ich bin tot.

Senju oder Fujita? Fujita oder Senju?

Ich bin einer der Glücklichen.

Zwei Tote, acht Verletzte in Shimbashi; die Leiche im Shiba-Kanal; eine entsetzliche Nacht, ein schlimmer Morgen. Und die Sieger wollen Antworten; die Sieger haben den Leiter der Abteilung Öffentliche Sicherheit einbestellt. Jetzt wartet der Chef auf Antworten und hat uns alle zurück ins Präsidium einbestellt.

Die Leiter aller Sektionen. Die Leiter aller Abteilungen …

»Es wird keinen Bandenkrieg geben«, erklärt der Chef. »Ich werde die Schließung aller Märkte anordnen. Ich werde im Generalhauptquartier der Amerikaner um Verstärkung durch die 8. Armee bitten. Es wird in Tokio unter keinen Umständen einen Bandenkrieg geben … Die glauben wohl, sie könnten machen, was sie wollen«, fährt er fort. »Sie erkennen einfach nicht die Hilfe an, die wir ihnen zuteilwerden lassen. Sie erkennen nicht den Schutz an, den wir ihnen gewähren. Sie begreifen nicht, wie viel Ärger wir ihnen ersparen. Alles, worum ich bitte, ist Frieden.«

»Allerdings sind es nicht unsere ortsansässigen Banden, die damit begonnen haben«, meint Kanehara. »Es sind Formosaner und Chinesen vom Festland, die in die Märkte drängen …«

»Und die Koreaner«, fügt Inspektor Adachi hinzu.

»Und die Amerikaner schützen sie«, erklärt Kanehara. »Die lassen einfach zu, dass diese *Einwanderer* tun, was sie wollen, und bestrafen die einfachen *tekiya*, die nur ihre Stände betreiben wollen …«

»Und wir können nichts dagegen unternehmen«, greift Adachi auf. »Denn wenn die Polizei sich scheinbar auf die Seite der Japaner schlägt und gegen die Formosaner oder Koreaner eingreift, dann riskieren wir eine Säuberung wegen Diskriminierung der Einwanderer und Rückwendung zur alten japanischen Haltung, weil wir Menschenrechte missachten und demokratische Freiheiten unterlaufen. Aber wenn nicht wir, die Polizei, wer ist denn dann noch da, außer den Banden selbst, um die Menschenrechte zu schützen und die demokratischen Grundsätze zu bewahren, um Leben und Lebensunterhalt der *tekiya* zu sichern?«

»Teilen und erobern«, bemerkt Kanehara. »Teilen und herrschen.«

»Das weiß ich alles, und das werde ich ihnen auch sagen«, erklärt der Chef. »Aber Sie sagen Ihren Männern in den Banden, dass sie sich entscheiden müssen ...«

Er kämpft um seine Rechte, um seine Freiheiten ...

»Entweder offener Krieg«, sagt er. »Oder offene Märkte.«

Sie werden Hayashis Namen herausfinden und seinen Wohnort aufsuchen. Sie werden mit Hayashis Familie reden und sein Büro aufsuchen. Sie werden mit Hayashis Kollegen reden und seine Storys lesen. Sie werden sich mit seinen Kontaktleuten unterhalten. Sie werden Hayashis Notizen finden. Sie werden mit Hayashis Spitzeln reden, und die werden es ihnen verraten.

Sie werden ihnen meinen Namen verraten, und dann kommen sie zu mir.

So wie wir heute zu Kodaira Yoshio gekommen sind.

Nichts rührt sich auf den Straßen von Shibuya. Es ist fast Mittag am heißesten Tag des Jahres. Nichts rührt sich außerhalb des Hauses in Hanezawamachi. 33 Grad im Schatten. Abteilung zwei ist als Nachhut von Abteilung eins hier. Jeweils zwei Mann in jeder Ecke. In jeder Gasse. In jeder Tür. Inspektor Kai führt das Kommando. Er hält eine Trillerpfeife in der Hand und schaut erneut auf die Uhr. *Chiku-taku.* Er legt die Pfeife an die Lippen.

Durch die Haustür, die Treppe hinauf. Hinein in das Zimmer im zweiten Stock, in dem Kodaira Yoshio nackt unter einem Moskitonetz schläft; seine Frau bedeckt sich die Brüste und streckt die Hand nach ihrem Kind aus.

Kodaira Yoshio wird an seinen Füßen unter dem Netz hervor auf die Tatamis und dann die Treppe hinuntergeschleift.

Kodaira zieht sich noch Hose und Hemd an. Er knöpft sich im Gehen das Hemd zu und steigt in seine Armeestiefel.

Auf dem Rücksitz des Wagens. *Noch ein Mann mittleren Alters.* Kodaira reibt sich den Schädel und kratzt sich an den Hoden. Hinten im Wagen. *Hageres Gesicht.* Kodaira blinzelt, reibt sich die Augen. Hinten im Auto. *Lichter werdendes Haar.* Kodaira grinst und lacht. Hinten im Auto. *Kodaira sieht aus wie Kai, wie Kanehara, wie ich …*

Wie ich …

Auf der Straße und dem Aufgang zum Polizeirevier Atago wimmelt es nur so vor Presseleuten. *Kodaira nimmt eine Zigarette an.* Der Wagen biegt zurück auf die Sakurada-dōri und dann rechts ein in die Meguro-dōri. *Kodaira unterhält sich über das Wetter.* Wieder biegt der Wagen rechts ab, in die Yamate-dōri, und folgt dem Meguro bis zum Polizeirevier.

Kodaira spricht mit Bedacht. Er spricht mit kraftvoller Stimme …

Hier wird Kodaira Yoshio befragt werden.

Kodaira grinst und lacht …

Hier wird er gestehen.

Doch die Polizeibeamten in Meguro sind sauer. Sie sind seit dem Fund der beiden Leichen im Shiba-Park nur noch als Handlanger eingesetzt worden. Und jetzt werden die Männer auch noch aus ihren eigenen Büros geworfen. Man lässt sie im Unklaren, sie werden nicht informiert, sie stehen nur mürrisch da und schwitzen.

Zwei Männer aus Abteilung eins führen Kodaira die Treppe hoch.

Sie geben ihm Tee und eine Zigarette.

Dann lassen sie ihn trinkend und rauchend zurück.

Er muss warten. Damit er Zeit zum Nachdenken hat.

Hauptkommissar Kanehara, Inspektor Kai und die anderen aus Abteilung eins besetzen ein anderes Büro den Flur entlang, räumen Tische und leeren Schubladen, schieben Akten beiseite und stibitzen Bleistifte.

Die Beamten aus Meguro schauen nur fluchend zu, verschwinden mürrisch und schwitzend aus den Räumen, noch immer im Unklaren, nicht informiert.

Ich setze mich auf einen freien Stuhl hinten am Fenster, während Kanehara und Kai die Verhörstrategie festlegen, welche Fragen sie stellen werden, welche nicht.

Dann kehrt Adachi zurück, hält ein Telegramm in der Hand und lächelt. »Das hier habe ich gerade aus Nikkō bekommen. Er hat schon früher einen Mord begangen.«

»Wir beide haben das schon mal gesehen, Inspektor. Erinnern Sie sich noch?«

Kai springt wieder auf und sagt: »Los geht's!«

»Haben Sie die Akte gefunden, Inspektor? Die Akte Miyazaki …«

»Immer langsam, immer langsam«, meint Kanehara lächelnd. »Einen Schritt nach dem anderen.«

Ich folge Adachi, Kanehara und Kai hinaus auf den Flur und ins Verhörzimmer. Niemand bittet mich hinzu. Niemand weist mich ab. Ich setze mich an die Tür und sage kein Wort. Der Raum ist hell und kahl bis auf einen Tisch und sechs Stühle. Adachi, Kanehara und Kai sitzen am Tisch gegenüber von Kodaira, der Stenograf daneben, mit Stift und Papier.

Kodaira Yoshio hat die Hände auf dem Tisch liegen und lächelt.

Kai fragt ihn: »Wann wurden Sie geboren?«

»Im 38. Jahr der Regentschaft des Kaisers Meiji«, antwortet Kodaira. »Im ersten Monat, am 28. Tag …«

Das ist der 28. Januar 1905 …

»Und wo wurden Sie geboren?«

»Präfektur Tochigi.«

»Wo in der Präfektur Tochigi?«

»Kami Tsuga-gun, Nikkō-chō, Ōaza-Hosō.«

»Sie sind der älteste Sohn Ihrer Familie?«

»Nein«, antwortet Kodaira. »Ich bin der sechste Sohn.«

»Lebt Ihr Vater noch?«

»Nein.«

»Woran starb Ihr Vater?«

»An einer Hirnblutung.«

»Und wann starb er?«

»Vor zehn Jahren.«

Kai nickt und fragt: »Welcher Arbeit ging Ihr Vater nach?«

»Nun, wir hatten Land, einen Bauernhof und eine Gaststätte«, antwortet Kodaira. »Aber er trank, hielt Frauen aus, spielte und verlor alles.«

»Also war er bankrott?« fragt Kai. »Und arbeitslos?«

»Nein«, antwortet Kodaira. »Er hat stets gearbeitet. Seine letzte Stelle war die als Schmierer in einer Eisengitterfabrik.«

»Was ist mit Ihrem ältesten Bruder?« fragt Kai.

»Der ist auch tot«, antwortet Kodaira.

»Wann ist er gestorben?«

»Dieses Jahr.«

»Und als was hat er gearbeitet?«

»Er hatte nichts Festes«, antwortet Kodaira lächelnd. »Zuerst hat er in der Kupferhütte in Nikkō gearbeitet. Die Arbeit hat er aufgegeben und ist dann nach Tokio gekommen, aber ich weiß nicht, was er hier gemacht hat. Ich habe ihn in Tokio niemals getroffen.«

»Und wer ist nun Oberhaupt der Familie?«

»Wahrscheinlich mein zweitältester Bruder, nehme ich an«, antwortet Kodaira schulterzuckend. »Aber ich sehe sie nie. Ich bin eigentlich nie dort.«

»Aber Sie haben doch noch Familie in Nikkō-chō?«

»Ja«, antwortet Kodaira und nickt.

»Lassen Sie uns ein wenig über Sie reden«, sagt Kai. »Sie sind in Nikkō-chō geboren? Sind Sie dort zur Schule gegangen?«

»Ich habe in Nikkō die Schule beendet, ja.«

»Und was haben Sie dann getan?« fragt Kai. »Nach der Schule?«

»Ich bin von zu Hause fort und habe mich in Tokio niedergelassen.«

»Und wann war das? Wie alt waren Sie da?«

»Ich werde so etwa vierzehn gewesen sein, glaube ich.«

»Das wäre also …«, überschlägt Kai. »Etwa im siebten Jahr Taishō? Kommt das hin?«

»Kommt hin«, bestätigt Kodaira. »Aber ich weiß es nicht mehr so genau. Ich weiß nur, dass ich etwa vierzehn war.«

»Und wo haben Sie gearbeitet?«

»In einem Stahlwerk in Ikebukuro«, antwortet er. »Dem Toyo Stahlwerk. Aber da war ich nicht sehr lange …«

»Warum?« fragt Kai. »Wurden Sie gefeuert?«

»Nein«, antwortet Kodaira lachend. »Ich hatte eine bessere Arbeit gefunden.«

»Und wo?«

»Im Lebensmittelgeschäft Kameya.«

»In der Ginza?«

»Ja.«

»Das ist ein sehr renommiertes Geschäft«, sagt Kai. »Und wie lange haben Sie dort gearbeitet?«

»Nur zwei Jahre.«

»Warum?«

»Mir wurde es dort zu langweilig«, antwortet Kodaira. »Die Arbeitszeiten waren lang, die Bezahlung schlecht, und die Arbeit selbst bestand nur aus Kistenschleppen und dergleichen …«

»Und was haben Sie dann gemacht?« will Kai wissen.

»Ich bin nach Nikkō zurückgekehrt.«

»Nach Hause?«

»Ja.«

»Und in welchem Jahr war das?« rechnet Kai wieder. »Als Sie aus Tokio weggingen? Drei Jahre später? Zehntes Jahr Taishō?«

»Kommt ungefähr hin, ja«, bestätigt Kodaira.

»Und fanden Sie dort Arbeit?«

»Ja. Ich habe für Furukawa gearbeitet.«

»Das ist die große Kupferhütte, richtig?«

»Wo mein Bruder gearbeitet hat, ja.«

»Wie lange waren Sie dort?«

»Ich habe da bisher zwei Mal gearbeitet«, antwortet Kodaira. »Das erste Mal war ich dort, bis ich einberufen wurde.«

»Wann war das?«

»Das war im sechsten Monat des zwölften Jahres Taishō.«

»Also 1923«, sagt Kai. »Vor dem Großen Erdbeben.«

»Ja«, meint Kodaira lachend. »Ich habe Glück gehabt.«

»Waren Sie in der Armee oder bei der Marine?«

»Ich habe mich für die Marine gemeldet«, antwortet er. »Und ich wurde zum Marineinfanteriekorps in Yokosuka einberufen.«

»Als was?«

»Als Erstes wurde ich auf dem Marineschulschiff *Yakumo* zum Maschinisten ausgebildet, dann war ich auf den Kriegsschiffen *Yamashiro*, *Kongō* und *Manshu*, danach auf dem U-Boot *I-Gō*.«

»Immer als Maschinist?«

»Nein, nein«, antwortet er. »Später war ich bei der kämpfenden Einheit. Ich war bei den Marineinfanteristen in Shandong stationiert.«

»Sie haben also am Kampf teilgenommen?«

»Natürlich«, lacht er.

»Also müssen Sie auch während des Jinan-Zwischenfalls gekämpft haben?«

»Natürlich«, wiederholt Kodaira. »Während des Zwischenfalls selbst gehörte ich zu dem ersten Angriffsbataillon auf das Depot der Nördlichen Eisenbahn, dann war ich Teil der Verteidigungstruppen vor der Nissei Bōseki Spinnerei …«

»Also haben Sie viele Menschen getötet?«

»Aber ja«, sagt er lächelnd. »In Jinan habe ich sechs Chinesen mit dem Bajonett erledigt, und dann gab es noch andere …«

»Wie lange haben Sie gedient?«

»Ich habe meine sechs Jahre abgeleistet, dann wurde ich als Marineunteroffizier ersten Grades entlassen und erhielt das Ehrenabzeichen der Weißen Paulownienblüte des Ordens der Aufgehenden Sonne.«

»Meinen Glückwunsch«, sagt Kai.

Kodaira senkt das Haupt.

Kai reicht Kodaira eine Zigarette; wir stehen alle auf und lassen ihn zum Rauchen allein.

In Frieden …

Auf dem Flur vor dem Verhörzimmer starrt Adachi die Wand an, Kanehara liest das Telegramm aus Nikkō, und Kai raucht.

Dann wendet sich Hauptkommissar Adachi lächelnd an mich und fragt: »Sie haben doch auch in China gedient, Inspektor?«

»Ja«, antworte ich. »Ich war bei der Armee.«

»Und wie alt sind Sie jetzt?«

»Einundvierzig.«

»Genauso alt wie er also.«

Das Licht lässt schon nach. Die Schatten reichen von der Wand bis zum Boden. Kodaira hat die Zigarette zu Ende geraucht. Er besieht sich seine Fingernägel. Ich setze mich wieder an die Tür. Ich sage kein Wort. Adachi, Kanehara und Kai nehmen wieder Kodaira gegenüber Platz.

Kanehara beugt sich vor und fragt ihn: »Und als Sie entlassen wurden, sind Sie wieder nach Nikkō gegangen?«

»Ja«, antwortet Kodaira. »Ich habe wieder für Furukawa gearbeitet.«

»Und wie war das Zivilleben nach der Marine?«

»Ganz gut für eine Weile …«

»Wie das?«

»Ich habe geheiratet.«

»Und das war Ihre erste Frau?« fragt Kanehara.

»Ja. Meine erste.«

»Nicht Ihre gegenwärtige Frau?«

»Nein«, antwortet Kodaira.

»Und wie haben Sie Ihre erste Frau kennengelernt?«

»Der Direktor der Fabrik hat sie mir vorgestellt«, sagt er. »Sie war die Tochter seiner Schwester, seine Nichte.«

»Wie alt waren Sie beide?«

»Sie war einundzwanzig und ich vielleicht achtundzwanzig.«

»Und was ist passiert?«

»Wir lebten etwa ein halbes Jahr zusammen«, antwortet er. »Doch dann ist sie zu ihren Eltern zurückgegangen.«

»Warum?«

»Sie ging, um ihnen bei der Reisaussaat zu helfen, aber sie kam nicht wieder zurück.«

»Warum nicht?«

»Weil ihre Familie wollte, dass sie sich scheiden ließ.«

»Warum?«

»Weil ich eine Affäre mit einer anderen Frau hatte und diese schwanger geworden war.«

»Dann müssen Sie doch froh gewesen sein, sich scheiden zu lassen?«

Da ist etwas, irgendetwas in seinem Blick …

»Nein«, antwortet er. »Ich war gedemütigt.«

In seinen Augen blitzt etwas auf …

»Und was haben Sie dann gemacht?«

Eine Taschenlampe in der Dunkelheit …

»Das wissen Sie doch schon.«

Tod …

Kanehara schaut auf das Blatt Papier vor sich auf dem Tisch. Er nickt und sagt: »Bitte erzählen Sie es uns noch einmal. In Ihren eigenen Worten. Sagen Sie uns, was passiert ist …«

»Ich bin zu ihrem Haus gegangen.«

»Wessen Haus war das?«

»Das Haus ihrer Familie.«

»Und wann?«

»Um Mitternacht des ersten Tages im siebten Monat des siebten Jahres der Regentschaft des Kaisers Shōwa.«

1. Juli 1932 …

»Und …?«

»Ich bin um neun Uhr früh aus meinem Haus gegangen. Ich bin zum Haus der Familie meiner Frau gegangen. Ich habe das Haus bei Tageslicht gründlich kontrolliert und dann bis zum Einbruch der Dunkelheit gewartet.«

»Und …«

»Gegen Mitternacht bin ich eingebrochen.«

»Und …«

»Ich bin von Zimmer zu Zimmer gegangen.«

»Und …«

»Ich habe sie im Schlaf verdroschen.«

»Womit?«

»Mit einer Eisenstange.«

»Erinnern Sie sich noch an die Eisenstange?« fragt Kanehara. »Können Sie sie mir beschreiben?«

»Natürlich erinnere ich mich daran«, antwortet Kodaira. »Die Eisenstange war etwa 80 Zentimeter lang, hatte einen Durchmesser von fünf Zentimetern und wog etwa vier Kilogramm.«

»Wie viele Familienangehörige haben Sie damit geschlagen?«

»Sechs oder sieben, glaube ich.«

»Wie viele haben Sie umgebracht?«

»Nur ihren Vater.«

Kanehara nickt. »Sie wurden vom Obersten Gericht in Tokio im Februar 1933 zu fünfzehn Jahren Haft verurteilt.«

»Fünfzehn Jahre«, bestätigt Kodaira. »Später wurde das Strafmaß herabgesetzt.«

»Und wie lange waren Sie im Gefängnis?«

»Etwa sechseinhalb Jahre.«

»In Kosuge? In Tokio?«

»Ja.«

»Und Sie wurden aufgrund der Kaiserlichen Amnestie von 1940 entlassen?«

»Ja«, antwortet Kodaira. »Dank der Gnade des Kaisers.«

»Und was haben Sie nach Ihrer Entlassung gemacht?«

»Ich bin zu den heißen Quellen von Kusatsu gefahren.«

»Wie lange sind Sie dort geblieben?«

»Ein halbes Jahr etwa.«

»Haben Sie gearbeitet?«

»Eigentlich nicht«, antwortet er. »Ich habe mich von meinem Gefängnisaufenthalt erholt.«

»Und dann sind Sie nach Tokio zurückgekehrt, um zu arbeiten?«

»Ich habe als Heizer gearbeitet, ja.«

»Für welche Firmen?«

»Vier oder fünf verschiedene«, sagt er. »Aber ich kann mich nicht an alle Namen erinnern. Das war, bevor ich nach Saipan ging.«

»Wie sind Sie an diese Arbeit gekommen?«

»Ich wurde einberufen.«

»Trotz Ihrer Vorstrafe?«

Kodaira Yoshio zuckt mit den Schultern und lächelt. »Sie haben mich nie danach gefragt, und ich habe es ihnen gegenüber nicht erwähnt.«

»Und welche Arbeit haben Sie in Saipan geleistet?«

»Ich habe beim Straßenbau gearbeitet und eine Rollbahn gebaut.«

»Wie lange haben Sie in Saipan gearbeitet?«

»Ich hatte wieder mal Glück«, antwortet er. »Ich bin dort im April 1942 fort.«

»Also sind Sie wieder nach Tokio zurückgekehrt?«

»Ja, ich habe für Nihon Stahlwerke in Kamata gearbeitet.«

»Und wie lange?«

»Etwa ein halbes Jahr.«

»Und was dann?«

Kodaira hält kurz inne, zuckt dann mit den Schultern und sagt: »Ich wurde der Abteilung Marinebekleidung bei Shinagawa zugeteilt.«

»Wir beide haben das schon mal gesehen, Inspektor. Erinnern Sie sich noch?«

»Wer genau hat Ihnen die Arbeit bei der Marinebekleidung zugeteilt?«

»Haben Sie die Akte gefunden, Inspektor …?«

»Ich wurde vom örtlichen Amt für Arbeitsmobilisierung in Gotanda der Abteilung Marinebekleidung zugeteilt …«

»Und als was?«

»Heizungsmechaniker.«

»Und wann war das?«

»Im August 1944.«

»Und dann?«

Kodaira zuckt wieder mit den Schultern und antwortet: »Dann habe ich geheiratet. Ich habe ein Kind.«

»Mit Ihrer gegenwärtigen Frau?« fragt Kanehara.

»Ja.«

»Wie haben Sie Ihre neue Frau kennengelernt?«

»Über einen Freund.«

»Und wann haben Sie geheiratet?«

»Letzten Februar.«

»Und Sie arbeiten noch immer für die Marineversorgung?«

»Damals schon«, antwortet er. »Bis Juni letzten Jahres.«

»Was ist passiert?«

»Nichts«, antwortet er. »Ich habe gekündigt.«

»Warum?«

»Ich hatte meine Frau und das Baby zu ihren Eltern in Toyama evakuiert und ein Haus in Wakagi-chō in Shibuja gemietet …«

»Ist das das Haus, in dem Sie jetzt wohnen?«

»Nein«, antwortet er. »Das alte Haus, das wir gemietet hatten, ist bei den Luftangriffen im Mai abgebrannt, und da habe ich dann bei der Marineversorgung gekündigt und bin zu meiner Frau und unserem Kind nach Toyama gezogen.«

»Konnten Sie denn in Toyama Arbeit finden?«

»Wir wohnten mit dem älteren Bruder meiner Frau zusammen, und der hat mir Arbeit bei einem Wachdienst beschafft.«

»Wo war das?«

»Bei Fuji Seikō-zai in Higashi Toyama.«

»Und wann sind Sie wieder hierher zurückgekommen?«

»Etwa eine Woche nach der Kapitulation.«

»Und was haben Sie getan?«

»Na ja, ich habe mir etwas Geld von einem Makler geliehen«, antwortet er. »Ich wollte Toyama-Medizinkästen von Tür zu Tür verkaufen.«

»Und wie lange hatten Sie diese Arbeit?«

»Nicht sehr lange«, lacht er. »Nur bis ich den Makler ausbezahlen konnte. Im November letzten Jahres …«

»Und wann haben Sie in der Wäscherei Shinchū Gun zu arbeiten begonnen, für die Besatzungsarmee?«

»Meine Frau und das Kind kamen im Dezember nach Tokio zurück«, antwortet er. »Also muss ich wohl im März dieses Jahres in der Wäscherei angefangen haben.«

»Vielen Dank«, sagt Kanehara. »Sie waren sehr hilfsbereit und kooperativ. Wir werden Ihnen etwas Ruhe gönnen, Tee bringen, und dann kommen wir wieder und stellen Ihnen noch weitere Fragen.«

Kodaira Yoshio lächelt und nickt.

»Allerdings werden sich diese Fragen nicht um Ihr Leben drehen«, fährt Kanehara fort. »Auch nicht um die Familie oder die Arbeit. Es werden andere Fragen sein. Können Sie sich denken, worum es bei diesen Fragen gehen wird?«

Kodaira ist das Lächeln vergangen; er schüttelt den Kopf …

Jetzt lächelt Kanehara. »Ich denke schon ...«

Immer wieder schüttelt Kodaira den Kopf ...

»Diese Fragen werden sich um Midorikawa drehen ...«

Immer und immer wieder ...

»Midorikawa Ryuko ...?«

Immer und immer wieder ...

»Ziehen Sie Hemd und Hose aus; wir sind bald wieder da.«

Im Flur vor dem Verhörzimmer starrt Adachi wieder die Wand an; Kanehara geht noch einmal die Notizen durch; Kai raucht.

Adachi wendet sich erneut an mich und fragt: »Abteilung für Marinebekleidung in Shinagawa – klingelt da was bei Ihnen?«

»Nein«, antworte ich. »Bei Ihnen vielleicht?«

»Nein«, sagt er. »Ich bin schon völlig taub von dem ganzen Lärm.«

Es ist dunkel. Der Tisch ist verschwunden. Die Stühle ebenfalls. Auch der Stenograf. Alle Zigaretten sind geraucht. Der Tee ist ausgetrunken. Der Raum voller Schatten. Zehn Polizisten marschieren in den Raum. Zehn Polizisten mit Bambusstöcken. Sie bauen sich gegenüber von Kodaira Yoshio auf. Kodaira in Unterwäsche. Kodaira mit gesenktem Haupt. Kodaira, dessen Tränen auf den Boden fallen ...

Hauptkommissar Adachi tritt auf ihn zu.

»Mit Ihren eigenen Worten, bitte«, sagt er.

»Ich bin Midorikawa Ryuko vor etwa zwei Monaten auf dem Bahnhof Shinagawa begegnet. Es hatte an dem Tag ein Eisenbahnunglück gegeben, deshalb war es auf dem Bahnsteig brechend voll. Ich sah Midorikawa Ryuko auf dem Bahnsteig auf und ab gehen. Ich hatte etwas Brot von der Shinchū Gun bei mir. Als sie vorbeikam, bot ich ihr die Hälfte davon an, und sie nahm es und aß es sofort auf. Sie tat mir leid, also habe ich ihr auch die andere Hälfte gegeben, und sie blieb in meiner Nähe ...«

»Also war es Midorikawa, die Ihnen folgte, nicht umgekehrt.«

»Wir stiegen gemeinsam in den Zug nach Meguro; unterwegs schob ich ihr die Hand unter den Rock und streichelte sie. Ryuko hatte nichts dagegen, und als wir ausstiegen, schrieb sie sich von meinem Pass die Adresse ab. Sie hat mich drei Mal zu Hause besucht.«

»Offenbar mochte sie die Hand unter dem Rock. Es muss ihr wohl gefallen haben, gestreichelt zu werden.«

»Ich traf Ryuko am 6. August gegen 10.00 Uhr am Osteingang zum Bahnhof Shinagawa wieder. Ich hatte ihr gesagt, ich könne ihr dabei behilflich ein, eine Arbeit bei der Shinchū Gun zu finden, doch als Erstes müsse sie eine schriftliche Prüfung in der Kaserne machen; um die Kaserne zu betreten, bräuchte sie eine Erlaubnis; um diese Erlaubnis zu bekommen, müssten wir in den American Club in Marunouchi. Das war alles gelogen. Aber ich sagte ihr, sie solle mir folgen, also führte ich sie den Hügel in Shinagawa hinauf ...«

»Und wieder folgte ihnen Midorikawa, oder? Sie haben sie nicht etwa dorthin geschleift, oder?«

»Wir suchten uns ein ruhiges Fleckchen und setzten uns nebeneinander hin; dann aßen wir aus unseren *bentō*-Boxen. Doch schon beim Essen konnte ich den Blick nicht von ihren Brüsten wenden, ich nahm ihren Duft wahr, und die ganze Zeit über wollte ich sie haben, aber sie sagte, sie wolle nicht sofort, nicht an diesem Ort. Ich war wütend und enttäuscht, also verpasste ich ihr eine Ohrfeige und zog ihr die Unterwäsche aus und nahm sie, auf der Stelle, obwohl ich wusste, dass es falsch war. Ich habe einfach die Kontrolle verloren ...«

»Aber Sie waren schon mal dort gewesen, sie hatten Ihre Finger schon mal unter ihrem Rock ...«

»Als ich fertig war, hörte sie nicht auf zu weinen, und da habe ich sie erdrosselt.«

»Sie hat sich vorher noch nie aufgeregt, oder? Sie ist doch immer zu Ihnen gekommen, oder?«

»Ich habe sie mit ihrem eigenen *haramaki* erdrosselt.«

»Sie haben das nicht geplant ...«

»Dann habe ich die Leiche entkleidet und ...«

»Sie hatten Angst ...«

»... bin weggelaufen.«

Auf dem Flur außerhalb des Verhörzimmers gratulieren Kanehara und Kai Hauptkommissar Adachi. *Fall abgeschlossen.* Kanehara und Kai sagen zu Adachi, was für großartige Arbeit er geleistet habe. *Fall ab-*

 geschlossen. Auf dem Flur außerhalb des Verhörzimmers gratuliert Hauptkommissar Adachi Kanehara und Kai. *Fall abgeschlossen.* Adachi sagt zu Kanehara und Kai, welch großartige Arbeit sie geleistet hätten. *Fall abgeschlossen. Fall abgeschlossen. Fall abgeschlossen. …*

Sie werden heute Abend gut essen, die Gläser erheben.

Sie werden alte Lieder singen, ihre Siegeshymnen.

»Sie haben ja gesehen, wie das geht«, meint Kai zu mir. »Viel Glück.«

Sie haben das Licht angeschaltet und den Tisch wieder aufgestellt. Sie haben Kodaira Yoshio seinen Stuhl zurückgegeben und auch seine Kleidung. Sie haben ihm Tee und Zigaretten gebracht.

Kodaira lächelt. Grinst. Lacht …

»Gibt es sonst noch etwas, das Sie mir erzählen wollen?« frage ich.

»Was denn?« fragt er zurück. »Etwas wie das mit Midorikawa?«

»Das ist nicht das erste Mal, dass Sie gemordet haben, richtig?«

»Das wissen Sie doch schon«, antwortet er. »Hab ich doch gesagt.«

»Dann sagen Sie es mir bitte noch einmal …«

»Wozu?« lacht er.

»Sagen Sie es!«

Er zuckt mit den Schultern. »Ich habe meinen Schwiegervater umgebracht.«

»Und?«

»Und ich habe Ihnen gerade gesagt, ich habe Midorikawa umgebracht.«

»Und?«

»Und ich habe sechs chinesische Soldaten umgebracht.«

»Und?«

Er schüttelt den Kopf und fragt: »Und was?«

»Und wie viele andere haben Sie noch umgebracht?«

»Wo? In China?«

»Erzählen Sie mir von den anderen …«

»Waren Sie Soldat, Herr Inspektor?« fragt Kodaira. »Haben Sie gekämpft?«

»Ich rede nicht von China«, entgegne ich. »Ich meine hier.«

Doch wieder fragt er: »Haben Sie gekämpft?«

»Ja«, antworte ich. »In der Armee. In China.«

»Dann haben Sie gesehen, was ich gesehen habe«, meint er. »Sie haben getan, was ich getan habe.«

Halb ausgegorene Gedanken bilden sich. Im Dämmerlicht. Zwielichtige Dinge geraten in Bewegung …

»Ich rede nicht von China«, sage ich zu Kodaira. »Im Shiba-Park ist noch eine zweite Leiche gefunden worden. Ein zweites Mädchen.«

Ton-ton. Ton-ton. Ton-ton. Ton-ton. Ton-ton …

Kodaira zuckt wieder mit den Schultern und schüttelt den Kopf.

»Ein weiteres totes Mädchen von siebzehn oder achtzehn Jahren …«

Ton-ton. Ton-ton. Ton-ton …

Er schüttelt den Kopf und senkt das Haupt.

»In einem gelb und dunkelblau gestreiften Trägerkleid, einer weißen kurzärmligen Bluse, rosafarbenen Socken und weißen Leinenschuhen mit roten Gummisohlen …«

Ton-ton. Ton-ton. Ton-ton …

Er zuckt mit den Schultern. Schüttelt den Kopf, senkt das Haupt und sagt: »Ich war's nicht, Herr Kommissar …«

Ton-ton. Ton-ton …

Ich stehe auf und gehe.

Ton-ton …

»Tut mir sehr leid«, sagt Kodaira. »Aber ich war's nicht, Soldat.«

Ich halte mich vom Präsidium fern. *Sie werden seinen Namen herausgefunden haben.* Sie werden feiern. *Sie werden mit seiner Familie gesprochen haben.* Sie werden gut essen. *Sie werden sein Büro aufgesucht haben.* Sie werden ihre Gläser erheben. *Sie werden sich mit seinen Kollegen unterhalten haben.* Sie werden ihre Krawatten abbinden. *Sie werden seine Storys gelesen haben.* Sie werden sich die Krawatten um die Stirn binden. *Sie werden mit seinen Kontaktleuten gesprochen haben.* Sie werden ihre Lieder singen. *Sie werden seine Notizen entdeckt haben.* Ihre Durchhaltelieder. *Sie werden mit seinen Spitzeln geredet haben. Sie werden meinen Namen herausgefunden haben.* Ihre Kampflieder. *Sie werden mich holen …*

Fall abgeschlossen. Fall abgeschlossen. Fall abgeschlossen …

Sie werden ihre Siegeshymnen grölen.

Chiku-taku. Chiku-taku …

Die Nacht ist drückend, die Hitze dunkel; der Shimbashi-Markt verlassen, bis auf ein paar Standbesitzer hier und da, die in kleinen Gruppen herumstehen und zuschauen, wie die Schilfwände eingerissen werden, *mechiru-arukōru*, hochprozentigen Alkohol, trinken und die Zeichen lesen, solange sie noch können:

Vorübergehend geschlossen. Es werden alle Anstrengungen unternommen, den Markt so bald wie möglich wieder zu öffnen …

Keine Töpfe, keine Pfannen. Keine Sardinen oder gebrauchte Anzüge …

Kein Dosenobst, keine Armeestiefel …

Keine Sieger auf der Treppe …

Kein roter Apfel an meinen Lippen …

»Der Boss hat auf dich gewartet«, sagt einer von Senjus Männern in neuem Anzug, während mich zwei weitere Schlägertypen in neuen Anzügen an den Armen packen und an den leeren Matten und zerschlagenen Ständen vorbeiführen, die Gassen entlang, durch die Schatten und Torbögen zu der alten Holztreppe und der weit offen stehenden Tür am oberen Treppenabsatz.

Ich wische mir über Gesicht und Nacken …

Dann gehe ich die Treppe hinauf.

Ins Licht …

Senju Akira sitzt mit nacktem Oberkörper und an der Taille aufgeknöpfter Hose, mit einem sauberen weißen *haramaki* um den Bauch, im Schneidersitz vor dem niedrigen polierten Tisch.

Er wirkt ruhiger als zuvor …

Vor dem Sturm …

»Ich habe heute an einem sehr interessanten Treffen teilgenommen«, berichtet er mir.

Auf dem Tisch liegen zehn Polizeirevolver …

»Alle Bandenbosse und Polizeichefs …«

Daneben die Munition dafür. Dazu Kurzschwerter …

»Ich habe ihnen allen eindringlich nahegebracht, dass die traditionelle Freundschaft zwischen den Bossen und den Gefolgsleuten unberührt bleiben sollte, aber ich habe eingewilligt, dass das System selbst von Grund auf geändert wird, sonst wird es das neue Zeitalter der Demokratie nicht überleben.«

Er nimmt eine Waffe in die Hand. Dazu einen Lappen. Er reinigt die Waffe …

»Ich habe dazu geraten, dass alle Banden künftig nicht mehr von Schutzgeldern und anderen veralteten und parasitären Praktiken leben sollten.«

Stück für Stück, Waffe für Waffe, wischt, poliert, ölt er …

»Ich habe dazu geraten, die Märkte umfassend zu demokratisieren und zu modernen Wirtschaftsunternehmen umzuorganisieren, sogar mit eigenen Gewerkschaften …«

Er ordnet und sortiert die Munition …

»Ich habe den Bandenbossen und Polizeichefs mitgeteilt, dass der alte Schwarzmarkt von Shimbashi bereits zum Neuen Markt umgewandelt wurde und die alte Matsuda-Bande sich neu formiert hat als Kantō Matsuda Group, einem modernen Wirtschaftsunternehmen unter meiner Leitung …«

Er wählt eine Waffe aus und lädt sie …

»Alle Angehörigen dieses Unternehmens haben ihre traditionelle Kleidung gegen Sakkos getauscht, wie ganz gewöhnliche Angestellte mit Hemd und Krawatte. Es wird sogar eine Arbeitslosenversicherung geben …«

Eine Kugel, zwei Kugeln, drei Kugeln, vier …

»Finanzielle Unterstützung im Krankheitsfall …«

Vier Kugeln, fünf Kugeln, sechs weitere …

»Hilfeleistungen für die Familien von Verstorbenen …«

Er schließt die Trommel …

»Ich habe ihnen gesagt, dass wir hier sind, um mit der Polizei Schulter an Schulter zu arbeiten, als Brüder, als Japaner. Ich habe ihnen gesagt, dass wir hier sind, um der Polizei zu helfen …«

Jetzt spannt er den Hahn …

»Aber ich habe ihnen auch gesagt, dass wir niemals aufgeben und angesichts der Bedrohungen und Einschüchterungen der Formosaner und Koreaner niemals weichen werden …«

Peng. Peng. Peng …

»Niemals. Unter keinen Umständen …«

Peng. Peng …

Senju zielt auf mein Gesicht und fragt mich: »Was hältst du davon, Polizist?«

Peng …

»Hayashi Jo ist tot«, teile ich ihm mit. »Sie haben ihn heute Morgen aus dem Shiba-Kanal gezogen.«

Gefesselt und angenagelt …

Senju lässt den Revolver sinken. Er lächelt. »Da hast du aber Glück gehabt.«

»Wie das?« frage ich. »Es wird eine Untersuchung geben.«

»Glück für dich, dass du mir den Namen eines Toten genannt hast.«

»Er war noch nicht tot, als ich Ihnen den Namen gab.«

»Das behauptest du jetzt«, lacht Senju.

»Wenn ich gewusst hätte, dass er tot ist, warum sollte ich Ihnen dann seinen Namen geben?«

Senju hebt den Revolver und antwortet: »Weil Tote nichts mehr ausplaudern können, oder, Polizist Minami?«

Ich verfluche ihn. Ich verfluche mich selbst. Und ich verfluche meine Abhängigkeit …

Ich verbeuge mich vor ihm und entschuldige mich. »Hayashi war an eine Tür genagelt«, sage ich. »Ich dachte, Sie hätten ihn vielleicht umgebracht.«

»Also bist du gekommen, um mich zu verhaften, Polizist?«

Wieder verbeuge und entschuldige ich mich. Ich schüttle den Kopf und sage: »Nein, ich bin wegen der Calmotin hier.«

Senju greift unter den Tisch und holt eine kleine Schachtel hervor.

»Bitte sehr«, sagt er. »Süße Träume, Polizist.«

Wieder entschuldige ich mich, ich bedanke mich und nehme die Schachtel.

Senju Akira wirft mir ein paar Geldscheine zu. »Aber ich brauche noch immer einen Namen, Inspektor. Verstanden?«

Ich nicke, verbeuge und entschuldige mich. Ich bedanke mich noch einmal.

»Diesmal den Namen eines Lebenden, keines Toten …«

Ich rutsche rückwärts über die Tatamis, doch dann frage ich: »Was haben Sie wegen des Marktes vor? Wegen der Formosaner?«

»Sie haben mir mitteilen lassen, sie seien noch nicht fertig mit mir«, antwortet Senju grinsend.

»Und was haben Sie darauf geantwortet?« möchte ich wissen. »Was haben Sie gesagt?«

Senju hebt wieder die Waffe hoch. »Nur die Wahrheit. Ich habe ihnen gesagt, ich hätte noch nicht mal angefangen …«

Wir haben ihren Namen nicht herausbekommen. Ich halte mich vom Revier Atago fern. Ich halte mich von Abteilung zwei fern. *Wir haben nicht mit ihrer Familie gesprochen.* Meine Männer werden nichts Gutes zu essen bekommen. Sie werden ihre Gläser nicht erheben. *Wir konnten sie nicht mit Kodaira in Verbindung bringen.* Sie werden ihre Krawatten nicht abbinden. Keine Siegeshymnen grölen. *Wir haben kein Geständnis.* Sie werden an die Schreibtische gelehnt schlafen. Ihre Mägen werden noch immer leer, ihre Träume noch immer verloren sein.

Unser Fall nicht abgeschlossen. Niemals abgeschlossen …

Ich boxe mich aus dem Eisenbahnwagen. Es juckt und ich kratze. *Gari-gari.* Ich gehe durch die Fahrkartensperre bei Mitaka. Ich wische mir über Gesicht und Nacken. Dann folge ich den Telegrafenmasten die Straße entlang zu meinem Stammlokal, das auf halbem Wege vom Bahnhof zu meinem Haus liegt.

Doch im Dämmerlicht kann ich nicht vergessen …

»Es haben noch andere Männer nach Ihnen gefragt«, sagt der Wirt. »Sie sind fast jeden Abend hier gewesen …«

Keiner ist der, der er zu sein vorgibt …

Ich zucke mit den Schultern, setze meinen Hut ab, bestelle *yakitori* und einen Whisky. Ich setze das Glas an die Lippen und kippe es hinunter.

Keiner ist der, der er zu sein scheint …

»Jeden Abend, und sie stellen Fragen …«

Es brennt. Ich huste. Ich bestelle noch einen.

»Nach Frau und Kindern …«

Ich lasse es stehen und verlasse hastig die Bar.

Erst gehe, dann renne ich.

Ich renne die Straße entlang.

Das Haus ist dunkel und still. Ich wische mir über Gesicht und Nacken. Ich ziehe den Schlüssel aus der Tasche und öffne die Tür. *Die verrottenden Tatamis.* Es riecht nach gekochten Rüben. *Die abgenutzten Türen.* Es riecht nach DDT. *Die eingefallenen Wände.* Es riecht nach Schmerzen …

Schmerzen, die ich ihnen bereitet habe. Schmerzen, die ich ihnen hinterlassen habe …

Ich lege Geld und Essen in den *genkan.*

Geld und Essen; Blutgeld …

Ich gehe hinaus und schließe die Tür hinter mir.

Blutgeld und Blutessen …

Ich drehe mich um und gehe davon.

Tränen in den Augen …

Ich höre, wie sich die Tür öffnet.

Blutstränen …

Ich renne los, laufe fort, laufe wieder fort.

Ich denke unentwegt an sie. Ihr Kopf ein wenig nach rechts geneigt. *Mit einer weißen, kurzärmligen Bluse bekleidet.* Ich denke unentwegt an sie. Der rechte Arm ausgestreckt. *Mit einem gelben und dunkelblauen Trägerkleid.* Ich denke unentwegt an sie. Der linke Arm an der Seite. *Mit ihren rosafarbenen Socken.* Ich denke unentwegt an sie. Die Beine gespreizt und an den Knien angewinkelt. *In ihren weißen Leinenschuhen mit den roten Gummisohlen.* Ich denke unentwegt an sie. Mein Samen trocknet auf ihrem Bauch.

»Ich bin nur noch Haut und Knochen«, sagt Yuki im Dämmerlicht.

Ich öffne die Schachtel Calmotin.

Ich schlucke ein paar davon. Im Dämmerlicht.

Die Toten sind die Lebenden. Die Lebenden die …

Im dämmrigen Licht schließe ich die Augen.

»Steht mir dieser Regenschirm …?«

»Ich kann mich nicht an den Regenschirm erinnern«, sage ich. »Aber ich erinnere mich noch an deine Haare, die frisch gemachte Hochsteckfrisur mit den silbernen Fäden.«

»Und du bist mir gefolgt«, sagt sie lächelnd. »Du bist mir gefolgt.«

Wieder ein Blitz. Wieder Donnerschlag …

»Du hattest Angst«, sage ich. »Du hast nach meiner Hand gegriffen.«

»Ich hatte Angst, du könntest verloren gehen. Angst, du könntest mich verlieren.«

Sie biegt in die Seitengasse ein, überquert die kleine Brücke über dem Graben und wartet unter dem Vordach ihres Reihenhauses auf mich …

»Du hast mir den Regenschirm zurückgegeben und mir dann das Wasser vom Mantel gewischt.«

»Deine Kleidung war wirklich klatschnass«, lacht sie.

Der Donner zieht weiter, aber der Regen fällt immer stärker und prasselt auf die Gebäude und unsere Körper wie ein Steinhagel …

»Du hast dir Sorgen um meine Kleidung gemacht, deshalb hast du mich hineingebeten.«

»Ich wollte nur höflich sein«, sagt sie. »Was hätte ich sonst tun können?«

Sie führt mich in ein Hinterzimmer, das durch ein Holzgitter und einen Vorhang aus langen Bändern und kleinen Glöckchen abgetrennt ist …

»Du hast dir die bloßen Füße abgewischt, während ich meine ausländischen Schuhe ausgezogen habe.«

»Aber du wolltest deinen Mantel nicht ausziehen«, lacht sie.

Und sie bietet mir einen Platz an dem Holzkohlenbecken an, dann macht sie mir Tee und zieht dabei ihr linkes Knie bis an die Brust …

»War das Brunnenwasser?« frage ich sie. »Oder Leitungswasser?«

»Du hattest mehr Angst vor Typhus als vor Syphilis«, sagt sie. »Trinkst du deshalb nie Tee in meinem Haus?«

Jetzt wischt sie sich mit einem sauberen Stück Papier das Öl von der Stirn und verschwindet durch die Vorhänge zum Waschbecken …

»Du musst dreiundzwanzig oder vierundzwanzig gewesen sein«, sage ich. »Dein Gesicht war von der vielen Schminke ganz unrein und matt.«

»Aber meine Lippen waren rot«, antwortet sie. »Und meine Augen klar.«

Ich kann sie immer noch durch die Bänder jenseits der Glöckchen sehen, wie sie sich vorbeugt und ihr Gesicht wäscht, den Kimono über die Schultern hinuntergezogen, Schultern und Brüste noch weißer als das Gesicht …

»Du warst immer allein«, stelle ich fest. »Hast du keine Angst gehabt?«

Im Dämmerlicht antwortet sie mir nicht. Im dämmrigen Licht …

Das Gesicht zur Wand gewendet. Zum Papier. Zu den Flecken …

Yuki schläft im Dämmerlicht …

»Alarm! Alarm! Die Bomben fallen!«

Ich halte mir die Ohren zu. Ich schließe die Augen …

Im Dämmerlicht schreckt sie auf, wird wach, fasst sich ins Haar. Sie bemerkt, dass sich eine ihrer Haarsträhnen um meinen Hals gelegt hat.

»Meine Haare wachsen nur, wenn wir zusammen schlafen«, sagt sie lächelnd.

Ich schlucke noch ein paar Tabletten. Ich schließe die Augen.

»Aber ich möchte nicht schlafen«, flüstert sie mir zu. »Warum müssen wir schlafen? Warum müssen Liebende überhaupt jemals schlafen?«

»Wenn die Liebe uns niemals schlafen ließe, würde sie uns wahnsinnig machen.«

»Wir haben nie geschlafen«, erwidert sie. »Als der Schlaf noch Selbstsucht war. Als der Schlaf für die Dämonen war. Für die Toten …«

II.

DIE TRÄNENBRÜCKE

Der Sarg ist geschmückt mit Schlangensymbolen, der Priester trägt einen Hut aus grobem Hanf, und das Weinen der Frauen erklingt gemeinsam mit dem gelben Wind, der in den Stromkabeln singt. Die Erde verweht, die Sonne verblasst, und ich liege zwischen den Leichen. **Sechzig Calmotin, einundsechzig.** Chinesische Offiziere sitzen unter der riesigen Flagge mit der Sonne auf blauem Himmel oben auf dem rot lackierten Tor und stopfen sich die Mäuler mit Melone voll. *Wir stehen hinter den Sandsäcken und beobachten sie.* Ihre Soldaten in grauen Uniformen bevölkern die Straßen, werfen Stände um, klauen. *Wir stehen hinter dem Stacheldraht und beobachten sie.* Sie kauen und schlendern durch die Stadt. *Wir beobachten sie in unseren Kaki-Uniformen.* Sie spucken den hier lebenden Chinesen Haut und Knochen in die Gesichter. *Wir beobachten sie mit unseren Maschinengewehren.* Sie lieben es, zu plündern, sie lieben Gewalt. *Ein Schuss fällt.* Sie werfen Altäre um und reißen Schubladen auf. *Noch ein Schuss.* Bettler und Kulis eilen zu den Schüssen hin. *Die Chinesen plündern die Japaner aus.* Frauen mit gebundenen Füßen und Mädchen mit Zöpfen versuchen zu fliehen. *Die Japaner vergewaltigen die Chinesinnen.* Zwei graue, gepanzerte Fahrzeuge donnern die Straße entlang. *Die Chinesen ermorden die Japaner.* Nationale Kavallerie galoppiert südwärts durch die Stadt. *Die Japaner ermorden die Chinesen.* Kugeln pfeifen aus den Fenstern der Gebäude im westlichen Stil. *Geschütze krachen.* Barfüßige Japaner rennen mit offenen Hemden die Straße entlang. *Kanonen donnern.* Prostituierte aus dem Viertel Yung-hsien-li eilen davon. *Fenster bersten.* Eine Frau, in rotem Satin gekleidet, fällt zu Boden. *Mein Sohn sagt, er schneidet sich die Kehle durch!* Häuser werden niedergebrannt. *Meiner auch!* Flüchtlinge kauern sich in Treppenhäuser. *Ein wahrer Japaner!* Männer verlieren ihre Frauen. *Lauft!* Mütter ihre Kinder. *Versteckt euch!* Ein Vogelkäfig liegt zertrampelt auf der Straße. *Nein!* So fängt es an, zwischen den Leichen. **Siebzig Calmotin, einundsiebzig.** Innerhalb der Umzäunung aus Stacheldraht stöhnen und heulen die entwaffneten Soldaten in ihren grauen Uniformen wie Tiere, ihre Hände sind auf den Rücken gefesselt. Hunderte von ihnen hocken auf dem Boden, vor ihnen die aufgepflanzten Bajonette von gerade mal fünf Mann unserer Einheit, unsere Artillerie schießt bis Sonnenuntergang weiter. Dann gibt es nur noch Qualm, nur noch Gerüchte. Zweihundertachtzig japanische Siedler massakriert, schreiben die japanischen Zeitungen. Japanischen Frauen die Kleider vom Leib gerissen, sie mit unvorstellbarer Grausamkeit missbraucht und dann niedergemetzelt. Geschichten von Pfählungen, von mit Stockhieben gebrochenen Armen, von ausgestochenen Augen. Häuser werden geplündert, Schulen in Brand gesteckt. Auf einem Acker nordöstlich der Eisenbahnbrücke werden die verstümmelten Leichen von drei Japanern gefunden, sechs weitere beim Wassertank. Man hat ihnen die Ohren abgeschnitten und die Bäuche mit Steinen gefüllt. **Achtzig Calmotin, einundachtzig.** Jetzt kommen die Flugzeuge, werfen schwarze Bomben auf chinesische Viertel, beenden die Straßenkämpfe. *Die Luft ist voller Fliegen.* Zwei Tage lange trinken wir Sake und wandern durch die Stadt. *Es stinkt nach verfaulten Aprikosen.* Wir zählen die Leichen der Chinesen, geben aber bald auf. *Zwischen den Leichen wedeln Hunde mit den Schwänzen.* Wir machen Fotos, doch die Filme gehen uns aus. *Bettler schlafen zwischen den Knochen.* Wir stöbern chinesische Familien auf, die sich noch immer in ihren Häusern verstecken. *Zweihundertachtzig japanische Siedler massakriert, schreiben die japanischen Zeitungen.* Wir trennen die Männer von den Frauen. *Japanischen Frauen die Kleider vom Leib gerissen, sie mit unvorstellbarer Grausamkeit missbraucht und dann niedergemetzelt.* Die Jungen von den Alten. *Geschichten von Pfählungen, von mit Stockhieben gebrochenen Armen, von ausgestochenen Augen. Masaki, Banzai! Vater*

6.

20. AUGUST 1946

Tokio, 31°C, bewölkt

Nacht ist Tag. Ich schlage die Augen auf. *Keine Tabletten mehr.* Tag ist Nacht. Ich höre den Regen. *Versteck dich.* Nacht ist Tag. Ich kann die Sonne sehen. *Keine Tabletten mehr.* Tag ist Nacht. Ich schließe die Augen. *Die Leichen, die Toten.* Nacht ist Tag. Ein guter Ermittler sucht den Tatort hundert Mal auf. *Keine Tabletten mehr.* Tag ist Nacht. Das weiße Morgenlicht hinter den schwarzen Bäumen des Shiba-Parks. *Im hohen, hohen Gras.* Nacht ist Tag. Die schwarzen Bäume, die so viel gesehen haben. *Keine Tabletten mehr.* Tag ist Nacht. Die schwarzen Äste, die so viel ertragen haben. *Die toten Blätter und das Unkraut.* Nacht ist Tag. Die schwarzen Blätter, die wieder nachgewachsen sind. *Keine Tabletten mehr.* Tag ist Nacht. Um zu wachsen und zu Boden zu fallen und erneut zu wachsen. *Die Jugend eines anderen Landes.* Nacht ist Tag. Ich wende mich ab. *Keine Tabletten mehr.* Tag ist Nacht. Ich lasse den Tatort hinter mir. *Die Toten eines anderen Landes.* Nacht ist Tag. Unter dem Schwarzen Tor. *Keine Tabletten mehr.* Tag ist Nacht. Der Hund wartet noch immer. *Ein anderes Land.* Jetzt ist die Nacht zum Tag geworden.

Alle sind wach. *Kein Fujita.* Alle haben noch immer Hunger. Alle warten auf mich, Hattori, Takeda, Sanada und Shimoda gähnen und kratzen sich die Köpfe. *Kein Fujita.* Nishi, Kimura und Ishida haben bereits Notizbücher und Bleistifte gezückt.

Kein Fujita …

»In der Zwischenzeit haben Sie ja erfahren, dass der Verdächtige namens Kodaira Yoshio den Mord an Midorikawa Ryuko gestanden hat«, sage ich. »Allerdings behauptet Kodaira Yoshio zu unserem Bedauern, dass er nichts von der zweiten Leiche, *unserer* Leiche, weiß. Ich glaube ihm allerdings nicht.«

Kein Fujita …

»Wir wissen, dass die Frau am 19. Juli noch gelebt und eine Annonce aus einer Zeitung ausgeschnitten hat«, fahre ich fort. »Und wir wissen, dass sie nach Dr. Nakadates Einschätzung im Zeitraum zwischen dem 20. und 27. Juli ermordet worden ist …«

Kein Fujita …

»Vergessen Sie nicht, Ermittlungen sind mühsam; lassen Sie uns mit diesen Angaben und einer Beschreibung des Verdächtigen zurück nach Shiba gehen und herausfinden, ob jemand einen Mann gesehen hat, auf den die Beschreibung zutrifft.«

Kein Fujita …

»Und ob der Gesuchte zusammen mit einem Mädchen beobachtet wurde, das so gekleidet war wie unseres.«

Kein Fujita …

»Innerhalb des genannten Zeitraums.«

Kein Fujita.

Ich nehme einen anderen Weg zurück zum Präsidium. Es ist noch schwüler als sonst. Das Hämmern lauter als sonst. *Ton-ton.* Ich will mir das Gesicht waschen. Ich betrete die Stadthalle Hibiya. Ich bereue es sofort. *Ton-ton.* Hier findet gerade die Gründungsversammlung des Kongresses der Industriegewerkschaften statt. Die heruntergekommene Eingangshalle des einstmals prächtigen Konzertsaals ist voll mit Agenten der Spionageabwehr und Militärpolizisten, ausländischen Journalisten und japanischen Spitzeln, mit Büroklammern am Revers und einer Sonderration Zigaretten. Junge Männer verkaufen die *Akahata. Ton-ton.* Ich will mir Gesicht und Hände waschen. Ich bahne mir einen Weg durch die Shinchū-Gun-Armbinden und Presseausweise. Das Auditorium ist dunkel und stickig, vollgestopft mit stehenden, schwitzenden Männern, die zur großen Bühne schauen. *Ton-ton.* Keine Zigaretten. Keine Sonderrationen. Die Bühne ist mit Bannern geschmückt, auf denen Forderungen stehen, die Arbeiter sollten für die 40-Stunden-Woche kämpfen, gegen Massenentlassungen demonstrieren und gegen das Wiederaufflammen von Militarismus und Nationalismus kämpfen. *Ton-ton.* Vor den Bannern sitzt ein Dutzend Männer hinter einem langen Tisch, alle groß, schlank, bebrillt. Sie verbeugen sich tief vor dem Publikum. Sie stellen sich vor und verbeugen sich erneut. *Ton-ton.* Sie setzen sich wieder. Die Reden beginnen. Die großen, schlanken, bebrillten Männer knöpfen ihre Jacken auf, lockern die Krawatten, ballen die Fäuste und wedeln mit ihren Papieren.

Ton-ton. Ton-ton. Ton-ton. Ton-ton. Ton-ton. Ton-ton …

»Es gibt einige, sogar viele hier im Saal heute, Japaner und Besatzer, die sagen, dass die Arbeiterschaft nicht militant sein sollte, dass die Arbeiterschaft nicht kämpfen sollte. Doch ich frage Sie hier und jetzt, ist es nicht unser demokratisches Recht, uns zu organisieren und unsere Arbeitsplätze zu verteidigen? Ist es nicht unser demokratisches Recht, unseren Arbeitskollegen zu zeigen, wie man Feind von Freund unterscheidet?«

Ton-ton. Ton-ton. Ton-ton. Ton-ton. Ton-ton …

»Die Yoshida-Regierung und die amerikanischen Besatzer erklären, weil Japan die Konsequenzen aus der Niederlage zu tragen hat, müssten alle internen Differenzen beigelegt und alle Auseinandersetzungen beendet werden. Doch haben die Kapitalisten solche Auseinandersetzungen jemals begrüßt?«

Ton-ton. Ton-ton. Ton-ton. Ton-ton …

»Die Yoshida-Regierung ist eine *zaibatsu*-Regierung. Eine Regierung, die der Arbeiterschaft feindlich gegenübersteht und die von einer Besatzung gefördert wird, die der Arbeiterschaft ebenfalls feindlich gegenübersteht. Es hat sich nichts verändert – es gibt neue Uniformen, aber eine alte Politik!«

Ton-ton. Ton-ton. Ton-ton …

»Die gegenwärtige Kampagne der Yoshida-Regierung und der amerikanischen Besatzer gegen Mitglieder der Kommunistischen Partei sind dieselben, die schon während der Kriegsjahre von den Faschisten und Militaristen angewandt wurden. Das beweist nur die Bedeutungslosigkeit ihrer Worte, Worte wie Freiheit, Rechte, Demokratie.«

»Die rote Fahne umhüllt die Leichen unserer Toten …«

»Die Arbeit gibt dem Kapital alles. Das Kapital gibt der Arbeit nichts!«

»Bevor die Leichen erkalten, färbt das Blut die Fahne …«

»Arbeiter, vereinigt euch! Arbeiter, kämpft für eure Rechte!«

Ton-ton. Ton-ton …

Ich finde die Toilette. Das Waschbecken …

Ich wasche mir Gesicht und Hände …

In dem warmen, rostigen Wasser …

Ich verlasse das Gebäude …

Ton-ton …

Vor der Halle steht ein ehemaliger Kommunist auf einer Seifenkiste. Zuerst weint der Mann, als er von den politischen Dummheiten seiner Jugend erzählt. Dann tobt er und bezeichnet die von den Siegern eingeführte Geburtenkontrolle als Mittel, die Rasse der Yamato auszuradieren. Dann fordert der Mann seine Zuhörer auf, drei *banzai* für den Kaiser auszurufen.

»*Banzai! Banzai! Banzai!*« kreischt er dort oben auf seiner Kiste. Vor einer Wand, die noch immer mit dem Bild von einem japanischen Bomber dekoriert ist.

»Erhöhung der Produktion von Flugzeugen für einen Großangriff!«

Rote Fahnen in den Bäumen des Hibiya-Parks.

Ton-ton. Ton-ton …

Ich will mir wieder das Gesicht waschen.

Ton-ton …

Ich will mir die Hände waschen.

Im Jahr des Hundes.

Ich komme wieder zu spät. Hauptkommissar Adachi steht auf der Treppe vor dem Präsidium der Tokioter Polizei. Inspektor Adachi hält nach mir Ausschau. Er wartet auf mich und fragt: »Und wo ist Inspektor Fujita heute, Inspektor Minami?«

»Ich habe Inspektor Fujita gerade in Atago zurückgelassen«, antworte ich. »Fujita leitet während meiner Abwesenheit die Untersuchungen in Shiba.«

»Sie wollen mir also sagen, Sie kommen gerade aus Atago, richtig? Und Sie sagen, Sie haben gerade Inspektor Fujita gesehen?«

»Ja«, antworte ich. »Wir hatten gerade unsere morgendliche Besprechung.«

Adachi lächelt und fragt mich: »Und Sie haben Fujita gesehen?«

»Ja. Warum fragen Sie?«

Wieder lächelt Adachi und lässt sich Zeit mit der Antwort. »Erinnern Sie sich noch an die Leiche, die wir aus dem Shiba-Kanal gezogen haben …?«

»Das war gestern«, antworte ich. »Ich war dabei.«

»Nun, es war die Leiche eines Journalisten«, sagt Adachi. »Eines Journalisten, der unter wechselnden Namen für verschiedene Zeitungen geschrieben hat, manchmal für die *Minpo*, manchmal für *Minshū Shimbun*, sogar für die *Akahata.*«

»Tatsächlich?« sage ich. »Und wie ist sein richtiger Name?«

»Das wissen Sie nicht?« fragt Adachi. »Wirklich nicht?«

Ich verfluche dich. Ich verfluche dich. Ich verfluche dich …

»Woher sollte ich seinen Namen kennen?«

Ich verfluche dich und mich …

»Nun, wie viele Journalisten kennen Sie, die für drei verschiedene Zeitungen unter drei verschiedenen Namen schreiben, Inspektor?«

Ich lächle und antworte: »Ich bemühe mich, keine Journalisten kennenzulernen.«

»Auch keinen namens Kato Kotaro von der *Akahata*?«

Ich lache. »Ich habe noch nie von ihm gehört.«

»Oder Suzuki Nobu von der *Minshū Shimbun*?«

Ich zucke mit den Schultern: »Nein.«

»Oder Hayashi Jo von der *Minpo*?«

Ich schlucke und antworte: »Nein.«

Ich verfluche mich selbst …

»Nein? Das ist aber merkwürdig«, sagt Adachi. »Denn ich bin letzte Nacht in die Redaktion der *Minpo* gegangen, um dort Auskunft über Hayashi Jo zu erhalten. Ich wollte etwas über die Hintergründe herausfinden, warum er ertrunken im Shiba-Kanal endete, gefesselt und an eine Tür genagelt. Ich wollte wissen, ob sie dort eine Ahnung haben, wieso. Und wissen Sie, was man zu mir sagte? Das Erste, was man zu mir sagte, war: ›Nicht schon wieder …‹«

»Nicht schon wieder«, wiederhole ich. »Was meinten sie damit, nicht schon wieder?«

»Genau das habe ich sie auch gefragt«, meint Adachi und lacht. »Und wissen Sie, was man mir geantwortet hat? Man hat mir geantwortet, ich sei schon der dritte Polizist, der in den letzten drei Tagen in der Redaktion erschienen sei ...«

Wieder schlucke ich, während Adachi sagt: »Der dritte Polizist, der nach Hayashi Jo fragt ...«

»Was wollen Sie von mir?«

Hauptkommissar Adachi kommt näher und flüstert: »Ich will gar nichts von Ihnen, Inspektor, nur Ihren Dank dafür, dass ich es war, der diesen Fall an sich gezogen hat, und niemand anders. Aber wenn Sie Ihren Inspektor Fujita sehen, schicken Sie ihn doch bitte zu mir ...«

Ich nicke und frage: »Warum wollen Sie Fujita sprechen?«

»Weil Inspektor Fujita der erste Polizist war, der die *Minpo* in den letzten drei Tagen aufgesucht hat, deshalb ...«

Ich verfluche ihn. Ich schlucke. *Ich verfluche mich selbst.* Ich frage: »Und wer war der zweite Polizist?«

Ishida. Ishida ...

»Sagen Sie es mir«, meint Adachi. »Sagen Sie es mir.«

Ich brauche Antworten; ich muss Fujita auftreiben und mit Ishida sprechen: Ich will wissen, wie Adachi an diesen Fall gekommen ist; ich will wissen, wer Hayashis Leiche identifiziert hat. Aber heute ist nicht der richtige Tag, um dem Chef derartige Fragen zu stellen. Heute ist kein Tag für Gespräche, kein Tag, um über neue Säuberungen zu reden, über die Tokioter Prozesse, über Reformen der SCAP; kein Gespräch über bessere Waffen, über neue Uniformen. Denn der Chef hat von der Party letzte Nacht Wind bekommen; von dem guten Essen und den erhobenen Gläsern, den Liedern, den Siegeshymnen ...

»Der verdächtige Kodaira Yoshio hat den Mord an Midorikawa Ryuko gestanden; ich weiß, dass viele von Ihnen glauben, der Fall sei damit abgeschlossen«, sagt der Chef. »Das stimmt nicht. Das Geständnis muss überprüft werden. Die Angaben über die Orte, an denen der Verdächtige gewohnt und gearbeitet zu haben behauptet, müssen kontrolliert werden. Und wir haben noch eine zweite Leiche, die noch nicht identifiziert wurde. Inspektor Minami, bitte …«

»Der verdächtige Kodaira bestreitet, Kenntnisse von der zweiten Leiche zu haben, die wir in Shiba gefunden haben. Dr. Nakadate glaubt allerdings, dass dieses Verbrechen von derselben Person verübt wurde wie der Mord an Midorikawa Ryuko, anders gesagt, Dr. Nakadate glaubt, dass Kodaira beide Verbrechen begangen hat.«

»Und Sie, Inspektor Minami?« fragt Hauptkommissar Adachi. »Pflichten Sie Dr. Nakadate bei?«

»Ja«, antworte ich. »Ich glaube, wenn wir den Beweis finden oder gar die Leiche identifizieren können, und dann Zeugen aufspüren und die Umstände klären, die Kodaira mit dem Opfer in Verbindung bringen, dann wird er, da bin ich sicher, angesichts dieser Beweise ein zweites Geständnis ablegen.«

»Und wenn nicht?«

»Bei Mord und Vergewaltigung von zwei jungen Frauen wird über Kodaira das Todesurteil verhängt«, sage ich. »Das weiß er. Bei einem Mord vielleicht nicht …«

»Kodaira hat seinen Schwiegervater umgebracht«, meint Kai. »Midorikawa wäre seine zweite Verurteilung wegen Mordes. Diesmal wird er hängen.«

»Kodaira ist klug«, entgegne ich. »Wenn er glaubt, er könne dem Galgen noch immer entrinnen, gibt es für ihn keinen Grund, noch irgendetwas zu gestehen.«

»Haben Sie denn überhaupt irgendwelche Hinweise zur Identität der zweiten Leiche, Inspektor Minami?« fragt Kita.

»In einer der Taschen ihres Kleides wurde eine Zeitungsannonce für einen Salon Matsu in Kanda gefunden«, antworte ich. »Sie wurde aus der *Asahi* vom 19. Juli ausgeschnitten; was uns natürlich veranlasste, diesen Salon aufzusuchen. Unglücklicherweise waren die Angestellten dort nicht in der Lage, sie zu identifizieren, da ich ihnen ja nur die Kleidung beschreiben konnte. Sie konnten weder bestätigen noch dementieren, dass sie jemals in dem Salon war. Allerdings wies man dort auf das International Palace hin …«

Besser tot. Besser tot. Besser tot …

»Das International Palace?« wiederholt der Chef. »Draußen bei Funabashi? Und wieso haben sie vorgeschlagen, Sie sollten dort nach ihr fragen?«

»Neunzig Prozent aller Bewerberinnen haben vorher dort gearbeitet.«

»Was nicht heißt, dass auch sie dort gearbeitet hat«, entgegnet Kai.

Ich zucke mit den Schultern. »Aber auch nicht das Gegenteil.«

»Haben die Shinchū Gun es nicht zur Sperrzone erklärt?« fragt Hauptkommissar Adachi. »Benötigen wir dafür nicht eine Genehmigung …?«

Der Chef nickt und schaut auf seine Uhr. »Melden Sie sich in drei Stunden wieder hier, Inspektor«, sagt er.

Ich brauche Antworten: ich muss Fujita finden und mit Ishida reden. *Chiku-taku.* Ich muss zurück nach Atago. Ich muss Fujita finden und mit Ishida reden. Ich habe drei Stunden Zeit, bevor ich zum International Palace gehe. *Chiku-taku.* Aber ich muss Fujita finden und mit Ishida reden. Als Erstes aber brauche ich einen Drink.

Chiku-taku. Chiku-taku. Chiku-taku …

Die Bar befindet sich im Keller eines dreigeschossigen Baus aus Stahlbeton. Jeder einzelne Raum oberhalb der Bar ist ausgebombt; dort, wo früher Wände und Fußböden waren, ragen heute nur noch Stahlträger in die Höhe. Die Bar selbst war früher eine der von der Regierung geführten Volksbars; Bars, die während des Krieges nur ein oder zwei Mal die Woche öffneten, um billigen einheimischen Whisky, Bier und minderwertigen Sake namens *bakudan* zu verkaufen; Bars, an denen sich die Menschen stundenlang anstellten; Bars, die unsere Moral heben sollten.

Chiku-taku. Chiku-taku …

Die Bar ist nun wieder in Privatbesitz und hat rund um die Uhr geöffnet, doch noch immer wird nur billiger einheimischer Whisky verkauft, Bier in Flaschen und *badukan*, und noch immer stehen die Menschen stundenlang Schlange, um sich die Moral heben zu lassen. Doch heute Morgen stehen nur zwei andere Kunden am Tresen; eine

Frau mittleren Alters in Rot, die nach schwerem Parfüm riecht und Lucky Strikes raucht, und ein alter Mann in einem schäbigen dunklen Anzug, der immer wieder seine Taschenuhr hervorholt, sie aufzieht und wieder wegsteckt, sie hervorholt, sie aufzieht und wieder wegsteckt, sie hervorholt …

Chiku-taku …

An den Händen hat er einen üblen Ausschlag. Vitaminmangel, deshalb hat er *Beri-beri.* Ich stürze mein Glas trüben *badukan* herunter. Ich spüre, wie er mir in Kehle und Magen explodiert. Ich huste und frage den Alten: »Ist Ihre Uhr kaputt, mein Herr?«

»Ich war in der Eisenbahn am Tag der Kapitulation«, sagt er, »als eine Frau im Gang vor mir das Gleichgewicht verlor und mir direkt vor die Brust stieß, und seitdem steht die Uhr …«

Er zeigt sie mir.

12 Uhr.

Ich muss Fujita finden und mit Ishida reden. Die Ermittler Nishi und Kimura sitzen an ihren Schreibtischen und schreiben ihre Berichte.

»Haben Sie etwas herausgefunden?« frage ich sie.

Sie schütteln verneinend die Köpfe und verbeugen sich.

»Haben Sie Inspektor Ishida gesehen?«

Wieder schütteln sie die Köpfe.

»Also gut«, sage ich. »Nishi, ich möchte, dass Sie mich zum International Palace begleiten, und Kimura, ich möchte, dass Sie Ishida finden, ihn herbringen und festhalten, aber lassen Sie ihn auf keinen Fall mit Hauptkommissar Adachi reden, bevor ich nicht mit ihm gesprochen habe. Dasselbe gilt auch für Inspektor Fujita, wenn er überhaupt wiederauftaucht …«

Am 15. August vergangenen Jahres, Minuten nach der Kapitulation des Kaisers, berief die Tokioter Polizei die Präsidenten der sieben führenden Banden ein, die das Unterhaltungswesen kontrollieren. Dazu zählten auch die führenden Köpfe der Restaurant-, Kabarett-, Geisha- und Bordellorganisationen. Der Polizeichef von Tokio befürchtete, dass die Sieger bald über Japan herfallen und dann unsere Frauen und Töchter, unsere Mütter und Schwestern schänden würden. Der Chef suchte nach einem »Puffer« und unterbreitete einen Vorschlag. Er schlug vor, die führenden Köpfe der Organisationen sollten eine Zentralorganisation gründen, mit dem Ziel, sich der Bedürfnisse der Sieger anzunehmen. Der Chef versprach, dass es dieser neuen Organisation nicht an Geld fehlen würde.

Damit war die *Recreation and Amusement Association* aus der Taufe gehoben.

Mädchen fand man in den Ruinen der Städte und auf dem Land. Tanzpaläste und Vergnügungshäuser wurden über Nacht wieder eröffnet oder neu geschaffen; das Größte und Berüchtigste davon war das International Palace, eine ehemalige Munitionsfabrik außerhalb der östlichen Stadtgrenzen Tokios. Fünf der Wohnheime wurden in Bordelle umgewandelt. Einige Personen aus der alten Führung blieben, um die Geschäfte zu führen, einige der hübscheren Mädchen blieben, um nun den neuen Kunden, den Siegern, zu Diensten zu stehen.

Denn im Palace sind nur die Sieger willkommen …

Die Sieger dürfen sich austoben …

Zahlreiche Mädchen landeten im Krankenhaus …

Viele andere begingen Selbstmord …

Besser tot …

Die nachfolgende Besetzung an Mädchen bestand aus Geishas und Prostituierten, Barmädchen und Kellnerinnen, Ehebrecherinnen und Mädchen mit sexuell abseitigen Neigungen, Mädchen, die aus härterem Holz geschnitzt waren, zu hart für manche, denn in diesem Frühling wurde das International Palace für die amerikanischen Truppen gesperrt.

Angeblich.

Unser Chef hat die Erlaubnis für Inspektor Nishi und mich eingeholt, das International Palace betreten zu dürfen. Er hat für uns sogar eine Mitfahrgelegenheit auf der Ladefläche eines Lastwagens der Siegermächte organisiert. Zusammen mit Larry, Moe und Curly, drei gut genährten und frisch geschrubbten GIs.

Sie bieten uns Kaugummi an, und Nishi kaut. Sie bieten uns Zigaretten an, und Nishi raucht. Sie reden über ihre Glückstage, und

Nishi nickt und lächelt mit ihnen. Sie reden davon, das große Los gezogen zu haben, über Süßigkeiten, über Weihnachten, Ostern und Neujahr an einem Tag, und Nishi nickt und lacht mit ihnen und ruft: »Fröhliche Weihnachten!«

Er ist ein guter Japse, ein gutes Äffchen. Ein zahmer Japse …

Ich kaue ihren Kaugummi nicht. Ich rauche ihre Zigaretten nicht. Ich lache nicht mit ihnen. Ich rufe nicht: »Fröhliche Weihnachten!«

Weil ich der böse Japse bin. Ein böses Äffchen.

Der Lastwagen der Sieger fährt Richtung Südosten, nach Funabashi, zur Stadt hinaus, bis die Ruinen Feldern weichen, die verbrannte schwarze Erde zu kahlem braunen Land wird, bis wir eine Reihe von zweigeschossigen Kasernengebäuden sehen, die sich vor uns erheben, bis wir die Schilder auf Englisch lesen können:

OFF-LIMITS – VD. OFF-LIMITS – VD.

Weitere kleine Schilder, Hunderte davon, in roter Farbe, Tausende davon, auf Zäunen und Toren:

VD VD VD VD VD VD VD VD VD VD VD VD VD VD VD VD VD VD VD VD VD VD VD VD VD VD VD VD VD VD VD VD VD VD VD VD VD VD VD VD VD VD VD VD VD VD VD VD VD VD VD VD VD VD VD VD VD VD VD VD VD VD VD …

Der Lastwagen der Sieger durchquert einige offen stehende Tore aus Stacheldraht und hupt, als er auf einen kleinen, staubigen Hof fährt; Männer und Frauen strömen aus den Gebäuden, um uns willkommen zu heißen.

Ich war schon mal hier, habe diesen Ort schon einmal gesehen …

Kleine japanische Kellner in Uniform, ohne Tabletts, große japanische Frauen in westlicher Kleidung, ohne Strümpfe. Alle strahlen uns an und verbeugen sich vor uns, klatschen in die Hände und rufen nach uns.

Dieser Ort, diese Gebäude, diese Frauen …

»Alles sauber, alles sauber, alles sauber …«

»Ganz sauber, ganz sauber …«

»Alles billig …«

Die großen Frauen geleiten den Fahrer, Larry, Moe und Curly in eines der Wohnheime, schon stecken die Hände der Sieger unter ihren

Röcken, und nun stehen nur noch die kleinen Männer in ihren weißen Kellnerjacken mit Nishi und mir im staubigen Hof.

Ich schäme mich, Polizist zu sein, schäme mich, Japaner zu sein …

Ich bitte darum, mit dem Geschäftsführer zu sprechen, und die Kellner verschwinden.

Ich schäme mich, Japaner zu sein, schäme mich, ich zu sein …

Der japanische Geschäftsführer tritt aus einem der Gebäude. Er richtet seine Krawatte und streicht sich über das fettige Haar. Er verbeugt sich und reicht mir seine schwere, geprägte *meishi.*

Der Geschäftsführer ist auch nur ein schmieriger kleiner Mann.

Noch so ein handzahmer Kollaborateur …

Ich erzähle ihm, warum wir hier sind. Ich erzähle ihm vom Shiba-Park, von einem ermordeten Mädchen, siebzehn, achtzehn Jahre alt. *Besser tot.* Ich erzähle ihm von dem gelb und dunkelblau gestreiften Trägerkleid und der weißen kurzärmligen Bluse. Von den rosafarbenen Socken und den weißen Leinenschuhen mit den roten Gummisohlen. Ich erzähle ihm vom Salon Matsu. *Besser tot …*

Der Geschäftsführer schüttelt den Kopf, aber er will uns helfen, weil wir auf einem Lastwagen der Sieger hergekommen sind. Er glaubt, wir haben Kontakte zu den Shinchū Gun. Er denkt, wir haben Einfluss. Er denkt, wir könnten ihm dabei behilflich sein, die Genehmigung zur Wiedereröffnung seines Ladens zu erwirken.

Ich habe diesen Ort schon mal gesehen, war schon einmal hier …

Er führt uns herum. Er zeigt uns die Krankenstation.

Falls sie hier war, dann ist es besser, sie ist tot …

Auf der Krankenstation. Ein großer, kahler Raum, von Tatamis gesäumt. Zwölf Mädchen liegen schwitzend unter dicken Decken auf dem Boden.

Alle verbergen sie ihr Gesicht vor uns, nur eine nicht.

Ich kauere mich hin und lächle. »Wie alt bist du?«

»Neunzehn.«

»Wie lange bist du schon hier?«

»Sechs Monate.«

»Und davor?«

»Ich war angestellt.«

»Warum bist du hier?«

»Ich schulde ihnen Geld.«

»Wie viel denn?«

»Zehntausend Yen.«

»Zehntausend? Wofür denn?«

»Für die Kleidung, die ich gekauft habe.«

»Wo?«

»Hier im Laden.«

»Und was ist mit deinen Familienangehörigen? Wissen die, wo du bist?«

»Ich habe keine Familie«, antwortet sie. »Sie sind alle bei den Luftangriffen umgekommen.«

»Aber du weißt, dass dieser Ort hier eine verbotene Zone ist?«

Sie nickt und sagt: »Ja.«

»Weil General MacArthur Prostitution verboten hat?«

Sie schüttelt den Kopf und sagt: »Das wusste ich nicht.«

Ich nicke. Drücke ihr die Hand und schaue ihr in die Augen. Ich will ihr sagen, sie solle von hier verschwinden und nach Hause gehen. Doch dann halte ich inne.

»Wir sind jetzt ihr Zuhause«, meint der Geschäftsführer.

Wir gehen weiter. Der Geschäftsführer zeigt uns die Klinik.

Falls sie hierher wollte …

In der Klinik werden die Mädchen einmal in der Woche untersucht. Auf den Stühlen. Jede Woche. Jeder Stuhl hat einen winzigen Vorhang, um die Gesichter der Mädchen vor dem Arzt zu verbergen. Zwei flache Becken, in denen sich jedes Mädchen alle zwei Tage baden muss. Jeden zweiten Tag, jede Woche.

»Sehr sauber«, sagt der Geschäftsführer.

Dann ist es besser, sie ist tot …

Er führt uns weiter und bringt uns in den Speisesaal.

Hier bekommen die Mädchen zu essen. Schichtweise.

»Zwei ordentliche Mahlzeiten am Tag«, erzählt er stolz.

Wir setzen die Begehung fort; der Geschäftsführer zeigt uns den Ballsaal.

Im Ballsaal befinden sich nahezu hundert japanische Mädchen in westlichen Kleidern. Darunter sind sie nackt. Sie stehen unter roten Papiergirlanden, die in der Hitze welk von der Decke baumeln. Sie tanzen miteinander zur ohrenbetäubend lauten Musik von verkratzten Schallplatten, die über eine ganze Reihe von Verstärkern in den Raum schallt. Hin und her gleiten sie über die Tanzfläche, mit abgelaufenen Absätzen oder ausgetretenen Turnschuhen. Sie schieben einander zum Klang des verzerrten amerikanischen Jazz im Ballsaal umher.

»Sie sind alle sehr schön, nicht?« fragt der Geschäftsführer. »Aber innerlich sind sie alle sehr traurig und sehr einsam, weil General MacArthur nicht möchte, dass sie sich mit den GIs anfreunden, und deshalb sind auch die GIs so einsam und voller Heimweh …«

Besser tot …

Er führt uns weiter und bringt uns zu den Zimmern der Mädchen.

Die Zimmer befinden sich in den zweigeschossigen Kasernen. Fünfzig Kammern pro Gebäude. Jede Kammer durch eine niedrige Wand von der anderen abgeteilt. Dünne Vorhänge oder Laken statt Türen. Jeder Eingang mit einem Schild versehen, auf dem in Kinderkreide geschrieben steht: *Well Come, Kimi. Well Come, Haruko …*

Well Come, Mitsuko. Yori. Kazuko. Yoshie. Tatsue …

Well Come, Hiroko. Yoshiko. Ryuko. Yuki …

In jedem Kämmerchen befinden sich ein Futon und eine Decke, ein kleiner Schminkspiegel auf dem Boden, ab und zu ein vergilbtes Foto. Die Luft ist feucht, es riecht nach Antiseptika.

Besser tot. Besser tot …

Oben an jeder Treppe gibt es ein langes, schmales Zimmer mit einem Schild neben der Tür, auf dem in Englisch und Katakana steht: *PRO Station*; hier erhalten die Sieger ihre Kondome.

Es riecht und schmeckt nach Antiseptika …

Neben diesem Raum befinden sich zwei kleinere fensterlose Zimmer, in denen sich die Mädchen nach jedem Besuch eines Siegersoldaten ausruhen.

Antisepsis. Antisepsis. Antisepsis …

Die Führung ist zu Ende.

Alle Sehenswürdigkeiten habe ich gesehen.

Besser tot.

Wieder außerhalb der zweigeschossigen Kasernen führt uns der Geschäftsführer eine der überdachten Passagen zwischen den Gebäuden entlang zum Einkaufsladen, in dem die Mädchen mit geliehenem Geld zu horrenden Preisen billige Kleider und Kosmetika kaufen können.

Der Laden ist leer, tot.

Mein Herz ist leer, tot …

»Ich möchte Ihnen noch unsere Gewerkschaftsvertreter vorstellen«, erklärt der Geschäftsführer. »Wir sind sehr demokratisch. Sehr demokratisch. Bitte sagen Sie das Ihren amerikanischen Freunden.«

Der Geschäftsführer verschwindet im Laden, kehrt aber sofort mit drei jungen Damen wieder zurück.

Zwei in Kostümen. Eine im Kimono.

»Diese Damen sind die Vertreterinnen der Frauenschutzliga«, erklärt er. »Das ist die Präsidentin, Kato Akiko, eine ehemalige Geisha. Das ist Hasegawa Sumiko, die Vizepräsidentin, die früher als Sekretärin gearbeitet hat. Das ist Iijima Kimi, eine ehemalige Tänzerin.«

Die drei Frauen lächeln und verbeugen sich.

Ich befehle dem Geschäftsführer, er soll uns allein lassen.

»Wir sind von der Tokioter Polizei«, sage ich zu den Frauen. »Wir versuchen, die Leiche einer jungen Frau zu identifizieren, die kürzlich im Shiba-Park gefunden wurde. Wir haben Grund zu der Annahme, dass sie hier gearbeitet hat. Wir wären Ihnen sehr dankbar für Ihre Mithilfe …«

Wieder lächeln die drei Frauen und verbeugen sich.

»Kennen Sie den Salon Matsu?« frage ich sie. »In Kanda?«

Die drei schütteln die Köpfe.

»Kennen Sie jemanden, der jemals dort gearbeitet hat?«

Wieder schütteln sie die Köpfe.

»Irgendjemand, der von hier weggegangen ist, um dort zu arbeiten?«

»Es tut mir leid«, sagt Kato, die Präsidentin in ihrem hellen Kimono. »Aber keine Frau redet wirklich darüber, was sie gemacht hat, bevor sie hergekommen ist, oder was sie vorhat, wenn sie uns verlässt. Es ist viel besser für uns, nicht über die Welt dort draußen zu reden …«

»Aber Sie waren Geisha. Sie Sekretärin. Und Sie Tänzerin.«

»Vielleicht«, antwortet sie lächelnd. »Keiner erinnert sich.«

Ich will mich nicht erinnern. Im Dämmerlicht …

»Und was ist mit den Neuen?« möchte ich wissen. »Stellen Sie denen keine Fragen? Fragen Sie sie nicht nach ihrer vorherigen Arbeit?«

»Hier gibt es keine Einstellungsgespräche«, antwortet sie lächelnd. »Nur eine medizinische Untersuchung.«

Die Stühle und die winzigen Vorhänge. Die verborgenen Gesichter und die gespreizten Beine. Die beiden flachen Becken. Jeden zweiten Tag …

»Seit wann sind Sie hier?« frage ich die drei Frauen.

»Wir sind alle letzten Dezember hergekommen«, antwortet Kato.

»Und wie viel schulden Sie der Firma?«

»Etwa fünftausend Yen, jede von uns«, antwortet sie.

»Haben Sie denn irgendwelche Ersparnisse?«

»Natürlich nicht«, lacht sie. »Wir müssen unser Essen selbst kaufen, unsere medizinischen Ausgaben begleichen, und dann sind da noch die Kleider, die wir für die Arbeit benötigen.«

»Und wie viel verdienen Sie?«

»Bevor den Amerikanern der Zutritt verboten wurde, hatte jede von uns fünfzehn Kunden am Tag«, antwortet sie. »Jeder Kunde zahlte fünfzig Yen, davon ging die Hälfte an den Geschäftsführer und die andere Hälfte blieb uns.«

»Das sind fast vierhundert Yen am Tag«, platzt Nishi heraus.

»Fast vierhundert«, bestätigt Kato. »Aber das war früher.«

»Und wie viele Kunden kamen am Tag?«

»Fast viertausend pro Tag damals.«

»Wie viele Mädchen gab es?«

»Dreihundert.«

»Das sind hunderttausend Yen am Tag für die Firma«, ruft Nishi. »Hunderttausend Yen am Tag!«

»Das war früher«, meint Kato. »Das war, bevor die Soldaten nicht mehr herkommen durften.«

»Und jetzt?« frage ich. »Wie viele kommen jetzt?«

»Zehn vielleicht«, antwortet sie. »Höchstens zwanzig.«

»Und wozu haben Sie eine Gewerkschaft?« frage ich sie.

»Um an General MacArthur zu appellieren«, antwortet Kato lächelnd. »Der Geschäftsführer meinte, wenn wir als Gewerkschaft an MacArthur schreiben und ihn bitten, seine einsamen GIs wieder herzuschicken, dann würde der General vielleicht erlauben, das International Palace wieder zu eröffnen.«

Ich schüttle den Kopf. Wir bedanken uns bei ihnen.

Sie verbeugen sich. Wir gehen.

Fort. Fort …

Ich will fort von hier. *Von diesem Land.* Ich will von hier entfliehen. *Diesem Herzen.* Ich will den Fahrer finden. *Jetzt …*

Ich betrete wieder eine der Kasernen.

Nishi folgt mir die Treppe hinauf.

Im Gang ist ein Mädchen. Im Gang ist ein nacktes Mädchen. Im Gang ist ein nacktes Mädchen auf allen vieren. Im Gang ist ein nacktes Mädchen auf allen vieren, kaum älter als vierzehn. Im Gang ist ein nacktes Mädchen auf allen vieren, kaum älter als vierzehn, das von hinten von einem Soldaten penetriert wird. Sie starrt den langen Flur entlang Nishi und mich an, Tränen laufen ihr über die Wangen, über die Wangen in den Mund, und sie sagt: »Oh, sehr gut, Joe. Danke, Joe. Oh, sehr gut, Joe. Danke, Joe. Oh, oh, Joe …«

Sie wäre besser tot. Ich wäre besser tot …

Das ist Amerika. Das ist Japan. Das ist Demokratie. Das ist Kapitulation. *Ich habe kein Vaterland mehr. Ich habe kein Herz mehr …*

Beine breit, die Vagina geschwollen von den Penetrationen und dem Eiter.

Ich will kein Herz. Ich will kein Herz …

Danke, Kaiser MacArthur …

Ich will kein Vaterland …

Dōmo, Hirohito.

Nishi spielt auch auf der gesamten Rückfahrt nach Tokio das Äffchen, während die Felder Ruinen weichen und Ruinen Hütten und Hütten Gebäuden. Und ich sitze da und beobachte ihn und wünschte, ich hätte das vorher gewusst und den Mumm gehabt, zu Fuß zurückzulaufen, barfuß zurück nach Tokio, über Felder und durch Trümmer, und nicht hier hinten im Jeep der Sieger zu sitzen und zuzuhören, wie Nishi R's und L's verwechselt, während die Sieger lachen und ihm Zigaretten und Kaugummi zuwerfen, wie ein kindisches Lächeln sein Gesicht erhellt. Und als wir am Präsidium aussteigen und uns so tief wie möglich verbeugen und ihnen tausend Mal danken und sie lachend davonfahren, und obwohl ich weiß, dass es sie heute Nacht brennen und jucken wird und sie weinen und kratzen, ist das kein Trost, also drehe ich mich um und verpasse Nishi eine Ohrfeige, so hart, dass er auf die Straße fällt und dort liegen bleibt.

Nishi hat keinen Mumm. Keinen Mumm.

Weil Nishi feige ist.

Feige. Feige …

Genau wie ich.

Im Präsidium gehe ich dorthin, wo die Untoten liegen. *»Wir beide haben das schon mal gesehen, Inspektor.«* Ich gehe dorthin, wo die Akten jener Fälle aufbewahrt werden, die nie gelöst wurden. *Ich will mich nicht erinnern.* Ins Archiv, zu den Unterlagen unseres Versagens. *Doch im Dämmerlicht kann ich nicht vergessen.* Ich frage den Diensthabenden: *»Haben Sie die Akte gefunden, Inspektor?«*

»Der 15. August letzten Jahres«, sage ich zu ihm.

Der Beamte verschwindet und kommt mit leeren Händen zurück.

»Sie ist weg«, erklärt er. »Muss wohl schon abgeholt worden sein.«

»Wirklich?« frage ich. »Und wissen Sie, wer dafür unterschrieben hat?«

Der Beamte zieht ein verschlissenes, altes Registerbuch hervor.

»Ihr Inspektor Nishi aus Abteilung zwei«, meint der Beamte lachend.

»Sie machen Witze«, sage ich. »Wann denn?«

»Gestern erst«, antwortet er und lacht mich immer noch an.

Durch Staub und Dreck, durch Schatten und Schweiß. *Chiku-taku.* Ich renne die Sakura-dōri entlang nach Atago. Durch die Tür und die

Treppe hinauf. *Chiku-taku.* Kimura und Ishida sitzen in Hemdsärmeln auf den geliehenen Stühlen an ihren geliehenen Schreibtischen; Kimura ist stolz, Ishida gefunden zu haben; Ishida wartet nervös.

Ich gehe direkt auf sie zu und frage: »Wo sind die anderen?«

»Noch nicht von ihrer Runde zurück«, antwortet Kimura.

Ich starre Ishida an. »Und Nishi?«

»Ich dachte, der wäre bei Ihnen?« meint Kimura.

Ich starre Ishida immer noch an und frage: »Fujita?«

Die beiden schütteln die Köpfe. »Heute nicht«, sagt Kimura.

Ich packe Ishida am Kragen und ziehe ihn hoch. Ich trete seinen geliehenen Stuhl weg. »Wo ist Inspektor Fujita?«

»Ich weiß es nicht«, antwortet Ishida aufgeregt. »Ich weiß es wirklich nicht.«

Ich ziehe ihn näher an mich heran. Schweiß steht ihm auf dem Gesicht. Auf meinem ebenfalls. Wir haben Tränen in den Augen. »Sie haben mich schon mal belogen …«

»Nein«, kreischt Ishida. »Ich habe Sie nicht angelogen. Das hab ich nicht …«

»Immer und immer wieder …«

»Nein, nein, nein«, weint Ishida. »Das habe ich nicht …«

»Sie haben gelogen, um ihn zu schützen …«

»Nein, nein, nein. Das habe ich nicht …«

»Um ihn zu retten …«

»Nein, nein, nein …«

»Oh, doch«, zische ich und stoße ihn von mir. Er stürzt rücklings über den geliehenen Stuhl auf den geliehenen Schreibtisch. Schweiß auf seinem Gesicht, Tränen in meinen Augen.

»Es tut mir leid. Es tut mir leid …«

»Fujita ist erledigt«, sage ich zu ihm. »Und Sie auch …«

»Es tut mir leid. Es tut mir leid. Es tut mir leid …«

»Wenn Sie mir nicht sagen, wo er ist …«

»Es tut mir leid. Es tut mir leid …«

»Spucken Sie's aus!«

»Inspektor Fujita wird heute Nacht in der Ginza sein«, schluchzt Ishida. »Im New Oasis. Nach 21 Uhr.«

»Er wurde zusammen mit Nodera Tomiji im New Oasis gesehen, in der Nacht des Angriffs auf Matsuda Gīchi …«

»Das New Oasis? Warum dort?«

Doch Ishida sieht zu Boden.

Er schüttelt den Kopf.

»Ich weiß nicht …«

Ich nehme mein Taschentuch und wische mir über Gesicht und Hals.

Ich beuge mich über Ishida, hebe seinen Kopf und trockne ihm die Augen.

»Sie bleiben hier bei Kimura, verstanden?«

Er senkt wieder den Kopf und nickt.

Früher gab es hier Teestuben und Cafés, wo man sich eine Grammofonplatte anhören konnte und nach der neuesten Mode gekleidete Menschen vorbeischlendern sah. Nun stehe ich in der Ginza und starre in die Fenster der Wechselstube der Siegermächte. Ich stehe da und starre zusammen mit einigen ausgehungerten Kindern und Jugendlichen auf die funkelnagelneuen Klamotten der Sieger, auf ihre blütenweißen Handtücher und echten Lederschuhe. Ich stehe da und sehe, wie die Kinder und Mädchen die Sieger umschwirren, die mit Einkaufstaschen behängt sind, sehe, wie sie die Sieger um Kaugummi und Schokolade anbetteln.

Ich gehe fort. Ich gehe fort. Ich gehe fort. Ich gehe …

Vorbei an den Kaufhäusern, von denen die meisten noch immer leer sind, manche aber schon das Erdgeschoss geöffnet haben, obwohl sie mit Schutt bedeckt sind und die Vitrinen nur billigen Ramsch feilbieten. Vorbei an ausgebombten Gebäuden, die noch immer nicht mehr sind als Betongerippe, noch immer schwarz von den Flammen, gleich neben den geborstenen Gehsteigen und den endlosen Schuttbergen.

Ich wende mich ab. Ich wende mich ab. Ich wende mich ab. Ich wende mich …

Ab von den schäbigen kleinen Matten an den alten Randsteinen, mit ihren kratzigen Seidentaschentüchern und grobkörnigen Postkarten, ihren kaputten Füllfederhaltern und mit Sirup gefärbten Wassereisbechern.

Ich schaue weg. Ich schaue weg. Ich schaue …

Doch jedes Stück Stoff und jeder Krümel hat hier einen Marktwert, jedes Reiskorn aus unserer Ration von einer Schale pro Tag. Wenn eine Tasse Reis, drei Zigaretten und vier Streichhölzer unsere Tagesration sind, wenn ein schon lange toter Fisch einem Wochenlohn entspricht …

Ich kann nicht weglaufen. Ich kann nicht laufen …

Jetzt ist die Zeit. *Chiku-taku …*

Jetzt ist der Tag Nacht.

Ich stehe vor dem Eingang und lese das Schild über der Tür.

Das New Oasis ist ein von Koreanern betriebenes Rattenloch im Schatten des alten Oasis, in einer Nebenstraße der Ginza, zwischen einer weiteren Ruine und einem weiteren Schuttberg. Das ursprüngliche Oasis war ein Geschenk der Recreation and Amusement Association an die Siegermächte, ein zweites International Palace. Doch das New Oasis ist nicht für die weißen Sieger. Es ist für die gelben, die Koreaner und Chinesen. Das New Oasis wird nicht von der Recreation and Amusement Association betrieben. Es gehört auch nicht Ando Akira. Es gehört Herrn Machii.

Machii Hisayuki, halb Koreaner, halb Japaner, der Bulle der Ginza …

Es juckt mich, ich schwitze, ich habe Angst.

Der alte Rivale von Matsuda. Der neue Feind von Senju …

Falls Fujita hier ist, dann hat er eine Grenze überschritten.

Hayashi Jo mit dem Gesicht nach unten im Wasser …

Die Tür ist zu. Ich öffne sie. Ich sehe eine Treppe, die zu einer weiteren geschlossenen Tür führt. Ich gehe hinunter. In der Tür gibt es ein Guckloch. Ich klopfe an, weiß, dass mich jemand durch das Loch beäugt. Der Türknauf dreht sich. Die Tür geht auf.

»Was wollen Sie?« fragt ein untersetzter Koreaner im Anzug.

»Einen Drink«, antworte ich. »Ich bin hier mit einem Freund verabredet.«

»Nur für Mitglieder«, sagt er.

»Dann möchte ich gern Mitglied werden.«

»Hundert Yen.«

Ich fluche. Ich fluche ..

Ich ziehe meine Brieftasche hervor. Aber nicht mein *techō*. Ich öffne sie. Hundert Yen in Scheinen. Das ist alles. Der untersetzte Koreaner nimmt mir die Scheine ab und steckt sie sich in die eigene Tasche.

Er lacht: »Willkommen im New Oasis Club.«

Die Decke ist niedrig, das Licht trüb. *Falls Fujita hier ist, dann hat er eine Grenze überschritten.* Die Theke ist lang, das Personal koreanisch.

Ich sehe Fujita. *Fujita ist hier.* Er hat eine Grenze überschritten. Ich rechne schon damit, dass er wegläuft, aber er lächelt. *Fujita lächelt.* Er lächelt, steht auf und kommt die lange Theke entlang auf mich zu.

Und wenn er eine Waffe hat? Was, wenn er sie zückt?

Die Theke entlang, und noch immer lächelt er.

Hayashi Jo mit dem Gesicht nach unten im Wasser …

»Guten Abend«, sagt Fujita und verbeugt sich.

»Hayashi Jo ist tot«, sage ich. »Und Adachi sucht nach Ihnen.«

»Adachi hat überhaupt keine Ahnung«, sagt er. »Aber das gibt er nicht zu und lässt sich stattdessen von Ihnen die Wissenslücken füllen. Herzlichen Glückwunsch, Inspektor. Er ist Ihnen wahrscheinlich den ganzen Weg hierher gefolgt …«

»Ich habe Adachi nichts erzählt«, erwidere ich. »Aber er weiß einiges.«

»Was soll er schon wissen? Was gibt es überhaupt zu wissen?«

»Adachi weiß, dass Sie in der Redaktion der *Minpo* waren«, erwidere ich. »Er weiß, dass Sie hingegangen sind, um Hayashi Jo zu treffen …«

»Na und?« fragt Fujita.

»Vor Ort hat man Adachi mitgeteilt, dass er bereits der dritte Polizist in den letzten drei Tagen sei, der bei ihnen auftauche, und dass Sie der Erste gewesen seien …«

»Das heißt noch lange nicht, dass ich ihn umgebracht habe, oder?« meint Fujita.

»Ihr Name ist der Einzige, den er erwähnt hat«, sage ich zu ihm. »Sie sind der Einzige, nach dem Adachi sucht.«

»Ich habe keine Angst vor Adachi«, meint Fujita lächelnd. »Der Hauptmann hat seine Geheimnisse, wie wir alle. Wie auch Sie.«

Ich verfluche ihn, und ich verfluche mich selbst …

»Haben Sie Hayashi Jo umgebracht?«

»Seltsam, dass Sie mich das fragen«, erwidert Inspektor Fujita. »Ich kannte Hayashi Jo kaum, und ich war es auch nicht, der Senju Akira den Namen des armen alten Hayashi genannt hat …«

Tag ist Nacht. Nacht ist Tag. Tag ist Nacht. Nacht ist Tag …

Fujita lächelt: »Ich dachte, Sie wären es gewesen.«

Tag ist Nacht. Nacht ist Tag. Tag ist Nacht …

Fujita lacht. »Sie waren es doch, oder nicht?«

Nacht ist Tag. Tag ist Nacht. Tag ist …

Ich will gerade etwas erwidern, als das Licht ausgeht.

Nacht. Nacht …

Stromausfall.

Nacht …

»Sie waren es doch, oder nicht?« flüstert Fujita in der Dunkelheit.

Noch immer kein Strom, und es ist noch dunkler als zuvor. Noch immer kein Licht, und ich bin betrunkener als zuvor. Der koreanische Schnaps hat mich betrunken gemacht. Der Schnapsgeruch klebt noch auf meiner schweißnassen Haut. Meine Haut juckt, also kratze ich mich. *Gari-gari.* Ich kratze und kratze, bis meine Arme unter dem Hemd bluten. *Gari-gari.* Mein Hemd ist durchtränkt von Schweiß und Blut. Ich gehe zurück nach Atago. Durch den Schutt von Yūrakuchō. Den Schutt, der berghoch liegt, monumental hoch. Monumente des Verlustes, Verlust unter jedem Torbogen. Unter jedem Torbogen, in jeder einzelnen Gasse. In jeder Gasse, jedem Schatten. In jedem Schatten, jedem Ruf. Jedem Ruf:

»Asobu …? Asobu …? Asobu …? Asobu …?«

Ich schaue in jeden Torbogen, in jede einzelne Gasse. In jeden Schatten. Bis ich diejenige finde, nach der ich suche. Diejenige in dem gelben und dunkelblau gestreiften Trägerkleid …

»Asobu …? Asobu …? Asobu …? Asobu …?«

In der weißen kurzärmligen Bluse und den rosafarbenen Socken …

In weißen Leinenschuhen mit roten Gummisohlen …

»Asobu …? Asobu …? Asobu …?«

Ihr Haar ist schwarz. Ihre Haut weiß …

Unter einem Torbogen. In einem Schatten …

»Asobu …? Asobu …?«

»Asobu …?« fragt sie mit ihrem nördlichen Akzent, und ich nicke und folge ihr unter den Torbogen, tiefer in die Schatten, wo sie mich als Erstes um das Geld bittet.

»Ich habe kein Geld«, sage ich zu ihr.

Und ich verfluche mich erneut …

Ich ziehe mein Polizeinotizbuch hervor und zeige ihr meine Dienstmarke; sie flucht und sagt: »Ich gehöre zur *White Bird Society.*«

»Na und?« frage ich sie und drücke sie zu Boden.

Ich schiebe ihr Kleid hoch.

Ihr gelb und dunkelblau gestreiftes Trägerkleid …

Sie trägt keine Unterwäsche.

Ich nehme sie von hinten, und sie flucht und flucht.

Auf Knien. Auf Knien. Auf Knien …

Ich drehe sie um und lege sie auf den Rücken.

Ich nehme sie und komme.

Kein Land. Kein Herz …

»Fertig?« fragt sie in ihrem derben Akzent, ich nicke, sie schiebt mich weg, steht auf und wischt den Staub von sich ab, reibt sich die Knie und dann die Handflächen.

Nacht ist Tag. Tag ist Nacht. Männer sind Frauen …

Ich stehe vor ihr und verbeuge mich. »Es tut mir leid, dass ich kein Geld habe. Es tut mir sehr leid. Wie heißt du?«

Frauen sind Männer …

Sie legt den Kopf in den Nacken, tief unter dem Torbogen, tief in den Schatten, und lacht: »Such's dir aus: Mitsuko? Yori? Kazuko? Yoshie? Tatsue? Hiroko? Yoshiko? Ryuko? Na los, such dir einen aus …«

Die Toten sind die Lebenden. Die Leben sind die Toten …
»Du heißt Yuki«, sage ich zu ihr. »Yuki.«

Ich schließe die Augen, aber ich kann nicht schlafen. *Tag ist Nacht.* Ich höre den Regen. Ich öffne die Augen, aber ich kann nicht denken. *Nacht ist Tag.* Ich sehe Sonnenschein. Ich schließe die Augen, aber ich kann nicht schlafen. *Tag ist Nacht.* Ein guter Ermittler sucht den Tatort hundert Mal auf. Ich öffne die Augen, aber ich kann nicht denken. *Nacht ist Tag.* Das schwarze Nachtlicht hinter den weißen Bäumen des Shiba-Parks. Ich schließe die Augen, aber ich kann nicht schlafen. *Tag ist Nacht.* Die weißen Bäume, die so viel gesehen haben. Ich öffne die Augen, aber ich kann nicht denken. *Nacht ist Tag.* Die weißen Äste, die so viel getragen haben. Schließe die Augen, kann nicht schlafen. *Tag ist Nacht.* Die weißen Blätter, die wieder sprießen. Öffne die Augen, kann nicht denken. *Nacht ist Tag.* Um zu wachsen und zu fallen und wieder zu wachsen. Schließe Augen, nicht schlafen. *Tag ist Nacht.* Ich wende mich ab. Öffne Augen, nicht denken. *Nacht ist Tag.* Ich verlasse den Tatort. Schließe, nicht schlafen. *Tag ist Nacht.* Unter dem Schwarzen Tor. Öffne, nicht denken. *Nacht ist Tag.* Der Hund wartet noch immer. Nicht schlafen. *Tag ist Nacht.* Der Hund wartet noch immer. Nicht denken. *Nacht ist Tag.* Der Hund wartet noch immer. Nicht. *Tag ist Nacht.* Der Hund wartet noch immer. Nicht. *Nacht ist Tag.* Der Hund wartet noch immer. Nicht. *Tag.* Der Hund wartet noch immer. Nicht. *Nacht …*

7.

21. AUGUST 1946

Tokio, 31,5 °C, leicht bewölkt

Die Nacht weicht dem Tag, dunkelgraue Wolken hängen am ausgebleichten Himmel. Ich übergebe mich auf der Toilette des Polizeireviers Atago. *Wieder schwarze Galle.* Neue Warnschilder hängen am abblätternden Putz, ich beuge mich über das Waschbecken. Warnende Hinweise der Lokalverwaltung vor Cholera. Ich spucke aus. Anweisungen, kein Frischwasser zu trinken, vor allem kein Brunnenwasser, und keine rohen Speisen zu sich zu nehmen, vor allem keinen rohen Fisch. Ich wasche mir das Gesicht. Ich starre in den Spiegel …

Niemand ist der, der er zu sein vorgibt …

Sieben graue Gesichter warten oben im provisorischen Einsatzraum auf mich; Hattori, Takeda, Sanada, Shimoda und Kimura; Ishida mit seinen Sorgen und Nishi mit seinem blauen Auge. *Noch kein Fujita …*

Sie sind gestern den ganzen Tag durch Shiba gelaufen und haben Leute befragt. *Ermittlungsarbeit ist Fußarbeit.* Sie haben den ganzen Tag über den Verdächtigen und das Opfer beschrieben. *Ermittlungsarbeit ist Fußarbeit …*

Das gelb und dunkelblau gestreifte Trägerkleid …

Ich frage Hattori und Takeda, was sie herausgefunden haben.

»Nicht das Geringste«, antworten die beiden.

Die weiße kurzärmlige Bluse …

Ich frage Sanada und Shimoda, was sie herausgefunden haben.

»Überhaupt nichts«, antworten die beiden.

Die weißen Leinenschuhe …

Ich frage Kimura und Ishida.

»Nichts«, antworten sie.

Doch jetzt schauen sie mich alle fragend an. Sie schauen zweifelnd. Sie schauen hasserfüllt.

Ich bin der Chef. Ich bin der Boss …

Ich teile neue Paare ein; Takeda und Ishida, Hattori und Shimoda, Sanada und Kimura. Nishi hebe ich mir für später auf.

Ich bin der Boss! Ich bin der Boss!

Ich reiche Takeda und Ishida zwei Vermisstenmeldungen: Ishihara Michiko und Ōzeki Hiromi, sechzehn und siebzehn Jahre alt. *Ich leite diese Abteilung.* Ich reiche Hattori und Shimoda zwei Vermisstenmeldungen: Konuma Yasuyo und Sugai Seiko, siebzehn und achtzehn Jahre alt. *Ich bin der Boss in dieser Abteilung.* Ich reiche Sanada und Kimura zwei Vermisstenmeldungen: Tanabe Shimeko und Honma Fumiko, beide achtzehn Jahre alt. *Ich bin der Leiter!* Ich sage zu Nishi, er soll im Zellentrakt unten auf mich warten.

Ich bin der Boss! Ich bin der Boss! Ich bin der Boss!

»Das sind alles Meldungen von vermissten Mädchen im Alter von fünfzehn bis zwanzig«, sage ich zu den Anwesenden. »Alles Berichte von Mädchen, die zwischen dem 15. und 21. Juli dieses Jahres als vermisst gemeldet wurden. Eines dieser Mädchen könnte unser Opfer sein …«

Ich bin der Boss! Ich bin der Boss!

»Ich will, dass sie gefunden werden!«

Ich bin der Boss!

Ich renne wieder auf die Toilette und übergebe mich erneut. *Braune Galle.* Ich gehe zum Waschbecken, spucke aus, wische mir den Mund ab. Ich drehe den Wasserhahn auf. Ich wasche mir erneut das Gesicht. Ich starre in den Spiegel …

Niemand ist der, der er zu sein vorgibt …

Inspektor Nishi wartet im Zellentrakt unten auf mich. Er hat ein blaues Auge und düstere Vorahnungen, steht mit dem Rücken an der Zellenwand. Ich baue mich direkt vor ihm auf. Nishi weiß, was ich will. Nishi *muss* wissen, was ich will …

Doch er fängt an, sich für den Vortag zu entschuldigen. »Mein Verhalten tut mir leid«, sagt er. »Gestern auf dem Lastwagen …«

Ich will seine Entschuldigungen, seine Lügen nicht hören …

Nishi weiß, warum ich hier bin. Er weiß, was ich will. Er muss einfach wissen, warum ich hier bin und was ich von ihm will …

Doch Nishi lügt und entschuldigt sich unentwegt.

»Es tut mir leid«, wiederholt er wieder und immer wieder. »Mein Verhalten gestern, das ist unentschuldbar, da auf dem Lastwagen. Es tut mir leid …«

Aber Nishi lügt. Er muss lügen. Er muss wissen, was ich von ihm will. Er muss wissen, warum ich hier bin, also sage ich: »Ich will die Akte.«

»Welche Akte?« fragt Nishi. »Welche Akte?«

Er muss es wissen, also frage ich noch einmal: »Wo ist die Akte?«

»Welche Akte?« fragt er. »Welche Akte?«

»Die Akte, für die Sie unterschrieben haben!« brülle ich. »*Die* Akte!«

Er schüttelt den Kopf: »Ich verstehe nicht.«

»Die Akte Miyazaki Mitsuko«, sage ich.

Wieder schüttelt er den Kopf. »Ich weiß nicht.«

»Sie wissen nicht, wo die Akte ist?«

»Nein, ich kenne die Akte nicht, die Sie meinen.«

»Aber Sie erinnern sich noch an den Fall Miyazaki Mitsuko?« frage ich ihn. »Den Mord am Tag der Niederlage? Die Leiche in dem Luftschutzkeller bei Shinagawa? Erinnern Sie sich?«

Nishi nickt. »Jetzt, wo Sie es sagen, ja.«

»Und wo ist die Akte, die Sie aus dem Präsidium geholt haben?«

Nishi schüttelt den Kopf. »Ich habe keine Akte geholt.«

»Ihr Name steht im Austragsbuch«, erkläre ich.

»Ich war es nicht«, beteuert Nishi.

Ein fragender Blick …

»Es hat also jemand Ihren Namen und Ihr Siegel benutzt, um die Akte Miyazaki Mitsuko zu holen?«

Nishi schüttelt erneut den Kopf. Dann fragt er: »Aber warum würde das jemand machen wollen? Warum?«

Ein unschuldiger Blick …

»Es war noch nicht mal unser Fall«, erklärt er. »Das war doch Sache der Kempeitai.«

Ton-ton. Ton-ton. Ton-ton. Ton-ton. Ton-ton. Ton-ton …

»Es wird also so gut wie nichts in der Akte stehen.«

Ton-ton. Ton-ton. Ton-ton. Ton-ton. Ton-ton …

»Nur die wichtigsten Angaben.«

Ton-ton. Ton-ton. Ton-ton. Ton-ton …

»Zeitpunkt und Ort des Verbrechens.«

Ton-ton. Ton-ton. Ton-ton …

»Die Namen der Zeugen.«

Ton-ton. Ton-ton …

»Die Namen der Beamten.«

Ton-ton …

Ich trete zurück. Weg von der Zellenwand. Ich wende mich zur Tür und gehe hinaus.

»Chef?« ruft Nishi. »Was soll ich machen?«

Ich drehe mich nicht zu ihm um. »Warten Sie oben …«

»Und was, wenn Inspektor Fujita zurückkommt?« fragt Nishi.

»Fujita kommt nicht zurück«, antworte ich und gehe schneller, renne, stürze zur Toilette hinauf.

Ich übergebe mich. *Gelbe Galle.* Noch einmal. *Graue Galle.* Vier Mal übergebe ich mich. *Schwarz, braun, gelb und grau.* Vier Mal starre ich in den Spiegel. Vier Mal schreie ich …

Niemand ist der, der er zu sein vorgibt!

Eine Zigarette zwischen Ruinen und Schutt. Zwei kleine Jungen kauern sich hin, schauen mir beim Rauchen zu, lauern auf die Kippe. Zwei kleine Jungen in grauen Unterhemden und weiten Hosen, Gesichter und Arme so schwarz wie Pech. Die Ruine war früher die Druckerei einer Zeitung, in der die täglichen Reispreise standen. Während der Shiba-Feste verschenkte der Druckereibesitzer buntes Papier an die Kinder und zeigte ihnen, wie man Origamielefanten faltete. Jetzt tauchen drei kleine Mädchen zwischen den Schuttbergen auf und rufen nach den beiden kleinen Jungen. Kleine Mädchen mit kurzen Haaren und schmutzigen Gesichtern. Die beiden Jungen bitten um meine Kippe und die Zeitung. Ich gebe ihnen beides, und sie rennen zu den Mädchen hinüber. Ich schaue zu, wie die beiden die Zeitung ausbreiten.

 Sie falten aus dem Papier zwei GI-Kappen. Die Mädchen stehen inmitten des Schutts und rufen den Jungen etwas zu. Die beiden marschieren mit den Kappen auf dem Kopf zwischen den Ruinen umher.

»Asobu?« rufen die drei kleinen Mädchen.

»Asobu …? Asobu …?«

Ich bin auf dem Revier Meguro eingetroffen und klopfe an die Tür zum Verhörzimmer. Ich öffne sie, verbeuge mich und setze mich neben den Stenografen. Hauptkommissar Kanehara und Inspektor Kai schauen nicht auf, doch die Frau von Kodaira Yoshio wirft mir einen kurzen Blick zu und wendet sich wieder ab.

Frau Kodaira ist jünger als ihr Gatte, eine große Frau mit vollen Brüsten und einem runden Gesicht. Sie trägt ihr bestes Sommerkleid und klammert sich an ihre Handtasche.

»Ich weiß, dass er Midorikawa kannte«, sagt sie. »Aber ich bin sicher, er hat sie nicht umgebracht. Da muss es einen Irrtum geben, ich bin mir sicher …«

»Ihr Mann hat den Mord bereits gestanden«, erklärt Kai. »Sie haben doch sein Geständnis gelesen. Es gibt keinen Zweifel.«

»Ich möchte ihn sehen«, sagt sie. »Ich möchte ihn persönlich fragen.«

»Später«, entgegnet Kai. »Zunächst beantworten Sie bitte unsere Fragen.«

»Aber im Geständnis steht, der Mord sei am 6. August gegen Mittag geschehen«, beharrt sie. »Mein Mann hat bis gegen halb drei in der Wäscherei gearbeitet, ist dann auf direktem Weg nach Haus gekommen und ist dort bis zum nächsten Morgen geblieben.«

»Wie können Sie da so sicher sein?« fragt Kai.

»Weil er mich genau an jenem Tag gebeten hat, ein Tagebuch zu führen«, antwortet sie. »Die genauen Zeiten aufzuschreiben, wann er arbeitet, wann er nach Hause kommt und wann er ausgeht …«

»Und wozu?« fragt Kai.

»Weil er befürchtete, die Wäscherei würde ihm nicht alle Überstunden und Nachtschichten bezahlen«, antwortet sie. »Deshalb.«

»Und der erste Eintrag ist vom 6. August?«

»Ja«, antwortet sie. »Am 6. August, und ich notierte mir: *Kam gegen 14.30 Uhr auf direktem Weg nach Hause.*«

»Und Sie haben das Tagebuch noch?« fragt Kai.

»Ja. Zu Hause.«

Kanehara legt ein Blatt Papier auf den Tisch und fragt sie: »Wissen Sie, was das ist?«

Frau Kodaira schüttelt den Kopf: »Nein.«

»Das ist der Arbeitsplan Ihres Mannes aus der Wäscherei«, sagt Kanehara. »Auf diesem Blatt sind alle Tage und Schichten verzeichnet, die Ihr Mann im August gearbeitet hat ...«

Frau Kodaira starrt das Blatt an.

»Wie Sie sehen können«, fährt Kanehara fort, »war der 6. August sein freier Tag.«

»Aber sehen Sie, deshalb sollte ich doch Tagebuch führen«, wendet sie ein. »Weil sie andauernd solche Fehler gemacht haben.«

»Es ist kein Fehler«, sagt Kanehara. »Wir haben es überprüft.«

Frau Kodaira klammert sich noch fester an ihre Handtasche.

Fragen. Fragen. Fragen ...

»Aber warum sollte er jemanden umbringen?« fragt sie. »Warum?«

»Sie haben sein Geständnis gelesen«, antwortet Kai. »Darin steht, ihn habe das Verlangen nach Midorikawa getrieben ...«

»Sie wollte, dass mein Mann ihr Arbeit besorgt«, sagt Frau Kodaira. »Sie hat ihn verführt, um ihn dazu zu bringen, ihr zu helfen.«

»Er hat sich ihr auf dem Bahnhof Shinagawa genähert«, bemerkt Kai.

»Er hat ihr etwas zu essen gegeben«, entgegnet sie. »Sie hatte Hunger.«

»Er hat erklärt, er habe seine Hand unter ihren Rock geschoben«, sagt Kai. »Er hat uns berichtet, er habe sie während der Eisenbahnfahrt an intimen Stellen berührt.«

»Genau!« ruft seine Frau. »Und sie hat es zugelassen.«

»Er hat sie missbraucht«, sagt Kai. »Er hat sie getötet.«

»Er sie *missbraucht*?« lacht Frau Kodaira auf. »Sie machen Witze! Diese Schlampe hat ihn verführt, genau wie all die anderen.«

Ich beuge mich vor. »Welche anderen?« frage ich.

»Na, die, die vor der Kaserne herumhängen«, antwortet sie. »Er hat mir von denen erzählt, wie billig sie gekleidet sind, wie verdorben sie reden. Dass sie für Essen oder Zigaretten alles tun.«

»Redet Ihr Mann oft über Frauen?«

»Natürlich nicht«, antwortet Frau Kodaira. »Ich weiß, Sie versuchen, ihn als einen Perversen hinzustellen, als jemanden, der junge Frauen vergewaltigt und umbringt; aber er ist ein ganz normaler Mann.«

»Wir haben kein Wort davon gesagt, er hätte außer Fräulein Midorikawa noch weitere Frauen missbraucht oder getötet«, wende ich ein. »Oder?«

Sie schüttelt verneinend den Kopf und klammert sich an ihre Handtasche.

Fragen. Fragen. Fragen …

»Ich möchte, dass Sie den letzten Monat einmal genau überdenken«, sage ich zu ihr. »Können Sie sich erinnern, an welchen Tagen im Juli Ihr Mann nicht gearbeitet hat?«

Sie zuckt mit den Schultern. »Er hat jeden Tag gearbeitet …«

Hauptkommissar Kanehara legt ein weiteres Blatt Papier auf den Tisch. »Abgesehen vom 8. und vom 22. Juli«, fügt er hinzu.

»Können Sie sich erinnern, was genau Ihr Mann an diesen beiden Tagen gemacht hat?« frage ich. »Ist er zu Hause gewesen? Haben Sie sich vielleicht um Lebensmittel gekümmert?«

»Das hat oft er übernommen«, sagt sie. »In Nikkō.«

Kanehara, Kai und ich schauen uns gegenseitig an.

»Aber ich sehe sie nie. Ich bin eigentlich nie dort.«

»Wie oft?« frage ich. »Können Sie sich genau erinnern, wann?«

»Wir müssen doch alle etwas essen, Herr Inspektor. Wir brauchen Lebensmittel.«

»Das wissen wir«, sage ich. »Wir sind nicht daran interessiert, ob Ihr Mann sich legal oder illegal Lebensmittel besorgt hat. Wir sind nur daran interessiert, an welchen Tagen genau Ihr Mann eine Hamsterfahrt unternommen hat.«

»Ich weiß nicht genau«, meint sie. »Es tut mir leid …«

»Und letzten Monat?« frage ich noch einmal. »Auf dem Arbeitsplan Ihres Mannes steht, er habe am 8. und am 22. freigehabt.«

»Dann wird er sich an diesen Tagen wohl darum gekümmert haben«, antwortet sie. »Wenn Sie das sagen.«

»Können Sie sich denn daran erinnern, was er an diesen Tagen gemacht hat?« frage ich sie ein weiteres Mal. »Ist er daheimgeblieben? Ist er ausgegangen? Was hat er gemacht?«

»Woher soll ich das wissen?« erwidert sie. »Ein Tag ist doch wie der andere!«

»Aber doch sicher nicht dann, wenn Ihr Mann freihatte?«

»Aber ich kann den 8. nicht vom 22. unterscheiden«, schreit sie. »Wie soll ich denn die Tage auseinanderhalten?«

»Ich werde versuchen, Ihnen dabei zu helfen«, sagt Hauptkommissar Kanehara. »Lesen Sie die Zeitung?«

Sie klammert sich an die Handtasche und nickt.

»Also gut«, fährt Kanehara fort. »Am 8. Juli gab es die Meldung von dem neugeborenen Baby mit den zwei Gesichtern in Nagoya.«

Sie nickt. »Ich erinnere mich.«

»Und der 22. Juli war der Tag, an dem alle Schulen aufgefordert wurden, die Fotos des Kaisers zu vernichten.«

Wieder nickt sie: »Ich weiß.«

»Fällt Ihnen denn noch etwas anderes ein, was an diesen Tagen passiert ist?« fragt Hauptkommissar Kanehara. »Irgendetwas, das Ihr Mann getan hat?«

»Ich war mir sicher, er ist zur Arbeit gegangen«, antwortet sie. »Ich war mir ganz sicher.«

Hauptkommissar Kanehara nickt: »Ich verstehe.«

Inspektor Kai beugt sich nach vorn und fragt: »Das ist nicht die erste Ehe Ihres Mannes, nicht wahr? Und auch nicht Ihre erste?«

»Mein erster Mann ist in China gefallen«, antwortet sie.

»Mein Beileid«, sagt Kai. »Wann ist er gestorben?«

»Vor fast fünf Jahren.«

»Und wie lange sind Sie mit Herrn Kodaira verheiratet?«

»Anderthalb Jahre«, erklärt sie. »Noch gar nicht so lange.«

»Und wann sind Sie schwanger geworden?«

»Ziemlich schnell. Letzten März.«

»Aber nicht vor der Eheschließung?« fragt Kai.

»Nein!« erwidert sie empört. »Das ist eine unverschämte Frage!«

»Verzeihen Sie bitte«, entschuldigt sich Kai. »Und wann wurden Sie evakuiert, um bei Ihrer Familie in Toyama zu wohnen?«

»Letzten Mai.«

»Aber Ihr Gatte ist in Tokio geblieben?«

»Er fand es furchtbar, als ich nach Toyama evakuiert wurde«, antwortet sie. »Er hat auf dem Bahnsteig geweint. Lauter als ein Kind.«

Sie tupft sich die Augen trocken und klammert sich an ihre Handtasche.

Fragen. Fragen. Fragen …

»Ich weiß, er hat in der Vergangenheit schlimme Dinge getan«, sagt sie. »Und ich weiß, er hat oft die Arbeit gewechselt. Aber er war ein guter Soldat, und er ist ein guter Vater, und seit das Kind auf der Welt ist, arbeitet er noch härter, seine jetzige Arbeit gefällt ihm sogar.«

Immer fester krallt sie sich an ihrer Handtasche fest.

Fragen. Fragen. Fragen …

»Mein Mann ist ein sehr freundlicher Mensch«, fährt Frau Kodaira fort. »Er ist auch sehr zuvorkommend. Er spricht mit jedem und ist sehr hilfsbereit, was meiner Meinung nach eine schlechte Eigenschaft ist, denn deshalb befindet er sich jetzt in Schwierigkeiten. Aber mein Mann neigt nicht zur Gewalttätigkeit. Natürlich wird er wütend, wenn ich ihm Essen koche, das er nicht mag, oder wenn es nicht genug für uns alle gibt. Aber er trinkt nicht, und er schlägt mich nicht und er lügt nicht.«

»Ich glaube Ihnen, Frau Kodaira«, sagt Hauptkommissar Kanehara. »Deshalb denke ich ja auch, dass das Geständnis Ihres Mannes der Wahrheit entspricht.«

Ihre Schultern zucken und zittern.

Keine Antworten. Keine Antworten. Keine Antworten …

Unten im Zellentrakt wartet ihr Mann.

Ich bin nicht mit Hauptkommissar Kanehara und Inspektor Kai zurück aufs Präsidium gegangen. Ich nehme die Yamate-Linie von Meguro nach Shimbashi. Es juckt und ich kratze mich. *Gari-gari.* Ich steige in Shimbashi aus. Der Markt ist noch immer gesperrt. Ich stehe da und schaue mich um.

Vier Militärpolizisten in weißem Sommerdrillich halten Wache. Ihre blauen Augen sind leer, ihre schwarzen Stiefel im Boden verankert. Es juckt und ich kratze mich. *Gari-gari.* Hinter den Wachen sehe ich in der Markthalle die Reihen leerer Stände. Ich gehe durch die schattigen Seitengassen davon, durch die Torbögen zu der alten Holztreppe und der Tür am oberen Treppenabsatz. Doch die Tür ist verschlossen.

Auf dem Schild an Senjus Tür steht: *Ich bin im Krieg.*

Ich betrete das Präsidium der Tokioter Polizei und gehe die Treppe hinauf. Ich klopfe an die Tür zu Kitas Büro, öffne sie, verbeuge mich tief und entschuldige mich. Dann setze ich mich an den Tisch; Kita am Kopfende, Hauptkommissar Adachi und Kanehara zu seiner Linken; Inspektor Kai zur Rechten, dieselben Personen und derselbe Ort, aber heute eine andere Uhrzeit und ein anderes Gesprächsthema.

Heute dreht sich das Gespräch ausschließlich um Kodaira.

Kanehara, Kai und die anderen aus Abteilung eins haben den gestrigen Tag damit verbracht, Kodaira zu befragen, während Nishi und ich draußen im International Palace Geistern hinterherjagten und der Rest meiner Leute in Hitze und Staub die Straßen abklapperte.

Ermittlungsarbeit ist Fußarbeit …

»Es gibt Übereinstimmungen mit anderen Fällen«, erklärt der Chef. »Also müssen auch diese Fälle wieder neu aufgerollt werden. Ich weiß, wir haben nicht genug Leute, also werden wir als Erstes überprüfen müssen, ob diese Fälle mit den verschiedenen Orten übereinstimmen, an denen der Verdächtige gelebt und gearbeitet hat. Der erste Fall ist der von Abe Yoshiko.«

Shinagawa. Shinagawa. Shinagawa …

»Sie erinnern sich vielleicht daran, dass am 13. Juni dieses Jahres ein Bahnwärter die Leiche eines jungen Mädchens fand, also vor etwas mehr als zwei Monaten, und zwar unter einem ausgebrannten Lastwagen. Der Lastwagen stand auf dem Schrottplatz des Shibaura Transportunternehmens, im Bezirk Shiba, auf der Meerseite des Bahnhofs Shinagawa.«

Adachi schaut mich an …

»Die Autopsie ergab, dass das Mädchen ungefähr am 9. Juni missbraucht und dann mit seinem eigenen Halstuch erdrosselt wurde. Die Ermittlungen wurden vom Polizeirevier Takanawa aus geführt und vom ehemaligen Hauptkommissar Mori geleitet, der, wie Sie alle wissen, unglücklicherweise nicht mehr bei uns ist.«

Verhaftet und eingesperrt …

»Die Leiche wurde identifiziert als Abe Yoshiko, fünfzehn, sie besuchte die Dai-san Kokumin Gakkō Mittelschule in Hirai. Weitere Ermittlungen ergaben allerdings, dass sie in Wirklichkeit zusammen mit drei anderen Mädchen einen Prostituiertenring bildete, der Geschäfte mit amerikanischen Soldaten machte. Die Autopsie ergab zudem, dass sie vor ihrem Tod Makkaroni gegessen hatte, was darauf hindeutet, dass sie mit amerikanischen Soldaten zusammen war. Es hielt sich zudem das hartnäckige Gerücht, dass Abe mit einem Polizeibeamten vom Revier Mita geschlafen habe. Wie Sie vielleicht wissen, wurde dieser Beamte ausfindig gemacht und nach seinem Geständnis wegen unkorrektem Verhalten vom Dienst suspendiert.«

Unehrenhaft entlassen …

»Wegen der Verbindungen zu den Shinchū Gun und der möglichen Verwicklung amerikanischer Soldaten sah sich der ehemalige Hauptkommissar Mori nicht in der Lage, den Fall weiter zu verfolgen; er wurde daher als ungelöst zu den Akten gelegt, das Banner wurde eingerollt und damit die Untersuchung offiziell beendet.

Bei der Durchsicht der Aussagen Kodairas und dem Vergleich von ungelösten Fällen ähnlichen Tathergangs mit dem Mord an Midorikawa, und nach Abgleichung mit den Zeiten und Orten, an denen Kodaira gelebt und gearbeitet haben soll, ist Hauptkommissar Kanehara der Überzeugung, dass der Verdächtige auch im Fall Abe Yoshiko verhört werden sollte.«

Kanehara dankt dem Chef und erläutert dann: »Kodaira hat bereits jegliche Kenntnis von dem Mord an Abe Yoshiko geleugnet. Allerdings hat Kodairas Frau heute Morgen erwähnt, dass Kodaira ihr von den jungen Frauen erzählt hat, die bei den Kasernen und der Wäscherei herumlungern, in der er arbeitet. Ich habe die Hoffnung, dass wir einen Zeugen finden werden, der Kodaira um den 9. Juni dieses Jahres in Gesellschaft von Abe gesehen hat; dann wird Kodaira wohl keine andere Wahl haben, als ein weiteres Geständnis abzulegen.

Unser erster Schritt wird also sein, die anderen Frauen des Prostituiertenrings von Abe aufzustöbern. Glücklicherweise hat der ehemalige Hauptkommissar Mori sie im Verlauf der Ermittlungen befragt; ihre Namen und Anschriften wurden überprüft und in der Akte vermerkt. Falls Abe mit Kodaira bekannt war, besteht die Möglichkeit, dass eines oder mehrere dieser Mädchen ihn ebenfalls kannten …«

»Außerdem«, fügt der Chef an, »gibt es die leise Hoffnung, dass eines dieser Mädchen in der Lage ist, bei der Identifizierung der zweiten Leiche in Shiba behilflich zu sein.«

»Oder gar diese Leiche ist«, merkt Hauptkommissar Adachi lachend an.

Sein Blick ruht auf mir, alle Blicke ruhen auf mir …

Ich räuspere mich, verbeuge mich und sage: »Wie Sie alle wissen, waren wir bisher noch nicht in der Lage, die Leiche zu identifizieren, daher bin ich für jeden Hinweis dankbar.«

Der Chef nickt: »Sie werden also persönlich die Adressen überprüfen, die wir von diesen Mädchen in den Akten haben …«

Sie bestrafen mich, aber wofür?

»Sie werden persönlich dorthin gehen«, wiederholt der Chef. »Es ist wichtig, dass Sie diese Verantwortung nicht jemand anderem übertragen.«

Hat es Beschwerden über mich gegeben …?

»Falls irgendeines der Mädchen unter einer dieser Adressen zu finden ist, möchte ich, dass Sie es auf das Revier Shibuya bringen.«

Warum nicht nach Atago? Warum nicht in meine Abteilung?

»Dort werden Sie jedes auffindbare Mädchen an Hauptkommissar Kanehara übergeben. Nachdem Hauptkommissar Kanehara diese Mädchen nach Abe Yoshiko und dem verdächtigen Kodaira befragt hat, werden Sie und die anderen aus Abteilung zwei Gelegenheit haben, sie nach der zweiten Leiche im Shiba-Park zu befragen.«

Sie bestrafen mich …

Kita hält inne, blickt auf und fährt fort: »Wir schätzen Ihren harten Einsatz in diesem Fall, Inspektor.«

Aber weswegen?

Dann wendet er sich an Inspektor Kai. »Inspektor Kai und Abteilung eins werden Kodaira Yoshios Familie eine Beschreibung des Opfers Abe Yoshiko zukommen lassen, ebenso seinen Freunden, Nachbarn und Arbeitskollegen.«

Fragen. Fragen. Fragen …

Abschließend meint der Chef: »Hauptkommissar Adachi und seine Leute werden weiter am Fall des Reporters Hayashi arbeiten.«

Antworten. Antworten und …

»Wegtreten!«

Warnungen!

Ich nehme einen anderen Weg zurück nach Atago. *Sie bestrafen mich.* Das Restaurant ist nur ein Schuppen aus Wellblech. *Sie warnen mich.* Sie haben keinen weißen Reis, aber weißes Brot. *Sie bestrafen mich.* Sie haben Cremeteilchen, aber keinen weißen Reis. *Sie warnen mich.* Ich bestelle bei der Frau hinter der Theke eine Tasse Kaffee und quetsche mich auf einen Stuhl. *Sie bestrafen mich.* Der junge Mann hinter mir trägt noch immer Uniform und hat seinen Seesack unter die Theke gestellt. *Sie warnen mich.* Er hat kurz geschorenes Haar und riecht nach DDT. *Sie bestrafen mich.* Er trägt keinerlei Abzeichen an der Uniform, und seine Augen wirken erloschen. *Sie warnen mich.* Die Frau hinter der Theke stellt ihm etwas Gebäck hin. »Bist du gerade zurückgekehrt, mein Süßer?«

Der junge Mann starrt das Gebäck an und nickt.

»Hast du eine Frau, die auf dich wartet?« fragt sie. »Deine Mutter?«

Der junge Mann schaut von seinem Teller auf und antwortet: »Sie glauben, ich sei vor drei Jahren ehrenvoll im Kampf gefallen. Sie haben ein Belobigungsschreiben des Bürgermeisters von Tokio erhalten, in dem stand, Gefreiter Noma würde für immer im Gedächtnis der Leute bleiben, möge seine Seele in Frieden ruhen. Sie haben eine kleine weiße Schatulle erhalten, mit der Asche meiner Leiche. Sie haben diese Schatulle in unseren Ortstempel gebracht, und ein gerahmtes Bild von mir in Uniform dazu auf den Familien-*butsudan* gestellt. Dann haben sie Räucherstäbchen für mich angezündet, weißen Reis und Sake geopfert.«

Ich will mich nicht erinnern. Ich will mich nicht erinnern …

»Sie wollten mir nicht ins Gesicht schauen. Sie sagten, Noma sei tot.«

Doch hier im Dämmerlicht kann ich nicht vergessen …

»Sie wollten nicht auf meine Füße schauen.«

Sie bestrafen uns alle …

»Sie sagten, ich sei ein Geist.«

Warnen uns alle …

Niemand ist der, der er zu sein scheint.

Wieder beuge ich mich über das Waschbecken. *Wieder schwarze Galle.* Ich spucke erneut. *Wieder braune Galle.* Ich wasche mir erneut den Mund. *Wieder gelbe Galle.* Ich drehe erneut den Wasserhahn auf. *Wieder graue Galle.* Ich wasche mir erneut das Gesicht. *Schwarz, braun, gelb und grau.* Ich schaue nicht in den Spiegel …

Ich gehe nach oben in die provisorische Ermittlungszentrale. Takeda und Ishida sind immer noch unterwegs und suchen Ishihara Michiko und Ōzeki Hiromi. Hattori und Shimoda sind immer noch unterwegs und suchen Konuma Yasuyo und Sugai Seiko. Sanada und Kimura sind immer noch unterwegs und suchen Tanabe Shimeko und Honma Fumiko. Nur Nishi sitzt an seinem Tisch, wo ich ihn zurückgelassen habe, um auf mich zu warten. Sie beobachten mich. *Hautnah.* Aber ich beobachte ihn auch.

»Aufwachen«, sage ich. »Es ist Zeit.«

Wir durchstreifen die Gassen und Seitenstraßen von Shibuya, um an die Türen von Menschen zu klopfen, die wir aus der Akte Abe haben, um dort andere Menschen und dann wieder andere genannt zu bekommen, denn diese Stadt ist ein weites Meer von Vertriebenen, die von hier nach da ziehen und von da nach dort, die nach einem Verwandten suchen, nach einem Heim, nach Arbeit, Essen, einem vertrauten Gesicht auf einer nicht zerstörten Straße in einer nicht ausgebombten Gegend. Vertriebene, die dies und das verkaufen, um sich ein wenig von diesem und jenem zu leisten, von Zimmer zu Zimmer ziehen, von Haus zu Haus, Nachbarschaft zu Nachbarschaft, Ort zu Ort. In einem Augenblick hier, im nächsten fort, fort und dann wieder hier, wieder hier und wieder fort, winzig kleine Fische in einer rauen See.

Es ist später Nachmittag, als wir endlich eine von Abe Yoshikos Freundinnen finden, eine aus ihrem Ring, in einer anderen Gasse von Shibuya, einer anderen Seitenstraße; uns kleben die Hemden am Rücken.

Fünf Uhr nachmittags, das Mädchen schläft noch, meint die Vermieterin. Das Mädchen steht nie vor Sonnenuntergang auf. Aber sie bezahlt immer pünktlich die Miete, bringt sogar Sonderrationen mit heim. Nicht, dass sie das zwei so hübschen Beamten der Tokioter Polizei erzählen würde. Aber ja, sie ist in ihrem Zimmer, und ja, die Vermieterin geht gern hinauf und weckt sie.

Dann wischt sich die Vermieterin mit einem Handtuch über den Nacken, erhebt sich und erklimmt die steile Holztreppe, geht den schmalen Holzflur entlang zum Zimmer der siebzehnjährigen Masaoka Hisae.

Masaoka Hisae folgt ihrer Vermieterin den Flur zurück und die steile Treppe hinunter, zündet sich eine Zigarette an und schnallt den Gürtel ihres *yukata* enger. Sie macht ein mürrisches Gesicht, seufzt und fragt: »Was ist denn jetzt schon wieder?«

Auf dem Revier Shibuya ist die Spannung mit Händen zu greifen. Das Revier ist bis an die Zähne bewaffnet. Nishi und ich hätten Masaoka entweder nach Meguro oder Atago bringen sollen. Aber der Chef hat uns befohlen, sie nach Shibuya zu bringen. Das Revier hat das Hauptquartier der Kakyō Sōkai gestürmt, der Vereinigung chinesischer Händler. Man hat Kō Gyoko-Ju, den Vizepräsidenten, auf das Revier mitgenommen. Kō Gyoko-Ju sitzt unten in einer Zelle. Das soll aber niemand wissen. Die Spannung auf dem Revier Shibuya ist mit Händen zu greifen. Das Revier ist bis an die Zähne bewaffnet. Doch alle wissen, was als Nächstes geschehen wird.

Weil sie kommen. Sie kommen ...

Nishi und ich bitten um einen Raum im oberen Stock, um darin Masaoka Hisae zu befragen. Wir lassen eine Botschaft an Kanehara ins Präsidium überbringen. Dann begleiten wir Masaoka in eine Zelle, wo sie warten soll, bis Kanehara vom Präsidium eintrifft. Erst dann ist Zeit für die Befragung.

Sie kommen. Sie kommen ...

Masaoka sitzt unten in einer Zelle gegenüber von Kō Gyoku-Ju mit seinem blutüberströmten Gesicht und dem blauen Auge.

Sie kommen.

Die Nacht senkt sich herab. Hauptkommissar Kanehara ist hier. Schweiß fließt über Masaoka Hisaes Gesicht und Hals. Der Fächer in ihrer Hand steht keinen Augenblick still. Das mürrische Gesicht bleibt immer gleich.

Bis Kanehara ihr ein Foto zeigt.

Masaoka starrt das Bild an, nickt und erklärt: »Yoshiko und ich waren in seinem Zimmer in der Kaserne.«

»Er hat ein Zimmer dort?«

»Ja«, antwortet sie. »Nur einen Futon und ...«

»Und Sie hatten dort intimen Kontakt mit ihm?«

»Er hat uns *zanpan* versprochen«, antwortet sie. »Brot und Würstchen aus der Shinchū-Küche. Reste ...«

»Haben Sie mit ihm geschlafen?«

»Ja.«

»Und Abe?«

»Nein. Jedenfalls nicht, als wir zusammen waren. Sie hat ihn abgewiesen.«

»Und wann war das?«

»Mai oder Juni.«

»Wo genau?«

»In den Shinchū-Gun-Kasernen unten bei der alten Marineschule für Wirtschaft und Buchhaltung in Shinagawa. Er hat dort gearbeitet und hatte dort auch sein Zimmer.«

»Sind Sie dort geblieben?«

»Ja.«

»Sie beide?«

»Alle drei.«

»Wer war die Dritte?«

»Tominaga.«

»Und hat sie mit ihm geschlafen?«

»Vielleicht«, lacht Masaoka. »Der konnte es die ganze Nacht treiben; er meinte, er müsse alles nachholen, was er versäumt habe.«

»Aber er war nicht Shinchū Gun, oder?«

»Er hatte Brot. Er hatte Fleisch.«

Wir haben keinen Reis. Kein Essen …

»Sie haben Geschlechtsverkehr, um Brot zu bekommen?«

Wir alle betteln um Essen …

»Er war nett zu uns.«

Wir alle betteln …

»Nett zu Ihnen?«

Betteln …

»Ja.«

»Und nachdem Abe ermordet wurde, ist Ihnen nie der Gedanke gekommen, dass es dieser Mann hätte gewesen sein können, der Ihre Freundin am 9. Juni getötet hat?«

»Nein, aber jetzt, wo Sie mir das alles erzählen und mir sein Foto zeigen, vielleicht …«

»Aber nach dem Mord haben Sie seinen Namen Hauptkommissar Mori gegenüber nicht erwähnt?«

»Keiner hat von ihm gesprochen, ich dachte nicht, dass er ihr Mörder sein könnte …«

»Hat er Ihnen erzählt, dass er bereits wegen der Ermordung seines Schwiegervaters verurteilt worden ist?«

»Nein, nie«, antwortet sie lächelnd. »Sonst hätte ich etwas gesagt.«

»Er hat bereits die Vergewaltigung und Ermordung eines Mädchens gestanden.«

»Na ja, dann hat er vielleicht auch Yoshiko umgebracht.«

»Aber er kannte Abe Yoshiko?«

»Ja, ganz sicher.«

»Hat er sie um Gefälligkeiten gebeten?«

»Das hat er.«

»Und sie hat sich geweigert?«

»In jener Nacht schon, ja.«

»Danke«, sagt Hauptkommissar Kanehara. »Ihre Aussage war sehr hilfreich, Fräulein Masaoka.«

Masaoka Hisae kneift die Augen zusammen, schaut ihn mürrisch an und fragt: »Dann kann ich also gehen?«

»Gleich«, antworte ich. »Aber erst habe ich noch ein paar Fragen an Sie.«

Masaoka Hisae verschränkt die Arme vor der Brust und meint: »Bitte.«

»Ich möchte, dass Sie mir etwas mehr über Ihre Mädchen erzählen.«

Masaoka Hisae lacht. »Meine Mädchen? Meine Nutten?«

Auf der Treppe nähern sich Schritte …

»Ja«, sage ich. »Namen und Alter …«

Stiefel auf dem Flur …

Die Tür fliegt auf, ohne dass jemand vorher angeklopft hätte, ein Polizeibeamter platzt keuchend in das Verhörzimmer: »Draußen ist die Hölle los, Chef! Die Formosaner, die Chinesen und Koreaner haben sich zusammengetan, sie haben die Märkte in Shimbashi und Ōji angegriffen, die Reviere Atago und Ōji mit Steinen beworfen und Hashioka, den Revierleiter in Ōji, verletzt …«

Die Chinesen metzeln die Japaner nieder …

»Sie sind zu Tausenden aus Osaka und Kobe gekommen, und sie

 haben als Unterstützung Männer von einem chinesischen Kriegsschiff geholt, das in Yokohama ankert, sie sind mit Maschinengewehren bewaffnet und feuern auf die Polizei und die Zivilbevölkerung …«

Die Chinesen metzeln die Japaner nieder …

»Und jetzt kommen sie hierher, um Kō Gyoku-Ju herauszuholen …«

Kanehara, Nishi und ich eilen nach unten und stürmen hinaus. *Sie kommen.* Es ist Nacht. *Sie kommen.* Es ist 21 Uhr, alle haben ihre Stellung eingenommen. *Sie kommen.* 200 Polizisten stehen außerhalb des Reviers Shibuya Wache. *Sie kommen.* Adachi steht mit Kurzschwert in der einen und Pistole in der anderen Hand da. *Sie kommen.* Fünf Lastwagen voller Formosaner nähern sich.

Die Nerven liegen blank …

Die Polizei hält den ersten Lastwagen an. Der Fahrer erklärt den Beamten, dass sie zum Hauptquartier der Kakyō Sōkai wollten. Die Beamten erstatten dem Chef Meldung. Der erste Lastwagen wird durch die Straßensperre gelassen. Dann der zweite. Dann der dritte. Dann der vierte. Schließlich der fünfte.

Die Nerven liegen blank …

Am fünften Lastwagen ist die Hecktür geöffnet. Auf dem fünften Lastwagen ist ein Maschinengewehr montiert. Das Maschinengewehr eröffnet das Feuer, es donnert durch die Nacht, jagt Polizisten in die Flucht, trifft zwei Beamte, die anderen greifen nach ihren Waffen und feuern zurück.

Peng! Peng! Peng! Peng! Peng! …

Jetzt erkenne ich Senjus Männer, sie kämpfen Seite an Seite mit der Tokioter Polizei.

Peng! Peng! Peng! Peng! Peng! …

Von den Lastwagen feuern Formosaner zurück, stürzen von den Ladeflächen, liegen auf der Straße.

Peng! Peng! Peng! Peng! Peng! …

Eins, zwei, drei, vier, fünf, sechs Formosaner liegen auf der Straße.

Peng! Peng! Peng! Peng! Peng! …

Einer der Fahrer wird durch die Windschutzscheibe getroffen.

Peng! Peng! Peng! Peng! Peng! Peng! Peng! Peng! Peng …

Der Lastwagen gerät auf den Bürgersteig und donnert gegen eine Wand.

Peng! Peng! Peng! Peng! Peng! Peng! Peng! Peng …

Formosaner stürzen von der Ladefläche.

Peng! Peng! Peng! Peng! Peng! Peng! Peng …

Sie haben Eisenstangen und Spitzhacken.

Peng! Peng! Peng! Peng! Peng! Peng …

Wir haben Revolver und Munition.

Peng! Peng! Peng! Peng! Peng …

Ich sehe Senju Akira mit seiner Pistole.

Peng! Peng! Peng! Peng …

Ein, zwei, drei, vier …

Peng! Peng! Peng …

Tote Formosaner.

Peng! Peng …

Fünf, sechs …

Peng!

Blut am Eingang zum Polizeirevier Shibuya. Blut auf dem Boden am Tresen. Blut im Flur. Blut auf der Treppe. Blut an den Wänden. Blut in den Zellen unten. Die Zellen sind voll. Die Zellen sind stumm.

Männer mit Eimern und Schrubbern.

Die Sieger werden jeden Augenblick hier sein …

Männer mit Lappen.

Männer mit Pistolen und Knebeln.

Die Sieger werden nach Antworten verlangen …

»Sie sind da! Sie sind da!«

Wir können die Motoren ihrer Jeeps hören. Wir können ihre Lastwagen hören. Wir können hören, wie sie vor dem Polizeirevier anhalten. Wir können die Türen schlagen hören. Wir können ihre Stiefel hören. Und nun können wir ihre Gesichter sehen.

Da kommen sie wieder …

Durch die Tür auf das Revier, die Sieger mit ihren *nisei*-Dolmetschern. Sie gestikulieren wild mit den Armen und bellen ihre Befehle.

»Was ist hier los?« fragen sie den Leiter des Reviers Shibuya.

»Eine Gruppe von Formosanern hat uns angegriffen«, antwortet er.

»Und wo sind sie jetzt?«

»Sie sind geflohen«, antwortet er.

»Haben Sie irgendwelche Verhaftungen vorgenommen?« fragen sie ihn.

»Noch nicht«, antwortet er.

»Und Sie haben keine Verdächtigen in Gewahrsam?«

»Leider nein«, sagt er.

Die Sieger schauen sich im Eingangsbereich des Polizeireviers Shibuya um. Alles blitzsauber. Sie sehen sich am Tresen um. Alles blitzsauber. Sie schauen den Flur entlang. Blitzsauber. Aber sie schauen nicht die Treppe hinunter, die Treppe, die blutverschmiert war. Sie sehen nicht die Wände, die blutbefleckt waren. Sie verlangen nicht, die Zellen im Keller zu sehen. Die Zellen, die voller Männer mit Knebeln in ihren Mündern sind, voller Männer mit Pistolen in den Händen, blutigen Knebeln und blutigen Pistolen …

Die Sieger sehen diese Männer mit den blutigen Pistolen nicht.

Diese Männer mit den blutigen Knebeln in ihren Mündern …

Nichts sehen. Nichts hören. Nichts sagen …

Die Sieger verlassen das Revier wieder, steigen in ihre Lastwagen und Jeeps.

Sie starten die Motoren und fahren davon.

»Sie sind fort!«

Und wir auch, wieder die Treppe hinunter, die blutverschmiert war, vorbei an den Wänden, die blutbefleckt waren, zurück in die Zellen, die noch immer überfüllt, noch immer still sind.

Keiner kann ihnen noch helfen …

Sie haben den Formosanern die Waffen abgenommen. Sie haben ihnen ihr Geld weggenommen. Sie haben ihnen die Kleidung genommen. Nun werden sie ihnen den Rest nehmen.

Jeder Mann des Reviers Shibuya ist unten in den Zellen.

Gerüchte von toten japanischen Polizisten …

Polizisten mit Gewehren und Schwertern.

Ich weiß nicht, warum ich nach unten gekommen bin …

Die Zellen sind geöffnet worden …

Ich will nicht zusehen …

Das Kesseltreiben hat begonnen.

Ich will es nicht sehen …

Hauptkommissar Adachi mit gezücktem Kurzschwert; seine Lippen bewegen sich, bilden aber keine Worte; Tränen rollen ihm über die Wangen …

Adachi hält sich die Klinge seines Kurzschwerts vor das Gesicht. Er starrt gebannt auf die Klinge, sieht, wie sich das Licht darin fängt …

Seine Augen rote Flecken auf weißem Grund …

»Rache! Rache!«

Blut an der Klinge …

»Hauptmann!«

Frisches Blut an den Wänden und auf dem Boden, an Knöcheln und Stiefeln, an Hemdsärmeln und Hosenbeinen, heute Nacht ist es das frische Blut der Formosaner …

Das Blut an unseren Händen und an unseren Lippen …

Ausgeschlagene Zähne und Knochensplitter …

Wir sind die Verlierer. Wir sind die Besiegten …

Schreie, dann Stille.

Man wird die Leichen aus der Stadt bringen, jenseits von Kokubunji, jenseits von Tachikawa. Man wird die Leichen zwischen den Bäumen der Musashino-Ebene einäschern. Man wird im Morgengrauen in die Stadt zurückkehren. Die Ladeflächen der Lastwagen abspritzen und die Protokolle über die Festnahmen verbrennen. Dann wird man die Geschichte neu schreiben.

Deren Geschichte. Deine Geschichte. Meine Geschichte. Unsere Geschichte …

Man wird eine Lüge nach der anderen erfinden, eine nach der anderen, bis man eine nach der anderen glaubt, bis man glaubt, dass es niemals Protokolle gegeben hat. Es gab keine Protokolle. Keine Schlägereien in den Zellen. Keine Morde. Keine blutigen Leichen auf den Ladeflächen der Lastwagen. Keine Asche und keine Knochen zwischen den Bäumen von Musashino. Man wird eine Lüge nach der anderen erfinden, eine nach der anderen nach der anderen …

Hausmeister und Heizer nehmen ihre Spaten …
Bis schließlich jeder diese Lügen glaubt.
Nehmen ihre Spaten und schaufeln die Erde …
All diese Lügen, die sich jeder selbst ausdenkt.
Schaufeln die Erde wieder in das Loch …
Bis jeder diese Geschichte glaubt.
Zurück in das Loch über den Mann …
Diese Geschichte, die wir uns selbst lehren.
Über den Mann, schneller und immer schneller …
Bis auch ich diese Lügen glaube.
Schneller und immer schneller, um …
Bis ich diese Geschichte glaube …
Um seine Schreie zu verscharren …
Meine Lügen. Meine Geschichte.

Masaoka hat die Schreie gehört. Sie hat die Stille vernommen. Jetzt ist sie bereit zu reden. Masaoka wird uns alles sagen, was immer wir hören wollen.

Aber ich schreie. *Innerlich.* Ich zittere. *Äußerlich.*

»Wir waren zu viert«, sagt sie. »Yoshiko, Tominaga Noriko, Shishikura Michiko und ich. Aber nach der Sache mit Yoshiko sind wir alle unsere eigenen Wege gegangen.«

Ich zittere. Ich wiederhole: »Alter etwa achtzehn Jahre, sie trug ein gelb und dunkelblau gestreiftes Trägerkleid, eine weiße kurzärmlige Bluse, rosafarbene Socken und weiße Leinenschuhe mit roten Gummisohlen …«

Rote Gummisohlen …

»Hört sich das nach Tominaga oder Shishikura an?«

»Das könnte Tominaga Noriko sein«, antwortet Masaoka. »Das könnte sie sein. Eigentlich könnte das jedes beliebige Mädchen sein. Aber …«

Ich starre sie an und frage: »Aber was?«

»Aber ich habe gehört, dass Tominaga vermisst wird.«

Ich beuge mich vor und wiederhole: »Tominaga wird vermisst?«

»Seit Juni«, antwortet sie. »Aber …«

Ich starre sie immer noch an. »Aber was?«

»Aber Sie hoffen, dass sie es ist, und ich hoffe, dass sie es nicht ist.«

»Sie irren sich«, sage ich, doch Masaoka Hisae schaut an mir vorbei, über meine Schulter hinweg zur Tür.

Hauptkommissar Adachi steht in der Tür und wendet sich an mich: »Was weiß sie?«

»Nicht viel«, antworte ich und schaue immer noch Masaoka Hisae an.

Schatten und Schweiß, ihr Gesicht ist schweißnass …

»Bringen Sie sie heim«, befiehlt Adachi Inspektor Nishi. Dann fordert er mich auf: »Wir gehen …«

Eine andere Gasse entlang, durch andere Seitenstraßen, unter einer anderen Laterne, an einer anderen Theke bestellt Adachi die Drinks: »Was immer Sie haben, von dem wir nicht verrückt oder blind werden oder morgen tot sind!«

Verrückt werden. Blind. Tot …

Der Wirt stellt zwei Gläser mit einer klaren Flüssigkeit auf die Theke.

»Prost«, meint Adachi und stößt mit mir an. »Sie sehen furchtbar aus, Inspektor.«

»Ich fühle mich auch so«, sage ich. »Schlimmer als furchtbar.«

»Wegen heute Abend? Wegen der Formosaner?«

»Nein, aber das hat es auch nicht besser gemacht.«

»So ist das nun mal«, sagt Adachi.

»Na ja, dann gefällt mir wohl nicht, wie es nun mal ist.«

»Glauben Sie, mir vielleicht?« fragt Adachi. »Glauben Sie das?«

»Nein. Aber Sie kommen damit zurecht, und ich nicht.«

»Noch sind Sie hier«, stellt Adachi fest. »Noch sind Sie nicht weggelaufen.«

»Wohin denn auch? Was soll ich sonst machen?«

»Es gibt immer ein nächstes Leben …«

Ein anderes Leben. Ein anderer Name …

»Nein, danke«, sage ich. »Zweimal ist schon zu oft für mich. Viel zu oft.«

Adachi erhebt sein Glas und bietet mir eine Lucky Strike an. »Haben Sie Inspektor Fujita schon gesehen?«

Ich nehme die Zigarette und lasse mir von ihm Feuer geben. »Ja.«

Er bestellt noch zwei Gläser. »Und?«

Ich leere mein erstes Glas. »Er ist weg.«

Adachi hebt sein zweites Glas. »Weg?«

»Und er kommt auch nicht wieder zurück.«

»Woher wissen Sie das?«

»Er hat es mir gesagt.«

»Glauben Sie alles, was Ihnen die Leute erzählen, Inspektor Minami?«

»Nicht alles, Hauptkommissar Adachi. Aber diesmal glaube ich ihm, ja.«

»Die Leute erzählen doch alles Mögliche, vor allem in diesen Zeiten.«

»Fujita nicht«, entgegne ich. »Der kommt nicht zurück.«

Adachi drückt seine Zigarette aus und trinkt einen Schluck. »Glauben Sie, Fujita hat Hayashi Jo umgebracht?«

Ich drücke meine Zigarette aus. »Ich weiß es nicht. Jetzt nicht mehr.«

»Aber er könnte es gewesen sein? Hätte er Grund dazu gehabt?«

Ich zucke mit den Schultern. »Er und alle anderen auch.«

Adachi leert sein zweites Glas. »Sie auch?«

Ich wende mich zu ihm um. »Ich? Warum?«

Adachi lächelt. »Sie haben Blut an den Ärmeln. Blut an Ihren Hosenbeinen …«

Ich lächle ebenfalls. »Sie auch …«

»Aber bei mir ist das Blut frisch.«

Ich bin wieder hier. *Wieder schwarze Galle.* Ich bin aus dem Licht in die Schatten getreten. *Wieder braune Galle.* Auf das Tempelgelände. *Wieder gelbe Galle.* Aber hier ist nichts. *Wieder graue Galle.* Nur die Ruine des Schwarzen Tores. Unter dem Torbogen schließe ich die Augen. Ich kann einen streunenden Hund hecheln hören. Sein Zuhause verloren, sein Herr fort. In der Ruine des Schwarzen Tores, im Jahr des Hundes, schaue ich auf seine Pfoten. *Schwarz, braun, gelb und grau.* Ich würge und würge und würge und würge …

Bedeckt die Spiegel! Bedeckt die Spiegel!

Der Hund hat keine Pfoten.

Im Dämmerlicht steht Yuki auf. Sie nimmt einen ungefütterten Sommerkimono von dem Regal neben dem Spiegel und zieht ihn an. Der Saum ist mit einem aufgedruckten Muster verziert. Sie verknotet die rot und violett gestreifte Schärpe, dann setzt sie sich neben mich. Sie nimmt eine Zigarette aus der Schachtel auf der Anrichte und zündet sie an. Im dämmrigen Licht reicht sie sie mir.

»Es war wie im Märchen«, meint sie lächelnd. »So, wie wir uns begegnet sind …«

»Ja«, lache ich. »Eine Zufallsbegegnung inmitten eines plötzlichen Regenschauers.«

»Eine ganz klassische Liebesgeschichte«, sagt sie, aber sie lächelt nicht mehr, sie weint.

»Mir ist Zigarettenqualm in die Augen gekommen«, schwindelt sie.

»Luftangriff! Luftangriff! Es gibt einen Luftangriff!«

Jetzt legt sie sich neben mich und schaut mir in die Augen. Sie stupst mir mit dem Finger auf die Nasenspitze und sagt: »Schlaf nicht ein.«

Ich finde keinen Schlaf, weil ich keine Calmotin mehr habe.

Ich möchte schlafen, aber das werde ich nicht. Ich möchte den heutigen Tag vergessen, aber das werde ich nicht. Ich möchte gestern vergessen. Den Tag davor. Diese Woche. Letzte Woche. Diesen Monat. Letzten Monat. Dieses Jahr. Letztes Jahr. Jedes einzelne Jahr, das ich jemals gelebt habe, aber das werde ich nicht, weil ich nicht vergessen kann. Doch hier zumindest, hier kann ich manchmal etwas vergessen. Für einen Augenblick oder für ein paar Stunden.

In ihren Armen. *Kann ich vergessen.* Zwischen ihren Schenkeln. *Kann ich vergessen …*

Die vielen Dinge, die ich hinter mir gelassen habe. Die Dinge, die ich verloren habe …

Ich habe dich im Stich gelassen. Ich habe dich im Stich gelassen. Ich habe dich im Stich gelassen …

Die vielen Dinge, die ich gesehen habe. Die Dinge, die ich getan habe …

Stunde um Stunde. Tag für Tag. Woche für Woche …

Das Blut an den Wänden. Das Blut auf dem Boden.

Monat für Monat und Jahr für Jahr …

Das Blut an meinen Hemdsärmeln.

Aber im Dämmerlicht kann ich nicht vergessen …

Auf meinen Hosenbeinen.

Es tut mir leid. Es tut mir leid …

Hier im dämmrigen Licht …

Ich habe euch alle im Stich gelassen …

Im Dämmerlicht.

8.

22. AUGUST 1946

Tokio, 32°C, sonnig

Ton-ton. Ton-ton. Ton-ton. Ton-ton. Ton-ton …

Die Sonne ist aufgegangen, die ersten Züge sind eingetroffen und weitergefahren. Es juckt und ich kratze mich. *Gari-gari.* Ich wische mir über Gesicht und Nacken. Es gibt keinen Schatten hier. Keine Flucht vor der Hitze. Ich stehe am Ende meiner Straße und beobachte das Tor zu meinem Haus.

Ton-ton. Ton-ton. Ton-ton. Ton-ton …

Ich gehe die Straße entlang zu meinem Haus, öffne das Tor, wische mir erneut über Gesicht und Nacken. Dann gehe ich den Pfad zu meinem Haus entlang. Es juckt und ich kratze mich. *Gari-gari.* Ich öffne die Tür, wische mir nochmals über Gesicht und Nacken, stehe im *genkan* meines Hauses.

Ton-ton. Ton-ton. Ton-ton …

Es ist still. *Die Tatamis verrotten.* Alles schläft. *Die Türen sind kaputt.* Ich lege den Umschlag mit Geld und das Bündel mit Essen auf den Boden im Empfangszimmer. *Die Wände sind eingefallen.* Im Haus riecht es nach meinen Kindern.

Ton-ton. Ton-ton …

Ich richte ihre Schuhe zur Tür hin aus.

Ton-ton. Ton-ton …

Ich wende mich ab und gehe davon, es juckt und ich kratze mich, ich wische mir über Gesicht und Nacken, bevor ich losrenne, davonlaufe.

Tominaga Norikos letzte bekannte Adresse war in Ōimachi, in der Nähe des Fundortes von Abe Yoshikos Leiche. In der Nähe von Kodaira Yoshios Arbeitsplatz. *Kodairas Territorium.* In der Nähe vom Tatort des Mordes an Miyazaki Mitsuko. In der Nähe von Yukis Wohnort. *Mein Territorium …*

Tominaga Norikos Vermieterin bittet mich in ihr Haus und führt mich dann die Treppe hinauf zu Tominagas kleinem Zimmer am Ende des Ganges im zweiten Stock, gleich neben dem Bad.

»Ich wische gelegentlich Staub ab«, sagt sie. »Abgesehen davon ist alles so, wie sie es zurückgelassen hat.«

»Warum?« frage ich sie. »Warum vermieten Sie nicht neu?«

»Aus demselben Grund, warum ich sie als vermisst gemeldet habe, nehme ich an.«

»Warum?« wiederhole ich noch einmal. »Sie ist doch nur eine Mieterin.«

Die Vermieterin geht an das kleine Fenster und öffnet es. Sie schüttelt den Kopf. »Noriko war nicht einfach nur eine Mieterin, wissen Sie. Sie hat ihre Eltern und ihre jüngere Schwester bei den Luftangriffen im März verloren, und ihr älterer Bruder wird noch immer in China vermisst. Und ich habe auch niemanden mehr. Mein Mann ist schon lange tot, und meine beiden Söhne ebenfalls, einer ist schon früh im Süden gefallen, der andere im Norden. Mein Ältester war verheiratet, aber er hatte keine Kinder, und seine Frau hat erneut geheiratet. Ich trage ihr das nicht nach, ich gebe ihr keine Schuld, so sind nun mal die Zeiten, aber nun habe ich niemanden mehr, nur dieses Haus, das verschont geblieben ist, und die Menschen, die hier leben.

Noriko war etwas mehr als sechs Monate hier, ein sehr hübsches Mädchen, sehr höflich und zuvorkommend. Wegen all der Ermittlungen nach der Ermordung ihrer Freundin weiß ich nun, welches Leben Noriko geführt hat, aber ich wäre damals nie darauf gekommen. Noriko hat immer geteilt, wenn sie zusätzliches Essen oder Kleidung besorgen konnte, ganz gleich, was sie dafür hatte tun müssen, ganz gleich, was es sie gekostet hatte.«

»Asobu …? Asobu …?«

Ich nicke und frage: »Und wann ist Ihnen aufgefallen, dass Fräulein Tominaga nicht mehr da war?«

»Etwa einen Monat nachdem ihre Freundin umgebracht wurde, schätze ich.«

»Das wäre also seit Anfang, Mitte Juli?«

»Ja«, bestätigt die Vermieterin. »Aber ganz bestimmt vor dem 15. Juli, denn da war die Miete fällig. Und da habe ich mir langsam Sorgen gemacht.«

»Und wann haben Sie ihr Verschwinden gemeldet?«

»Erst Anfang dieses Monats.«

»Warum haben Sie so lange gewartet?«

»Ich dachte, sie sei vielleicht für eine Weile weggefahren, wissen Sie? Wegen dem, was mit ihrer Freundin geschehen war, wegen all der Polizeiverhöre, wegen all der Fragen, der Andeutungen ...«

»Und falls Fräulein Tominaga nur für eine Weile weggefahren ist, wohin, glauben Sie, ist sie dann?«

Tominaga Norikos Vermieterin wendet sich ab, schaut aus dem Fenster und sagt nichts.

»Sie sagten, sie könne vielleicht weggefahren sein; wohin?«

Sie schüttelt den Kopf. »Es ist zu spät. Sie ist tot.«

»Das wissen Sie nicht«, sage ich. »Vielleicht hat sie nur Angst bekommen.«

Die Vermieterin schüttelt erneut den Kopf. »Es ist zu spät.«

»Vielleicht hat sie nur Angst bekommen und ist weggelaufen.«

Die Vermieterin geht zu einer alten Holzkommode und zieht die Schubladen auf. »Aber Noriko würde niemals all ihre Sachen hierlassen.«

»Aber Sie wissen es nicht sicher«, sage ich erneut. »Heutzutage ändern sich die Pläne der Menschen sehr schnell.«

»Aber Noriko würde sich auf jeden Fall verabschieden«, erwidert sie. »Sie würde nicht einfach so verschwinden.«

Ich gehe zu der Kommode und berühre die Kleidung darin. Ich gehe zum Schminktisch und berühre die Schminktiegel. Ich nehme das Tuch vom Spiegel und berühre das Glas.

»Steht mir das?«

»Da war ein Mann, richtig?« frage ich.

Tominagas Vermieterin schluchzt auf und hält die Hand vor den Mund. Sie schiebt die Schubladen zu, deckt den Spiegel zu und sagt: »Das sollten Sie aber wissen, Herr Inspektor.«

»Was meinen Sie damit?« frage ich. »Woher sollte ich das wissen?«

»Es war einer von Ihnen«, flüstert sie.

»Sie hat sich mit einem Polizisten getroffen?«

»Genützt hat ihr das auch nichts.«

Ich ziehe mein Notizbuch hervor, schlage es aber nicht auf. »Haben Sie jemals gesehen, dass Fräulein Tominaga ein gelb und dunkelblau gestreiftes Trägerkleid und eine weiße kurzärmlige Bluse getragen hat?«

Die Frau weint und nickt.

»Rosafarbene Socken und weiße Leinenschuhe.«

Sie nickt und weint.

»Mit roten Gummisohlen.«

»Ja! Ja!« schluchzt sie und zieht die Schubladen wieder auf, holt die Kleider heraus und wirbelt sie durch die Luft, sucht wie wild nach dem Trägerkleid, der Bluse und den rosafarbenen Socken.

Aber die Sachen sind nicht da, und ich auch nicht mehr …

Unsere Leiche hat einen Namen. Unser Fall ist abgeschlossen …

Ich stürze die Treppe hinunter.

Fall abgeschlossen! Fall abgeschlossen! Fall …

Vor dem Haus stoße ich auf einen Streifenbeamten. Er fragt mich: »Sind Sie Inspektor Minami?«

»Was ist denn?« frage ich zurück.

»Entschuldigen Sie bitte. Im Präsidium ist ein Treffen aller Abteilungen und Sektionen einberufen worden …«

»Und wie haben Sie mich hier gefunden?«

»Hauptkommissar Adachi hat mir gesagt, ich würde Sie hier finden, Herr Inspektor.«

Alle Abteilungsleiter sind hier. Alle Sektionsleiter. Alle Revierleiter.

Die Sieger haben außerdem ihre Beobachter und deren Spione entsandt, deren *nisei*-Übersetzer, die Kollaborateure in Wendemänteln, die Verräter der eigenen Rasse, die Affen mit gelber Haut und weißen Herzen. Nichts sehen, nichts hören, nichts sagen.

»Asobu …? Asobu …?«

Ganz vorn im Raum erhebt sich Fujimoto Yoshio, Chef des Verteidigungsbüros der Tokioter Polizei, und spricht die Ereignisse des vergangenen Abends an.

»Meine Herren, wie Sie wissen, sind solche Zwischenfälle bereits in Osaka und Kobe aufgetreten, doch dies ist das erste Mal, dass die Formosaner ein Polizeirevier in Tokio angreifen …

Bislang weiß man noch nichts Genaues; es wird allerdings berichtet, dass etwa fünfhundert Formosaner, möglicherweise unterstützt von weiteren fünfhundert chinesischen und koreanischen Verbündeten, aufgebracht über den angeblichen Ausschluss vom Markt in Shimbashi, gegen 19.00 Uhr gestern Abend am Bahnhof mindestens fünf Lastwagen bestiegen. Von dort fuhren sie zu besagtem Markt in Shimbashi, durchkämmten zum wiederholten Mal die Gegend, in der Hoffnung, auf Mitglieder der ehemaligen Matsuda-Bande zu stoßen. Da der Markt aber vorübergehend geschlossen ist, waren keine Mitglieder der Matsuda-Bande vor Ort, sodass es zu keinerlei Konfrontation kam. Es gibt allerdings Meldungen von Maschinengewehrsalven …

Nachdem am Markt in Shimbashi keine Mitglieder der Matsuda-Bande aufzufinden waren, fuhren die Formosaner mit ihren Lastwagen zum Polizeirevier Shibuya, wo sie bei ihrer Ankunft von mehr als zweihundert Polizisten erwartet wurden, die zum Schutz des Polizeireviers abgestellt worden waren …

Die Polizei hielt die Lastwagen an, erlaubte ihnen dann aber die Weiterfahrt, als die Formosaner darauf beharrten, sie seien nur auf Einladung der Chinesischen Mission in Tokio und befänden sich auf dem Weg zu einem friedlichen Besuch im Hauptquartier der Kaykō Sōkai. Als die Lastwagen die Polizeireihen passiert hatten, eröffneten die Passagiere auf mindestens einem der Wagen das Feuer auf die Polizei, zielten auf den Polizeichef von Shibuya und verwundeten zwei Beamte schwer.«

Peng! Peng! …

»Die Beamten hatten keine andere Wahl, als sich selbst zu verteidigen, und erwiderten das Feuer. Daraufhin gab es einen fünfzehnminütigen Schusswechsel, bei dem weitere vier Beamte verletzt wurden, zwei davon schwer, sechs Formosaner ums Leben kamen und weitere zwanzig verletzt wurden. Der Kampf wurde mit mindestens zwei Maschinengewehren ausgetragen, die die Formosaner auf ihre Lastwagen montiert hatten, zudem kamen Pistolen, Messer, Knüppel, Keulen, Spitzhacken und andere Waffen zum Einsatz. Einer der Lastwagen kippte auf den Bürgersteig, wobei sich viele der Passagiere verletzten, wir allerdings siebenundzwanzig Formosaner verhaften konnten. In dem Wagen wurden außerdem Revolver, Eisenstangen, Holzknüppel und Benzinflaschen gefunden.«

Diese Lügen, die sich verbreiten werden …

»Unglücklicherweise entkam der überwiegende Teil der Formosaner, die an diesem Zwischenfall beteiligt waren, im Verlauf des Schusswechsels und dem Durcheinander des Handgemenges. Die Verdächtigen konnten bisher noch nicht gefasst werden.«

Bis jeder diese Geschichte glaubt …

»Darüber hinaus wurde das Polizeirevier Ōji schon zuvor von einer Gruppe von etwa zwanzig bis dreißig Koreanern umzingelt und angegriffen, Polizeichef Hashioka musste stationär behandelt werden, ein Koreaner kam ums Leben.

Wir gehen davon aus, dass dieser Zwischenfall gegen 17.00 Uhr gestern Abend begann und sich aus dem Disput zwischen japanischen und koreanischen Standbesitzern vor dem Bahnhof Ōji entwickelte, bei dem schätzungsweise vierzig bis fünfzig Personen in ein Handgemenge verwickelt waren.

Die Polizei wurde gerufen, um die Ordnung wiederherzustellen, die Angreifer zu verhaften und auf dem Revier Ōji festzuhalten. Zu diesem Zeitpunkt umringte eine Gruppe aus zwanzig bis dreißig Koreanern das Revier und bewarf es mit Steinen. Hashioka ging nach draußen, um die Menge zu warnen, wurde dabei aber selbst von Steinen getroffen. Hashioka hatte keine andere Wahl, als in Notwehr von seiner Dienstwaffe Gebrauch zu machen. Dabei trafen seine Schüsse unglücklicherweise den Unterleib eines der Koreaner und verletzten ihn tödlich.«

Peng! Peng! …

»Allerdings beendeten die Schüsse den Disput, und die Ordnung konnte wiederhergestellt werden. Daraufhin wurde Polizeichef Hashioka in die Kaiserliche Universitätsklinik gebracht, wo er, wie man uns mitteilte, etwa zehn Tage bleiben wird, um sich von seinen Verletzungen zu erholen.

Schließlich gab es im Verlauf der letzten Nacht noch fünf weitere Berichte über Kämpfe rivalisierender koreanischer Banden, bei denen es zu zahlreichen Verletzungen und hohen Sachschäden kam. Die Zentrale der Jugendliga für die Unabhängigkeit Koreas in Denenchōfu im Bezirk Ōmori wurde gegen 5.00 Uhr morgens von etwa dreihundert Koreanern auf einer Reihe von Lastwagen und anderen Fahrzeugen angegriffen. Die Koreaner warfen Fensterscheiben ein, drangen in die Zentrale ein und zertrümmerten Tische und Stühle…

Aufgrund der bisher vorliegenden Informationen sind umfangreiche Festnahmen in den Bezirken Komatsugawa, Sunamachi und Kameido angeordnet worden …«

Peng! Peng! …

»Genug ist genug!« brüllt Fujimoto.

»Wiederherstellung und Aufrechterhaltung der Ordnung ist unser vorrangiges Ziel, als Polizisten und als Japaner!

Die Tokioter Polizei wird an allen Revieren zusätzliche Wachposten aufstellen, die den Auftrag haben, im Falle neuerlicher Angriffe zurückzuschießen.«

Peng! Peng! …

»Zurückzuschießen, nicht um die Angreifenden zu verletzen oder zu töten, sondern um sie dingfest zu machen und die Ordnung wiederherzustellen, denn die Wiederherstellung und Aufrechterhaltung der Ordnung ist unser vorrangiges Anliegen …

Zusätzlich werden Wachen auf dem Markt in Shimbashi und an anderen Orten abgestellt, die als mögliche Ziele infrage kommen.

Wir werden zudem die Betreiber aller Märkte darauf drängen, ihre eigenen Sicherheitsvorkehrungen zu treffen und umfassend mit der Polizei zu kooperieren, um die Ordnung in Tokio wiederherzustellen und zu erhalten.«

Peng! Peng! …

»Wir werden aber weiter darauf drängen, dass sie auch von Chinesen, Formosanern und Koreanern betriebenen, legalen Unternehmen Platz auf ihren Märkten einräumen. Wir werden uns weiterhin als Schlichter und Vermittler im Falle jedweder Streitigkeiten zur Verfügung stellen.

Doch genug ist genug!« brüllt Fujimoto erneut. »Stellt die Ordnung wieder her! Bewahrt die Ordnung! Wegtreten!«

Alles bleibt beim Alten. Es gibt Kriege und den Wiederaufbau. Kriege und Siege. Kriege und Niederlagen. Besatzungen und Wahlen. Weil es immer ein zweites Treffen gibt. Es gibt immer ein zweites Treffen, um über das erste zu sprechen.

Alles bleibt beim Alten. Alles. Alles …

Damit man über die beste Möglichkeit redet, wie man die Ergebnisse des ersten Treffens ignorieren kann; damit alle so tun können, als hätte das erste Treffen nie stattgefunden; um sich zu versichern, dass alles ganz genau so bleibt, wie es vor dem ersten Treffen war.

Nichts. Nichts …

»Was für ein Chaos, was für ein Chaos«, sagt unser Chef immer wieder. »Die Siegermächte werden erneut über die Korruption bei der Polizei und das Versagen der Justiz reden, werden vor den zunehmenden Machenschaften und der Macht der Banden warnen, werden über die Ungleichbehandlung der Minderheiten und die Wiedergeburt des Nationalismus klagen. Sie werden noch mehr Revisionen und Reformen fordern und uns mit Argusaugen beobachten.«

Alles …

»Aber die Sieger werden die Märkte wieder öffnen müssen«, meint Adachi. »Diese ganze Situation ist die direkte Folge der Kampagne des SCAP gegen die Märkte. Ich weiß, sie wollen den Schwarzmarkt und den Diebstahl von Waren unterbinden, die für die Rationen bestimmt sind, wollen diese Waren aus dem Markt halten, um sie zum offiziellen Preis anbieten zu können …

Aber die Märkte und die Händler kommen doch nur den Bedürfnissen der Leute entgegen. Indem sie die Märkte schließen, diesen Bedürfnissen aber nicht gerecht werden, sorgen die Sieger nur für noch größere Hungersnot und Enttäuschung in der Bevölkerung.

Und indem sie die Märkte zu Veränderungen zwingen, die Anzahl der Verkaufsstände beschränken und auf Lizenzen bestehen, sorgen die Sieger zudem für die weitere Demoralisierung der ausgegrenzten Minderheiten.«

»Da hat Hauptkommissar Adachi vollkommen recht«, pflichtet ihm Kanehara bei. »Ein Kollege aus Chiba hat mir von einem großen Fang von Sardinen erzählt, der geglückt ist. Die verantwortliche Rationierungsstelle war gar nicht in der Lage, einen solchen Fang zu bearbeiten. Es gab nicht genug Eis, um den Fisch frisch zu halten. Es gab nicht genug Lastwagen, um den Fang nach Tokio zu bringen. Außerdem war der offizielle Preis für den Fang so niedrig, dass damit nicht die Kosten für die Boote, die Fischer, für Lagerung oder Transport gedeckt waren.«

»Und was ist daraus geworden?« fragt Inspektor Kai.

»Das ist genau der Punkt, auf den ich hinauswill«, antwortet Hauptkommissar Kanehara. »Letzten Monat, als die Märkte noch offen waren, wäre Folgendes passiert: Die Neuigkeiten von einem solchen Fang hätten dafür gesorgt, dass eine ganze Meute von kleinen Standbesitzern nach Chiba gekommen wäre. Sie hätten den gesamten Fang direkt von den Fischern gekauft und in bar bezahlt. Dann hätten sie den Fisch innerhalb von ein paar Stunden auf dem eigenen Rücken nach Tokio gebracht und die Sardinen innerhalb eines Tages anbieten können. Natürlich wären die Preise höher gewesen als der offizielle Preis, aber wegen der großen Menge und der vielen konkurrierenden Händler wäre der Preis nicht allzu hoch angesetzt worden.«

»Und was ist in Wirklichkeit passiert?« fragt Kai.

»Ein sehr kleiner Teil des Fangs wurde zu einem sehr hohen Preis an eine der Banden verkauft«, antwortet Kanehara.

»Und der Rest?«

»Den hat man verrotten lassen«, sagt Kanehara. »Und was noch gerettet werden konnte, wurde zu Dünger verarbeitet.«

Alles bleibt beim Alten. Alles ...

Stille rings um den Tisch.

Alles. Alles ...

Stille, bis Kita schließlich meint: »Fujimoto wünscht, dass wir uns aus Shobuya und Shimbashi heraushalten. Unglücklicherweise können wir uns wegen der Fälle Abe und Midorikawa nicht aus Shibuya heraushalten, aber wir können zumindest dem Revier Shibuya fernbleiben. Wegen der Nähe zum Shiba-Park sind wir leider weiterhin auf das Revier Atago angewiesen. Bevor Sie oder irgendeine Ihrer Gruppen in der Gegend von Shibuya oder auf dem Markt in Shimbashi zu tun haben, möchte ich, dass Sie zuerst im Präsidium um Erlaubnis fragen.«

Nichts ändert sich …

»Ich möchte nicht, dass einer meiner Männer ins Kreuzfeuer gerät!«

Ich gehe auf die Toilette am Ende des Gangs. *Ich übergebe mich nicht.* Ich gehe in eine Kabine und schließe hinter mir ab. Ich starre in die Schüssel und sehe die Flecken. *Ich übergebe mich nicht.* Ich rieche das Ammoniak, höre das Summen der Insekten und spüre die Hitze. Ich warte eine Viertelstunde lang in der Kabine, dann schließe ich die Tür wieder auf. *Ich übergebe mich nicht.* Ich wasche mir das Gesicht am Waschbecken und schaue nicht in den Spiegel. *Ich übergebe mich nicht …*

Ich trete zurück auf den Gang, klopfe an die Tür zum Büro des Chefs, öffne, gehe hinein, verbeuge und entschuldige mich.

»Es tut mir leid, Sie erneut stören zu müssen«, sage ich, »aber ich wäre sehr dankbar, wenn Sie mir einen Augenblick …«

Doch heute bietet mir Kita keinen Platz und keinen Tee an. Heute blickt er nicht mal auf. »Was ist denn jetzt schon wieder?« fragt er nur.

»Ich hatte noch keine Gelegenheit, Sie auf den neuesten Stand unserer Ermittlungen zu bringen.«

Jetzt blickt er auf. »Haben Sie denn Fortschritte gemacht?«

»Ich glaube, wir haben eine Spur, der ich gern folgen möchte.«

»Also gut, Inspektor, welche Spur?«

»Wie Sie wissen, haben wir Masaoka Hisae, eine der Freundinnen von Abe Yoshiko, aufspüren können. Masaoka hat mir gegenüber ausgesagt, dass die Beschreibung der zweiten Leiche, die wir im Shiba-

Park gefunden haben, der einer weiteren Freundin ähnelt, Tominaga Noriko.«

»Und Hunderten anderen Mädchen …«

»Allerdings wird diese Tominaga vermisst …«

»Wer hat sie denn als vermisst gemeldet?«

»Ihre Vermieterin«, antworte ich. »Das Datum stimmt mit unseren Daten überein, denn die Vermieterin hat Tominaga zwar erst am Monatsersten als vermisst gemeldet, aber sie sagt, Tominaga sei in Wirklichkeit schon zwischen dem 9. und 15. des letzten Monats verschwunden.«

»Und das ist alles?« fragt der Chef.

»Noch nicht«, antworte ich. »Die Vermieterin bestätigte zudem, dass Tominaga Noriko die gleiche Kleidung trug wie die, die an der Leiche in Shiba gefunden wurde. Eine Durchsuchung des Zimmers und Tominagas persönlichem Besitz ergab, dass diese Kleidung tatsächlich fehlt.«

Jetzt zeigt sich der Chef interessiert. »Reden Sie weiter, Inspektor.«

»Masaoka hat bestätigt, dass Kodaira Abe Yoshiko kannte. Sie hat ebenfalls bestätigt, dass Kodaira Tominaga Noriko kannte.«

»Das macht sie allerdings noch nicht zu der Leiche im Shiba-Park.«

»Wenn wir Kodaira mit diesen Beweisen konfrontieren, wird er gestehen …«

»Mit welchen Beweisen denn genau, Inspektor?« fragt der Chef. »Eine Vermisste, die das gleiche Kleid wie eine Ermordete trug? Eine Vermisste, die die Bekannte einer anderen Ermordeten war?«

»Aber das Datum stimmt exakt überein …«

»Dann soll die Vermieterin die Leiche identifizieren«, meint Kita.

»Es gibt keine Leiche«, erwidere ich, »nur Knochen.«

»Aber Sie haben doch die Kleidung, oder nicht, Inspektor?«

Ich nicke. »Die liegt noch in Keiō.«

»Also, wenn sie die Kleidung wiedererkennt, wegen einer ausgebesserten Stelle, einem Riss oder dergleichen, dann wäre das Ihr Beweis, richtig?«

»Ja«, antworte ich. »Und da wäre noch etwas …«

»Raus damit«, meint Kita. »Was gibt es?«

»Ich möchte gern den Namen des Streifenbeamten wissen, der während der damaligen Ermittlungen im Fall Abe entlassen wurde.«

»Wozu wollen Sie das wissen?«

»Er weiß womöglich, wo sich die anderen Freundinnen von Abe aufhalten, und könnte vielleicht bei einer möglichen Identifizierung behilflich sein.«

»Nein«, erklärt der Chef. »Dafür ist jetzt nicht die Zeit.«

»Ich verstehe. Wäre es denn möglich, mit dem ehemaligen Hauptkommissar Mori zu sprechen?«

»Sie wissen, wo Mori ist, oder?« meint Kita lachend.

In der psychiatrischen Klinik Matsuzawa …

»Ja, aber ich dachte, er könnte vielleicht …«

Ich will mich nicht erinnern …

»Und ich dachte, Sie hätten genug von dem Ort …«

Die blutbefleckte Rolle an der Wand hinter seinem Schreibtisch …

»Mori weiß vielleicht, was passiert ist.«

Doch im Dämmerlicht kann ich nicht vergessen …

»Was passiert ist, steht in der Akte. Alles, was er wusste, steht in der Akte. Hier gibt es keinen einfachen Weg, Inspektor. Genug davon«, sagt der Chef.

Der beste Freund, den mein Vater je hatte …

»Und jetzt gehen Sie zurück zu Ihren Leuten.

Gehen Sie zurück zu Ihren Leuten«, brüllt er. »Und führen Sie sie anständig!«

Heute nehme ich keinen anderen Weg nach Atago. Ich nehme denselben Weg wie vor zwei Tagen. Ich nehme denselben Weg vorbei an der Bar im Keller der dreigeschossigen Ruine aus Stahlbeton.

Ich will mich nicht erinnern. Ich will nicht …

Ich gehe die Treppe hinunter, doch heute ist die Tür verschlossen. Ich drehe am Knauf und öffne die Tür, gehe hinein, der Raum ist stockfinster. Ich schaue mich um, doch überall nur Schutt und Müll. Ich mache wieder kehrt und gehe die Treppe hinauf, stehe oben im grellweißen Tageslicht und versuche, mich zu orientieren.

Dabei sieht alles noch gleich aus …

Die Ruine, die ausgebombten Zimmer, die frei stehenden Stahlträger. Der junge Mann in Uniform, der mich fragt: »Haben Sie etwas verloren?«

»Hier war doch eine Bar«, sage ich. »Was ist damit geschehen?«

»Sehen Sie das denn nicht?« lacht der Mann. »Da ist eine Bombe draufgefallen.«

»Nein, nein, nein«, sage ich. »Ich war erst vor zwei Tagen hier ...«

»Da müssen Sie sich irren«, antwortet er. »Das war eine Volksbar. Über hundert Personen waren hier verschüttet und kamen ums Leben. Das Gebäude hat einen Volltreffer abbekommen ...«

»Aber ich war vor zwei Tagen hier«, wiederhole ich.

»Na, dann haben Sie wohl mit Geistern getrunken.«

Ich stehe im grellen Tageslicht.

Im grellen Tageslicht.

»Ist Ihre Uhr stehen geblieben, mein Herr?«

Tageslicht, das wie Regentropfen schimmert. Sie tun gut auf meiner Haut. Ich recke das Gesicht in die Höhe. Der Himmel ist blau, nicht grau, er wölbt sich weit, nicht niedrig über der Stadt. Die Gebäude der Stadt ragen hoch und glänzen in der grell erleuchteten Nacht. Eine lichtdurchflutete Nacht, die sich in meinem Gesicht spiegelt. Mein Gesicht ist feucht vom Regen. Der Regen besteht nur aus Tränen. Meinen Tränen im Tageslicht. Die Stadt in Ruinen, trist, der Himmel grau und verhangen.

»Dann haben Sie wohl mit Geistern getrunken ...«

In Ruinen, trist, grau und eingesunken.

Jetzt zeigt er mir seine Uhr ...

Im grellweißen Tageslicht.

Sie steht noch immer auf 12.00 Uhr.

Ich komme wieder zu spät. *Ich schaue in einen Spiegel.* Inspektor Nishi steht auf der Treppe vor dem Polizeirevier Atago und hält nach mir Ausschau. Er wartet auf mich, möchte mit mir reden. Nishi sieht mitgenommen aus, so als habe er nicht geschlafen. *Ich schaue in einen Spiegel.* Nishi berichtet mir: »Kodaira Yoshio hat eine Geliebte. In Meguro ...«

»Woher wissen Sie das?«

»Masaoka hat es mir erzählt.«

»Wann?«

»Letzte Nacht. Als ich sie zurück in ihr Zimmer gebracht habe.«

»Warum hat sie das denn nicht vorher gesagt? Auf dem Revier?«

»Sie hat es nicht für wichtig gehalten.«

Ich schaue ihn an. »Hatten Sie etwas mit ihr?«

Nishi schaut weg und schüttelt den Kopf.

»Sie sind ein schlechter Lügner, Nishi-kun.«

Er will etwas entgegnen, schließt aber den Mund wieder und schweigt.

»Haben Sie sie bezahlt?«

»Ich habe ihr etwas zu essen gekauft«, antwortet Nishi. »Und ich habe ihr ein paar Drinks spendiert und eine Schachtel Zigaretten.«

»Und nun haben Sie kein Geld mehr bis zum Monatsende«, stelle ich fest. »Ihr ganzes Essen und Ihre Zigaretten ...«

Nishi schaut wieder weg und nickt.

Ich ziehe hundert Yen aus der Hosentasche und stecke sie ihm in die Brusttasche. »Und Sie haben eine neue Spur in dem Fall gefunden. Gut gemacht, Herr Kollege ...«

»Danke«, sagt er. »Werden Sie Hauptkommissar Kanehara und Chef Kai von dieser Geliebten erzählen?«

»Nein«, antworte ich. »Wir gehen los und holen sie selbst.«

»Danke, Herr Minami«, meint Nishi und fügt an: »Da ist noch etwas, wegen der Akte Miyazaki Mitsuo.«

»Was ist damit?« fahre ich ihn an. »Was?«

»Ich glaube, ich weiß, wer sie genommen hat.«

»Wer?« frage ich.

»Ich habe über den Tag nachgedacht«, sagt er, »den Tag der Kapitulation im letzten Jahr. Nur Inspektor Fujita und ...«

»Sie glauben, Fujita hat die Akte genommen?«

»Also, ich war ja nicht am Tatort«, antwortet er. »Ich hatte gar keine Ahnung, dass es überhaupt eine Akte gab. Aber Inspektor Fujita war dort. Er hätte es wissen müssen ...«

»Und Sie glauben, Fujita hat die Akte unter Ihrem Namen geholt?«

Nishi nickt. »Wer denn sonst?«

»Fujitas Gesicht ist bekannt«, sage ich. »Der diensthabende Beamte hätte nicht stattdessen Ihren Namen hingeschrieben.«

»Es sei denn, er hatte einen Grund dafür«, erwidert Nishi. »Oder Fujita hat einen Strohmann geschickt, um die Akte unter meinem Namen zu holen.«

»Einen Strohmann?« frage ich. »Wen denn?«

»Inspektor Ishida, zum Beispiel.«

»Haben Sie schon mit Ishida über die Akte Miyazaki gesprochen?«

Nishi schüttelt den Kopf. »Ich wollte erst mit Ihnen sprechen.«

»Gut gemacht«, sage ich. »Sie können die Sache mir überlassen.«

Aber das will Nishi nicht. »Ich verstehe immer noch nicht, wozu Inspektor Fujita diese Akte braucht.«

»Das werde ich herausfinden«, meine ich. »Sie vergessen die Sache besser.«

»Aber Sie glauben mir doch, dass ich die Akte nicht genommen habe?«

Ich nicke bejahend: »Aber nur, weil Sie so ein schlechter Lügner sind, Kollege.«

Die Treppe hinauf. *Führen Sie Ihre Männer anständig.* Zurück in das provisorische Büro. *Ich muss Ishida finden.* Zurück zu den Fragen und dem Zweifel in ihren Blicken. *Führen Sie Ihre Männer anständig.* Zurück zu Widerspruch und Hass. *Ich muss diese Akte finden.* Doch die Temperatur ist nicht gesunken. *Führen Sie Ihre Männer anständig.* Die Umstände sind unverändert. *Kein Ishida. Keine Akte.* Im Zimmer ist es immer noch heiß und stickig, zum Frühstück gibt es immer noch *zōsui*; *zōsui* ist ihre einzige Mahlzeit. *Führen Sie Ihre Männer anständig.* Ungewaschen, unrasiert; sie haben seit über einer Woche ihre Frauen und Kinder, ihre Geliebte und die unehelichen Bälger nicht gesehen.

Führen Sie Ihre Männer anständig!

Sanada, Hattori, Takeda, Shimoda, Nishi und Kimura; ich zähle noch einmal durch und frage dann: »Wo ist Inspektor Ishida?«

Sie zucken mit den Schultern und schütteln die Köpfe.

»Ich dachte, er sei bei Ihnen«, sage ich zu Takeda.

»Gestern«, antwortet er.

»Er war den ganzen Tag mit Ihnen zusammen?«

»Gestern schon …«

»Und heute?«

Takeda schüttelt den Kopf und schaut die anderen an. »Heute nicht.«

Die anderen schütteln erneut die Köpfe und pflichten ihm bei: »Heute nicht.«

»Vielleicht sucht er nach Inspektor Fujita«, meint Hattori.

»Wie kommen Sie darauf?« frage ich ihn.

Hattori zuckt mit den Schultern. »Nur so.«

»Vergessen Sie Ishida«, sage ich. »Wenn Sie ihn sehen, sagen Sie ihm, er soll hierbleiben, bis ich mit ihm gesprochen habe. Und sagen Sie ihm, wenn er noch einmal verschwindet, dann kann er für immer fortbleiben.«

Die Beamten nicken.

»Außerdem habe ich weitaus bessere Neuigkeiten für Sie alle«, fahre ich fort. »Ich habe einen möglichen Namen für unsere Leiche; Tominaga Noriko … Tominaga war eine Freundin von Abe Yoshiko, die, wie Sie wissen, möglicherweise ebenfalls von unserem Verdächtigen ermordet worden sein könnte. Tominaga wird seit der zweiten Juliwoche vermisst, und es ist bekannt, dass sie die gleiche Kleidung trug wie die Tote …«

Kein Jubel. Immer noch Zweifel.

Führen Sie Ihre Männer anständig!

Wieder teile ich sie in Paare ein. Ich schicke Takeda und Kimura zu Tominaga Norikos Vermieterin in Ōimachi. Ich schicke sie los, um jedes noch so kleine Detail in Erfahrung zu bringen, das die Frau über das Leben ihrer ehemaligen Mieterin weiß. Ich schicke sie los, um mit ihr zu verabreden, wann sie nach Keiō kommen und sich die Kleidung der Leiche anschauen kann.

Führen Sie Ihre Männer anständig!

Ich schicke Sanada und Shimoda erneut zu Masaoka Hisae in Shibuya. Ich schicke sie los, um jedes noch so kleine Detail herauszufinden, das sie über das Leben ihrer Freundin weiß.

Führen Sie Ihre Männer anständig …

Ich lasse Hattori auf dem Revier zurück, um dort auf Ishida zu warten. Dann ordne ich an, Nishi solle mich begleiten.

»Entschuldigung, Chef«, sagt Hattori. »Aber was ist mit Ishihara Michiko und Ōzeki Hiromi? Was ist mit Tanabe Shimeko und Honma Fumiko? Und was mit Konuma Yasuyo und Sugai Seiko?«

Führen Sie Ihre Männer anständig!

»Natürlich«, entgegne ich. »Was haben Sie herausgefunden?«

»Nichts!« zischt Hattori.

Führen Sie Ihre Männer anständig …

»Vielen Dank, Inspektor«, sage ich. »Vielen Dank.«

Masaoka Hisae hat Nishi den Namen von Kodairas Geliebter gegeben, einer gewissen Okayama Hisayo, wohnhaft irgendwo in der Nähe von Meguro, in der Nähe des Reviers, auf dem Kodaira im Augenblick einsitzt. Nishi hat schnell gearbeitet und eine aktuelle Adresse von Okayama Hisayo herausgefunden; sie wohnt in einem Mietshaus auf halbem Weg zwischen Meguro und Gotanda, also gehen wir zum Bahnhof Hamamatsu-chō, nehmen die Yamate-Linie und steigen in Gotanda wieder aus.

Eine andere heruntergekommene Gegend, ein weiteres verwohntes Gebäude …

Kodaira Yoshios Geliebte lebt in einem Wohnhaus an einem Steilhang mit Blick auf den Fluss Meguro. In der Nähe stehen Häuser im westlichen Stil, doch die sind alle von den Siegern requiriert worden und werden streng bewacht. Okayama Hisayos Haus steht direkt am Hang, auf Augenhöhe mit der Hochbahn der Staatlichen Eisenbahn, dem Lärm der Züge ausgesetzt. Während wir die Treppe hinaufsteigen, fällt mir ein, dass dieses Haus eine jener Adressen ist, die wir als Anschriften von Kodaira Yoshio aufgelistet haben; er und seine Frau haben in ebendiesem Gebäude gewohnt.

Ein weiteres verwohntes Gebäude …

Nishi und ich klopfen an der Tür zu Okayama Hisayos Wohnung, öffnen sie und entschuldigen uns, sie stören zu müssen und einfach so hereinzuplatzen, dann stellen wir uns vor.

Ein weiteres schäbiges Zimmer …

Okayama Hisayo ist eine unscheinbare, blasse Frau Mitte vierzig. Sie kniet sich im Eingangsbereich ihrer Wohnung hin und verbeugt sich. Sie heißt uns willkommen, entschuldigt sich für den armseligen Zustand der Wohnung und bittet uns hinein. Sie hat schon auf uns gewartet.

Sie fragt nicht, wer wir sind.

Nishi und ich treten in den überhitzten Raum mit den grauen Wänden und setzen uns an den niedrigen, von Flecken verunstalteten Tisch. Wir entschuldigen uns erneut dafür, sie so unangekündigt zu besuchen.

Sie besteht darauf, uns Tee zu machen, entschuldigt sich, dass sie weiter nichts anbieten könne, duckt sich hinter einen Vorhang, um den Tee zuzubereiten, und lässt uns allein.

Ich drehe mich um und schaue aus dem Fenster; der Ausblick wird teilweise durch den dichten Baumbestand am Rand des Hangs versperrt; allerdings kann ich noch die Anhöhe von Togoshi-Ebara auf der anderen Seite des Flusses sehen, die Kasernen, die dort errichtet werden, die Leichtindustrie, die sich wieder ansiedelt, doch alles andere ist verbrannt, liegt in Schutt und Asche; die alten feudalen Villen, die Gärten, die nun überwuchert sind, die Teiche nur noch giftige Tümpel …

»Das hier war ursprünglich ein Haus für Mätressen«, erklärt Okayama Hisayo und stellt zwei Gläser mit kaltem Tee auf den niedrigen Tisch. »Der Gründer des Shibaura Transportunternehmens hat dieses Land erworben, um für seine Mätresse eine Wohnung zu bauen. Die Adresse war einmal sehr mondän, doch das Haus hat derart häufig den Besitzer gewechselt, dass es mittlerweile ziemlich heruntergekommen ist …«

»Ein wenig Glück muss es aber wohl doch noch gebracht haben«, sage ich. »Sonst wäre es nicht von all den Bomben verschont geblieben.«

»Weil es auf einem Hügel liegt«, meint sie. »Und wegen der Eisenbahn und dem Fluss …«

»Bekommen Sie viel von den anderen Mietern mit?« frage ich. »Kennen Sie Ihre Nachbarn?«

»Eigentlich nicht«, antwortet sie. »Früher waren sie bei der Auswahl der Mieter sehr anspruchsvoll. Aber das hat sich durch den Krieg geändert. Es ist, als wäre die Zeit zurückgedreht worden. Heute wohnen hier wieder Hostessen und Mätressen, Sänger und Gangster, die die Zimmer stundenweise untervermieten.«

»Das Gebäude wird also auch als Hotel genutzt?« fragt Nishi. »Für Prostituierte und ihre Kunden?«

»Jeden Abend«, antwortet sie. »Andere Frauen, andere Männer.«

»Und Sie wissen, wo die Prostituierten ihre Kunden ansprechen?«

»Sie klappern die billigen Cafés am Bahnhof Gotanda ab.«

»Jeden Abend?« fragt Nishi. »Immer andere Männer?«

»Erst das Lachen«, antwortet sie. »Und dann die Tränen.«

»Und was tun Sie, Frau Okayama?«

»Ich klappere die billigen Cafés am Bahnhof Gotanda ab.«

Eine weitere unscheinbare Frau, ein weiteres schäbiges Zimmer, eine weitere abgewohnte Wohnung, ein weiteres verwohntes Gebäude, eine weitere heruntergekommene Gegend.

»Haben Sie so Kodaira Yoshio kennengelernt?«

Frau Okayama schüttelt den Kopf und antwortet: »Ich bin Witwe, mein Mann war Busfahrer. Ich habe ihn kennengelernt, als ich Schaffnerin war. Herrn Kodairas Frau hat ebenfalls als Schaffnerin gearbeitet. Ich habe mich mit ihr angefreundet; sie kannte ich zuerst. Als dann die Wohnung unten frei wurde, habe ich vorgeschlagen, Frau Kodaira und ihr Mann könnten dort einziehen. Dann wurde sie schwanger und zog zurück zu ihrer Familie nach Toyama, um das Kind dort zur Welt zu bringen. Wegen des Krieges sind Frau Kodaira und ihr Neugeborenes dann in Toyama geblieben …«

»Und während Kodairas Frau in Toyama blieb, sind Sie das erste Mal mit ihm intim geworden?« fragt Nishi.

»Herr Kodaira musste in Tokio bleiben«, erklärt die Witwe. »Also bat seine Frau meine Tochter und mich, dass wir uns um ihn kümmern sollten. Aber eigentlich kümmerte sich Herr Kodaira um uns, denn er hatte immer etwas zu essen, Süßigkeiten und Tabak …«

»Und was verlangte er dafür?« fragt Nishi. »Für das Essen, die Süßigkeiten und den Tabak …?«

»Seine Frau war schwanger«, antwortet sie. »Und dann wurde sie auch noch evakuiert. Er war allein, und ich ...«

»Hat Kodaira jemals eine Person namens Tominaga Noriko erwähnt?« frage ich die Witwe Okayama. »Hat er je von einer Abe Yoshiko gesprochen?«

»Ich weiß, ich war nicht die Einzige«, antwortet sie. »Sogar hier im Haus gab es andere. Andere, die nicht verwitwet waren wie ich. Andere, deren Männer Soldaten waren.«

»Aber haben Sie ihn jemals von einem Mädchen von siebzehn, achtzehn Jahren reden hören oder ihn mit ihr gesehen; einem Mädchen, das vielleicht ein gelb und dunkelblau gestreiftes Trägerkleid und eine weiße, kurzärmlige Bluse trug?«

Ich denke immerzu an sie ...

»Meine Tochter Kazuko hatte so ein Kleid«, antwortet sie.

»Und wo ist Ihre Tochter? Wohnt sie bei Ihnen?«

Frau Okayama schüttelt den Kopf. »Ich habe sie fortgeschickt.«

»Wohin? Und wann?«

»Im Mai letzten Jahres«, antwortet sie. »Nach Tochigi.«

Von dort stammt Kodaira ...

»Kannte sie Kodaira?« fragt Nishi. »Ist sie ihm jemals begegnet?«

Frau Okayama nickt. »Was glauben Sie wohl, warum ich sie fortgeschickt habe?«

»Sie haben sie wegen Kodaira fortgeschickt?« fragt Nishi. »Warum?«

»Weil ich wusste, das er meine Tochter haben wollte, nicht mich. Aber sie wollte nicht mit ihm schlafen, ich schon. Wir waren intim miteinander, während sie neben uns schlief; er hat sie die ganze Zeit angestarrt ...«

»Wie oft ist er hier gewesen?« fragt Nishi. »Wie oft haben Sie Kodaira zu sich gelassen?«

»Herr Kodaira hatte großen Appetit«, antwortet die Witwe Okayama. »Er war unersättlich ...«

»Und war er dabei gewalttätig?« frage ich die Witwe, »wenn er Appetit hatte, wenn ihn der Hunger überkam?«

Sie verfolgt mich ...

Frau Okayama schüttelt den Kopf. »Solange man stillhielt.«

»Er hat Sie nie zum Geschlechtsverkehr gezwungen?« frage ich sie.

»Wir mussten sehr leise sein, um meine Tochter nicht zu wecken.«

»Hat Ihnen Kodaira jemals die Hände um den Hals gelegt?«

»Ich meinte, das sei so, als würden wir uns tot stellen ...«

»Hat er je versucht, Sie zu erdrosseln?«

»Er erwiderte nur, das seien wir doch schon.«

Wir sind schon tot ...

Und dann unterbricht sie plötzlich das Schweigen mit der Bemerkung: »Ich glaube, der Tod folgt ihm auf den Fersen, wohin er auch geht ...«

Der Tod folgt uns, so wie wir dem Tod folgen ...

»Was meinen Sie damit?« frage ich.

»Nachdem ich meine Tochter in die Präfektur Tochigi geschickt hatte, wo sie bei meiner Mutter wohnen sollte, hat Herr Kodaira immer und immer wieder nach ihr gefragt und gesagt, wir sollten sie besuchen, wir sollten sehen, wie es ihr geht, und wir könnten dabei gleich *kaidashi* besorgen, Vorräte beschaffen. Sie kennen ihn nicht, aber Herr Kodaira ist ein unnachgiebiger Mensch. Also sind wir, etwa einen Monat nachdem meine Tochter abgereist war, nach Tochigi gefahren, um meine Mutter und meine Tochter zu besuchen ...«

Der Tod lauert überall ...

Aber Nishi kann nicht warten. Er kann sie nicht zu Ende reden lassen. Stattdessen fragt er: »Sie sagten, der Tod folge Kodaira; was meinen Sie damit?«

»Nun, ich habe Herrn Kodaira nur dieses eine Mal nach Tochigi begleitet«, antwortet sie. »Aber ich hörte von meiner Mutter und meiner Tochter, dass er danach mehrmals dort auftauchte ...«

Nishi kann immer noch nicht warten, kann sie nicht zu Ende reden lassen. Erneut fragt er: »Aber Ihre Mutter und Tochter leben noch?«

»Ja natürlich«, antwortet sie. »Aber meine Tochter erzählte, jemand sei ermordet worden.«

»Wo?« fragt Nishi.

»In Kanuma«, antwortet sie. »Gleich neben dem Haus, in dem meine Mutter und meine Tochter wohnen ...«

Nishi und ich geleiten Frau Okayama auf das Revier Meguro. Wir bringen sie nach oben. Wir lassen sie am Tisch im Verhörzimmer Platz nehmen. Wir geben ihr ein Glas kalten Tee. Wir bieten ihr eine Zigarette an. Dann bitten wir sie, uns noch einmal von den Dingen zu berichten, die sie uns schon zuvor erzählt hat. Wir befragen sie nach ihrem verstorbenen Gatten, ihrer Mutter, ihrer Tochter. Wir fragen sie nach dem Haus in Kanuma. Wir bitten sie um genaue Daten und Ortsangaben.

Persönliche Dinge. Intime Dinge …

Wir befragen sie nach ihrem Liebhaber. Wir fragen sie nach ihrem Geschlechtsleben.

Schmutzige Dinge …

Wir verbeugen und bedanken uns. Wir schicken sie nach Hause. Wir verraten ihr nicht, dass ihr ehemaliger Liebhaber gleich im nächsten Verhörzimmer sitzt, unsere Zigaretten raucht und Witze erzählt.

Schmutzige Witze.

Kodaira Yoshio sitzt am Verhörtisch, zieht genüsslich an einer weiteren Zigarette und witzelt mit Hauptkommissar Kanehara und Inspektor Kai herum, dreckige Witze aus einem dreckigen Mund. Aber er beobachtet, dass Adachi und ich unsere Plätze im Hintergrund einnehmen, er bemerkt den Stenografen am Tisch, bekommt alles mit.

»Na kommen Sie schon, Herr Kodaira«, lacht Kanehara. »Sagen Sie schon.«

Kodaira zuckt mit den Schultern und grinst. »Was denn?«

»Die jüngste Muschi, die Sie je hatten.«

Kodaira zuckt wieder mit den Schultern; sein Grinsen wird immer breiter.

»Ein Mann wie Sie, der so viele Muschis hatte …«

Er lacht und schüttelt den Kopf.

»Seien sie nicht schüchtern, Sie sind doch unter Freunden …«

Kodaira hört auf zu lachen und seufzt.

»Sie haben recht«, sagt er. »Stimmt, ich habe eine Menge Muschis gehabt, und viele verschiedene dazu. Japanerinnen, Chinesinnen, Koreanerinnen, Philippinas, Russinnen, Französinnen, Australierinnen, Amerikanerinnen …«

»Sie hatten amerikanische Muschis?« ruft Inspektor Kai aus. »Wann war das denn?«

»Als ich bei der Kaiserlichen Japanischen Marine war«, antwortet Kodaira lachend. »Eine Nutte in jedem Hafen.«

»Na los, erzählen Sie schon«, meint Kai. »Wie sind die weißen Muschis so?«

»Groß und verdammt behaart«, erwidert Kodaira lachend. »Sehr groß.«

»Sie mögen also lieber enge Muschis?« fragt Kai. »Ganz eng?«

»Welcher echte Japaner tut das nicht?« lacht Kodaira. »Mögen Sie vielleicht einen riesigen Eimer, um mit Ihrem winzig kleinen Pinsel darin herumzurühren, Inspektor Kai?«

Wir lachen alle mit. Wir lachen mit feuchten Mundwinkeln und steifen Schwänzen mit …

»Ich stecke ihn lieber in einen neuen Topf«, sagt er augenzwinkernd. »In einen sauberen Topf.«

»Je enger, umso besser, hm?« fragt Kanehara.

Kodaira hebt ein imaginäres Glas und nickt.

»Und je jünger, umso besser?«

»Ich mag den Geschmack von Kirschen an meinem Schwanz«, lacht Kodaira wieder auf. »Welcher wahre Japaner bewundert nicht die ersten Kirschblüten und schaut dann zu, wie sie zu Boden fallen …?«

»Sehr poetisch«, sagt Kanehara. »Sehr poetisch.«

»Gibt es hier etwa jemanden, der mir widerspricht?« fragt Kodaira.

Wir nicken alle. Wir nicken …

»Und was war die jüngste Knospe, die Sie bewundert haben?«

Kodaira blickt auf und zwinkert Kanehara zu.

»Na, kommen Sie schon«, drängt Kanehara. »Machen Sie es nicht so spannend …«

»Ich mag sie nicht zu jung«, gibt Kodaira zu. »Wissen Sie, ich bin ein Mann, der gern kleine Brüste hat, etwas zum Knabbern und Kauen, wenn die Herren verstehen, was ich meine?«

Und wieder nicken wir alle …

»Also um die sechzehn, das wäre so meine Grenze …«

»Daran ist ja auch nichts falsch«, sagt Kai.

Doch Kodaira entgegnet nichts. Er starrt Kai an und sieht sich dann um; er lacht nicht mehr. Kein Lächeln auf seinen Lippen. Er flüstert: »In China konnte man jedes Alter haben, das man wollte. Jedes beliebige Alter …«

»Und haben Sie sich jedes Alter genommen, das Sie wollten?« frage ich ihn.

Kodaira dreht sich zu mir um. Er erkennt mich, lacht und sagt: »Sie waren doch dort, Inspektor. Ich bin sicher, Sie haben gesehen, was ich gesehen habe. Ich bin auch sicher, Sie haben getan, was ich getan habe …«

Keiner lacht, keiner nickt …

Adachi ist aufgesprungen. »Schluss mit diesem Mist.«

Kodaira wendet sich von mir ab und schaut Adachi an.

»Sie kannten ein fünfzehnjähriges Mädchen namens Abe Yoshiko. Sie lungerte bei der Kaserne herum, in der Sie arbeiten. Abe Yoshiko und drei ihrer Freundinnen verkauften sich an die Shinchū Gun für Essensreste und Abfall. Sie haben mit ihr gevögelt und ihr als Bezahlung etwas zu essen gegeben. Um den 9. Juni diesen Jahres herum haben Sie sie vergewaltigt, erdrosselt und dann die Leiche unter einem ausgebrannten Lastwagen auf dem Schrottplatz des Shibaura Transportunternehmens versteckt.«

Kodaira schüttelt den Kopf und flüstert leise etwas vor sich hin.

»Wir haben Zeugen«, sagt Adachi. »Wir haben Aussagen.«

Kodaira nickt und murmelt etwas.

»Seien Sie ein Mann!« brüllt Adachi. »Gestehen Sie!«

Kodaira ist still. »Also gut, ich war es«, sagt er.

»Was waren Sie?« fragt Adachi. »Erzählen Sie uns die Einzelheiten.«

»Ich habe Abe umgebracht«, sagt er. »Aber ich habe sie nicht vergewaltigt.«

»Wirklich?« fragt Adachi. »Und warum nicht?«

Kodaira lacht. »Sie war zu jung.«

»Ausgezeichnete Arbeit, Inspektor Minami«, sagt Adachi. »Ausgezeichnete Arbeit.«

»Falls Sie noch etwas wünschen, fragen Sie einfach.«

»Sie wissen, was ich wünsche«, flüstert er. »Das habe ich Ihnen gestern Abend schon gesagt; ich wünsche mit Fujita zu sprechen; ich möchte mit ihm über den Mord an Hayashi Jo sprechen.«

»Ich habe Ihnen doch schon gesagt, Fujita ist fort, und ich weiß nicht, wohin.«

»Wirklich?« fragt er. »Ich dachte, die Nachtruhe hätte Ihnen einen klaren Kopf verschafft, damit Sie sich wieder daran erinnern, wer Ihre wahren Freunde sind; damit Sie die Dinge wieder klarer sehen, die Dinge so sehen wie ich, auf die richtige Art …«

»Ich habe letzte Nacht nicht geschlafen, und ich weiß nicht, wo Fujita ist.«

»Das ist wirklich schade«, sagt er. »Überaus schade.«

»Das mag sein, aber es ist die Wahrheit.«

»Überaus schade, weil das bedeutet, dass Sie zum Shimbashi-Markt gehen und Ihren neuen Freund Senju Akira fragen müssen, wohin sein alter Kumpel Fujita wohl verschwunden sein mag.«

Ich verfluche ihn …

»Wenn Sie das wissen wollen, gehen Sie doch selbst zu Senju.«

»Senju Akira ist nicht mein Freund, sondern Ihrer.«

Ich verfluche ihn und ich verfluche mich selbst …

»Und warum sollte Senju etwas wissen?«

»Stimmt schon«, meint Adachi lächelnd. »Vielleicht weiß Senju nichts, aber er wird sicherlich mehr wissen, wenn er den Brief gelesen hat.«

Ich fluche und fluche …

»Welchen Brief?« frage ich. »Wovon reden Sie?«

»Den Brief über Fujita«, lächelt er. »Und über Sie.«

Ich fluche …

Ich starre ihn an und frage erneut: »Welchen Brief?«

»Erraten Sie es nicht, Inspektor Minami?« lacht Adachi. »Den Brief, den Hayashi Jo in seiner Schreibtischschublade zurückgelassen hat; den Brief über Fujita und Modera Tomiji und ihren Plan, Matsuda Güchi umzubringen; den Brief, in dem steht, dass Hayashi Ihnen davon erzählt hat …«

»Dann bin ich geliefert«, sage ich. »Das ist mein Todesurteil.«

»Wer sagt denn, dass man nicht bekommt, was man sich wünscht?«

»Senju wird mich umbringen«, sage ich. »Ich kann nicht zu ihm gehen.«

»Doch, das können Sie«, erwidert er. »Es ist alles in Ordnung.«

»Er wird mich umbringen, das wissen Sie.«

Adachi zieht einen Umschlag aus der Jackentasche. Er hält ihn hoch und lacht. »Aber nur, wenn er diesen Brief tatsächlich zu Gesicht bekommen sollte …«

Ich möchte ihn umbringen, auf der Stelle, im oberen Stockwerk des Polizeireviers Meguro, will ich auf ihn einstechen, immer und immer wieder.

Blut an der Klinge …

Adachi tätschelt mein Gesicht. »Vergessen Sie nicht, wer Ihre wahren Freunde sind. Und denken Sie daran, ich will Fujita!«

Ich hätte nicht wieder herkommen sollen. *Ich brauche einen Drink.* Ich hätte mich nicht an den Tisch setzen sollen. *Ich brauche eine Zigarette.* Ich hätte gleich zu Senju gehen sollen. *Ich brauche ein paar Tabletten.* Ich hätte nach Atago zurückkehren sollen. *Ich muss Ishida sprechen.* Ich hätte meine Familie besuchen sollen. *Ich brauche diese Akte.* Ich hätte zu Yuki gehen sollen. *Ich brauche etwas Schlaf.* Alles, nur nicht hier sein, hier an diesem Tisch, hier mit Kodaira Yoshio.

Er beugt sich über den Tisch, lächelt mich wieder an: »Wie ich schon sagte, ich habe noch nie von einer Tominaga Noriko gehört, Soldat.«

»Aber Sie kannten Abe und ihre Freundin Masaoka.«

»Ja, ich kannte Masaoka, und ja, ich kannte Abe Yoshiko.«

»Tominaga gehörte zu ihrem Kreis.«

Kodaira lacht. »Es gab keinen Kreis, Soldat.«

»Aber sie waren doch alle *fūten* …«

Kodaira Yoshio seufzt, reckt die Arme weit über den Kopf und sagt: »Sie waren nur zu zweit, Soldat …«

»Sie waren zu viert«, erwidere ich. »Ein kleiner Prostituiertenring.«

»Das einzige Mal, dass ich so etwas gesehen habe, war in China«, sagt er. »Aber das wissen Sie ja genauso gut wie ich, Soldat.«

Ich hätte nicht herkommen dürfen. Ich hätte mich nicht an diesen Tisch setzen dürfen.

Ich will mich nicht erinnern. Ich will mich nicht erinnern …

»Damals in Jinan«, meint er lachend, »habe ich einmal einen Mann gesehen, der Ihnen verflucht ähnlich sah. Allerdings war er ein Kempei, und er hieß auch nicht Minami.«

Es juckt, ich kratze. *Kodairas Revier.* Ich gehe und schwitze bei jedem Schritt. *Kodairas Revier.* Von Meguro nach Shimbashi. Der Weg führt am Polizeirevier Takanawa vorbei. *Kodairas Revier.* In der Nähe von Shinagawa. Von hier aus wurden die ersten Ermittlungen im Mordfall Abe Yoshiko geführt. *Kodairas Revier.* Das nächste Revier, das vor Atago, ist Mita.

Kodairas Revier …

Ich wechsle die Richtung. Ich ändere den Kurs.

Kodairas Revier …

Ich gehe die Treppe hinauf und betrete das Revier Mita. Ich zeige an der Theke meine Dienstmarke vor und bitte darum, den Diensthabenden zu sprechen, einen alten, misstrauischen Mann, der der Zentrale nicht glaubt und mir auch nicht.

Jetzt mein Revier, nicht seins …

Ich sage ihm, wer ich bin, der Grund, warum ich hier bin, und was ich möchte.

»Sie kommen aus der Zentrale«, meint er. »Ich habe keine Wahl und muss Ihnen den Namen nennen. Ich habe keine aktuelle Anschrift, und wenn ich sie hätte, würde ich sie Ihnen nicht geben, denn ihr Leute habt sein Leben schon einmal ruiniert, und ihr würdet das zweifellos sofort wieder tun.«

»Dann geben Sie mir nur seinen Namen«, erwidere ich, »und schon bin ich fort.«

Der Polizeichef schaut weg und zischt: »Murota.«

Ich drehe mich um, gehe zur Tür hinaus und die Treppe hinunter, fort …

Es ist dunkel. Es ist spät. Aber es ist nicht weit.

Es juckt und ich kratze mich. *Gari-gari.* An Armen und Beinen. *Ich richte ihre Schuhe zur Tür hin aus.* An Rücken und Bauch. *Ich richte ihre Schuhe zur Tür hin aus.* Es juckt und ich kratze mich. *Gari-gari.* Kopf und Leistengegend. *Ich richte ihre Schuhe zur Tür hin aus.* Nägel blutig, Hände blutig.

Der Tod ist überall. Überall …

Ich nehme die Schere von ihrem Schminktisch. *Ich sehe schwarze Läuse.* Ich nehme die Decke vom Spiegel. *Braune Läuse.* Ich schneide. *Gelbe Läuse.* Ich schneide die langen Haare auf meinem Schädel. *Graue Läuse.* Dann am ganzen Körper. *Weiße Läuse.* Dann nehme ich das Rasiermesser von ihrem Schminktisch. *Schwarze Läuse.* Ich klappe es auf. *Braune Läuse.* Ich tauche die Klinge in die Schale mit dem Wasser neben ihrem Bett. *Gelbe Läuse.* Ich habe keine Seife, rasiere mich aber trotzdem. *Graue Läuse.* Ich rasiere mir die Haare ab. *Weiße Läuse.* Auf dem Kopf. *Schwarze Läuse.* Am ganzen Körper. *Braune Läuse.* Haar für Haar. *Gelbe Läuse.* Jede kleinste Strähne. *Graue Läuse.* Auf meinem Schädel. *Weiße Läuse.* In der Leistengegend. *Schwarze Läuse.* Die Haut darunter ist ganz rot. *Braune Läuse.* Die Haut ist wund …

Gelbe, graue, weiße Läuse …

Das Rasiermesser in der Hand, die Klinge stumpf …

Der Tod ist überall. Überall …

Schwarze, schwarze, schwarze Läuse …

Der Tod folgt uns, so wie wir dem Tod folgen …

Yuki ist wach. Sie hat die Augen geöffnet …

Doch wir sind schon tot …

9.

23. AUGUST 1946

Tokio, 30°C, leicht bewölkt

Ich richte ihre Schuhe zur Tür hin aus. Keine Calmotin. Kein Alkohol. Kein Schlaf. Keine Träume. Keine Luft. Kein Windhauch. Kein Glück. Alles fällt auseinander. *Ich richte ihre Schuhe zur Tür hin aus.* Keine Calmotin. Kein Alkohol. Kein Schlaf. Keine Träume. Keine Luft. Kein Windhauch. Kein Glück. Alles fällt auseinander. *Ich richte ihre Schuhe zur Tür hin aus, drei Mal tue ich das.* Keine Calmotin. Kein Alkohol. Kein Schlaf. Keine Träume. Keine Luft. Kein Windhauch. Kein Glück. Alles fällt auseinander, immer und immer und immer wieder …

Sie ist neben mir, neben mir …

Ich kann die Augen nicht offen halten, aber wenn ich sie schließe, kann ich nicht schlafen. Ich kann nicht schlafen, weil ich nicht aufhören kann, an sie zu denken. Ich denke unentwegt an sie …

Sie ist neben mir, neben mir …

Ich denke unentwegt an sie …

Sie liegt neben mir …

Den Kopf ein wenig nach rechts geneigt. *In einem gelb und dunkelblau gestreiften Trägerkleid.* Ihr rechter Arm ausgestreckt. *In einer weißen, kurzärmligen Bluse.* Ihr linker Arm an der Seite. *In rosafarbenen Socken.* Die Beine gespreizt, angehoben, an den Knien angewinkelt. *In weißen Leinenschuhen mit roten Gummisohlen.* Mein Samen trocknet auf ihrem Bauch. *In weißen Leinenschuhen mit roten Gummisohlen.* Dann bringt sie die linke Hand zum Bauch. *In rosafarbenen Socken.* Sie steckt ihre Finger in meinen Samen. *In einer weißen, kurzärmligen Bluse.* Dann führt sie die Finger an den Mund. *In einem gelb und dunkelblau gestreiften Trägerkleid.* Sie leckt sie ab. *In diesem gelb und dunkelblau gestreiften Trägerkleid …*

Sie ist neben mir, neben mir …

Ich will mich nicht erinnern …
Ich schlage die Faust in ihren dreiteiligen Schminkspiegel …
Doch hier, im Dämmerlicht, kann ich nicht vergessen …
Ich brülle immer und immer wieder in ihren Spiegel …
Niemand ist der, der er zu sein vorgibt …
»Wer bist du? Wer bist du?«

Durch die Türen auf das Revier. *Ishida.* Mein Kopf ist kahl geschoren. *Ishida.* Die Treppe hinauf. *Ishida.* Meine Hand ist verbunden. *Ishida.* In das Zimmer im zweiten Stock, in dem Hattori, Takeda, Sanada, Shimoda, Nishi und Kimura ihn festhalten; Ishida mit einem blauen Auge, einem blutverschmierten Mund und in Handschellen. *Ishida.* Er schaut zu Boden, starrt seine Stiefel an.

»Was ist hier los? Was habt ihr mit ihm angestellt?«

»Sie haben doch gesagt, wir sollen ihn hierbehalten«, erwidert Hattori.

»Ich habe nicht gesagt, dass Sie ihn verprügeln und in Handschellen legen sollen.«

»Wir hatten keine andere Wahl, oder?« fragt Hattori.

»Was meinen Sie damit, Sie hatten keine andere Wahl?«

»Er wollte abhauen«, antwortet Takeda.

»Genau wie Fujita«, fügt Hattori hinzu.

Fujita. Fujita. Fujita …

Ich wische mir über Gesicht und Nacken und gehe zu Ishida hinüber. Ich hebe sein Gesicht an. »Wo sind Sie gewesen, Inspektor?«

Ishida atmet die Luft durch den Mund ein, antwortet aber nicht.

»Wir glauben, dass er bei Inspektor Fujita gewesen ist«, sagt Takeda.

»Wir denken, er weiß, wo Fujita ist«, pflichtet ihm Sanada bei.

»Und warum Fujita abgehauen ist«, zischt Hattori.

»Aber er sagt kein Wort«, meint Shimoda.

»Ich finde, wir sollten ihn an Hauptkommissar Adachi überstellen«, meint Hattori. »Der wird ihn schon zum Reden bringen …«

»Warum denn Adachi?« frage ich ihn. »Was will denn Adachi von Ishida?«

»Der Hauptkommissar war hier und hat ihn gesucht«, antwortet Hattori. »Er hat nach Ishida gesucht und auch nach Fujita gefragt.«

Ich verfluche ihn …

»Wann war Hauptkommissar Adachi hier?«

»Gestern Abend«, antwortet Hattori. »Als Sie weg waren.«

Ich verfluche ihn und mich …

Sie murmeln und flüstern miteinander.

Ich bin der Leiter der Abteilung! Ich bin der Chef …

»Genug!« brülle ich. »Ich möchte jetzt Ihre Berichte hören!«

Sofort verstummt das Gemurmel.

Blicke voller Widerspruch, Blicke voller Hass …

Sie erstatten Bericht über Tominaga Norikos Vermieterin. Sie erstatten Bericht über Masaoka Hisae.

»Aber da war noch etwas«, rückt Inspektor Sanada heraus. »Masaoka erzählte uns, dass Kodaira Yoshio stets Geschenke bei sich hatte …«

»So etwas wie Nahrungsmittel, meinen Sie?« frage ich. »*Kaidashi?*«

»Nicht nur Essen«, antwortet Sanada. »Richtige Geschenke, Schmuck, Uhren, Regenschirme, verstehen Sie …?«

»Vielen Dank, Inspektor. Nun möchte ich, dass Sie alle wieder hinaus auf die Straße gehen, nach Shiba und rund um den Park, mit den Beschreibungen von Tominaga Noriko und Kodaira Yoshio.«

Ermittlungsarbeit ist Fußarbeit …

»Und was ist mit Ishida?« fragt Hattori.

»Das überlassen Sie mir«, antworte ich. »Machen Sie sich an die Arbeit.«

Aber Hattori rührt sich nicht vom Fleck. »Was ist mit Fujita?«

»Gehen Sie an die Arbeit, Inspektor!« brülle ich.

Doch Hattori rührt sich immer noch nicht. Keiner von ihnen; Hattori, Takeda, Sanada, Shimoda, Nishi und Kimura; Blicke voller Fragen und Zweifel, voller Widerspruch und Hass.

Führen Sie Ihre Leute anständig!

Dann setzt sich Hattori in Bewegung und mit ihm alle anderen.

Ich bin der Chef!

»Inspektor Nishi, Sie warten«, sage ich.

Nishi nickt und wartet.

»Takeda! Kimura!« rufe ich den beiden hinterher. »Wann wird die Vermieterin von Tominaga in der Klinik sein?«

»Ich sagte, ich bringe sie hin«, antwortet Takeda. »Vor einer Stunde.«

Ich bin der Chef!

»Was stehen Sie dann noch hier herum?« brülle ich ihn an. »Sie beide holen sie, wir treffen uns in Keiō.«

Sie murmeln wieder vor sich hin, als sie davongehen, flüstern miteinander.

Führen Sie Ihre Leute!

Ich wende mich an Nishi, nehme ihn beiseite. »Haben Sie Nachricht von der Polizei in Kanuma?« frage ich ihn.

Nishi nickt, zieht ein Stück Papier aus der Tasche und reicht es mir.

»Gute Arbeit, Inspektor«, sage ich.

Nishi verbeugt und bedankt sich.

Ich bin der Chef!

Nishi meint, das sei keine besondere Leistung gewesen.

Ich bin der Chef!

Ich schüttle den Kopf und bedanke mich. Dann schreibe ich ihm einen Namen auf ein Stück Papier und sage ihm: »Besorgen Sie mir die Anschrift von diesem Mann und kommen Sie damit, so schnell Sie können, nach Keiō.«

Nishi nickt und verbeugt sich. Dann geht er.

Er lässt mich mit Inspektor Ishida allein.

Meine Haut ist rot. *Ishida auf Knien.* Meine Haut ist wund. *Wo ist die Akte?* Mir tut die Hand weh. *Welche Akte?* Ich schwitze am ganzen Körper. *Die Akte Miyazaki Mitsuko.* Die Stadt stinkt nach Exkrementen. *Ich weiß nicht, wovon Sie sprechen.* Nach Fäkalien, Dreck und Staub. *Die Akte Miyazaki Mitsuko.* Dreck und Staub, der meine Haut und meine Kleidung bedeckt. *Ich habe noch nie davon gehört.* Der meine Nase wund werden lässt und mir in der Kehle brennt. *Lügner! Lügner! Lügner!* Mit jedem Jeep und jedem Lastwagen, der vorbeikommt.

Nein, nein, nein. Ich ziehe mein Taschentuch hervor. *Die Akte, um die Fujita Sie gebeten hat, und die Sie ihm besorgt haben.* Ich nehme meinen Hut ab. *Nein, nein, nein.* Ich wische mir über das Gesicht. *Die Akte, die Sie unter Nishis Namen ausgeliehen haben.* Ich wische mir über den Nacken. *Das habe ich nicht.* Ich schaue in den bleichen, weißen Himmel hinauf. *Die Akte, die Sie Fujita geben sollten.* Typhuswolken. *Nein, nein, nein.* Staubwolken. *Die Akte Miyazaki Mitsuko.* Dreckwolken. *Ich weiß nicht, welche Akte Sie meinen.* Die Fäkalienwolken. *Die Akte Miyazaki Mitsuko.* Meine Haut ist rot. *Ich weiß nicht, wovon Sie sprechen.* Meine Haut ist wund. *Wo ist sie?* Mir tut die Hand weh. *Ich weiß es nicht, ich weiß es nicht.* Ich schwitze am ganzen Körper. *Es tut mir leid.* Die Stadt stinkt nach Fäkalien. *Ich weiß es wirklich nicht.* Sie stinkt nach Kapitulation. *Denn jetzt bist du ganz auf dich allein gestellt.* Die Stadt liegt auf Knien.

Ich verfluche ihn. Ich verfluche Fujita. Adachi. Hattori. Takeda. Sanada. Shimoda. Nishi. Kimura. Kai. Kanehara. Kita. Ich verfluche sie alle, aber am meisten verfluche ich mich selbst, mich selbst …

»Stehen Sie auf!« brülle ich. »Stehen Sie auf!«

Noch immer ist die Luft von Schreien erfüllt. *Ich hasse Krankenhäuser.* Ich versuche, nicht zu atmen. *Ich will mich nicht erinnern.* Noch immer stehen die Rollbetten an den Wänden aufgereiht. *Ich hasse Krankenhäuser.* Ich versuche, nicht hinzuschauen. *Ich will mich nicht erinnern.* Durch die Wartezimmer, die langen Flure entlang zum Fahrstuhl. *Ich hasse Krankenhäuser.* Ich schaue zu, wie sich die Fahrstuhltür schließt. *Ich will mich nicht erinnern.* Ich fahre im dunklen Fahrstuhl nach unten. *Ich hasse Krankenhäuser.* Ich schaue zu, wie sich die Fahrstuhltür wieder öffnet. *Ich will mich nicht erinnern.* Ich schaue zu, wie sie sich dem matten Licht öffnet. *Im Dämmerlicht.* Ich sehe Dr. Nakadate; Blut am Kittel, Blut an der Maske, Blut an den Handschuhen. *Ich kann nicht vergessen.* Dr. Nakadate wartet auf mich. »Sie haben noch nicht mit Ihrem Chef gesprochen, oder? Wegen Miyazaki Mitsuko?«

»Tut mir leid«, antworte ich. »Aber die Akte ist verschwunden.«

»Na und? Sie könnten immer noch zu Kita gehen.«

»Bitte lassen Sie mir noch ein paar Tage Zeit.«

»Ein paar Tage? Warum?«

Nur noch ein paar Tage …

»Bitte, Doktor, ich muss erst die Akte finden. Ich muss sie lesen.«

»Warum?« fragt Nakadate. »Wir wissen doch alle, was drinsteht.«

»Ich war nicht der leitende Beamte«, sage ich. »Ich muss die Akte finden. Ich muss sie lesen. Und ich muss mit ihm sprechen …«

»Und Sie glauben, er würde für Sie dasselbe tun?«

»Ich weiß es nicht.«

»Noch ein paar Tage«, erklärt Nakadate. »Aber dann gehe ich selbst zu Kita, Inspektor.«

»Danke.«

»Und Sie sollten sich Ihre Hand behandeln lassen.«

»Danke«, wiederhole ich. »Das mache ich.«

»Worauf warten Sie dann noch?«

Nicht sie. Nicht sie …

Ich verbeuge mich, danke ihm, drehe mich um und gehe fort. Den Kellerflur entlang, vorbei an den Wänden voller Spülbecken. Vorbei an den Warnschildern. Vorbei an Takeda und Kimura, die zusammen mit Tominaga Norikos Vermieterin im Flur sitzen und warten. Hin zu den Glastüren. In den Autopsieraum.

Die Kleidung ist bereits auf einem der Tische ausgebreitet worden, am Fußende stehen die beiden weißen Leinenschuhe mit den roten Gummisohlen; die Damenunterwäsche, die in der Nähe des Tatortes gefunden wurde, liegt wieder auf einem der kleineren Seziertische.

Ich wische mir über Gesicht und Nacken. Dann trete ich in den Gang hinaus und bitte die Vermieterin in den Autopsieraum. Sie folgt mir, wirft einen Blick auf den Tisch.

Sie ist hier. Sie ist hier. Sie ist hier …

Die Vermieterin bricht in Tränen aus.

Sie ist hier. Sie ist hier …

Sie nickt.

Sie ist hier …

»Ja«, flüstert die Vermieterin, und ich drehe mich um, ich gehe, eile den Gang entlang, vorbei an den Wänden voller Spülbecken, den

Warnschildern, in den Aufzug, in die Dunkelheit und dann wieder hinaus ans Licht …

Nishi wartet auf mich. Mit einer Adresse.

Meine Haut ist nicht rot. *Nishi kann es nicht erwarten.* Meine Haut ist nicht wund. *Was ist passiert?* Mir tut die Hand nicht weh. *Sie hat die Kleidung identifiziert.* Ich schwitze nicht am ganzen Leib. *Das gelb und dunkelblau gestreifte Trägerkleid?* Die Stadt riecht nach Blumen. *Ja.* Nach Blüten und Parfüm. *Die weiße kurzärmlige Bluse?* Parfüm, das sich mir auf Kleider und Haut legt. *Ja.* Das mir in der Nase kitzelt und meiner Kehle schmeichelt. *Die rosafarbenen Socken?* Mit jedem verschwindenden Jeep und jedem Lastwagen. *Ja.* Ich ziehe mein Taschentuch hervor. *Die weißen Leinenschuhe mit den roten Gummisohlen?* Ich nehme meinen Hut ab. *Ja, ja, ja.* Ich wische mir über das Gesicht. *Und sie hat alle Kleidungsstücke identifiziert?* Ich wische mir über den Nacken. *Ja.* Ich schaue hinauf in das leichte Blau am Himmel. *Wirklich?* In den leichten Lufthauch. *Ja.* Den Duft. *Also hat unsere Leiche einen Namen?* Die Blüten. *Ja.* Die Blumen. *Unsere Leiche heißt Tominaga Noriko?* Meine Haut ist nicht rot. *Ja.* Meine Haut ist nicht wund. *Und ihr Mörder Kodaira Yoshio?* Mir tut die Hand nicht weh. *Ja.* Ich schwitze nicht am ganzen Leib. *Und Sie glauben, er wird gestehen?* Die Stadt riecht nach Blüten. *Ja.* Die Stadt riecht nach Blumengirlanden. *Dann ist der Fall abgeschlossen?* Die Stadt riecht nach Sieg. *Ja.* Nach meinem Sieg!

Nicht sein Sieg. Nicht Fujitas Sieg. Nicht Adachis Sieg. Nicht Kais Sieg. Nicht Kaneharas Sieg. Nicht Kitas Sieg.

»Das ist mein Sieg!« rufe ich. »Meiner! Meiner! Meiner!«

Murota Hideki stammt ursprünglich aus der Präfektur Yamanashi. Obwohl er wegen seines Fehlverhaltens aus der Polizei entlassen worden war und auch keine Arbeit fand, kehrte er nicht nach Yamanashi zurück, sondern blieb in Tokio. Murota Hideki wohnt in einem alten hölzernen Reihenhaus in Kitazawa, unweit des Bahnhofs Shimo-Kitazawa, demselben alten hölzernen Reihenhaus, dessen Adresse Inspektor Nishi in den Unterlagen gefunden hat, demselben, vor dem wir nun stehen.

Klopfen, verbeugen, vorstellen …

Murota Hideki kommt in Unterwäsche an die Tür. Er hat ein rotes Gesicht. Er besieht sich meine Dienstmarke. Er schwitzt stark. Er wischt sich mit einem grauen Handtuch über den Stiernacken und schaut mir in die Augen.

Augen, denen er schon mal begegnet ist …

Murota Hideki stinkt nach Alkohol. Er weiß, er hat keine Wahl. Er hört sich an, was ich zu sagen habe. Er schaut Nishi an, dann wieder mich und sagt: »Ich weiß, ich habe keine Wahl, aber nur einer von Ihnen kommt rein.«

Ausspucken, fluchen …

Murota Hideki dreht sich um und geht hinein. Er tritt über alte, verschlissene Tatamis, setzt sich wieder an seinen niedrigen Holztisch und wartet auf mich.

In einem weiteren schäbigen Zimmer …

Er erwartet, dass ich Nishi die Tür vor der Nase zumache. Ich folge ihm ins Haus, gehe über die Tatamis und setze mich an den Tisch. Ich schaue zu, wie er sich einen weiteren Drink aus dem großen Glaskrug, der auf dem Tisch steht, einschenkt.

Murota Hideki rührt die blasse Flüssigkeit mit einem Essstäbchen um. Er erhebt das Glas und nimmt einen großen Schluck. Dann fragt er: »Also los, was wollen Sie dieses Mal von mir?«

»Ich möchte mit Ihnen über Abe Yoshiko reden«, sage ich.

»Nicht schon wieder«, stöhnt er. »Gibt es noch etwas zu sagen?«

»Das wissen Sie allein«, antworte ich. »Gibt es denn da noch was?«

»Ich habe ein einziges Mal mit ihr geschlafen, aber ich habe sie nicht umgebracht«, sagt er. »Mehr weiß ich nicht.«

»Ich weiß«, bemerke ich. »Wir haben ihren Mörder gefasst.«

Murota Hideki blickt auf. »Wirklich?«

»Sie haben doch von den beiden Leichen gehört, die wir letzte Woche im Shiba-Park gefunden haben? Eine der Leichen wurde als die siebzehnjährige Midorikawa Ryuko identifiziert. Ihre Familie berichtete uns, dass sie sich am Tag ihres Verschwindens mit einem Mann namens Kodaira Yoshio treffen wollte. Wir haben uns diesen Kodaira vorgenommen, und er hat gestanden …

Midorikawa Ryuko wurde vergewaltigt und dann erdrosselt; jetzt schauen wir uns weitere ungelöste Fälle an, die ähnlich gelagert sind.«

»Abe Yoshiko«, sagt Murota Hideki.

»Ich habe mit ihr geschlafen, aber ich habe sie nicht umgebracht.«

»Das ist der erste Fall, den wir wieder aufgerollt haben«, erkläre ich. »Wir sind bereits die Aussagen durchgegangen und haben die Zeugen erneut befragt. Eine von Abes Freundinnen, Masaoka Hisae, hat Kodaira erkannt und uns bestätigt, dass Abe ihn ebenfalls gekannt hätte.«

»Woher denn?«

In einem anderen schäbigen Zimmer …

»Der Verdächtige arbeitet in der Wäscherei einer Shinchū-Gun-Kaserne in Shinagawa. Wie Sie wissen, gehörte Abe zu einem Prostituiertenring, der Geschäfte mit Amerikanern aus ebendieser Kaserne machte. Aber nicht nur mit ihnen; Kodaira nahm sie mit auf ein Zimmer, das er dort hatte, wo sie für etwas Essen mit ihm Geschlechtsverkehr hatten.«

»Wie Sie wissen …«

»Und dieser Kodaira hat gestanden, Abe umgebracht zu haben?« fragt Murota.

»Ja. Als er mit der Aussage von Masaoka konfrontiert wurde, hat er gestanden, Abe Yoshiko umgebracht zu haben.«

»Und was genau hat er gesagt?« fragt Murota. »Ich möchte genau wissen, was er gesagt hat. Ich will Kodairas Geständnis hören.«

»Genau wissen, was er gesagt hat …«

»Warum?« frage ich ihn. »Welchen Unterschied macht das?«

»Welchen Unterschied?« lacht er. »Ich habe meine Arbeit verloren wegen ihr, wegen ihm. Weil er sie umgebracht hat.«

»Wegen ihm … Wegen ihr …«

Ich hebe eine Hand, um ihn zu bremsen. Ich nicke und zücke mein Notizbuch, blättere durch die Seiten. »Das ist zwar nicht der genaue Wortlaut, aber Kodaira hat gestanden, am 9. Juni dieses Jahres Abe Yoshiko getroffen zu haben, die regelmäßig für *zanpan* zur Kaserne kam. An jenem Tag habe er ein starkes sexuelles Verlangen verspürt, deshalb habe er Abe gesagt, wenn sie mit ihm käme, würde er ihr Brot besorgen. Dann habe er sie zum Schrottplatz des Shibaura Transportunternehmens gebracht, etwa zweihundert Meter von der Kaserne entfernt. Kodaira habe ihr etwas Brot gegeben und sie dann gebeten, mit ihm zu schlafen. Abe habe sich geweigert und versucht, wegzulaufen. Kodaira habe sie festgehalten und dann gewürgt. Daraufhin habe er sie mit ihrem eigenen Halstuch erdrosselt und sei geflüchtet. Bislang hatte er bestritten, Abe vergewaltigt und unter dem ausgebrannten Lastwagen abgelegt zu haben, wo sie gefunden wurde.«

»Ich habe mit ihr geschlafen, aber ich habe sie nicht umgebracht …«

Murota Hideki nickt und bedankt sich bei mir. Er leert sein Glas und schenkt sich nach. Er rührt und rührt und rührt.

»Ich habe mit ihr geschlafen … geschlafen …«

»Zu dem Ring gehörten noch weitere Mädchen.«

Murota Hideki rührt weiter in seinem blassen Drink.

»Eine von ihnen hieß Tominaga Noriko …«

Murota Hideki hört auf zu rühren.

»Wir haben Grund zu der Annahme, dass sie die zweite, bislang nicht identifizierte Leiche sein könnte, die wir an demselben Tag im Shiba-Park fanden, als auch Midorikawa Ryuko entdeckt wurde.«

Murota Hideki rührt weiter. »Und wie begründen Sie diese Annahme, Inspektor?«

»Die zweite im Shiba-Park gefundene Leiche war etwa gleich alt und so groß wie Tominaga. Die Autopsie der zweiten Leiche von Shiba hat ergeben, dass der Zeitpunkt des Todes im Zeitraum zwischen dem 20. und dem 27. Juli liegen muss. Tominaga verschwand irgendwann zwischen dem 9. und 15. Juli. Die zweite Leiche trug ein gelb und dunkelblau gestreiftes Trägerkleid, eine weiße kurzärmlige Bluse, rosafarbene Socken und weiße Leinenschuhe mit roten Gummisohlen. Heute früh hat Tominaga Norikos ehemalige Vermieterin diese Kleidung als diejenige von Tominaga identifiziert.«

Ich denke unentwegt an sie, ich denke unentwegt an sie …

»Tominaga Noriko kannte Abe Yoshiko; Abe Yoshiko wurde von Kodaira Yoshio umgebracht; Kodaira Yoshio hat auch Midorikawa Ryuko umgebracht; den Autopsieberichten zufolge wurden Midorikawa Ryuko und die zweite im Shiba-Park gefundene Leiche von ein und derselben Person ermordet; diese Person ist Kodaira Yoshio.«

»Ich habe noch nie von einer Tominaga Noriko gehört, Soldat …«

»Ich glaube, die zweite Leiche ist die von Tominaga Noriko, und Kodaira Yoshio ist ihr Mörder.«

Murota Hideki leert sein Glas und klatscht in die Hände. »Und wozu brauchen Sie dann mich?«

»Sie kannten Abe Yoshiko«, antworte ich. »Vielleicht kannten Sie auch Tominaga Noriko und könnten uns vielleicht behilflich sein …«

Murota Hideki schüttelt den Kopf: »Nein.«

»Nein, Sie kannten sie nicht, oder nein, Sie helfen uns nicht?«

Murota Hideki schenkt sich wieder ein. »Beides.«

»Sie kannten Masaoka, eine andere von Abes Freundinnen?«

Murota Hideki schüttelt erneut den Kopf: »Nein.«

»Sie haben zugegeben, mit Abe geschlafen zu haben«, sage ich. »Ich frage Sie nur, ob Sie noch weitere Mädchen aus diesem Ring kannten.«

»Er hat nicht mit Abe Yoshiko geschlafen«, sagt eine Frauenstimme aus den Schatten hinter dem verschlissenen Vorhang, der dieses schäbige Zimmer teilt.

Ein anderer verschlissener Vorhang in einem anderen schäbigen Zimmer …

Murota Hideki ist aufgesprungen. »Halt den Mund! Halt den Mund!«

»Er hat mit mir geschlafen«, sagt die Frau, die nun aus den Schatten tritt. Sie trägt ein gelb und dunkelblau gestreiftes Trägerkleid.

Ein anderes schäbiges, gelb und dunkelblau gestreiftes Trägerkleid …

Murota Hideki packt sie an ihren nackten, dünnen weißen Armen und schiebt sie hinter den Vorhang zurück: »Nein! Nein! Sei still! Du weißt nicht, was du da tust!«

Zurück hinter den Vorhang in den Schatten.

Er fleht sie an. Er bettelt sie an.

»Bitte sei still! Bitte, bitte, sei still …«

Hinter den Vorhang, in den Schatten …

»Ich werde nicht so tun, als sei ich tot«, sagt sie. »Ich bin kein Geist.«

Murota flüstert: »Aber sie werden wieder hinter dir her sein …«

Ich stehe auf und gehe zum Vorhang. »Hören Sie …«

Ich höre Murota stöhnen, fluchen.

»Ich verrate niemandem ein Wort«, sage ich den beiden.

Murota Hideki zieht die Frau hinter dem Vorhang hervor und sagt: »Also gut, Inspektor. Hier.«

Er hält mit den Fingern ihr Gesicht ins Licht.

»Das ist Tominaga Noriko«, zischt er. »Sind Sie nun zufrieden, Inspektor?«

Ich schüttle den Kopf. Ich sage nichts, warte darauf, dass er ihr Gesicht loslässt …

Sich hinsetzt und nach unten sieht …

Sich nachschenkt …

Sie mich anschaut …

Tominaga Noriko …

»Es war nie Abe Yoshiko«, flüstert Murota Hideki. »Es war immer sie, es war immer Noriko, aber das war ein Geheimnis, und das wäre es auch geblieben, mit etwas Glück. Andererseits hatte ich nie sonderlich viel Glück, auch nicht bevor ich Noriko kennengelernt habe.«

»Es war ein Geheimnis …«

»Irgendwie komisch, in gewisser Hinsicht, ich überlebe den Krieg, und dann kommt der Tag der Kapitulation, der letzte Tag des Krieges, und das Glück verlässt mich …«

Das Glück verlässt mich, das Glück verlässt mich …

»Gegen Ende des Krieges, genauer gesagt in diesem besagten Monat, war ich auf das Revier Shinagawa versetzt worden; dort arbeitete ich, als am frühen Morgen des 15. August letzten Jahres ein Heizer hereinstürmt und sagt, er habe gerade die unbekleidete Leiche einer Frau in einem Luftschutzkeller gefunden.«

Miyazaki Mitsuko. Miyazaki Mitsuko …

»Damit fing das Unglück an, genau an dem Morgen in Shinagawa zu sein, als dieser Mann auftauchte, denn Wachtmeister Uchida und ich mussten dorthin, um die Einzelheiten aufzunehmen und auf Ihre Leute aus dem Präsidium zu warten.«

Ich habe diesen Mann schon mal gesehen …

»Wie sich allerdings herausstellte, befindet sich der Keller auf Marinegelände, also gehörte der Fall der Kempeitai. Nicht Ihre Angelegenheit. Nicht unsere Angelegenheit. Die Kempeitai übernimmt den Fall.«

Augen, denen ich schon mal begegnet bin …

»Wachtmeister Uchida und ich wurden auf das Revier Shinagawa zurückgeschickt, um einen Krankenwagen zu bestellen, und damit war die Sache erledigt. Punkt. Ich habe nie wieder etwas davon gehört. Was mich betrifft, war der Fall abgeschlossen …«

Dann weist Murota Hideki auf Tominaga Noriko und sagt: »Letzten Winter traf ich sie auf einer meiner Runden. Sie hatte niemanden. Sie tat mir leid und ja, sie gefiel mir. Ich habe ihr einen Unterschlupf in Ōimachi besorgt. Ich gab ihr Geld und etwas zu essen.

Ich kümmere mich um sie, und ja, ich schlafe mit ihr …«

Murota Hideki schaut die Frau an und sagt: »Wir beide hatten nichts, jetzt haben wir uns.«

Sie verfolgt mich hier und jetzt …

Murota Hideki schüttelt den Kopf und seufzt: »Doch vor zwei Monaten, als diese Freundin von ihr, diese Abe Yoshiko, auf ähnliche Weise ermordet wurde wie jenes Mädchen in Shinagawa letztes Jahr, habe ich meinen ersten Fehler begangen, und damit war mein Glück endgültig vorbei …«

»War mein Glück endgültig vorbei …«

»Ich versuchte, ein guter Polizist zu sein. Ich versuchte zu helfen. Ich war zu der Zeit bereits auf dem Revier Mita, doch ich ging nach Takanawa, wo die Fahndungsgruppe Abe stationiert war, und bat darum, den leitenden Beamten zu sprechen.«

»Der unglücklicherweise nicht mehr bei uns ist …«

»Ich traf diesen Beamten, Hauptkommissar Mori, und erzählte ihm von der Leiche in dem Luftschutzkeller in Shinagawa. Mori bedankte sich, und ich dachte, dass es damit gut sei. Ich hatte getan, was ich konnte. Ich hatte versucht zu helfen. Punkt. Ich hätte nie damit gerechnet, wieder von der Sache zu hören. Für mich war der Fall abgeschlossen.«

Fall abgeschlossen … Fall abgeschlossen …

»Doch am nächsten Tag taucht dieser Hauptkommissar Mori auf dem Revier Mita auf und verhört mich.«

Ich will mich nicht erinnern …

»Ob ich mich an weitere Einzelheiten erinnern kann? Ob ich mich erinnern kann, wer an diesem Tag mit mir in Shinagawa gearbeitet hat? Ob ich mich an die beiden Beamten vom Präsidium erinnern kann? An die Namen der Offiziere der Kempeitai? An die Zeugen? Und so weiter und so fort.«

Aber im Dämmerlicht …

»Alles, was ich ihm sagen kann, ist das, was ich ihm schon am Vortag berichtet habe, dasselbe, was ich auch Ihnen gesagt habe, aber ich hätte es besser wissen müssen, ich hätte früher darauf kommen können.«

Kann ich nicht vergessen …

»Denn kaum ist Mori gegangen, kommt irgendein anderer Beamter aus dem Präsidium nach Mita, holt mich aufs Präsidium, beschimpft mich, ich sei ein schlechter Polizist, dass er alles über mich weiß, dass ich während der Arbeit Prostituierte aufsuche, so als wäre ich der einzige Polizist in der ganzen Stadt, der jemals auf Streife bei einer Nutte gewesen ist, so als hätte er nichts Besseres zu tun, als mich ans Messer zu liefern. Aber dieser Beamte ist unerbittlich, er gibt einfach nicht nach. Er verlangt, ich solle dieses und jenes gestehen, will den Namen meines Mädchens wissen, Norikos Namen, und langsam beginne ich zu verstehen …

Er ist hier, um mich abzustrafen. Um mich zu warnen.

Ich weiß nicht, wie ich auf den Gedanken komme, aber Norikos Namen gebe ich ihnen auf gar keinen Fall. Also sage ich zu ihm, ich hätte was mit Abe gehabt, hätte mit ihr geschlafen, sie aber nicht umgebracht. Und wissen Sie was …

Er hat es mir abgekauft, er hat mir geglaubt, es sei Abe gewesen.

Also haben sie mich entlassen.

Wegen dienstwidrigen Verhaltens, aber das war mir egal, denn sie hatten nichts über Noriko herausgefunden, was bedeutete, dass sie in Sicherheit war. In Sicherheit. Zehn Tage später lese ich, dass dieser Mori der Säuberungsaktion der SCAP zum Opfer gefallen und wahnsinnig geworden ist. Durchgedreht. Da wusste ich, ich hatte die richtige Entscheidung getroffen.«

Die Psychiatrische Klinik Matsuzawa …

»Bis heute. Bis Sie auftauchten.«

»Mein Glück ist endgültig vorbei …«

»Ich weiß, wir hätten verschwinden sollen, wir hätten fliehen sollen, so weit weg wie möglich«, und damit reißen Murota Hidekis Worte ab, verschwinden in den Schatten, hinter dem abgenutzten Vorhang, der dieses schäbige Zimmer teilt, der Schatten von Licht und Licht von Schatten trennt …

Stimmen vom Echo und die Wahrheit von Lügen …

Dieser abgenutzte Vorhang, dieses heruntergekommene Land …

»Sind Sie nun zufrieden, Inspektor?« fragt Murota Hideki. »Sind Sie glücklich? Haben Sie genug gehört? Genug über mich und sie, Inspektor?«

»Nein«, antworte ich. »Ich brauche den Namen des Beamten.«

»Wozu das denn?« meint er lachend. »Wofür?«

»Sagen Sie mir seinen Namen«, verlange ich. »Dann bin ich weg.«

»Er meinte, sein Name sei Adachi«, zischt Murota.

»Sind Sie nun zufrieden, Inspektor?«

»Wenn es überhaupt sein richtiger Name ist«, meint Murota lächelnd. »Keiner ist der, der er zu sein vorgibt …«

Hier im Dämmerlicht …

»Heutzutage …«

Ich habe keine weiteren Fragen mehr. *Meine Haut ist rot.* Ich habe ihnen nichts mehr zu sagen. *Meine Haut ist wund.* Ich nehme meinen Hut. *Mir tut die Hand weh.* Ich erhebe mich von dem niedrigen Tisch in ihrem schäbigen Zimmer. *Ich schwitze am ganzen Körper.* In diesem verwohnten Haus, in dieser heruntergekommenen Stadt, in diesem schäbigen Land …

An diesem Ort der Niederlage. Der Kapitulation …

»Geben Sie auf sich acht«, sagt Murota Hideki zu mir. »Denken Sie an mein Gesicht und daran, was mit mir geschehen ist. Denken Sie an Hauptkommissar Mori und daran, was mit ihm geschehen ist. Denken Sie an uns beide, Inspektor …«

Dieser Ort der Kapitulation, der Besatzung …

»Ich werde an Sie denken«, antworte ich. Dann wende ich mich zu Tominaga um.

An diesem Ort der Geister, der Geister …

Ich wende mich zu ihr um und sage: »Vielen Dank, gnädige Frau.«

Sie bedankt sich bei mir und senkt den Kopf.

In ihrem gelb und dunkelblau gestreiften Trägerkleid …

»Denken Sie daran«, sagt Murota Hideki, »wenn Sie jemals von ihr erzählen, wenn Sie jemals verraten, dass sie hier bei mir ist, dann werde ich Sie finden und umbringen.«

An diesem Ort des Todes, der Stille …

Ich drehe mich zu Murota um und verbeuge mich.

An diesem Ort der Wehrlosigkeit.

Meine Haut ist rot. *Nishi kann nicht warten.* Meine Haut ist wund. *Nishi will wissen, was passiert ist.* Mir tut die Hand weh. *Ich sage nichts.* Ich schwitze am ganzen Körper. *Was hat Murota gesagt?* Die Stadt stinkt nach Fäkalien. *Ich sage nichts.* Nach Fäkalien und Dreck und Staub. *Kannte er Tominaga Noriko?* Dreck und Staub, der meine Kleidung und meine Haut bedeckt. *Ich sage nichts.* Der meine Nase wund werden lässt und in der Kehle brennt. *Erinnert er sich an sie?* Mit jedem Jeep und jedem Lastwagen, der vorbeikommt. *Nichts, nichts, nichts.* Ich ziehe mein Taschentuch hervor. *Sie ist es nicht, oder?* Ich nehme meinen Hut ab. *Nein.* Ich wische mir über das Gesicht. *Die Leiche im Park?* Ich wische mir über den Nacken. *Tut mir leid.* Ich schaue in den bleichen, weißen Himmel hinauf. *Es handelt sich nicht um Tominaga Noriko, richtig?* Typhuswolken. *Tut mir leid.* Staubwolken. *Der Fall ist noch nicht abgeschlossen, oder?* Dreckwolken. *Tut mir leid.* Fäkalienwolken. *Das ist nicht der Sieg, oder?* Meine Haut ist rot. *Es tut mir leid, es tut mir leid.* Meine Haut ist wund. *Wieder eine Niederlage.* Mir tut die Hand weh. *Ja.* Ich schwitze am ganzen Körper. *Wir haben nicht gewonnen.* Die Stadt stinkt nach Fäkalien. *Nein.* Sie stinkt nach Kapitulation. *Wir haben wieder verloren.* Die Stadt liegt auf Knien. *Ja.* Nishi auf Knien. *Wir verlieren immer. Immer, immer wieder …*

»Nein! Nein! Nein!« brülle ich. »Stehen Sie auf!«

Ich gehe die Treppe zum Präsidium hinauf. *Zu dem Gestank und den Flecken.* Hauptkommissar Adachi steht im Gang. *Es gibt kein Entrinnen.* Adachi hält nach mir Ausschau. *Wir sollten ihn an Hauptkommissar Adachi überstellen.* Adachi wartet auf mich. *Der Hauptkommissar war hier und hat nach ihm gesucht.* Er führt mich bis zum Ende des Ganges. *Er hat nach Ishida gesucht und nach Inspektor Fujita gefragt.* Adachi schiebt mich in den Toilettenraum. *Sein Name sei Adachi.* Adachi drängt mich in eine Kabine. *Kein Entrinnen vor dem Gestank und den Flecken …*

Adachi drückt mich gegen die Wand.

Der Gestank von Ammoniak und die Flecken von den Fäkalien …

Er starrt mich an und fragt: »Sie waren noch nicht bei Senju, oder, Inspektor?«

Der Gestank nach Ammoniak, die Blutflecken …

»Lassen Sie mich beschatten, Herr Hauptkommissar?«

Die Flecken an seinen Händen …

»Da bin ich nicht der Einzige.«

Die Flecken am meinen Händen …

»Dann werden Sie ja wissen, dass ich beschäftigt war«, erkläre ich. »Beschäftigt damit, die Akte Miyazaki Mitsuko zu finden, Hauptkommissar.«

Er lässt mich los, macht einen Schritt zurück und fragt: »Und welche Akte könnte das wohl sein?«

»Die Akte der Tokioter Polizei über den Mord an Miyazaki Mitsuko. Die Akte, die vor vier Tagen ausgeliehen wurde …«

»Von wem?« fragt Adachi.

»Inspektor Nishi«, antworte ich. »Allerdings bestreitet er das, und ich glaube ihm.«

»Und wer, glauben *Sie*, hat die Akte ausgeliehen, Inspektor?«

»Ich glaube, Fujita hat Ishida dazu gebracht, sie unter Nishis Namen auszuleihen.«

»Warum?« möchte Adachi wissen, aber er kennt bereits die Antwort.

»Als Rückversicherung«, antworte ich. »Schutzgeld, Erpressung …«

»Erpressen, wen?« fragt er, aber er kennt bereits die Antwort.

»Sie.«

»Und was ist mit Ihnen, Unteroffizier? Mein Name steht ja nicht als Einziger in der Akte, oder?«

»Keine Ahnung«, antworte ich. »Ich habe sie bisher noch nicht gelesen.«

»Ich war doch noch nicht mal der leitende Beamte«, sage ich. »Ich muss die Akte finden. Ich muss sie lesen. Und ich muss mit ihm sprechen …«

»Dann gehen Sie zu Senju, und zwar bald«, zischt Adachi. »Fragen Sie ihn, wo Fujita ist. Wenn Senju antwortet, das wüsste er nicht, erzählen Sie ihm von Fujita und Nodera Tomiji. Erzählen Sie ihm von dem Plan.«

»Und Sie glauben, er würde für Sie dasselbe tun?«

»Dann wird Senju Tokio auseinandernehmen, um Fujita zu finden«, entgegne ich. »Er wird ihn umbringen, bevor wir …«

»Ganz genau«, meint Adachi lächelnd.

Adachi und Kanehara sitzen zur Rechten des Chefs, Kai und ich zu seiner Linken, als dieser erklärt: »Wie Sie alle wissen, hatten wir gestern einen schnellen Erfolg zu verzeichnen, als Kodaira Yoshio den Mord an Abe Yoshiko gestand. Ich finde, wir sollten alle Hauptkommissar Kanehara für seine Ermittlungsarbeit und Hauptkommissar Adachi für das erfolgreiche Verhör danken …«

Inspektor Kai und ich nicken zustimmend.

»Wie gesagt, gibt es Übereinstimmungen mit anderen Fällen, und nach diesem schnellen Erfolg im Fall Abe habe ich den Eindruck, es gibt allen Grund dafür, weiterzumachen und die anderen Fälle ebenfalls aufzurollen, soweit das die Kapazitäten zulassen. Inspektor Kai, ich glaube, Sie haben den nächsten Fall.«

Kai erhebt sich und nickt. »Shinokawa Tatsue, siebzehn, vergewaltigt und erdrosselt. Ihre Leiche wurde am 16. Januar im Keller des Nebengebäudes des ehemaligen Toyoko-Kaufhauses im Bezirk Shibuya gefunden, gleich neben dem Bahnhof. In dem Keller befand sich früher die Angestelltenkantine, da das Kaufhaus aber bei den Luftangriffen schwer beschädigt wurde, dient der Raum im Augenblick nur als Lager. Am 16. Januar kontrollierte ein Wachmann den Keller, stellte ein paar Regale um und entdeckte dabei die Leiche von Shinokawa. Die Leiche war ziemlich verwest; die Autopsie, die Dr. Nakadate an der Universitätsklinik Keiō durchgeführt hat, ergab, dass Shinokawa wahrscheinlich zwischen der letzten Oktoberwoche und der ersten Novemberwoche vorigen Jahres gestorben ist. Die Autopsie ergab auch, dass Shinokawa Tatsue höchstwahrscheinlich vergewaltigt worden ist, bevor sie erdrosselt wurde.«

»Höchstwahrscheinlich?« fragt Hauptkommissar Adachi. »Warum das?«

»Wegen des Zustands der Leiche.«

»Von wo aus wurden die Ermittlungen geführt?«

»Revier Shibuya.«

»Und wer hat die Ermittlungen geleitet?«

»Mori«, antwortet Kai.

»Hauptkommissar Mori«, ermahnt ihn Kita. »Der ehemalige Hauptkommissar Mori hatte die Leitung.«

Kai wird rot und verbeugt sich. »Der ehemalige Hauptkommissar Mori.«

»Aber das ist irgendwie seltsam, oder nicht?« fragt Adachi. »Ich habe die ganze Akte Abe Yoshiko durchgelesen, jede einzelne Seite, doch der ehemalige Hauptkommissar Mori erwähnt in seinen Notizen zum Fall Abe nicht ein einziges Mal den Fall Shinokawa, nicht ein einziges Mal.«

Kai schüttelt den Kopf: »Nein.«

»Dabei sind beide Opfer ungefähr gleich alt«, fährt Adachi fort. »Beide sind vergewaltigt und erdrosselt worden. Beides waren seine Fälle.«

»Wir sollten allerdings nicht die besonderen Umstände vergessen, die im Augenblick herrschen, Hauptkommissar Adachi«, unterbricht ihn Kita. »Der ehemalige Hauptkommissar Mori war ein sehr kompetenter und sehr gewissenhafter Polizeibeamter, aber es hat im letzten Jahr einen deutlichen Anstieg an Verbrechen in Tokio gegeben und gleichzeitig einen deutlichen Rückgang in der Zahl der Beamten, und zudem gibt es weniger Geld und es fehlt an Ausstattung. Hauptkommissar Mori und ich haben diesen Fall ausführlich besprochen, und wir hatten beide den Eindruck, dass wir unsere Bemühungen wegen des lückenhaften Autopsieberichtes, der fehlenden Einsatzkräfte und der Kürzung der Gelder besser auf andere Fälle richten sollten … Letztlich war es meine eigene Entscheidung, das Banner wieder aufzurollen und diesen Fall zu den Akten zu legen.«

Hauptkommissar Adachi hat den Kopf gesenkt. Er blickt nicht auf. »Es tut mir leid. Bitte entschuldigen Sie meine Taktlosigkeit. Es tut mir leid. Es war nicht meine Absicht, jemanden zu verleumden oder die Kompetenz von Hauptkommissar Mori infrage zu stellen. Wir alle haben mit ihm gearbeitet und von ihm gelernt. Wir alle haben ihn geschätzt und vermissen ihn.«

»Danke, Hauptkommissar«, sagt Kita. »Inspektor Kai, gibt es noch etwas, das Sie zu diesem Fall sagen möchten?«

Kai nickt. Dann fügt er an: »Es wurden zudem der Regenschirm der Toten und zwanzig Yen in bar, die sie bei sich trug, vermisst.«

»Kodaira Yoshio hatte immer Geschenke bei sich … richtige Geschenke, Schmuck, Uhren, Regenschirme, verstehen Sie?«

»Danke, Inspektor«, sagt der Chef. »Also, wie Sie alle wissen, lebte Kodaira zum Zeitpunkt der Ermordung von Shinokawa in Wakagichō, im Bezirk Shibuya. Und wie Hauptkommissar Adachi festhielt, stimmen das Alter des Opfers und die Todesursache mit den Angaben zu den Fällen Midorikawa Ryuko und Abe Yoshiko überein. Ich möchte, dass Inspektor Kai und seine Abteilung diesen Fall wieder aufnehmen, die Zeugen neu befragen, dazu auch Kodairas Frau und seine unmittelbaren Familienangehörigen. Unglücklicherweise werden wir erneut das Revier Shibuya einbeziehen müssen, da Inspektor Kai Beamte dieses Reviers einsetzen muss, um die Nachbarn dort nach Kodaira und Shinokawa befragen zu können. Hoffen wir, dass wir schnell eine Spur oder einen Zeugen finden, um Kodaira zu einem weiteren Geständnis zu bewegen.«

Noch mehr Fußarbeit. Noch mehr Fragen. Noch mehr Berichte …

»Schließlich noch Inspektor Minami«, sagt der Chef.

Es gibt Dinge, die gesagt werden müssen. Dinge, die nicht gesagt werden dürfen …

Ich wische mir über den Nacken und erhebe mich. Ich berichte ihnen von Kodaira Yoshios Geliebter Okayama Hisayo. Ich erzähle ihnen von den Gerüchten um einen Mord in Kanuma in der Präfektur Tochigi.

Es gibt Dinge, die gesagt werden müssen …

»Baba Hiroko, neunzehn, wurde am 3. Januar dieses Jahres vergewaltigt und mit ihrem eigenen Schal erdrosselt in Nishi Katamura aufgefunden. Dieser Fall fällt in den Zuständigkeitsbereich der Polizei Kanuma in Tochigi. Wie Sie alle wissen, stammt Kodaira ursprünglich aus Nikkō. Okayama Hisayo, seine Geliebte, hat uns berichtet, dass Kodaira sie bei einem Besuch im Haus ihrer Mutter begleitet hat, das nicht weit entfernt vom Bahnhof Kanuma liegt. Okayama berichtete uns außerdem, dass Kodaira noch mehrmals in die Gegend fuhr, angeblich zu *kaidashi*, zu Hamsterfahrten …

Ich glaube, die Möglichkeit, dass Kodaira der Täter ist, liegt auf der Hand, angesichts des Alters des Opfers, der Umstände seines Todes, der Nähe zu Kodairas Aufenthaltsorten und des Zeitrahmens. Ich denke, dass wir Kodaira auch zu diesem Mord befragen sollten.«

Es gibt auch hierzu keinen Applaus …

Ich erzähle ihnen nicht von Tominaga Norikos Vermieterin und der Kleidung. Ich erzähle ihnen nichts von dem Besuch bei Murota Hideki. Ich erzähle ihnen nicht, dass ich Tominaga Noriko gesehen habe.

Dinge, die nicht gesagt werden dürfen …

Doch Adachi wartet schon auf mich. Adachi wartet immer.

»Sind Sie denn der Identifizierung der zweiten Leiche aus Shiba näher gekommen? Was ist mit dieser vermissten Freundin von Abe Yoshiko? Was ist mit der Aussage der Vermieterin? Sie meinten doch, es bestünde die Möglichkeit, dass es sich bei der Leiche um die Vermisste handeln könnte? Um diese Freundin von Abe?«

Aber ich habe dir nichts gesagt. Nichts …

»Es tut mir sehr leid«, antworte ich. »Aber wir gehen nicht länger davon aus, dass dem so ist, Hauptkommissar Adachi.«

»Wirklich?« fragt Adachi. »Gestern noch waren Sie sich doch so sicher …«

»Deshalb tut es mir außerordentlich leid«, erwidere ich. »Wir sind ebenfalls enttäuscht.«

»Wollen Sie sagen, diese Freundin von Abe lebt?« hakt er nach. »Haben Sie sie gefunden? Konnten Sie sie als Opfer ausschließen?«

Sage ihm nichts …

»Nein«, lüge ich. »Ich wollte damit nur sagen, dass die Vermieterin die Kleidung nicht als die von Tominaga Noriko identifizieren konnte.«

Nichts …

»Sie wird also immer noch vermisst? Diese Freundin von Abe Yoshiko?«

Ich nicke und sage: »Sie wird vermisst, aber sie ist nicht unsere Leiche.«

Doch Adachi gibt nicht auf. Er gibt nie auf …

»Und was ist mit all den anderen Mädchen«, fragt er mich.

Ich schüttle den Kopf. »Welche anderen Mädchen?«

»All die anderen Mädchen zwischen fünfzehn und zwanzig, die in den letzten zwei Monaten als vermisst gemeldet wurden. Die anderen Mädchen, wegen denen Ihre Männer die Straßen von Tokio durchkämmen …«

Ich verfluche ihn. Ich verfluche ihn …

»Die Ermittlungen sind noch nicht abgeschlossen, Hauptkommissar.«

Ich verfluche ihn und ich verfluche mich selbst …

»Sind Sie denn zumindest bei der Identifizierung der Leiche einen Schritt weitergekommen?«

Ich schaue ihm in die Augen, erwidere seinen Blick. »Nein.«

Nein, nein, nein, nein …

»Genug«, sagt Kita.

Nein, nein, nein …

Wir stehen auf, verbeugen uns und wollen hinausgehen.

»Hauptkommissar Adachi, warten Sie bitte«, sagt der Chef.

Adachi verbeugt sich und nimmt wieder Platz.

»Inspektor Minami, bitte warten Sie draußen.«

Ich senke den Kopf und gehe hinaus.

Eine halbe Stunde später verlässt Adachi das Büro des Chefs. Er baut sich vor mir auf und sagt: »Der Chef möchte Sie jetzt sprechen, Inspektor Minami.«

Ich nicke und danke ihm. Aber ich bleibe sitzen, bis er verschwunden ist.

Dann öffne ich die Tür und gehe hinein.

Hinter seinem Schreibtisch hängt die blutbefleckte Schriftrolle.

»Es ist an der Zeit, das wahre Gesicht der Nation zu enthüllen …«

»Setzen Sie sich«, fordert mich der Chef auf. »Sie sehen müde aus.«

Ich verbeuge und entschuldige mich, bedanke mich und nehme Platz.

Dann fragt er: »Was ist in Keiō passiert?«

»Die Vermieterin glaubt, dass es sich bei der Kleidung, die wir an der Leiche im Shiba-Park gefunden haben, nicht um die von Tominaga Noriko handelt.«

»Das haben Sie bereits gesagt«, meint der Chef. »Und nun?«

Ich schüttle den Kopf. »Das war's.«

»Aber Sie waren doch davon überzeugt, dass dieses vermisste Mädchen die Tote aus dem Shiba-Park sein könnte«, sagt der Chef. »Die Vermieterin kann sich mit der Kleidung geirrt haben. Sie müssen doch noch etwas anderes herausgefunden haben.«

Wieder schüttle ich den Kopf. »Es tut mir leid, nein.«

»Sie haben also nichts mehr hinzuzufügen?«

»Leider nicht.«

Dinge, die nicht gesagt werden dürfen …

»Und Sie waren gestern Abend auf dem Polizeirevier Mita?«

Ich habe darauf keine Antwort und schweige. Es gibt nichts zu sagen.

»Sie sind dort hingegangen, um den Namen des Beamten herauszufinden, der im Fall Abe entlassen wurde, oder etwa nicht, Inspektor?«

Ich lasse den Kopf sinken. »Es tut mir leid.«

»Sie sind dort hingegangen, obwohl ich Ihnen bereits gesagt habe, dass dies nicht der richtige Zeitpunkt dafür ist, oder, Inspektor? Sie sind dennoch dort hingegangen und haben sich meinem direkten Befehl widersetzt.«

Mit noch immer gesenktem Kopf wiederhole ich: »Es tut mir leid.«

»Hat man Ihnen den Namen genannt?« fragt der Chef.

»Ja«, antworte ich. »Man hat mir den Namen genannt.«

»Und die Adresse auch?«

»Nein, die nicht.«

»Aber die haben Sie selbst herausgefunden?« fragt der Chef. »Sie sind zu Murota gegangen, stimmt's?«

»Nein.«

»Warum nicht?«

»Ich …«

»Haben Sie jemals darüber nachgedacht, warum ich gesagt habe, jetzt sei nicht der richtige Zeitpunkt, nach Murota zu fragen? Haben Sie das, Inspektor?«

Mit noch immer gesenktem Kopf entschuldige ich mich wieder und immer wieder.

»Haben Sie jemals daran gedacht, ich könnte vielleicht einen Grund dafür haben?«

Wieder und wieder entschuldige ich mich.

»Haben Sie bei dieser Angelegenheit jemals an jemand anderen gedacht außer an sich selbst?«

Wieder entschuldige ich mich.

»Haben Sie jemals an jemand anderen gedacht?«

»Es tut mir leid. Es tut mir leid …«

Der Chef beugt sich vor. »Sie werden beobachtet«, flüstert er. »Man folgt Ihnen. Wohin Sie auch gehen. Wussten Sie das? Haben Sie je daran gedacht?«

»Ich hatte keine Ahnung«, antworte ich mit noch immer gesenktem Kopf.

»Die Abteilung für Öffentliche Sicherheit ist dabei, neue Listen anzulegen. Es gibt Gerüchte über eine zweite Säuberungsaktion, diesmal gegen Beamte aus den unteren Dienstgraden. Sie versuchen, den Geschichten Namen zuzuordnen. Und Ihr Name gehört dazu.«

Ich verfluche ihn und ich verfluche mich selbst …

Ich will wissen, was er weiß, was genau er gehört hat. Ich will wissen, woher er es weiß und von wem. Aber ich stelle keine Fragen und schweige.

Ich verfluche nur ihn und mich …

Es gibt nichts zu sagen.

Es hat keinen Zweck. Keinen Zweck …

Chiku-taku. Chiku-taku …

Keinen Zweck …

Chiku-taku …

Meine Zeit ist abgelaufen …

»Ich weiß nicht, ob die nur im Dunkeln stochern«, meint der Chef, »oder ob sie tatsächlich über Informationen verfügen, ob sie Zeugen oder Aussagen haben, aber so oder so ist es besser, Sie verschwinden.«

»Verschwinden?« wiederhole ich. »Was meinen Sie damit?«

»Ich möchte, dass Sie nach Tochigi fahren«, erklärt er.

»In die Präfektur Tochigi? Wann?«

»Morgen«, antwortet er.

Der Chef nimmt eine Akte und schiebt sie über den Tisch. »Gestern erhielten wir einen Anruf vom Utsunomiya Chihō Kensatsuchō, dem Büro des Regionalstaatsanwaltes im Distrikt Utsunomiya. Es ging um zwei ungeklärte Mordfälle aus deren Zuständigkeitsbereich, die sie an die Ermittlungsgruppe Kodaira weiterleiten möchten. Einer der Fälle betraf den Mord an Baba Hiroko, der andere betraf den Mord an einer gewissen Numao Shizue, sechzehn, die am 30. Dezember letzten Jahres im Zuständigkeitsbereich der Polizei Nikkō erstochen aufgefunden wurde. Baba Hiroko wurde, wie Sie wissen, am 3. Januar mit ihrem eigenen Schal erdrosselt in Nishi Katamura aufgefunden, im Zuständigkeitsbereich der Polizei Kanuma. Baba Hiroko wohnte allerdings im Bezirk Kyōbashi; bevor Sie also morgen nach Tochigi fahren, denke ich, ist es eine gute Idee, erst mit ihrer Familie hier in Tokio zu sprechen.«

»Ich möchte gern Nishi mitnehmen …«

»Nein«, entgegnet der Chef.

»Soll ich allein fahren?«

»Hauptkommissar Adachi hat den jungen Ishida vorgeschlagen.«

»Entschuldigen Sie bitte«, sage ich. »Ich glaube nicht, dass er der richtige Mann dafür ist.«

»Das hier ist keine Personaldebatte«, unterbricht mich der Chef. »Das ist ein Befehl.«

Wieder senke ich den Kopf und entschuldige mich.

Dann frage ich: »Wie lange soll ich fortbleiben?«

»Nur für ein paar Tage.«

»Und was geschieht dann?«

Der Chef räuspert sich und steht hinter seinem Tisch auf. »Inspektor Minami, ich sehe mich gezwungen, Sie ab Mitternacht als Leiter von Abteilung zwei abzulösen.«

Ich rutsche auf Knien …

»Es hat Beschwerden über Sie gegeben …«

In Kitas Büro auf Knien …

»Beschwerden vonseiten Ihrer eigenen Leute.«

Auf Knien, auf dem Fußboden …

»Beschwerden über fehlende Führungsqualitäten«, erläutert der Chef. »Über mangelnde Organisation. Beschwerden über Ihre Unfähigkeit, Ermittlungen zu leiten, über Ihre Unfähigkeit zu delegieren. Beschwerden über die ständige Abwesenheit von Inspektor Fujita und über Ihr eigenes Fehlen.«

Auf dem Fußboden. In seinem Büro. Auf Knien …

»Aber Sie hatten mich doch aufgefordert, meine Männer zu führen, und jetzt schicken Sie mich fort und degradieren mich. Wer wird denn nun meine Männer befehligen? Wer wird diesen Fall übernehmen? Bitte, geben Sie mir noch eine Chance …«

Ich bettle, flehe ihn an …

»Aufgrund der fortdauernden Abwesenheit von Inspektor Fujita befördere ich Inspektor Hattori und stelle ihn unter die Aufsicht von Hauptkommissar Adachi.«

»Und was wird aus mir, wenn ich zurückkomme?«

Ich flehe um eine zweite Chance …

»Bis die Situation geklärt ist, werden Sie nach Ihrer Rückkehr aus Tochigi einem örtlichen Polizeirevier zugewiesen.«

»Und was ist mit meiner Versetzung?«

Ich flehe um eine zweite Chance …

»Es wird keine Versetzung geben.«

Keine zweite Chance.

Heute gibt es keinen Weg zurück nach Atago. *Sie verfolgen mich.* Ich gehe die Treppe hinunter in die Bar. *Im Dämmerlicht.* An der Theke sitzen nur zwei weitere Gäste; dieselbe Frau mittleren Alters, diesmal in Braun gekleidet, die nach einem gewöhnlichen Parfüm riecht und Zigaretten Marke *Goldene Fledermaus* raucht; derselbe alte Mann in seinem dunklen Anzug, der seine Taschenuhr hervorholt, aufzieht, wegsteckt, wieder hervorholt, aufzieht, wegsteckt …

Chiku-taku. Chiku-taku …

Die Frau öffnet ihre Handtasche und legt etwas Schokolade auf die Theke. »Bitte bedienen Sie sich«, sagt sie.

Aber die Schokolade schmeckt bitter. Nach Asche …

Der *bakudan* explodiert mir im Bauch …

Der Mann zeigt auf seine Uhr …

Die Zeiger stehen noch immer auf 12.00 Uhr …

Doch im dämmrigen Licht …

Hat seine Uhr keine Zeiger.

Durch die Tür auf das Revier. Mein Kopf ist kahl geschoren. Die Treppe hinauf. Meine Hand ist bandagiert. Ins provisorische Büro. Ich habe blutige Knie. Hattori, Takeda, Sanada, Shimoda, Nishi, Kimura und Ishida. Ich habe ein gebrochenes Herz. Sie sind alle hier und wissen bereits Bescheid.

Ich bin nicht der Leiter dieser Abteilung. Ich bin nicht ihr Boss …

Sie schauen weg, wenden ihre Blicke ab …

Blicke voller Fragen, voller Zweifel …

Blicke voller Geflüster, Gerüchte und Beschwerden …

Ich habe für keinen von ihnen noch ein Wort übrig …

Ich hasse sie. Ich hasse sie …

Ich gehe zu Takedas Schreibtisch, verbeuge mich und bedanke mich für seine Hilfe. Ich gehe zu Sanadas Schreibtisch, verbeuge mich und bedanke mich für seine Hilfe. Ich gehe zu Shimodas Schreibtisch, verbeuge mich und bedanke mich für seine Hilfe.

Ich hasse sie alle …

Dann gehe ich zu Nishis Schreibtisch, verbeuge mich und bedanke mich für seine Hilfe. Ich wende mich an Kimura, verbeuge mich und bedanke mich für seine Hilfe und wünsche ihm viel Glück. Dann verbeuge ich mich vor Ishida, bedanke mich für seine Hilfe und wünsche ihm viel Glück.

Ich werde ihn wiedersehen …

Ich gehe zu Hattoris Schreibtisch, verbeuge mich tief und gratuliere ihm zur Beförderung; ich wünsche ihm Glück in seiner neuen Position und bei den Ermittlungen, und ich bedanke mich für seine Mühen und seine Hilfe.

Ich hasse ihn …

Schließlich stelle ich mich vor sie, verbeuge mich tief, entschuldige mich für meine mangelhaften Führungsqualitäten, mein mangelndes Organisationsgeschick, meine Unfähigkeit, Ermittlungen zu leiten, meine Unfähigkeit zu delegieren, und für mein Fehlen.

»Es tut mir leid«, sage ich. »Ich hoffe, ich kann mich Ihrer Vergebung würdig erweisen.«

Es ist Nacht. *Sie verfolgen mich.* Es ist noch immer heiß. Ich muss bestimmte Orte aufsuchen, bestimmte Menschen treffen, bevor wir morgen Nachmittag nach Tochigi aufbrechen. Als ich den Bahnhof Shibuya hinter mir lasse und den Hügel hinaufgehe, folgen mir die Klänge eines Sängers mit seiner Gitarre. *Sie verfolgen mich.* Ich kenne den Text nicht, erkenne die Melodie nicht. Ich bleibe am Eingang einer dunklen Gasse stehen, setze mich auf eine eingestürzte Mauer. *Sie verfolgen mich.* Ich nehme meinen Hut ab und fächere mir Luft zu.

Sie verfolgen mich. Sie verfolgen mich immer noch …

Ich setze den Hut wieder auf und erhebe mich. Dann gehe ich die Gasse entlang und klopfe an die Tür. Ich schiebe sie auf und entschuldige mich.

»Ich habe gute Nachrichten«, sage ich zu der Frau.

Tominaga Norikos Vermieterin schaut von einem weiteren abgenutzten kleinen Tisch in einem weiteren schäbigen Zimmer in einem weiteren verwohnten kleinen Haus in einer weiteren heruntergekommenen Gegend auf.

»Noriko ist nicht tot.«

Fragen und Zweifel in ihren roten Augen, Fragen und Zweifel in all den Tränen, die sie vergossen hat, seit sie die Kleidung auf jenem Autopsietisch gesehen hat.

»Die Kleidung gehörte nicht ihr«, erkläre ich.

Hoffnung zwischen all den Fragen, Hoffnungen zwischen den Zweifeln, Hoffnung, die ruft: »Wirklich? Noriko lebt noch?«

»Ja«, antworte ich. »Ich habe sie heute gesehen.«

Hoffnung, die fragt: »Kommt sie wieder zurück? Hierher?«

»Ich weiß nicht«, antworte ich. »Aber ich glaube nicht …«

Keine Fragen mehr, keine Zweifel, keine Hoffnung, nur Wut und Trauer, die schreit.

»Dann bleibt sie für mich tot, Inspektor!«

Der neue Shimbashi-Markt ist wieder im Geschäft. Doch zwischen all den Kesseln und Pfannen, dem Geschirr und den Kochutensilien, den Kleidern und den Schuhen, dem Bratöl und der Sojasauce, inmitten von Obst, Gemüse und Sardinen, zwischen Kaffee und Seide pflegen Senjus Männer in ihren gemusterten Anzügen noch immer ihre Wunden und zählen die Toten.

Sie wetzen alte Klingen und leisten neue Schwüre …

Stoßen mit jedem beliebigen Soldaten an …

»Lasst uns alle das Apfellied singen …«

Wir leben in schwierigen …

… aber trotzigen Zeiten …

»Lasst sie in Scharen kommen«, sagt Senju Akira zu mir. »Zu Tausenden. Ich werde die größte Organisation japanischer Patrioten gründen, die dieses Land seit Kriegsende gesehen hat. Dann sollen die Chinesen, Koreaner und Formosaner ruhig versuchen, uns das wenige wegzunehmen, das uns jene hinterlassen haben, die sich vor uns geopfert haben. Ich sage dir, Polizist, in den kommenden Jahrhunderten werden Generationen von Japanern, Generationen, die nur deswegen leben können, weil wir Position beziehen, Geschichten zu hören bekommen, was wir alles getan haben, um unsere Landsleute zu beschützen und die japanische Nation zu retten. Und sie werden unter den Kirschblüten Tränen für uns vergießen, bei Vollmond ihr Glas erheben und in Yasukuni für unsere Seelen beten. Sie werden uns als die wahren Hüter der japanischen Seele preisen …«

Ich habe keine Zeit für so etwas.

Chiku-taku …

Ich verbeuge mich noch tiefer auf der Tatamimatte. »Es tut mir sehr leid, Sie in solchen Zeiten belästigen zu müssen.«

»Ich freue mich stets, einen alten Freund zu sehen«, antwortet Senju. »Ich habe mir schon Sorgen um dich gemacht, Polizist. Ich habe mich schon gefragt, ob du mir aus dem Weg gehst. Ich habe mich sogar gefragt, ob du nur zu mir gekommen bist, wenn du etwas brauchst, Geld oder Medikamente.«

»Ich brauche tatsächlich Geld«, gestehe ich. »Und ich brauche Calmotin.«

»Das ist sehr ehrlich von dir«, sagt Senju. »Und auch sehr erfrischend in Zeiten wie diesen. Ich bewundere deine Ehrlichkeit, Polizist Minami.«

Ich verbeuge und bedanke mich. Ich möchte gerade etwas sagen, doch …

»Aber du bist doch wohl nicht nur mit einer Einkaufsliste hergekommen, oder?«

Wieder verbeuge und entschuldige ich mich. »Es ist nicht leicht für mich. Es gibt Ermittlungen im Fall Hayashi …«

»Du klingst so überrascht«, lacht Senju. »Das ist doch dein Job, oder?«

»Nun, das ist nicht mein Fall«, entgegne ich. »Und es gibt dabei ein Problem.«

»Für wen?« fragt Senju. »Für dich oder für mich?«

»Für uns beide«, antworte ich. »Fujita ist verschwunden.«

»Und warum sollte das für uns beide ein Problem darstellen?«

»Wissen Sie, wo er ist?«

»Nein«, antwortet er. »Aber ich frage noch mal, warum sollte Inspektor Fujita ein Problem für mich darstellen?«

»Er wird gesucht, die Polizei möchte ihn zum Tod von Hayashi Jo befragen«, erkläre ich; ich halte inne, schlucke und fahre fort: »Sie wollen ihn befragen, weil Hayashi Jo einen Brief hinterlassen hat, eine Art letzter Erklärung, in dem er behauptet, Informationen darüber zu haben, dass Fujita sich am Abend des Anschlags auf Matsuda im New Oasis mit Nodera Tomiji getroffen hat.«

Senju hört gar nicht mehr zu. Er ist aufgestanden.

Er überhäuft mich mit Geld und Tabletten.

»Das ist kein Problem«, brüllt Senju. »Das ist das reinste Vergnügen!«

Es wird Stunden dauern, bevor ich wieder hier auf den alten Tatamis in ihrem dämmrigen, von Lampen erhellten Zimmer liegen werde. Stunden, bevor ich wieder ihre abblätternden Wandschirme mit dem Efeublattmuster anstarren werde. Stunden, bevor ich wieder zuschauen werde, wie sie ihre Figuren mit den Fuchsgesichtern auf diese Schirme malen wird …

Ich kann heute Nacht nicht hierbleiben. Ich kann keine Calmotin schlucken …

Ich will heute Nacht die Augen nicht schließen …

Erst muss ich noch anderswohin.

»Wenn es doch nur regnen würde«, flüstert sie.

»Ich kann heute Nacht nicht bleiben«, sage ich zu ihr. »Ich werde auch morgen nicht da sein. Sobald ich nach Tokio zurückkehre, komme ich vorbei …«

Yuki legt ihre Stifte beiseite und greift nach einem Stück Seidenpapier. Sie bedeckt ihre Augenbrauen mit dem Papier und starrt mich über die Scheiben ihrer Schminkspiegel an.

»Steht mir das?«

Ich lasse ihr Geld da.

Ich lasse ihr Tabletten da.

10.

24. AUGUST 1946

Tokio, 32°C, sonnig

Die Psychiatrische Klinik Matsuzawa liegt an der Grenze zwischen den Bezirken Setagaya und Suginami, auf halber Strecke zwischen meinem Haus in Mitaka und dem Haus von Murota Hideki in Kitazawa. *Und ich dachte, Sie hätten genug von dem Ort.* Ich kenne die Klinik gut, aber ich bin nicht sicher, warum ich heute hier bin.

Und ich dachte, Sie hätten genug von dem Ort …

Die Matsuzawa-Klinik wurde während der Regentschaft des Kaisers Meiji errichtet und hat die Brände und Hungersnöte der letzten zwei Jahre überdauert; nun übersteht sie auch noch die Regentschaft des Kaisers MacArthur.

Ich hasse Krankenhäuser. Ich hasse alle Krankenhäuser …

Doch die Gebäude sind baufällig, das Gelände ist ungepflegt, die Tore sind schon lange den Kriegsanstrengungen geopfert und die Bäume im Winter verheizt worden. Die Farbe an den Wänden im Empfangsbereich ist verblichen, das Linoleum abgewetzt; das Personal wirkt wie betäubt.

Aber dieses Krankenhaus hasse ich am allermeisten …

»Den ehemaligen Polizeiinspektor Mori«, wiederhole ich.

Doch wieder schüttelt die Rezeptionistin den Kopf.

»Bitte schauen Sie noch einmal für mich nach«, bitte ich sie. »Es ist sehr wichtig; er ist erst letzten Monat eingeliefert worden. Mori Ichiro.«

Die hagere Empfangsdame in ihrer fleckenüberzogenen Krankenschwesterntracht sagt kein Wort, sie dreht sich nur um und geht davon, verschwindet in dem schäbigen Büro hinter dem abgenutzten Tresen. Ich warte und warte.

Chiku-taku. Chiku-taku …

Dieselben Schreie, dasselbe Schluchzen wie in der Universitätsklinik Keiō, derselbe Geruch nach DDT und Desinfektionsmitteln.

Ich hasse diesen Ort. Ich hasse …

»Hier haben wir's«, meint die Empfangsdame, sie hält eine Akte in der Hand. »Mori Ichiro wurde am 13. Juni aufgenommen.«

»Und ist Herr Mori noch hier?« frage ich.

»Ja, das ist er.«

»Ich möchte ihn gern sehen, bitte.«

Die Empfangsdame schüttelt den Kopf. »Aber Sie wissen doch, dass ich Sie nicht einfach so …«

»Dann sagen Sie mir bitte, wer der behandelnde Arzt von Herrn Mori ist«, flehe ich. »Und wo ich ihn finden kann.«

Die Empfangsdame schaut in die Akte und sagt: »Dr. Nomura. Sein Büro ist im zweiten …«

»Ich weiß«, unterbreche ich sie und gehe los, laufe den Flur entlang zur Treppe, die Treppe hinauf, dann einen weiteren Flur entlang, klopfe an die Tür zum Büro von Dr. Nomura, klopfe, öffne, verbeuge und entschuldige mich …

Dr. Nomura blickt von den Unterlagen auf seinem Schreibtisch auf. »Inspektor?« fragt er. »Wir haben uns lange nicht gesehen …«

»Es tut mir leid, dass ich unangemeldet hereinplatze, aber ich bin diesmal dienstlich hier.«

»Setzen Sie sich bitte«, sagt der Arzt. »Kann ich Ihnen etwas kalten Tee anbieten, Inspektor?«

Ich wische mir über Gesicht und Nacken, werfe einen Blick auf die Uhr und schüttle den Kopf. »Danke, aber ich habe nicht allzu viel Zeit, Doktor.«

Der Arzt nickt. »Was kann ich für Sie tun, Inspektor?«

»Sie haben einen Patienten, den ich gern sehen möchte«, antworte ich. »Einen ehemaligen Hauptkommissar namens Mori. Mori Ichiro.«

Wieder nickt der Arzt. »Stimmt.«

»Nun, ich möchte ihn gern sehen«, wiederhole ich. »Es ist wichtig, ich muss mit ihm wegen eines Mordfalls sprechen.«

Der Arzt schüttelt den Kopf. »Ich bezweifle sehr, dass das möglich sein wird, Inspektor.«

»Warum nicht?« frage ich. »Es ist wirklich wichtig.«

»Ich verstehe«, sagt der Arzt. »Unglücklicherweise hat Herr Mori bisher noch auf keine unserer Behandlungsmethoden angesprochen … Er gibt kein Wort von sich.«

»Ich möchte ihn trotzdem sehen«, insistiere ich.

Der Arzt schüttelt den Kopf. »Sie wissen besser als jeder andere, dass die Genesung nach einem mentalen Zusammenbruch, wie ihn der ehemalige Hauptkommissar Mori erlitten hat, als er erfuhr, dass er den Säuberungen zum Opfer gefallen ist, sehr, sehr lange braucht, wenn der Patient sich überhaupt davon erholt. Jeder weitere Schock könnte ihm irreparable Schädigungen zufügen.«

Ich verbeuge mich und nicke: »Ich weiß.«

Die blutbefleckte Schriftrolle …

»Im Fall Ihres Vaters, zum Beispiel«, fährt der Arzt fort. »Ein lichter Augenblick, ein kurzer klarer Moment erwies sich als fatal.«

Ich will mich nicht erinnern. Ich will mich nicht erinnern …

Wieder nicke ich und frage: »Kann ich ihn wenigstens sehen?«

Die blutbefleckte Schriftrolle an der Wand …

»Ja«, antwortet der Arzt. »Ich bin nur nicht sicher, wozu das gut sein soll.«

Im Dämmerlicht kann ich nicht vergessen …

»Er war Polizist«, sage ich, »wie mein Vater.«

Die blutbefleckte Schriftrolle an der Wand hinter seinem Schreibtisch …

»Wie mein Vater«, fahre ich fort, »und wie ich …«

Ich kann nicht vergessen. Ich kann nicht vergessen …

Dr. Nomura nickt: »Folgen Sie mir.«

Also folge ich Dr. Nomura aus dem Büro heraus und einen anderen langen Flur entlang, durch verschlossene Metalltüren in die geschlossenen Abteilungen, dann weitere Flure entlang, hin zu den Einzelzellen mit ihren verschlossenen Metalltüren.

Dr. Nomura bleibt vor einer der Türen stehen.

Einer verschlossenen Metalltür mit einer verriegelten Metallluke.

»Da wären wir«, meint Nomura. »Aber bitte schauen Sie nur …«

Nomura schiebt die Riegel an der Luke beiseite und klappt sie auf.
Dann tritt er zurück und sagt: »Bitte.«

Ich gehe zur Tür und schaue hinein.

Ich schaue durch die Luke auf den Mann in der Zelle.

Der Mann sitzt im Schneidersitz auf seiner Koje.

Ich habe diesen Mann schon einmal gesehen …

Diesen Mann mit seinem locker herabhängenden Mantel aus gelb und dunkelblau gestreifter chinesischer Seide, mit dem kahl geschorenen Kopf und dem starren Blick …

Ein Blick, an den ich mich erinnere …

»Und, haben Sie genug gesehen?« fragt Dr. Nomura.

Ich trete von der Klappe zurück und nicke.

»Ich habe genug gesehen«, antworte ich. »Danke, Doktor.«

Nomura macht die Klappe zu und verriegelt sie.

Niemand ist der, der er zu sein vorgibt …

Aber ich habe diesen Mann schon einmal gesehen …

Niemand ist der, der er zu sein scheint …

Dieser Mann ist nicht der ehemalige Hauptkommissar Mori Ichiro.

Ich habe geschachert und gefeilscht. *Nur um zu essen.* Ich habe Menschen bedroht und eingeschüchtert. *Nur um zu arbeiten.* Doch wieder juckt es und ich kratze mich. *Gari-gari.* Meine Hand schmerzt, ich stinke am ganzen Leib. *Nach Niederlage.* Ich wische mir über Gesicht und Nacken. *Und ich fluche.* Ich bin am Ende meiner Straße angelangt. *Ton-ton.* Ich gehe die Straße entlang zu meinem Haus. *Ton-ton.* Ich öffne das Tor zu meinem eigenen Haus. *Ton-ton.* Ich gehe den Weg entlang.

Ton-ton. Ton-ton. Ton-ton …

In meinem Garten brennt das Bettzeug lichterloh.

Feuer und Rauch.

Ich öffne die Tür.

Ich bin gekommen, um mich zu verabschieden.

Ihre Schuhe stehen zur Tür ausgerichtet …

Diesmal kann ich mich nicht abwenden und davonlaufen.

Die verrottenden Tatamis, die zerschlissenen Türen, die eingefallenen Wände …

Vor dem Geruch der Kinder, dem Geruch der Schmerzen.

Ich stehe im *genkan.* »Ich bin zu Hause«, rufe ich.

Meine Frau kommt aus der Küche, ihr Gesicht ist rußverschmiert, sie wischt sich Staub von ihrer abgetragenen Hose.

»Willkommen daheim«, sagt sie.

Daheim. Daheim. Daheim …

Ich ziehe meine Stiefel aus. »Wo sind die Kinder?«

»Masaki! Sonoko!« ruft meine Frau. »Vater ist da!«

Vater. Vater …

Meine Kinder kommen nicht herbeigeeilt, um mich zu begrüßen. Sie lächeln nicht, als sie mich sehen. Sie stehen vor mir und sagen nichts.

Ihre Köpfe sind kahl geschoren. Ihre Augenbrauen abrasiert.

»Geht es euch gut?« frage ich sie.

Mit gesenkten Köpfen nicken sie.

Ich hebe ihre Köpfe, halte ihre kleinen Gesichter ans Licht, und Masaki schaut mich an und lächelt, aber Sonoko kann immer noch nicht aufschauen, immer noch nicht lächeln, ihre Augen sind ganz zugeschwollen, ihre Gesichtszüge verzerrt.

Ich hebe ihre Augenlider mit den Fingern an.

Die Augen sind entzündet, voller Eiter.

Die Augen eines toten Fischs.

Bindehautentzündung.

»Wann hast du sie das letzte Mal zum Arzt gebracht?« frage ich meine Frau.

»Ich fand, dass ihre Augen langsam wieder besser werden«, antwortet sie. »Vor zwei Tagen waren sie so geschwollen und entzündet, dass sie überhaupt nichts mehr sehen konnte. Da bin ich mit ihr zum Arzt gegangen, und …«

»Vielleicht ist es ein schwerer Infekt, keine Bindehautentzündung.«

»Das habe ich dem Arzt auch gesagt.«

»Und was meinte er?«

»Dass es nur eine Bindehautentzündung ist.«

»Nur!« brülle ich. »Schau sie dir doch mal an. Sie kann immer noch nichts sehen. Vielleicht erblindet sie daran!«

»Ich weiß«, entgegnet meine Frau. »Aber der Arzt meinte, wir sollten Geduld haben.«

»Ärzte irren sich«, sage ich. »Meistens.«

»Aber was soll ich machen?« fragt meine Frau.

»Bei welchem Arzt bist du denn gewesen?«

»Bei unserem Hausarzt«, antwortet meine Frau.

Ich schaue auf die Uhr. »Ich bringe sie …«

»Wohin?«

»Zu einem anderen Arzt, den ich kenne.«

»Und wovon willst du das bezahlen …«

»Vergiss das Geld!«

Durch die Türen auf das Revier Atago. Die Treppe hinauf. Das Hemd klebt mir am Rücken. Die Hose ist an den Kniekehlen nass. Ich gehe den Gang entlang, vorbei an dem zwei Meter hohen Banner, auf dem in hellroten Zeichen gestickt steht:

Hauptquartier Sonderermittlungen.

Ich hätte meine Sachen schon gestern zusammenpacken, diese Vorbereitungen gestern treffen sollen. Dann wäre mir dies alles erspart geblieben.

Dieses plötzliche Schweigen. Diese plötzliche Blindheit.

Es hat Beschwerden über Sie gegeben …

Zumindest Hattori ist heute Morgen nicht da; wahrscheinlich im Präsidium, zur morgendlichen Besprechung mit Kai, Kanehara, Adachi und dem Chef. Aber ich werde Takeda, Sanada, Shimoda, Nishi, Kimura oder Ishida nicht fragen, ich werde sie nicht fragen.

Ich hasse sie. Ich hasse sie alle …

Ishida blickt auf. »Suchen Sie nach mir?« fragt er.

Ishida hat seine Befehle …

»Es ist noch ein wenig früh«, antworte ich. »Ich habe ein paar Dinge zu regeln, bevor wir uns auf den Weg nach Tochigi machen. Wir treffen uns um fünfzehn Uhr am Fahrkartenschalter im Bahnhof Asakusa Tōbu.«

Chiku-taku. Chiku-taku. Chiku-taku ..

Ishida nickt und sagt: »Mir ist aufgetragen worden, die Fahrkarten zu kaufen.«

»Nun, ich hoffe, man hat Ihnen genug Geld gegeben.«

Wieder nickt Ishida. »Genug für drei Tage.«

»Ich werde wohl keine Rückfahrkarte benötigen«, sage ich und lache auf.

Aber niemand lacht mit. Niemand lächelt …

Ishida fragt nur: »Wie viel Reis soll ich mitnehmen?«

»Reis?« frage ich zurück. »Ich dachte, wir kommen mit Reis zurück?«

»Ich habe gehört, wir finden keine Unterkunft, wenn wir keinen Reis dabeihaben.«

»Haben Sie denn Reis, Inspektor?« frage ich.

»Ich habe zu Hause ein wenig …« flüstert Ishida.

»Dann bringen Sie genug für uns beide mit«, weise ich ihn an und drehe mich um.

»Warum sollte er für Sie Reis mitnehmen?« fragt Kimura.

Ich drehe mich wieder um und frage ihn: »Wie bitte?«

»Ich sagte, warum sollte er für Sie Reis mitnehmen?« wiederholt Inspektor Kimura. »Sie sind doch nicht sein Vorgesetzter, oder?«

»Im Augenblick vielleicht nicht«, erwidere ich. »Vielleicht auch nicht in dieser Abteilung. Aber sobald wir in Tochigi sind, bin ich der ranghöhere Beamte …«

»Ranghöher? Wirklich?« schnaubt Inspektor Kimura verächtlich. »An Ihrer Stelle würde ich meinen Reis für mich behalten, Inspektor Ishida.«

Ich gehe zu Kimura, nehme eines der Telefone vom Schreibtisch, die sowieso nicht klingeln, und knalle es ihm seitlich an den Kopf. Als er aufschreit und sich das Gesicht hält, verpasse ich ihm eine in die Magengrube und verbiege ihm die linke Hand, bis er vor Schmerz aufschreit und mich anfleht aufzuhören. Aber ich schlage ihm immer und immer wieder ins Gesicht, immer und immer wieder, dann stoße ich ihn auf seinen Schreibtisch zurück, schaue zu, wie er zu Boden sackt, beuge mich über ihn und sage: »An Ihrer Stelle würde ich mir schnell Manieren angewöhnen und Ehrerbietung beweisen, Inspektor Kimura.«

Dann wende ich mich an Sanara und sage: »Sie haben gestern etwas Interessantes angemerkt, Inspektor Sanara. Sie sagten, Masaoka Hisae habe Ihnen verraten, dass Kodaira stets Geschenke bei sich hatte …«

Sanada schwitzt. Sanada nickt.

»Sie meinten, richtige Geschenke; Schmuck, Uhren und …«

Sanada nickt und fügt an: »Und Regenschirme, ja.«

»Gute Arbeit«, sage ich. »Denn nachdem Sie das gesagt hatten, war ich im Präsidium und habe gehört, dass wir einen weiteren ungelösten Fall wieder aufrollen sollen, für den als Täter Kodaira Yoshio in Betracht kommt.«

Ich bin nicht ihr Vorgesetzter. Ich bin nicht ihr Chef …

»Shinokawa Tatsue, siebzehn, wurde am 17. Januar vergewaltigt und erdrosselt im Keller eines Kaufhauses in Shibuya gefunden. Die Autopsie ergab, dass sie seit Ende Oktober, Anfang November des Vorjahres tot war. Und wissen Sie was«, sage ich. »Man hat ihren Regenschirm gestohlen.«

Wieder kein Applaus. Aber ich möchte auch keinen …

»Falls also jemand von Ihnen bei Ihrem neuen Chef Eindruck machen will, dann schlage ich vor, Sie suchen Masaoka, die Witwe Okoyama und all die anderen auf, die Kodaira kannten, seine Familie und die Arbeitskollegen, und versuchen, all die Geschenke aufzutreiben, die er ihnen gemacht hat. Denn irgendwo da draußen in Shibuya oder Shinagawa, in Toyama oder Tochigi findet sich die Habe unserer Toten aus dem Shiba-Park, Verzeihung«, verbessere ich mich, »*Ihrer* Toten aus dem Shiba-Park.«

Kein Applaus. Nur Schweigen und Blindheit …

Ich gehe zu meinem Schreibtisch, meinem ehemaligen Schreibtisch, und ziehe die Schublade auf, um den Inhalt in meinen alten Armeerucksack zu kippen. Doch die Schublade ist leer.

Mein Schreibtisch ist bereits geräumt worden.

Ich fluche und fluche …

»Inspektor Hattori hat all Ihre Sachen ins Präsidium gebracht«, erklärt Ishida. »Er hat nicht gedacht, dass Sie noch einmal hierherkommen würden.«

Ich hasse ihn. Ich hasse ihn …

Ich sage nichts. Es gibt nichts mehr zu sagen. Ich gehe.

Ich hasse sie …

Den Flur entlang. Die Treppe hinunter.

Ich hasse sie alle …

Inspektor Nishi steht auf der Treppe vor dem Polizeirevier Atago. *Ich schaue in einen Spiegel.* Er muss sich wohl aus dem Zimmer geschlichen haben, als ich Kimura geschlagen habe. Er wartet auf mich. Er will noch ein letztes Mal mit mir reden. Nishi sieht immer noch schlecht und unausgeschlafen aus. »Ich hatte mit der ganzen Angelegenheit nichts zu tun …«

Ich lache. »Mit welcher Angelegenheit, Inspektor?«

»Mit Ihrer Degradierung«, antwortet er. »Mit all den Beschwerden.«

»Welche Beschwerden denn, Nishi?« frage ich.

»Hattoris Beschwerden bei Adachi«, antwortet er.

Ich schüttle den Kopf. »Ich verachte euch alle.«

»Aber ich bin auf Ihrer Seite«, erklärt Nishi bedrückt.

Auf meiner Seite. Auf meiner Seite …

Wieder schüttle ich den Kopf. »Nein, bist du nicht und warst du auch nie.«

Eine letzte Zigarette in einer anderen Ruine auf einem anderen Trümmerhaufen. Zwei streunende Hunde umkreisen mich, beobachten, wie ich rauche, warten darauf, dass ich verrecke. Zwei Köter mit verdrecktem Fell und dürren Beinen, blasse Zungen baumeln aus ihren dunklen Mäulern. *Der Spatz singt, die Nachtigall tanzt.* Diese Ruine war einmal das prachtvolle Haus der Satsuma-Samurai-Dynastie, einer Familie, die dem Land einst Minister und Generale geschenkt hat, Unternehmer und Bankiers, ein Haus, das einst Bankette und Bälle gesehen hat, mit Gärten, durch die Siegeslieder hallten.

Und die grünen Felder sind so schön im Frühling …

Drei weitere streunende Hunde tauchen zwischen dem Schutt auf und bellen die anderen beiden an. Drei weitere Köter mit dreckigem Fell und dürren Beinen, mit blassen Zungen in dunklen Mäulern. Die fünf bilden ein Rudel und umkreisen mich. *Der Granatapfel blüht rot, die Weiden sind grün.* Ich schaue zu, wie sie sich immer näher heranschleichen. Die ersten beiden sind die Mutigsten, rennen vor mir auf und ab, kommen näher und näher. Die drei Neulinge sind unsicher. Ich drücke meine Zigarette aus. Dann nehme ich einen Stein.

Und es ergibt sich ein neues Bild.

Durch die Türen ins Präsidium der Tokioter Polizei. Die Treppe hinauf. *Plötzliches Schweigen.* Noch immer klebt mir das Hemd am Rücken. Meine Hose ist noch immer in den Kniekehlen nass. *Plötzliche Blindheit.* Ich gehe den Flur entlang, am Büro des Chefs vorbei. *Ich hätte nicht herkommen sollen.* Ich gehe am Besprechungszimmer vorbei, vorbei an Abteilung eins. *Ich hätte mich fernhalten sollen.* Ich komme zu Abteilung zwei. Meiner ehemaligen Abteilung.

Keiner wird mich sehen. Keiner wird mit mir sprechen …

Doch die Abteilung zwei ist verwaist.

Keiner da …

Ich gehe zu meinem Schreibtisch, meinem ehemaligen Schreibtisch am vorderen Ende des Zimmers, und ziehe die Schublade auf, um den Inhalt in meinen Rucksack zu kippen. Doch auch diese Schublade ist leer.

Auch dieser Schreibtisch ist bereits geräumt worden.

Ich fluche …

Ich trete hinaus auf den Gang und halte nach jemandem Ausschau, irgendjemandem.

Auf der Treppe ein vertrautes Gesicht; ein vertrautes Gesicht aus Abteilung eins, aus Inspektor Kais Gruppe. Doch dieses vertraute Gesicht sieht mich zuerst, schaut weg, wendet sich ab, geht davon, in die andere Richtung.

Aber er weiß etwas. Er weiß es …

Also halte ich dieses vertraute Gesicht auf, verbeuge und entschuldige mich, er verbeugt sich ebenfalls, und wieder verbeuge und entschuldige ich mich und frage ihn: »Wo sind denn alle hin? Was ist passiert?«

»Haben Sie noch nicht gehört?« fragt er. »Man hat Inspektor Fujita gefunden.«

Ich verbeuge und bedanke mich, entschuldige mich und drehe mich um.

Ich gehe die Treppe hinunter und zur Tür hinaus. Ich renne los.

Ich renne weg, nur weg.

Ich nehme die roten *geta*-Sandalen meiner Tochter in die Hand. Meine Frau hebt mir das Kind auf den Rücken. Ich trage es den Gartenweg hinunter und die Straße entlang, nehme eine Abkürzung durch die Maulbeerfelder zu einem anderen Krankenhaus, einem anderen Arzt.

Das Krankenhaus hat gerade erst geöffnet. Doch schon hat sich eine Schlange gebildet.

Ich zeige meine Dienstmarke vor und sage, dass es sich um einen Notfall handle.

Ich brülle, drohe, schikaniere, drängle mich vor.

Ich werde zu einer Augenärztin vorgelassen.

»Meine Tochter bekommt kaum die Augen auf«, sage ich der Ärztin. »Das geht nun schon seit fast zwei Wochen so. Ich mache mir Sorgen, es könnte etwas Ernstes sein, nicht nur eine Bindehautentzündung, vielleicht ein Infekt, der ihrem Augenlicht dauerhaften Schaden zufügen könnte. Ich muss für eine Weile dienstlich fort und mache mir Sorgen, dass es sich weiter verschlechtert, während ich weg bin. Meine Frau und ich wissen uns wirklich nicht mehr zu helfen …«

»Machen Sie sich keine Sorgen«, antwortet die Ärztin. »Das wird sich in ein paar …«

»Aber wann?« will ich wissen. »Es sind jetzt fast zwei Wochen …«

»Sie riecht nach Rauch«, sagt die Ärztin. »Sie ist mit DDT besprüht worden. Der Rauch und das DDT haben ihren Augen zugesetzt.«

»Wir hatten keine andere Wahl«, sage ich. »Läuse …«

»Machen Sie sich bitte keine Sorgen«, sagt die Ärztin. »Die Augen selbst sind nicht entzündet. Wenn Sie von Ihrer Dienstreise zurückkehren, werden sich die Augen Ihrer Tochter völlig erholt haben, da bin ich sicher.«

»Können Sie ihr etwas geben, um die Heilung zu beschleunigen?«

»Es gibt da eine Injektion«, meint die Ärztin. »Aber die ist teuer.«

»Ich habe Geld«, erkläre ich und verbeuge mich.

War es Senju oder Adachi? Sie haben Inspektor Fujita gefunden. *Adachi oder Senju?* Weinen sie um ihn? Lachen sie über ihn? *Senju oder Adachi?* Ist Tag Nacht? Oder Nacht Tag? *Adachi oder Senju?* Ist schwarz weiß? Oder weiß schwarz? *Senju oder Adachi?* Sind die Männer die Frauen? Oder die Frauen die Männer? *Adachi oder Senju?* Sind die Mutigen feige? Oder die Feigen mutig? *Senju oder Adachi?* Sind die Starken schwach? Oder die Schwachen stark? *Adachi oder Senju?* Sind die Guten böse? Oder die Bösen gut? *Senju oder Adachi?* Sind Streiks legal? Oder sind sie illegal? *Adachi oder Senju?* Ist Demokratie gut? Oder ist Demokratie schlecht? *Senju oder Adachi?* Ist der Aggressor das Opfer? Oder das Opfer der Aggressor? *Adachi oder Senju?* Sind die Sieger die Verlierer? Oder die Verlierer die Sieger? *Senju oder Adachi?* Hat Japan den Krieg verloren? Oder hat Japan den Krieg gewonnen? *Adachi oder Senju?* Sind die Lebenden die Toten? Oder die Toten die Lebenden? *Senju oder Adachi?* Lebe ich? Oder bin ich tot?

War es Adachi oder Senju? Senju oder Adachi?

Nun haben sie Inspektor Fujita gefunden.

Adachi oder Senju? Senju oder Adachi?

Bald werden sie mich finden.

Adachi oder Senju?

Aber das Risiko muss ich eingehen; ich muss darauf hoffen, dass sie Ishida nicht abfangen, bevor er Atago verlässt, dass Ishida bereits aus Atago fort und auf dem Heimweg ist, um Reis zu holen; ich muss darauf hoffen, dass Ishida daraufhin direkt nach Asakusa geht, dass kein Revier weiß, um welche Zeit wir nach Tochigi abreisen, dass vielleicht niemand daran denkt, jemanden loszuschicken, um uns abzufangen.

Senju oder Adachi? Adachi oder Senju? Senju oder Adachi …

Das sind die Risiken, die ich eingehen muss.

Oder war ich es? War ich es?

Die Risiken, die ich eingehen muss, während ich durch Tokio laufe, Abkürzungen nehme.

War ich es? War ich es?

Durch die Stadt der Toten.

Der Toten vom Shōwa-Tempel …

Baba Hiroko wurde am 3. Januar dieses Jahres in der Präfektur Tochigi, im Amtsbereich des Polizeireviers Kanuma, tot aufgefunden. Allerdings stammte Baba Hiroko nicht aus der Präfektur Tochigi, sondern aus Tokio. Wohnhaft war sie in 1–9 Shin-Tsukuda Nishimachi, im Bezirk Kyōbashi, wo sie mit ihrer Mutter und ihrem Onkel Kobayashi Sōkichi lebte.

Ich eile durch den Bezirk Kyōbashi, suche nach der Straße und halte mich in den Schatten der alten Bürogebäude, die noch stehen. Schließlich finde ich die Straße, suche nach der Adresse und eile schnell durch die Sonne in den Brachen der durch Bomben zerstörten Häuser.

Schatten und Sonne, erst schwarz, dann weiß …

Ich komme an einen maroden Lattenzaun; durch die Lücken zwischen den Latten sind ein riesiger Berg rostiges Eisen und eine Hütte mit einer Glastür und einem Blechdach zu sehen; das hier muss 1–9 Shin-Tsukuda Nishimachi sein.

Vor der Hütte steht ein alter Mann, im Overall und mit einem Taschentuch auf dem Kopf. Ich rufe durch den Zaun. Ich sage ihm, wer ich bin, Inspektor Minami von der Tokioter Polizei. Er nennt mir seinen Namen, Kobayashi Sōkichi. Er teilt mir mit, er sei Hirokos Onkel.

Ich sage ihm, warum ich hier bin und wohin ich fahren werde.

Ob ich wohl mit ihm sprechen könne. Er nickt.

Ich denke die ganze Zeit über an sie …

Ich trete durch eine Öffnung im Zaun auf den Schrottplatz. Der alte Mann nimmt das Taschentuch vom Kopf und wischt sich über den Nacken. Er bittet mich in die Hütte und bietet mir einen kleinen Hocker an, das einzige Möbelstück. Er selbst setzt sich auf eine leere Kiste. An der Wand hängt noch eine alte, bunte Ansichtskarte des Itsuku-shima-Schreins.

»Diese Hütte ist alles, was noch übrig ist«, sagt Herr Kobayashi.

Ich schaue zu dem Bretterdach hinauf, noch ganz schwarz vom Winterruß, entdecke die Tafel neben dem Fenster und lasse meinen Blick dann zum *butsudan* hinüberschweifen, auf dem ein eingetopfter Sakaki-Strauch vor drei gerahmten Fotos steht, zwei der Fotos zeigen ältere Frauen, das dritte eine erheblich jüngere Frau.

»Hiroko ist am Morgen des 30. Dezember letzten Jahres von hier aufgebrochen. Ihre Mutter war bereits in das Wohnheim der Furukawa-Denki-Kupferfabrik in Nikkō evakuiert worden.«

Dieselbe Firma, für die Kodaira zwei Mal gearbeitet hat …

»Doch wegen der Lage hier in Tokio, und weil es sich auf dem Land besser leben lässt, war ihre Mutter noch immer dort. Hiroko wollte Silvester und Neujahr bei ihr verbringen und hatte ein paar Geschenke für sie dabei.«

»Wissen Sie noch, was genau sie bei sich hatte?«

»Einen roten Schal, den Hiroko selbst gestrickt hatte, daran erinnere ich mich noch. Dann ein paar Lebensmittel, glaube ich, und noch irgendwas. Ich meine, ihre Mutter hatte wahrscheinlich mehr zu essen als wir, aber Hiroko hat den ganzen Monat an ihrer Reisration gespart …

Hiroko ist nie dort angekommen, und vier Tage später wurde ihre Leiche auf einem Feld in der Nähe dieses Berges in Nishi Katamura gefunden, Kami Tsuga-gun. Auf einem einsamen Feld …«

Sie verfolgt mich …

»Hiroko war über das Feld geschleift worden, ihr Gesicht war ganz zerschlagen, sie war erdrosselt worden, man hatte sie vergewaltigt und dann mit ihrem eigenen Schal erwürgt. Der Mörder hat ihre ganze Habe gestohlen, zweihundert Yen, die sie dabeihatte, ihren Mantel, ihren Schal und die Geschenke …

Hirokos Mutter gab sich selbst die Schuld. Sie fand, sie hätte nicht in Tochigi bleiben dürfen, und wenn sie nach Tokio zurückgekommen wäre, dann wäre Hiroko niemals nach Tochigi gefahren und der Bestie begegnet, die ihr das alles angetan hat …«

»Wo ist ihre Mutter jetzt?« frage ich. »Nicht mehr in Tochigi, oder?«

»Sie starb an ihren Schuldgefühlen. Es hat ihr das Herz gebrochen.«

»Tut mir leid, das zu hören«, sage ich. »Es tut mir sehr leid …«

»Wer immer Hiroko umgebracht hat, hat auch ihre Mutter umgebracht.«

Ich nicke und pflichte ihm bei. Ich frage ihn, ob ich den beiden meinen Respekt erweisen dürfe, und zum zweiten Mal am heutigen Tag knie ich vor einem *butsudan.*

Doch diesmal bitte ich nicht um Vergebung.

Diesmal bitte ich um Führung.

Auf dem Weg zur Gerechtigkeit.

Zur Gerechtigkeit und Vergeltung …

Ich erhebe mich wieder, er dankt mir für meine Zeit, für meine Mühen, und führt mich wieder hinaus ins Sonnenlicht.

»Mein Sohn ist noch in Mulchi«, sagt er. »So hat man es mir zumindest erzählt. Ich habe bisher nichts gehört. Aber solange ich nichts anderes höre, solange er am Amur Bäume fällt, werde ich das Geschäft weiterführen, damit er etwas hat, wofür es sich zurückzukehren lohnt.«

Doch dann schaut Hirokos Onkel über die Straße zu den Häusern, die neu gebaut werden, und sagt: »Aber vielleicht ist er schon ein Geist …«

Die U-Bahnlinie Ginza endet am Bahnhof Asakusa im Keller des Matsuya-Kaufhauses. Die Tōbu-Linie beginnt und endet im zweiten Stock des Kaufhauses; Ishida wird um fünfzehn Uhr dort sein. Ich schaue auf die Uhr, ich bin früh dran. Ich brauche etwas Abstand. Ich verlasse die U-Bahn und schnappe etwas Luft.

Ton-ton. Ton-ton. Ton-ton. Ton-ton. Ton-ton. Ton-ton …

Doch in Asakusa gibt es keine frische Luft; nur Märkte zur Linken, Richtung Norden, und Ruinen zur Rechten, am anderen Ufer des Sumida. Keine Luft; das gleiche verbrannte Gelände, flach bis auf die schwarz verkohlten Betonbrocken und das frische gelbe Holz. Keine Luft; dieser Ort ist der Tod, immer nur Tod, früher schon und heute wieder …

Ton-ton. Ton-ton. Ton-ton. Ton-ton. Ton-ton …

Ich bin hier am Tag nach dem großen Kantō-Erdbeben gewesen; an dem Tag stank es in der gesamten Stadt nach verfaulenden Aprikosen, und je näher ich nach Asakusa kam, dem Wind entgegen, der aus Ostrichtung vom Fluss herüberwehte, umso stärker wurde der Gestank.

Ton-ton. Ton-ton. Ton-ton. Ton-ton …

Der Gestank nach verfaulenden Aprikosen, der der Gestank der Toten war, der Berge von Leichen, die unter einer sengenden Sonne zwischen den schwarzen Ruinen zu beiden Ufern des Sumida lagen …

Ton-ton. Ton-ton. Ton-ton …

Ich stand zwischen den an den Ufern aufgetürmten Toten, als mir die Leiche eines Jungen auffiel, dessen in Lumpen gewickelter Körper schwarz verkrustet war vor Dreck und dessen Gesicht und Hände von Blasen übersät waren. Ich fragte mich, wo sein Vater war, seine Mutter, seine Brüder und Schwestern, und ich betete, dass sie tot waren, dass sie besser alle tot waren.

Ton-ton. Ton-ton …

Alle tot …

Ton-ton …

Dieses ewige Gehämmer damals und heute wieder. *Besser, wenn alle tot sind.* Dieses ewige Gehämmer.

Besser, wenn alle tot sind …

Damals tot, heute tot …

Alle tot …

Dann schaute ich zu, wie zweiundzwanzig Jahre nach der ersten Feuersbrunst eine zweite vom Himmel auf Asakusa und Tokio fiel und von einem lauten Wind getragen wurde, der die Flammen über die untere Hälfte der Stadt trieb und die Hälfte der Bevölkerung in seinen Fluten mit sich riss …

Ein Jahrhundert an Veränderungen in einer einzigen Feuernacht …

Ein Feuer, das sich ausbreitete wie von Fächern entfacht, brennende Gebäude, brodelnde Flüsse, im Qualm erstickte Menschen …

Ich roch sie damals. Ich rieche sie heute …

Der Gestank nach verfaulenden Aprikosen …

Ich lasse das Matsuya-Kaufhaus hinter mir, gehe auf das Niten-Shinto-Tor zu, betrete den leeren schwarzen Platz, auf dem einst der große Kannon-Tempel stand, vorbei an Hunderten winziger Stände; Trompeten und Saxofone tönen aus Lautsprechern.

Ton-ton. Ton-ton. Ton-ton. Ton-ton. Ton-ton …

Ich bahne mir meinen Weg durch den Altkleidermarkt, drängle mich durch die Menschenmassen und komme zu einer Reihe von Essensständen, die sich am Ufer des Asakusa-Teichs drängen; die Luft ist stickig vom aufsteigenden Rauch des heißen Öls. Ich bleibe stehen und trinke einen Schluck bei den alten Soldaten.

Ton-ton. Ton-ton. Ton-ton. Ton-ton …

Ich starre hinaus auf die Reklamewände.

Ton-ton. Ton-ton. Ton-ton …

Werbung für Restaurants.

Ton-ton. Ton-ton …

Kinofilme und Musicals.

Ton-ton …

Die Sonne fällt in schwarzen und weißen Linien durch das Bambusdach, ich schaue in das Gesicht eines Jungen, in Lumpen gekleidet und schwarz verkrustet vor Dreck, sein Gesicht und seine Hände sind mit Blasen übersät, er weint Eiter und Tränen, und jetzt hebt er die Hand und zeigt mit dem Finger …

Ton-ton. Ton-ton. Ton-ton. Ton-ton …

Das Gehämmer damals und heute wieder …

Masaki, Banzai! Vater, Banzai!

Das Gehämmer hört und hört nicht auf …

Ton-ton. Ton-ton. Ton-ton…

Ich setze mir meine Tochter erneut auf den Rücken und trage sie über die Maulbeerfelder nach Hause, doch als wir an dem alten Brunnen ankommen, setze ich sie ab. Ich nehme mein Taschentuch und wasche es im Brunnen aus, tauche es ins Wasser, wringe es aus und lege es meiner Tochter auf die Augen.

»Nur, bis sich der Qualm verzogen hat«, sage ich zu ihr.

Dann hebe ich sie mir wieder auf den Rücken und trage sie nach Hause, durch das Tor und den Gartenweg entlang zur Haustür und in den *genkan.*

»Wir sind zu Hause«, rufen wir beide gemeinsam.

Ich hole Wasser und gehe wieder hinaus in den Garten. Ich gieße Wasser auf die Flammen und lösche das Bettenfeuer.

»Der Qualm reizt ihre Augen«, erkläre ich meiner Frau.

Meine Frau verbeugt und entschuldigt sich.

»Das brauchst du nicht«, sage ich. »Du hattest keine andere Wahl.«

Wieder verbeugt sie sich und bedankt sich. »Es tut mir sehr leid, dass du sie ins Krankenhaus bringen musstest. Du musst müde sein. Ich habe dir Frühstück gemacht.«

»Jetzt nicht«, lehne ich ab. »Ich muss dir erst noch ein paar Dinge sagen …«

»Vater geht wieder fort«, singt meine Tochter.

Meine Frau will sie schon ermahnen.

»Sonoko hat recht«, gehe ich dazwischen. »Ich gehe fort, weil ich degradiert worden bin. Ich habe die Leitung der Abteilung abgeben müssen und meinen Dienstgrad verloren. Ich habe den Befehl erhalten, in die Präfektur Tochigi zu fahren und dort zu ermitteln. Aber es ist nur für ein paar Tage; ich hoffe, ich bin Dienstag oder Mittwoch nächster Woche zurück. Wenn ich zurück bin, werde ich auf ein örtliches Revier versetzt, ich weiß nicht, wohin und wie lange … Man hat mir mitgeteilt, dass die Abteilung Öffentliche Sicherheit Fragen nach meiner bisherigen Laufbahn gestellt hat, nach meiner Eignung als Polizist. Gut möglich, dass mein Name auf der Liste der nächsten Säuberungsaktion erscheint. Das bedeutet dann meine Entlassung. Möglicherweise gibt es auch einen Prozess und eine Haftstrafe. Vielleicht sogar die Hinrichtung …« Ich verbeuge mich ganz tief. »Es tut mir sehr leid, dir das sagen zu müssen.«

Auch meine Frau verbeugt sich, ihre Schultern zucken, Tränen fallen auf die Tatamis, und sie schluchzt los. »Es tut mir leid. Das ist alles meine Schuld.«

»Die liegt ganz bei mir«, erwidere ich. »Mach dir keine Vorwürfe.«

»Es tut mir leid«, wiederholt sie. »Ich war dir eine schlechte Frau ...«

»Bitte weine nicht«, flehe ich sie an. »Und bitte hör auf, dir Vorwürfe zu machen. Du hast dich unter schwierigsten Umständen um unsere Kinder gekümmert und unser Haus gehütet. Wir gehen einer schwierigen, unsicheren Zukunft entgegen, wir beide müssen schon unserer Kinder wegen stark sein. Wir müssen unser Bestes versuchen.«

Meine Frau nickt und senkt den Kopf.

»Hast du vom Postamt Geld bekommen?«

»Wir haben uns jeden Tag in die Schlange gestellt, aber bisher war noch nichts da.«

Ich ziehe einen Umschlag aus der Jackentasche. »In meinem Rucksack ist etwas zu essen, Reis und etwas Gemüse, und das Geld hier wird wohl reichen, bis ich wieder zurück bin.«

Meine Frau verbeugt und bedankt sich.

Wir sind beide auf den Knien.

Steht auf!

Ich stehe wieder auf und gehe in das Nebenzimmer, in dem sich die Nische mit dem *butsudan* befindet. Ich knie mich vor unserem *butsudan* nieder, vor den Fotos von ihren und meinen Eltern, ihrer Schwester und meinem Bruder. Ich beuge mich vor und entzünde drei Räucherstäbchen. Ich schlage drei Mal gegen die Klangschale. Ich lehne mich wieder zurück.

Ich bete zu meinem Vater, meiner Mutter und meinem Bruder.

Ich entschuldige mich für mein Verhalten und für mein Versagen.

Ich bitte um Verzeihung und Führung.

Ich bitte sie um Hilfe und Schutz.

Wieder beuge ich mich nach vorn und lege den Umschlag auf den *butsudan.* Ich stelle den Beutel mit dem Essen vor den Altar.

Die Luft ist geschwängert vom Duft der Räucherstäbchen.

Dem Gestank der verbrannten Betten.

Meine Augen brennen. Sie schmerzen …

Den Gestank nach DDT.

Meine eigenen Tränen.

Ich bin spät dran, und der Bahnhof Asakusa ist überfüllt und stickig. *Wie alle Bahnhöfe.* Hunderte, vielleicht Tausende von Passagieren stehen stundenlang an den Fahrkartenschaltern Schlange, manchmal sogar tagelang, Fahrkarten für Züge, die Stunden, manchmal Tage brauchen, bis sie endlich losfahren. *Jeder Zug auf jedem Bahnhof.* Ganz Japan, die Überlebenden, *die Glücklichen*, sind unterwegs, unterwegs …

Ich schaue nach links und rechts. Vor mich, dann hinter mich.

Keine Leute aus dem Präsidium. Keine Streifenpolizisten …

Ich dränge mich durch die Menge, bahne mir einen Weg in den zweiten Stock zu den Gleisen und den Zügen.

Ich schaue nach links und rechts. Vor mich, dann …

Ishida steht vor mir. Er wartet am Fahrkartenschalter.

Weiß er, dass man Inspektor Fujita gefunden hat?

Ishida verbeugt sich und reicht mir die Fahrkarte.

Weiß er es? Kümmert es ihn?

Ich mahne zur Eile. Wir zeigen an der Sperre zum Gleis unsere Fahrkarten und Dienstmarken vor. *Schnell!* Wir eilen über den Bahnsteig, kommen an einer langen Reihe Wagen dritter Klasse vorbei, für die unprivilegierten Verlierer. *Schnell!* Wir kommen zum Wagen zweiter Klasse, der den privilegierten Verlierern wie uns vorbehalten ist.

Schnell! Schnell!

Ich schaue am Bahnsteig entlang zurück.

Niemand verfolgt uns …

Ishida und ich steigen in den Zug.

Niemand wartet hier auf uns …

Der Schaffner hat uns zwei gegenüberliegende Plätze reserviert; Ishida sitzt in Gegenfahrtrichtung und schaut zu den Wagen dritter Klasse zurück, die überfüllt sind mit Fahrgästen, die sitzen, stehen und sich an den Stufen drängen; ich schaue nach vorn zum Wagen der Sieger, zu den beiden Wagen, die *Nur für Sieger* sind, diesmal GIs, die nach einem Urlaub in Tokio wieder zurück zu ihren Stützpunkten nach Tochigi fahren.

Der Pfiff ertönt …

Ein Schaffner in abgewetzter brauner Uniform steht an der Verbindungstür zur ersten Klasse Wache, dennoch versuchen viele, dort einen Platz zu ergattern.

Jedes Mal hält der Schaffner in der schäbigen Uniform sie auf.

Die Lokomotive ruckelt los. Die Räder beginnen sich zu drehen …

»Nur für Amerikaner«, erklärt er ihnen.

Wir verlassen den Bahnhof Asakusa Tōbu …

Ich warte darauf, ob jemand mit ihm zu streiten beginnt.

Wir überqueren den Sumida …

Doch die Japaner weichen wortlos zurück.

Ich komme davon, komme davon …

Das Recht von Sieg und Niederlage.

Ich bin entkommen. Zumindest diesmal …

Die Räder drehen sich immer weiter.

Es juckt und ich kratze mich. *Gari-gari.* Der erste Teil der Reise bis nach Sugito ist nicht lang, aber der Zug fährt langsam, und es ist heiß. Ishida und ich reden kein Wort. Wir haben die Augen geschlossen.

Bitte lass die Augen meiner Tochter gesund werden …

Ich schlafe nicht. Es juckt und ich kratze mich. *Gari-gari.* Ich höre die Ansagen und die davoneilenden Schritte auf den Bahnhöfen, dann den kurzen, lauten Pfiff der Lokomotive. Von Bahnhof zu Bahnhof, von Pfiff zu Pfiff …

Kita-Senju. Soka. Kasukabe …

Bis der Zug endlich im Bahnhof Tōbu Sugito einfährt und wir uns auf den Bahnsteig hinauskämpfen. Es juckt und ich kratze mich. *Gari-gari.* Dann überqueren wir die Brücke zu einem anderen Bahnsteig und warten auf den Zug der Tōbu-Nikkō-Linie.

Kodairas Territorium …

Wir warten zwei Stunden lang auf einem Bahnsteig, der überlaufen ist von Männern und Frauen, mitsamt ihren Kindern und ihrer Habe.

Es juckt und ich kratze mich. *Gari-gari.* Viele tragen schreiende Babys auf dem Rücken, andere tragen die stummen Knochen ihrer Toten in Schachteln um den Hals, Rückkehrer aus der Mandschurei, Flüchtlinge im eigenen Land. Es juckt und ich kratze mich.

Gari-gari …

Ishida und ich erhaschen einen kleinen Flecken am Ende des Bahnsteigs, wo wir uns mit unseren Rucksäcken hinkauern und warten können, wir warten und warten, es juckt und wir kratzen uns, *gari-gari.* Ishida spricht noch immer kein Wort, ich auch nicht, also schließen wir wieder die Augen, bis ich spüre, wie sich die Menschen auf dem Bahnsteig bewegen, aufstehen, ihre Habe zusammenpacken, Kinder und Knochen, weil sich ein Zug nähert, ein Pfiff ist zu hören, Dampf zu sehen.

Auf jedem Bahnhof. Bei jedem Zug …

Die Wartenden versuchen schon einzusteigen, bevor der Zug überhaupt steht, bevor die ankommenden Fahrgäste aussteigen können, die Leute schreien und streiten, schieben und drängen sich auf die Stufen, durch die Fenster …

Auf jedem Bahnhof. Bei jedem Zug …

In diesem Zug gibt es keine reservierten Plätze. Jeder Mann, jede Frau, jedes Kind kämpft für sich selbst. Ishida und ich steigen auf die Kupplung am Ende eines der Wagen und drücken uns hinein.

In jedem Zug des Landes …

Ishida und ich stehen eingezwängt in dem Durchgang vor der Toilette, die von einer ganzen Familie blockiert wird, der Zug ruckelt voran, der Zug, der früher nur Touristen und Tagesausflügler zu Sehenswürdigkeiten wie der Shinkyō-Brücke und dem Tōshōgū-Schrein, dem Chūzenji-See und den Kegon-Fällen brachte, der Zug, der jetzt die Hungernden und Verlorenen transportiert …

Die Glücklichen.

Ich stehe eingezwängt zwischen Ishida und einem jüngeren Mädchen. Es juckt und ich kratze mich. *Gari-gari.* Ich versuche, den Kopf zu drehen und aus dem Fenster zu schauen, um Luft zu holen und nach den Bahnhöfen Ausschau zu halten, doch ich sehe nur Läuse, die auf der Kopfhaut des Mädchens vor mir herumkriechen, sie krabbeln ins Haar und wieder heraus, vergraben sich und erscheinen wieder, tauchen auf und verschwinden, rein und raus. Es juckt und ich kratze mich. *Gari-gari.*

Eine halbe Stunde später ruckelt der Zug über Weichen und wird wieder langsamer. Allerdings gibt es keine Durchsage.

Ich wende mich an Ishida und frage ihn: »Wo sind wir jetzt?«

Ishida schaut hinaus. »Fujioka«, antwortet er.

In Ishidas Nackengrübchen …

Der Zug hält ruckend im Bahnhof. Menschen schieben und drücken, schreien und streiten, um hinaus- und hineinzukommen …

Etwas Kaltes, Metallisches in seinem Nackengrübchen …

Ich suche Abstand von Ishida. Es juckt und juckt. Ich suche Abstand von dem jungen Mädchen und seinen Läusen. Ich stehe am Fenster, bekomme endlich Luft, kann mich kratzen, *gari-gari …*

Der Zug verlässt den Bahnhof wieder. Ishida rückt näher und steht wieder direkt neben mir.

Die Sonne geht unter. Es wird dunkel …

Inspektor Ishida meint, wir sollten am Bahnhof Shin-Kanuma aussteigen, dort wären wir in etwa einer Stunde, er würde den Weg zum Polizeirevier Kanuma kennen. Er habe schon auf der Landkarte nachgeschaut, man werde uns dort erwarten, man habe uns für heute Nacht eine Herberge besorgt.

Man erwartet uns dort …

Ich habe mir ebenfalls die Landkarte angeschaut. Ich habe auf meine eigenen Karten geschaut. Ich sage ihm, dass wir nicht in Shin-Kanuma aussteigen und auch nicht auf das Revier Kanuma gehen.

Nicht in deren Herberge. Nicht heute Nacht.

Dort warten sie nur auf uns …

»Ienaka«, erkläre ich. »Dort werden wir aussteigen.«

Ienaka liegt etwa fünfzehn Kilometer vor Kanuma. Ienaka ist der Bahnhof, der dem Haus am nächsten liegt, in dem Mutter und Tochter der Witwe Okayama leben. Ienaka liegt auch in der Nähe des Feldes, auf dem am 3. Januar die Leiche von Baba Hiroko gefunden wurde.

Doch es ist Nacht. Es ist dunkel …

Ishida und ich passieren die Fahrkartenkontrolle, verlassen den Bahnhof und gehen in das verlassene Städtchen. Keinen Markt …

Niemand wartet hier auf uns …

Hier gibt es nichts als die Umrisse der dunklen Berge und die leichten Schatten der Bäume, die sich über den Ort erheben und uns beobachten. Ich hocke mich hin und ziehe mein Notizbuch aus dem Rucksack, Ishida murmelt etwas davon, wie spät es schon sei, dass es wohl zu spät sei, der Mutter und der Tochter der Witwe Okayama einen Besuch abzustatten, zu spät, das Feld aufzusuchen, auf dem Baba Hiroko gefunden wurde, zu spät, eine Herberge für die Nacht zu finden.

Zu spät für alles …

»Hier«, sage ich, zeige ihm in meinem Notizbuch die Adresse einer Herberge und verweise auf meine Landkarte. Ich führe Ishida den Hang hinauf und zum Städtchen hinaus zu der angegebenen Adresse. Wir finden sie schnell.

Gasthaus zum Schönen Berg …

Die abseits gelegene Pension geht zur Straße hinaus, es brennt noch Licht auf der Veranda, Motten flattern gegen das Schutzglas um die Glühbirne, Moskitos stechen uns an Stirn und Nacken, wir öffnen die Tür, entschuldigen uns bei dem Hausmädchen für die späte Stunde unseres unangemeldeten Erscheinens und bieten ihm etwas von dem Reis an, den Inspektor Ishida von zu Hause mitgebracht hat.

Draußen dunkel, drinnen dunkel …

Das Mädchen eilt mit dem Reis und unseren Personalausweisen davon und kehrt mit einer älteren Frau zurück, die sich für den Reis bedankt und unsere Angaben notiert. Sie meint, wir seien zu spät zum Abendessen, heutzutage bräuchten sie einen Tag Voranmeldung, um einzukaufen und das Essen zuzubereiten; wir seien auch zu spät für das Bad, das sie nur mit einem Tag Voranmeldung einheizen würden, und das auch nur einmal am Tag.

Kein Bad. Kein Abendessen. Kein Sake. Kein Bier …

»Aber es gibt Frühstück«, tröstet sie uns.

Dann weist die ältere Frau das Hausmädchen an, uns unser Zimmer zu zeigen, das beste Zimmer, versichert sie uns, das sie hätten, und wir folgen dem Hausmädchen einen düsteren, feuchten Gang entlang mit dunklen Nischen und geschlossenen Fenstern.

Das Hausmädchen schließt eine Tür auf und schiebt sie beiseite.

Sie schaltet das Licht ein.

Das hätte sie besser gelassen …

Die Wandschirme sind zerfetzt, die Tatamis wimmeln nur so vor Ungeziefer, und die Moskitos stürzen sich auf uns. Ishida und ich setzen uns an einen niedrigen Tisch unter einer kleinen elektrischen Glühbirne, um die Küchenschaben zu zählen, das Mädchen breitet Futons und Bettzeug aus und entschuldigt sich für den modrigen Geruch und die Hitze, versichert uns aber, dass es zu dieser Jahreszeit besser, viel besser wäre, die Fenster geschlossen zu halten.

»Danke«, sagen wir, als sie sich verbeugt und uns eine gute Nacht wünscht.

In der Stille der Nacht versammeln sie sich im *genkan* unseres Hauses und schauen zu, wie ich fortgehe. *Niederlage.* Sie schauen zu, wie ich die Schuhe anziehe. Sie folgen mir hinaus. *Niederlage.* Sie folgen mir den Gartenweg entlang. Sie stehen am Zaun. *Niederlage.* Sie schauen mir nach, wie ich davongehe, und winken. Sie schauen mir die Straße entlang nach und winken. *Niederlage.* Jedes Mal, wenn ich mich umdrehe. Jedes Mal. *Niederlage …*

»Bitte denk an uns. Bitte, vergiss uns nicht, Vater.«

Meine Frau, meine Tochter und mein Sohn.

Niederlage. Niederlage. Niederlage. Niederlage …

Mein Vater und meine Mutter.

Niederlage. Niederlage. Niederlage …

Mein älterer Bruder.

Niederlage. Niederlage …

Diese Niederlage in jeder einzelnen Minute jeder Stunde jedes Tages jeder Woche jedes Monats jedes Jahres.

Ich bin einer der Überlebenden …

Kapitulation. Besatzung.

Einer der Glücklichen …

Niederlage.

Wir haben uns die Gesichter gewaschen und uns erleichtert. Wir haben Hosen und Hemden abgelegt. Wir haben uns Gute Nacht gewünscht und das Licht ausgeschaltet. Jetzt liege ich wach da und warte darauf, dass Ishida einschläft. Dass seine Atemzüge langsamer werden.

Dass er tief und fest schläft.

Es ist brutheiß und stockfinster …

Ich drehe mich langsam und leise auf die Brust. Ich krieche von meinem Futon auf die Tatamis. Ich krabble mit den Käfern und Küchenschaben über den Boden zu Ishidas Rucksack, öffne ihn und suche darin herum.

Etwas Kaltes, Metallisches …

Ich ziehe die Waffe heraus. Ein Armeerevolver, Baujahr 1939. Er ist geladen. Ich hebe ihn im Dunkeln hoch und ziele auf Ishida.

Ich könnte ihn auf der Stelle umbringen …

Ich senke die Waffe wieder und stecke sie in den Rucksack zurück. Ich schließe den Rucksack, krieche über den Boden zurück zu meinem Futon und meinem Rucksack. Ich öffne ihn.

Ich muss schlafen. Ich muss …

Ich nehme die Tabletten heraus, die Senju mir gegeben hat. Keine Calmotin heute Nacht. Senju hatte keine. Aber eine Menge anderer Tabletten.

Veronal. Muronal. Numal …

Senju hat stets einen Vorrat.

Ich zähle nicht.

III.

DER BERG DER KNOCHEN

Banzai! **Neunzig Calmotin, einundneunzig.** Vier Uhr früh, im Osten wird es hell. Die Straße ist feucht vom Tau, wir marschieren auf das Krankenhaus zu. Die Straßen sind menschenleer, die Fahne mit der Sonne auf blauem Himmel ist bereits gefallen. Leutnant Shigefuji führt den Angriff in das Krankenhaus. *Die Chinesen haben die Japaner ausgeraubt.* Krankenschwestern in Weiß kauern vor uns, Patienten liegen in den Betten. *Die Chinesen haben die Japanerinnen vergewaltigt.* Schlammverkrustete Stiefel springen auf die Betten und treten die weiß gekleideten Schwestern. *Die Chinesen haben die Japaner umgebracht.* Ein Kind wird mit dem Bajonett an die Wand gespießt, Blut schießt ihm aus der Brust, es sinkt zu Boden. *Masaki, Banzai!* Eine blasse Frau liegt mit offenem Mund schlafend im Bett und wird nie mehr aufwachen. *Vater, Banzai!* Wir treten die Leichen der Chinesen, so wie sie die Leichen der Unsrigen treten würden. *Banzai!* Morgen werden die Haupteinheiten abgezogen, aber wir werden hierbleiben. *Akazienblätter fliegen die Straße entlang.* Um den Frieden zu wahren. *In Staub und Schmutz.* Um Recht und Ordnung zu gewährleisten. *Im gelben Wind.* Unter den Leichen. **Hundert Calmotin, hunderteins.** Kasahara und ich transportieren die drei Diebe mit der Rikscha über die T'ai-ma-lu-Straße. *Die alte Mutter wird müde.* Der erste Dieb stöhnt. Eine Zigarette! Gebt mir eine Zigarette! Die Arme sind ihnen auf den Rücken gebunden, die Beine gefesselt. Bettler und Kulis, Deutsche und Japaner umschwärmen die Rikscha. *Auf die Rückkehr des geliebten Kindes zu warten.* Der zweite Dieb schreit. Gebt mir eine Zigarette! Keinen billigen Mist! Die Menge gießt den Dieben Wein in die Münder. Die Rikschas rollen auf den Platz vor dem Bahnhof. *Die junge Frau in Rot.* Der dritte Dieb schreit. Kasahara und ich befehlen, die drei Männer aus den Rikschas zu holen. *Hält einsam Wache am leeren Bett.* Der älteste Dieb singt ein Kriegslied. Diese Mistkerle! Habe ich jemanden umgebracht, ihr verdammten Mistkerle? *Die Chinesen haben die japanischen Siedler ausgeraubt.* Hinknien, befehle ich. Na los! Ich habe keine Angst! *Die Chinesen haben die japanischen Siedlerinnen vergewaltigt.* Schaut nach Westen, brülle ich. Bringt mir Fleischbällchen! Gebt sie mir! *Die Chinesen haben die japanischen Siedler ermordet.* Die wogende Menge nähert sich uns wieder. *Der fette Mistkerl weint wie ein kleines Baby.* Der Geruch von Knoblauch, das metallische Flüstern. *Na los! Na los!* Ich gebe den Befehl. Zwei Soldaten sind in dampfendes Blut getränkt, als der kopflose Leichnam nach vorn fällt. *Hurra! Hurra!* Ich habe den Mund voller Galle. Die Menge jubelt. Ich schlucke die Galle hinunter. *Hurra! Hurra!* Drei Frauen mit schwarz verbundenen Füßen stolpern aus der Menge vor. *Hurra! Hurra!* Die Frauen halten auf drei lange Essstäbchen gespießte Teigbällchen in Händen. *Sie soll das nicht sehen!* Wieder habe ich den Mund voller Galle. Die drei Frauen drücken die Bällchen in die Wunden der drei toten Diebe. *Sie soll das nicht sehen!* Ich schlucke die Galle hinunter. Die weißen Bällchen saugen das Blut auf und färben sich rot. *Sie soll das nicht sehen!* Wieder füllt sich mein Mund. Die drei Frauen essen die drei blutgetränkten Bällchen auf. *Sie soll das nicht sehen!* Ich übergebe mich hinter einer Rikscha. *Yuan-na!* Eine Frau hat sich durch die Menschenmenge nach vorn gekämpft. *Yuan-na!* Ein älterer Mann umklammert sie, um sie am Weitergehen zu hindern. *Yuan-na!* Er war unschuldig, kreischt sie. Die Japaner waren es! Die Japaner waren es! **Hundertzehn Calmotin, hundertelf**. Felder voller Pampasgras, Berge voller Fichtenwälder. *Nieder mit dem Japanischen Imperialismus!* Jede Wand an jedem Haus in jeder Stadt

II.

25. AUGUST 1946

Präfektur Tochigi, 31°C, sonnig

Ton-ton. Ton-ton. Ton-ton. Ton-ton. Ton-ton …

Dieses Gehämmer, das Gehämmer an einer Tür.

Ton-ton. Ton-ton. Ton-ton. Ton-ton …

Ich öffne die Augen. Ich kenne dieses Zimmer nicht.

Ton-ton. Ton-ton. Ton-ton …

Jetzt weiß ich es wieder.

Ton-ton. Ton-ton ….

Ich stehe auf. *Kein Ishida.* Ich gehe zur Tür.

Ton-ton …

Ich öffne sie nicht. »Wer ist da?«

»Polizei Kanuma …«

Ich schiebe die Tür auf.

»Tachibana, Polizeichef von Kanuma«, stellt sich der kleine, fette, ziemlich junge Mann vor und verbeugt sich. »Ich bin erfreut, Sie kennenzulernen.«

Seine Uniform sitzt zu eng. Die Knöpfe sind poliert …

»Inspektor Minami«, entgegne ich. »Sehr erfreut.«

»Tut mir leid, Sie geweckt zu haben«, sagt Tachibana.

»Sie brauchen sich nicht zu entschuldigen«, sage ich. »Es war nicht leicht, bei der Hitze und all den Insekten einzuschlafen. Ich hätte schon vor Stunden wach sein sollen.«

»Wir haben Sie in Kanuma erwartet«, meint Tachibana, »aber …«

»Mein Fehler. Es tut mir leid. Ich hätte Sie anrufen sollen.«

»Machen Sie sich keine Gedanken«, meint Tachibana lachend. »Die Telefone funktionieren meistens nicht, Sie wären wahrscheinlich sowieso nicht durchgekommen.«

Er hat nicht mit Tokio gesprochen und weiß nichts von Fujita …

»Haben Sie schon Inspektor Ishida kennengelernt?« frage ich ihn.

Tachibana schüttelt den Kopf. »Ihr Kollege?«

Er kennt Ishida noch nicht, hat nicht mit ihm gesprochen …

»Ja«, antworte ich. »Er ist hier irgendwo …«

»Vielleicht ist er schon zum Frühstück gegangen.«

Ich frage Tachibana: »Woher wussten Sie, wo wir sind?«

»Die Gasthäuser sind verpflichtet, uns alle Gäste zu melden«, lacht Tachibana erneut. »Selbst Gäste der Tokioter Polizei.«

Willkommen auf dem Land! Willkommen in Tochigi!

Ich lächle und nicke: »Natürlich.«

»Ich warte am Empfang auf Sie, Inspektor.«

Wieder verbeuge und entschuldige ich mich. Dann gehe ich ins Zimmer zurück.

Es ist dunkel. Fenster und Vorhänge sind noch geschlossen.

Ich schließe die Tür. *Kein Ishida.* Ich sehe seinen zusammengefalteten Futon.

Sein Rucksack ist fort. Ich gehe zu meinem eigenen Rucksack und öffne ihn.

Ich wühle darin herum, bis ich die Schachteln und Flaschen finde.

Ich zähle die Pillen. *Genug.* Noch alles da.

Ich lege mich wieder hin und schließe die Augen.

Es juckt immer noch, und ich kratze mich. *Gari-gari …*

Ich möchte diese Träume vergessen …

Ich richte mich wieder auf und öffne meinen Rucksack. *Im Dämmerlicht.* Ich wühle darin herum, bis ich Notizbuch und Stift finde. *Ich kann diese Träume nicht vergessen.* Ich muss sie aufschreiben. *Im dämmrigen Licht.* Die Träume, die zwielichtigen Dinge. *Ich kann nicht vergessen.* Diese Dinge, die ich träume, die Träume, an die ich mich erinnere; all diese Dinge im Zwielicht, an die ich mich erinnere.

Diese Dinge, die keinen Sinn ergeben …

Ich lege Notizbuch und Stift beiseite.

Gehe in das kleine Bad, erleichtere mich und wasche mir das Gesicht.

Ich ziehe mich an.

Es juckt und ich kratze mich. *Gari-gari …*

Dann nehme ich meinen Rucksack und verlasse das Zimmer.

Gehe den Gang entlang.

Es ist noch immer dunkel …

Da ist Ishida.

Sein Rucksack …

Er sitzt an dem niedrigen Tisch im Eingangsbereich des Gasthauses, unterhält sich mit Tachibana, nickt und lächelt dabei. Die beiden stehen auf und verbeugen sich, als sie mich sehen; Ishida sagt: »Es tut mir leid, Herr Minami. Ich bin schon ohne Sie zum Frühstück gegangen.«

Ich weiß nicht mehr, wer dieser Inspektor Ishida ist. Dieser Mann …

»Schon in Ordnung«, erwidere ich. »Ich hatte wohl etwas Schlaf nötig.«

Hat er mit Tokio gesprochen? Über Fujita? Über seine Befehle?

»Ich habe versucht, Sie zu wecken«, meint Ishida nickend. »Aber Sie schliefen fest.«

Ich kenne diesen Mann nicht. Ich erkenne ihn nicht …

»Möchten Sie frühstücken?« fragt mich Tachibana.

»Es gibt *miso*-Suppe«, sagt Ishida. »Die sollten Sie essen.«

Ich schüttle den Kopf. »Ich bin nicht sehr hungrig, danke.«

Wer ist dieser Mann, der sich Ishida nennt?

Tachibana nickt, sagt aber: »Sie haben für das Frühstück bezahlt. Sie sollten etwas essen, während wir uns unterhalten.«

»Es ist alles in Ordnung, danke«, betone ich, doch Tachibana ist bereits aufgesprungen, geht zum Empfang hinüber, schlägt mit der Faust auf das Holz und brüllt, man solle mir mein Frühstück bringen.

Ich schaue Ishida nicht an. Ishida schaut mich nicht an.

Niemand ist der, der er zu sein behauptet …

Tachibana kehrt zurück und setzt sich wieder. Dann nimmt er eine Aktentasche, öffnet sie und zieht zwei dünne Aktendeckel heraus. Er legt die beiden Akten auf den Tisch.

Auf der einen steht *Baba Hiroko*, auf der anderen *Numao Shizue.*

»Entschuldigen Sie die Störung«, sagt das junge Hausmädchen, dasselbe wie vergangene Nacht, und stellt vor mir eine Schale Reisbrei, mit einem dünnen Schnitz sauer Eingelegtem, auf den Tisch, dann eine zweite Schale mit grünen Algen, die in *miso*-Brühe schwimmen, daneben zwei abgewetzte Essstäbchen.

Plötzlich verspüre ich großen Hunger. Ich entschuldige mich bei Tachibana und Ishida. Ich esse den kalten Reisbrei mit dem sauren Gemüse, spüle ihn dann mit der lauwarmen, braunen Suppe hinunter.

Ich bin ein streunender Köter, ohne Heim, ohne Herr …

Ich schlucke und sage: »Berichten Sie uns von Numao.«

»Sie stammte aus Nikkō«, beginnt Tachibana und schlägt die Akte auf. »Am Abend des 2. Dezember sagte sie zu ihrer Familie, sie wolle eine Freundin besuchen gehen. Sie kam dort nie an und kehrte auch nie wieder heim. Über einen Monat später, am 3. Januar, wurde ihre Leiche gefunden. Numao Shizue war erstochen worden.«

Ich lege die Essstäbchen beiseite, wische mir den Mund ab und sage: »Ich dachte, sie wurde am 30. Dezember gefunden?«

»Es tut mir leid«, entschuldigt sich Tachibana. »Sie haben natürlich recht.«

»Gab es irgendwelche Hinweise darauf, dass sie vergewaltigt worden ist?«

»Keine«, antwortet Tachibana. »Sie wurde vollständig bekleidet aufgefunden.«

Ich beuge mich vor und schiebe die Akte beiseite. »Das war nicht Kodaira.«

Tachibana senkt den Kopf und nickt.

»Kodaira tötet und missbraucht seine Opfer.«

»Da sind noch ein paar andere Fälle«, bemerkt Tachibana.

»Haben Sie die Unterlagen bei sich?«

»Nein, die Akten liegen noch in Kanuma.«

Auf dem Revier …

»Na gut«, sage ich. »Danke. Wir werden sie uns später anschauen, im Augenblick haben wir zwei Anliegen.«

»Bitte«, erwidert er. »Wir sind da, um Ihnen zu helfen …«

»Wir möchten gern ein Mädchen namens Okayama besuchen, deren Mutter eine Bekannte von Kodaira Yoshio ist. Wir möchten gern mit ihr und allen anderen Personen sprechen, die Kodaira hier begegnet sind. Und dann würden wir gern den Fundort der Leiche von Baba Hiroko aufsuchen.«

»Aber natürlich«, sagt Tachibana und steht auf. »Beide Orte liegen nicht weit entfernt, und ich habe einen kleinen Lastwagen, den wir nehmen können. Während Sie hier alles klären, fahre ich ihn schon einmal vor.«

Ich nicke: »Vielen Dank für Ihre Hilfe.«

Tachibana sammelt die Akten vom Tisch ein und schiebt sie wieder in seine Aktentasche. Dann verbeugt er sich und geht hinaus.

Ich wische mir Mund und Nacken ab.

»Er scheint sehr hilfsbereit zu sein«, meint Ishida.

»Weil er Angst hat«, entgegne ich.

»Aber wovor?«

»Braucht es dazu einen Grund?« frage ich ihn. »Wir sind in Japan. Im 21. Jahr Shōwa. Das Jahr des Hundes. Alle haben Angst, Inspektor.«

Ishida fragt plötzlich: »Was ist denn mit Ihren Haaren passiert?«

Ich wische mir über den Schädel. »Die habe ich vor ein paar Tagen abrasiert.«

»Aber es wächst ganz grau nach«, meint Ishida.

Wieder fahre ich mir über den Kopf und zucke mit den Schultern.

»Ich habe Sie fast nicht erkannt«, meint Ishida.

Der Lastwagen ist uralt; auf dem Fahrersitz hockt ein alter Polizist mit einer abgegriffenen, speckigen Dienstkappe. Tachibana bedeutet mir, vorn auf dem kleinen Sitz links neben dem Fahrer Platz zu nehmen; er und Ishida steigen auf die Ladefläche, wo ein paar Stücke Wellblech und Werkzeuge liegen. Der Fahrer lässt den Motor an.

Wir fahren los, und ich halte mich so gut wie möglich fest. Keine Windschutzscheibe, kein Verdeck, es ist gleißend hell und ich muss die Augen zusammenkneifen; die Sonne strahlt auf die ländliche Idylle von Tochigi hernieder, auf dieses Land der Lebenden, des Reichtums.

Es gibt Berge, Bäume und Felder.

Blätter und Blumen.

Flüsse und Bäche.

Grün und Blau.
Im Land der Lebenden.
Gibt es Farben.

Der Lastwagen müht sich einen kleinen Hügel hinauf und auf der anderen Seite wieder hinunter, dann einen weiteren hinauf, bis er vor einem abseits liegenden Haus hält, das zur Straße weist. Wir steigen aus. Im Schatten der Mauer schläft ein Hund; er ist an eine Stange gekettet.

Das ist kein Streuner, er hat ein Heim, einen Herrn …

Schwarzes Fell und groß gewachsen, besser genährt als die meisten Bewohner Tokios, die Augen geschlossen, mit heraushängender Zunge. Ich beobachte, wie sich sein Bauch hebt und senkt.

»Und so was schimpft sich Wachhund«, meint Tachibana lachend.

»Gibt es hier viele Einbrüche?« fragt Ishida.

»Ja, die Leute hamstern«, nickt Tachibana. »Davor waren es die Chinesen, die andauernd aus den Fabriken ausgebrochen sind.«

»Zu der Zeit war er wohl ein Jagdhund«, meint der Fahrer.

Tachibana betrachtet den Hund und lacht erneut auf. Dann entschuldigt er sich und betritt vor uns das Haus.

Der alte Fahrer zündet sich eine Zigarette an und meint: »Viele alte Jagdhunde streunen jetzt in Rudeln frei herum.«

Tachibana kommt mit der Mutter von Witwe Okayama wieder aus dem Haus; sie verbeugt sich und heißt uns willkommen, während Tachibana uns vorstellt und der alten Frau erklärt, warum wir gekommen sind; Ishida und ich entschuldigen uns, so zeitig und ohne vorherige Ankündigung bei ihr zu erscheinen.

Die Mutter der Witwe Okayama verbeugt sich erneut und bittet uns herein. Sie ist sehr alt; ihre Enkeltochter ist heute nicht da. Aber die alte Frau ist nicht allein. In dem Zimmer mit der kalten Feuerstelle sitzt ein alter Mann. Von ihm hat die Mutter der Witwe Okayama das Haus gemietet. Er heißt Koito. Dieser Koito scheint die Polizei nicht besonders zu mögen und Stadtmenschen offensichtlich auch nicht. Die Mutter der Witwe Okayama erinnert sich nicht an einen Mann namens Kodaira Yoshio, aber Koito schon.

»Ich mochte Herrn Kodaira, weil er hier aus der Gegend stammt; er ist in Nikkō geboren. Er war ein paar Mal hier auf Hamsterfahrten. Ein freundlicher Mann, dieser Kodaira, sehr freundlich. Er hatte immer Geld, um Sachen zu kaufen, oder Tauschwaren. Ich habe ihn mit ein paar Leuten hier in der Gegend bekannt gemacht, Leute, von denen ich wusste, dass sie mit einem Hiesigen wie ihm vielleicht handeln würden …«

Ich bitte ihn um Namen und Adressen.

»Ich weiß, das ist alles nicht ganz hasenrein«, sagt er und schaut dabei Tachibana an. »Aber das machen doch alle so. Wenn nicht, dann würden die Leute wohl verhungern …«

Ich bitte ihn erneut um Namen und Adressen.

»Es sind ja nicht alle so gut dran wie Ihresgleichen.«

Ich hasse das Land. Ich hasse es …

Ich knacke mit den Fingerknöcheln und bitte ihn noch einmal um Namen und Adressen. Ich bitte ihn ein letztes Mal, Koito seufzt und zählt die Namen auf, Namen von ortsansässigen Bauern und ihren Familien, jedem einzelnen Bauern, jeder Familie, die ihm einfällt, an die er sich erinnern kann.

Kashiwagi, Kiyohara, Fujisaki, Yoshimura …

»Wie oft ist Kodaira hier gewesen?« frage ich, aber Koito zuckt nur mit den Schultern und meint, er wisse das nicht so genau, er habe schließlich nicht Buch geführt, oder? Dann wende ich mich an die Großmutter.

Doch die fragt noch einmal: »Wer ist denn dieser Kodaira?«

Dr. Nakadate glaubt, dass die zweite Frau im Shiba-Park irgendwann zwischen dem 20. und dem 27. Juli ermordet worden ist. Die Annonce in der Tasche ihres Kleides stammte vom 19. Juli, also muss ich herausfinden, ob Kodaira Yoshio nach dem 19. Juli wieder hier aufgetaucht ist, ob er hier war und was genau er mitgebracht hat, was er getauscht hat …

Ich wende mich wieder an Koito und frage ihn: »Wann war er zum letzten Mal hier?«

Doch Koito zuckt nur mit den Schultern und meint, er wisse das nicht so genau, er habe schließlich nicht Buch geführt, oder? Ich knacke wieder mit meinen Fingerknöcheln, beuge mich vor und zische: »Dann denken Sie nach!«

»Ihre Enkelin dürfte das besser wissen als ich«, entgegnet er. »Es kam ja vor, dass er hier war und ich nicht, was weiß ich. Außerdem ist er ja sowieso nur wegen ihr hergekommen …«

Wieder fragt die Großmutter: »Wer ist denn dieser Mann?«

Ich muss mit der Enkeltochter reden, aber die beiden wissen nicht, wo sie ist oder was sie macht, versichern mir aber, sie sei heute Abend zurück und würde auch hier sein, wenn wir morgen wiederkämen.

»Das werden wir tun«, verspreche ich den beiden.

Die Familie Kashiwagi lebt am selben Berg etwas weiter oben. *Er geht hinter mir.* Der Lastwagen schafft es nur bis zu einer bestimmten Steigung, danach müssen wir zu Fuß weiter, Tachibana zeigt mir den Weg, Ishida folgt uns.

Er geht hinter mir …

In der Hitze den Berg hinauf.

Niemand ist der, der er zu sein vorgibt …

Durch die Insektenschwärme.

Niemand ist der, der er zu sein scheint …

Die Familie Kashiwagi stellt Brennstoff für die Handwärmer her, die im Winter gebraucht werden. Der letzte Winter war der strengste, den wir je hatten. Die Familie Kashiwagi hat letzten Winter jede Menge Brennstoff für Handwärmer hergestellt und damit viel Geld verdient. Die Familie Kashiwagi hatte im letzten Winter auch jede Menge Besucher.

Auch Kodaira schaute letzten Winter bei ihnen vorbei.

Baba Hiroko wurde letzten Winter ermordet.

Sie wurde am 3. Januar tot aufgefunden. Sie wurde am 30. Dezember zuletzt lebend gesehen.

Kodaira war letzten Winter hier. Er war hier …

Die Familie Kashiwagi ist nervös und mürrisch. Die Familienmitglieder sitzen nur da und starren uns an, sie bieten uns weder Tee noch Wasser an.

»Können Sie sich noch daran erinnern, wann genau Kodaira hier war?«

Doch die Familie Kashiwagi weiß nicht mehr, wann genau.

»Aber Sie wissen doch noch, was er mit Ihnen getauscht hat?«

Die Familie behauptet, sich nicht mehr daran zu erinnern, was Kodaira für ihren Handwärmerbrennstoff eingetauscht hat. Doch die Familie lügt, die Leute auf dem Land vergessen nie etwas.

Ich hasse das Land. Ich hasse dieses Landvolk …

Denn die Landbevölkerung erinnert sich an alles; an jedes Stück Brennstoff, an jedes Reiskorn; an jede Münze und jeden einzelnen Geldschein, den sie je bekommen haben; an jeden einzelnen Gegenstand, den sie eingetauscht haben.

Ich hasse sie. Ich hasse sie alle …

Das ist auch der Grund, warum die Tochter mit ihrer Armbanduhr spielt. Seit wir uns hingesetzt haben. Ich strecke meine Hand über ihren Ofen und packe sie am Handgelenk.

Ich halte ihr die Uhr vors Gesicht: »Hat der freundliche Herr Kodaira sie Ihnen gegeben?«

Chiku-taku …

Ich reiße ihr die Uhr vom Arm. Drehe sie um und halte sie ans Licht. Auf der Unterseite findet sich eine Gravur.

Der Name *Miyazaki Mitsuko …*

Kodaira hatte kein Recht, diese Uhr zu verhökern.

Diese Uhr, die nach *Miyazaki Mitsuko* ruft …

Diese Uhr. Diese Uhr …

Gehört ihnen nicht.

Diese Uhr …

Die ich in meinen Rucksack stecke, während ich aufstehe und gehen will.

Tachibana fragt: »Aber wer ist denn diese Miyazaki Mitsuko?«

Im gleißenden Tageslicht, in diesem Land der Lebenden, dem Land des Überflusses, muss ich blinzeln vor all diesen Bergen, Bäumen, Feldern, Blättern und Blumen, Flüssen und Bächen, dem Grün und Blau, in diesem Land der Lebenden …

Vor seinem Berg, seinen Bäumen, seinen Feldern …

»Miyazaki Mitsuko«, antworte ich, »war ein neunzehnjähriges Mädchen aus Nagasaki, dessen Leiche am 15. August letzten Jahres in einem Luftschutzkeller des Frauenwohnheims der Abteilung Marinebekleidung in Dai-Ichi gefunden wurde. Die Autopsie der Leiche wurde von Dr. Nakadate an der Universitätsklinik Keiō durchgeführt. Dr. Nakadate hat auch die Autopsien der Leiche von Midorikawa Ryuko und der nicht identifizierten Leiche durchgeführt, die in ihrer Nähe gefunden wurde. Wie Sie wissen, hat Kodaira Yoshio bereits gestanden, Midorikawa Ryuko umgebracht zu haben.«

Tachibana nickt. »Aber nicht diese zweite, unbekannte Frau aus dem Shiba-Park?«

»Nein.«

»Und auch nicht diese Miyazaki Mitsuko?«

»Er ist dazu noch nicht verhört worden.«

»Warum nicht?«

»Weil ich Miyazaki weder meinem Chef Kita noch Hauptkommissar Kanehara gegenüber erwähnt habe, der die Verhöre leitet.«

»Aber warum nicht?« fragt Tachibana erneut.

Ich schaue Ishida an und antworte: »Aus zwei Gründen. Erstens ist der Fall Miyazaki offiziell abgeschlossen. Zweitens ist die Akte verschwunden.«

Tachibana schüttelt den Kopf und schaut von mir zu Ishida und wieder zurück. »Ist denn tatsächlich jemand unter Anklage gestellt worden?«

»Ja«, antworte ich.

»Wer denn?«

»Ein koreanischer Arbeiter …«

Ein Yobo …

»Und was ist mit diesem koreanischen Arbeiter passiert?«

»Er ist erschossen worden, als er sich der Verhaftung widersetzte …«

»Von wem?« fragt Tachibana.

»Von einem Offizier der Kempei.«

»Dann gilt der Fall als gelöst, oder?«

»Ja«, sage ich und schaue wieder zu Ishida. Der sagt nichts, fragt nichts. »Bis heute …«

Chiku-taku. Chiku-taku …

Ihre Uhr in meiner Hand.

Chiku-taku …

Hinter einem weiteren Kiefernhain, hinter weiterem Zwergbambus das nächste Haus, die nächste Familie. Das Gleiche wie im letzten Haus bei der letzten Familie. Im Hain danach, im Haus danach, die Familie danach, das Gleiche wie im letzten Haus, die letzte Familie.

Ich blicke ins Tal hinunter auf die strohgedeckten Häuser und das eine ziegelgedeckte Dach auf dem fremd wirkenden zweigeschossigen Haus, auf die Pflanzen auf den Feldern und die Blätter an den Bäumen, und ich frage mich, wo ich hier bin, wo dieser Ort liegt, dieser Ort des Überflusses, dieses Land der Lebenden.

Keine Toten ohne Namen, keine Toten ohne Nummern …

Dieser Ort im Gebirge. Dieser Ort der Flüsse.

An den Flußufern aufgestapelt …

An diesem Ort voller Grün und Blau.

Kein Gestank nach verfaulten Aprikosen …

An diesem Ort der Farben, zu dem Kodaira mit der Habe der Toten gekommen ist, mit seinen Trophäen, seiner Beute, die er verhökerte.

Nach den Toten …

Jedes einzelne Haus, das Kodaira aufgesucht hat, jede Familie, mit der er sprach und handelte, jedes einzelne Haus, jede einzelne Familie, jeder einzelne Gegenstand, den er ihnen gezeigt hat.

Seine Trophäen …

Doch im nächsten Haus, bei der nächsten Familie, dem Haus danach und der Familie danach sitzen sie beschämt da, schweigen, erinnern sich nicht, versuchen es nicht einmal.

Seine Beute …

»Es kommen doch so viele Leute«, sagen sie. »So viele Leute, und sie bringen so viele Sachen, jeden Tag kommt jemand anderer, jeden Tag so viele Sachen …«

So viele Leute …

Und im nächsten Haus, bei der nächsten Familie, dem Haus danach, der Familie danach, schütteln sie die Köpfe, wenn wir seinen Namen nennen, sie schütteln die Köpfe, wenn wir sein Gesicht beschreiben, sie schütteln die Köpfe und sagen:

»So viele Leute kommen, so viele Sachen …«

Wir stehen neben dem Lastwagen, wischen uns über Gesicht und Nacken, die Zikaden machen einen ohrenbetäubenden Lärm, die Moskitos sind hungrig, die Sonne steht hoch am Himmel, doch hier und da herrscht Dunkelheit, in den Schatten der Berge, der Bäume und Felder, Dunkelheit und Schatten.

Die Hänge sind violett, die Blätter schwarz, das Gras grau …

In den Flüssen, die nicht fließen, den Bächen, die stehen …

Keine Strömung, keine Fische, nur Insekten …

Tachibana fragt: »Was wollen Sie jetzt machen?«

Insekten gedeihen in stehenden, brackigen Teichen …

Ich blicke zur Sonne hinauf, dann wieder in die Schatten und antworte: »Bringen Sie mich zu der Stelle, wo Sie Baba Hiroko gefunden haben.«

Die Flanke eines anderen kleinen Bergs hinauf und auf der anderen Seite wieder hinunter, einen weiteren hinauf und hinunter, bis der Lastwagen auf der schmalen Straße hält, wo am Fuße eines Hügels der Wald an einen Flickenteppich aus Feldern und Gräben grenzt. Tachibana erklärt: »Dies ist der Wald. Hier ist die Stelle.«

Nishi Katamura, Kami Tsuga-gun, Tochigi …

Tachibana, Ishida und ich steigen aus, wischen uns über Gesichter und Nacken und wenden uns von den Wäldern und Gräben ab, um zu dem Hangwald hinaufzuschauen, in die Schatten der schwarzen Baumstämme.

Ihrer Äste und Blätter …

Tachibana weist hinauf: »Dort entlang …«

»Aber ich dachte, Baba sei auf einem Feld gefunden worden?« frage ich ihn.

»Sieht ganz so aus, als sei sie hier unten überfallen worden«, antwortet er. »Dann wurde ihre Leiche dort hinaufgeschleift ...«

Ich folge Tachibana, der von der schmalen Straße hinauf in den Wald klettert und dabei die Moskitos mit dem Aktendeckel verscheucht. Ishida folgt uns.

Er folgt mir ...

Tachibana führt uns durch die Bäume zu einer kleinen Senke; die Senke ist von umgestürzten Bäumen umsäumt und mit abgebrochenen Ästen und Laub bedeckt.

Er folgt mir durch den Wald ...

»Hier ist es«, erklärt Tachibana und reicht mir die Akte.

Die Zikaden machen einen ohrenbetäubenden Lärm, die Moskitos sind hungrig ...

An dieser Stelle, in dieser Senke nehme ich ihre Akte.

Zwischen den Bäumen, den schwarzen Baumstämmen ...

Ich schlage sie auf und nehme die Fotos heraus.

Den Ästen und Blättern ...

Ich sehe sie an dieser Stelle.

Ihren weißen, nackten Körper ...

Sehe ihr Gesicht.

Ihr zerschundenes Gesicht ...

Ihr Gesicht.

Ganz schwarz ...

Ich schließe an diesem Ort, an dieser Senke, unter diesen Bäumen die Augen und sehe ihr Gesicht; ich sehe, wie sie sich mit den Geschenken in der Hand von ihrem Onkel verabschiedet, wie sie die Ginza-Linie nach Asakusa nimmt; ich sehe, wie sie in der Menschenmenge die Treppen hinauf in den zweiten Stock des Matsuya-Kaufhauses geschoben wird und sich dort am Fahrkartenschalter anstellt.

Wie lange hast du in der Schlange gestanden und gewartet?

In dieser kalten, verzweifelten Schlange kalter, verzweifelter Fremder, die schieben und drängen, dieser geschlagenen Fremden mit ihren hungrigen Augen, die schieben und drängen.

Bist du ihm dort begegnet? Steht er hinter dir?

In seiner uralten Uniform, die ihm unter dem zerschlissenen Armeemantel viel zu weit ist, mit seiner Armbinde der Shinchū Gun, das Haar kurz geschoren, die Haut straff über den Schädel gespannt.

Hat er dir ein Stück Brot angeboten? Ein Reisbällchen? Süßigkeiten?

In dieser kalten, verzweifelten Schlange kalter, verzweifelter Fremder, die schieben und drängen, steht dieser eine lächelnde Mann und vollbringt diesen einen kleinen Akt von Freundlichkeit.

Hast du es auf der Stelle gegessen? Diese kleine Aufmerksamkeit?

Jetzt fragt er dich, wohin du willst, dieser lächelnde, freundliche Mann, und unter dem gierigen, dankbaren Kauen und Schlingen erzählst du ihm, dass du deine Mutter in Nikkō besuchen willst. Er fragt dich, wo denn deine Mutter in Nikkō lebt, und du erzählst dem lächelnden, freundlichen Mann von den Wohnhäusern von Furukawa Denki. Er erzählt dir, dass er mal für Furukawa gearbeitet hat und dass er selbst aus Nikkō stammt; er kennt dort einen Bauern, von dem du ganz billig Reis kaufen kannst, um damit deine Mutter zu überraschen oder um ihn mit zurück zu deinem Onkel in Kyō-bashi zu bringen. Er lächelt und lächelt, dieser freundliche Mann mit seinen gutherzigen Taten, er bringt dich sogar zum Lachen, dieser freundliche Mann in dieser kalten, verzweifelten Schlange, inmitten all dieser kalten, verzweifelten Fremden, dieser lächelnde, freundliche Mann, der einen Arm um dich legt, um dich durch die Menge zu lenken, durch das Gedränge und Geschiebe, um dich zum Zug zu führen, inmitten all dieser kalten und verzweifelten Fremden dieser lächelnde, freundliche Mann, er hilft dir bei der Suche nach einem Platz zwischen all den verzweifelten, hungrigen Augen, der Krätze und den Läusen, in diesem Zug mit den Fenstern, die mit Sperrholz und Platten aus Blech vernagelt sind, durch die der Wind pfeift, während der dampfende Zug den Sumida überquert und durch Kita-Senju fährt, weiter und weiter entlang der Tōbu-Linie.

Drückt er sich an dich in diesem kalten, kalten Zug?

Den ganzen Weg über lächelt er, und du lachst und lachst, während er redet, es ist fast so, als würdest du ihn schon dein Leben lang kennen, diesen lächelnden, freundlichen Mann, so als wäre er dein Onkel oder gar der Vater, den du so früh verloren hast, denn du fühlst dich in seinem Lächeln geborgen, in diesem einen lächelnden, freundlichen Gesicht in diesem kalten Zug, unter all diesen Fremden, diesen verzweifelten, niedergeschlagenen Fremden, die dich mit hungrigen Augen und trockenen Lippen anstarren, mit eingefallenen Wangen und verschlissenen Kragen, in diesem kalten Zug, der fährt und fährt.

Kommt dir sein Lächeln zu nah? Sind seine Hände zu aufdringlich?

Doch nun hält der Zug in Kanazaki, und er sagt, dort müsstet ihr beide aussteigen, das ist der schnellste Weg zu dem Bauern, den er kennt, dem Bauern mit dem billigen Reis, und du bist dir deiner Sache nicht mehr so sicher, denn du kennst die Gegend hier nicht. Es wird auch schon dunkel, aber du hast sein Brot gegessen, seine Reisbällchen angenommen, seine Bonbons gelutscht, und nun nimmt er dich am Arm und führt dich durch diese kalten und verzweifelten Fremden, durch das Gedränge und Geschiebe, hinaus aus dem kalten Zug auf den kalten Bahnsteig. Jetzt ist der Zug abgefahren, du gehst durch die Fahrkartensperre, dann ist der Bahnhof verschwunden und danach auch das Dorf, denn ihr geht und geht immer weiter, Minute um Minute, Stunde um Stunde. Der Tag ist vergangen, die Straße schmal, ihr geht und geht, die Berge sind dunkel, die Felder verlassen, und noch immer lächelt er, dieser freundliche Mann, doch seine Zähne sind spitz und sein Blick ist gierig.

Wird jetzt sein Griff fester? Werden seine Worte schärfer?

Der Mann mit den feuchten Lippen lächelt nun nicht mehr, er ist nicht länger freundlich, dieser Mann mit den spitzen Zähnen und dem gierigen Blick. Seine feuchten Lippen flüstern dir ins Ohr, was er von dir will, in diesem Wald oder in dem Graben, er sagt dir ganz genau, was er will, und du wendest dich ab, auf dieser schmalen Straße neben den menschenleeren Feldern, unter dem dunklen Berg und dem schwarzen Wald. Aber er hält dich fest, gibt dir eine Ohrfeige, schlägt dir ins Gesicht, tritt dir gegen die Beine, und du bittest ihn, damit aufzuhören, flehst ihn an. Aber er zerrt dich von der schmalen Straße, fort von den Feldern, den dunklen Berg hinauf in den schwarzen Wald. Er legt dir eine Hand um den Hals und schiebt die andere zwischen deine Beine. Du weißt genau, was er will, und du versuchst ihm zu sagen, er könne es sich nehmen, du bittest ihn darum, du flehst ihn an, es sich zu nehmen und dich dann in Ruhe zu lassen, dich bitte allein zu lassen, bitte. Aber er drückt dir die Kehle zu, fester und immer fester, Rotz läuft dir aus der Nase, Urin fließt dir über die Beine, du kotest dich ein, er drückt fester und immer fester zu, der Berg wird immer dunkler, der Wald immer schwärzer …

So schwarz wie dein Haar, das niemals grau werden wird …

Du schlägst die Augen auf, und du weißt, du lebst noch, du liegst rücklings auf zerbrochenen Zweigen und Laub in einer Senke im Wald, du hast überlebt, du bist eine der Glücklichen. Du frierst und blutest auf diesen Zweigen und Blättern, aber du hast überlebt, und du erhebst dich von deinem Bett und du siehst, dass du doch nicht überlebt hast, du bist keine der Glücklichen. Du siehst ihn auf einem Baumstamm sitzen, er starrt dich an und raucht, dieser einst lächelnde, freundliche Mann, der nun seine Zigarette ausdrückt, aufsteht, über zerbrochene Äste und Laub auf dich zukommt und sich wieder die Hose aufknöpft …

Du willst sprechen, aber du kannst es nicht, du kannst nicht schreien …

Weil dieser einst lächelnde, freundliche Mann deinen Schal in Händen hält und fester und immer fester zieht, und erneut wird der Berg dunkel und die Bäume werden schwarz …

Frieren und bluten und ersticken …

Hier auf diesen zerbrochenen Ästen und dem Laub, hier in dieser Senke, in diesem Wald, an diesem Berghang …

Und er macht es immer und immer wieder mit dir …

Neben diesen menschenleeren Feldern …

Wieder und wieder …

Kodaira macht es mit den Toten.

Ich hasse das Land. Ishida geht hinter mir. Den Hang hinunter. *Ich hasse das Land.* Zurück zum Lastwagen. Ishida hinter mir. *Ich hasse das Land.* Er sagt kein Wort. Ich sage kein Wort. *Ich hasse das Land.* Tachibana bleibt stumm. *Ich hasse das Land …*

Ich hasse das Land. Ich hasse die Landbevölkerung.

Neben diesen Gräben. An diesem entsetzlichen Ort …

Es gibt nichts zu sagen.

Wir folgen der Beschilderung nach Kanuma und gelangen in ein Tal, rechts von uns ein Fluss, links Gleise.

Ganze Kolonnen von Menschen machen sich auf den Weg zurück zum Bahnhof …

»Die Ortsansässigen nennen die Strecke heutzutage den Zug der Aasgeier«, brüllt Tachibana von der Ladefläche nach vorn. »Die Einzigen, die mit dieser Linie fahren, sind die Menschen aus Tokio, um hier Waren gegen Reis und Süßkartoffeln einzutauschen.«

Menschen mit Vorräten auf dem Rücken …

»Sie haben die Personenzüge in Frachtzüge verwandelt«, bestätigt der Fahrer. »Es gibt keine Scheiben mehr in den Fenstern, nur alte Bretter als Türen …«

Tief gebeugte Menschen …

»Schwer zu sagen, was Mensch ist und was Fracht …«

Menschen in der untergehenden Sonne …

»Die ersten Züge am frühen Morgen sind die schlimmsten, vollgestopft …«

Menschen, die zu alldem hier gezwungen sind …

»Und dreckig, voller Flöhe und Läuse …«

Geschlagene …

Immer weiter schwadronieren sie über die Menschen aus der Stadt; die Städter waren es, die Japan all diese Schwierigkeiten eingebrockt haben, daran sind nur die Städter schuld, und jetzt verlangen sie auch noch, dass die Menschen auf dem Lande ihnen helfen und sich um sie kümmern sollen, wo es doch die Städter selbst waren, die Japan in diesen Schlamassel gebracht haben, die Städter, die uns das alles eingebrockt haben, und weiter und immer weiter schwadronieren sie über die Menschen aus der Stadt.

Ich hasse das Land und die Landbevölkerung …

Ich höre ihnen nicht zu. Ich halte Ausschau nach dem Polizeirevier Kanuma. Und die Polizisten dort halten Ausschau nach uns. Auf dem Revier Kanuma.

Sie warten auf uns, auf mich …

Sie halten Ausschau nach uns. Sie horchen nach dem Lärm von Tachibanas altem Lastwagen, der durch das Städtchen gefahren kommt.

Wir sind da. Ich bin da …

Der Fahrer hält direkt vor der gepflegten Fassade des Polizeireviers, direkt vor den acht makellos gekleideten Streifenpolizisten, die sich in der Abendsonne aufgestellt haben, um uns zu empfangen, sich zu verbeugen, zu salutieren und uns willkommen zu heißen. Inspektor Ishida und ich verbeugen uns ebenfalls, salutieren und bedanken uns, dann folgen wir Tachibana, der das Revier leitet, die saubere kleine Treppe hinauf zu den Büroräumen, wo uns zwei Beamte erwarten, sich verbeugen, salutieren und uns ebenfalls willkommen heißen.

»Ich habe ein Telegramm aus Tokio für einen gewissen Inspektor Ishida«, erklärt einer der beiden Männer. Ishida tritt hastig vor.

Ich fluche! Ich fluche! Ich fluche!

Ishida nimmt das Telegramm entgegen. Dann geht er zur Seite und liest es.

Mein Herz pocht wie wild …

Tachibana weist mir den Weg zu seinem Büro, wir lassen Ishida mit seinem Telegramm allein, gehen einen Flur entlang, wobei er mir die Geschichte Kanumas erzählt.

Ich verfluche ihn! Ich verfluche ihn! Ich verfluche ihn!

In seinem Büro bietet mir Tachibana einen Platz an und verspricht mir Tee, sucht nach den anderen Akten, den anderen toten Frauen, die seiner Ansicht nach vielleicht Kodaira Yoshio zum Opfer gefallen sein könnten.

Andere Frauen, andere Tode …

Es klopft leise an der Tür, Ishida kommt herein und entschuldigt sich.

Leerer Blick, toter Blick …

»Bitte sehr«, sagt Tachibana und reicht mir zwei dünne Akten über den Tisch. »Obwohl es ursprünglich Anhaltspunkte gab, die auf das Gegenteil hinwiesen, wurden diese beiden Toten als *ikidaore* eingestuft, also Tod durch Verletzung oder Krankheit, das lag wohl vor allem an dem schlechten Zustand der Leichen. Um ehrlich zu sein, hatte ich stets den Eindruck, dass diesen Fällen etwas anderes als nur ein einfacher Unfall oder eine zum Tode führende Krankheit zugrunde liegt, und nun, wo Sie doch diesen Verdächtigen, Kodaira, in Tokio haben …«

Ich schlage die Akte auf, *Ishikawa Yori* …

»Dreißig Jahre alt, Frau eines Schneiders, eine Evakuierte, die bei Imaichimachi wohnte. Zuletzt gesehen am 22. Juni letzten Jahres, als sie am Bahnhof Shin-Tochigi auf einen Zug wartete, und dann noch einmal im Bus vom Bahnhof Tochigi zum Bahnhof Manako. In der Nähe wurde später auch ihre Leiche gefunden. Wir gehen davon aus, dass Ishikawa schon Ende Juni verstarb, doch wurde ihre Leiche erst am …«

»Am 10. September«, lese ich.

»Ja, am 10. September gefunden«, fährt Tachibana fort. »Danke. Ein Bauer war in den Wald gegangen, um Blätter als Tabakersatz zu sammeln; dabei fand er die Leiche, besser gesagt das Skelett …«

»Der Fall wurde nie als Mord behandelt?« fragt Ishida.

»Das war schwierig«, antwortet Tachibana. »Wegen des Zustands der Leiche, und weil es viele Tiere in diesen Wäldern gibt …«

Ich nehme mir die zweite Akte vor. Es steht kein Name darauf. Ich halte die Akte hoch und frage Tachibana: »Und was ist mit dieser hier?«

»Noch schwieriger«, antwortet er. »Der Besitzer eines kleinen Berges bei Kiyosu-mura, ebenfalls in der Region Kami Tsuga-gun, war den Hang hinaufgestiegen, um seine Zypressen zu beschneiden; dabei stieß er auf eine makellos skelettierte Leiche. Das war erst letzten Monat, allerdings glauben wir, dass die Leiche schon über ein Jahr dort lag.«

»Haben Sie noch etwas anderes über die Leiche herausgefunden?«

»Ja«, antwortet er. »Die Autopsie wurde in Utsunomiya durchgeführt; zwar konnte die genaue Todesursache nicht mehr zweifelsfrei festgestellt werden, doch gehen wir davon aus, dass es sich dabei um die Leiche einer jungen Frau, zwischen zwanzig und fünfundzwanzig Jahre alt, handelt …«

»Ebenfalls als *ikidaore* geführt?«

»Ja, *ikidaore*«, bestätigt er.

»Warum?« frage ich. »Sie scheinen einige solcher Leichen zu finden?«

Tachibana nickt: »In den letzten drei, vier Jahren schon. Vor allem ältere Menschen, die aus Tokio zum Hamstern herkommen und sich dann im Wald verlaufen. Sie sind noch nie zuvor hier gewesen. Im Sommer brechen manche einfach vor Erschöpfung zusammen. Andere verlaufen sich im Winter und erfrieren dann in der Nacht …«

»Aber diese beiden waren nicht alt«, entgegnet Ishida. »Kommt es oft vor, dass junge Frauen durch den Wald gehen und einfach so sterben?«

»Ja, sie waren jünger«, bestätigt Tachibana. »Aber es kommen auch Jüngere hierher, wenn auch aus anderen Gründen. Erst vor zwei Tagen, zum Beispiel, haben wir in einem anderen Wald die Leiche einer jungen Frau gefunden. Sie war etwa seit einem Monat tot, die Tiere hatten sich schon eingefunden; allerdings wissen wir in dem Fall, dass es sich nicht um Mord handelt. Sondern um Selbstmord.«

»Woher wissen Sie das?« fragt Ishida. »Wenn die Tiere …«

»Sie hatte einen Abschiedsbrief hinterlassen.«

»Was stand darin?« hake ich nach. »In diesem Brief?«

»Dass sie die ganze Familie im Krieg verloren habe und ganz allein sei. Dass sie keinen Sinn mehr darin sehe, weiterzuleben.«

»Sie kam aus Tokio«, fügt er hinzu. »Aus Mitaka.«

Bitte, lass es den Augen meiner Tochter besser gehen.

Diese Herberge mit den überhängenden Dachvorsprüngen im Schatten eines weiteren dunklen Berges wirkt erheblich prächtiger als diejenige, in der wir die letzte Nacht verbracht haben. *Dieser Ort in den Schatten.* Die Herberge am Fuße des Berges, mit dem Teich und der Brücke im Garten hinter dem Haus, scheint älter, ist aber in besserem Zustand. *Dieser Ort aus der Vergangenheit.* Das Gasthaus nimmt Ishidas Reis gern, kann uns aber ein heißes Bad im Badehaus offerieren, und das Zimmer, das man uns zeigt, mit den frischen Tatamis, dem Rosenholztisch, den Alkoven und der roten Kamelie in einer seladongrünen Keramikvase, wirkt viel größer und ist sauber. *Dieser Ort aus einem anderen Jahrhundert, aus einem anderen Land …*

Und alles wegen des Revierleiters der Polizei Kanuma, wegen Tachibana. Er werde sich uns zum Abendessen anschließen, meint er. Er verspricht, dass es frisches Essen und sogar Sake geben wird.

In diesem anderen Land, in diesem anderen Jahrhundert …

Tachibana sagt, wir sollten unser Bad genießen, das Wasser werde nun heiß sein. Dann lässt er Ishida und mich allein.

An diesem Ort, fern der Heimat …

Ishida und ich allein und stumm in diesem schönen Zimmer.

Kein Wort über die Nachricht aus Tokio. Nicht ein einziges Wort …

Bis Ishida schließlich sagt: »Bitte nehmen Sie Ihr Bad zuerst.«

Die Herberge ist rund um den Garten gebaut worden, unser Zimmer liegt im rechten Winkel zu dem langen, mit Planken befestigten Weg, der das Badehaus mit dem Haupthaus verbindet. *Sara-sara.* Es wäre auch möglich, zum Badehaus zu gelangen, indem man den kleinen Garten durchquert und die Brücke über den Teich nimmt, doch ich folge den Planken, rechts von mir Eichen und Zelkoven, links Magnolien und Kamelienbüsche, und lausche dem Wasser. *Sara-sara.* Vor der Tür zum Badehaus befindet sich ein Raum mit Toiletten und Waschbecken. Die Wasserhähne laufen, und ich kann das warme Badewasser riechen. Ich öffne die Tür zum Badehaus und betrete den Umkleideraum. Es ist dunkel und fensterlos, eine kleine Lampe in der Ecke dient als einzige Lichtquelle. *Sara-sara.* Ich knöpfe mein Hemd auf und ziehe es aus. Dann ziehe ich die Hose aus. Ich schäme mich für meine Kleidung, für dieses Hemd und die Hose, die meine Frau geflickt hat. Ich ziehe die Unterwäsche aus. Dann lege ich die Wäsche zusammen. *Sara-sara.* Ich lege sie in einen der Körbe im Umkleideraum. Ich möchte diese Kleidung nie wieder tragen. Ich nehme mir eines der sauberen weißen Badetücher. *Sara-sara.* Ich gehe durch die zweite Tür und schließe sie hinter mir. Der Raum ist von Dampf erfüllt. Die schmalen Fenster hoch oben in der Wand lassen nur wenig Licht herein. Die Wanne ist groß und hoch. *Sara-sara.* Ich nehme mir einen kleinen Holzeimer und fülle ihn mit Wasser aus der Wanne. Dann kauere ich mich hin und übergieße mich mit dem heißen Wasser. Daraufhin nehme ich Seife und Bürste und wasche mich. *Sara-sara.* Ich nehme einen zweiten Eimer Wasser und spüle die Seife ab. Dann gehe ich ein drittes Mal die kleine Treppe hinauf und steige in die Holzwanne. Ich lege das Tuch auf den Rand der Wanne und strecke mich aus. Das Wasser ist heiß.

 Sara-sara. Das Wasser ist sauber. *Sara-sara.* Es juckt nicht mehr, und ich muss mich nicht kratzen. *Sara-sara.* Ich falte das Badetuch zu einem kleinen Kissen, lege meinen Nacken auf den Wannenrand, schließe die Augen und lausche dem Wasser. *Sara-sara* …

Ich schlafe und erwache nicht, ich erwache und schlafe nicht …

Sara-sara. Sara-sara …

Das Wasser hat aufgehört zu fließen …

Ich höre, wie die Tür aufgeht. Ich spüre einen Luftzug …

Ich schlage die Augen auf, aber da ist nur Dampf …

Ich glaube, ich sehe die Gestalt einer Frau …

Ich kann nicht aufstehen. Ich bekomme keine Luft …

Die Gestalt einer mir abgewandten Frau, die in einen Spiegel schaut, den es gar nicht gibt; sie trägt einen gelben Kimono mit einem dunkelblauen Streifen, die Röcke fallen bis auf die Bodenfliesen, ihr Haar ist mit Seidenfäden zusammengebunden, sodass ihr blasser Hals zu sehen ist …

Das Wasser ist kalt und schwarz …

Die Frau hält eine Haarbürste in der Hand, beugt sich vor, um in den Spiegel zu schauen, dann dreht sie sich plötzlich zu mir um, lässt die Bürste zu Boden fallen und hält sich die Hände vors Gesicht …

»Steht mir das?«

Als ich aus dem Bad komme, wirkt Ishida verwirrt und peinlich berührt. Er sitzt im Schneidersitz auf dem Boden des Zimmers neben dem Tisch. Er hat sich bereits in den gleichen vom Gasthaus bereitgestellten *yukata* gekleidet, den ich trage. Er stopft schnell etwas in seinen Rucksack und schiebt ihn unter den Tisch. Dann hebt er ein Handtuch von der Matte auf.

»Entschuldigung«, murmelt er und meint, dass er nun sein Bad nehmen werde.

Ich höre, wie seine Schritte den Gang entlang verhallen. Ich warte einen Augenblick, dann schaue ich zur Tür hinaus, um sicherzugehen, dass Ishida fort ist. Ich ziehe seinen Rucksack unter dem Tisch hervor, um nachzuschauen, was er versteckt hat.

Es liegt ganz oben; seine Unterwäsche und eine Nadel. Ishida hat in seiner Unterwäsche nach Flöhen gejagt und sie einen nach dem anderen mit der Nadel aufgespießt. Der alte Armeerevolver ist immer noch da.

Die alte Armeewaffe unten in seinem Rucksack.

Ich verscheuche die Bilder. Ich unterdrücke die Tränen …

Hier auf etwas warten, dort auf jemanden warten.

Als Tachibana sich uns zum Essen anschließt, ist es draußen bereits dunkel und es herrscht Stille. Tachibana hat die Uniform abgelegt und einen Abendkimono angezogen. Er ruft zwei Mädchen herbei, die das Essen auf drei kleinen, lackierten Tischchen mit Schmetterlingsbeinen in unserem Zimmer servieren; das Essen ist so gut, wie er versprochen hat: Es gibt Bonito, geräucherte Eier, *soba* und eine Schale Fischkuchen in einer kalten Suppe aus geriebener Pfeilwurzel. Ishida und ich schlingen alles herunter wie hungrige Köter. Der Sake ist ebenfalls sehr gut, und wir trinken, bis Ishida sich langsam Sorgen um den Preis für das Essen und die Getränke macht. Doch Tachibana klatscht nur in seine dicken Pranken.

»Das ist mein Gasthaus«, lacht er. »Und Sie sind meine Gäste …«

Nach dem Essen, nachdem die beiden Mädchen die Tische abgeräumt und uns drei Flaschen Sake gebracht haben, springt Tachibana plötzlich auf und fängt an zu tanzen, dieser kleine, fette, junge Mann, dessen Blick nun alt und hart ist, während er den aggressiven, abgehackten Tanz eines Kriegers aufführt und Ishida mit einem unsichtbaren Schwert in der Hand anspringt.

Dieser Tanz aus den Schatten, aus der Vergangenheit …

Ebenso plötzlich, wie er begann, ist dieser Tanz wieder vorbei, und Tachibana setzt sich mit rotem Kopf und wütendem Gesichtsausdruck.

Im Dämmerlicht ist niemand der, der er zu sein scheint …

Er füllt unsere Becher und bringt einen Trinkspruch aus.

Aus der Vergangenheit, aus den Schatten …

»Auf Japan und den Kaiser …«

Wir haben uns erleichtert und uns die Gesichter gewaschen. Ich schalte die Glühbirne aus und frage Ishida in der Dunkelheit, bevor ich ihm

 Gute Nacht wünsche: »Was stand denn in der Nachricht, die man Ihnen überbracht hat?«

Ishida schweigt einen Augenblick und antwortet dann: »Welche Nachricht?«

»Die, die Sie bekommen haben, als wir auf dem Revier Kanuma eintrafen.«

»Ach, das war nur von Inspektor Hattari, mehr nicht.«

»Und was hatte Inspektor Hattari Ihnen mitzuteilen?«

»Nichts. Er möchte nur über alle Hinweise in Kenntnis gesetzt werden, die wir bekommen.«

»Was meinen Sie damit, alle Hinweise, die wir bekommen?«

»Er will, dass ich ihn anrufe oder telegrafiere …«

»Weswegen?«

»Na, wenn wir neue Hinweise haben, das ist alles.«

»Und sonst keine Neuigkeiten?«

»Mehr stand nicht in der Nachricht.«

»Gute Nacht«, sage ich.

Doch nun fragt mich Ishida in der Stille des Zimmers: »Glauben Sie, wir sind die einzigen Gäste hier?«

»Ich weiß nicht«, antworte ich. »Warum fragen Sie?«

»Ach, nichts«, antwortet Ishida. »Ich bin nur müde.«

»Nein, raus damit«, hake ich nach. »Was ist los?«

»Es gefällt mir hier nicht«, meint er. »Mir wäre es lieber, wir wären nie hierhergekommen.«

12.

26. AUGUST 1946

Tochigi, 30°C, heiter

Nachts schreit Ishida auf, er jammert vor sich hin. Nachts knirscht er mit den Zähnen und weint bittere Tränen.

Kein Schlafen, kein Wachsein. *Ich höre ihn schreien.* Im Schlaf. Kein Wachsein, kein Schlafen. *Ich höre ihn weinen.* In meinen Träumen. Kein Schlafen, kein Wachen. *Ich höre ihn schreien.* Im Schlaf. Nicht Wachen, nicht Schlafen. *Ich höre ihn weinen.* In meinen Träumen. Nicht Wachsein, nicht Schlafen. *Ich höre ihn weinen.* In meinen Träumen. Kein Schlafen, kein Wachsein …

Ton.

Vor Sonnenaufgang, vor dem Licht, ein dumpfes Geräusch.

Ton.

Ein Geräusch, als etwas direkt hinter meinem Kissen zu Boden fällt.

Nichts davor, nichts danach, nur dieses dumpfe Geräusch.

Ton.

Ich liege auf dem Futon und rühre mich nicht, traue mich nicht.

Was war das? Was war das für ein Geräusch?

Ton.

Ishida ist wach. Ich merke es.

»Was war das für ein Geräusch?« fragt er.

Ton.

Ich drehe mich um, hebe den Kopf und schaue über das Kissen. Jetzt sehe ich es. Vor der Altarnische.

Da liegt etwas auf der Matte. Mit der Unterseite nach oben.

Wie ein abgeschnittener Kopf.

Die rote Kamelie.

Ton.

Die Sonne geht auf, es wird hell. Ich stehe auf, wecke Ishida aber nicht. Ich ziehe meinen *yukata* aus und kleide mich an. Dann nehme ich Jacke, Rucksack und Hut, verlasse das Zimmer und gehe den Gang entlang zum Empfang. Dort ist niemand. *An diesem Ort der Schatten.* Das Kohlenbecken ist kalt. *Diesem Ort aus der Vergangenheit.* Ich nehme meine Armeestiefel aus dem *genkan* und hocke mich unter die Dachvorsprünge der Herberge. *In diesem anderen Land.* Ich ziehe die Stiefel an und verlasse das Haus.

In diesem anderen Land, so fern von daheim …

Ich gehe zu dem Ort zurück, zurück zum Bahnhof; der Frühzug muss schon eingetroffen sein, denn die ersten Städter ziehen an mir vorbei zum Dorf hinaus, sie murmeln leise vor sich hin, schimpfen.

Ihre Kleidung ist zerlumpt, die Hälfte von ihnen trägt keine Schuhe …

»Eine schlechte Gegend für Einkäufe, eine schlimme Gegend.«

Sie wirken niedergedrückt und schwitzen …

»Diese Bauern haben uns völlig in der Hand.«

Das Gewicht der Bündel auf ihren Rücken …

»Die nehmen kein Geld, nur Ware.«

Dreckige Handtücher um die Köpfe geschlungen …

»Und sie werden Tag für Tag wählerischer.«

Oder alte, gelbe Mützen auf dem Kopf …

»Früher genügten Stoffe oder Kleider.«

Die Schwächeren werden langsamer …

»Jetzt muss es schon Schmuck sein.«

Bleiben hinter den anderen zurück …

»Kimonos oder Schuhe.«

Müssen sich bereits ausruhen …

»Im Herbst wird es wieder besser«, sprechen sie sich gegenseitig Mut zu.

Aber noch ist es nicht Herbst, noch sind die Spitzen der Äste grün. Die Kaki-Früchte an den Bäumen müssen erst noch prall werden.

Reifen, zu Boden fallen, zerplatzen …

Ein alter Mann, der noch immer die Uniform der Zivilverteidigung trägt, hat sich mitten auf die Straße gesetzt. Die Hose hat er sich mit einem Strick zusammengebunden, die Jacke ist bereits durchgeschwitzt; er hat seinen Rucksack an einen Zürgelbaum gelehnt, sitzt da und dreht sich eine Zigarette aus alten Kippen; dabei schaut er mit leerem Blick auf einen Flecken voller Tausendschönchen.

Er blickt auf, als mein Schatten auf sein Gesicht fällt.

Ich frage ihn, ob wir uns ein Streichholz teilen können.

Er nickt, und während er die Flamme an mich weitergibt, bemerkt er: »Je schlechter die Streichhölzer werden, umso teurer werden sie.«

Ich nicke und pflichte ihm bei. Dann gehe ich weiter.

Doch der Alte fragt: »Wie spät ist es?«

Ich bleibe stehen und drehe mich wieder zu ihm um.

»Ist Ihre Uhr kaputt, mein Herr?« frage ich zurück.

Chiku-taku. Chiku-taku …

Der Alte hat seine Taschenuhr hervorgezogen und zieht sie auf. Er schüttelt den Kopf und zeigt sie mir.

»Sie bleibt andauernd stehen …«

Diese Uhr. Diese Uhr. Diese Uhr …

Die Uhr zeigt 12.00.

Ich zeige ihm meine Uhr.

»Es ist 8.00 Uhr«, sage ich.

»Ich bin schon zu spät dran«, meint er seufzend. »Ich habe das Beste versäumt.«

Ich nicke und pflichte ihm bei. Wieder will ich weitergehen, doch wieder ruft er mir nach, ich bleibe erneut stehen und drehe mich zu ihm um, als er fragt: »Kennen Sie die Straßen hier?«

Ich schüttle den Kopf und entschuldige mich. »Ich bin noch nie hier gewesen.«

»Ich glaube, ich war schon einmal hier«, sagt der Alte. »Aber das war mit jemandem aus der Nachbarschaft, das muss also schon ziemlich lange her sein. Ich glaube, es war hier. Der Krieg hatte schon begonnen, das weiß ich noch. Aber nicht die Luftangriffe. Ich bin sicher, es war vor den Luftangriffen.«

Wieder nicke ich, weiß aber nichts darauf zu sagen.

»Ich komme mit der Zeit durcheinander«, seufzt er. »Weil es kein

Ende gibt, oder? Die sagen uns, es ist vorbei, wir haben Frieden, aber wie Frieden kommt es mir gar nicht vor, ich finde nicht, dass der Krieg zu Ende ist. Und Sie?«

Ich schüttle den Kopf und stimme ihm zu.

»Ich bin neunundsechzig«, fährt der Alte fort. »Was bin ich da noch jemandem nütze? Ich könnte genauso gut tot sein. Aber ich weiß noch, wie ich sechzig, siebzig Pfund tragen konnte, ohne Probleme.«

»Aber Sie machen noch einen ganz rüstigen Eindruck auf mich«, versuche ich ihn aufzumuntern.

Er bedankt sich bei mir und fragt, woher ich komme.

»Aus Mitaka«, antworte ich. »Und Sie?«

»Ursprünglich aus Kinshi-chō. Aber jetzt lebe ich natürlich nicht mehr dort. Ich sage Ihnen, ich war froh, mit nichts als den Kleidern am Leib davonzukommen. Ich lebe jetzt bei meiner Schwiegertochter in Hakozaki. Aber heutzutage kann man sich auf niemanden mehr verlassen, nicht wahr? Jetzt sagen sie, mein Sohn sei tot, und sie wird sich wieder verheiraten. Und was wird dann aus mir?«

Ich nicke und schaue zu, wie er sich das Handtuch vom Kopf zieht und sich den Schweiß von Stirn und Nacken wischt.

Der Alte steht auf und schaut mich an.

»Verzeihen Sie«, sagt er. »Aber sind Sie krank?«

Ich schüttle den Kopf. »Wieso fragen Sie?«

»Tut mir leid«, meint er. »Aber Sie sind so blass.«

»Machen Sie sich keine Sorgen«, entgegne ich. »Es geht mir gut.«

Ich hebe sein Bündel auf.

Ich hieve es auf seinen Rücken.

Es ist sehr schwer …

»Danke«, sagt er und geht davon. »Viel Glück …«

Ich winke ihm mit der Zigarette und schaue ihm hinterher.

»Nicht aufgeben«, ruft er. »Niemals!«

Ich gehe die saubere kleine Treppe zum Revier Kanuma hinauf, die beiden Beamten verbeugen sich, salutieren und heißen mich erneut willkommen.

»Ich habe eine Nachricht aus Tokio für einen gewissen Inspektor Ishida«, erklärt einer der beiden.

»Danke«, sage ich, als er mir das Blatt Papier reicht, ich stecke es ein und bedanke mich erneut.

»Ist Revierleiter Tachibana schon da?«

»Nein«, antwortet einer der Beamten. »Vielleicht ist er in der Herberge.«

»Schon gut«, meine ich. »Ich mache einen Spaziergang.«

»Wohin wollen Sie denn«, fragt er mich.

»Zum Fluss«, antworte ich. »Zum ...«

»Zum Schwarzen Fluss?« fragt er.

»Ja, zum Schwarzen Fluss«, nicke ich.

Ich gehe hinaus. Ich renne nicht. *Ich spüre den Druck des Rucksacks.* Ich gehe die saubere kleine Treppe hinunter. Ich renne nicht. Ich überquere die Straße. *Ich spüre den Rucksack.* Ich biege in eine andere Straße ein. Ich renne nicht. Ich sehe den Schwarzen Fluss.

Jetzt renne ich. *Ich spüre den Rucksack.* Zum Ufer hinunter.

Ich spüre den Druck des Rucksacks. Ich bleibe stehen.

Ich ziehe das Blatt aus der Tasche:

»Lassen Sie Minami in Tochigi zurück. Kehren Sie auf das Präsidium zurück. Hauptkommissar Adachi.«

Plötzlich ein Ruf: »Da sind Sie ja, Inspektor Minami!«

Ich schaue auf. Tachibana und Ishida kommen das Ufer herunter.

Ishida, ich weiß nicht mehr, wer dieser Ishida ist ...

»Ich dachte schon, Sie wollten nach Tokio zurück«, ruft Tachibana.

»Tut mir leid«, erwidere ich. »Ich musste mal an die Luft.«

»Entschuldigen Sie sich nicht«, meint Tachibana. »Ich wette, so viel Sake und all das gute Essen sind Sie gar nicht mehr gewohnt, stimmt's, Inspektor?«

»Sie waren sehr großzügig«, sage ich. »Danke.«

»Vergessen Sie es«, erwidert er. »Wir sind schließlich alle Polizisten ...«

Ich nicke und sehe dabei Ishida an: »Wir sind alle Polizisten, ja ...«

»Also, wohin als Erstes?« fragt Tachibana und klatscht in die Hände.

 Derselbe uralte Lastwagen. Derselbe alte Polizist auf dem Fahrersitz. Tachibana bedeutet mir, ich solle mich vorn hinsetzen, er und Ishida klettern wieder auf die Ladefläche. Wellblech und Werkzeug sind verschwunden. Der Fahrer drückt seine Zigarette aus, rückt seine Kappe zurecht und startet den Motor; ich halte mich wieder gut fest.

Ich hasse das Land und die Menschen, die hier leben.

Das Land der Habsucht. Das Land der Habgierigen …

Die Sonne blendet mich, und ich drücke die Augen zusammen.

Heute ist alles schwarz. Alles schwarz hier …

Die Berge. Die Bäume …

Kein Grau, kein Grün, kein Violett …

Keine Blätter und Blumen …

Keine Farben …

Hier, hier …

In Kodairas Territorium …

Hier in Ōaza-Hosō, in Nikkō-chō, wo unser kleiner Lastwagen jetzt vor dem Haus von Kodaira Yoshios Familie hält, dem heruntergekommenen, baufälligen Haus, in dem Onkel, Tante und Cousin noch immer wohnen und noch immer für Furukawa arbeiten.

Die drei wissen, warum wir hier sind, wissen, warum wir nicht aufhören zu klopfen.

Bis der Cousin endlich öffnet und uns hereinbittet, durch die verrottete Tür und den schmutzigen *genkan*, durch die muffige Küche, in ihr dunkles, feuchtes Heim zur Feuerstelle.

Heim. Heim. Heim. Heim …

Die Tante eilt auf Händen und Knien einen anderen dunklen Flur davon. Der Onkel sitzt im Schneidersitz an der Feuerstelle und raucht Pfeife, er ist alt und spricht kein Wort.

»Er hasst die Polizei«, sagt sein Sohn, der Cousin. »Er glaubt, die Polizei hat es auf ihn und unsere ganze Familie abgesehen …«

»Halt's Maul, du Dummkopf!« schreit der Vater, nimmt seine Pfeife und steht auf. Er geht in die andere Zimmerecke hinüber, schiebt die Tür hinter sich zu und brüllt immer noch: »Du Dummkopf!«

»Was wollen Sie?« fragt der Cousin.

»Ich möchte wissen, wie oft Ihr Cousin Yoshio zu Besuch kommt«, antworte ich. »Ich möchte vor allem wissen, wie oft er in den letzten zwei Jahren hier war, wann und mit welchen Sachen er hier war. Es ist wichtig, dass Sie sich erinnern …«

»Nun, das ist ganz einfach«, erwidert der Cousin lachend. »Weil wir ihn nämlich nie zu Gesicht bekommen haben. Hier war er nicht …«

»Ich glaube Ihnen nicht«, sage ich. »Ich glaube Ihnen nicht, weil ich bereits sechs oder sieben andere Familien in Ihrer Nähe aufgesucht habe, die sich daran erinnern, dass er hier war, die sich an das Datum erinnern und an die Sachen, die er bei sich hatte. Also, ich bitte Sie noch einmal, sich zu erinnern.«

»Und ich sage noch einmal, er war nie hier«, entgegnet der Cousin. »Wir haben gehört, dass er in Tochigi gewesen ist, aber wir haben ihn nie gesehen.«

»Sie haben ihn nie gesehen?« frage ich. »Er ist nie zu Besuch gekommen?«

»Wozu?« fragt der Cousin zurück. »Wir können ihm nichts verkaufen, und wir können ihm nichts abkaufen. Was soll er hier?«

»Sie sind doch seine Familie«, sage ich. »Deshalb.«

»Er war nie hier«, wiederholt der Cousin.

Im dunklen und feuchten Heim der Familie.

»Mehr weiß ich nicht, mehr kann ich nicht sagen«, erklärt der Cousin. »Wenn Sie mehr erfahren wollen, klopfen Sie doch einfach an irgendeine andere Tür im Dorf.«

Kodaira Yoshios Vater war der älteste Bruder gewesen, so erzählen es die Nachbarn. Er war ein Trinker, Spieler und Weiberheld gewesen. Er hatte einen Bauernhof gehabt und eine Gastwirtschaft, das Hashimoto-Ya, die beste im Dorf. Aber er hatte alles verspielt. Sogar sein Pferd. Er beendete seine Tage bei Furukawa Denki, genau wie alle anderen.

Der erste jüngere Bruder des Vaters arbeitete sein ganzes Leben lang dort, berichten die Nachbarn. Er war langsam bei der Arbeit, aber er hat nie gefehlt. Er arbeitete nur nachts und gab seiner Mutter den ganzen Lohn. Er hat gestottert und war etwas schwer von Begriff, aber er war der Beste von ihnen.

Der andere jüngere Bruder ist der Onkel, den Sie schon kennengelernt haben, meinen die Nachbarn. Er war mal der gefährlichste Mann im Dorf, hat viel getrunken und immer ein Messer bei sich getragen. Er ist im Gefängnis gewesen. Er hat immer noch schreckliche Wutanfälle und ist aggressiv, aber er spricht nur noch selten.

Der älteste Bruder von Kodaira Yoshio ist vor Kurzem verstorben, berichten uns die Nachbarn. Er hat bei Furukawa gearbeitet wie die anderen, aber er wurde gefeuert, weil er seine Kollegen bestohlen hatte und während der Arbeit schlief. Er ist nach Tokio gegangen, kam aber bald wieder zurück, arbeitete mal hier, mal dort. Noch so einer, der nicht viel gesprochen hat. Er hat sogar seine Frau und die Kinder gezwungen, draußen zu essen, damit er bei den Mahlzeiten seine Ruhe hatte. Im April letzten Jahres wurde er verhaftet, weil er Kartoffeln gestohlen hatte, aber er starb, bevor der Fall vor Gericht kam.

Kodairas ältere Schwester war auch nicht besser, berichten die Nachbarn. Sie hat ebenfalls bei Furukawa Denki gearbeitet, genau wie die anderen. Sie hatte einen Arbeitskollegen geheiratet, aber die Ehe hielt gerade mal ein Jahr. Danach war sie mit einem Koreaner verheiratet, ebenfalls nur ein Jahr lang. Sie war oft hysterisch, eine notorische Lügnerin, und im Januar dieses Jahres ist auch sie verstorben.

Kodaira Yoshio selbst war ein übler Bursche, berichten uns die Nachbarn. Aber bei Weitem nicht der Schlimmste der Familie. Er war nicht gut in der Schule gewesen, faul und unbedacht war er, aber er hat nie getrunken und gespielt. Er hatte das Temperament der Familie Kodaira, aber er hat sich nie mit Fremden gestritten.

Es war ein ziemlicher Schock, als er seinen Schwiegervater umbrachte.

Er hat ein uneheliches Kind, einen Sohn, flüstern uns die Nachbarn zu. Der muss etwa sechzehn sein. Kein netter Junge, er plagt die älteren Kinder, quält die jüngeren. Das ist das Kind von dieser Frau, mit der er eine Affäre hatte. Die Affäre, wegen der die Familie seiner ersten Frau die Scheidung wollte. Was dazu geführt hatte, dass er den Vater umbrachte.

Und das hat ihn ins Gefängnis gebracht.

Was wiederum seiner Mutter das Herz brach, berichten uns die Nachbarn. Seine Mutter war herzensgut und ehrlich, eine liebevolle, geduldige Frau.

»Sie hat ihr Leben unter Tränen verbracht«, berichten sie uns. »Unter Tränen …«

Diese Berge und Täler, diese Wälder und Felder schauen für mich alle gleich aus. Den einen kleinen Berg hinauf, den anderen hinunter, ein kleiner Tunnel hier, ein größerer Tunnel dort, dann wieder einen Hang hinauf und hinunter und eine weitere schmale Straße entlang, bis der Lastwagen vor einem weiteren kleinen Bauernhaus stehen bleibt, das von der Straße durch einen kleinen Graben abgetrennt ist. Und wieder steigt Tachibana von der Ladefläche und geht ins Haus, während Ishida, der Fahrer und ich warten und schwitzen, bis er mit einem weiteren alten Bauern herauskommt und uns nun mit Herrn Samura bekannt macht.

»Der Mann, der die Leiche gefunden hat«, erklärt er. »Ishikawas Leiche.«

Dann wirft der Fahrer den uralten Lastwagen wieder an, und langsam, ganz langsam erklimmen wir die schmale Straße, die zu dem kleinen Berghang hinter dem Bauernhof hinaufführt, bis Herr Samura nickt und brummt und Tachibana dem Fahrer zuruft, dass er am Berg halten soll.

»Hier hat er sie gefunden«, sagt Tachibana. »An dieser Stelle.«

Ōaza Mizuki-chi, Manako-mura, Kami Tsuga-gun …

Alle steigen aus. Alle wischen sich über Gesichter und Nacken und schauen den Berg hinunter auf den Flickenteppich aus Feldern und Gräben, aus Bauernhöfen und Häusern, dann drehen sich alle um und sehen einen anderen Wald an einem anderen Berg, blicken in noch mehr Schatten und noch mehr Bäume.

Noch mehr schwarze Baumstämme, Äste und Blätter …

Samura weist in den Wald hinein: »Da entlang …«

Er geht hinter mir. Er geht hinter mir …

Tachibana und ich folgen dem alten Bauern, der von der schmalen

 Straße abbiegt und in den Wald hineingeht, in Richtungen zeigt und irgendetwas vor sich hin murmelt, das wir nicht verstehen; die Bäume stehen immer enger und dichter, und Ishida geht hinter uns her.

Er geht hinter mir durch den Wald …

Samura bleibt stehen, sieht sich nach uns um und ruft: »Hier ist es. Hier ist es …«

Die Zikaden machen einen ohrenbetäubenden Lärm, die Moskitos sind hungrig …

»Letzten September«, fährt Samura fort. »Ich habe nach Blättern gesucht …«

Zwischen den Bäumen, den schwarzen Baumstämmen …

»Die wollte ich trocknen und unter den Tabak mischen …«

Den Ästen und Blättern …

»Da bin ich direkt auf die Knochen getreten«, sagt er.

Ihr weißer, nackter Leib …

»Gerochen hab ich sie auch. Als ich Blätter sammelte. Aber ich hab gedacht, es ist ein Tier, das hab ich auch gedacht, als ich auf die Knochen getreten bin, dann bin ich ausgerutscht und hingefallen und hab gesehen, dass es keine Tierknochen waren …«

»Ich bin nur noch Knochen … Ich bin nur noch Knochen …«

»Ich wusste, das sind Menschenknochen.«

Ich drehe mich zwischen den Bäumen und Ästen einmal im Kreis und frage Samura: »Sind Sie sicher, dass das hier die Stelle ist?«

Samura nickt. »Spüren Sie das denn nicht …?«

Ich drehe mich einmal im Kreis zwischen diesen schwarzen Bäumen und frage Tachibana: »Ist der Tatort jemals genauer untersucht worden?«

Tachibana senkt den Blick und neigt das Haupt.

»Verdammt«, fluche ich. Ich drehe mich im Kreis, und die schwarzen Baumstämme und Äste drehen sich mit mir.

Die Zikaden machen einen ohrenbetäubenden Lärm, die Moskitos sind hungrig …

Ich lasse mich auf die Knie fallen und fange an zu suchen.

Ich grabe und grabe und grabe …

Fange wieder an zu suchen.

»Hier drüben«, ruft Ishida. »Ich habe etwas gefunden. Schauen Sie …«

Namu-amida-butsu. Namu-amida-butsu. Namu-amida …

Tachibana und ich steigen über umgestürzte Bäume und kriechen unter abgebrochenen Ästen hindurch zu der Stelle, wo Ishida kniet und sich über den verrottenden Stamm eines weiteren umgestürzten Baums beugt.

Namu-amida-butsu. Namu-amida-butsu …

»Schauen Sie mal«, sagt er, steht auf und hält ein paar Knochen in die Höhe, weiße, menschliche Knochen, an denen Stofffetzen hängen.

Namu-amida-butsu …

»Hier muss er ihre Leiche versteckt haben«, erklärt Ishida, kniet sich wieder hin und schaut unter den Stamm. »Die Knochen, die der alte Mann letztes Jahr gefunden hat, sind wahrscheinlich von Tieren verschleppt worden.«

Ich schaue durch den Wald zurück zur Straße, wo der alte Bauer wartet und mit dem Fahrer eine Zigarette raucht. Dann wende ich mich an Tachibana und frage ihn: »Welche Knochen von Ishikawa Yori haben Sie laut Akte?«

Tachibana schlägt die Akte Ishikawa Yori auf, blättert, bis er zum Autopsiebericht kommt. Dann liest er laut vor, welche Knochen hier letztes Jahr gefunden worden sind, während Ishida und ich den verrottenden Baumstumpf wegheben und die kalten, weißen Knochen auf der feuchten, schwarzen Erde betrachten, die verloren waren und nun gefunden wurden …

Ishida und ich sind auf Knien und graben mit den Händen …

Wir sammeln und säubern. Säubern und sammeln …

Ihre Knochen waren verloren und sind nun gefunden …

Ich lege sie in meinen Rucksack …

In den Sack, dann auf den Rücken …

»Wir nehmen sie mit nach Tokio«, sage ich zu Tachibana. »Dort werde ich sie an Dr. Nakadate von der Universitätsklinik Keiō weiterleiten. Aber bitte fordern Sie auch die anderen Knochen an, die hier gefunden und Ishikawa Yori zugeordnet wurden.«

»Die befinden sich wohl noch in Utsunomiya«, erwidert Tachibana.

»Vielleicht«, antworte ich. »Aber es ist fast ein Jahr her, seit sie gefunden wurden, und da die Tote als *ikidaore* gelistet wurde, wird Utsunomiya die sterblichen Überreste wahrscheinlich zur Einäscherung an die Familie übergeben haben.«

Tachibana verbeugt sich tief. »Es tut mir wirklich sehr, sehr leid.«

»Das muss es nicht«, sage ich. »Wir haben getan, was wir konnten.«

Der Lastwagen fährt den Berg hinunter und setzt Samura vor seinem Bauernhof ab. Dann müht sich der Lastwagen einen weiteren kleinen Berg hinauf und auf der anderen Seite hinunter, durch einen Tunnel und noch einen, dann einen weiteren Hang hinauf, bis er wieder vor dem abseits liegenden Haus der Mutter der Witwe Okayama hält; noch immer schläft der schwarze Hund im Schatten der Wand, ist noch immer an seinen Pfosten gekettet.

Kein Streuner, mit einem Heim und einem Herrn ...

Tachibana sieht den Hund, lacht heute aber nicht. Er entschuldigt sich und betritt vor uns das Haus, der Fahrer nimmt seine Kappe ab und zündet sich wieder eine Zigarette an.

»Tabak ist hier in der Gegend wohl keine Mangelware«, meint Ishida.

Doch der alte Fahrer sagt kein Wort. Er raucht nur.

Tachibana kehrt mit der Mutter der Witwe Okayama zurück, die sich erneut verbeugt, uns willkommen heißt und ins Haus bittet; Tachibana bemerkt, dass die Enkelin der alten Frau, die Tochter der Witwe, im Haus auf uns wartet.

Okayama Kazuko verbeugt sich, als wir das Haus betreten.

In einem gelb und dunkelblau gestreiften Trägerkleid ...

Kazuko bietet uns rings um das kalte Kohlenbecken einen Platz an und serviert kalten Tee, entschuldigt sich aber, dass sie keinen Imbiss anbieten könne; wir alle danken ihr für ihre Gastfreundschaft, wir setzen uns, trinken unseren Tee und können nicht anders als sie anstarren.

Ihr besorgtes Gesicht und die roten, roten Augen …

»Es tut mir sehr leid«, sagt sie. »Meine Großmutter, meine Mutter und ich, wir hatten einfach keine Ahnung, was für ein Mensch Herr Kodaira in Wirklichkeit war …«

Sie kommt nicht vom Land. Sie ist in der Stadt geboren.

Sie hat die Bomben gehört, die Brände gesehen.

Sie gibt Ishida eine Schachtel und sagt: »Da sind all die Sachen drin, die Herr Kodaira uns gebracht hat. Das sind die Sachen, die er mir gegeben hat.«

Sie hat Tränen in den Augen.

Sie fließen ihr über die Wangen.

»Ich hatte keine Ahnung …«

Ishida öffnet die Schachtel. Er nimmt ein großes, mit Arabesken bedrucktes *furoshiki*-Tuch heraus, eine *bentō*-Box, eine weitere Armbanduhr und eine ovale Ammonitbrosche …

Nakamura Mitsuko …

Ich stehe auf und nehme Ishida die Brosche aus der Hand.

»Die andere Leiche?« sage ich zu Tachibana. »Die unbekannte Leiche, von der Sie gestern sprachen? Das muss Nakamura Mitsuko sein … Aber wie weit sind wir vom Fundort entfernt?«

Bevor Tachibana antworten kann, hat Ishida bereits die Armbanduhr genommen, sie umgedreht und die Gravur auf der Unterseite gelesen, und nun hält er sie mir hin.

Wieder eine Uhr. Eine gestohlene Uhr …

Ich nehme sie und halte sie hoch.

Diese Uhr. Diese Uhr …

Ich halte sie ans Licht und lese.

Tominaga Noriko …

»Ich hatte keine Ahnung …«

Die Uhr in meiner Hand dreht sich. *Ich hatte keine Ahnung*. Feuerstelle und Zimmer, Haus und Tor drehen sich. Alles dreht sich. *Ich hatte keine Ahnung …*

Meine Hände im Dreck vor dem Haus. *Tag ist Nacht*. Dreck an Händen und Knien. *Nacht ist Tag*. Alles dreht sich. *Schwarz ist weiß*. Rundherum in Dreck und Sonne. *Weiß ist schwarz*. Alles dreht sich ringsherum, und ich fluche und fluche. *Keine Wahrheit, nur Lügen.* Es juckt und ich kratze. *Gari-gari.* Es juckt und ich kratze.

Gari-gari. Gari-gari. Gari-gari …
Lüge auf Lüge auf Lüge auf Lüge auf …
Gari-gari. Gari-gari …
Diese Berge von Lügen …
Gari-gari …
Diese Lügen, die keinen Sinn ergeben …
Niemand ist der, der er zu sein vorgibt …
Nichts ergibt einen Sinn …
Niemand ist der, der er zu sein scheint.

Inspektor Ishida ist bei der Tochter und der Mutter der Witwe Okayama geblieben, um das Datum jedes einzelnen Besuchs zu vermerken und jedes einzelne Geschenk durchzugehen, um alles zu notieren und jeden Gegenstand aufzulisten.

Meine Hände sind noch ganz dreckig, meine Knie blutig.

Es juckt. Ich kratze mich. *Gari-gari.* Ich kratze mich. Es juckt … Wieder sitze ich im Lastwagen, fahre einen weiteren Berg hinauf und auf der anderen Seite hinunter, durch einen weiteren Tunnel, einen weiteren Hang hinauf, bis wir vor einem weiteren Bauernhof halten, aus dem Tachibana mit einem weiteren alten Mann kommt und ihn vorstellt: »Das ist der Mann, der das Skelett gefunden hat.«

Dann führt uns der alte Mann einen weiteren kleinen Berg hinauf in den Zypressenwald hinter seinem Hof, diesen kleinen Berg und den Wald, den seine Familie schon seit Generationen gepflegt hat und in den seine Familie schon seit Generationen geht, um Totholz abzuschneiden, zu hacken und wegzuräumen, damit ihre Zypressen wachsen können, der Wald, in den Tachibana und ich ihm jetzt folgen, ein Baum neben dem anderen, bis der alte Bauer stehen bleibt und sich zu uns umdreht.

»Hier habe ich sie gefunden«, sagt er. »Genau hier.«

Ōaza Fukahodo, Kiyosu-mura, Kami Tsuga-gun …

»Vor einem Monat«, fährt er fort. »Ein makelloses Skelett …«

»Es gab also keine Kleidung?« frage ich ihn.

»Ich habe nichts entdeckt«, antwortet er.

Und wieder drehe ich mich rundherum, ich drehe mich zwischen den Bäumen und Ästen, ich drehe und drehe mich …

Die Zikaden machen einen ohrenbetäubenden Lärm, die Moskitos sind noch immer hungrig …

Ich knie mich hin und suche …

Wieder und wieder, wieder und wieder …

Ich suche auf Händen und…

Wieder und wieder …

Knien …

Wieder …

Auf Händen und Knien zwischen diesen Bäumen suche ich nach der einzigen Tochter von Nakamura Yoshizo.

»Aber wonach suchen Sie denn?« fragt Tachibana. »Es handelte sich um ein vollständiges Skelett. Es fehlten keine Knochen.«

Steht er in Shibuya hinter dir am Fahrkartenschalter?

»Es fehlen keine Knochen«, gebe ich ihm recht. »Aber wo ist ihre Kleidung?«

Freundet er sich mit dir an, indem er dir Geschichten von Bauern und deren billigem Reis erzählt?

Ihre braune Hose und ihre blassgelbe Bluse …

Fahrt ihr nach Asakusa? Und dann mit dem Zug nach Kanasaki?

Ihre Sandalen, Socken und Unterwäsche, alles in der Nähe …

Hier entlang, sagt er. Hier entlang …

Hier zwischen den Bäumen und Ästen …

Er geht hinter dir, hinter dir …

Gehe ich zu den säuberlich gehackten Baumstämmen, die dort aufgestapelt liegen …

Sein Haar klebt feucht am Kopf …

Durch die Bäume und Äste …

Aber das ist nicht der Weg. Niemals …

Auf Händen und Knien …

Seine Haut spannt sich über dem Schädel …

Ich hebe ein Scheit nach dem anderen hoch …

Er kommt drohend näher, grinst anzüglich …

Suche nach ihrer Kleidung …

Kodaira, Kodaira …

Scheit um Scheit …

Kommt drohend näher und grinst anzüglich …

Bis zum letzten Scheit …

Hier, hier …

Hier, tief unter diesem Stoß sauber gehackter Holzscheite, liegen eine verrottende braune Hose und eine blassgelbe Bluse, die sich aber vom letzten Herbst bis jetzt ganz gut gehalten hat, geschützt vor der Witterung unter diesen säuberlich gehackten Scheiten, die zwischen den gepflegten Zypressen aufgestapelt liegen. Mitten in diesem kleinen Wald an diesem kleinen Berg, in dieser anderen Welt, diesem anderen Land, so weit weg von zu Hause, seine einzige Tochter …

Hier starb Mitsuko am 12. Juli 1945 …

Ich bin immer noch auf Händen und Knien …

Hier wurde sie bewusstlos geschlagen …

Auf Händen und Knien beginne ich zu graben …

Hier wurde sie ausgezogen und vergewaltigt …

Zu graben und zu säubern. Zu säubern und zu sammeln …

Hier wurde sie gewürgt …

All die Kleidungsstücke …

Hier wurde sie ermordet …

Um sie in den Rucksack zu packen …

Hier starb Nakamura Mitsuko, hier wurde sie immer und immer wieder missbraucht und dann ausgeraubt, Geld, Armbanduhr, Nickelbrille, Brosche …

Die ovale Ammonitbrosche …

Um sie nach Tokio zurückzubringen …

Das Geschenk eines Vaters an …

Um sie zurückzubringen …

Seine einzige Tochter …

Nach Hause.

Ishida klettert hinten auf den Lastwagen, wir alle verbeugen uns und bedanken uns bei der Tochter und der Mutter der Witwe Okayama für ihre Hilfe und Gastfreundschaft. Wieder fahren wir den Berg hinunter, einen anderen hinauf und wieder hinunter, bis wir ins Tal kommen, der Schwarze Fluss wieder zur Rechten, die Aasgeier-Linie zur Linken.

Noch mehr Menschen machen sich auf den Weg zurück zum Bahnhof …

Doch heute spricht niemand von den Städtern. Kein Wort über die Hamsterer.

Kolonnen von Menschen mit Vorräten auf dem Rücken …

Kein Gerede von Kartoffeln und Reis, von Flöhen und Läusen.

Die Knochen der einen Toten und die Kleidung der anderen Toten …

Heute herrscht auf dem Lastwagen nur Schweigen.

In einem alten Armeerucksack auf meinen Knien …

Sie warten schon auf uns, lauschen nach dem alten Gebirgslastwagen von Tachibana, der vor ihrem Polizeirevier hält, und sie eilen heraus, verbeugen sich, salutieren und heißen uns willkommen; Ishida und ich verbeugen uns, salutieren und danken ihnen erneut. Dann folgen wir Tachibana die saubere kleine Treppe hinauf in die Revierräume, wo die beiden Beamten sich ebenfalls verbeugen, salutieren und uns willkommen heißen.

»Ich habe noch eine Nachricht für Inspektor Ishida«, sagt einer der beiden. Ishida tritt vor und nimmt sie entgegen.

Noch eine Nachricht. Die letzte Nachricht …

Ishida bittet darum, telefonieren zu dürfen.

»Lassen Sie Minami in Tochigi zurück …«

Tachibana führt mich den Flur entlang in sein Büro, wo er über Fahrpläne spricht, über die Heimreise nach Tokio, nach Hause.

Zuhause. Zuhause. Zuhause. Zuhause …

Es klopft leise an der Tür, Ishida tritt ein.

Inspektor Ishida; der Mann, den ich nicht kenne …

»Alles in Ordnung?« fragt Tachibana.

»Alles in bester Ordnung«, antwortet Ishida. »Danke.«

 Die gesamte Polizei von Kanuma hat uns zum Bahnhof begleitet, um uns eine sichere Heimfahrt zu wünschen und uns zu verabschieden. Tachibana hat für uns sogar den Zug aufgehalten.

Seine Beamten verbeugen sich, dann Tachibana selbst.

Er entschuldigt sich für seine eigenen Versäumnisse und die seiner Leute. Dann verbeugt er sich erneut und bedankt sich für unseren Einsatz und unsere Hilfe.

»Wir hoffen, wieder mit Ihnen zusammenarbeiten zu können«, sagt er.

Ishida und ich salutieren, verbeugen uns vor Tachibana und danken ihm für seinen Einsatz und den seiner Leute, für seine Hilfe, seine Großzügigkeit und Gastfreundschaft.

Polizeichef Tachibana salutiert und verbeugt sich ein letztes Mal.

Schließlich steigen Ishida und ich in den Zug aus Tōbu.

Die Polizei von Kanuma bahnt uns einen Weg.

Die Türen schließen, die Pfeife schrillt.

Keine Plätze; Ishida und ich müssen stehen.

Die Lokomotive ruckt bei der Abfahrt.

In Ishidas Nackengrübchen ...

Ishida und ich sind wieder aneinandergedrückt, beide schauen wir zum glaslosen Fenster hinaus und sehen zu, wie Kanuma verschwindet.

Etwas Kaltes, Metallisches ...

Ich versuche, mich vom Fenster, von Kanuma wegzudrehen.

Von dieser anderen Welt, diesem anderen Land ...

Der Waggon ist überfüllt mit Menschen und ihrem Gepäck; sie wenden die Blicke ab, haben Angst um ihre Habe.

Wir sind die Polizei. Wir sind das Gesetz ...

In keinem der Fenster sind noch Scheiben, und trotzdem gibt es keinen frischen Luftzug im Waggon, nur den Gestank von vollen Windeltüchern der Babys.

Der Gestank von Fäkalien ...

»Dieser Zug hält als Nächstes in Momiyama«, verkündet der Schaffner. »Dann in Niregi, Kanasaki, Ienaka, Kassemba, Shin-Tochigi, Tochigi ...«

Plötzlich erklärt Ishida: »Ich möchte in Ienaka aussteigen.«

»Lassen Sie Minami in Tochigi zurück. Kommen sie in die Zentrale.«

»Wozu?« frage ich ihn.

Etwas Kaltes, Metallisches …

»Ich möchte mir noch einmal den Tatort im Fall Baba anschauen«, antwortet er. »Wir haben so viel gefunden, was an den Tatorten der Fälle Ishikawa und Nakamura übersehen worden ist, dass ich finde, wir sollten auch dort noch einmal nachsehen.«

Er geht hinter mir …

Ich trage einen Rucksack voller Knochen und Kleiderfetzen auf dem Rücken.

Ich verfluche ihn …

Ich nicke. »Wenn Sie meinen …«

Die Sonne geht unter; bald wird es dunkel sein in Ienaka.

Die Schatten der Berge werden immer länger …

Ishida und ich überqueren ein zweites Mal in drei Tagen die Absperrung, lassen den Bahnhof hinter uns und gehen in das Städtchen.

Niemand da, absolut niemand …

Die Stadt ist verlassen; ich führe Ishida den Hang hinauf zur Stadt hinaus, vorbei an der Herberge zum Schönen Berg, wo wir übernachtet haben.

Er geht hinter mir …

»Sind Sie sicher, dass dies der richtige Weg ist?«

Ich antworte nicht, weil er weiß, dass das keine Rolle spielt, weil er weiß, es könnte in jedem beliebigen Wäldchen an jedem beliebigen Berg sein. Also gehen wir weiter hinauf und hinab, bis wir zu einer weiteren schmalen Straße kommen, vielleicht sogar derselben Straße, über die Kodaira Yoshio am 30. Dezember letzten Jahres Baba Hiroko geführt hat.

»Sind Sie sicher?« fragt Ishida erneut.

Nishi Katamura, Kami Tsuga-gun …

Ich antworte nicht, weil es unwichtig ist. Ich setze meinen alten Armeerucksack ab. Ich wische mir über Gesicht und Nacken.

Dann wende ich mich von den Feldern und Gräben ab und schaue in den Wald am Berghang hinauf, zu den Schatten der schwarzen Bäume …

Ihre Äste und ihre Blätter …

Ich weise hinauf. »Dort entlang.«

Inspektor Ishida folgt mir; ich klettere von der schmalen Straße in den Wald, versuche, Moskitos und Fliegen zu vertreiben, Ishida dicht hinter mir.

Er geht hinter mir …

Zwischen den Bäumen, unter den Ästen und Blättern führe ich ihn zu der kleinen Senke an der Flanke.

Ishida folgt mir.

Er folgt mir bis zu dieser Senke, die gefüllt ist mit zerbrochenen Ästen und Laub.

Er geht hinter mir her bis zu dieser Stelle.

»Hier«, sage ich, ohne mich umzudrehen.

Die Zikaden sind verstummt, die Moskitos satt …

An diesem Ort, in dieser Senke kann ich ihn hören.

Zwischen den Bäumen, den schwarzen Stämmen …

Ich kann ihn hinter mir hören. Spüren.

Unter den Ästen und Blättern …

Ich höre, wie er die Armeepistole hebt.

Ich spüre, wie er auf meinen Rücken zielt.

Ich höre, wie er den Hahn spannt.

Kalt und metallisch …

Jetzt höre ich, wie er ruft: »Auf die Knie, Inspektor!«

Ich erwidere nichts. Ich drehe mich nicht um. Ich gehe auf die Knie …

Auf die Knie. In diesem Wald, dieser Senke, an diesem Ort …

Ich spüre den Lauf der Waffe am Hinterkopf …

An diesem Ort, in dieser Senke, in diesem Wald …

Ich schließe die Augen und sehe ihr Gesicht …

Ich sehe ihr Gesicht, all ihre Gesichter …

Masaki, Banzai! Vater, Banzai!

Dann höre ich, wie Ishida abdrückt. *Klick.* Ich höre ihn abdrücken. *Klick.* Und wieder …

Klick. Klick.

Und wieder …

Klick.

Ich stehe auf. *Klick.* Ich drehe mich um. *Klick.* Ich packe die Pistole am Lauf. *Klick. Klick* …

Jetzt halte ich die Pistole in meinen Händen …

Bäng! Bäng! Mitten in sein Gesicht …

Bäng! Bäng! Und wieder …

Der Gestank von Exkrementen.

An diesem Ort, in dieser Senke, zwischen diesen Bäumen, unter diesen Ästen versucht Ishida, die Augen aufzuschlagen. Ich beuge mich über ihn und wische ihm das Blut weg; er versucht zu sprechen, mir zu danken, und ich lächle ihn an, ein freundlicher Mann mit kleinen Gesten der Gefälligkeit, ein lächelnder, freundlicher Mann, der einen Arm um ihn legt und wieder lächelt. Und Ishida redet und redet, über dies und das; er berichtet mir dies und das, über diesen und jenen, es ist ganz so, als würden wir uns ein Leben lang kennen, dieser weinende, blutüberströmte Mann und dieser lächelnde, freundliche Mann. Fast so, als ob ich sein Onkel wäre oder gar sein Vater, den er so früh verloren hat, aber ich weiß, er fühlt sich in dem Lächeln auf meinem Gesicht nicht geborgen, in diesem, lächelnden, freundlichen Gesicht zwischen den Bäumen und unter den Ästen, dieser verzweifelte, geschlagene Mann, der nun um Gnade flehend zu mir aufschaut, die Bitte um Vergebung in seinen dunklen, blutgefüllten Augen. An diesem Ort, in dieser Senke, die er nicht kennt, in diesem Land, das immer dunkler wird, Stunde um Stunde, nun, da der Tag vorbei ist, auch der Berg ist verschwunden, und jetzt gibt es hier nur noch diesen Ort, diese Senke zwischen den Bäumen, unter den Ästen. Noch immer lächle ich, ein lächelnder, freundlicher Mann, doch nun sind meine Zähne spitz, mein Blick ist hungrig, meine Lippen feucht …

Ist das der Augenblick, in dem mein Griff fester wird? Meine Worte sich verhärten?

Mit feuchten Lippen lächle ich nicht mehr, bin nicht mehr freundlich, dieser Mann mit meinen spitzen Zähnen und dem hungrigen

Blick, er flüstert ihm zu, was er von ihm will, an diesem Ort, in dieser Senke, zwischen diesen Bäumen, unter diesen Ästen. Ich sage ihm ganz genau, was ich von ihm will, und er dreht sich weg, ich ziehe ihn zurück, schlage ihm ins Gesicht, trete ihm gegen die Beine, er ist auf Händen und Knien, bittet mich aufzuhören, fleht mich an aufzuhören, sein Leben zu verschonen, ihn leben zu lassen, ihn davonkommen zu lassen. Aber ich kann ihn nicht hören, wie er bittet, fleht, bettelt, denn ich ziehe ihn immer weiter in den Wald, in diese Senke, dieses Land, lege ihm eine Hand um den Hals und die andere an die Brust, und er weiß, was ich will, er weiß, was ich will, er weiß, was ich will, er sagt, ich solle es nehmen, fleht mich an, bettelt darum, dass ich es nehme und ihn dann allein lasse, ihn bitte allein lasse, bitte. Aber ich drücke ihm die Kehle zu, fest, Rotz läuft ihm aus der Nase, Urin am Bein entlang, er hat die Hose voll, ich drücke fester und fester zu, und der Ort wird schwarz und immer schwärzer …

So schwarz wie sein Haar, das niemals grau werden wird …

Du schlägst die Augen auf, und du weißt, du lebst noch, du liegst rücklings auf den zerbrochenen Ästen und dem Laub in dieser Senke, an diesem Ort, du hast überlebt, du bist einer der Glücklichen. Blutüberströmt und zerschunden auf diese Äste und Blätter gebettet, aber du hast überlebt, du hast Glück, du erhebst dich von diesem Bett, doch dann erkennst du, dass du nicht überlebt hast, du bist keiner der Glücklichen. Du siehst mich dort auf einem Baumstamm sitzen, ich starre dich an und rauche eine Zigarette, der einstmals lächelnde, freundliche Mann, ich rauche zu Ende, stehe auf, gehe auf dich zu, lade nach …

Du willst etwas sagen, aber dir fehlen die Worte …

Der einst lächelnde, freundliche Mann hat deine Waffe in der Hand, und jetzt stecke ich sie dir in den Mund …

Blutüberströmt und zerschunden …

Hier auf diesen Ästen und Zweigen in dieser Senke, hier an diesem Ort drücke ich ab …

Bäng!

In der Nacht schreit er auf. Ich gehe den Berg hinab. *Lassen Sie Minami in Tochigi zurück.* Diesen Berg der Lügen. *Sagen Sie mir, für wen*

Sie arbeiten! Ich höre Wortfetzen von Ishidas Geständnis. *Nicht schlafen, nicht wach sein.* Ich laufe nicht. *Kehren Sie in die Zentrale zurück.* Man könnte auf diesem Berg leben. *Sagen Sie es mir!* Namen und Orte und Daten. *In der Nacht wimmert er.* Ich überquere Gräben und Felder. *Hauptkommissar Adachi.* Man könnte sich hier verstecken. *Sagen Sie mir, wer mich tot sehen will!* Ishidas Geständnis und Ishidas Lügen. *Ich kann ihn weinen hören.* Ich laufe nicht. *Lassen Sie Minami in Tochigi zurück.* Man könnte der Welt entsagen. *Sagen Sie es mir!* Ishida murmelt etwas von Fujita. *In der Nacht weint er.* Ein Zug kommt pfeifend angerattert. *Kehren Sie in die Zentrale zurück.* Man könnte die Welt vergessen. *Sagen Sie mir, wer den Befehl gegeben hat, mich zu töten!* Ishida stöhnt etwas von Senju Akira. *Im Schlaf.* Ich renne. *Hauptkommissar Adachi.* Aber ich kann diese Welt nicht vergessen. *Sagen Sie es mir!* Ishida lügt, er lügt, Adachi zuliebe.

Der blutige Mund, aus dem der Knebel gerissen wurde …

Lügen um Lügen um Lügen um Lügen …

In der Nacht das Knirschen der Zähne, die Ströme von Tränen …

Es ist an der Zeit, von diesem Berg der Lügen herabzusteigen …

Ich kann Ishida schreien hören. Ich kann ihn weinen hören …

Von diesem Berg der Knochen …

Im Dämmerlicht kann ich sie alle hören …

Zeit, heimzukehren.

Ich kämpfe mich in den Zug hinein. Ich kämpfe mich in den Frachtwaggon vor. Ein Waggon voller Menschen, zusammengepfercht wie Vieh.

Menschliches Vieh …

Eine Frau schlingt ein Reisbällchen hinunter, eine andere kaut an einer sauren Gurke, kleine Kinder weinen, alte Leute schnarchen, sie kratzen sich, *gari-gari*, es stinkt nach Urin und Exkrementen.

»Kein Glück gehabt«, sagt jemand. »Absolut nichts …«

»Die sind jetzt so reich, die brauchen nichts mehr zu verkaufen …«

»Die guten Sachen verstecken sie …«

»Oder sie verlangen, was immer sie wollen …«

»Mit Geld sind die nicht mehr zufrieden …«

»Einige der Älteren verlangen, dass du mit ihnen ins Bett gehst, und wenn du dich anstrengst und versprichst, wiederzukommen, dann geben sie dir zwei Pfund Reis für hundertfünfzig Yen, nicht schlecht für zehn Minuten …«

»In Tokio kannst du es für zweihundert verkaufen …«

»Den Reis und dich selbst«, lachen sie, *ha, ha* …

Ich schaue durch die Wandbretter hinaus.

Kein Rückblick. Keine Vorausschau …

Nur Blindheit, nur Dunkelheit.

Ha, ha, ha! Hi, hi, hi! Ho, ho, ho!

13.

27. AUGUST 1946

Tokio, 29,5°C, sonnig

Es juckt und ich kratze mich. *Gari-gari.* Die Körper werden bei der ruckenden Fahrt des Zuges hin und her geworfen, und nach und nach kann ich die Menschen im Schein der aufgehenden Sonne, der durch die Löcher im Boden und die Spalten in den Türen fällt, ausmachen. Eine alte weißhaarige Frau sitzt mir gegenüber, eingezwängt zwischen einen jüngeren Mann und eine Frau. Es juckt und ich kratze mich. *Gari-gari.* Die beiden versuchen, sie zu wecken, und flüstern: »Aufwachen. Wir sind bald in Asakusa. Aufwachen …«

Die Frau rührt sich nicht.

»Aufwachen!« zischt die andere Frau. »Ich kann meinen Arm nicht bewegen.«

Der Zug rattert über eine Nahtstelle. Die alte Frau kippt nach vorn.

Der Mann zu ihrer Linken, der spürt, dass etwas nicht stimmt, hebt ihren Kopf ans Licht. Die alte Frau hat die Augen noch immer geschlossen.

Sie hat Schaum um den Mund und am Kinn.

»Was haben Sie denn?« fragt der Mann. »Wachen Sie doch auf!«

Wieder fährt der Zug über eine Nahtstelle. Die alte Frau kippt zur Seite.

»Sie ist tot«, sagt die Frau zu dem Mann. »Sie ist tot …«

Jetzt versuchen sie, die Leiche der alten Frau von sich zu stoßen, sie wegzuschieben, aber die Tote rührt sich nicht, sie wird vom Gewicht des Bündels auf ihrem Rücken an die Stelle gedrückt.

Vom Gewicht des Bündels, der Vorräte auf ihrem Rücken …

»Nimm ihr das Bündel ab«, flüstert der Mann der jüngeren Frau zu, während sie sich mit der Leiche abmühen. Doch die Frau hat eine bessere Idee, sie nehmen der Toten das Bündel ab, die Frau öffnet das

 Bündel, dem Mann muss sie nichts mehr sagen, er geht mit ihr gemeinsam die Schnüre und Knoten durch, sie schauen sich links und rechts um, ob auch niemand sonst wach ist, Schnüre und Knoten sind fort, links und rechts, damit auch ja keiner zuschaut, wie sie den polierten Reis und die Süßkartoffeln aus dem Bündel der toten Alten nehmen und in den Bündeln auf ihren eigenen Rücken verstauen.

Links und rechts, rechts und links …

Ich lasse den Kopf sinken und schließe die Augen …

Ich richte ihre Schuhe zur Tür hin aus …

Aber nicht für lange Zeit …

Die anderen Körper im Güterwaggon regen sich. Es juckt und ich kratze mich. *Gari-gari.* Sie wispern. Gerüchte machen die Runde, die Polizei würde in Asakusa warten und die Passagiere nach Schwarzmarktwaren durchsuchen.

Manche denken daran, in Kita-Senju auszusteigen.

Manche sagen, in Kita-Senju wird es genauso schlimm.

Manche reden davon, abzuspringen.

Ich habe genug gehört.

Ich nehme meinen Rucksack voller Knochen und Kleiderfetzen und springe am Bahnhof Kita-Senju aus dem Güterwaggon.

Aber ich gehe nicht durch die Fahrkartensperre. Ich gehe die Treppe hinauf und eine andere Treppe hinab zu einem anderen Bahnsteig. Dort warte ich auf dem Bahngleis auf den Zug nach Ueno.

Es ist der 27. August. *Glaube ich.* Es ist gerade 7.00 Uhr früh. Es ist heiß und schwül, und der Himmel ist schmutzig grau.

Es juckt und ich kratze mich. *Gari-gari …*

Auf dem Bahnsteig in Richtung Ueno und Tokio ist nicht viel los. Ich trete an den Bahnsteigrand. Ein Zug fährt ein, Hunderte von Menschen steigen aus, sie schieben und drücken. Ich steige ein, noch immer sind Hunderte an Bord, noch immer schieben und drängen sie hinaus. Ich stehe bei der Tür, und der Zug fährt ab. Stille im Wagen. Die Menschen sind nervös. Sie machen sich Sorgen. Sie haben Angst.

Ich bin nervös. Ich mache mir Sorgen. Ich habe Angst. Ich bin verschreckt …

Am Bahnhof Ueno stehen immer Polizisten, ständig werden hier

Kleidung und Gepäck durchsucht. Aber ich werde auch hier nicht durch die Sperre gehen. Ich wechsle auf einen anderen Bahnsteig. Ich wechsle in einen anderen Zug.

Sie werden mich nicht sehen. Sie werden mich nicht aufhalten ...

Ich werde die Yamate-Linie nach Kanda nehmen ...

Sie werden mich nicht finden. Nicht fangen ...

Die Chūō-Linie nach Shinanomachi ...

Dann bin ich in Sicherheit ...

Aber auch dort warten Polizisten. *Ich fluche.* Ich stehe auf dem Bahnsteig. Ich gehe auf die Sperre zu. Menschen werden aufgehalten und durchsucht. Ich kann ihnen meine Dienstmarke nicht zeigen, meinen Namen nicht nennen. Ich stehe in der Schlange an der Sperre und reiche den Beamten meine Fahrkarte. Ich gehe weiter.

»Sie da!« befiehlt die Stimme eines Polizisten. »Stehen bleiben!«

Ich fluche und fluche. Ich bleibe stehen und drehe mich um.

Dort stehen zwei Polizisten. »Herkommen!«

Ich fluche. Ich fluche. Ich fluche. Ich fluche ...

Ich verbeuge mich und frage: »Was gibt es?«

»Was haben Sie in Ihrem Rucksack?«

Ich fluche. Ich fluche. Ich fluche ...

»Nur Kleidung und persönliche Dinge ...«

»Lassen Sie mal sehen«, befehlen sie.

Ich fluche. Ich fluche ...

»Aber das ist nur Kleidung.«

»Dann machen Sie schon auf.«

Ich fluche ...

»Wirklich, nur ...«

»Aufmachen!«

Ich fluche und fluche, nicke aber nur. Ich nehme meinen Rucksack ab und öffne ihn, doch einer der Beamten reißt ihn mir aus den Händen. Er stellt ihn auf dem Boden ab und wühlt darin herum.

Ich spüre die Waffe am Gesäß ...

»Was ist das alles?« fragt er, kippt die Kleiderfetzen und Knochensplitter auf den Boden und erhebt sich.

Ishidas Waffe steckt hinter dem Gürtel ...

Der andere beugt sich vor, besieht sich die Stofffetzen und die Knochen und schaut mich dann voller Entsetzen an.

Ich habe keine andere Wahl …

Ich ziehe meine Dienstmarke hervor und reiche sie ihnen. »Ich bringe diese Beweisstücke in die Autopsie nach Keiō …«

Keine Wahl …

Doch die beiden Polizisten lächeln mich nur an; sie halten ihre Kappen in Händen und wischen sich über Gesichter und Nacken.

»Warum haben Sie nicht gleich gesagt, dass Sie einer von uns sind?«

»Ich wollte keine Aufmerksamkeit erregen.«

»Beim nächsten Mal zeigen Sie einfach Ihre Marke …«

»Es tut mir leid«, sage ich. »Das war meine Schuld.«

»Wir suchen nicht nach Polizisten«, lachen sie, und ich spaziere mit den Stofffetzen und den Knochen im Rucksack auf dem Rücken aus dem Bahnhof hinaus.

Es ist noch früh, doch im Krankenhaus in Keiō ist bereits viel Betrieb; Schlangen vor den Toren, vor den Türen, in den Fluren. Ich gehe durch die Tore und Türen, die Flure entlang; vorbei an den Schlangen, den Patienten und Bahren zum Fahrstuhl. Ich drücke auf den Knopf.

Ich hasse Krankenhäuser. Alle Krankenhäuser. Alle …

Ich steige in den Aufzug und drücke auf einen weiteren Knopf. Die Türen schließen sich.

Ich habe zu viel Zeit in Krankenhäusern verbracht …

Ich fahre im Dunkeln nach unten.

Ich habe hier zu viel Zeit verbracht …

Die Türen gehen auf. Das Licht kehrt wieder.

Im Dämmerlicht …

Ich gehe an den gefliesten Wänden mit Spülbecken, den Warnschildern vor Schnitten und Stichen vorbei, den Gang entlang zum Leichenschauhaus und zur Autopsie. Ich klopfe an die Tür zum Büro.

»Herein«, ruft Dr. Nakadate.

Ich öffne die Tür und trete ein.

Dieser Geruch nach Tod und Desinfektion …

Dr. Nakadate, unrasiert und mit roten Augen, sitzt an seinem Schreibtisch.

»Was ist mit Ihrem Haar passiert?« fragt er. »Es ist ganz grau.«

»Ich hätte Sie fast nicht wiedererkannt.«

»Ich habe Ihnen ein paar Andenken aus Tochigi mitgebracht«, sage ich.

Dr. Nakadate legt den Stift beiseite. Er schüttelt den Kopf.

Ich stelle den Rucksack auf seinen Schreibtisch und öffne ihn.

Ich nehme die Stofffetzen und die Knochen heraus.

Dr. Nakadate besieht sie sich, dann schaut er mich an: »Kodaira?«

»Ja«, antworte ich. »Aber ich denke, das wird schwer zu beweisen sein, es sei denn, er gesteht angesichts der Beweisstücke, die wir hier haben.«

»Warum?« fragt Dr. Nakadate. »Wo ist der Rest?«

»In Utsunomiya«, antworte ich. »Es gibt drei Fälle, aber nur einer davon ist überhaupt als Verbrechen aufgeführt worden. Ich habe Utsunomiya gebeten, alle Fundsachen und alle Berichte, die noch auffindbar sind, zu Ihnen zu schicken.«

»Wie heißen die Opfer?«

»Diese Knochen stammen von der Stelle, an der die Leiche einer gewissen Ishikawa Yori im September letzten Jahres gefunden wurde. Die Kollegen in Kanuma glauben, dass Ishikawa im Juni gestorben ist. An einer anderen Stelle fand ich diese Kleidungsstücke, die meiner Meinung nach einem Mädchen namens Nakamura Mitsuko gehören, das im letzten Juli als vermisst gemeldet wurde. Erst letzten Monat fand die Polizei Kanuma ein Skelett, das ich für das von Nakamura Mitsuko halte, auch wenn ich den Autopsiebericht noch nicht gesehen habe. Ich werde diese Kleiderreste ihrer Familie zeigen, um mir die Identität bestätigen zu lassen. Der dritte Fall ist der einer jungen Frau namens Baba Hiroko, die dieses Jahr im Januar ermordet wurde …«

Dr. Nakadate legt den Stift weg und nickt.

»Wissen Sie von dem Fall?« frage ich ihn. »Dann kann ich Ihnen ja auch mitteilen, dass wir keinerlei Hinweise gefunden haben, die Kodaira mit einem vierten Fall, den einer gewissen Numao Shizue, in Verbindung bringen; der Fall war uns von Nikkō übergeben worden.«

»Sie waren sehr fleißig, Inspektor«, sagt Dr. Nakadate. »Sie sind doch wohl nicht auf eine Beförderung aus?«

»Sie haben also gehört, was mit mir ist?«

»Ja«, antwortet Dr. Nakadate.

»Wer hat es Ihnen gesagt?«

»Kita persönlich.«

»Wann haben Sie ihn gesehen?«

»Als ich ihm den Autopsiebericht Miyazaki Mitsuko vorbeigebracht habe.«

»Sie haben mir versprochen, Sie würden noch ein paar Tage warten ...«

»Es tut mir sehr leid«, entgegnet er. »Ich hatte keine andere Wahl.«

Ich habe keine Wahl. Ich habe keine Wahl ...

»Man hat immer eine Wahl«, zische ich.

»Diesmal nicht«, erwidert Dr. Nakadate. »Die Abteilung Öffentliche Sicherheit ist hier aufgetaucht und wollte alle Berichte sehen, die mit der Kempeitai in Zusammenhang stehen.«

»Also haben Sie ihnen den Autopsiebericht über Miyazaki gegeben?«

»Nein«, antwortet er. »Den habe ich Kita gegeben.«

»Und was hat der Polizeichef dazu gesagt?«

»Er wusste bereits davon.«

»Aber er hat den Fall nicht mit Kodaira in Verbindung gebracht?«

»Das weiß ich nicht«, antwortet Dr. Nakadate.

»Hat Kita gesagt, was er damit vorhat?«

»Er sagte, sie würden Kodaira danach befragen.«

»Und was ist mit Hauptkommissar Adachi?«

»Was soll mit ihm sein?«

»Hat Kita irgendetwas über Adachi und den Fall Miyazaki erwähnt?«

»Nein.«

»Hat die Abteilung Öffentliche Sicherheit Sie nach Adachi befragt?«

»Nein.«

»Und wonach haben sie gefragt?«

»Nach den Kempeitai-Fällen«, antwortet er erneut.

»Auch nach mir?«

Dr. Nakadate nickt.

»Was genau …?«

»Es tut mir sehr leid«, sagt er. »Aber es gibt Aussagen. Es gibt Zeugen, Inspektor. Ich konnte nichts machen.«

Ich hatte keine Wahl. Ich hatte keine Wahl …

Im Flur mit den gekachelten Wänden und Warnhinweisen drücke ich auf den Knopf und warte auf den Aufzug. Dr. Nakadate verbeugt sich und entschuldigt sich erneut. Er wünscht mir Glück und fragt dann:

»Was wollen Sie jetzt machen?«

»Ich habe Schulden zu begleichen«, antworte ich.

»Sie schulden denen gar nichts …«

»Nicht den Lebenden«, sage ich. »Den Toten.«

Die letzte Straßenbahn hat einen Jungen angefahren, und eine Frau ist vor einen Zug gesprungen, deshalb kommt die Bahn zu spät, alle Züge stehen still, und nun warte ich in einer Schlange neben einer etwa fünfzigjährigen Frau in einer braunen Hose, ähnlich der in meinem Rucksack. Es juckt und ich kratze mich. *Gari-gari.* Links steht ein Junge von fünfzehn, sechzehn Jahren. An der Schulter seiner Fabrikuniform aus grobem Stoff ist ein Riss; die Augen unter dem Schirm seiner Armeekappe sind geschlossen, sein Mund steht offen, er schwankt in der Morgenhitze leicht vor und zurück. Vor und zurück, bis er sich genau in dem Augenblick, als er direkt auf das Gesicht zu fallen droht, wieder aufrichtet.

»Ist er betrunken oder krank?« fragt die Frau.

»Wahrscheinlich nur müde und hungrig«, antworte ich.

Die Frau legt dem jungen Mann eine Hand auf die Schulter. »Alles in Ordnung?« fragt sie. »Wohin wollen Sie denn?«

Der Junge antwortet nicht. Wieder fragt die Frau.

»Ich will nach Ueno«, sagt der Junge.

»Dann stehen Sie auf der falschen Seite«, meint die Frau. »Sie müssen auf der anderen Straßenseite warten. Da drüben …«

Der Junge schaut zu dem Haltestellenschild auf der anderen Straßenseite hinüber. Aber er rührt sich nicht. Er schließt die Augen.

»Da drüben«, wiederholt die Frau. »Sehen Sie es?«

Wieder öffnet sich der Mund des Jungen.

»Sie stehen auf der falschen Seite«, beharrt die Frau.

Noch immer schlägt der Junge die Augen nicht auf.

»Dieser Bus wird Sie nicht nach Ueno bringen.«

Wieder schwankt der Junge vor und zurück.

Sie wendet sich zu mir. »Er fährt in die falsche Richtung.«

Ich nicke. »Das macht wohl keinen Unterschied«, sage ich.

Ich marschiere die Straße entlang zum Haus der Nakamuras, gehe aber vorbei bis zur nächsten Ecke. Dort bleibe ich mit der schlechten Nachricht in dem Rucksack auf dem Rücken stehen und werfe einen Blick zurück. Ich mache kehrt und gehe zu dem Haus, warte kurz vor der Gittertür. Ich will sie öffnen, doch sie ist fest verschlossen. Ich klopfe, doch niemand antwortet. Wieder klopfe ich, lauter diesmal, und rufe: »Entschuldigung!«

»Wer ist da?« fragt Nakamura Mitsukos Vater.

»Inspektor Minami«, antworte ich. »Stadtpolizei.«

Ich höre seine Hausschuhe im *genkan.* Dann geht die Tür auf.

»Es tut mir leid, Sie stören zu müssen«, sage ich. »Aber ich habe Neuigkeiten ...«

Der Vater fragt nicht, welche Art von Neuigkeiten ich habe. Er fragt gar nichts. Er nickt nur einmal und bittet mich ins Haus.

Die Dinge, die ich gebracht habe. Die Dinge, die ich zurücklassen werde ...

Mir wird schlecht, als ich meine Stiefel ausziehe, mir ist übel, als ich ihm in das Empfangszimmer an der Vorderfront des Hauses folge, meinen Armeerucksack abstelle, mich Mitsukos Vater gegenüber auf die Tatami an den niedrigen Tisch setze, den Rucksack öffne.

Der Schmerz, den ich mitgebracht habe. Der Schmerz, den ich zurücklassen werde ...

Ich hole die verrottete braune Hose heraus. Dann die blassgelbe

Bluse. Schließlich ziehe ich die ovale Ammonitbrosche hervor. Ich lege die Sachen auf den Tisch vor ihn.

Nakamura Mitsukos Vater streckt die Hand aus.

Ich berichte ihm von dem Skelett im Wald …

Er nimmt die Brosche.

Ich erzähle ihm von den Zypressen …

Er drückt sie sich an die Brust.

Ich sage ihm, wo sie jetzt ist …

Er hält sie fest.

Bald wird sie daheim sein …

Er senkt den Kopf.

»Sie war meine einzige Tochter«, sagt er. »Danke.«

Ich setze mich auf einen Trümmerhaufen, nehme mir eine Zigarette und zünde sie an. Auf der anderen Straßenseite befinden sich Kasernenunterkünfte. Ich beobachte eine junge Frau, die einen Futon aus einem Fenster im zweiten Stock hängt. Ich sehe, wie sie den Futon mit einem Stock ausklopft und dabei Staub aufwirbelt. Ab und zu dreht sie sich um und spricht mit jemandem im Haus. Mit einem Lächeln auf den Lippen. Doch dann entdeckt die Frau, dass ich sie beobachte, sie zieht schnell den Futon hinein und schließt das Fenster. Ich sehe, wie sie aus dem Zimmer noch einmal zu mir herunterschaut, ein kleines Kind in den Armen, Hass und Furcht in ihrem Blick. Ich würde sie am liebsten fragen, wen sie denn mit einer solchen Verachtung und Furcht anschauen zu müssen glaubt, ich würde sie gerne fragen, warum sie sich erlaubt, so auf mich herabzusehen. Doch ich schaue weg. Ich blicke zu meinen Stiefeln, meinen Soldatenstiefeln hinunter. Etwa einen Meter von meinem rechten Stiefel entfernt liegt der Kadaver einer schwangeren Hündin. Der Bauch ist von irgendeinem anderen Tier aufgerissen worden. Halb verrottete, aber vollständig ausgebildete Junge sind aus ihrem Inneren gerissen und angenagt worden, sie haben den Boden mit einem tiefen, dunklen Blutrot getränkt. Ich stehe auf. Im Jahr des Hundes fege ich mit der Stiefelseite Erde und Staub über die schwarz vertrockneten Föten.

Masaki, Banzai! Vater, Banzai!

 Ton-ton. Ton-ton. Ton-ton. Ton-ton …

Ich gehe durch Kyōbashi, erreiche den maroden Bretterzaun, den riesigen Berg aus rostigem Eisen und die Hütte mit der Glastür und dem Blechdach. Hinter dem Zaun tragen zwei Männer in Arbeitskleidung, der eine klein, der andere groß, den kleinen Stuhl und die leeren Kisten aus der Hütte. Ich klettere durch die Öffnung im Zaun auf den Schrottplatz, nenne meinen Namen und frage, ob Kobayashi Sōkichi da ist.

In Sonne und Schatten, weiß und schwarz …

»Wissen Sie noch nicht?« fragt der Große. »Er ist gestern gestorben.«

»Herr Kobayashi ist tot?« vergewissere ich mich. »Wie ist er denn gestorben?«

»Er ist gestern Abend gegen 20.00 Uhr ums Leben gekommen«, antwortet der Mann. »Er ist in seinem Lastwagen unterwegs gewesen, um in Ōmiya Schrott zu holen, und auf dem Rückweg ist der Lastwagen auf einer schmalen Brücke umgestürzt. Kobayashi und der andere, der mitgefahren ist, sind umgekommen …«

»Ich habe gehört, einer der Lastwagen der Sieger hat ihn abgedrängt«, sagt der Kleine. »Sie konnten nicht ausweichen …«

»Das weißt du nicht«, sagt der Große, »das sind doch nur Gerüchte.«

»Sind es nicht«, entgegnet der Kleine. »Der Alte, der an der Brücke wohnt, hat das Ganze gesehen und bei der Polizei eine Aussage gemacht. Er hat gesagt, ein Konvoi von vier oder fünf Armeelastwagen sei auf diese Brücke zugefahren, es ist nur eine alte Holzbrücke, so schmal, dass zwei Fahrzeuge nicht aneinander vorbeikommen, und die Armeelastwagen hätten gehupt und Lichtsignale gegeben, aber Kobayashis Lastwagen sei schon fast auf der Brücke gewesen, er konnte nicht mehr zurück, und die Amerikaner seien zu schnell gefahren. Und dann hätte es so ausgesehen, meinte der Alte, als habe Kobayashi noch an den Rand fahren wollen, doch der erste Armeelastwagen, der über die Brücke gefahren sei, habe Kobayashi gestreift und den Lastwagen direkt die Böschung hinuntergeschoben …«

»Und das alles hat er der Polizei in Ōmiya erzählt?« frage ich.

»Ja«, antwortet der Kleine. »Aber die Polizei meinte, da könnten sie nichts machen, nicht bei den Shinchū Gun.«

Ich schüttle den Kopf. Ich danke ihnen, dass sie mir den Vorfall in allen Einzelheiten berichtet haben. Dann frage ich, ob ich für einen Augenblick in die Hütte gehen dürfe.

Sie nicken. »Wir sind nur hier, um aufzuräumen.«

Ich gehe in die Hütte. Die alte Ansichtskarte des Itsuku-shima-Schreins hängt noch immer an der Wand. Der eingetopfte Sakaki-Strauch steht noch immer auf dem *butsudan* vor den drei gerahmten Fotos; den drei Fotos und nun noch einer kleinen brennenden Kerze …

»Vielleicht ist er schon ein Geist …«

Ich kniee vor dem *butsudan* und erstatte Bericht …

Den drei Fotos und der brennenden Kerze …

Ich sage ihnen, dass ich Gerechtigkeit für Hiroko erlangt habe.

Ich verspreche ihnen, dass es Vergeltung geben wird.

Ich stehe wieder auf, nehme die alte Ansichtskarte von der Wand und drehe sie um. Sie stammt von Hiroko.

Ein Schulausflug in glücklicheren Zeiten …

Ich stecke mir die Ansichtskarte in die Jackentasche, verlasse die Hütte, trete in die Sonne hinaus auf den Schrottplatz, wo die beiden Männer sich noch immer unterhalten; der Große sagt: »Da machst du alles durch, was er durchgemacht hat, überlebst alles, den Krieg, die Bomben, die Brände, du überlebst das alles und stirbst dann bei einem Verkehrsunfall …«

»Das ergibt alles keinen Sinn, oder?« meint der Kleine.

»Na ja, wenn deine Zeit gekommen ist …«

Ich bedanke mich erneut bei ihnen, klettere durch die Öffnung im Zaun hinaus auf die Straße. Ich sehe, wie die Gebäude in die Höhe wachsen, die Büros und Geschäfte, und ich denke an Kobayashis Sohn, der noch immer am Amur Holz hackt, nichts davon weiß, dass sein Vater letzten Abend um 20.00 Uhr bei einem Verkehrsunfall ums Leben gekommen ist, nichts davon, dass seine Tante gestorben ist, nichts davon, dass seine Cousine vergewaltigt und ermordet worden ist, nichts davon, dass es besser wäre, tot zu sein …

Ton-ton. Ton-ton. Ton-ton …

Es juckt und ich kratze mich. *Gari-gari.* Ich bin völlig ausgehungert. Ich brauche etwas zu trinken und eine Zigarette. Ich gehe über einen Markt und bleibe vor einem Stand stehen, an dem eine junge Frau Süßkartoffeln verkauft. Erst starre ich die Kartoffeln an, dann die Frau.

Ihre sonnenverbrannte Haut, ihren kurzen Rock …

Die Frau sitzt mit übereinandergeschlagenen Beinen auf einer Holzkiste, der ausgefranste Saum ihres Rocks ist hochgerutscht.

»Willst du mir nur unter den Rock schauen, alter Mann?« fragt sie. »Oder kaufst du auch eine Kartoffel …?«

Ich werde rot und schaue weg.

Die Frau steht auf. Sie wischt sich über Gesicht und Nacken, schaut mich an und lacht.

»Na, komm schon. Sie kosten auch nur zwei Yen.«

Ich nehme das Geld aus der Tasche und gebe es ihr.

»Bedien dich«, sagt sie lachend.

Ich nehme mir eine Süßkartoffel und gehe weiter. Es juckt und ich kratze mich. *Gari-gari.* Ich schaue zu der Frau zurück, doch die hat sich bereits wieder hingesetzt und die Beine übereinandergeschlagen.

Ihre sonnenverbrannte Haut, ihr kurzer Rock …

Jetzt sehe ich ihn; ich sehe ihn in der Menge, zwischen den Ständen; der Junge in den dreckigen Lumpen, sein Gesicht und seine Hände von Blasen und Pusteln übersät. Er weint Eiter und Tränen. Ich gehe durch die Menge, an den Ständen vorbei. Wieder schaue ich zurück. Wieder sehe ich ihn in der Menge.

Er folgt mir …

Ich gehe weiter. Ich bin völlig ausgehungert. Ich brauche etwas zu trinken und eine Zigarette. Es juckt und ich kratze mich. *Gari-gari.* Ich gehe um eine Ecke und um die nächste. Ich werfe einen Blick zurück, aber ich kann ihn nicht mehr sehen. Ich bleibe stehen, setze mich mitten in den Schutt, auf einen weiteren Trümmerhaufen. Ich beiße in die Kartoffel.

Sie ist kalt …

Aber mir kommt sie heiß und frisch vor. Ein Schatten fällt mir über das Gesicht und die Hände, ich blicke auf. Der Junge in seinen Lumpen steht vor mir.

Er zeigt ...

Sein Bauch ist vor Hunger aufgebläht, seine Knochen treten hervor, er stinkt nach verfaulten Aprikosen. Er hebt die Hand und zeigt mit dem Finger auf mich.

Seine gelben Augen sind tiefrot, dunkelrot, blutrot ...

Ich breche die Süßkartoffel entzwei, will ihm eine Hälfte geben, doch der Junge schnappt sich die ganze Kartoffel, wirft mir mit der anderen Hand Dreck ins Gesicht.

Dann macht er kehrt und rennt los ...

Rennt weinend und lachend davon ...

Tränen und Eiter, *ha, ha, ha, ha ...*

Vater, Banzai!

Ich klopfe an die Tür des alten hölzernen Reihenhauses in Kitazawa, nicht weit entfernt vom Bahnhof Shimo-Kitazawa. Niemand antwortet. Ich klopfe erneut. Immer noch keine Antwort. Ich versuche, die Tür zu öffnen. Sie ist nicht versperrt. Ich öffne sie.

Stille. Ich betrete den *genkan.* In der Küche ist niemand.

»Entschuldigung«, rufe ich, »Herr Murota? Entschuldigung?«

Keine Antwort, nur Stille ...

Ich ziehe die Stiefel aus und betrete das Haus. Ich gehe über die alten Tatamis, schiebe den zerschlissenen Vorhang beiseite, der das Erdgeschoss teilt. Nichts als schale Luft und Schatten ...

Nichts als Schatten ...

Ich gehe die steile, schmale Treppe hinauf. Es gibt zwei Zimmer, eines geht nach hinten, das andere nach vorn. Das Vorderzimmer ist das größere. In einer Ecke steht eine Kommode auf den schmutzigen Tatamis. Ich ziehe die Schubläden auf. Sie sind leer. Das Fenster im Hinterzimmer ist offen gelassen worden. Moskitos schwirren umher. Auch der Wandschrank ist leer ...

Nichts als Schatten ...

Ich gehe die Holztreppe hinunter, zurück durch den zerschlissenen Vorhang. Ich bleibe in der Küche stehen. Auch hier summen die Moskitos. In der Luft hängt alter Küchengeruch. Murota Hideki und die Frau, die sich Tominaga Noriko nannte, sind lange fort.

Niemand ist der, der er zu sein scheint …

Ich setze mich an den niedrigen Holztisch. Ich ziehe eine der beiden Armbanduhren aus der Tasche, drehe sie in der Hand und halte sie ans Licht. Ich lese die Gravur.

Tominaga Noriko …

Ich lege die Uhr auf den Tisch …

Ich nehme mein Notizbuch …

Ich lecke meinen Bleistiftstummel an …

Im Dämmerlicht …

Ich schreibe immer und immer wieder …

Meinen Namen …

Immer und immer wieder …

Meinen Namen.

Der Himmel ist dunkelgrau. *Sie nicht.* Die Luft ist schwer vor Angst und Hitze. *Sie nicht.* Äste und Blätter hängen tief. *Sie nicht.* Die Straßenstände sind mit Strohmatten verhängt. *Sie nicht.* Männer und Frauen kauern im Schutt, schauen zum Himmel hinauf und fächern sich Luft zu. *Sie nicht.* Jeeps und Lastwagen mit riesigen weißen Sternen auf den Türen und hochgerollten Ladeplanen rollen vorbei. *Sie nicht.* Hinten auf den Jeeps und in den Lastwagen sitzen Männer mit weißen Gesichtern und Männer mit schwarzen Gesichtern. *Sie nicht.* Sie halten Gewehre in den Händen oder auf den Knien. *Sie nicht.* Sie lächeln und lachen. *Sie nicht …*

Auf Sie haben wir nicht gewartet …

Sie suchen nach mir, in den Zügen, auf den Bahnhöfen, aber ich habe sie zuerst gefunden, hier, wo sie mich am wenigsten erwarten, hier auf dem Revier Atago. Ich stehe auf der anderen Straßenseite und warte. Ich beobachte das Kommen und Gehen und warte. Ich warte, bis ich Inspektor Nishi sehe, dann setze ich mich in Bewegung.

Nishi geht allein auf der Straße …

Zehn schnelle Schritte, und ich bin hinter ihm.

Ich drücke ihm die Pistole in die Rippen.

Augen im Hinterkopf.

»Hier entlang«, sage ich und zwinge ihn, sich umzudrehen und über die Straße zu gehen, sich zwischen die Bäume zu stellen, hier inmitten von Unkraut und Schuttbergen, neben dem schwarzen Ölfass voller Asche und Überreste, eine Armeepistole in den Bauch gedrückt …

Er sieht schlimm aus, hat noch immer nicht geschlafen …

Ich schaue in einen Spiegel …

»Wo sind sie alle?« frage ich ihn.

Nishi starrt die Pistole vor seinem Bauch an. »Sie feiern.«

»Was denn?«

»Einen abgeschlossenen Fall.«

»Welchen?«

»Kodaira.«

»Sie konnten also nicht mal abwarten, dass ich aus Tochigi zurückkomme. Sie konnten nicht mal warten, bis sie die Beweise sehen, die ich gefunden habe, und meinen Bericht lesen. All die anderen waren ihnen vollkommen egal, richtig?«

Es hat noch weitere Opfer gegeben …

»Aber die suchen doch nach Ihnen, das wissen Sie doch, oder?« fragt Nishi zurück und starrt noch immer die Pistole vor seinem Bauch an. »Sie sollten nach Daimon gehen und sich der Feier anschließen. Sie sollten mit Kita reden, bevor es zu spät ist …«

»Halten Sie den Mund!« herrsche ich ihn an. »Es ist bereits zu spät.«

Nishi schüttelt den Kopf. »Nein, ist es nicht.«

Lügner! Lügner! Lügner! …

»Halten Sie den Mund!« wiederhole ich. »Beantworten Sie meine Fragen …«

Inspektor Nishi senkt den Kopf und nickt.

»Was ist mit Inspektor Fujita geschehen?« frage ich ihn.

Nishi blickt auf. »Das wissen Sie nicht?«

Ich drücke ihm die Pistole noch fester in den Leib. »Spucken Sie es aus!«

»Man hat seine Leiche im Shiba-Kanal gefunden«, antwortet Nishi. »Hände und Füße an die Rückseite einer Tür genagelt, kopfunter ertrunken, genau …«

»Genau wie Hayashi Jo«, sage ich.

Wieder nickt Nishi: »Ja.«

»Und wer hat den Fall übernommen?« frage ich.

»Hauptkommissar Adachi.«

Ich verfluche ihn. Ich verfluche ihn …

»Und wer hat nach der Meinung Ihres Hauptkommissars Fujita umgebracht?«

»Der Hauptkommissar glaubt, Fujita sei irgendwie in die Sache mit Nodera Tomiji und die Ermordung von Matsuda Giichi verwickelt gewesen. Hayashi Jo habe wohl versucht, Fujita zu erpressen, also habe Fujita ihn getötet, um ihn zum Schweigen zu bringen; dann habe wohl Senju Wind davon bekommen und Fujita umbringen lassen.«

»Das ist kein Problem … Das wird das reinste Vergnügen …«

»Und ich?« frage ich. »Was sagt er über mich?«

Nishi schüttelt den Kopf und sagt: »Nichts …«

Ich hebe die Pistole bis direkt vor seine Augen, bis zu der Stelle zwischen seinen Augen, und sage: »Ich glaube dir nicht. Du lügst …«

»Aber das ist die Wahrheit!« fleht Nishi. »Bitte …«

»Und was ist mit Ishida?«

»Was soll mit Ishida sein?«

»Was hat Adachi über Ishida gesagt?« frage ich. »Wie passt Inspektor Ishida in das ganze Bild?«

Nishi schüttelt den Kopf: »Ich habe keine Ahnung.«

»Ishida hat die ganze Zeit für Adachi gearbeitet«, erkläre ich.

Doch Nishi schüttelt noch immer den Kopf: »Davon weiß ich nichts …«

»Adachi hat uns durch ihn bespitzeln lassen, mich, dich, alle.«

»Ich weiß nicht, wovon Sie sprechen …«

»Und vielleicht ist das jetzt Ihre Aufgabe, wo Ishida nicht mehr da ist.«

»Nicht mehr da? Und was soll mit mir sein?«

»Ishida kommt nicht zurück.«

»Wo ist er?«

»In der Hölle«, antworte ich.

Nishi starrt den Lauf der Waffe an. Er schwitzt. »Das ist eine Sache zwischen Ihnen und Ishida. Das hat doch nichts mit mir zu tun«, fleht er mich an. »Bitte …«

»Hat Adachi dir Anweisungen gegeben, was du zu mir sagen sollst?«

»Gar nichts hat er mir gesagt!« schreit Nishi.

Ich halte ihm den Lauf an die Stirn.

»Nichts!« schreit Nishi wieder.

Ich drücke den Lauf an seine Stirn.

»Adachi versucht, Ihnen zu helfen«, schreit Nishi, »Sie zu retten!«

»Du Lügner! Lügner!« flüstere ich und drücke ab. *Klick.*

»Nein! Nein!« schreit Nishi. »Das ist die Wahrheit …«

»Adachi hat Ishida geschickt, um mich umbringen zu lassen!« sage ich und drücke wieder ab. *Klick. Klick.*

Nishi fällt auf die Knie …

Klick. Klick.

Nishi auf Knien …

»Bitte, nein …«

Ich lasse die Pistole sinken, nehme mein Notizbuch aus der Jackentasche, beuge mich vor, hebe sein Gesicht hoch, halte ihm das Notizbuch vor die Nase und zwinge ihn, den Mund aufzumachen.

Ich stopfe ihm das Notizbuch in den Mund.

»Da steht die Wahrheit drin«, sage ich. »Meine Wahrheit …«

Im Dämmerlicht, zwielichtige Dinge …

»Lies das, und präge es dir ein!«

Die Bordsteinschwalben unter den Gleisen sind heute Nacht früh dran. *Asobu? Asobu?* In ihren gelb und dunkelblau gestreiften Trägerkleidern. Sie haben Radio gehört, Zeitung gelesen und mitbekommen, dass sich ein Taifun nähert. *Asobu? Asobu?* In ihren weißen, kurzärmligen Blusen. Sie wissen, dass später keine Geschäfte mehr zu machen sind, wegen des Sturms und des Regens. *Asobu? Asobu?* In ihren rosa gefärbten Söckchen. In ihren weißen Leinenschuhen mit den roten Gummisohlen. *Asobu? Asobu?* Aber sie versuchen nicht, nach meiner Hand zu greifen.

In ihren gelb und dunkelblau gestreiften Trägerkleidern …

Heute Nacht versuchen sie nicht, mich in den Schatten zu locken.

»Verschwinde!« kreischen sie. »Hau ab!«

Sie schauen mir in die Augen, senken die Blicke.

»Wir machen es nicht mit Toten! Wir machen es nicht mit Geistern!«

Potsu-potsu, es fängt an zu regnen, dicke, heiße Tropfen prasseln auf Töpfe und Pfannen; *Potsu-potsu* schlägt es einen grausamen Rhythmus auf das Geschirr und die Kochutensilien; die Standbesitzer, die noch immer auf dem Shimbashi-Markt sind, beeilen sich, die Kleider und Schuhe abzudecken; *Potsu-potsu* auf Bratöl und Sojasauce; Leinwände und Strohmatten werden hervorgeholt …

Potsu-potsu, das selbst das »Apfellied« übertönt …

»Wenn zwei mitsingen, ist es ein fröhliches Lied …«

Potsu-potsu auf die gemusterten Hemden und amerikanischen Sonnenbrillen der Schlägertypen, die die Treppe zu Senju Akiras Büro bewachen, mich nach einem Revolver oder einem Messer abtasten, nur einen kurzen Blick in meinen alten Armeerucksack werfen.

Potsu-potsu fällt der Regen auf das Wellblechdach über dem Treppenhaus.

Potsu-potsu auf den blauäugigen Siegersoldaten, der die Treppe herunterkommt und mir zuzwinkert.

»Guten Abend …«

Ich drücke mich an ihm vorbei und gehe die Treppe zum Büro hinauf; *potsu-potsu* …

Senju Akira sitzt im Schneidersitz vor seinem niedrigen, polierten Tisch; wieder ist sein Oberkörper nackt, die Hose an der Taille aufgeknöpft, wieder hat er Revolver und Kurzschwerter auf den Tisch vor sich gelegt.

Senju Akira bereitet sich auf einen Krieg vor, einen neuen Krieg …

Ich stelle meinen Rucksack ab. Auf den Tatamis verbeuge ich mich tief.

»Irgendwo ist immer Krieg«, erklärt Senju.

Ich halte das Gesicht am Boden und erwidere nichts darauf.

»Zu Hause oder in Übersee«, fährt er fort. »Immer ist Krieg, immer gibt es daraus Profit zu schlagen für die Starken und Wagemutigen unter uns!«

Ich hebe den Kopf. »Immerzu Krieg …«

»Der große Matsuda Giichi hat mich das gelehrt«, fährt Senju fort. »Er gehörte zu den Ersten, die die Chancen ergriffen, die sich auf dem Kontinent boten; erst ging er nach Shanghai, dann nach Dairen. Er hat Geld verdient. Er hat investiert. Ins Transportwesen. In die Industrie. Mit allen Kräften unterstützte er die Kantō-Armee im nördlichen Manchukō. Die Armee hat das zu würdigen gewusst und ihn reichlich entlohnt. Aber als er im 16. Jahr Shōwa heimkehrte, ist er da vielleicht für all das, was er für die japanische Armee, für das Kaiserreich getan hat, entlohnt worden?«

Ich schüttle den Kopf. »Nein …«

»Nein!« erbost sich Senju. »Dieser Mann, der Eisenbahnen gebaut hat für die japanische Armee, der Nachschub organisiert hat, damit die japanische Armee vorwärtskam, und das Kaiserreich im Auftrag des Kaisers beschützte, wurde dieser Mann bei seiner Rückkehr vielleicht willkommen geheißen?«

Ich schüttle den Kopf. »Nein …«

»Schlimmer als das!« poltert Senju. »Keine Paraden. Keine Orden. Keine Ehre. Stattdessen haben sie ihn wegen tätlichen Angriffs ins Gefängnis gesteckt!«

Wieder senke ich den Kopf und schweige.

»Aber wurde dieser große Mann besiegt?« schreit Senju. »Hat man diesen großen Mann kleinbekommen?«

»Nein …«

»Natürlich nicht!« lacht Senju. »Matsuda Giichi organisierte die Häftlinge, er beschützte sie und half ihnen, ganz gleich, was sie getan hatten oder woher sie kamen. Er wurde ihr Anführer. Und als er entlassen wurde, kam jeder Einzelne der Männer, denen er im Knast geholfen hatte, jeder Einzelne kam zu ihm, bedankte sich und schwor ihm lebenslange Treue.

Ich war einer von ihnen!«

»Ich weiß …«

»In der Niederlage …«

»Ich weiß …«

»So kam Matsudas Bande zusammen«, fährt Senju fort. »Aus der Asche seiner eigenen Niederlage erstand Matsuda erneut. Einen Mann wie Matsuda Giichi kann man nicht besiegen. Man kann ihn nicht kleinhalten. Denn Matsuda Giichi war ein wagemutiger Mann. Und er hatte eine Vision.«

Ich sage nichts und halte den Kopf gesenkt.

Bis Senju sagt: »Aber du, du bist blind. Du bist ein geschlagener Mensch! Besiegt!«

Noch immer entgegne ich nichts. Ich warte.

Chiku-taku. Chiku-taku. Chiku-taku …

Senju Akira legt ein Bündel Geldscheine auf den Tisch. Er legt einen Beutel Tabletten daneben. Ich beuge mich vor.

Ich verfluche mich. Ich verfluche mich …

Ich verbeuge und bedanke mich.

Und ich verfluche ihn …

Doch Senju schiebt Geld und Tabletten gerade weit genug beiseite, dass ich nicht herankomme, und sagt: »Wenn du Adachi umbringst, bekommst du das alles, und das hier auch …«

Ishida murmelt etwas über Fujita. Ishida stöhnt etwas von Senju …

Er hält eine Akte in der einen und ein Blatt Papier in der anderen Hand; die Akte Miyazaki Mitsuko und meine Ausmusterungspapiere …

»Das Ende eines Lebens und Beginn eines neuen …«

Ich verfluche ihn, ich verfluche ihn und mich selbst …

»Wie kommen Sie an die Akte?«

»Das habe ich dir doch schon gesagt«, antwortet Senju augenzwinkernd. »Die einen sind im Bilde, die anderen nicht.«

Ich schaue zu Boden.

Und ich verfluche ihn …

»Diesen Gefallen noch, dann kannst du verschwinden«, lächelt Senju. »Du kannst die Akte verbrennen, diese Papiere ausfüllen, und dann geht das Leben weiter. Ein neuer Name in einer neuen Stadt mit einem neuen Leben. Ein neues Leben unter den Lebenden, Minami. Eine dritte, allerletzte Chance!«

Ich verbeuge mich tief und danke ihm.

Und ich verfluche mich selbst …

Senju wirft ein wenig Bargeld vor mein Gesicht auf die Matte. »Erledige das, und du bekommst den Rest. Aber beeil dich, bevor du von der Abteilung Öffentliche Sicherheit geschnappt wirst …«

Ishida lügt, und er lügt über Adachi …

Ich nicke, packe meinen Rucksack, rutsche auf Händen und Knien rückwärts zur Tür.

Ha, ha, ha! Hi, hi, hi …

Senju lacht mich aus und fragt: »Und mir hast du keine Andenken aus Tochigi mitgebracht? Das ist nicht sehr aufmerksam…«

»Es tut mir leid«, sage ich und verbeuge mich.

Aber Senju hat zu viel gesagt …

Auf Händen und Knien …

Er hat zu viel gesagt …

Ich stehe auf.

Auf jedem Bahnhof, auf jedem Gleis, in jedem Zug, in jedem Wagen. *Zā-zā, zā-zā.* Der Regen stürzt in Wänden aus blankem weißem Wasser zu Boden und ergießt sich über die Gleise, er prasselt von den Regenschirmen auf den Bahnsteig in Shimbashi. *Zā-zā, zā-zā.* Die Scheinwerfer des Zuges nach Shinjuku nähern sich, das Schieben und Drücken beginnt, durch die Regenschirme wird das Durcheinander nur noch schlimmer, dazu das Gewirr der Bündel und Gepäckstücke, die alle bei sich haben. *Zā-zā, zā-zā.* Ich drücke mich voran und dränge mich hinein. *Zā-zā, zā-zā.* Ich habe Nahrungsmittel im Rucksack. Ich habe Geld in der Tasche.

Aber Senju hat zu viel gesagt …

Der Zug rührt sich nicht, die Türen schließen sich nicht, also gibt es weiteres Gedränge und Geschiebe, und einer fragt den anderen: »Entschuldigung, kann ich das hier neben Ihre Tasche stellen?«

»Da ist doch kein Platz mehr, oder?« zischt der andere und schaut zu seinem Rucksack in der Gepäckablage hinauf.

Die Türen schließen, der Zug fährt ab. *Zā-zā, zā-zā.* Es juckt und ich kratze mich. *Gari-gari.* Wir kriechen über die Gleise durch den Regen und werden hin und her geschaukelt. *Zā-zā, zā-zā.* In Hamamatsu-chō und Shinagawa steigen einige Passagiere aus, aber genauso viele drängen wieder hinein. Aber ich sehe die Passagiere nicht mehr. Ich sehe ihre Bündel und ihr Gepäck nicht mehr. *Zā-zā, zā-zā.* Ich sehe den ganzen Zug nicht mehr. *Zā-zā, zā-zā.* Es juckt nicht mehr und ich kratze nicht. *Zā-zā, zā-zā.* Ich schließe die Augen.

Zā-zā, zā-zā. Zā-zā, zā-zā …

Ich bin gar nicht hier.

Ich hocke im Schneidersitz auf einer Pritsche, eine blutbefleckte Schriftrolle an der Wand über meinem Bett. Mein Kopf ist kahl rasiert, mein Unterleib bandagiert.

Ich besitze keinen Regenschirm und keinen Regenmantel; ich habe mir meinen Hut fest auf den Kopf gesetzt und meine Jacke darübergezogen und renne an den schiefen, nutzlosen Telegrafenmasten vorbei die Straße entlang zu meinem Stammlokal, das auf halbem Weg zwischen dem Bahnhof Mitaka und meinem eigenen Haus liegt.

Die Laterne schwingt in Regen und Sturm.

Ha, ha, ha! Hi, hi, hi! Ho, ho, ho!

Ich ziehe das Laken beiseite, das in einer Nacht wie dieser als Tür dient, und die Witze und das Lachen ersterben abrupt. *Tot.* Keine Witze mehr. Kein Lächeln, kein Lachen. Alle starren mich an und schauen dann zum Wirt hinter der Theke hinüber.

Ich kümmere mich nicht um sie. Ich schüttle mir den Regen von meiner Jacke und dem Hut. Ich setze mich an den Tresen.

Ich bestelle *yakitori* und Sake.

»Es waren wieder ein paar Männer hier«, sagt der Wirt. »Sie haben nach Ihnen gefragt.«

»Wer?« frage ich ihn. »Gute oder Böse?«

»Was meinen Sie damit, Gute oder Böse?« entgegnet der Wirt. »Woher soll ich das wissen? Sagen Sie es mir. Ich weiß nur, dass sie nicht sehr freundlich waren und nach Ihnen gefragt haben …«

»Das tut mir leid«, sage ich. »Ich möchte nicht, dass Sie sich ängstigen …«

»Ich bin nicht verängstigt«, entgegnet der Wirt. »Aber ich will keinen Ärger mit den Siegern, ich will keinen Ärger mit den Banden, und ich will auch keinen Ärger mit korrupten Polizisten …«

Ich ziehe etwas Geld aus der Tasche, lege es auf den Tresen und sage: »Ich weiß, ich habe Schulden bei Ihnen gemacht.«

Schulden bei den Toten …

Der Wirt nimmt das Geld, drückt es mir in die Hand und schließt meine Finger darum.

»Ich will Ihr Geld nicht, und ich will Sie nicht als Gast. Wir sind quitt, aber denken Sie daran, Sie sind hier nicht länger willkommen.«

»Idiot!« brülle ich und stürme aus diesem Drecksloch von Bar.

Ich gehe meine Straße entlang und verfluche ihn immer und immer wieder …

»Idiot! Idiot! Idiot! Idiot! Idiot!«

In Regen und Wind, immer und immer wieder …

»Idiot! Idiot! Idiot! Idiot!«

Hut fest auf dem Kopf, Jacke darübergezogen …

»Idiot! Idiot! Idiot!«

Ich kratze und kratze und kratze …

Gari-gari. Gari-gari. Gari-gari …

»Idiot! Idiot!«

In Regen und Wind. *Idiot …*

Auf Händen und Knien …

Idiot. Vor dem Tor …

Dieser Idiot …

Das Tor vor meinem Haus ist verschlossen. Ich öffne es. Die Haustür ist zu. Ich öffne sie. Im Haus ist es dunkel und still. Ich stehe im *genkan.*

Verrottende Tatamis, kaputte Türen, eingefallene Wände …

Das Haus schläft noch, immer schläft es …

Ich wische mir über Gesicht und Nacken …

Im Haus riecht es nach den Kindern …

Ihre Schuhe zeigen zur Tür …

Es riecht nach Schmerzen …

»Ich bin zu Hause …«

Aus der Küche kommt meine Frau mit rußverschmiertem Gesicht, sie wischt sich den Staub von der abgetragenen Hose.

Sie lächelt: »Willkommen …«

Daheim. Daheim. Daheim. Daheim. Daheim …

Ich habe Kirschen mitgebracht, Kirschen für meine Kinder, die Stiele zu einem Halsband geflochten, trage ich sie um den Hals.

Daheim. Daheim. Daheim. Daheim …

Ich will nie wieder fort …

Daheim. Daheim. Daheim …

Ich schließe die Augen …

Daheim. Daheim …

Jetzt bin ich …

Daheim.

14.

28. AUGUST 1946

Tokio, 26°C, Regen

Nacht ist wieder Tag. Ich schlage die Augen auf. *Kein Schlaf.* Nacht ist Tag. Ich höre den Regen fallen. *Keine Tabletten.* Nacht ist Tag. Ich sehe die Sonne.

Ich will mich nicht erinnern. Ich will mich nicht erinnern …

Ich trete aus der Sonne in den Schatten. *Ermittlungsarbeit ist Fußarbeit.* Ich gehe erneut den Hügel hinauf zum Tatort. *Ein guter Ermittler sucht den Tatort hundert Mal auf …*

Der Tatort. *Außer Sichtweite.* Das weiße Morgenlicht hinter den schwarzen Bäumen des Shiba-Parks. *Die Leichen.* Die schwarzen Bäume, die so viel gesehen haben. *Im hohen, hohen Gras.* Die schwarzen Äste, die so viel ertragen haben. *Die toten Blätter und das Unkraut.* Die schwarzen Blätter, die wieder nachgewachsen sind. *Die Jugend eines anderen Landes.* Um zu wachsen, zu Boden zu fallen, erneut zu wachsen. *Die Toten eines anderen Landes …*

Ich lasse den Tatort hinter mir. *Ein anderes Land.* Ich stehe unter dem Schwarzen Tor. *Ein anderes Land …*

Im Dämmerlicht kann ich nicht vergessen …

Endlich ist es so weit. Ich ziehe morgen an die Front. Frau und Familie wachen früh auf und gehen in den Shiba-Park. Im Innenhof des Zōjōji-Tempels hat sich eine große Menschenmenge versammelt, um Abschied zu nehmen. Sie verlassen den Hof und bahnen sich einen Weg durch die Schüler, die einen Ausflug hierher unternommen haben, um sich vor dem Schwarzen Tor aufzustellen. Mein Sohn hält eine kleine Flagge in der Hand, meine Tochter auch. Meine Eltern sind hier. Freunde aus der Schule, Kameraden aus meinem Baseballverein an der Oberschule, Kollegen, mit denen ich das Studium beendet habe; sie alle halten große Banner in die Höhe, auf allen Bannern prangt mein

 Name, sie alle stehen vor dem Schwarzen Tor. Die Glocke schlägt 12.00 Uhr, Rufe erschallen, als mein Lastwagen kommt und vor dem Tor hält. Ich springe von der Ladefläche des Nissan. Ich schaue in die Menge hinaus, hinauf zu den Bannern und Fahnen, und salutiere. Das Signal zur Abfahrt ertönt …

Niemand ist der, der er zu sein vorgibt. Niemand …

Unter dem Schwarzen Tor. *Ein anderes Land.* Tag ist wieder Nacht. *Ein anderes Land.* Riesige verkohlte Bäume mit den Wurzeln zum Himmel. *Eine andere Welt.* Nichts, nur die Ruine des alten Schwarzen Tores. *Eine andere Zeit.* Verkohlte Äste, abgefallenes Laub. *Ein anderes Land.* Hier stehe ich unter den dunklen Dachvorsprüngen des Tors. *Eine andere Welt.* Wir haben die Hölle gesehen. *Ein anderes Jahrhundert.* Wir haben den Himmel gekannt. *Eine andere Zeit.* Wir haben das letzte Urteil gehört. *Im Dämmerlicht.* Wir haben den Sturz der Götter miterlebt. *Ich kann nicht vergessen.* Nacht ist Tag, Tag ist Nacht. *Im dämmrigen Licht.* Schwarz ist weiß, weiß ist schwarz …

Aber ein guter Ermittler weiß, dass nichts zufällig ist …

Unter dem Schwarzen Tor wartet der streunende Hund …

Der Ermittler weiß, dass im Chaos Ordnung verborgen ist …

Ohne Heim, ohne Herr …

Er weiß, dass im Chaos die Antworten verborgen liegen …

Der Streuner hat keine Beine …

Antworten, Antworten …

Der Hund ist tot.

Ich hebe mir meine Tochter auf den Rücken und nehme meinen Sohn an der Hand. Ich führe sie den Gartenpfad und die Straße entlang, damit wir am Postamt Schlange stehen, in der Hoffnung, dass die Veteranenpension eingetroffen ist und wir den letzten unserer Pfandbriefe in Bargeld einlösen können.

Die Schlange bewegt sich langsam vorwärts. Die Bank vor dem Postamt wird frei. Ich setze meine Kinder auf die Bank neben einen alten Mann, der nach Schnaps stinkt. Er zwinkert meiner Tochter zu und lächelt meinen Sohn an. Dann wendet er sich an mich, hält mir einen Auszahlungsschein hin und bittet: »Würden Sie den für mich ausfüllen?«

Ich nicke. »Über welche Summe?«

Der Alte schlägt sein Postsparbuch auf und sagt: »Vierzig Yen werden heute wohl ausreichen.«

Ich trage die vierzig Yen auf dem Auszahlungsschein ein, dazu die Nummer des Sparkontos und die Adresse.

Dann schreibe ich den Namen dazu.

Ein Frauenname.

Ich gebe dem Alten den Auszahlungsschein und das Sparbuch zurück, und er bedankt sich.

Die Schlange bewegt sich weiter voran. Ich hebe Tochter und Sohn von der Bank. Wir folgen dem Alten ins Postamt. Der Alte reicht den Auszahlungsschein einem der Schalterbeamten, und wir tun dasselbe am Schalter daneben.

Dann setzen wir uns wieder hin und warten.

Der Alte zwinkert meiner Tochter wieder zu und lächelt meinen Sohn an.

Dann ruft der Beamte am Auszahlungstisch den Namen aus.

»Und Sie sind Yamada Hanako?« fragt er.

Niemand ist der, der er zu sein vorgibt …

»Nein«, antwortet der Alte. »Das ist meine jüngste Tochter.«

Der Beamte zuckt mit den Schultern. Er zählt vierzig Yen ab, reicht dem Alten das Geld und ermahnt ihn: »Das nächste Mal sollte sie lieber selber kommen.«

Der Alte nickt, bedankt sich und geht an uns vorbei.

Er zwinkert und lächelt wieder.

»Sie kann nicht selber kommen«, flüstert er. »Sie ist tot.«

Der Beamte am Zahltisch ruft meinen Namen auf.

Er reicht uns unser Geld, und ich bedanke mich.

Niemand ist der, der er zu sein scheint …

Ich hebe mir die Tochter auf den Rücken und nehme meinen Sohn bei der Hand. Im Dämmerlicht gehen wir die Straße und dann den Gartenpfad entlang, ich bringe die beiden in den *genkan*, wo sie mich beobachten, wie ich mich verabschiede.

Ich verabschiede mich und richte ihre Schuhe nach der Tür aus.

»Bitte geh nicht, Vater«, sagt meine Tochter.

»Ich muss wieder zur Arbeit«, erkläre ich ihr.

»Aber nicht heute Abend«, fleht mein Sohn.

Meine Frau kommt aus der Küche, ihr Gesicht ist ganz erhitzt vom Kochen, sie wischt sich Wassertropfen von der Hose.

»Lasst euren Vater zur Arbeit gehen«, sagt sie.

Ich streiche über ihre Köpfe und sage: »Auf Wiedersehen.«

»Bitte vergiss uns nicht«, rufen mir meine Kinder nach. »Bitte vergiss uns nicht, Vater…«

Vater, Banzai …

Ich gehe den Pfad hinunter durch das Tor und die Straße entlang.

Ich will mich nicht erinnern. Ich will mich nicht erinnern …

Ich drehe mich nicht um. Ich kann nicht.

Aber im Dämmerlicht kann ich nicht vergessen …

Ich gehe nicht in die Arbeit zurück.

Niemand ist der, der er zu sein scheint …

Heute Nacht gehe ich zu ihr.

Nacht ist wieder Tag. *Es hat noch andere gegeben.* In den Ruinen, im Regen. *Es hat noch andere gegeben.* Die Kinder beobachten mich, die Hunde beäugen mich. *Es hat noch andere gegeben.* Ich rauche eine Zigarette und lese die Zeitung.

Frauenschänder gesteht den Mord an vier Frauen

Kodaira Yoshio (41), ein sadistischer Frauenschänder, der von der Polizei im Zusammenhang mit der Schändung und Erdrosselung von Ryuko, der sechzehnjährigen Tochter von Midorikawa Isaburo aus Meguro, befragt worden war, hat auch den Missbrauch und die Ermordung dreier weiterer junger Frauen im vergangenen Jahr gestanden.

Am 15. Juli letzten Jahres, so gab der Wäschereiangestellte zu, habe er Kondo Kazuko (22) in der Präfektur Saitama umgebracht, als sie sich dort aufhielt, um Nahrungsmittel einzukaufen. Er habe das Mädchen, das keinerlei Verdacht schöpfte, mit dem Versprechen in den Wald gelockt, ihr einen guten Ort zu zeigen, wo sie einkaufen könne.

Am 28. September desselben Jahres tötete Kodaira Matsushita Yoshie (20) auf ähnliche Weise. Die Leiche der jungen Frau wurde unbekleidet in einem Waldstück in Kiyose-mura, Kita Tama-gun, gefunden, an derselben Stelle, an der er auch das vorige Verbrechen begangen hatte.

Auf gleiche Weise, so gestand der Wahnsinnige, habe er am 9. Juni dieses Jahres Abe Yoshiko (16) in Shinagawa ermordet. Auch diese junge Frau wurde missbraucht.

In allen Fällen wurden die Opfer missbraucht und ermordet und dann etwa dreißig bis fünfzig Meter vom Tatort entfernt unter Laub versteckt oder verscharrt. Die Opfer wurden stets mit ihrer eigenen *haramaki*-Schärpe erdrosselt.

Der einzige Fall, bei dem der Mörder das Opfer und dessen Familie kannte, war der Fall Midorikawa Ryuko, sein letztes Opfer; dies führte zu ersten Hinweisen auf die Identität Kodairas. Alle anderen Opfer waren willkürlich gewählt und dem Mörder völlig unbekannt.

Die Tokioter Polizei beabsichtigt, den Triebtäter noch zu vier weiteren Morden zu befragen. Dabei geht es um die siebzehnjährige Shinokawa Tatsue, die im Keller des Toyoko-Warenhauses in Shibuya missbraucht und getötet wurde und deren Regenschirm man im Haus der Familie von Kodairas Frau in Toyama fand. Ferner geht es um die Morde an Baba Hiroko, Ishikawa Yori und Nakamura Mitsuko, deren Leichen alle in der Nähe des Hauses von Kodairas Familie in der Präfektur Tochigi gefunden wurden.

Ich lege die Zeitung beiseite. *Es hat noch andere gegeben.* Ich rauche zu Ende. *Kein Wort über Miyazaki Mitsuko.* Die Hunde warten auf mich. *Es hat noch andere gegeben.* Die Kinder warten auf mich. *Kein Wort über die zweite Leiche aus dem Shiba-Park.* Im Regen. *Es hat noch andere gegeben.* In den Ruinen.

Im Dämmerlicht kann ich den Wind hören, er rüttelt an der Tür, schlägt auf das Dach und fängt sich unter den Dachvorsprüngen ihres Hauses. Aber heute Nacht gibt es keinen Regen, keinen Donner, nur das Klappern von Sandalen und die Rufe der Kinder draußen. *Ich hätte nicht herkommen dürfen, nicht heute Nacht.* Heute Nacht hätte ich bei meiner Frau und unseren Kindern bleiben sollen. Meine Frau hat *zōsui* zubereitet, die Kinder halten ihr mit ihren Händchen die Schalen entgegen und verlangen nach mehr.

»Okawari … Okawari … Okawari …«

Yuki steht, die Hände in die Hüften gestemmt, barfuß auf dem Lehmboden des Hausflurs und schaut zwischen den Bändern hinaus.

Ich sollte nicht hier sein, nicht heute Abend …

»Aber du bleibst doch ein bisschen?«

Ich nicke und danke ihr.

Yuki öffnet einen Schrank. Sie nimmt eine Schale mit eingelegtem Rettich und eine kleine Aluminiumpfanne heraus. Sie riecht an den Resten in der Pfanne und zuckt mit den Schultern. Dann stellt sie sie auf die Holzkohlenglut.

»Und du isst mit mir, oder?«

Wieder nicke ich und danke ihr.

Sie hebt den Deckel von der Pfanne.

»Bist du verheiratet?« fragt sie.

Hier ist die Nacht noch immer Tag. Die Schlangen vor den Toren, die Schlangen vor den Türen und in den Gängen. *Ich habe zu viel Zeit hier verbracht.* Ich eile durch die Tore, Türen und Gänge, vorbei an den Schlangen, den Patienten und Bahren zum Fahrstuhl. *Stunden, Tage und Wochen.* Ich drücke auf den Knopf, steige in den Fahrstuhl und drücke auf einen weiteren Knopf. Die Türen schließen sich, und ich fahre im Dunkeln hinunter. *Wochen, Monate und Jahre.* Die Türen öffnen sich.

Hier im Dämmerlicht, die zwielichtigen Dinge …

Ich eile an den gekachelten Wänden mit den Waschbecken vorbei zum Leichenschauhaus.

Sie ist hier. Sie ist hier. Sie ist hier …

Ich lese die Namen der Toten …

Sie ist hier. Sie ist hier …

Ich ziehe den Holzkasten auf …

Sie ist hier …

Kein Name …

Hier …

Ich entnehme die Kleidung und die Knochen …

Zwielichtige Dinge im Dämmerlicht, die zwielichtigen Dinge …

Ich stopfe ihre Kleidung in meinen Rucksack …

Hier, hier im dämmrigen Licht …

Ich lege ihre Knochen dazu …

Schulden bei den Toten …

Ich eile durch den Flur mit den Kachelwänden und den Warnschildern, dann drücke ich auf den Knopf und warte auf den Fahrstuhl. Ich schaue in einen Spiegel über einem der Waschbecken. Ich schaue weg. Ich schaue wieder hin …

»Ich habe Sie fast nicht erkannt …«

Ich trage die Knochen im Rucksack und schaue in den Spiegel …

Niemand ist der, der er zu sein scheint …

Ich übergebe mich in das Waschbecken. *Schwarze Galle.* Ich übergebe mich noch einmal. *Braune Galle.* Vier Mal. *Schwarz, braun, gelb, grau …*

Ich starre in den Spiegel über dem Waschbecken …

»Ich weiß, wer ich bin!« schreie ich.

Ich zerschlage den Spiegel, zerbreche ihn in tausend Stücke, tausend Stücke, die zu Boden klirren …

Zerbrochen und in Scherben …

»Ich weiß, wer ich bin!«

Ich sollte immer noch nicht hier sein. Nicht heute Nacht. Ich sollte zu Hause sein bei meiner Frau und unseren Kindern. Doch im Dämmerlicht schaue ich Yuki beim Essen zu. Noch immer regnet es nicht, kein Donner ist zu hören, nur der Wind, der nun lauter ist als das Radio. Yuki leert die zweite Schüssel Reis. Sie wäscht die Essstäbchen ab, die Schale, stellt die Sachen zurück in den Schrank. Dann hält sie sich eine Hand vor den Mund, unterdrückt einen Rülpser und lacht.

»Ich nehme an, deine Frau ist höflicher als ich?«

Mein Herz tut mir weh, ich stinke am ganzen Körper.

Es juckt und ich kratze mich. *Gari-gari …*

Hinter der Stellwand mit den sechs Kassetten liegen zwei Kissen nebeneinander; Yuki trägt einen gelben Kimono mit einem dunkelblauen Streifen; der Kragen gibt ein Stück ihrer Schulter frei, ihre Hand ruht auf meinem Knie.

Ich denke unentwegt an sie …

Ich fahre ihr mit der Hand den Rücken hinauf.

Sie verfolgt mich …

Mit der Haarbürste in der Hand beugt sie sich vor und betrachtet sich in ihrem dreiteiligen Schminkspiegel.

Sie dreht sich um und lächelt.

Sie hat sich die Zähne schwarz geschminkt.

Sie lässt die Bürste fallen, *ton*, und fragt: »Steht mir das?«

Der Chef hat wieder diesen Raum in dem kürzlich eröffneten Restaurant bei Daimon reservieren lassen, in der Nähe der Kantine der Siegermächte. Der Chef lädt die gesamte Erste Ermittlungsabteilung zu einer Feier ein. Die gesamte Erste Ermittlungsabteilung sitzt Ärmel an Ärmel, Knie an Knie auf frischen Tatamis.

Ishida nicht. Fujita nicht. Adachi nicht und ich auch nicht …

Es gibt Bier und *zanpan* aus den Abfallkörben der Sieger, aber die Männer sind dankbar, nicht schon wieder *zōsui* essen zu müssen.

Sie erheben ihre Gläser, nehmen ihre Krawatten ab, binden sie sich um die Stirn und singen ihre Lieder; ihre Lieder über Mut und Kampf.

Ihre Siegeshymnen.

Fall abgeschlossen!

Doch auf dem Verhörprotokoll stehen nur drei Namen: Adachi, Kanehara und Kai.

Drei Namen und eine Unterschrift.

Kodaira Yoshio.

Die anderen Ermittler aus Abteilung eins und Abteilung zwei, die Polizeibeamten aus Atago, Meguro und Mita, die anderen Inspektoren und Streifenbeamten aus den Präfekturen Saitama und Tochigi …

Hunde, die zu Füßen ihrer Herren hungern …

Keiner der Namen taucht auf …

Unter den Tischen …

Doch das ist ihnen egal; sie reden noch immer über Kodaira Yoshio und sein Geständnis im Fall Kondo Kazuko, zweiundzwanzig, aus Jūjō im Bezirk Kita, die Kodaira in der Schlange vor dem Fahrkartenschalter am Bahnhof Ikebukuro am 15. Juli letzten Jahres kennenlernte, die er in den Wald bei Kiyose-mura in der Präfektur Saitama lockte, die er zuerst erwürgte, dann vergewaltigte, um ihr anschließend sechzig Yen und ihre *geta*-Sandalen zu stehlen.

Der Tod ist hier …

Sie schwatzen noch immer über Kodaira Yoshio und sein Geständnis im Fall Matsushita Yoshie, zwanzig, ebenfalls aus dem Bezirk Kita, Tokio, die er am 28. September letzten Jahres in der Menschenmenge am Bahnhof Tokio kennenlernte, die er mit in denselben Wald nach Kiyose-mura nahm, erdrosselte, vergewaltigte und ihr dann hundertachtzig Yen, ihre Handtasche, ihre schwarze Jacke und den Regenschirm ihrer Mutter stahl.

Der Tod …

Sie munkeln über die Gerüchte einer Säuberungsaktion, über flüchtige Polizisten der Kempei. Sie flüstern über Prozesse und Hinrichtungen, über Polizisten der Kempei, die neue Identitäten annehmen, Namen von Verrückten und Toten. Sie tuscheln über den Tod, die Toten und ihre Geister.

Sie flüstern über mich …

Über mich, Ishida, Fujita und Adachi …

Die gesamte Erste Ermittlungsabteilung sitzt Ärmel an Ärmel, Knie an Knie auf neuen Tatamis in diesem Raum im kürzlich eröffneten Restaurant bei Daimon.

Auf Gebirgen aus Lügen …

Polizeichef Kita und Hauptkommissar Kanehara.

Auf Lügen über Lügen …

Inspektor Kai und Inspektor Hattori.

Lügen über Lügen …

Mit erhobenen Gläsern, Krawatten um die Stirn gebunden, haben sie ihre Lieder gesungen und schauen mich an.

All ihre Lügen auf meinem Rücken …

Sie schauen mich an, als würden sie nicht wissen, wer ich bin, als würden sie mich nicht dort stehen sehen, direkt vor sich.

Ihre Knochen auf meinem Rücken …

Ich sollte nicht hier sein …

Schulden bei den Toten …

Ich bin fort.

Noch immer pfeift der Wind, als die Sirenen losheulen und die Stimme in Yukis Radio verkündet, dass die feindlichen Flugzeuge sich an der Südspitze der Halbinsel Izu befinden, die Sirenen werden immer lauter, die Stimme immer aufgeregter, Yuki eilt zum Wandschrank, schiebt die Tür auf, verbirgt sich unter dem Bettzeug, die Augen weit aufgerissen, ihr Herz hämmert wie wild, und sie hört das Rattern der Brandbomben oder das Rauschen der Sprengbomben.

Erst kommt der Regen, dann der Donner …

»Ich bin gleich wieder da«, sage ich zu ihr.

Ich sollte nicht hier sein, nicht heute Nacht …

Ich gehe die Treppe hinunter und auf die Straße.

Die Menschen rennen, buddeln …

Ich sollte zu Hause sein …

Vergraben Sachen …

In ihren Schutzkellern …

Bumm! Bumm!

Die Flugabwehrgeschütze haben eingesetzt, Flakscheinwerfer durchkreuzen den Himmel und erfassen die Flugzeuge, Brände flammen auf …

Menschen mit Koffern, Menschen auf Fahrrädern …

»Luftangriff! Luftangriff!«

Ich rieche Rauch. Ich setze meine Luftschutzhaube auf.

»Rot! Rot! Brandbombe!«

Tausende von Schritten auf der Straße …

»Beeilt euch! Beeilt euch! Eine Matratze und Sand!«

Von oben ohrenbetäubender Lärm …

»Luftangriff! Luftangriff!«

Ich stürze zu Boden, auf die Erde …

»Schwarz! Schwarz! Die Bomben fallen!«

Doch jetzt herrscht nur noch Stille …

»Haltet euch die Ohren zu …«

Ich stehe wieder auf und eile ins Haus …

»Schließt die Augen!«

Ich renne die Treppe hinauf, öffne den Schrank, hole Yuki heraus, trage sie hinaus auf die Straße, und als der Wind einsetzt, brennt das Haus lichterloh, der Eckladen, Funken fliegen, ich trage sie über die Brücke, der Kanal ist voller Menschen, eine Gasse brennt, dann die nächste, die Kreuzungen sind in allen vier Richtungen mit Haustieren und Kleinkindern überfüllt, mit Hunden und Kindern, Männern und Frauen, alt und jung, Soldaten und Zivilisten, die drängeln und schubsen, schieben und stoßen, stolpern und wanken, mit jedem neuen Einschlag zu Boden stürzen, übereinandertrampeln, die ganz Jungen und ganz Alten lassen eine Hand los und verlieren ein Kind, rufen und drehen sich im Kreis, schreien und kehren um, drängeln und schubsen, schieben und stoßen, stolpern und wanken, trampeln übereinander …

Ich sollte nicht hier sein …

Ich muss mich entscheiden, in welche Richtung ich will; zu drei Seiten brennen die Häuser, die Menschen drängen alle in eine Richtung, aber dort liegen keine Felder, dort stehen nur weitere Gebäude …

»Luftangriff! Luftangriff!«

Mit Yuki in den Armen springe ich in den Graben neben der Straße und tränke Hauben und Bettzeug mit schwarzem Schlamm und dunklem Wasser. Dann hebe ich Yuki wieder hoch, trage sie aus dem Graben zurück in Richtung Feuer, zurück in die Flammen, doch sie will sich loswinden, versucht verzweifelt zu fliehen …

»Schwarz! Schwarz! Die Bomben fallen!«

»Vergiss das Feuer!« flüstere ich. »Vergiss die Bomben und vertrau mir. Hinter den Flammen liegt der Fluss, hinter den Flammen ist das Leben …«

»Haltet euch die Ohren zu! Schließt die Augen!«

Yuki klammert sich noch enger an mich und nickt, und wir rennen zurück in das Feuer, in die Flammen …

Zurück in den Krieg, meinen Krieg …

Die Polizeichefs, die Inspektoren und all ihre Ermittler werden wohl noch immer in dem Restaurant in Daimon sitzen; die Gläser leer, die Lieder verklungen, liegen sie bewusstlos auf dem Rücken, heute Nacht werden auf dem Revier Meguro nur Streifenbeamte sein.

Streifenbeamte und der Verdächtige.

Kodaira Yoshio …

Er sitzt auf seinem Stuhl an ihrem Tisch im Verhörzimmer.

Kodaira lächelt. Grinst. Lacht …

»Ich habe gehört, Sie sind nicht länger bei uns, Soldat …«

»Halten Sie den Mund«, erwidere ich. »Wir beide sind allein, nur Sie und ich.«

Doch Kodaira Yoshio beugt sich über den Tisch, lächelt mich an und sagt: »Das ist wohl eine Art Wiedersehen unter Kriegskameraden.«

»Nein, es gibt ein anderes Wiedersehen für Sie«, entgegne ich, nehme meinen Armeerucksack und leere den Inhalt auf dem Tisch aus …

All ihre Kleidung und ihre Knochen …

»Erkennen Sie das!« brülle ich.

Kodaira lächelt noch immer …

»Oder das, oder das?« brülle ich weiter, ziehe das gelb und dunkelblau gestreifte Trägerkleid hervor, die weiße kurzärmlige Bluse, die rosagefärbten Socken und die weißen Leinenschuhe mit den roten Gummisohlen, dann ihre Knochen …

Kodaira grinst …

»Na ja, die Knochen könnten von sonst wem stammen, Soldat …«

Jetzt ziehe ich die Armbanduhr aus der Tasche und lege sie vor ihn hin.

»Und dies …«

Kodaira nimmt die Armbanduhr vom Tisch und dreht sie in der Hand um. Dann liest er die Gravur auf der Rückseite.

Dort steht *Miyazaki Mitsuko …*

»Könnte das die Armbanduhr von irgendwem sein?« frage ich ihn.

Kodaira lacht …

»Jetzt haben Sie mich aber erwischt, Soldat«, antwortet er. »Ich kannte tatsächlich mal eine Miyazaki Mitsuko, damals, als ich für die Abteilung Marinebekleidung in Shinagawa gearbeitet habe. Sehr hübsches Ding, saubere, klare Haut und ein fester, junger Körper …«

Er leckt sich die Lippen …

»Als ich von dort weg bin, hatte ich immer mal wieder Kontakt mit dem alten Hausmeister, der dort nach dem Rechten sah, und der erzählte mir, dass die arme Mitsuko tot in einem der Luftschutzräume gefunden worden sei.«

»Das waren Sie, Sie verdammte Bestie!«

»Immer langsam, Soldat«, entgegnet er. »Mein alter Freund hat mir erzählt, dass sie von einem *Yobo* umgebracht worden sei, der dort gearbeitet habe; dieser *Yobo* habe sie missbraucht; der Gedanke, dass so ein dreckiger Kerl so ein reines japanisches Mädchen wie sie angerührt hat, hat mich krank gemacht.«

»Sie waren das, Sie widerliche Bestie!«

»Sie hören mir nicht zu, Soldat«, fährt Kodaira fort. »Die Kempeitai haben diesen *Yobo* geschnappt; sie haben ihn geschnappt, ihn abgeurteilt und gleich an Ort und Stelle hingerichtet, so hat es mir der alte Hausmeister berichtet. Hat mich stolz gemacht, Japaner zu sein …«

»Sie waren es, nicht wahr?«

»Sind Sie taub, Soldat?« Kodaira lacht. »Sie leiden noch unter einem Bombentrauma, nicht? Es war ein *Yobo.*«

»Sie waren es.«

Kodaira schüttelt den Kopf. Er legt die Uhr auf den Tisch zurück, reckt die Arme hoch über den Kopf und sagt: »Wissen Sie, das alles ergibt keinen Sinn für mich.«

Ich frage nichts, sage nichts.

»Nehmen wir nur mal die Kempeitai, oder mich; die drücken uns da drüben einen großen Orden an die Brust für all das, was wir getan haben, und dann kommen wir zurück und kriegen zum Dank einen langen Strick.«

Noch immer sage ich nichts.

»Na, kommen Sie schon«, lacht er. »Sie waren doch auch drüben; Sie haben gesehen, was ich gesehen habe, haben getan, was ich getan habe …«

»Halten Sie den Mund!«

»Wissen Sie, Soldat, Sie sehen einem Mann ähnlich, den ich in Jinan getroffen habe …«

»Seien Sie still!«

»Warum?« antwortet Kodaira lachend. »Das waren nicht zufällig Sie, oder, Soldat? Das war ein Kempei, und er war Unteroffizier.«

»Seien Sie still! Seien Sie still! Seien Sie still!«

»Und er hieß nicht Minami …«

»Seien Sie still! Seien Sie still!«

»Ich glaube, er hieß Katayama …«

»Ich weiß, wer ich bin«, brülle ich. »Ich weiß es! Ich weiß, wer ich bin!«

Kodaira beugt sich über den Tisch zu mir und legt seine Hände auf meine. »Vergessen Sie es, Unteroffizier.«

Niemand ist der, der er zu sein vorgibt …

»Aber ich weiß, wer ich bin«, zische ich. »Ich weiß es …«

Niemand ist der, der er zu sein vorgibt …

»Eine andere Welt«, sagt Kodaira. »Andere Zeiten.«

Ein Jahrhundert an Veränderungen in einer einzigen Feuernacht; Wohnviertel wurden zerbombt, die Bewohner sind verbrannt; wo es Fabriken und Häuser gab, wo es Arbeiter und Kinder gab, ist nur noch Staub und Asche, niemand wird sich an diese Gebäude erinnern, niemand an diese Menschen.

Niemand wird sich an irgendetwas erinnern …

Was letzte Woche war, kommt einem bereits so vor, als sei es vor Jahren, ja Jahrzehnten gewesen. Dinge, die erst gestern waren, hinterlassen keinen Eindruck mehr.

Jetzt ist Krieg …

Abgetrennte Gliedmaßen und abgetrennte Köpfe, der Torso einer Frau, aus dem die Eingeweide hervortreten, die Brille eines Kindes, die ihm ins Gesicht geschmolzen ist, Tote zu Haufen gestapelt, Haustiere und Kleinkinder, Hunde und Kinder, Männer und Frauen, alt und jung, Soldat und Zivilisten, der eine nicht mehr vom anderen zu unterscheiden.

Der Geruch von Aprikosen …

Jeder Einzelne verbrannt, tot …

Dies ist jetzt mein Krieg …

Die Luft ist warm, der Sonnenuntergang rosig. *Der Geruch von Aprikosen.* Dunkle Haufen von Bettzeug, dunkle Haufen von Habseligkeiten links und rechts der Straße. *Der Gestank von verfaulten Aprikosen.* Schwarze Fahrräder liegen da, schwarze, zusammengekauerte Leichen. *Der Geruch von Aprikosen.* Schwarze Fabriken und schwarze Badehäuser, die noch glimmen.

Der Gestank von verfaulten Aprikosen …

Die Sirenen zur Entwarnung …

Ich sollte nicht hier sein …

Die Befehle, sich in bestimmten Grundschulen zu melden, die Befehle, bestimmte andere zu meiden. *Der Geruch von Aprikosen.* Ich schwanke und stolpere weiter, Yuki noch immer in meinen Armen. *Ich sollte nicht hier sein.* Ich will sie verlassen, will nach Hause, kann aber nicht. *Der Gestank von verfaulten Aprikosen.* Ich schwanke und stolpere durch die dunklen Kolonnen der Überlebenden mit ihrem verkohlten Bettzeug auf dem Rücken, den schwarzen Fahrrädern neben sich. *Ich sollte nicht hier sein.* Ich schwanke und stolpere, bis wir an den Sumida kommen, der nun dunkel ist vor Leichen. *Der Geruch von Aprikosen.* Ich trage Yuki über die schwarze, verbrannte Brücke. *Ich sollte nicht hier sein.* Ich schwanke und stolpere an Soldaten vorbei, die die schwarzen Straßen räumen und schwarz verkohlte Leichen mit Haken auf die Ladeflächen ihrer Lastwagen heben. *Der Gestank von verfaulten Aprikosen.* Ich schwanke und stolpere, das schwarze Fleisch zerfällt, die dunklen, verbrannten Leichen fallen auseinander. *Ich sollte nicht hier sein.* Bis die Luft nicht mehr warm und der Sonnenuntergang nicht mehr rosig ist. *Nur noch der Geruch von Aprikosen …*

Ich schwanke und stolpere, bis ich nicht mehr kann.

Ich sollte nicht hier sein. Ich sollte nicht hier sein …

Bis ich sie Stunden, vielleicht Tage später die Treppe eines verlassenen Wohnblocks in Shinagawa hinauftrage.

Ich sollte nicht hier sein …

Bis ich sie auf die ausgebleichten, zerschlissenen, abgewetzten Tatamis eines Zimmers im zweiten Stock lege, die Chrysanthemen-Tapete feucht und lose. *Hier im Dämmerlicht.* Ich nehme die Flasche aus der Tasche und schraube den Deckel ab. Ich nehme die Watte aus dem Flaschenhals und zähle die Tabletten.

Ich sollte nicht hier sein …

Eine Calmotin, zwei. Ich zähle und zähle. Dann nehme ich die zweite Flasche und zähle weiter. *Einunddreißig Calmotin, zweiunddreißig.* Ich zähle und zähle. Dann nehme ich die dritte Flasche. *Einundsechzig Calmotin, zweiundsechzig.* Ich zähle und zähle. Die vierte und die fünfte.

Einhunderteinundzwanzig Calmotin …

Ich sollte nicht hier sein, auf Knien …

Das ist Kapitulation …

Ich sollte nicht hier sein …

Das ist Niederlage …

Potsu-potsu, es regnet immer noch, heiße, dicke Tropfen, die auf Töpfe und Pfannen prasseln; *Potsu-potsu* schlägt es einen grausamen Rhythmus auf das Geschirr und die Kochutensilien; *Potsu-potsu* auf Kleider und Schuhe; *Potsu-potsu* auf Bratöl und Sojasauce …

Hier gibt es heute Abend kein »Apfellied«.

Potsu-potsu fällt der Regen auf das Wellblechdach über dem Treppenhaus zu Senju Akiras Büro.

Potsu-potsu, Potsu-potsu …

Dichter und immer dichter …

Zā-zā, zā-zā …

Ich packe meinen Rucksack, rutsche auf Händen und Knien rückwärts zur Tür.

Ha, ha, ha!

Senju lacht mich aus und fragt: »Und mir hast du keine Souvenirs aus Tochigi mitgebracht? Das ist nicht sehr nett.«

»Es tut mir sehr leid«, sage ich und verbeuge mich.

Aber Senju hat zu viel gesagt …

Auf Händen und Knien …

Er hat zu viel gesagt …

Ich stehe auf. *Er hat zu viel gesagt.* Ich öffne meinen alten Armeerucksack und ziehe die Armeepistole hervor. Ich hebe sie hoch und ziele auf Senju Akira. Er sitzt im Schneidersitz vor seinem niedrigen, polierten Tisch. Mit nacktem Oberkörper, die Hose an der Taille aufgeknöpft. Revolver und Kurzschwerter auf dem Tisch vor sich.

Steh auf! Steh auf!

»Sie waren es«, sage ich. »Sie haben Ishida befohlen, mich umzubringen. Sie haben Ishida befohlen, diese Akte zu stehlen, weil Fujita Ihnen gesagt hat, damit könnten Sie Adachis Schweigen erkaufen. Sie wussten, dass Adachi es herausfinden würde. Sie wussten, er würde herausfinden, dass Sie es waren; Sie haben Fujita mit Nodera bekannt gemacht, Sie haben die beiden darauf angesetzt, Matsuda umzubringen, Ihren eigenen Boss, Ihren Mentor, den Mann, den Sie ihren Bruder nannten; Sie waren es. Sie haben befohlen, Matsuda zu erledigen.«

Senju schaut mich an und lächelt.

Er lacht mich erneut aus.

Hi, hi, hi! Ho, ho, ho …

»Ach, plötzlich bist du ein mutiger Mann? Mit deinen grauen Haaren bist du plötzlich wieder ein Held? Plötzlich von den Toten auferstanden. Na, dann mal los, Unteroffizier …«

Die Armeepistole ist auf ihn gerichtet.

»Unteroffizier und wie weiter …? Wie heißen Sie …?«

Die Armeepistole zielt auf ihn.

»Wie lautet denn Ihr Name diese Woche, Unteroffizier?«

Die Armeepistole in meiner Hand.

»Wer sind Sie heute …«

Ich drücke ab. *Bäng!*

Seine Stirn zerbirst.

Ich habe mich erhoben ...

Ich höre Schritte. Ich nehme die Akte und die Papiere, das Geld und die Medikamente. Schritte auf der Treppe, durch die Tür ...

Durch die Tür, ich schieße erneut ...

Bäng! Bäng! Bäng!

Der Erste fällt, der Zweite macht kehrt ...

Ich renne zur Tür und schieße ...

Bäng! Bäng!

Der Mann fällt die Treppe hinunter, ich folge ihm.

Ich steige über das blutverschmierte gemusterte Hemd und zertrete die amerikanische Sonnenbrille.

Ich renne los. Ich renne wieder einmal davon ...

Zā-zā, zā-zā. Zā-zā, zā-zā ...

Ich renne zum Bahnhof ...

Zā-zā, zā-zā ...

Der Regen stürzt in Wänden aus blankem weißem Wasser zu Boden, überschwemmt die Gleise und prasselt von den Regenschirmen auf den Bahnsteig. Die Scheinwerfer des Zugs nach Shinjuku nähern sich, das Schieben und Drängeln beginnt. Ich schiebe mich voran und dränge mich an Bord. *Zāzā, zāzā ...*

Er hat zu viel gesagt. Er wird nichts mehr sagen ...

Die Türen schließen, der Zug fährt ab. *Zā-zā, zā-zā.* Es juckt und ich kratze mich. *Gari-gari.* Wir kriechen über die Gleise durch den Regen und werden hin und her geschoben. Aber ich sehe den Zug nicht mehr. Es juckt nicht mehr und ich kratze nicht. Ich schließe die Augen ...

Zā-zā, zā-zā. Zā-zā, zā-zā ...

Ich bin gar nicht hier.

Ich habe mir den Hut fest auf den Kopf gesetzt und meine Jacke darübergezogen und renne die Straße entlang zum Restaurant, das auf halbem Weg zwischen dem Bahnhof und meinem eigenen Haus liegt.

Die Laterne schwingt in Regen und Wind.

Ha, ha, ha! Hi, hi, hi! Ho, ho, ho!

Ich ziehe das Laken beiseite, das als Tür dient, und die Witze und das Lachen ersterben abrupt. *Tot.* Keine Witze. Kein Lächeln, kein Lachen. Alle sind fort. Es ist niemand hier.

Niemand, bis auf den Mann hinter dem Tresen.

Niemand ist der, der er zu sein vorgibt …

»Willkommen zu Hause, Unteroffizier«, sagt Hauptkommissar Adachi.

»Das ist nicht mein Zuhause«, erwidere ich.

Doch Adachi nickt. »Das ist alles, was Ihnen noch bleibt.«

»Aufhören!« brülle ich. »Sie lügen!«

»Man hat Sie in der Zwangsjacke von China nach Hause verfrachtet«, fährt er fort. »Wenn nicht ich und Kita gewesen wären, hätte man Sie zusammen mit Ihrem Vater in Matsuzawa eingesperrt.«

»Ich will das nicht hören!« schreie ich.

»Ich habe Sie aufgenommen, um Kita einen Gefallen zu tun, und nach der Kapitulation hat er uns beide dafür mit dieser Anstellung entlohnt …«

»Aufhören!«

»Mit diesen Namen …«

Ich kann nicht vergessen …

Aber ich höre Adachi nicht länger zu. Ich zertrümmere die Wände dieser Hütte und reiße das Dach herunter.

Im Licht, im hellen, strahlenden Licht, ist Adachi fort; dieser Mann ist wieder Hauptmann Muto.

»Ich bin alles, was Sie noch haben«, sagt er.

»Man wird Sie holen kommen.«

Ich kann sie schon hören. *Sie kommen mich holen.* Tür für Tür. *Sie kommen mich holen.* Ich kann sie hören. *Sie kommen mich holen.* Kita kommt, die Sieger kommen. *Sie kommen mich holen …*

Hauptmann Muto legt ein Rasiermesser auf den Tresen.

Ich sollte nicht hier sein, nicht heute Nacht. Ich sollte daheim sein …

Neben das Rasiermesser die Flaschen Calmotin.

»Süße Träume, Unteroffizier Katayama.«

Yuki liegt nackt auf dem Futon. *Die Augenbrauen rasiert, die Zähne schwarz.* Ihr Kopf ist ein wenig nach rechts geneigt. Ihr rechter Arm ausgestreckt. Ihr linker Arm an der Seite. Die Beine gespreizt, an den Knien angewinkelt. Mein Samen trocknet auf ihrem Bauch. *Die Augenbrauen rasiert, die Zähne schwarz.* Sie sagt:

»Heirate mich, bitte heirate mich …«

Dann führt sie die linke Hand zum Bauch. Sie steckt ihre Finger in meinen Samen. Dann führt sie die Finger an den Mund, leckt sie ab und fragt:

»Wie steht mir das?«

Ich trage ihren gelben und dunkelblau gestreiften Kimono und lächle: »Es steht dir sehr gut …«

Die Tabletten sind alle …

»Heirate mich …«

Ich nehme das Rasiermesser. Keiner kennt meinen Namen. Alle kennen meinen Namen. *Ich klappe es auf.* Keiner interessiert sich dafür. Alle interessieren sich dafür. *Ich öffne den Kimono.* Tag ist Nacht. Nacht ist Tag. *Den gelb und dunkelblau gestreiften Kimono.* Schwarz ist weiß. Weiß ist schwarz. *Er fällt weit auf.* Männer sind Frauen. Frauen sind Männer. *Das Rasiermesser in der rechten Hand.* Die Mutigen sind verängstigt. Die Ängstlichen mutig. *Ich lasse die rechte Hand sinken.* Die Starken sind schwach. Die Schwachen sind stark. *Ich lasse das Messer sinken.* Die Guten sind die Bösen. Die Bösen sind die Guten. *Die Klinge berührt meine Haut.* Kommunisten gehören freigelassen. Kommunisten gehören eingesperrt. *Ich halte mein Glied mit der linken Hand.* Streiks sind legal. Streiks sind illegal. *Die Klinge ist kalt.* Demokratie ist gut. Demokratie ist schlecht. *Mein Mund ist trocken.* Der Angreifer ist Opfer. Das Opfer ist Angreifer. *Mein Magen tut weh.* Die Gewinner sind die Verlierer. Die Verlierer sind die Gewinner. *Mein Herz tut mir weh.* Japan hat den Krieg verloren. Japan hat den Krieg gewonnen. *Ich schneide.* Die Lebenden sind die Toten …

Ich schneide und schneide und schneide und schneide …

Bis die Toten die Lebenden sind. *Ich schneide …*

Ich bin einer der Überlebenden!

Bis die Wände ihres Zimmers blutrot sind, die Tatamis schwarz, und jetzt sind ihre Wände fort, ihre Tatamis, und ich renne durch die Straßen …

Einer der Glücklichen!

Straßen, die keine Straßen sind, vorbei an Läden, die keine sind. In dieser Stadt der Toten …

Der Shōwa-Toten …

Sie rufen nach mir, strecken ihre Hände nach mir aus. *Die Shōwa-Toten.* Der Wirt meines Stammlokals. Der Freund aus der Schule. Der alte Mann in der Bar. Meine Kameraden aus dem Baseballverein in der Oberschule. Die Frau an der Straßenbahnhaltestelle. Die Kollegen, mit denen ich das Studium beendet habe. Die Kinder, die Kinder …

In der Stadt der Toten …

Der Shōwa-Toten …

Sie rufen mich …

Nach Hause.

Ich renne meine Straße entlang auf mein Haus zu. *Im Dämmerlicht kann ich nicht vergessen.* Dreck an den Knien, Blut an den Händen …

Die Sonne geht im Westen unter, es droht zu regnen.

Die Straßenränder sind mit Leichen übersät, die auf Matten liegen, Männer und Frauen, jung und alt, Soldaten und Zivilisten, mit leeren Blicken oder geschlossenen Augen, das Fleisch verfault, die Knochen werden zu Staub …

Der Gestank nach verfaulten Aprikosen …

In meiner Straße fährt kein Auto, die Brücke ist in den Fluss gestürzt, alle Lokale sind zerstört, die Bauernhöfe verlassen.

Endlose verbrannte Felder voller Asche und Unkraut.

Ich kann nicht sagen, welches dieser Häuser meins ist.

Ich kann wegen der Tränen in den Augen nichts sehen.

Jetzt weiß ich wieder, ich weiß es wieder …

Ich bin zu lange fort gewesen.

Ich weiß es wieder …

Ich habe gegenüber meiner Frau versagt.

Jetzt weiß ich wieder …

Gegenüber meinen Kindern.

Doch dann erkenne ich das Tor und den Pfad. Ich öffne das Tor und gehe den Pfad entlang.

Ich öffne die Haustür.

Ihre Schuhe zeigen zur Tür …

Ich stehe im *genkan.*

»Ich bin zu Hause …«

Zu Hause …

Meine Frau und meine Kinder treten aus dem Dämmerlicht, ihre Luftschutzhauben verrußt, das Bettzeug auf ihren Rücken schwarz, ihre Gesichter voller Blasen, die Augen tief eingefallen, aber sie leben.

Ich eile auf sie zu und nehme sie in die Arme.

Ich falle auf die Knie und drücke sie an mich.

»Ich dachte schon, ihr seid tot«, schluchze ich.

»Ich dachte schon, ich hätte euch verloren …«

Doch nun stoßen sie mich von sich, treten zurück in die Schatten und zeigen mit dem Finger auf mich.

Der Regen prasselt auf mich herab …

»Wir sind schon tot …«

Kein Dach mehr, keine Wände, nur Asche, keine Tatamis und Schirme, nur Asche, keine Möbel und Kleidung, nur Asche, kein *genkan* und keine Tür, nur Asche.

Die Schuhe sind verkohlt …

Meine rechte Hand zittert, mein rechter Arm, meine Beine …

Ich habe keine Frau, keine Kinder, nur Asche …

Masaki, Banzai! Sonoko, Banzai! …

Ich habe keinen Sohn, keine Tochter …

Vater, Banzai! Banzai! …

Ich habe kein Zuhause. Keine Familie …

Vater, Banzai!

Ich habe kein Herz …

Banzai! …

In diesem Haus des Vergessens bin ich der Tod.

Sie kommen durch die baufälligen Gebäude, über das ungepflegte Gelände, die Tore sind fort, die Bäume gefällt; sie kommen vorbei an den verblichenen Farben und dem abgewetzten Linoleum; sie kommen durch die Schreie und das Schluchzen, durch den Geruch von DDT und Desinfektionsmitteln.

In die Psychiatrische Klinik Matsuzawa …

Sie kommen jetzt. Sie kommen …

Diese Flure entlang und Treppen hinauf und einen anderen langen Flur entlang, durch verschlossene Metalltüren in die geschlossenen Abteilungen und weitere Flure entlang zu den Einzelzellen, zu den Einzelzellen …

Sie sind hier! Sie sind hier! Sie sind hier!

Dr. Nomura bleibt vor einer der verschlossenen Metalltüren stehen.

Vor einer verriegelten Metallluke.

»Da wären wir«, sagt Dr. Nomura.

Er schiebt die Riegel an der Luke beiseite und klappt sie auf. Dann tritt er zurück und sagt: »Bitte sehr …«

Ich gehe zur Tür und schaue durch die Luke …

Ich starre ihnen durch die Luke in die Augen …

Braune Augen und blaue Augen …

Diese Männer haben mir schon einmal in die Augen geschaut …

In meine starren Augen und auf meinen kahl rasierten Schädel …

Ich mache einen Schritt zurück.

Ich setze mich im Schneidersitz auf meine Pritsche.

In einem lose herabhängenden Mantel aus gelb und dunkelblau gestreifter chinesischer Seide, mit dem kahl geschorenen Kopf und dem starren Blick.

Die blutbefleckte Schriftrolle an der Wand über der Pritsche.

»Es ist an der Zeit, das wahre Gesicht der Nation zu enthüllen.«

Eine Ansichtskarte des Itsuku-shima-Schreins.

Meine Hände liegen gefaltet in meinem verbundenen Schoß.

»Und, haben Sie genug gesehen?« fragt Dr. Nomura.

Die Männer treten von der Klappe zurück.

»Wir haben genug gesehen«, sagt Polizeichef Kita. »Danke, Doktor.«

Dr. Nomura macht die Klappe zu und verriegelt sie.

Die Wände sind weiß, aber in der Zelle ist es jetzt dunkel.

Im Dämmerlicht bewegen sich die zwielichtigen Dinge …

Ich schließe die Augen und zähle erneut; einhundertzwanzig Calmotin, einhunderteinundzwanzig …

Einer der Glücklichen.

In jeder Provinz, durch die wir kommen. *Datō Nippon Teikokushugi!* Gräben in sechs Meter Abstand, übersät mit Hüten, Ledergürteln und Vogelkäfigen. *Dies ist keine Eroberung, dies ist die Befreiung!* Die Knochen der unbeerdigten, toten Chinesen stecken wie Stöcke im Boden. *Das Licht des Ostens.* Braune Oberschenkelknochen scheinen in der Sonne, Wirbelknochen glänzen. *Heller Frieden.* Fliegenschwärme, stinkende Luft. Ich liege zwischen den Leichen. **Einhundertzwanzig Calmotin, einhunderteinundzwanzig.** Das chinesische Paar mit den ausdruckslosen Gesichtern ist dreckverschmiert. Der Dolmetscher spuckt das Streichholz aus und brüllt den Mann an. Knoblauchgestank, metallische Worte. Die Frau beantwortet die Fragen. Der Dolmetscher schlägt sie. Die Frau stolpert. Der Dolmetscher nickt. Kasahara und ich bringen das Paar an den Dorfrand, der rote Himmel spiegelt sich in dem von Weiden gesäumten Bach. Kein Windhauch bewegt die Äste der Bäume, die Bauernhäuser sind verlassen. Das Paar schaut in den Bachlauf hinunter, sieht die Büschel wilder Chrysanthemen, den Pferdekadaver, dessen Sattel sich im Unkraut verfangen hat. Kasahara zieht sein Schwert, ich das meine. Mann und Frau gehen in die Knie. Er hält die Hände gefaltet, sie fleht mit monotoner Stimme. Die Klinge, dann wieder Stille. Blut strömt ihnen über die Schultern, doch die Köpfe rollen nicht. Die Leiche des Mannes fällt nach rechts und purzelt in die Chrysanthemen. *Masaki, Banzai!* Ich schubse die Leiche der Frau in den Bach, ihre schlammverkrusteten Fußsohlen zeigen gen Himmel. *Vater, Banzai!* In dem Dorf am Bachufer, von Weiden gesäumt, steht eine Gruppe einsatzfähiger Männer vor einem halb zerstörten Haus. In der Mitte unser Hauptmann, beide Hände auf den Köpfen zweier kleiner Kinder. Keine Tränen für die Flüsse und Berge ihres Landes, keine Trauer um Vater und Mutter, die nicht mehr sind. *Ich sehe deine kleine Gestalt, wie du ein Fähnchen in der Faust schwenkst.* Seine Leiche in den Chrysanthemen, ihre Füße himmelwärts. *Vater wird dieses Bild für immer im Gedächtnis behalten.* Am Bachufer, von Weiden gesäumt. In einem halb zerstörten Haus liege ich zwischen den Leichen. Tausende von ihnen, Millionen. **Hundertdreißig Calmotin, einhunderteinunddreißig**. Die Sonne fällt durch die Fenster des Waggons, Gamaschen hängen von dem Gepäcknetz über meinem Kopf. Ein Kind zückt ein Spielzeugschwert. *Banzai!* **Einhundertvierzig Calmotin, einhunderteinundvierzig**. Im Haus des Vergessens gibt es keine Flaggen. *Ton-ton.* Der Tod ist ein Mann aus Tochigi. Keine Lieder. Der Tod ist ein Mann aus Tokio. *Ton-ton.* Der Tod ist ein Mann aus Japan. Nur Trommeln. Der Tod ist ein Mann aus Korea. *Ton-ton.* Der Tod ist ein Mann aus China. *Ton-ton.* Trommeln aus Haut, Trommeln aus Haaren. Der Tod ist ein Mann aus Russland. *Ton-ton.* Der Tod ist ein Mann aus Deutschland. *Ton-ton.* Geschlagen mit Oberschenkelknochen. Der Tod ist ein Mann aus Frankreich. *Ton-ton.* Der Tod ist ein Mann aus Italien. *Ton-ton.* Geschlagen von Kindern. Der Tod ist ein Mann aus Spanien. *Ton-ton.* Der Tod ist ein Mann aus Großbritannien. *Ton-ton.* Sie schlagen die Trommel, wenn wir fort sind. Der Tod ist ein Mann aus Amerika. *Ton-ton.* Im Haus des Vergessens gibt es keine Ausgänge. *Ton-ton.* Der Tod ist ein Mann. *Ton-ton.* Schneide dir den Schwanz ab! *Masaki, Banzai!* Der Tod ist ein Mann. *Ton-ton.* Reiß dir das Herz heraus! *Vater, Banzai!* Der Tod ist ein Mann. *Banzai!* **Hundertundfünfzig Calmotin** …

Die Geister der Toten aus meinen Verbrechen
Entsetzen mich.
Und in meiner Verzweiflung,
In der ich die Tage damit verbringe,
Auf meinen Tod zu warten,
Denke ich an die Freundlichkeit, die mir gewährt wurde,
Bis zum bitteren Ende.
Und darüber muss ich unaufhörlich weinen.

Kodaira Yoshio, 1949

Kodaira Yoshio wurde am 5. Oktober 1949 im Gefängnis Miyagi in der Präfektur Sendai hingerichtet. Er war neunundvierzig Jahre alt. Kodaira Yoshio hatte die Vergewaltigung und Ermordung von zehn Frauen gestanden, darunter auch Miyazaki Mitsuko und die zweite im Shiba-Park aufgefundene Leiche. Diese Frau konnte nie identifiziert werden. Sie war etwa siebzehn bis achtzehn Jahre alt und starb um den 22. Juli 1946 herum.

Namu-amida-butsu …

David Peace, Tokio 2006
Im Jahr des Hundes

GLOSSAR

Akahata	Kommunistische Zeitung
Asahi Shimbun	Name einer Tageszeitung
Asobu	Spielen wir?
Ayu	Ostasiatische Fischart
Bakudan	Billiger Schnaps
Banzai	Hurra!
Bentō	Mahlzeit zum Mitnehmen
Butsudan	Hausaltar, der mit Fotos Verstorbener geschmückt wird
Calmotin	Schlaftabletten
Chiku-taku	Ticktack
Formosaner	Einwohner der ehemaligen japanischen Kolonie Formosa, heute Taiwan
Fūten	Prostituiertenring
Furoshiki	Tuch, Bündel
Gari-gari	Kratzgeräusch
Genkan	Vorzimmer, in dem man üblicherweise seine Schuhe auszieht
Geta	Traditionelle Holzsandalen
Gumi	Bande
Haramaki	Bauchbinde
Ikidaore	Polizeiliche Bezeichnung für Tod durch Krankheit oder einen Unfall
Jinan-Zwischenfall	Bewaffneter Konflikt zwischen japanischen Besatzungstruppen und Kampfverbänden der chinesischen Zentralregierung, Mai 1928 in Jinan, der Hauptstadt der Provinz Shandong
Kachō	Abteilungsleiter
Kaidashi	Hamstern
Kakigōri	Zerkleinertes, aromatisiertes Eis
Katakana	Silbenschrift der japanischen Sprache

Kakyō Sōkai	Nach Kriegsende Organisation chinesischer Geschäftsleute in Japan
Keisatsu techō	Polizeinotizbuch mit Dienstmarke
Kempeitai	Militärpolizei
Kuso	Schimpfwort
Meiji	Regentschaft von Kaiser Mutsuhito, 1866–1912
Mechiru-arukōru	Hochprozentiger Alkohol
Meishi	Visitenkarte
Minpo	Name einer Tageszeitung
Minshū Shimbun	Name einer Tageszeitung
Namu-amida-butsu	Rette uns, o Buddha, voller Gnade
Potsu-potsu	Tropfgeräusch
Rikusen Tai	Japanische Kriegsflotte
Sara-sara	Geräusch von laufendem Wasser
SCAP	Oberkommando der Alliierten Streitkräfte
Shinchū Gun	Besatzungsarmee
Shōwa	Regentschaft von Kaiser Hirohito, 1926–1989
Soba	Nudeln aus Buchweizen
Taishō	Regentschaft von Kaiser Yoshihito, 1912–1926
Tatami	Mit Binsen bedeckte Strohmatte
Tekiya	Budenbesitzer, auch: Erpresser
Ton-ton	Klopfgeräusch, Hämmern
Yakitori	Gegrillter Hühnchenspieß
Yobo	Alter Mann
Yomiuri	Name einer Tageszeitung
Yukata	Leichter Kimono
Zaibatsu	Vetternwirtschaft
Zanpan	Mahlzeit aus Essensresten
Zā-zā	Geräusch von niederprasselndem Regen
Zōsui	Reisbrei mit Gemüse

Lizenzausgabe für die Büchergilde Gutenberg,
Frankfurt am Main, Zürich, Wien
www.buechergilde.de
Mit freundlicher Genehmigung
der Verlagsbuchhandlung Liebeskind, München
Die Originalausgabe erschien 2007 unter dem Titel
Tokyo Year Zero bei Faber & Faber, London

Typografie und Satz: Frese Werkstatt, München
Druck und Bindung: CPI – Clausen & Bosse, Leck
Printed in Germany 2010
ISBN 978-3-7632-6326-4